山西民间文学史

段友文 著

图书在版编目（CIP）数据

山西民间文学史 / 段友文著. — 北京：商务印书馆，2021
ISBN 978-7-100-19740-3

Ⅰ. ①山… Ⅱ. ①段… Ⅲ. ①民间文学—文学史—山西 Ⅳ. ① I207.7

中国版本图书馆 CIP 数据核字（2021）第 053830 号

权利保留，侵权必究。

山西民间文学史
段友文　著

商　务　印　书　馆　出　版
（北京王府井大街36号　邮政编码100710）
商　务　印　书　馆　发　行
北京顶佳世纪印刷有限公司印刷
ISBN 978-7-100-19740-3

2021年8月第1版　　　　开本787×1092　1/16
2021年8月北京第1次印刷　印张 42½

定价：196.00元

绪 论 山西民间文学：口头传统里的艺术世界 001
    一、华丽转身：从民间的"文学"到国家的"非物质文化遗产" 001
    二、文化地图：山西民间文学的文化生态与地域分布 009
    三、精彩纷呈：山西民间文学的资源类型 014
    四、传承利用：山西民间文学的搜集整理与创新发展 020

第一章 先秦山西民间文学 024
    一、先秦山西民间文学概述 025
    二、远古时期的神话传说 029
    三、夏、商、周时期的神话传说 062
    四、春秋战国时期的民间传说故事 074
    五、先秦民间歌谣与原始歌舞 103

第二章 两汉山西民间文学 109
    一、两汉民间文学概述 109
    二、两汉时期山西民间传说故事的流布 112
    三、两汉时期的民间传说 114
    四、郭茂倩与《乐府诗集》 157

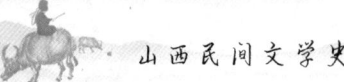

第三章　魏晋南北朝山西民间文学　176
　　一、魏晋南北朝时期山西民间文学史概述　176
　　二、魏晋南北朝时期人物传说　179
　　三、魏晋南北朝时期地方风物传说　192
　　四、魏晋南北朝时期幻想故事　197
　　五、北朝民歌思想内容与地域特色　199
　　六、志人志怪小说为主的文学样式　204
　　七、魏晋南北朝文学的多重价值　206

第四章　唐代山西民间文学　209
　　一、唐代山西民间文学发展的背景　209
　　二、唐代山西民间传说　211
　　三、唐代山西民间故事　249
　　四、唐代山西戏曲与说唱　259

第五章　宋代山西民间文学　270
　　一、宋代山西民间文学概述　270
　　二、宋代山西民间传说　274
　　三、宋代山西民间故事　301
　　四、宋金山西戏曲与说唱　318

第六章　元代山西民间文学　343
　　一、元代山西民间文学概述　343
　　二、元代山西民间传说　348
　　三、元代山西民间故事　365
　　四、元好问与山西民间文学　376
　　五、元杂剧与山西民间文学　381

目 录

第七章　明代山西民间文学　　389
　　一、明代山西民间文学概述　　389
　　二、明代山西民间传说　　398
　　三、明代山西民间故事　　421
　　四、明代山西民间歌谣　　435

第八章　清代山西民间文学　　440
　　一、清代山西民间文学概述　　440
　　二、清代山西民间传说　　442
　　三、清代山西民间故事　　450
　　四、清代山西民间歌谣　　466
　　五、清代山西民间小戏　　469
　　六、清代山西民间文学特征　　473

第九章　近现代山西民间文学　　475
　　一、近现代山西民间文学概述　　475
　　二、近代山西民间传说故事　　480
　　三、近代山西民间歌谣　　507
　　四、现代山西民间传说故事　　521
　　五、现代山西民间歌谣与戏剧　　533
　　六、近现代山西民间文学的特点　　565

第十章　当代山西民间文学　　570
　　一、20世纪50、60年代的山西民间文学　　570
　　二、20世纪50、60年代的山西民间文学史料采录　　577
　　三、20世纪50、60年代山西民间文学的各类体裁分析　　579
　　四、20世纪50、60年代山西民间文学的史料特点　　613

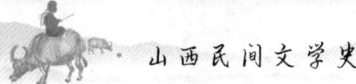

　　五、20世纪80、90年代山西民间文学的文化背景　　626
　　六、20世纪80、90年代山西民间文学的各类体裁分析　　630
　　七、20世纪80、90年代山西民间文学的搜集整理　　637
　　八、山西高等院校民间文学的教学与人才培养　　650

参考文献　　658

后　记　　669

绪　论

山西民间文学：口头传统里的艺术世界

民间文学是我们每个人的精神乳娘、亲密伙伴，还是我们的良师益友。从婴儿时的摇篮曲"天皇皇，地皇皇，我家有个夜哭郎，过路行人念三遍，一觉睡到大天光""排排坐，吃果果，你一个，我一个，妹妹睡觉留一个"，到儿童时的精灵传说、十兄弟、狗耕田、哪吒闹海、神笔马良等童话故事，再到少年时的神话传说、民歌戏曲，我们就是在这样的民间文学的氛围里浸润、濡染，完成了由自然人向社会人的转变，使我们自己也成为民间文化的传人。山西是黄河文化、黄土文明的荟萃之地，储存着像煤炭一样无比丰富的民间文学资源，堪称民间文学的富山宝地。当今在传承优秀传统文化，保护非物质文化遗产，实现乡村振兴的社会现代化进程中，那些优美动听的歌谣、曲折精彩的故事、神奇美妙的传说，像华夏祖先黄帝、炎帝，上古帝王尧、舜、禹，历史人物关羽、李世民，一代廉吏于成龙等，都将成为重要的"乡村记忆"和民俗文化资源，是我们进行创造性转化、创新性发展可资利用的宝贵文化财富。就让我们走进民间文学的艺术世界，领略精彩纷呈的民间文学作品吧。

一、华丽转身：从民间的"文学"到国家的"非物质文化遗产"

民间文学是一个国家、民族、地区的民众集体创造、口耳相传的表达民众思想情感、理想愿望、审美情趣的具有独特价值体系的口头文学文本，包括的体裁范围主要有散文体的上古神话、民间传说、民间故事；韵文体的民间歌谣、谚语、谜语、歇后语；韵散结合体的民间说唱、民间戏曲等。与正统文化、作家文学相比较，民间文学具有以下属性特征。

第一，民间文学是一种生活型的文学，具有生活与文学的双重特性。从发生学的角度看，民间文学并不是有意为之，而是出于生产、生活的需要，民众发自内心、自然而然地创作出来的。以民歌为例，鲁迅谈到文学起源时，描述了"杭育派"文学的产生：一群在原始森林抬大木头的人，不堪重压，为了减轻劳动的负荷，其中一个人有节奏、有声调地呼喊起来，这就是最早的民歌。后来流传在全国各地的民歌，也是劳动民众"感于哀乐，缘事而发""饥者歌其食，劳者歌其事"的产物，正如民歌里吟唱的"女人们忧愁哭鼻子，男人们忧愁唱曲子""唱曲儿容易叠调调难，学会唱曲解心宽"。民歌是民众蓄之已深的情感的凝聚物，是他们抒发情感的重要方式。大量的仪式歌都是伴随着丰富多彩的民俗生活形成的，如盖房起屋有上梁歌，吃饭请客有敬酒歌，结婚出嫁有出嫁歌，出殡埋人有哭丧歌。民间文学为生活在社会底层的劳苦民众带来了无穷的乐趣，尽管他们的物质生活是贫瘠困苦的，但他们的精神生活是丰盈充实的，民间文学让他们变成了精神的富翁。

第二，民间文学是一种口传文化，是一个民族的文化传统。由于历史的和文学自身的原因，民间文学与作家文学相比，有它自身的特征——口头性。口头讲述，口耳相传，即便是被记录下来成为文字性文本，仍然保持着可讲述、可传播的特性。美国人类学家罗伯特·芮德菲尔德在他的《农民社会与文化：人类学对文明的一种诠释》一书里，提出了著名的"大传统"与"小传统"理论。[1] 所谓"大传统"，是占统治地位的人们创造的精英文化，是高层次的文化；"小传统"则是处于社会底层的民众创造的生活文化，又称为基层文化。实质上，在一个国家或族群里，占人口80%以上的广大民众创造的民间文化如民间文学、民间艺术、民俗文化，才是一个国家根基性的文化，是这个国家传统文化的重要组成部分，是弥足珍贵的一笔重大的民族文化财富。

第三，民间文学是"自由"的文学，具有独特的价值体系和审美观念。由于民间文学是用活的口语、方言讲述或演唱的文学，而口头语言生动明快、简洁传神，具有形象性和立体感，在表现生活、表达情感方面有极大的便利性，是最"自由"的文学。历代民众用这种"自由"的口头语言方式追述远古先贤的功

---

[1] 〔美〕罗伯特·芮德菲尔德：《农民社会与文化：人类学对文明的一种诠释》，王莹译，北京：中国社会科学出版社，2013年，第94—95页。

绩，赞美家乡的山水，褒扬现实生活中的真善美，贬斥现实生活中的假丑恶，形成了神话、传说、故事、民歌、戏曲等多姿多彩的文艺体裁，具有自己独特的价值体系与思想观念，成为教育后代的民间"百科全书"，蕴含着一部民众思想史。民间社会混沌多元，精芜混杂，民间文学则体现着民众对历史、时事、人物的品评，是民众思想观念、是非观念的理想化表达。例如，在山西介休和灵石之间有个地方叫"两渡"，汾河在峡谷之间纵贯而下，湍急奔流的河上有一座桥叫"寡妇桥"，此名得来有一段不寻常的传说，故事情节是：(1) 有位寡妇在孩子三岁时丈夫不幸去世，她含辛茹苦让儿子饱读诗书，儿子后来赴京赶考，一举成名，朝廷委任他做了官；(2) 寡妇到汾河对面的寺庙求佛烧香，天长日久，与寺庙里的一个和尚有染，她每日渡河去寺庙，或涉水，或划船，晚去早归，一日两渡，风雨无阻；(3) 当寡妇的儿子衣锦还乡，会见乡亲之后，本家族的老族长把事情原委告诉了他，并说此事有伤风化且损害他的名声，让他酌情处理；(4) 寡妇的儿子反复思忖之后，决定在汾河上建一座石桥，以方便母亲往来；(5) 许多年过去了，母亲去世，儿子返乡为母亲办了隆重的丧礼，让父母合葬。当堆起坟头之时，他拔出剑，杀死在场的和尚，惊得人们目瞪口呆；(6) 老族长问他究竟为何这样做，他说了两句话：修石桥为母尽孝，杀和尚替父报仇。

这个传说充满着悖论：既然母亲与和尚通奸不对，你为什么还要为她修桥以便于往来？既然和尚给你父亲戴了"绿帽子"，你为什么不及早处置他？寡妇儿子最后的两句话使之都有了"合情合理"的答案。这里表达的是不同于"二十四孝"中所倡导的孝道的民众思想。民间文学、民俗学面对的是活生生的人，它要通过包罗万象、具体活泼的生活事象、口头文本去发现人的思想情感和文化心理，走向不同于自然物体的人的世界与意义世界。

千百年来民间文学就像山野的风，就像大地上的蒲公英，朴实无华，带着泥土的芳香，装点着民众的生活。历史的车轮奔驰到了20世纪的改革开放新时代，尤其是进入全球化、现代化的21世纪，民间文学遭遇了前所未有的困境，也碰上了千古难遇的发展良机——这就是非物质文化遗产保护浪潮的到来。2003年10月，联合国教科文组织第32届大会通过了《保护非物质文化遗产公约》；2004年8月，全国人大常委会批准我国加入联合国教科文组织的《保护非物质文化遗产公约》，这意味着我国正式成为该公约的缔约国，同时也说明我国的非物质文化遗产保护工作开始走上了国际合作的道路；2005年3月，国务院办公厅颁发了《关于加强我国非物质文化遗产保护工作的意见》，就进一步加强我国非物质文化遗产保护工作提出了指导性意见，同时第一次以国家文件的形式采用了"非物质文化遗产"这一术语。在"非物质文化遗产"这一术语使用之前，我国惯用的、与之相近的术语有民间文学、民俗文化、民间文化，大抵包括民众创造的各个文学艺术门类。联合国教科文组织给非物质文化遗产下的定义是：

非物质文化遗产是指"被各种群体、团体、有时为个人视为其文化遗产的各种实践、表演、表现形式、知识和技能及其有关的工具、实物、工艺品和文化场所。这种非物质文化遗产世代相传，在各社区和群体适应周围环境以及与自然和历史的互动中，被不断地再创造，为这些社区和群体提供持续的认同感，从而增强对文化多样性和人类创造力的尊重"。

民间文学、民俗文化很大程度上是从阶级、阶层的角度对文化进行的划分，民俗文化、民间文化被认为是一个国家或民族中处于中下层，尤其是生活在乡村的广大劳动民众创造的文化；而"非物质文化遗产"这个新概念，则不重视其创作者和传承者是否为下层民众，它只是注重"世代相传"的创作、传承方式和群体中被创造、再创造过程中的认同感，它是一个站在整个人类及其文化的高度给出的新概念。

2005年国务院颁发的《国家级非物质文化遗产代表作申报评定暂行办法》，依据国际文件确定了我国非物质文化遗产的范围包括：(1) 口头传统，包括作为文化载体的语言；(2) 传统表演艺术；(3) 民俗活动、礼仪、节庆；(4) 有关自然界和宇宙的民间传统知识和实践；(5) 与上述形式相关的文化空间。

经过十多年非遗保护利用的实践，为了申报、评审、保护的方便，国家将非遗项目划分为十大门类：(1) 民间文学；(2) 传统音乐；(3) 传统舞蹈；(4) 传统戏剧；(5) 曲艺；(6) 传统体育、游艺与杂技；(7) 传统美术；(8) 传统技艺；(9) 传统医药；(10) 民俗。

非物质文化遗产代表作项目的评审标准包括六个条件：具有能够展现民族文化创造力的杰出价值；是扎根社区的世代相传、地域特色鲜明的文化传统；能够促进文化认同，增强社会凝聚力；有出色的传统工艺技术；能见证中华民族优秀传统；因社会变革或缺乏保护濒临消失，然而对中华民族文化传承具有重要意义。本来处于自然形态的、在民间活态传承的民间文学口头文本，一旦经过国家政府机关评审、命名，就成为"国家的民间文学"，或成为"民间的国家文学"，它不但属于其原生的社区，也成为更大范围的国家、地域共享的民间文学。

我国实行非物质文化遗产的四级保护制度，从2004年至2021年，共公布了五批国家级非物质文化遗产，山西省国家级民间文学类非遗共10项。山西省公布了五批省级非物质文化遗产项目，民间文学类非遗共52项。具体如下：

表1 山西省国家级民间文学类非物质文化遗产项目名单（共五批）

项目序号	编号	名称	公布时间	申报地区或单位
9	Ⅰ-9	董永传说	2006（第一批）	山西省万荣县文化馆
521	Ⅰ-34	杨家将传说（杨家将说唱）	2008（第二批）	山西大学戏剧影视研究中心
522	Ⅰ-35	尧的传说	2008（第二批）	山西省绛县文化馆
523	Ⅰ-36	牛郎织女的传说	2008（第二批）	山西省和顺县文化艺术中心
571	Ⅰ-84	笑话（万荣笑话）	2008（第二批）	山西省万荣县笑话研究会
1032	Ⅰ-88	赵氏孤儿传说	2011（第三批）	山西省盂县
1033	Ⅰ-89	白马拖缰传说	2011（第三批）	山西省晋城市城区
1034	Ⅰ-90	舜的传说	2011（第三批）	山西省沁水县
1050	Ⅰ-106	烂柯山的传说	2011（第三批）	山西省陵川县
1239	Ⅰ-145	广禅侯故事	2014（第四批）	山西省阳城县

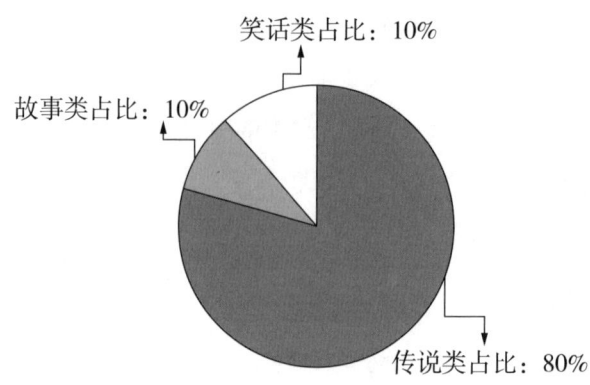

图 1 山西省国家级民间文学类非物质文化遗产各类型比重

表 2 山西省民间文学类非物质文化遗产名录（全五批，不含扩展项目）

批次	项目编号	名称	申报地区及单位
第一批次	I-1	董永传说	运城市万荣县
	I-2	民间说唱史诗《杨家将》	山西大学
	I-3	广武传说	朔州市山阴县
	I-4	赵氏孤儿传说	阳泉市盂县、运城市新绛县
	I-5	万荣笑话	运城市万荣县
	I-6	司马光传说	运城市夏县
	I-7	牛郎织女传说	运城市永济市、晋中市和顺县
第二批次	I-1	女娲补天神话	泽州县文化馆
	I-2	精卫填海神话	长子县文化馆、高平市文化馆
	I-3	后羿射日神话	屯留县文化馆、襄垣县文化馆
	I-4	愚公移山传说	阳城县文化馆
	I-5	珏山吐月传说	泽州县文化馆
	I-6	白马拖缰传说	晋城市城区文化馆
	I-7	舜的传说	沁水县文化馆

二、文化地图：山西民间文学的文化生态与地域分布

"生态学"的概念最早是由德国生物学家海克尔（E. Haeckel）提出的，他认为生态学是"研究生物有机体及其与其环境之间相互联系的科学"，简言之，是研究生物与其生存环境之间关系的科学。20世纪初人文科学工作者将这一概念借鉴过来，扩展到社会科学领域的种族、文化、政治、经济等各个学科的研究之中。民俗文化生态的视角着重考察生态环境对文化的制约与影响，在人类文化生成、发展的广阔背景下研究生态环境与民俗文化的双向互动，既要关注自然地理环境对民俗文化、民间文学的影响，又要考察民俗文化、民间文学对自然环境的反作用，寻求生态环境与民间文化互补共融、和谐发展的有效路径。文化生态要素不仅包括地理、气候因素，还包括历史、人文条件，山西特殊的生态环境孵化孕育了极具区域特色的民间文学。

（一）地理环境与大河文明

山西地处黄河中游，气势磅礴、奔腾咆哮的黄河就在我们脚下流淌。在这一河段，汇集了汾河、渭河两个大的支流，汾河从山西北部宁武管涔山出发，一路向南，全线贯穿着太原盆地、晋中盆地、临汾盆地、侯马盆地、运城盐池，全长690公里。宽阔平坦的土地、浑厚肥沃的土质、源源不断的水源为人类的生存提供了优越的条件。河流是文明诞生的温床，人类早期的文明足迹总是沿着大河流域产生。黄河之所以被称为华夏民族的母亲河，就是因为她对中华民族文明有着孕育之功。河流孕育了华夏文明，文明使河流不朽，使其在自然生命的基础上产生了文化生命。位于黄河中游芮城县西侯度村的"西侯度遗址"，地理测定其底层年代距今180万年，是旧石器早期的文化遗存。山西南部汾河流域的襄汾丁村人和北部桑干河流域阳高许家窑人文化遗址，是我国旧石器中期的文化遗存。山西晋南吉县柿子滩文化代表了黄河中游由旧石器时代向新石器时代过渡时期的文化，在柿子滩发现的原始岩画有两幅，均用赭红色赤铁矿粉涂绘而成，一幅是表现原始人狩猎格斗或舞蹈祭祀，另一幅则是裸体女性，有学者分析是女娲，这两幅画表现了渔猎采集与原始农业相兼的柿子滩先民的精神生活和信仰崇拜。女娲神话在晋南洪洞、晋东南泽州、晋东平定都有流传。上古神话传说是黄河流域文明

演进的历史见证，是人类对河流文明早期审美认知的文化结晶。华夏先民们为了生存，最早汇聚在这里，并展开了旷日持久的战争与融合。新石器时代距今大约10000年至4000年，所对应的考古年代为龙山文化，黄帝与炎帝之战，黄帝、炎帝与蚩尤之战都发生在这一时期的古河东地区。在晋南，相传运城盐池是蚩尤被黄帝打败，其身首被就地分解，方圆百里的湖水被蚩尤肢解后的鲜血染得通红，变成了解州盐池的卤水。晋南芮城风陵渡则是因黄帝的大将风后葬在这里而得名。晋南夏县流传着黄帝元妃嫘祖教民养蚕缫丝的传说。

山西南部是尧、舜、禹活动的中心区域，司马迁《史记》记载："尧都平阳，舜都蒲坂，禹都安邑"，说明这些古代帝王都曾在这里建功立业，创建都城，创造了辉煌的历史。运城市绛县相传是尧的出生地，围绕尧寓村形成了"尧王故里传说群"，2008年进入第二批国家级非遗名录。舜耕历山、后稷教民稼穑于稷山的传说在这里广为流传。襄汾陶寺遗址的发现为华夏文明提供了强有力的佐证，它初步被认定为龙山文化时期唐尧部族的文化遗存。陶寺遗址考古震惊中外的重大发现有三个：一是出土了一批农具，发现了几眼水井，说明当时已进入"日出而作，日落而息"的定居式的农业时代；二是2003年发掘出一座大型圆体夯土建筑，据专家考证其功能是用于观天象和祭祀，应是中国最早的观象台，这证实了《尚书·尧典》所记载的"观象授时"活动的存在；三是出土了一批陶器，如壶、瓶、盒、盘等，尤其是有一件"彩绘蟠龙陶盘"，学界认为它是集合了中原诸部落图腾而形成的华夏中心区域的徽标，它的出土，说明了早在4000多年前，以唐尧氏族部落为代表的华夏民族就以龙为图腾，龙已成为华夏民族的象征，也是最早"中国"的象征。

（二）自然气象与农耕文化

黄河中游地区属于温暖带，其气候表现出四季分明的特点，考古发现证明，距今4000—5000年的龙山文化时期黄河中下游的气候较现在温暖，空气非常湿润，连绵的山岭或低湿的河谷生长着茂密的森林，水獐、竹鼠、野猪、水牛、大象出没其中。直到夏商之前，晋南地区的气候类似于亚热带，地多沼泽，湿热多雨，草木蓁蓁，类似今日之江南。大约在夏商之间，黄河中游山陕豫交汇三角地带的气候发生了巨大变化，气候趋寒，常有干旱发生，形成了内陆高原型高寒气候。这种气候条件对民俗文化、民间文学的形成主要体现在两个方面，一是农耕文化的形成；二是古迹建筑的保存。

先看自然气象与农耕文化的关系。华夏先民正是在黄河中游生态环境的变迁中逐步完成了从游牧狩猎到畜牧、农业的转变，实现了由季度性定居向永久性定居的过渡。人们聚集在肥沃的河流高台地带，开始利用自然条件创造自己的文化环境，形成了最早的聚落，以农耕文化为主要特征的村落文化成为中国社会根基性的文化。为了生产，人们要根据岁时节气的变化安排农事活动，形成了二十四节气和相关的岁时节日民俗；为了生产，人们要以血缘关系为纽带组成家庭、家族，在小群体的通力协作下完成春种秋收等繁重的体力劳动，形成了血缘家族和乡土村落民俗；为了生产，在生产力水平非常低的条件下，人们对土地、河流、雨水有很大的依赖性，形成了对土地、河流、天神的原始崇拜和朴素的宗教信仰。于是，与农耕文化相关的林林总总的民俗文化出现在民众生产、生活的世界里。鞭打春牛是临汾魏村"牛王庙会"的重要仪式，每年立春的头一天，村民们扮演的春官，孩童扮演的勾芒，还有巡官、仓官以及诸多随从人员穿着盛装艳服，鼓乐伴随去东郊迎接"春牛"——用泥捏纸糊的假牛。行礼后，将春牛迎至大堂，并设座饮宴。第二天将春牛抬到郊外田间地头，由孩童装扮的芒神抽打，意在鼓励百姓摆脱懒惰，投入春耕。土地神又称社神、土地公公、土地爷、后土，是山西各地普遍存在的信仰，每年"二月二"是土地公公的神诞日，各地都有"祭社"习俗。围绕对土地神的崇拜，古代形成了春祈秋报的习俗。万荣、介休都有规模壮观、气势宏大的后土庙。山西各地都有久旱不雨便向龙王求雨的习俗。晋东南阳城析城山一带流传着《成汤祷雨》的古史传说。"平定雩祭"是流传在平定县柏井村的求雨习俗，每年七月二十二是正式会期，有一系列严密的仪式。

再看气候环境对保护古迹文物的作用。俗话说"地上文物看山西"，山西地上文物之多举世公认，仅元代之前的古建筑数量就占到全国七成以上，这大概得益于内陆高原型气候，有利于文物古迹的保护。五台山南禅寺、太原晋祠圣母殿和鱼沼飞梁、应县木塔、太原双塔、洪洞广胜寺飞虹塔、芮城永乐宫三清殿、万荣东岳庙飞云楼都保存完好。每一处景观，每一座古迹，乃至每一幅寺庙壁画都有一段神奇美妙的传说，成为山西风物传说的"亮点"，这些风物传说也是吸引游客的宝贵资源。

（三）边塞要地与民族熔炉

山西自古以来就是中原汉民族与北方少数民族交汇融合之地，农耕文明与草原文明在这里碰撞对接。五胡并处时期，匈奴、鲜卑、羯、氐、羌等少数民族都在山西留下了活动的足迹，晋国的中前期与周边少数民族相处融洽，晋国君主与戎狄部族不断通婚，例如晋献公的两个儿子都是狄族的夫人所生，后来称霸中原的晋文公就是其中之一。晋文公的心腹大臣就是狄人狐偃，狐偃正是晋文公的舅舅。狐偃的父亲是狐突，这位晋国大夫教子要忠臣，不事二主，在重耳（晋文公）长达十九年流亡的日子里，让狐偃、狐毛两个儿子忠心侍奉，晋文公终成霸业。东汉末年至魏晋南北朝四百年间，是大动荡、大分裂的时期，政权不断更替，混战不休，少数民族不断内迁，各民族或争战，或联合，或通婚，形成了第二次民族大融合，山西成为一座民族融合的熔炉。元明清时期，山西也是中原汉民族与北方蒙古族、满族交战融合之地，山西商人从"九边"盐商做起，扩大到各个商业行当，形成了影响深远的晋商习俗。与这样的特殊地理环境相联系，山西北部流传着赵武灵王胡服骑射的传说、各个朝代守边将领的传说、杨家将的传说，以及内外长城沿线流传的"长城传说"。

（四）"三大文化板块"

山西民间文学的地域分布，可以概括为太行文化、黄河文化、长城文化"三大文化板块"。

2018年4月，山西省委、省政府提出举全省之力锻造黄河、长城、太行三大旅游板块，以发展全域旅游为战略要求，深化文旅融合，并出台了《山西旅游规划导则》《进一步加强旅游规划和开发建设工作的若干意见（实施办法）》。我们认为，实现文旅融合，首先要为各文化板块把脉，确立该区域统领性、标志性的文化，进而与旅游景区结合，推动文化创意产业，方可抓出实效。具体而言，"太行文化板块"，不仅有峡谷毗连、曲流深澈的自然山水风光，更有古老的神话传说群，如后羿射日、炎帝神农尝百草、精卫填海、愚公移山、成汤祷雨、珏山吐月的传说、白马拖缰的传说等，还有太行革命根据地传说、老一辈革命家传把炼好的五色彩石一块一块顶到天上补好了天。这则神话的特点，一是说女娲补天是受玉皇大帝指派，补好天之后回到天宫向玉皇大帝"交旨"，很明显是神话流传到后来与道教文化融合了，称为"神话道教化"；另一个是说女娲补天炼石用的是平定一带的"洋油干"，即石炭，这反映了远古先民对煤炭的发现与利用，是神话流传到平定之后的"神话在地化"。

后羿射日。流传在晋东南屯留县乃至整个古上党地区。故事情节是：(1) 远古时期，天上十日并出，地上禾苗枯焦，民不聊生。(2) 后羿奉天帝之命射日，他的魂附在了当地一位年轻力壮、射技超群的大力士张三嶷身上，由张三嶷在屯留瓦泽岭上射落天上九个太阳，留下一个，百姓从此五谷丰登，过上了好日子。(3) 帝尧把此事奏给天帝，天帝封张三嶷为羿神，将瓦泽岭改称为三嶷山。现在屯留县三嶷山上的三嶷庙修复之后气势恢宏，北宋崇宁元年（1102），徽宗皇帝额封羿神为"灵贶王全职显应侯"。三嶷庙主要供奉主神三嶷神，同时还有许多神祇，当地老百姓把各种神都统称为"老爷"，所以，三嶷山又称"老爷山"。后羿射日神话反映了人们掌控自然、战胜自然，祈求美好生活的愿望。

（二）民间传说类

中华大地历史悠久，疆域辽阔，山河壮美，物产丰富，不同的文化区具有各不相同的风俗民情，各民族、各区域的人民生活在不同的自然环境和社会场域之中，自然而然地对故土、对家乡产生了浓郁深厚的热爱之情，常以自己家乡的山水风景、地方物产、历史名人、风俗习惯为傲。"月是故乡明"是人类的普遍情感，这种情感用歌喉咏唱就是民歌小曲《沂蒙山小调》《人说山西好风光》《精美的石头会唱歌》等，形之于乡间民众的口头文学创作中就是精妙绝伦的、地域色彩鲜明的民间传说。2013年12月13日召开的"中央城镇化工作会议"提出："城镇建设要让居民望得见山，看得见水，记得住乡愁。"乡愁是什么？乡愁就是对家乡，对曾经生活过的地方最深刻最深情的记忆与怀念，是内心深处最柔软的情感，这种情感往往随着时光的流逝而愈加强烈并倍加珍贵。民间传说所传达的正是浓郁深厚的家乡情感，是"留住乡愁"的最宝贵的文化记忆。

民间传说是人民大众口头创作的与历史人物、历史事件、地方古迹、自然风物、社会习俗相关的兼具真实性与传奇性的叙事作品。依据表达的内容可以分为历史人物传说、历史事件传说、风物遗迹传说、习俗物产传说等门类。山西的各类民间传说都有经典文本，这里重点介绍以下几个种类。

1. 三晋人物传说

三晋文化是华夏文明重要的组成部分，唐尧姬姓，因擅长制陶而受封唐地，称为"陶唐氏"。相传尧15岁受封唐国（今河北唐县），后数次迁徙，建都平阳，国号为"唐"。尧的后裔继承了尧的封号，后来晋国始祖叔虞又受封于古唐国。《桐叶封弟》的故事讲的是：周朝时，周成王与胞弟叔虞在一起玩，他把一片桐叶剪成一个似玉圭的玩具，对叔虞说："我将拿这玉圭封赐你。"摄政王周公旦听说这件事后，提醒周成王应当言出必行，君子无戏言；于是周成王把唐作为封地封赐给叔虞。唐在黄河、汾河的东边，方圆一百里，后人称呼封地主人为唐叔虞。晋国的历史长达600年，疆土从黄河北岸扩展到南岸，又沿汾河北上，一直扩展到晋北忻州、晋东阳泉乃至河北等地，在山西形成了系列性的晋国人物传说，而且多有风物古迹作为佐证，如汾河之神台骀的传说、赵氏孤儿的传说、介子推的传说、狐突传说、窦犨传说等。

赵氏孤儿传说。主要流传在晋南新绛、襄汾，晋北忻州，晋东盂县，为国家级非遗。《左传》《史记》对这个故事都有较完整的记载，基本情节是：(1)公元前597年，晋景公听信权臣屠岸贾的谗言，将赵盾家族满门抄斩，并且为了斩草除根，连刚出生的赵氏后代婴儿赵武也要杀害；(2)义士程婴把婴儿装在药箱救了出来，把孤儿交给公孙杵臼，然后让公孙杵臼假装告密，程婴用自己的儿子代替孤儿，亲生儿子被屠岸贾杀害，赵氏孤儿幸存下来；(3)公孙杵臼让程婴抚养孤儿，自己自杀。十五年后，赵武长大，晋悼公起用他，他杀死了屠岸贾，替赵家报了仇。[①]

这篇故事情节跌宕起伏，人物形象个性鲜明，将屠岸贾的凶悍狠毒，公孙杵臼的舍生取义，程婴的忍辱负重，都展现得淋漓尽致，活灵活现。在盂县藏山一带，相传是赵氏孤儿躲避藏身的地方，乡村百姓把赵武奉为"藏山大王"，认为他有司雨的神职功能。在盂县、太原、河北等地有藏山大王庙134处，其中盂县

---

① 中国民间文学集成全国编辑委员会、《中国民间文学集成·山西卷》编辑委员会编：《中国民间故事集成·山西卷》，北京：中国ISBN中心，1999年，第55—57页。

有108处，孟县和阳曲的两座大王庙均为全国重点文物保护单位。赵氏孤儿传说还以多种媒介传播，影响深远，元代纪君祥的《赵氏孤儿》是中国著名的悲剧作品之一，18世纪法国的伏尔泰将其翻译成话剧《中国孤儿》在欧洲上演，曾引起轰动。

介子推传说。流传在晋中介休市、灵石县，晋东南沁源县，晋南翼城县、万荣县等地。《楚辞·九章》《左传》《庄子》《吕氏春秋》《史记》中都有记载。故事情节：(1)介子推追随晋献公的公子重耳在外流亡19年，在重耳饥饿难忍之时曾"割股奉君"；(2)重耳回国继位之后封赏群臣，恰恰忘记了介子推。介子推洁身自好，功不言禄，带着母亲隐居在绵山之中；(3)晋文公重耳悔悟之后派人上绵山寻找介子推，介子推坚持不出山，晋文公就用放火烧山的办法逼他出山，结果介子推与老母亲相互抱住，在一棵大树下被大火活活烧死；(4)介子推被烧死的那天，正巧是冬至后的第104天，即清明节的前两天，后人为了纪念他，不忍心烧火做饭，只喝冷水，吃冷食，故这一天被称为"寒食节"。

今天，山西许多地方都还有过寒食节的习俗，介休一带捏"子推燕"，万荣一带是蒸"子推馍"。中国政府在2008年决定把春节、清明节、端午节、中秋节作为"四大法定节假日"，首届"中国寒食·清明文化节学术研讨会"就是在介休绵山召开的。

2.唐代历史人物传说

并州是李唐王朝的"龙兴之地"，唐时以太原为"北京"，其规模仅次于长安。唐高祖李渊、唐太宗李世民父子从太原起兵，一路南下，攻取长安，建立了大唐王朝。围绕在李世民周围的唐代名将，如薛仁贵，河东道绛州龙门（今河津）人，传说故事有《薛仁贵寒窑》《汾河湾射雁》等；尉迟敬德，朔州善阳（今平鲁）人，因英勇善战，死后成为门神；张士贵，祖籍盂县上文村，自幼习武，臂力过人，屡建奇功，但也颇有争议，嫉贤妒能，迫害忠良，甚至谋反朝廷，民间谚语云"薛仁贵征东，张士贵得功"。唐代的山西名人还有狄仁杰（太原人）、武则天（文水人）、杨玉环（永济人）等。

此外，杨家将传说在晋北代县雁门关一带广为流传，如《杨继业头撞李陵碑》《杨五郎出家》《杨六郎成亲》《穆桂英带孕胜辽军》《八姐九妹为啥没出嫁》，单看篇名就令人神往不已，再听听情节神奇、扣人心弦的传说，更是让人心潮起伏，爱国主义情感油然而生。[①]李自成是明末农民起义英雄，他的传说在山西分布广泛，许多地名如侯马、挂甲庄（临汾）、尽善村（杏花村）、宁武关等都与他有联系。傅山，太原阳曲人，他是明清之际一位思想家、医学家、书法家、文学家，崇尚老庄，品德高尚，闻名遐迩，民间评价他："诗不如字，字不如画，画不如医，医不如人。"有关他的传说有《煮石头》《奇方》[②]《傅山收徒》[③]等。

3. 地方风物传说

主要是通过生动的故事来解释山川名胜、土特名产的由来，融风物名胜、故事情节、说明解释为一体，把人的情感注入其中，赋予名胜风物以灵魂和生命，给山川增色，为物产扬名，颇富知识性与趣味性。人常说"看景不如听景"，正体现了传说的魅力。如收入《中国民间故事集成·山西卷》的有《汾源的传说》《老牛湾的传说》《娘娘滩的传说》《桑干河为啥没有桥》《滹沱河的传说》《晋祠水母娘娘的传说》《霍泉的由来》《九龙壁的来历》《卦山柏与聚宝盆》等。唐代文人刘禹锡《陋室铭》云："山不在高，有仙则名，水不在深，有龙则灵。"把这几句话引申到民间传说研究中，可以说，民间传说就是地方山水风物的"山中之仙，水中之龙"，有了它，自然风光、人文景观才会气韵顿生，神采流动！在今天实现转型发展、文旅融合的背景下，民间传说将会成为文化资本，助推区域社会经济发展。

4. 牛郎织女传说

中国著名的四大民间传说是"牛郎织女传说""孟姜女传说""梁山伯和祝英台传说""白蛇传的传说"，与之对应的节日习俗有七夕节、寒衣节、蝴蝶节、端午节。牛郎织女传说广泛流传在全国各地，主要有山东沂源县、湖北郧西县、江苏太仓县、河南鲁山县辛集乡、山西和顺县，后面两地被中国民间文艺家协会命名为"牛郎织女之乡"。《诗经·小雅·大东》《淮南子》《古诗十九首·迢迢牵牛

[①] 中国民间文学集成全国编辑委员会、《中国民间文学集成·山西卷》编辑委员会编：《中国民间故事集成·山西卷》，北京：中国ISBN中心，1999年，第72—80页。

[②] 马烽、李束为编：《山西民间文学作品选（1979—1989）》，太原：北岳文艺出版社，1991年，第132页。

[③] 中国民间文学集成全国编辑委员会、《中国民间文学集成·山西卷》编辑委员会编：《中国民间故事集成·山西卷》，北京：中国ISBN中心，1999年，第100页。

星》以及《史记》《汉书》中均有记载。据明冯应京《月令广义·七月令》记载："天河之东有织女，天帝之女也，年年机杼劳役，织成云锦天衣。天帝怜其独处，许嫁河西牵牛郎，嫁后遂废织纴。天帝怒，责令归河东，许一年一度相会。"山西和顺县牛郎峪、南天池村处在晋冀交界的太行山区，世代流传着牛郎织女传说。以南天池为中心，方圆二三公里之内，分布着20多处自然风物和人文景观，如牛郎峪、牛郎沟、牛郎洞、南天池、南天门、天河梁、簪峪、喜鹊山，以及牛郎庙、织女庙等，都与牛郎织女故事有关，当地人讲起来津津乐道，如数家珍，形成了一个环环相扣、妙趣横生的"传说故事链"。

（三）民间故事类

作为一种口述文学形式，民间故事是由故事文本、作者（讲述者）、读者（听众）、讲述语境等诸多要素共同建构而成的。民间故事（Folktale）有广义与狭义之分。广义指口头创作中所有叙事散文作品的总称，其中涵盖神话、传说、故事等一切非作家创作的散文体的叙事作品。狭义的民间故事将神话与传说排除在外，指除此之外的散文体口头叙事，在故事学意义上包括生活故事、幻想故事、民间寓言、民间笑话等。

1. 生活故事

主要反映劳动民众的日常生活和社会生活，尽显人生百态。反映阶级压迫、爱情婚姻、人情世故等，讲述长工、木匠、巧女、伙计、秀才、地主等各阶层人物的社会生活故事，如《金马驹和火龙衣》《一个农民和四十八个秀才》《村姑斗财主》《路遥知马力》《日久见人心》等；反映家庭生活，如婆媳、妯娌、父子、兄弟、翁婿等关系，具有伦理道德教育意义的故事，如《三女哭灵堂》《瓜怕露水韭怕晒》《巧媳妇当家》《三女婿拜寿》《三女婿对诗》等。山西的机智人物最有名的是晋南的解士美、晋北的宋丑子。关于解士美的代表性作品有《解士美拾了个生员》《巧救王县官》《三副对联赢官司》等。晋北忻州的宋丑子，其代表作品有《宋丑子成亲》《闹店》《借钱》《姐夫哭小姨子》等。机智人物往往滑稽幽默，智慧过人，同时又行侠仗义，扶危济困，深受广大民众喜爱。

2. 幻想故事

又称"童话""神奇故事""魔法故事"，是以幻想的手法、奇特的想象来表现人类生活和理想愿望的口头叙事，故事中常常出现动物、精灵、宝物、变形等内容，适合儿童心理，深受孩子们的喜爱。中国民间童话在长期流传、发展过程中形成了许多经典类型，如天鹅处女型、田螺姑娘型、灰姑娘型、狗耕田型、蛇郎型、问活佛型、怪孩子型等。这些经典童话在山西广泛流传，有的形成故事情节大同小异的"异文"。收入《中国民间故事集成·山西卷》的代表性作品有《但行算卦》《蛇郎》《青蛙报恩》《水推长城》《张四姐下凡》《五仙女下凡》《狐仙梦》《老鼠娶亲》等。

四、传承利用：山西民间文学的搜集整理与创新发展

山西民间文学与特定的文化生态、人文背景相联系，具有悠久历史性、鲜明区域性和多元融合性的特征，总体风格是雄浑厚重、质朴壮丽，体现出黄土文明的特色，给人一种既壮阔又优美，既粗犷又简洁的审美享受。

1984年，中华人民共和国文化部、国家民族事务委员会、中国民间文艺研究会（今中国民间文艺家协会）为适应改革开放新时期文化建设的需要，于5月28日联合签发了《关于出版〈中国民间故事集成〉〈中国歌谣集成〉〈中国谚语集成〉的通知》，简称"民间文学三套集成"，组织大量的人力、投入充足的经费开展全面普查，科学采录，以县为单位编印民间文学资料本，在此基础上编印地区卷本和省卷本。山西作为文化大省，高度重视民间文学的搜集整理与研究，山西省民间文学研究会创办的《山西民间文学》，保持民间文学土香土色的"本色之美"，突出民间性和地域特色，在全国同类刊物中深受读者喜爱。山西师范大学自1988年开始在文学院汉语言文学专业开设"民间文学"选修课，选课学生踊跃，为山西民间文学研究培养了后备力量。在民间文学搜集整理的过程中，涌现出了许许多多酷爱民间文学，勇于为这一"人民的事业"奉献的民间文学工作者。

刘润恩——襄汾的"蒲松龄"。襄汾京安村人，几十年如一日，搜集家乡的民间文学作品，出版了《七十二呆》《大能人解士美》。

范金荣——发现故事篓子尹泽老人。20世纪80年代初期，他骑着自行车，带着铺盖卷，与朔州马邑的尹泽老人同吃同住同劳动，采录尹泽讲述的故事150篇，演唱的歌谣120首，出版了《尹泽故事歌谣集》，山西民间文艺家协会授予尹泽"民间故事讲述家"称号。

绪　论　山西民间文学：口头传统里的艺术世界

2018年1月，中国文学艺术界联合会发布了《关于实施中国民间文学出版工程的通知》，要求在全面调研和收集整理的基础上，充分吸收当代民间文学研究的新理念、新成果，按照科学性、广泛性、地域性、代表性的"四性"原则，编选按体裁归类的民间文学及理论研究成果总集。其工作总目标是：到2025年，正式出版神话、史诗、民间传说、民间故事、民间歌谣、民间长诗、民间说唱、民间小戏、谚语、民间文学理论等类别与系列的大型文库1000卷，每卷100万字，共10亿字，并建成"中国口头文学遗产数据库"。这一以中国民间文学为主体内容的宏伟的文化工程，必将促进全社会共同参与民间文学的发掘、传播、保护与发展。

新时代山西民间文学也将进入一个民间文学保护利用、创新发展的新阶段，我们认为，今后的保护路径主要是：

第一，实行整体保护，重视地域民众的民间文学主体地位。民间文学的文化生态既包括民间文学口头文本，也包括其传承人——民众群体或个人，还包括制约其传承发展的地理环境和人文背景。首先，要把民间文学当成一个生命系统，维护和增强民间文学类非遗的生命力。每一种生命都有其基因、要素、结构、能量和生命链，蕴含着生命的全部秘密。因此，要搞清楚民间文学的基因谱系和生命之根，找到它的灵魂和脉搏，即贯穿其中的文化心理、精神内涵这样的核心价值观念。[①]其次，注重文化空间的修复与建构，将文化空间的物理层、文化层、价值层整体考量，如忻州依托赵氏孤儿传说，发展区域特色文化，被中国民间文艺家协会命名为"中国程婴故里文化之乡"，在传说文本、文物修复等方面取得明显成效。最后，要唤醒传承主体——地方民众的文化自觉意识，通过故事讲述、庙会祭祀等活动吸引他们参与进来，让其成为民间文学传承的主力军和受益者。

第二，实行社会参与，构建跨区域合作的文化共同体。列入四级非遗名录的民间文学项目，许多是打破了行政区划的限制，扩布在与本区域毗邻的周边地区，或更广阔的全国各省区，如花木兰传说流传地有湖北黄陂、河南商丘市虞城；大禹传说流传在山西河津、陕西韩城、河南登封，以及浙江、四川等地；炎

[①] 贺学君：《非物质文化遗产"保护"的本质与原则》，收入马文辉、陈理主编：《民间文学类非物质文化遗产保护研究》，北京：中国社会科学出版社，2015年，第38—39页。

帝神话传说依托山西高平炎帝陵、陕西宝鸡炎帝陵、湖南炎陵县炎帝陵形成了各省区的"炎帝神话传说圈"。对这些民间文学进行保护需要协调官方、高校相关研究机构、地方文化精英、地方民众多方面的关系，调动其积极性，让民间文学类非遗参与到人类命运共同体的建构中。以董永传说为例，董永卖身葬父、巧遇七仙女的传说，在全国扩布广泛，西汉刘向《孝子传（图）》、三国曹植《灵芝篇》、东晋干宝《搜神记》中都有记载。万荣县小淮村相传是董永故里，保存有"董永故里"的石刻匾额，民间有"织合欢布"的习俗。董大中先生积多年研究成果，出版了《董永新论》，万荣县董永传说也于2008年被批准为第一批国家级民间文学类非遗。董永传说在全国流传很广，形成了四个传说圈：第一个是山东博兴董永传说圈，地方史料记载为南宋末期；第二个是湖北孝感传说圈，最早的文献记载是顺治年间的《孝感县志》；第三个是江苏东台的董永传说，东台属于江苏苏北沿海地区，在宋代与东汉的董永传说黏附在一起；第四个是山西万荣的董永传说圈。尽管全国各地争相将董永传说申报国家级非物质文化遗产，但在激烈的竞争中，最后只有山西省万荣县、江苏省镇江市、江苏省东台市、河南省武陟县四家获准。但是，董永传说若要做到永续传承，在优秀传统文化传承中发挥更大作用，各省区必须横向合作，相互学习，建立互利共赢、共同发展的协作机制。

第三，探索文化创新，让民间文学资源参与到乡村振兴中。民间文学是具有深厚文化底蕴和鲜明区域特色的文化资源，在乡村振兴背景下可以作为优势文化资源进行创造性转化和创新性发展，让资源变成资本，为当地民众脱贫致富奔小康带来红利，使他们对本土民间文化获得更深刻的文化认同感，同时也从民间文学创新发展中获得幸福感。民间文学资源创新性发展可以利用民间传说故事进行伦理道德教育，如运城市盐湖区依托舜帝文化举办德孝文化节，评选孝顺媳妇、孝顺儿子，促进了乡风文明建设；可以依托地方民间文学，打造文化品牌，修复文化景观，如赵氏孤儿之乡、尉迟恭故里门神文化节等；还可以运用现代传媒手段如网络、影视，甚至雕塑、绘画展演具有地方特色的民间文学作品，让仅有听觉特征的口头文本变为兼具听觉、视觉、触觉等多种感觉的立体化演示对象，对观众形成更大的感官冲击力，使其获得更深刻的审美感受。如万荣阎景村笑话博览园，把口头叙事转变为图像化叙事，其媒介形式主要有三种：平面漫画、立体雕塑和剪纸艺术，还有"笑话迷宫""万荣笑话馆"，这种创新性探索，使该地民众、企业在获得经济效益的同时也获得了社会效益。

国务院规定，每年6月的第二个星期六为"文化和遗产日"，2019年文化和遗产日时间为2019年6月8日，宣传口号是"见人见物见生活""在生活中弘扬，在实践中创新""传承文化根脉，共筑民族未来""非遗保护，你我同行"。民间文学是历代民众用口头语言艺术、倾注着自己最真实的情感建构起来的艺术世界，她可以使我们受到思想的启迪、民族精神的哺育、审美情趣的陶冶，是我们最美好的心灵栖息之地。靠谁来呵护精神家园？答案是：靠你，靠我，靠大家！民间文学类非遗保护对我们每个人来说都刻不容缓，责无旁贷！

第一章

先秦山西民间文学

一般认为，先秦大致经历了上古神话传说时期，三皇五帝时期，夏商周时期，春秋时期和战国时期。至此先秦时代结束，继之是统一的秦、汉王朝。[①] 因此，本章所指的先秦山西民间文学并不仅限于狭义史学研究中的夏、商、周、春秋和战国时期，而是包括了更为久远的史前期。在这一漫长的历史发展中，山西经历了部落征战、尧舜禅让、世袭制王朝建立、晋国称霸和三家分晋等重大历史事件。这些重要事件以神话、传说、故事和民间歌谣等形式留存在民间，因而它们具有口头文学的性质，表达了先民们的思想感情和愿望，反映了山西先秦时代的生产生活状况。本章将先秦时段分为三个时期，即远古时期、夏商周时期和春秋战国时期。远古时期的山西民间文学主要以神话形式出现，较为知名的有女娲补天造人神话、炎黄之战神话、大禹治水神话、嫘祖养蚕神话等，它们至今仍然在民间流传。夏商周时期的山西民间文学更多表现为传说形式，如傅说传说、后稷传说、叔虞封唐传说等。原始宗教意识以及礼法观念渗入到民间文学中，巫觋、瞽等成为民间文学的传播者，山西民间文学随即有了文字记载，"使文化传承不再依赖神话或传说，产生了文献"[②]。春秋战国时期，民间传说主要围绕晋国及其历史事件展开，形成了传说系列，如赵氏孤儿传说、晋文公传说、介子推传说、狐突传说等晋国人物传说，以及迁都新田、三家分晋等史事传说。不仅如此，山西还出现了更加贴近生活的民间故事，这些民间故事大量保存在先秦诸子等典籍中，留存至今的古代典籍成为我们了解先秦时代民间故事讲述情况的重要

[①] 王建华：《先秦政治文化的历史分期》，《江苏社会科学》2010年第4期。

[②] 周庆山：《传播学概论》，北京：北京大学出版社，2004年，第25页。

来源。因此，士阶层也成为民间文学的传承主体。[①] 先秦时代的山西民间文学时间跨度长，内容丰富，已经基本具备了后世山西民间文学的重要形态，具有开创意义，是山西民间文学的源头。

一、先秦山西民间文学概述

民间文学好似树上的绿叶、海边的贝壳，把它从生长的自然环境中采撷来，它就会枯萎，失掉原来的美。只有在口耳相传的环境中，人们拿它交换着说和听，没有把它记录下来置于凝固不变的形式中，民间文学才能繁荣昌盛。民间文学是活的文学，生长在特定的文化生态环境中。[②] 因此，我们要了解先秦山西民间文学的具体内容就必须要先明晰其生存环境。由于民间文学的口头性特征，我们现在已经难以知晓几千年前民间文学的真实讲述情况，但后世文人将其中一些经典故事记录下来，用文字整理写定，以书面形式保存至今。由此，我们从浩瀚的先秦典籍文献中筛选出一些重要的记录文本，作为先秦山西民间文学的资料来源。

（一）华夏直根与山西民间文学之起源

关于远古时期华夏文明的发祥地，考古界将其划分为四大区域，即黄河流域、长江流域、珠江流域和辽河流域。"古老的华夏文明并非起源于一时一地，亦非一个地区向外扩散的一堆篝火，而是星星点点形成燎原之势，通过各自的发展序列共同进入文明时代，最后汇集成统一的华夏文明的历史长河……然而，无可辩驳的事实是，中原黄河流域文化区，尤其是黄河中、下游交汇处一带，具有比较深厚的原始文化积存，形成了相对稳定的文化发展序列，连绵不断地延续了下来，率先进入文明时代，并对其他各个文化区产生了巨大的影响作用。所以，这里事实上构成华夏文明起源的中心区域。"[③] 山西的中部和南部属于黄河流域中游地区，尤其是山西南部的古河东地区，远古时期就是原始人类集中聚居的场所。[④] "大量的文献记载和越来越多的考古资料都充分说明，河东地区是中华

---

① 吉峰：《先秦文学传播主体流变考述》，《牡丹江师范学院学报》（哲学社会科学版）2012年第6期。
② 潘定智：《民间文学生态简论》，《思想战线》1989年第1期。
③ 李元庆：《发祥于河东地区的华夏文化》，《文史知识》1989年第12期。
④ 冯宝志：《三晋文化》，沈阳：辽宁教育出版社，1995年，第4页。

民族的摇篮，华夏文明起源的中心，上下五千年古老的中华文化的'直根'即在这里。"① 山西南部是炎帝族的属地，是炎帝族活动的中心区域之一。后来，黄帝与炎帝"战于阪泉之野"，大败炎帝，兼并了炎帝部族；② 接着，黄帝与蚩尤"争于涿鹿之河……执蚩尤，杀之于中冀"。③ 阪泉与涿鹿均在古河东一带。黄帝由此结束了多族杂居的局面，开创了华夏文明，被尊奉为"人文初祖"。从唐尧到虞舜再到夏禹，三代部落领袖均以晋南为统治中心，尧治平阳，舜治蒲坂，禹治安邑，三都各相去二百余里，俱在冀州，统天下四方。在山西南部这片土地上，尧、舜、禹三位帝王将华夏文明推向前进。炎帝、黄帝、尧、舜、禹各族，在华夏族形成时期，立下了不朽之功，他们是开创华夏文明的伟大领袖人物。④ 山西南部还是商族和周族的策源地。商的始祖契，是尧时主"五教"的"司徒"官，他的活动范围主要在中条山附近的蒲州（今山西永济）一带。周的始祖后稷，是主"播时百谷"的"稷"官，他的出生地就在今运城闻喜和稷山一带的古邰国。正因为华夏始祖的功勋卓著，后世百姓才对他们留有深刻记忆，并将他们的丰功伟绩以口头讲述的形式传给后辈子孙。在民众的记忆里，他们具有与生俱来的超凡神力，就连他们的家人也是能与他们相匹配的英雄人物。因而，关于炎黄二族以及尧、舜、禹的神话传说成为山西境内最早的民间文学类型。

（二）晋国兴衰与山西民间文学之发展

晋国是西周王朝重要的同姓诸侯国，自西周初年立国至春秋末年为韩、赵、魏三卿所灭，经历了六百余年的发展。西周建立后，为"屏藩周室"，成王封其弟叔虞为唐侯，其封地在古唐国地区。叔虞封唐后，大力发展农业生产，正确处理与戎狄民族的关系，取得了斐然可观的政绩，为后来晋国社会和文化的繁荣昌盛奠定了基础。⑤ 叔虞死后，他的儿子燮父继位，将唐国改为晋国。经过长达

---

① 李元庆：《发祥于河东地区的华夏文化》，《文史知识》1989年第12期。
② 杨伯峻：《列子集释》，北京：中华书局，1979年，第84页。
③ 黄怀信、张懋镕、田旭东撰：《逸周书汇校集注》（上、下），上海：上海古籍出版社，1995年，第782页。
④ 冯宝志：《三晋文化》，沈阳：辽宁教育出版社，1995年，第35页。
⑤ 李元庆：《三晋古文化源流》，太原：山西古籍出版社，1997年，第169页。

第一章　先秦山西民间文学

六七十年的战争,晋国由原先的两个政权对峙转为统一。到晋献公时,晋国开始勃兴,扩建绛都,兼并了霍、虢、虞等小国。晋献公通过集权兼并,遏止了晋国奴隶制的发展,使晋国成为当时的强国,但他至死未能实现称霸诸侯的愿望。献公事业和遗愿的真正继承者和实现者是他死后15年重返晋国的逃亡公子重耳,即春秋五霸之一的晋文公。晋文公为逃出骊姬设下的圈套,流亡国外19年,辗转多个国家,备受艰难。回国后,他实行了一系列的改革,终于在公元前632年城濮之战中打败南方大国楚国,建立霸业,晋国由此走向鼎盛。春秋时期中国社会由奴隶制走向封建制在政治上的表现就是"天子倒楣了,诸侯起来;诸侯倒楣了,卿大夫起来;卿大夫倒楣了,陪臣起来"[①]。晋国政权的下移始于赵盾专政,这导致了晋灵公被杀。赵氏专权造成了后继诸侯的不满,公元前583年,晋景公发兵围赵氏下宫,捕杀赵氏族人,夺取赵氏封地,史称"下宫之役"。这之后,晋悼公虽然通过各种措施试图恢复晋国霸业,但依然无法挽回晋国衰落的趋势,公元前454年,晋国三个大族韩、赵、魏发动兵变杀死智伯,三分智氏邑。至此,晋国的领地几乎尽入三家,晋国名存实亡。[②] 韩、赵、魏三分晋国后,虽为三个独立的诸侯国,但这三国均是从晋国分裂出来的,它们的始祖均系长期握有晋国政治、经济和军事实权的世袭卿族。更重要的是,独立后的韩、赵、魏三国,其社会、经济、政治和思想文化始终保持着与晋国一脉相承的历史渊源关系,实际是晋国社会、政治、经济和思想文化在战国时代的历史延续,也是晋国社会发展的必然历史趋势。[③] 晋国的兴衰变迁不仅被记录在正史中,也广泛流传在民间。山西民间文学因此也有了极大的发展,出现了民间传说中的人物传说、史事传说等具体类型。晋国历代重要的君王、卿大夫的英雄事迹都成为百姓口头讲述的对象,不仅如此,严肃的历史事件也在民众口头讲述中化为奇幻的逸闻。百姓向人们诉说着他们记忆中的历史,有些历史记忆与正史相符,有些却大相径庭,但无论怎样,这些民间记忆是一种文化真实,表达着底层民众的历史情感与观念。

[①] 郭沫若:《奴隶制时代》,北京:中国人民大学出版社,2005年,第25页。
[②] 李孟存、常金仓:《晋国史纲要》,太原:山西人民出版社,1988年,第68页。
[③] 李元庆:《三晋古文化源流》,太原:山西古籍出版社,1997年,第3页。

（三）政治诉求与山西民间文学之搜集整理

春秋战国时期，流传在山西境内的不少民间文学资源被载入各类典籍。从零星的记载来看，当时社会上出现了一批喜爱讲说故事、采集故事的人。这种采集活动分为两条路线：一是民间普通平民的振木铎以"采风"。《汉书·食货志》如此描绘："孟春之月，群居者将散，行人振木铎徇于路以采诗，献之大师，比其音律，以闻于天子。"①又《春秋公羊传》曰："从十月尽正月止，男年六十，女年五十无子者，官衣食之，使民间求诗，乡移于邑，邑移于国，国以闻于天子，故王者不出户牖，尽知天下所苦。"②"采诗"即采集民歌，这些民歌被收录在《诗经》中，其中就有不少山西本土民歌。这种"政府行为"的采风活动，记录下了当时山西活态的民间文学资源，可看作山西民间文学搜集整理最早的"田野作业"。二是士大夫阶层的以故事劝政。这是基于何种历史缘故呢？王焕镳在《先秦寓言研究》一书中这样写道："其时统治阶级取士的标准，主要是看他们有没有高谈雄辩的口才。士阶层求进于统治阶级，不管他们所操之术如何，也必须具备语言的技巧。一言合意，立取卿相；一语不智，垂橐而归。"春秋时代士大夫语言中经常使用"微言相感，称诗寓志"的方式，但因为太文雅了，愚暗的统治者既不爱听，也听不懂，于是野音——民间神话传说故事等便得到采用编写的机会而被搬上了文坛，民间口头创作在政治上发挥了作用，便成为士阶层学习利用的资料。"这类民间口头创作包括神话、传说、民间故事各种内容，因为不是'大人'之言，所以当时谓之小说……总之，由于士阶层的抬头，便将民间的传说，带给了统治阶级；又由于统治阶级对于民间传说的欣赏，鼓舞了士阶层构造寓言的兴趣。"③可见士大夫阶层的崛起促进了民间文学的搜集整理，正因为这样，我们才能从先秦诸子、历史典籍中看到山西民间文学的较原始面貌，形成文献与口头文本的双重对读。可见，先秦时期山西民间文学的搜集整理都与政治有着密不可分的关系，这是不可忽视的历史事实。

---

① ［汉］班固撰，［唐］颜师古注：《汉书》，北京：中华书局，1962年，第1121—1123页。
② ［唐］徐彦：《春秋公羊传注疏》，［清］阮元校刻：《十三经注疏》，北京：中华书局，1980年，第2287页。
③ 王焕镳：《先秦寓言研究》，上海：古典文学出版社，1957年，第12—15页。

总之，先秦时期山西民间文学的诞生是基于复杂的社会历史背景，历史变迁、社会风气等都促成了民间文学作品的讲述与传播。

二、远古时期的神话传说

远古时期主要指有文字记载以前的原始社会，上起人类的诞生，下与夏、商、周对接，经历了从旧石器时代到新石器时代漫长的发展演变历程。这一时期，山西境内著名的原始遗址有西侯度遗址，这是迄今为止山西所发现的最古老的原始文化。此外自南至北依次分布着匼河遗址、丁村遗址、陶寺遗址、许家窑遗址、峙峪遗址、下川遗址等原始遗址。这一时期流传着众多带有奇幻色彩的神话故事，由于当时并无文字记载，这些神话故事多依靠口传心授传播，所以我们很难窥视真实的流传情境。但从现今发掘的遗址和后世相关的典籍文献中，大致可以勾勒出神话故事讲述的基本面貌，寻绎远古时期的山西民间文学母题。

（一）龙图腾及其神话

中华民族是以夏族为主体发展起来的，而夏族是崇龙之族，因此龙文化起源甚早。关于龙的雏形说法众多，闻一多先生在《神话与诗·伏羲考》中认为龙的主体原型为蛇，考古发掘的早期龙形象实物提供了丰富的龙以蛇为基调的例证，距今4500年的山西襄汾县陶寺遗址出土的彩绘蟠龙陶盘堪称典型代表。1983年《考古》第1期以彩色图版的形式首次刊登了陶寺遗址出土的彩绘龙盘。龙盘用泥质陶土烧制而成，形状与我们常见的圆形敞口浅腹盘相似，口径37厘米，底径15厘米，高8.8厘米。盘的内壁上用红彩绘着一条蜷曲的龙，这条伺机腾空的龙伏卧在盘中，首近盘口边缘，尾居盘中央，蛇躯鳞身，方头，豆状圆目，张着巨口，口中伸出长长的信子，上下两排牙，长舌外伸，在颈部上下对称绘出鳍状物，从身、尾、目的形状和它口吐长信的特征看，很像蛇；但从方头、巨口、露齿看，又与鳄鱼接近，因此陶寺龙盘上的蟠龙显然集两种或两种以上动物的特征于一体。因陶寺遗址为唐尧时期人类活动的遗址，该龙应是当时华夏民族中心区域的徽标，是华夏族将龙作为图腾的重要依据。陶寺蟠龙彩盘不仅色彩艳丽，有着极强的视觉冲击力，而且图案也有着美好的寓意。蟠龙口衔被视为瑞兆的嘉禾，嘉禾是一种特别苗壮的禾穗。"德至地则嘉禾生"，嘉禾是圣人德至、天下一统的瑞兆，预示着风调雨顺、天降甘露、国泰民安。此外，远古人将龙绘于盘内，盘为盛水之物，这表明龙为水神。陶寺龙盘最初是由大墓中挖掘而出，是为礼器，说明唐尧的上层权贵已懂得用"龙"这种神秘的象征物作为载体来达到控制下层民众的目的。他们将神权和王权有机地结合在一起，从思想上牢牢控制底层民众，以巩固统治。虽然在陶寺蟠龙发现之前，就在不少更早的文化遗址中出现了龙形象，初步形成了对龙的崇拜，但那时的龙还没有成为国家和民族的象征。只有在陶寺文化早期，龙才真正和帝王联系在一起，成为华夏民族的象征。[1]

考古材料毕竟有限，但在先秦时期的典籍文献中可以看到不少山西境内有关龙的神话故事。《山海经·大荒北经》载："蚩尤作兵伐黄帝，黄帝乃令应龙攻之冀州之野。应龙蓄水，蚩尤请风伯雨师，纵大风雨。黄帝乃下天女曰魃，雨止，遂杀蚩尤。"[2]这则发生在山西南部的神话中，应龙在战争中维护了黄帝族的权益，保证了其胜利与生存，在攻伐蚩尤的战争中发挥了重要作用，因而成为黄帝族的保护神。尧王的出生也与龙关系密切，《竹书纪年》里说尧的母亲叫庆都，庆都感孕于赤龙而生尧，且尧的长相类似于龙，这表明尧一族以龙为部落保护神。《竹书纪年》中记载舜的出生时也说："帝舜有虞氏，母曰握登，见大虹意感而生舜于姚墟，目重瞳子，故名重华。龙颜大口，黑色，身长六尺一寸。舜父母憎舜，使其涂廪，自下焚之，舜服鸟工衣服飞去。又使浚井，自上填之以石，舜服龙工衣自傍而出。耕于历，梦眉长与发等，遂登庸。"[3]可见，帝舜不仅长相为"龙颜"，在遇到危难时服龙衣而脱险。龙在一定意义上保证了帝舜一族的延续。从这些零散的典籍文献中可以看出，早在先秦时期龙就成了部落首领的化身。人们臆造了这条虚幻的龙，实质上是创造了人间生存着的神。龙崇拜作为大酋长强权统治的工具，此时已明显打上了阶级分化的烙印，这是与原始社会末期私有制出现，大酋长由人民公仆蜕变为压迫者的历史背景相联系的，是当时氏族、部落内部出现悬殊的贫富分化和鲜明的等级差别这种社会关系的变化在意识形态里的

---

[1] 宋建忠：《龙现中国：陶寺考古与华夏文明之根》，太原：山西人民出版社，2006年，第47—52页。
[2] 方韬译注：《山海经》，北京：中华书局，2011年，第334页。
[3] 方诗铭、王修龄：《古本竹书纪年辑证》，上海：上海古籍出版社，1981年，第6页。

反映。① 不仅如此，在先秦时期的山西，龙与水也有着密切的关系。《山海经·大荒东经》："应龙处南极，杀蚩尤与夸父，不得复上，故下数旱。旱而为应龙之状，乃得大雨。"② 应龙帮助黄帝获胜后不能再上天，造成天上无神致雨而天下大旱，于是拟作应龙之状，才使大雨降临。龙与水的密切关系也在陶寺遗址的蟠龙图形上得到了印证。

与此同时，山西民间也流传着众多关于龙的口头叙事作品，它们的广泛传播与山西深厚的龙崇拜形成对照。山西的民间龙形象大致可分为两类，一类是能行云布雨的水龙，它们帮助百姓摆脱干旱的困境，保障农业风调雨顺，如晋西北河曲一带就流传着向龙王祈雨歌：

　　甲：天龙爷爷开了恩，清风细雨救万民。
　　乙：清风细雨救万民，开锣出马庆天功。
　　甲：开锣出马庆天功，龙行旧道上路程。
　　乙：坪泉出马走鬼家村，一溜大街到柏沟营。
　　甲：柏沟营到张太爷坟，唐家会中午卧神龙。
　　乙：出马三天大路程，烧香摆供一路迎。
　　甲：谁敢慢待挡神龙，水官牢头拿铁绳捆。③

另一类是能吐火的火龙。如在大同一带流传着"鼓楼火龙"的故事：

　　明代时，大同府盗匪猖獗，市民常遭劫。为惩戒匪首，官府修建了一座鼓楼，布置有专人看守。但很快贼人又想出了新的对策，他们趁看守人熟睡之际，偷偷进入市民居所实行偷窃。有一次，当盗贼靠近鼓楼城门时，忽然有火舌从四面吞吐而来，一条火龙从鼓楼上飞来，盗贼被吓得逃命而去。有了神龙助阵，大同府从此一片安宁。④

不同于西方的龙，山西民间的龙形象代表着正义，是维护人间和平的斗士。山西的龙文化十分久远，龙是部落首领的化身，是威武与权力的象征，也是

---

① 屈川：《龙雏形的形成与华夏文明的起源》，《四川大学学报》（哲学社会科学版）1993年第4期。
② 袁珂：《山海经校译》，上海：上海古籍出版社，1985年，第248页。
③ 忻州市民间文学集成编委会编：《忻州民间歌谣集成》，内部资料，1987年，第393页。
④ 大同市十大文艺集成办公室编：《大同民间故事集成》，太原：山西人民出版社，1989年，第359—360页。

阶级对抗的标志。无论是从考古勘探，还是典籍记载，抑或是民间口头叙事中，我们都可以看到山西悠久的龙神话印迹。

（二）女娲补天造人神话

女娲是中国古代神话中最为光彩夺目的女神，有关她造人、补天、置神媒、制笙簧等神话，自有文字见诸记载以来，历时两千余年，至今尚在流传，不仅地域上的分布十分广泛，数量上也非常丰富。女娲神话的最早记载见于《山海经》："有国名曰淑士，颛顼之子。有神十人，名曰女娲之肠，化为神，处栗广之野，横道而处。"①郭璞注云："女娲，古神女而帝者，人面蛇身，一日中七十变，其腹化为此神。"淑士国是颛顼之子及后裔聚地，其神十人乃女娲之肠或腹化成。这里，女娲之腹及其化育能力，反映出原始氏族初民对女性生殖能力的崇拜意识，只是无法解其谜而借助想象将其神圣化，视为神人及万物的生成者。所谓古神女而帝者，是指最高神祇为女性统治者。女娲氏很可能是原始母权制时期某一氏族中女首领的姓氏，初民们将其图腾化、偶像化为一女帝神，故《山海经》便如此记载为淑士国之神灵。女娲传闻的这种图腾化、偶像化倾向，在初期民间流传中应有多种传说异文，所以战国开始便将其奉为能炼石补天、积灰止水乃至置婚姻、制笙簧的一神而多圣的形象或曰神像。《列子·汤问》中便有这样的记载："故昔者女娲氏，炼五色石以补其阙，断鳌之足以立四极。其后共工氏与颛顼争为帝，怒而触不周之山，折天柱，绝地维，故天倾西北，日月星辰就焉，地不满东南，故百川水潦归焉。"②这里，女娲出现时序上与《山海经》所记不同，即她先于颛顼氏，是一位更古老的原始氏族先祖，因而也符合母权制先于父权制的氏族进程次序。此外，《楚辞》《尹子·盘古篇》等先秦典籍中也有女娲神话的记载。总体来看，女娲补天造人神话是烙刻着推想人类生成之由，期盼修补自然、繁衍人口、过安定祥和生活的原始人意识的神话。

山西是女娲神话的重要流传地。据史料记载，女娲的主要活动地域是昆仑山，而与秦岭山脉、昆仑山脉绵延相接的太行山，则是昆仑山余脉。因为中华民

---

① 袁珂：《山海经校译》，上海：上海古籍出版社，1985年，第389页。
② 杨伯峻：《列子集释》，北京：中华书局，1979年，第215页。

第一章　先秦山西民间文学

族的创世祖先女娲曾经在这里活动过，所以，太行山又以"女娲"或"皇母"命名。[①] 在山西晋城市城东三十多里水东村西北的"浮山"山腰，有一个名叫"娲皇窟"的地方，据传那是女娲补天的遗迹。洞内现供有女娲神像一座，远近各处的妇女常到这里祈祷、求子，据说非常灵验。据《重修浮山女娲庙记》载：

  泽之为郡，在太行之顶，其四面乱山环列，东西望之，突然而起，孤高峻绝，不与众峰相连者，曰"浮山"也。山之腹有岩穴，中有二像，庙而祭之，传者以为"翁婆神"，居民之为嗣续计者，往往祷于是焉。按《图经》："'翁婆神'在郡东南二十五里浮山北坡上，宋（哲宗）元祐六年（1091）建。计屋八间，共二十二椽；周围七十五步。"又：（哲宗）绍圣三年（1096）丙子，李旦亦言："此庙自元祐六年。"及观（宋仁宗）至和二年（1055）郭宝碑已"重修"矣。《图经》所云"元祐六年建"，亦"重建"也。究其原，莫知所从来。或曰"女娲庙"并无所据，按《淮南子》云："女娲氏炼五色石以补苍天，断鳌足以立四极，杀黑龙以济冀州，积芦灰以止淫水。苍天补，四极正，淫水涸，冀州平。"此皆有功烈于民者也，民追而祀之其以此耶？传者通谓之"浮山神"。[②]

当地百姓传说，浮山中的洞穴为女娲炼石补天之处，并将女娲称为"翁婆神"或"浮山神"，她掌管着民间妇女的生育，十分灵验。

阳泉平定县东浮化山是山西境内另一处重要的女娲神话流传地。浮化山位于距离平定县城东南二十公里的古贝乡境内，是太行山脉的一个山头。这座山头顶部平阔，原来乃是呈"锅底"形状，据说这里就是当年女娲"炼石补天"的锅灶所在之处。民间有这样的传说："平定有个古贝乡，古贝乡有个村庄，一个叫东古贝，一个叫西古贝。古贝乡有两座高山，东面的叫东浮山，西面的叫西浮山。两山之间，有个锅底样的大坑，坑边上有三块大石头，品字形排放着，人们叫支锅石崖，传说是女娲补天的地方。"[③] 令人惊奇的是，这座山头的上上下下，都是由五颜六色的蜂窝状"浮石"组成。据地质考察发现，远古时期这里曾经是

---

① 孟繁仁：《黄土高原的"女娲崇拜"》，《中国文化研究》1999年夏之卷。
② 晋城市地方志丛书编委会编著：《晋城金石志》，北京：海潮出版社，1995年，第403—404页。
③ 中国民间文学集成全国编辑委员会、《中国民间文学集成·山西卷》编辑委员会编：《中国民间故事集成·山西卷》，北京：中国ISBN中心，1999年，第4页。

一座火山口，这些蜂窝状"浮石"可能就是由当年火山喷发出来的岩浆凝结而成。而在当地百姓的传说中，这些"五色石"就是当年女娲"炼石补天"所遗留的渣滓。当地人这样讲道：

> 远古时炎帝死了，他的后代共工与颛顼争夺帝位，共工失败了，一头撞倒了不周山，西北天顶塌了下来，玉皇大帝派女娲下来炼石补天。女娲看见地上有许多泥团，古贝人叫洋油干。她知道这泥团能炼成补天的五色彩石，就支上了大锅，把泥团放在锅中。每一锅泥团炼出五色彩石后又剩些废石渣，人们就叫作浮石。女娲白天把石渣倒在东面，晚上把石渣倒在西面，石渣越堆越高，成了两座大山。东面的山，叫作东浮山，西面的山，叫西浮山。①

这些在其他地方难以见到的"五色浮石"，成为这里的一道独特风景线。这也说明，远古时期地球发生巨大的地质变化时，居住在此地的人类曾经在当时母系部族领袖的带领下，与这场可怕的自然灾难进行过英勇的斗争，这样才留下了"女娲补天"的美丽神话。此外，平定县一带还流传着《女娲补天留冠山》的传说。在这则传说中，女娲不是孤独的补天者，而是与金牛一起完成补天任务。金牛为使自己与女娲不再受寒冷的侵袭，就出主意将王母娘娘的逍遥宫偷来，女娲为使宫殿不被发现，便用自己的翡翠玉冠将其罩住。但女娲由于自己的疏忽，炼好石补好天后将开玉冠的钥匙遗落在海里，金牛回不到天上，只好着急地拉着磨盘转动，而女娲也因偷逍遥宫被罚下凡造人。后来，人们将玉冠称为冠山，山门叫"石门口"，门锁叫"锁簧"。② 这则传说从时间上看，晚于前一则传说，传说中出现了耕牛。据史料记载，我国从春秋战国时起出现了牛耕技术，而且这里讲到了女娲制"锁簧"（笙簧）。种种迹象表明，这则传说大致流传在战国时期，带有典型的农耕文明色彩。

在晋南闻喜县、晋东南长治市一带流传的多是女娲造人神话。闻喜县礼园镇建有娲皇庙，这里流传着《娘娘捏人》的传说：女娲娘娘捏了二百个人，并创造

---

① 中国民间文学集成全国编辑委员会、《中国民间文学集成·山西卷》编辑委员会编：《中国民间故事集成·山西卷》，北京：中国 ISBN 中心，1999 年，第 4 页。

② 同上注，第 5 页。

了民间百家姓，还教人们三魂六迷七十二糊涂。由于受到老鹰的谗言，老天爷雷公、风婆和雨师将人全毁了，所以现在人的肤色有了不同颜色，人们对灵魂的解释，有着各种各样的说法，因为娘娘当时没有讲完。[①] 闻喜县流传的女娲神话是关于娘娘造人之后发生的事，长治市流传的则是女娲如何造人：

> 很久以前，世界没有人，首先出现了一个女神叫女娲。她决定捏泥造人，每捏一个泥人，就变成一个活人。这些泥人很好看，但速度太慢了，她趁天下雨时，折了一把长藤条，在泥水坑里蘸些稀泥浆，朝四周一甩，泥点子甩到哪儿，哪儿就出现了人。但人却不如以前捏的好看，有大个子的也有小个子的，有胖的也有瘦的。当她在用藤条撒泥时，有的地方仍在下雨，泥点子被雨打坏了，就成了瞎子、拐子、傻子、呆子等人。[②]

晋南吉县柿子滩一带也是女娲补天神话的流传地，这里的女娲神话将造人与补天合为一体。在台地西边靠近南端的山崖之下，是女娲岩画所在之处。在这里发现的两方原始岩画，用软性赭红色石头画在一块上面有"岩棚"遮挡的崖石之上。其中右方一幅是画有两只动物的图画；而左方一幅，则是表现女娲"补天"和"造人"双重含义的"女娲岩画"。岩画中的女娲头梳双髻，双乳下垂，充满着哺乳人类的乳汁；在她的头顶上面，画有七颗黑点，象征布有"北斗七星"的天空；女娲右手上举，手中端举有石块状物体，意指女娲"炼石补天"；女娲的下身两腿分开，画有外露的阴器，脚下大地画有六个圆点，象征女娲化育万物、繁衍子孙，创造了人类。[③] 这幅岩画所反映的是典型的"女娲补天"和"女娲造人"的女性生活内容，与以后发现的汉代画像石砖上的"蛇身人首"女娲像不同的是：吉县柿子滩的"女娲岩画"乃是呈正常人类女性外形。它所反映出来的，正是古代原始社会进入"图腾崇拜"父权社会以前"女娲（母亲）崇拜"的本来面貌，这也成为当时女娲的主要活动舞台是在黄土高原山西的又一个重要证据。

除了以上几个重要神话流传地，山西境内的陵川县、寿阳县、交城县、临汾市、运城市等地都流传有女娲神话。这些分布于各地的女娲遗迹，有的命名为

---

① 中国民间文学集成全国编辑委员会、《中国民间文学集成·山西卷》编辑委员会编：《中国民间故事集成·山西卷》，北京：中国ISBN中心，1999年，第7页。
② 长治市民间文学集成编委会编：《长治市民间故事集成》，内部资料，1988年，第1页。
③ 邢东田：《〈三教同源录〉及其所描述的耶稣事迹》，《中国文化研究》1999年第2期。

"娲皇窟""补天台""娲皇洞""娲皇庙",有的则命名为"娲皇行宫",其间明显存在着工作、居住或下榻停留时间的长短之分,可见它们都是远古时期中华民族的伟大女性先祖女娲活动的足迹所至之处,是人们为了区别当年女娲活动、居留情况的不同而命名。同时,分布在黄土高原上山西境内的众多"女娲遗迹",基本上都是在《尚书·禹贡》所记载的"霍山"以南的"冀州之域",即今日山西晋东南、晋南一带。这里地处黄河中下游,古代气候温和、特产丰富,是原始人类天然的生存、居住环境。此外我们还发现,在以上"女娲遗迹"所在的地区,不仅流传着有关女娲氏"炼石补天""抟土造人""兄妹成婚"等神话,同时也流传着中原及南方平原地区很少流传的"狮腹避灾""隔山穿针""滚磨成婚"等极富山区色彩的传说。而家家户户在每年除夕之夜堆垒煤炭、燃放象征"炼石补天"的"塔塔火"的习俗,更是燃料缺少的中原、南方地区所无法见到的。这就更生动地证明:地处黄土高原的山西,既是远古时期人类社会的伟大女性祖先女娲生存、活动的舞台,也是传颂不衰的"女娲神话"的发源地。[①]

(三)炎帝神话传说

数千年来,炎帝作为中华民族的始祖、农耕文明的开创者以及医药的发明者,受到华夏子孙的敬仰与祭祀。关于炎帝的传说不仅在典籍中有丰富的记载,而且在民间有着大量活态的口承故事。我们大致可将典籍中的炎帝神话传说分为三种类型:

一是身世外形传说。如《列子》中这样记载:"神农氏、夏后氏,蛇身人面,牛首虎鼻:此有非人之状,而有大圣之德。"[②]民众为了表达对炎帝的敬仰,将炎帝想象为神人的后代,是其母亲感神生下的,因此炎帝必然会有着不同于常人的外貌和能力,《列子》对炎帝的记载带有原始神话色彩。

二是发明传说。炎帝是中国农业的最早创始者,对他创造农业的事迹记载最早的是西周《逸周书》:"神农之时,天雨粟,神农耕而种之。作陶冶斤斧,破

[①] 孟繁仁:《黄土高原的"女娲崇拜"》,《中国文化研究》1999 年夏之卷。
[②] 杨伯峻:《列子集释》,北京:中华书局,1979 年,第 84 页。

木为耜、鉏、耨，以垦草莽，然后五谷兴，以助瓜果之实。"①再如《周易》中载："包牺氏没，神农氏作，斫木为耜，揉木为耒，耒耨之利，以教天下。盖取诸益，日中为市，致天下之民，聚天下之货，交易而退，各得其所，盖取诸噬嗑。神农氏没，黄帝、尧、舜氏作，通其变，使民不倦，神而化之，使民宜之。《易》穷则变，变则通，通则久。"②炎帝神农氏作为中华民族的文明创始者之一，不但发明农业，解决了人民的基本生存问题，而且为了人民的健康不惜以身试药，他为了推动文明的进步而发明了日市交易，为了丰富民众的生活又发明了琴，为了保护自己发明了弓箭，所有这些使炎帝成为中华民族的文化英雄，并得到民众的纪念。

三是政治功绩传说。较早对炎帝时期社会政治状况进行记载的是《庄子》："子独不知至德之世乎？昔者容成氏、大庭氏……伏牺氏、神农氏，当是时也，民结绳而用之，甘其食，美其服，乐其俗，安其居，邻国相望，鸡狗之音相闻，民至老死而不相往来。若此之时，则至治已。"③庄子赞美炎帝时期是道德最盛的时代，炎帝以其高尚的品德及卓著的政治功绩成为后世帝王争相效仿的模范。

从以上文献资料的梳理分析中可以看出，在最初的古史记载中，炎帝传说多半带有神话色彩，他是一位高高在上的神帝。

除湖南澧县、陕西宝鸡外，山西东南部也是炎帝神话重要的流传地。柳田国男在其《传说论》中提出"传说圈"理论，并且指出："传说，有其中心点……传说的核心，必有纪念物。无论是楼台庙宇、寺社庵观，也无论是陵丘墓冢、宅门户院，总有个灵光的圣址、信仰的靶子。也可谓之传说的花坛发源的故地，成为一个中心……"以山西羊头山为中心形成的炎帝传说圈就流传着各种炎帝传说。在晋东南上党地区，有五座以"羊头"或"羊神"命名的山岭。一是长治县的羊头岭，传说是炎帝建都的地方；二是高平、长治、长子三县交界的羊头山，山上有神农城、神农泉、炎帝陵等，这是名头最大的一座羊头山；三是高平的西羊头山，上有炎帝庙；四是与长治为邻的潞城羊神山；五是沁源县的羊头山。④可见，

---

① 黄怀信、张懋镕、田旭东撰：《逸周书汇校集注》（上、下），上海：上海古籍出版社，1995年，第1222页。
② 南怀瑾、徐芹庭注译：《周易今注今译》，天津：天津古籍出版社，1987年，第393页。
③ ［清］王先谦撰：《庄子集解》，北京：中华书局，1987年，第111页。
④ 刘毓庆、柳杨：《晋东南炎帝史迹及其对华夏文明探源的意义》，《晋阳学刊》2005年第4期。

炎帝神话传说在晋东南扩布广泛，主要涉及晋城、长治两个市。其中炎帝神话传说以高平市羊头山为中心，辐射到整个山西东南部，形成了一条风物传说带。从传说的内容、情节上来说，可将其分为定居传说、发明传说、家庭成员传说、地名传说和灵验传说五种类型。

定居传说。典籍中对炎帝部落迁移路线的记载在民间传说中得到了印证。《炎帝神农迁居羊头山的传说》中讲道：炎帝部族原住在陕西姜水一带，但由于部族人口增多，无法维持部族生存，炎帝带领部族百姓开始了漫长的迁徙，经过河南洛阳，山西阳城、沁水后，来到了发鸠山，但由于炎帝之女在此被淹死，再加上这里不避风，炎帝决定继续迁移，最终选择了高平羊头山作为部落聚居地，从此炎帝族在这里生息繁衍。炎帝定居传说反映了炎帝建都立业的艰难历程，映射着民众对部族领袖的赞美之情。[①]

发明传说。晋东南地区的炎帝发明传说主要涉及农业发明和医药发明两方面。在农业方面，炎帝首先发现了可供人们食用的五谷。《羊头山神农尝谷》说：

很早以前，人多病而寿短，出了个圣贤，立志要寻找一种甘脂延长寿命。他来到一座大山里，见一只大羊跑来吃草。草有半人高，草头结穗，诱人口涎。他摘下一穗，放入口中，香馨无比。他高兴极了，立即去领氏族中人来采摘为食。氏族中就推他为长。这圣贤又伐荒拓土，播籽耕耘。那播下的籽粒出土成苗，抽穗结籽。人称其为黑柜黍，至今羊头山下的老百姓仍这么叫。消息传出，远近氏族都来归附。[②]

炎帝不仅发现了谷子，还创制了耒耜，即后世的耕犁。传说中的炎帝凭借自己的聪明智慧，发明了耒耜，并亲自给百姓示范，由此结束了狩猎时代，带领百姓进入农耕时代。[③]民以食为天，以上叙述的这些传说反映了农业在古代民众心目中的重要地位。同时，晋东南优越的自然生态环境也为这些传说的产生提供了最为充分的条件。炎帝除了在农业生产上的突出贡献外，还发明了医药。《神农尝百草发明医药的传说》中讲述：部族首领听说神农还能采药治病，就到神农城

---

① 高平市志编纂委员会编：《高平市志》，北京：中华书局，2009年，第1640—1642页。
② 高平市文史资料委员会编：《高平炎帝陵》，内部资料，2000年，第235页。
③ 高平市志编纂委员会编：《高平市志》，北京：中华书局，2009年，第1643页。

参观。他们以为这些药材是世上很稀有的,却没想到只是些树皮、草根。他们又以为神农能用这些药材治病肯定是神仙下凡,没想到神农和平常人并无区别。①晋东南之所以流传着炎帝发明农业、尝百草的传说,主要基于以下几点原因:第一,山西东南部具备利于农业发生的物质——黄土。黄土是非常适合农作物栽培的土壤。第二,山西东南部具备文明开启的条件——丰足的食物。据文献记载与考古发掘证明,上古三代华北地区先民最主要的食物就是黍、稷,即黄米和小米。第三,山西东南部盛产杂粮,有"小杂粮王国"之称,是有可能出现炎帝植百谷的历史及其传说的地方。第四,山西东南部植物非常多,有种子植物125科,512属,1090种,自古以来药材产业就十分发达。②在炎帝发明传说类型中,我们可以看到,炎帝被民众塑造成了为解决人民吃饭、健康问题而辛勤奉献的凡人,他不再具有典籍文献中的神性,而是更贴近日常生活,这表达了民众对炎帝奉献精神的感激和敬仰。

家庭成员传说。神是人的翻版③。在民众心中,神灵并不是孤单的,于是他们给神灵虚构出家庭成员,将自己的生活方式套用在神灵身上。在晋东南,流传着许多关于炎帝家族成员的神话传说,展现了炎帝一家生活化的一面。流传较广的是《三个太子及原配夫人》的传说:

> 炎帝的三个儿子被称为大太子、二太子和三太子,他们因常随父推广五谷渐渐变为怪物。大太子因尝谷中毒而致死,二太子因尝麦中毒,三太子因尝豆中毒。传说谷、麦、豆是因为太子们的尝试释放了毒才可食用的。炎帝的原配夫人很美丽,善解人意,不计个人得失,亲自来到五谷山推广五谷,并在潞州一带培育种植成功麻。④

在这类传说中,炎帝家人有着不同凡人的神性,其真实成分大大减少,这使炎帝传说越来越向民间信仰靠拢,从而形成了一套完整的炎帝信仰体系。在这里,炎帝不再是发明传说类型中生活化且色彩鲜明的实有历史人物,而是又回归为具有非凡能力的神,为后世的炎帝信仰打下了基础。除此之外,山西晋东南地

---

① 高平市志编纂委员会编:《高平市志》,北京:中华书局,2009年,第1644页。
② 刘毓庆:《上党神农氏传说与华夏文明起源》,北京:人民出版社,2008年,第177—181页。
③ 〔德〕格奥尔格·西美尔:《宗教社会学》,曹卫东译,上海:上海人民出版社,2003年,第19页。
④ 高平市文史资料委员会编:《高平炎帝陵》,内部资料,2000年,第247页。

区还流传着炎帝之女精卫填海的故事。①

地名传说。传说必有其纪念物,炎帝神话传说的纪念物主要集中在高平市神农镇一带。这些传说主要解释了炎帝从中毒到下葬所经过的一些地名的来历,其中有一则叫作《炎帝岭跑马岭的来由》:

> 一年夏天,炎帝骑马到一个山岭上采药,发现了百足虫,捉住一只放在口中咀嚼,毒性发作。人们将炎帝扶上马往回走。到了一个村子,炎帝昏迷,不能骑马,人们只好抬着他往回赶。又到了一个村子,炎帝已不能应声。炎帝死后,人们把他抬到一个避风的湾沟里准备安葬。炎帝的坐骑不肯离去,围着陵墓走了三圈,以身殉主。人们就把马殉主的这个岭叫作跑马岭。把炎帝吃百足虫的那个岭叫作炎帝岭,把炎帝中毒换马的村叫换马村。呼唤炎帝不能应声的村叫不应村,后改为北营村。装殓的地方叫装殓村,后改为庄里村。停尸的那个湾叫卧龙湾。

这则传说讲述了炎帝中毒及下葬的经过。关于炎帝的下葬地,一直以来都有争议,主要集中在湖南澧县、陕西宝鸡和山西高平三处。后有学者综合各方面因素得出以下结论:陕西宝鸡的炎帝陵是为纪念炎帝而建立的陵寝;湖南澧县炎帝陵可能是炎帝后裔子孙的陵寝;而高平炎帝陵很可能就是炎帝真正的陵寝。② 在《七佛护龙》这则传说中,有关炎帝的地名传说加入了佛教元素,显示出民间信仰的杂神特点。③

灵验传说。这类传说主要讲述的是炎帝为民除害、帮助人们渡过难关。在《炎帝战麒麟》这则传说中,炎帝小女儿被麒麟杀死在东海,炎帝决心找麒麟报仇,为百姓除害。这里民众赋予炎帝以英雄特质,已经将其看成民族英雄。④《炎帝庙里的香火》这则传说中,东海龙王的太子为逼迫玉女嫁给自己,不给羊头山一带下雨。无奈之下,玉女只得假装答应与其成亲,同时告诉全村百姓都到炎帝庙里上香求助。最后,炎帝帮助玉女摆脱了龙太子的纠缠,并禀告玉帝派雨神在

---

① 中国民间文学集成全国编辑委员会、《中国民间文学集成·山西卷》编辑委员会编:《中国民间故事集成·山西卷》,北京:中国ISBN中心,1999年,第9—10页。
② 常四龙:《原始文明与高平炎陵》,北京:中华书局,2005年,第76页。
③ 高平市志编纂委员会编:《高平市志》,北京:中华书局,2009年,第1649页。
④ 同上。

羊头山一带布雨，全村在玉女的指引下得救了。① 而在《老龙湾话古》中，炎帝显灵化为火龙，告诫官员不要在他自己的丧事上铺张浪费。② 这则传说表达了人们对炎帝节俭精神的赞颂。信仰的流传伴随着无数的灵验传说，它们在民众中又不断印证着信仰的神奇力量。炎帝传说是炎帝信仰的外在表现，也是信仰得以传承下去的原动力。

除了以上这五种主要神话传说类型之外，民间还流传着"炎帝访贤"的故事，这大概是将尧舜访贤的故事情节附会在炎帝身上，以表彰炎帝的贤德。传说是民众认识和信奉神灵的特殊途径，是民众表达自己对神灵理解的一种口头载体。因此，通过对山西东南部流传的炎帝传说进行解析，可以借此探究当地民众的深层文化心理。与历史文献当中的炎帝传说相比，不管是内容上还是形式上，现代民间流传的炎帝传说都更为丰富精彩。《炎帝战麒麟》的传说体现出英雄史诗性质，可被视为一个单篇史诗。《炎帝庙里的香火》借用了巧女型民间故事的原型，既显示了炎帝的灵验，也表达了中国妇女的一种反抗精神。传说从某种程度上来讲是一个社会群体的共同记忆，炎帝传说中《老龙湾话古》属于当地民众对干旱等自然灾害的象征性表述，是民众历史记忆的组成部分。

（四）黄帝神话传说

对于轩辕黄帝，有关他的文字记载很少，时间上又久远，因此曾有人怀疑过他的存在，或者说他只是一个部落的名称。其实，从众多史料中我们可以发现，黄帝是实有其人的，并且有一定的历史地位。黄帝应生活在原始社会后期，早先居住在西北方的黄土高原上，后来才到中部地区定居下来，成为部落联盟的首领。黄帝神话传说的流传地主要集中在山西河东地区，山西流传的黄帝神话传说大致有三种。

一是黄帝之妻嫘祖养蚕神话。民间相传，嫘祖的出生地是西阴，即位于现今山西省运城市夏县城西北十一公里的尉郭乡鸣条岗上的西阴村。她种植蚕桑，并将蚕丝献给黄帝，受到黄帝的青睐，不久两人结为夫妻。《山海经·海内经》中

---

① 高平市文史资料委员会编：《高平炎帝陵》，内部资料，2000年，第272页。
② 高平市志编纂委员会编：《高平市志》，北京：中华书局，2009年，第1648页。

就有记载:"黄帝妻雷祖,生昌意",民间是这样讲述的:

> 古时在中条山北面有一片桑林,林边有一个村庄,叫西阴村。西阴村里有个嫘祖姑娘,父亲是黄帝手下的一员大将,常年征战在外。女儿思念父亲,曾对着身边的一匹小白马笑着说,"你要是能在军中接回我爹,我就和你成亲"。哪知小白马真的出门去将其父驮回,父恼怒,射杀白马。嫘祖十分悔恨、哀痛,邻女雪花咒骂小白马,被马皮裹起翻卷而去,在野地里变成蚕。嫘祖养蚕吐丝,进献给打败蚩尤的黄帝,黄帝爱慕嫘祖,便和她结成夫妻。①

由于嫘祖发明了蚕桑,当地人尊称她为"先蚕娘娘",还修建了先蚕娘娘庙。这个故事的神奇叙述令人难以置信,更令人惊奇的是,现今流传的口头文本竟然和考古发现相吻合。1926年,我国考古工作者在夏县西阴村新石器时代遗址中发现了一个被刀子切过的蚕茧,它成为中国蚕丝起源最早最有力的实物佐证。②随着人类文明的演进,以动物为原型的神的形象被赋予更多人的特质,蚕神形象也沿着这一线索逐渐演变,于是在中国各地出现了"马头娘"的传说。《山海经·海外北经》载:"欧丝之野"有"一女子跪踞树欧丝",将吐丝的野蚕想象成为一个跪踞在神奇的桑树枝上吐丝的少女,这是马头娘的雏形。上述我们所提到的山西嫘祖神话明显脱胎于马头娘故事,但其中创造性的变异是马皮没有裹走女主人公,而是裹走了邻女雪花,雪花变成了野蚕。这说明在后世蚕神传说演变中,嫘祖依托黄帝而被民众广泛崇敬,其神话地位在不断提升,这时嫘祖当然就不可能成为原先神话中所讲述的那种忘恩之人,而需要有其他人来充当嫘祖原先所扮演的角色。这些奇特情节的构成及其内涵,在我们了解了传说的演变史后便很容易理解了。③总之,黄帝之妻嫘祖的神话传说为黄帝神话体系注入了生活化的血液,展现了黄帝在政治上贤明能干之外的另一面。

二是黄帝与炎帝战于阪泉。史料记载:"黄帝与炎帝战于阪泉之野,帅熊、罴、狼、豹、貙、虎为前驱,雕、鹖、鹰、鸢为旗帜,此以力使禽兽者也。尧使

---

① 中国民间文学集成全国编辑委员会、《中国民间文学集成·山西卷》编辑委员会编:《中国民间故事集成·山西卷》,北京:中国 ISBN 中心,1999 年,第 21—23 页。
② 柴继光:《轩辕皇帝与河东》,《运城学院学报》2007 年第 4 期。
③ 刘守华:《蚕神信仰与嫘祖传说》,《高师函授学刊》1995 年第 5 期。

夔典乐，击石拊石，百兽率舞；箫韶九成，凤皇来仪，此以声致禽兽者也。然则禽兽之心，奚为异人？形音与人异，而不知接之之道焉。"①民间相传，黄帝曾三次打败了炎帝。从考古发现和史料中我们能够推断出，阪泉在今山西运城中条山麓盐湖中。阪泉是对运城"解州盐泽"盐版、黑河泉水的概称，借代盐池。这说明当时阪泉之争很大程度上是因争夺食盐产地而爆发的。②在这场战争中，黄帝在夏族的共主地位得到确立。

三是黄帝与蚩尤战于涿鹿。在山西运城地区，还流传着黄帝与蚩尤之战的神话。黄帝与蚩尤的涿鹿之战是中华民族先民进入文明社会之后的第一次重要战争。史料记载："蚩尤乃逐帝，争于涿鹿之河，九隅无遗，赤帝大慑，乃说于黄帝，执蚩尤，杀之于中冀，以甲兵释怒，用大正顺天思，序纪于大帝，用名之曰：绝辔之野。"③再有"有人衣青衣，名曰黄帝女魃。蚩尤作兵伐黄帝，黄帝乃令应龙攻之冀州之野"④。涿鹿之战与山西有着怎样的关系呢？史学界关于涿鹿的具体位置众说纷纭，但如果将古籍记载和各地的传说内容综合起来考察的话，就会发现涿鹿之战的主战场在山西运城的解池。古籍所言冀州，主要指今山西，中冀（中冀）指太岳山周边地区。沈括《梦溪笔谈》曰："解州盐泽，方百二十里。久雨，四山之水悉注其中，未尝溢；大旱未尝涸。卤色正赤，在阪泉之下，俚俗谓之蚩尤血。"那么涿鹿之战发生的原因为何？《尚书·吕刑》云："若古有训，蚩尤惟始作乱，延及于平民，罔不寇贼。"典籍中将蚩尤描述成十足的恶人，妄图与黄帝争夺帝位。民间对蚩尤给予了更详细的描绘：

> 天上的太阴神暗中爱上了玉皇大帝宫内的仙女——女丑。两个人私自结合，生下了八十一个儿子。老大叫蚩尤，身长九尺有余，是个半人半兽的怪胎，铜头铁额，虎背熊腰，力气大。其余兄弟也是异常凶猛。玉皇大帝命令天兵天将把太阴神和女丑分别捆绑起来，永世不准见面，又派天兵把蚩尤八十一个兄弟打下天界去受苦难。蚩尤八十一个兄弟从天上流落到了中条

---

① 杨伯峻：《列子集释》，北京：中华书局，1979 年，第 84 页。
② 张志斌：《中冀·阪泉·涿鹿考辨》，《运城高等专科学校学报》2000 年第 5 期。
③ 黄怀信、张懋镕、田旭东撰：《逸周书汇校集注》（上、下），上海：上海古籍出版社，1995 年，第 782 页。
④ 袁珂：《山海经校译》，上海：上海古籍出版社，1985 年，第 286 页。

山的卧牛岭一带居住下来。一开始，都挺安分守己，受到四处百姓的拥戴。后来，蚩尤众兄弟渐渐骄横起来，召集百工，炼石为金，铸成剑、铠、矛、戟、弩五种兵器，想夺整个天下。①

民间传说中，蚩尤长相丑陋，凶残无比。他不安于现状，想与黄帝争夺整个天下。但是黄帝打败蚩尤并不是十分顺利的，九战九不胜。正在一筹莫展之际，玄女前来助阵，解开八十一条火龙，各自围住一个蚩尤兄弟。又放开七十二个雷兽，九个一队，分作八队，按八卦乾、坎、艮、震、巽、离、坤、兑站定八方，一齐发起雷来。蚩尤兄弟听到四面八方雷轰电鸣，震耳欲聋，顿觉心慌意乱。黄帝又命风后做指南车，以辨清方向。蚩尤兄弟见所有法术皆已失灵，拔脚逃命。黄帝将蚩尤的八十个兄弟全部杀死，蚩尤眼看大势已去，气怒之下一头撞向五老峰。②蚩尤死后，"被肢解数段，污血流满山前湖水。从此，湖内鱼虾全没有了，而生出一种咸味的晶体来，叫作'盐'。那湖水因是蚩尤的血流成，秋冬之交，往往水色殷红，因此叫'解池'。蚩尤被肢解的地方，黄帝命百工建一座城，镇压邪气，取名为'解州'。蚩尤躯体很大，横放在湖水以北，日久化为黄土，成为四十里黄土岗"③。

传说中，蚩尤的部族具有三大优势，即"作兵"——拥有青铜所制的先进兵器，又有"八十一兄弟"——众多部族联合的强大阵线，还有借助天神呼风唤雨之功。传说绘声绘色的描述充满了神秘色彩，实质上是蚩尤军事上强势的一种形象反映，因此轩辕曾"仰天而叹"。然而最终黄帝取得胜利，蚩尤失败被杀，说明黄帝比之蚩尤，具有更大的优势条件。首先，黄帝与炎帝部族联合，这两大部族最先进入农耕文明，在物质文化与精神文化方面均优于蚩尤一方，且已形成一定的社会管理形式。因此，他们所建构的社会组织，代表着上古历史发展的方向，这是其制胜的基础。其次，黄帝善于学习应用一切有利的条件，全力对付蚩尤，使蚩尤的优势转化为劣势。黄帝用"蓄水"战法，说明在农耕文化中，人们对水有了深刻认识，水犹兵也，因而可以利用水的特性进攻敌方。又如在广阔的

---

① 中国民间文学集成全国编辑委员会、《中国民间文学集成·山西卷》编辑委员会编：《中国民间故事集成·山西卷》，北京：中国ISBN中心，1999年，第23—25页。

② 同上。

③ 同上。

山川和平野之地，风云不测，黄帝命风后做指南车以辨四方，在战争中清楚认识敌我情势并取得胜利。[①]现今，运城风陵渡就是以风后来命名的，这里流传着许多风后的故事。

传说，风后是运城市盐湖区社东村人，在社东村里曾建有风后祠以纪念这位贤人。风后不仅是个政治家，有才干，能够治国安邦；而且他还有军事参谋的才能，很是精明，在轩辕黄帝战胜蚩尤的军事活动中做出了很大的贡献。据说他还依据自己的军事实践活动写了本兵书，称为《风后兵法》，共有十三卷之多，可惜这部书并没有流传下来。

总之，涿鹿之战不仅体现了黄帝卓越的军事才能，稳固了其在黄帝部落集团中的地位，还使周边更多的部落向其臣服，有利于进一步壮大势力。涿鹿之战中黄帝部族的胜利为华夏集团创造了更好的发展空间，一方面，黄帝部落能够集中精力发展部落内部的经济文化；另一方面，部落的政治军事实力也得到提升，为之后军事力量的发展奠定了重要的基础。

（五）尧、舜、禹神话传说

尧、舜、禹时代，历来被人们描绘成一个社会和谐、政治清明的黄金时代，尧、舜、禹也因为继炎黄之后进一步把中华文明向前推进而受到百姓的崇信。尧都平阳，舜都蒲坂，禹都安邑，在华夏文明发源的这片土地上，流传着众多有关尧、舜、禹的传说。

1. 帝尧神话传说

帝尧传说的发展是将帝尧逐步圣人化的过程，其记载始于先秦。此时帝尧传说的情节已基本确立，在社会上的传播也比较活跃。在各种史书和诸子论著中，思想家们纷纷借助帝尧传说阐述历史观和时政见解。既然帝尧是古史传说时代的伟大君王，自然有着不同常人的神异力量。古本《竹书纪年》讲述了帝尧的出生：

> 帝尧陶唐氏，母曰庆都，生于斗维之野，常有黄云覆其上，及长，观于三河，常有龙随之，一旦，龙负图而至，其文要曰：亦受天佑，眉八采，须

[①] 魏宗禹：《论蚩尤与黄帝之战的历史文化意义》，《湖南科技学院学报》2006 年第 2 期。

发长七尺二寸，面锐上丰下，足履翼宿。既而阴风四合，赤龙感之。孕十四月而生尧于丹陵，其状如图，及长，身长十尺，有圣德，封于唐，梦攀天而上。①

尧母庆都感孕而生尧，孕期长达十四个月，且尧身长十尺，眉毛八种颜色，发须七尺二寸。书中将帝尧描绘为真龙天子下凡，从帝尧出生起就为他戴上了神秘的光环。

第一部系统整理帝尧事迹的典籍是《尚书·尧典》，这部文献系统勾勒了帝尧主要的政治事迹，确立了后世帝尧圣君的典范：

> 曰若稽古，帝尧曰放勋，钦、明、文、思、安安，允恭克让，光被四表，格于上下。克明俊德，以亲九族。九族既睦，平章百姓。百姓昭明，协和万邦。黎民于变时雍。乃命羲和，钦若昊天，历象日月星辰，敬授民时。分命羲仲，宅嵎夷，曰旸谷，寅宾出日，平秩东作。日中，星鸟，以殷仲春。厥民析，鸟兽孳尾。申命羲叔，宅南交。平秩南讹，敬致。日永，星火，以正仲夏。厥民因，鸟兽希革。分命和仲，宅西，曰昧谷，寅饯纳日，平秩西成。宵中，星虚，以殷仲秋。厥民夷，鸟兽毛毨。申命和叔，宅朔方，曰幽都。平在朔易。日短，星昴，以正仲冬。厥民隩，鸟兽氄毛。帝曰："咨！汝羲暨和，期三百有六旬有六日，以闰月定四时，成岁。允厘百工，庶绩咸熙。"帝曰："畴咨，若时登庸。"放齐曰："胤子朱启明。"帝曰："吁，嚚讼可乎？"帝曰："畴咨，若予采。"驩兜曰："都，共工方鸠僝功。"帝曰："吁！静言庸违，象恭滔天。"帝曰："咨！四岳，汤汤洪水方割，荡荡怀山襄陵，浩浩滔天，下民其咨，有能俾乂？"佥曰："于！鲧哉。"帝曰："吁，咈哉，方命圮族。"岳曰："异哉，试可乃已。"帝曰："往，钦哉！"九载，绩用弗成。……二十有八载，帝乃殂落，百姓如丧考妣，三载，四海遏密八音。②

这里主要论述了帝尧制历、治水和禅让帝位三个方面的政绩，展示出一个仁德的圣君形象。文中出现了帝尧与臣下的频繁对话、民主议政，表现了一种典范

---

① 方诗铭、王修龄：《古本竹书纪年辑证》，上海：上海古籍出版社，1981年，第1页。
② 王云五主编，屈万里注译：《尚书今注今译》，台北：商务印书馆，1976年，第3页。

的君臣之道。

在诸子著作中,帝尧传说更加多元化,主要表现为以下两方面:

一是围绕禅让主题,描写帝尧到各地寻访贤士的事迹。帝尧为了寻找合适的接班人,到处求访贤人。尧先让天下于许由,"曰:十日出而焦火不息,不亦劳乎,夫子为天子,而天下已治矣,请属天下于夫子。许由辞曰:为天下之不治与,而既已治矣,自为与? 鹪鹩巢于林,不过一枝,偃鼠饮于河,不过满腹。归已,君乎,恶用天下。遂之箕山之下、颍水之阳,耕而食,终身无经天下之色"①。不久,"许由逃之,舍于家人,家人藏其皮冠,夫弃天下而家人藏其皮冠是不知许由者也"②。许由不受后,"又让于子州支父,子州支父曰:'以我为天子,犹之可也。虽然,我适有幽忧之病,方且治之,未暇治天下也。'夫天下至重也,而不以害其生,又况他物乎! 唯无以天下为者,可以托天下也"③。除此之外,帝尧还寻访了王倪、被衣等人。诸子典籍中塑造了许多民间贤士,他们俨然成为帝尧之师,其中许由以其得道高人的形象,对后世影响较大。经过多次的寻访,帝尧终于找到了他心目中理想的接班人——舜。但尧王禅位并非一帆风顺,其中"鲧谏曰:不祥哉! 孰以天下而传之于匹夫乎? 尧不听,举兵而诛杀鲧于羽山之郊。共工又谏曰:孰以天下而传之于匹夫乎? 尧不听,又举兵而诛共工于幽州之都。于是天下莫敢言无传天下于舜"④。这个故事不同于之前的典籍记载,展现出帝尧的暴君形象,这是以法家观点来看待的。帝尧排除万难,让位于帝舜:

> 洪水既平,归功于舜,将以天下禅之,乃洁斋修坛场于河、洛,择良日,率舜等升首山,遵河渚。有五老游焉,盖五星之精也,相谓曰:"《河图》将来告帝以期,知我者重瞳黄姚。"五老因飞为流星,上入昴,二月辛丑,昧明,礼备,至于日昃,荣光出河,休气四塞,白云起,回风摇,乃有龙马衔甲,赤文绿色,缘坛而上,吐《甲图》而去。甲似龟,背广九尺,其图以白玉为检,赤玉为押,泥以黄金,约以青绳。检文曰:"闿色授帝舜。"言虞、夏当受天命。帝乃写其言,藏于东序。后二年二月仲辛,率群臣沈璧

---

① 陈奇猷校释:《吕氏春秋校释》,上海:学林出版社,1984年,第1515页。
② [清]王先慎:《韩非子集解》,北京:中华书局,1988年,第139页。
③ [清]郭庆藩:《庄子集释》(第四册),北京:中华书局,1961年,第965页。
④ [清]王先慎:《韩非子集解》,北京:中华书局,1988年,第241页。

于洛，礼毕，退俟，至于下昃，赤光起，元龟负书而出，背甲赤文成字，止于坛。其书言当禅舜，遂让舜。七十一年，帝命二女嫔于舜。七十三年春正月，舜受终于文祖。……一百年，帝陟于陶。帝子丹朱避舜于房陵，舜让，不克。朱遂封于房，为虞宾。三年，舜即天子之位。①

典籍中为尧舜禅让增添了奇幻色彩，以神谕式的方式使尧舜禅让自然地过渡。

二是增加了关于帝尧生活的内容。帝尧生活方式最突出的特点是俭朴，《庄子》中就记载了帝尧不受祝祷的故事：

尧观乎华。华封人曰："嘻，圣人！请祝圣人，使圣人寿。"尧曰："辞。""使圣人富。"尧曰："辞。""使圣人多男子。"尧曰："辞。"封人曰："寿、富、多男子，人之所欲也，汝独不欲，何邪？"尧曰："多男子则多惧，富则多事，寿则多辱，是三者，非所以养德也，故辞。"封人曰："始也我以汝为圣邪，今然君子也。天生万民，必授之职，多男子而授之职，则何惧之有？富而使人分之，则何事之有？"②

在这一则《华封三祝》的故事里，帝尧不接受华封人的祝寿，认为富则多事，寿则多辱，他的这种节俭治国行为受到了百姓的认可与欢迎，也是陶唐国走向兴盛的根本原因。

帝尧传说经过先秦诸子的"发明"，尤其是儒家、墨家显学的大力宣扬，帝尧已被形塑为领君臣之道、行仁义治国、俭朴得天下的形象，成为圣人圣帝的化身，垂范后世。

传说具有变异性，帝尧传说在区域社会的传承过程中，常常与地方历史、风物相结合，形成特色鲜明的民间叙事。帝尧传说大致流传在山西南部地区，主要包括晋南临汾市全境，运城市新绛县、夏县，晋东南上党地区。总体来看，帝尧传说大致可分为以下四种类型：

类型之一，帝尧成长传说。此类传说是以表现帝尧的神异出生和不凡成长为旨归，这种异于常人的传说为其日后的事功叙事奠定了基础：

---

① 方诗铭、王修龄：《古本竹书纪年辑证》，上海：上海古籍出版社，1981年，第195—197页。
② ［清］郭庆藩：《庄子集释》（第二册），北京：中华书局，1961年，第420页。

第一章 先秦山西民间文学

有一年,帝喾的妃子庆都回娘家,去外边游玩,忽然刮起大风,裹着一条赤龙。庆都没有害怕,冲着那条龙笑。第二天往回走,又刮起了大风,还有那条赤红的龙,不过比昨天身子小了些。就这样,这条龙一天比一天短些,缩至一丈来长。晚上龙忽然向庆都扑来,天亮了庆都发现满身是腥臭的涎水,她看见一张画,上面画着一个人,旁边写着"赤帝"二字。到了第二年四月二十八,庆都生下"尧"。从那条龙扑到她身上到生下尧整整十四个月。①

尧的出生传说中融入"龙"的意象,属中国传统的感生神话类型。"龙"意象的加入,既是对民间传统说法中"真龙天子"降生的附会,也体现了民众对帝尧的期待与尊崇,带有征兆和预示等信仰因素。帝尧作为人类始祖诞生的神话,特别强调庆都的十四个月孕期,孕期之长使帝尧的降生非同一般,为他登上帝位做了铺垫。

类型之二,帝尧家事传说。随着尧的成长登帝,帝尧逐渐拥有了自己的家庭生活。这方面的传说包括尧王巧遇佳人结成配偶以及教育子女长大成人。

在《尧王和鹿仙女》这则传说中,尧王娶了美丽的鹿仙女,并于第二年生下儿子丹朱。但他们的事情被天帝知道了,于是天帝罚鹿仙女在洞中吃苦,不准其再幻化为人形。②

此类叙事难脱才子佳人的模式,但实质上,帝尧寻觅的佳人同时也是其事业上的助手,直接或间接地带给他治理国家的福气,这些充分体现了地方民众的精神向往和美好祝愿。值得注意的是,在地方传说中,帝尧的择偶对象并没有限定于史书的记载,即尧娶散宜氏之女女皇并生丹朱。他的首任妻子非散宜氏,而是民间想象的鹿仙女或九凤姑。其中鹿仙女的传说流传更广,主要集中于临汾一带。③

在帝尧家事传说里,最引人注目的是《鹿女传说》,其中孕育了"弃老型"这一经典民间故事类型。在晋南襄汾与乡宁两县交界的盘道村流传着这样一个

---

① 临汾市民间文学集成编委会编:《尧都故事》(第二集),内部资料,1989年,第3页。
② 临汾市民间文学集成编委会编:《临汾市民间故事集成》,内部资料,1989年,第21页。
③ 张晨霞:《晋南帝尧传说研究》,华东师范大学博士学位论文,2012年。

传说：鹿仙女的母亲叫"鹿女"，她本是天庭蟠桃园中的一只梅花鹿所化，因思凡心切，偷下凡间。她路过三官峪时，影子投到石崖上，人们称此崖为"鹿崖"；最后落脚到山下一个堡子上，人称此堡为"天仙堡"；她变成了一个美丽的少女，人称"鹿女"；生有一女，叫"鹿仙女"。鹿仙女娇美动人，尧王娶之为妻。"天仙堡"因有鹿女的到来，繁荣兴旺，一片祥和，人又称之为"太平庄"。天上一日，人间一年，凡间时光如梭，不觉鹿女已过了六十岁。古时民间有一习俗，人过六十村子里就不要了，而且要活埋。鹿仙女不忍见母亲被活埋，就把母亲接到半山腰的一个山洞里，每天送水送饭，精心奉养。此洞因鹿女住过，故称"鹿女洞"；又因洞口长着一棵桃树，又称"桃花洞"。[①]

刘守华曾撰写《中国的〈斗鼠记〉与日本的〈弃老山〉》《从"弃老"到"养老"——评一组关于老人的习俗传说，兼谈传说和故事的转化》两篇论文，专门研究"弃老型"故事。这一经典故事类型在中日都有流传，在山西则集中在晋城、临汾一带。晋南盘道村这则《鹿女洞缘因》虽然有明显的道教文化色彩，但是它把"弃老"习俗与帝尧传说附会在一起，把此传说播布的时代大大提前了。这正是该传说的文化价值所在。

帝尧的儿子丹朱长大后，冥顽不化，不务正业，于是帝尧想尽办法力图改造丹朱：

丹朱整日吃喝玩乐，并与尧王作对。由于尧王忙于国事，无暇管教丹朱。尧王第一次采取口头教育方法，无效。第二次以围棋、种田劳动和练兵习武等方式教育丹朱，但因受到旁人的挑拨再次失败。尧王临终前，丹朱内心悔过，但尧却不知，仍按原来的想法立遗嘱。最终，尧被葬于与自己最初意愿相反的地方——尧陵北岸。[②]

丹朱是帝尧之子，理应肩负治理国家的重任，但他却有失常理地行事，该类型的传说正体现了民众的传统观念：一是个人要能够安身立命进而建功立业，二是对男儿后嗣的倚重。正因为帝子丹朱的不可教，尧王便开始访贤。从某种意义上来说，此类传说为帝尧传位不传子、开启禅让制度做了很好的注解。

[①] 宁闷虎等搜集整理：《盘道民间文学》，北京：中国文史出版社，2010年，第7—8页。
[②] 临汾市民间文学集成编委会编：《尧都故事》（第一集），内部资料，1989年，第42页。

第一章　先秦山西民间文学

类型之三，农业事功传说。帝尧在践履王位后，开始帮助人们发展农业生产，这些传说流布于晋南更广阔的地域，内容主要包括：一是帝尧不畏艰难，消除水旱灾害和妖怪，帮助民众建立正常的生产耕作秩序；二是发挥聪明才智，掘井取水，"发明"日历，制作砂锅，以利于民众的生活。《翼城砂锅》就讲述了尧王与砂锅的故事：

> 尧王在翼城住了好多年，同百姓一起耕种。那时人们用锅做一顿饭要花好长时间，尧王来到翼城尧都村后，发现那里有一种白的陶土，就试着用它烧制陶锅，但烧出的锅不耐用。一天他来到一户人家，这家的孩子把白陶泥和泥胶混合起来捏成小泥碗扔进灶火里，尧王发现这些小碗很光也很结实。他将这两种土和在一起，做成了最早的翼城砂锅。①

尧王凭借自己的聪明才智创造出许多东西，在百姓心中，尧王成为集各种发明于一身的"箭垛式"人物。

类型之四，政治功绩传说。在民间传说中，帝尧的政治功绩主要是实行禅让和为民服务，具体包括设立谏鼓谤木、寻访贤人、贤德拒礼等。为了寻到合适的接班人，尧王不断地"招贤纳士"。他访蒲伊，"蒲伊子借古喻今，阐述治国之道，侃侃纵谈。尧王洗耳恭听，获益匪浅，只恨相见之晚。当即拜蒲伊子为师"。② 又访许由，"许由拒不相见，尧又以天下让之，许由认为尧有辱其德而大怒，于草儿河洗耳，示意不为谬言所污。尧得知许由河边洗耳后才知道自己完全错了，后悔不已，便亲自徒步在草儿河边要见许由。许由听说尧亲自来了便急忙出迎，尧见许由面带忧郁之色，为表达自己的诚意下马在河边洗脸，以示悔过之意。许由感到尧确实是诚心而来，就随尧返回上党，尽力辅助尧的朝政，尧的江山又振兴起来"③。

访贤传说是帝尧政治功绩的重要内容，符合帝尧治世的主题，由此体现了帝尧时期的民主之风以及帝尧清正廉明、不徇私情的精神。这类传说虽化用历史典籍，但其叙述又富有民间特色。尧王四处访贤、一心治国，这种为政方式既能观

---

① 临汾市民间文学集成编委会编：《临汾市民间故事集成》，内部资料，1989年，第29页。
② 蒲县志纂委员会编：《蒲县志》，北京：中国科学技术出版社，1992年，第560页。
③ 长治市民间文学集成编委会编：《长治市民间故事集成》，内部资料，1988年，第79页。

察政令施行情况，又可随时请教高士贤人，于国于民都大有裨益。该传说正表明了地方民众的意愿，即他们希望帝王能够倾听民意，从而实现与民同乐。同时，传说叙事中的民间高士许由、蒲伊等人，他们的行为还从一个侧面反映了广大民众自给自足、面对权势淡然处之的心态。

由上可见，帝尧传说在晋南的传承过程中已经地方化，并形成了自己的叙事特色。这些传说不仅使帝尧叙事更加真实可信，而且符合地方的需要，具有积极的思想导向作用，充分体现了邪不胜正的伦理、清正廉洁的规范、勤俭朴实的美德、质朴自然的基调乃至民众对美政理想的浪漫想象。

2. 帝舜神话传说

尧传位于舜，历史上称作"禅让"，为儒家所颂扬。当时还没有"父传子，家天下"的制度，据说舜在20多岁就以孝闻名，被推举到尧那里，尧又对他进行了一系列考察、培养，后来又让他代行政令，最后才传位给舜，舜遂成为新一任部落首领。之后，舜在蒲坂建立都邑，实施统治，成为继尧之后的又一伟大统治者。

早在先秦时期，舜就被塑造成一个具有神异力量的伟人，自其出生时起便有着不平凡的经历。

类似于尧王，帝舜是感虹而生。他的样貌也不同于常人，目有双瞳，长相似龙，这就证明舜为龙之子。成年后，当他受到父母的虐待时，也是"服龙工衣"逃出，这些故事预示着帝舜不平凡的人生。

舜继承帝位后，励精图治，一心服务百姓，《尚书》用较长的篇幅讲述了帝舜卓越的一生：

> 正月上日，受终于文祖，在璇玑玉衡，以齐七政，肆类于上帝，禋于六宗，望于山川，遍于群神。辑五瑞，既月乃日，觐四岳群牧，班瑞于群后。岁二月，东巡守，至于岱宗，柴；望秩于山川。肆觐东后。协时、月，正日；同律、度、量、衡，修五礼，五玉，三帛，二生，一死，贽。如五器，卒乃复。五月，南巡守，至于南岳，如岱礼。八月，西巡守，至于西岳，如初。十有一月，朔巡守，至于北岳，如西礼，归，格于艺祖，用特。五载一巡守，群后四朝；敷奏以言，明试以功，车服以庸。肇十有二州，封十有二山，浚川。象以典刑，流宥五刑，鞭作官刑，扑作教刑，金作赎刑。眚灾肆

赦，怙终贼刑。钦哉，钦哉！惟刑之恤哉！流共工于幽洲，放驩兜于崇山，窜三苗于三危，殛鲧于羽山：四罪而天下咸服。①

帝舜一生，巡狩四方，流放四凶，征讨三苗，功绩赫赫，受到百姓的敬仰。帝舜老年时也效仿帝尧实行禅让，让天下于善卷，善卷"去而入深山，莫知其处"。②后又让天下于石户之农，石户之农"夫负妻戴，携子以入于海，终身不反也"。③之后舜又选择了北人无择，而北人无择"投清泠之渊"。④最后大禹终于担负起治国的重任。

综上所述，先秦时期帝舜被塑造成一个贤德仁爱的圣君形象，但在古本《竹书纪年》中却对舜继帝位提出质疑：

昔尧德衰，为舜所囚也。

舜囚尧，复偃塞丹朱，使不与父相见。⑤

这部典籍否定尧、舜之间的禅让，认为舜得帝位是篡夺的结果。尧舜时代处于从原始社会向早期国家过渡时期，由于时代的局限性，古人当时不可能全面认识国家政权过渡中将要产生的问题，最后导致当时学者对禅让问题产生了不同认识。

在山西运城流传着大量的舜帝传说，主要分布在永济市、垣曲县历山镇、盐湖区舜帝陵庙，并以此为中心向周边辐射。从目前收集到的舜帝传说来看，我们可以按照具体内容分为三大类：

一是舜的家庭传说。舜自幼受尽磨难，不得已外出求生，后凭借德行出众得到人们的爱戴。尧王选贤，将女儿嫁给了舜。典籍中也记载了舜的神奇出生：

瞽叟做了个梦，梦见一只重明鸟飞到他跟前，还对他说要当他儿子。自从瞽叟梦见重明鸟以后，妻子真的怀上娃了。十个月后，生了个大小子。生娃那天，真的飞来一只重明鸟，落在瞽叟家门口，吱吱咕咕叫唤了好一会子。赶屋里生下娃了，重明鸟也不见了。再仔细看那小胎娃，两只眼窝就跟

---

① 屈万里注译：《尚书今注今译》，北京：新世界出版社，2011年，第8—11页。
② [清] 郭庆藩：《庄子集释》（第四册），北京：中华书局，1961年，第965页。
③ 同上。
④ 同上注，第984页。
⑤ 方诗铭、王修龄：《古本竹书纪年辑证》，上海：上海古籍出版社，1981年，第63—65页。

重明鸟的眼窝一模一样，都说这个娃是重明鸟托生的，他就是后来的舜。①

二是舜的政治传说。尧王访贤，将帝位传给舜。舜得民心，年老时传位给大禹，而后南巡，葬于鸣条。

三是舜的风物传说。在运城永济、垣曲、盐湖区流传着大量与舜生前事迹相关的风物传说，如《舜王坪只长草》《奶泉水》《珍珠帘》《砖砌舜王庙》。这些传说贯穿在舜的生平中，难以归类，其中讲述的风物遗迹作为客观现实的物质形态沉淀在民众的记忆之中，一旦与相关的人物事件相遇就会被唤醒，从而巩固着舜帝传说，给舜帝传说以发展的动力。它拉近了民众与自然、舜帝之间的距离，拓宽了民众的文化生活空间。

此外，民众在塑造舜德、孝、善、仁、礼、义的人物形象时，还加入了合乎民间信仰逻辑的超人间叙事情节，赋予了浪漫主义色彩，凸显了舜的神性形象。这是民众的集体记忆，符合民众心理对部落文化英雄命运和能力的企盼，强化了民族内部的凝聚力。②

3. 大禹神话传说

尧、舜之后，大禹成为新一代国家统治者。作为古代圣王，大禹在中国传统古史中拥有至高无上的地位，他不仅是一位人神叠合的传说人物，更重要的是，由他形成的大禹精神、大禹文化，对中华文明的形成进程、封建国家的政治意识、普通民众的底层生活、文学艺术的审美文化都产生了不可估量的影响。大禹神话传说中的神话观念与神圣叙事，对中国传统文化的神话性结构具有示范意义，对后世文学的叙事情节更具有原型意义。

与尧、舜类似，大禹同样有着不平凡的出生经历：

> 帝禹夏后氏，母曰修己，出行，见流星贯昴，梦接意感，既而吞神珠。修己背剖，而生禹于石纽，虎鼻大口，两耳参镂，首戴钩铃，胸有玉斗，足文履已，故名文命。长有圣德，长九尺九寸，梦自洗于河，取水饮之，又有

---

① 中国民间文学集成全国编辑委员会、《中国民间文学集成·山西卷》编辑委员会编：《中国民间故事集成·山西卷》，北京：中国ISBN中心，1999年，第39页。

② 韩娜：《山西运城舜帝传说情节单元的叙事模式》，《山西农业大学学报》（社会科学版）2010年第5期。

白狐九尾之瑞。①

大禹的出生也属于感生神话，修己感梦而生大禹。禹生石纽反映着古代的历史实际，它其实是禹生于石这一神话叙事的置换变形。禹生于石的传说，反映了早期民间信仰的宗教意义。在原始人的宗教意识中，坚硬、粗砺、持久的物体本身就是一种神圣的象征，而石头就代表了这种象征。②正是因为如此，人们才对它产生崇敬。泰勒在《原始文化》中描述了世界上很多国家和民族对石头崇拜的现象。中国古代文献中亦有关于石头崇拜的记载，如传说中的女娲炼五彩石以补天，足显五彩石具有神异的力量。石是人们常见的一种东西，而各种奇异之石更是受到人们的喜欢，并赋予其不同的价值及意义。人类原始时代信仰"万物有灵论"，石头被赋予生殖能力，随着对石头的崇拜，进而将石头人格化。石头又有丰产的作用，所以才有禹生于石、启母石的传说。因此，禹生于石是以丰富的民俗文化和宗教意义为基础的传说，是原生态的神话，具有原型意义；而禹生石纽这样的传说既没有民俗背景也没有宗教意义，显然是次生态的神话传说。原生态的神话是以非叙述性作为自己美学原则的特殊原型，而次生态神话更追求情节的完整性。从神话的叙事结构上来分析，禹生于石的叙事结构是不完整的，在表述上具有模糊性和泛化性，因为石是普遍存在的东西；而禹生石纽则明确表达了空间的确定性，禹出生的地点即石纽，这样的叙事结构就显得完整了，具有了一定的情节性。③同时，从禹生于石到禹生石纽的演化也反映了神话思维的特性，假如说神话思维"与确定的法则相联系，那么这种法则并非可以与自然思维和科学思维中的法则相提并论。科学思维总是欲求发现事物之内在性质和恒常关系。但在神话中，并不承认这种内在恒常性质的存在"。④神话思维并不以我们通常的思维方式去解释事物。

大禹的相貌也十分奇特，虎鼻大嘴，胸前挂着玉斗。如果说尧舜是龙的化身，那么大禹更贴近民间。他不像尧舜那样高高在上，难以企及，虽长相怪异，却是自然万物的化身。因此在大禹早期神话传说中，他被作为山川神主，具有明

---

① 方诗铭、王修龄：《古本竹书纪年辑证》，上海：上海古籍出版社，1981年，第200页。
② 杨栋：《"禹生石纽"传说的文化阐释》，《中原文化研究》2015年第5期。
③ 同上。
④ 〔德〕恩斯特·卡西尔：《符号、神话与文化》，李小兵译，北京：东方出版社，1988年，第120页。

显的神格特征。

大禹一生功勋卓著。那时邦国之间征伐不断，为了维护国家稳定，大禹开始讨伐共工，"西北海之外，大荒之隅，有山而不合，名曰不周，有两黄兽守之。有水曰寒暑之水。水西有湿山，水东有幕山，有禹攻共工国山"①；征三苗，"昔者三苗大乱，天命殛之。日妖宵出，雨血三朝，龙生于庙，犬哭乎市，夏冰，地坼及泉，五谷变化，民乃大振。高阳乃命玄宫，禹亲把天之瑞令，以征有苗，四电诱祗，有神人面鸟身，若瑾以侍，搤矢有苗之祥，苗师大乱，后乃遂几。禹既已克有三苗，焉磨为山川，别物上下，卿制大极，而神民不违，天下乃静。则此禹之所以征有苗也"②；伐有扈，"大战于甘，乃召六卿。王曰：嗟！六事之人，予誓告汝：有扈氏威侮五行，怠弃三正，天用剿绝其命，今予惟恭行天之罚。左不攻于左，汝不恭命；右不攻于右，汝不恭命；御非其马之正，汝不恭命。用命，赏于祖；弗用命，戮于社，予则孥戮汝"③；杀防风，"禹朝诸侯之君会稽之上，防风之君后至，而禹斩之"④。大禹正是在部族征战中称雄四方，逐步树立起自己的威信，壮大夏部族的势力，最后成为天下共主。

通过以上对大禹征伐传说的描述，可以知道禹通过战争增强了自己的权势，已经具有号令征伐、收取贡赋、终身任职等凌驾于社会之上的权力，后来又传位于启。正如恩格斯在《家庭、私有制和国家的起源》中所说："掠夺战争加强了最高军事首长以及下级军事首长的权力；习惯性地由同一家庭选出他们的后继者的办法，特别是从父权制确立以来，就逐渐转变为世袭制，人们最初是容忍，后来是要求，最后便僭取这种世袭制了；世袭王权和世袭贵族的基础奠定下来了。"⑤这些都说明禹后期所领导的夏部族已经初步具备了早期国家的特点，更推动了中国早期文明的发展进程。

大禹在后世流传最广的神话传说是大禹治水。那时正是洪水期，洪水已是大

---

① 袁珂：《山海经校译》，上海：上海古籍出版社，1985年，第269页。
② 吴毓江撰，孙启治点校：《墨子校注》，北京：中华书局，1993年，第220页。
③ 屈万里注译：《尚书今注今译》，北京：新世界出版社，2011年，第36—37页。
④ [清] 王先慎：《韩非子集解》，北京：中华书局，1988年，第91页。
⑤ 恩格斯：《家庭、私有制和国家的起源》，《马克思恩格斯全集》第21卷，北京：人民出版社，1965年，第188页。

中部。"以上三个传说丛聚，基本上属于传统中所谓的中原地区，且相对比较靠近。因此，在黄河中下游地区，尧舜传说是广泛流传、相连成片的。"①从丰富的地方传说中我们可以发现，山西境内的尧、舜、禹传说体现着浓厚的农耕文化思想。三代帝王都将经营农业作为治国安邦的大业；把农耕技艺的好坏作为选拔王位接班人的首要条件；把种田好坏定为奖惩官员的一项制度。他们将"以民为本"作为治理国家的根本出发点，传说中处处表现着君王体恤百姓、善待百姓的美德。②

（六）后羿射日神话

后羿射日神话是我国的经典神话之一。后羿是具有超凡神力的神话英雄，他的本职是一名神射手，并且射箭技术高超：

> 羿，古之善射者也。调和其弓矢而坚守之，其操弓也，审其高下，有必中之道，故能多发而多中。明主，犹羿也，平和其法，审其废置而坚守之，有必治之道，故能多举而多当。道者，羿之所以必中也，主之所以必治也。射者，弓弦发矢也。故曰："羿之道非射也。"③

正因为后羿有着如此高超的射箭技巧，"帝俊赐羿彤弓素矰，以扶下国，羿是始去恤下地之百艰"④。后羿受帝俊之命降至人间，为天下除害，正如《山海经》中所记载：

> 羿与凿齿战于寿华之野，羿射杀之。在昆仑虚东。羿持弓矢，凿齿持盾。一曰戈。⑤

但从先秦典籍记载来看，真正意义上的后羿射日神话还未出现，仅仅是有了一个神话的雏形。后羿射日神话的基本定型出现在汉代的《淮南子》一书中：

> 逮至尧之时，十日并出，焦禾稼，杀草木，而民无所食，猰貐、凿齿、九婴、大风、封豨、修蛇，皆为民害。尧乃使羿诛凿齿于畴华之野，杀九婴

---

① 陈泳超：《尧舜传说研究》，南京：南京师范大学出版社，2000年，第335—336页。
② [清] 戴望：《管子校正》，北京：中华书局，1988年，第327页。
③ 同上。
④ 袁珂：《山海经校译》，上海：上海古籍出版社，1985年，第300页。
⑤ 同上注，第185页。

于凶水之上,缴大风于青丘之泽,上射十日而下杀猰貐,断修蛇于洞庭,擒封豨于桑林。万民皆喜,置尧以为天子。①

酷热的天气,超出了人类、庄稼、植被正常的生存和生长需求,过犹不及,不仅没有起到为人间带来光明和温暖的作用,反而把庄稼晒得几近枯萎,人类连生存所需要的最基本的食物都被切断了来源,生存状态岌岌可危。此时面对艰难的生存境遇,远古先民很自然地就认为造成这种困境的主要元凶就是"十日并出"。人们期待有一位神射手能够手持神弓利剑,把危害人间的多余的太阳全部射下,拯救百姓于水火之中,这样羿神就应运而生了。骁勇善战的羿神不仅为百姓射下了九个太阳,使人间恢复了正常秩序,而且他一路过关斩将,独自和众多猛兽进行了搏斗,最终将猛兽一一制服,使天下恢复了安定,百姓从此安居乐业。

山西上党地区屯留县三嵕山及其周边地区是后羿射日神话重要的流传地之一,方志记载:"三嵕山,一名灵山,一名麟山,在县西北三十五里,三峰高峻,为县伟观。相传羿射九日之所,有泉祷辄应。"②该地的后羿神话大致可分为两种类型:

一是以张贤村为核心的后羿功业神话。这里的百姓将后羿叫作张三嵕,张三嵕本是凡人,当时十日并出让凡间百姓遭了灾,帝尧把凡间的疾苦上报天帝。十个太阳是天帝的儿子,天帝就派遣箭神羿下凡拯救百姓,挽救生灵。箭神下凡后,就附在力拔山、气盖世、左臂比右臂长且同是射箭能手的张三嵕身上,他们通力合作,最终共同完成了射日的任务。民间到现在还流传着关于张三嵕射日全过程的神话传说:

人们帮助张三嵕抬着大弓大箭,登上瓦泽山顶。张三嵕拉开大弓,放上大箭,对着一个太阳射去,那个太阳落入东海。张三嵕一连发出九支箭,射掉九个太阳,瓦泽岭上落下九只死去的三足乌。这时候人们说:不要再射了,留下一个太阳吧,如果把太阳都射掉,地上就没了光明。这样,张三嵕

---

① [汉]刘安:《淮南子》,北京:中华书局,1954年,第118页。
② 长治市地方志办公室整理:《潞安府志》(第一册),台北:学生书局,1968年,第143页。

才把弓箭收拾起来。①

二是以神渠村为核心的后羿家事神话。这里流传的是后羿与嫦娥从相识、相知到相恋的过程：

>　　相传老爷山的神渠村是羿神的故乡。他从小臂力过人，骑马善射，以卖砂锅为生。有一天，在卖砂锅的途中，遇见少女嫦娥被猛虎所困，危在旦夕。羿立即就将扁担弯成硬弓，随手拔了一株小树做成利箭，将猛虎射死，解救了少女嫦娥。嫦娥为了报答羿的救命之恩，且又爱慕羿英勇不凡，遂以身相许，与羿结为夫妻。②

但是，渐渐的，嫦娥害怕有一日会死去，就缠着后羿到西王母那里寻求不死之药，后羿风餐露宿，饥渴劳顿，终于找到了西王母，求来了不死之药。在后羿家事神话中，那个英勇无比的大英雄变成了一位疼爱妻子的好丈夫，身上的神性去除了多半，增添了浓浓的人情味。总之，后羿以他独特的魅力受到山西民间百姓的崇祀。

（七）《山海经》中的自然神话

《山海经》中记录了上百个国家或部落、五百五十座山、三百条水道的地形地貌以及天文、地理、宗教、祭祀、神话、民俗等情况，因而《山海经》可以称为一本远古时代的百科全书。③《山海经》最令人瞩目的成就是书中记录的大量原生态神话，其中有相当一部分是关于山西的自然神话。山西是一个多山的区域，如汾水发源之地管涔山、与山东相分隔的太行山以及著名的风景旅游区霍山，这些山脉早在《山海经》中便有了记录，现列举如下：

>　　北次二山之首，在河之东，其首枕汾，其名曰管涔之山。其上无木而多草，其下多玉。汾水出焉，而西流注于河。④

>　　北次三山之首，曰太行之山。其首曰归山，其上有金玉，其下有碧。有

---

① 屯留县志编纂委员会编：《屯留县志》，西安：陕西人民出版社，1995年，第460页。
② 长治市地方志编纂委员会编：《长治市志》，北京：海潮出版社，1995年，第703页。
③ 陈建宪：《一座原生态神话的宝库——〈山海经〉导读》，《高等函授学报》（哲学社会科学版）1997年第6期。
④ 袁珂：《山海经校译》，上海：上海古籍出版社，1985年，第62页。

兽焉，其状如麢羊而四角，马尾而有距，其名曰䍺，善还，其鸣自訆。有鸟焉，其状如鹊，白身、赤尾、六足，其名曰䴅，是善惊，其鸣自詨。①

又北四十里，曰霍山，其木多榖。有兽焉，其状如狸，而白尾有鬣，名曰朏朏，养之可以已忧。②

可以看出，远古时期的管涔山无木而多草，山下埋藏着珍贵的玉石，很早便有汾河之水从中流出。太行山不仅有金玉，还有"碧"，更有不同寻常的鸟兽。霍山上的神兽则能够起到解忧的作用，不可不谓之神异。总之，《山海经》中的相关记载有助于我们了解远古时期的山西自然风貌，也能使我们感受到远古人对自然的敬畏与崇拜。

三、夏、商、周时期的神话传说

夏、商、周三朝，华夏文明的发展趋于鼎盛，山西作为华夏族的主要活动区，有着辉煌的历史。虽然夏王朝不再以山西作为统治中心，而改在河南建立都城，但商族和周族仍与山西有着密切的联系，两族的策源地都在山西境内。这一时期，山西民间文学有了很大的发展，类型更加多样，虽仍含有不少幻想色彩浓厚的神话故事，但大部分口头文本已经转向了更符合民间真实的传说。并且，这一时期的传说以人物传说为主，其中表达着民众对本族先辈的敬佩、赞美之情。

（一）成汤祷雨神话传说

商汤是继尧、舜、禹之后的又一个圣君。汤灭夏桀而建商朝，登基不久即遇连续五年的大旱。汤帝亲自到桑林之社祈雨，表示愿意代民受过，甚至不惜牺牲自己，感动了上帝，赢得了民心。与高平的羊头山炎帝信仰类似，以阳城县析城山"成汤祷雨"传说为核心的汤帝信仰在晋东南地区广泛流布，具有明显的区域特色。"民间的成汤崇拜以晋豫两省为盛，尤以太行山尾同王屋山南北的晋东南及豫西北最为集中。根据现存文物考证，成汤崇拜在该地区流传广泛而深远，至今仍保存着汤王的神庙、行宫、戏台等建筑，形成了一个流布地域相对集中、民

---

① 袁珂：《山海经校译》，上海：上海古籍出版社，1985年，第66页。
② 同上注，第111页。

俗标识物丰富、民俗活动传承久远的'成汤崇拜祭祀文化圈'。不论从其文化保存的完整性，抑或流布的长久性来说，成汤崇拜在晋东南的民俗信仰体系中已成为独具特色的一个文化标识，发展蔚为壮观。"[1]

最早记载"成汤祷雨"这个神话传说的典籍文献是《墨子》：

> 汤曰："惟予小子履，敢用玄牡，告于上天后曰：'今天大旱，即当朕身履，未知得罪于上下，有善不敢蔽，有罪不敢赦，简在帝心。万方有罪，即当朕身，朕身有罪，无及万方。'即此言汤贵为天子，富有天下，然且不惮以身为牺牲，以祠说于上帝鬼神。"即此汤兼也。[2]

《吕氏春秋》对这个故事进行了更细致的描绘：

> 昔者，汤克夏而正天下，天大旱，五年不收。汤乃以身祷于桑林，曰："余一人有罪，无及万夫，万夫有罪，在余一人，无以一人之不敏，使上帝鬼神伤民之命。"于是翦其发，枥其手，以身为牺牲，用祈福于上帝，民乃甚说，雨乃大至，则汤达乎鬼神之化、人事之传也。[3]

成汤祷雨神话传说既具有历史真实的一面，也有附会加工的一面，然而这种附会加工与留存于人们心中久远的集体意识紧密相连，其演变发展也有一个漫长的历史过程。

汤王是一个国王兼祭司的典型。汤王在祈雨的过程中，祈求天帝降雨以解除旱象，具有沟通人神的巫师能力。在山西的民间记忆中，从众多口头叙事作品表达的内容来考察，民众对于汤王的崇拜更深层次的动因是汤王祷雨的情节更加符合他们的政治理想与现实生活中的利益诉求。山西境内流传最广的一则传说是《汤王祈雨》：

> 汤王伐桀得到天下后，整整大旱了7年。汤王心急如焚，召来大臣和巫师商议祈雨拯民，巫师说要斩七七四十九颗人头作祭品，汤王决定一个人死。祈雨的队伍来到了平原，汤王身着粗布衣帽，来到祭桌前，引火自焚。这时，突然一声霹雳，大雨倾盆倒下。烈火被浇灭了，汤王得救了，旱情解

---

[1] 段友文、刘彦：《晋东南成汤崇拜的巫觋文化意蕴考论》，《中国文化研究》2008年秋之卷。
[2] 唐敬杲选注：《墨子·兼爱》（下），上海：商务印书馆，1933年，第41页。
[3] 陈奇猷校释：《吕氏春秋校释》，上海：学林出版社，1984年，第479页。

除了。①

从汤王的行为与言谈中所体现出来的是更具生活气息和世俗情感的人,强化了汤王的德政事功。在举国遭遇奇旱的时候,汤王挺身而出,为求雨而自我牺牲。由此看出汤王在民众遇到危难的时候,不是居高临下地发号施令,而是身先士卒,自觉自愿地奉献出自己高贵的身躯,以求圣天降雨,解救百姓,他的祷雨行为得到了民众的认同。神话传说中这样的情节安排,恰恰表现了民众对于帝王的理想塑造,希望能在现实中也获得像成汤这样的圣贤帝王的护佑。这样的群体记忆在一定程度上蕴含着成汤借祷雨来恤众的意味,以商汤为代表的殷统治集团吸取部族兴亡、朝代更替的经验教训,惜民力、兴民利、重民意、尚贤和明德,体现出朴素的重民思想。② 从这一角度来看,商汤不仅依靠武力来建立政权,也逐渐注重德政的调和作用。晋东南成汤祷雨的发生和流传与成汤立国时期安抚臣民的恤众行为存在着一定联系,也正因为成汤的政治行为客观上保护了世俗民众的利益,与民众的心理愿望相契合,从而使得成汤神话传说及相关的信仰习俗长久传承。③

由于成汤祷雨神话传说的广泛流传,晋东南地区建立起了严密的成汤崇拜体系。在晋东南分布着许多成汤庙,这些庙宇在历史变迁中逐渐由以祈雨为主的小庙发展为村民春祈秋报的大庙。在成为社庙的过程中,它不断接纳儒、释、道三教以及本地民间信仰中的诸路神灵,形成了一个以祭祀成汤为主兼祀三教诸神的大庙,既反映了儒、释、道三教文化在下层民间社会中的融合,又体现了本地民间信仰的特色。

(二)傅说的传说

傅说,平陆县太臣村人,生活于公元前13世纪,是我国上古时期一位杰出的政治家、思想家、军事家和建筑学家。他发明版筑术,辅佐殷商第二十二代君主高宗武丁五十余年,促成了著名的武丁中兴盛世,并留下了千古不朽的《说命

---

① 垣曲县志编纂委员会编:《垣曲县志》,太原:山西人民出版社,1993年,第527页。
② 曹松罗:《论商汤之"恤众"》,《扬州教育学院学报》2004年第2期。
③ 刘毓庆:《华夏文明之根探源——晋东南神话、历史、传说与民俗综合考察》,北京:学苑出版社,2008年,第453页。

三篇》。武丁尊其为"梦父""圣人"。

关于傅说的出身，史书上多是些零星的记载，而且说法不一。《尚书·说命》孔安国传载：傅氏之岩在虞国之界，通道所经，有涧水环道，常使胥靡刑人筑护此道。说贤而隐，代胥靡筑之，以供食也。《墨子·尚贤》载："昔者傅说居北海之洲，圜土之上，衣褐带索，庸筑于傅岩之城。"[①] 两处记载基本相同，都说傅说为生活所迫，给人筑墙修路。《吕氏春秋》载："傅说，殷之胥靡也。"[②] 这里反映出傅说当时的社会地位极低，他与奴隶们共同担负起治水筑路的任务。通过大量的实践，他创造了版筑营造技术，一下子根绝了水患，便利了交通。傅说发明的版筑术开一代建筑技术之先河，在人类科技进步史上具有划时代的意义，为推动当时社会生产力的发展做出了不可磨灭的贡献。

《说命三篇》是研究傅说的珍贵文献资料，它们被记载在《尚书》之中。"三篇"首先反映了傅说的治国思想。傅说认为治理国家的关键在君王，君王理政应从谏如流，博闻好学。"惟木从绳则正，后从谏则圣。"君王只有听从臣下的谏诤，才能了解国内外大事并采取正确的处置措施，成为道德学识极高的圣人。"王，人求多闻，时惟建事，学于古训乃有获。事不师古，以克永世，匪说攸闻。"君王要多听取各方面的意见，才能把事情办好。特别要学习古训，以提高自己的道德修养。其次，其中反映着傅说的教育思想。"惟学逊志，务时敏，厥修乃来。"只有努力学习而又谦虚谨慎，随时变化而能观察敏锐，其修养自然而成。傅说还提出"念终始典于学"，意思是作为统治者来讲，始终要重视教育的作用。教育是建立国家、统治人民，使人民受到教化，遵守现行的社会秩序，形成良风美俗的重要途径。这说明傅说已经认识到教育的重要地位和作用。

山西运城平陆县流传着大量的傅说传说，这些传说被民众不断地加以演绎和发展，成为民间遗存的宝贵资料。

一是武丁装哑举大贤的故事，即武丁帝是如何找到傅说并举以为相的。在有关傅说的传说故事中，这则传说流传最广，可谓是家喻户晓，虽然人们语言表述有所不同，但内容基本一致：

[①] 李渔叔：《墨子今注今译》，台北：商务印书馆，1974年，第64页。
[②] 许维遹撰，梁运华整理：《吕氏春秋集释》，北京：中华书局，2009年，第614页。

商代高宗武丁力主复兴，亲自沿黄河流域访贤，听说平陆有贤人"说"，非常有才华。武丁帝来到平陆见到说，发现说在谈论国事时的见解很好。武丁回朝后，帝三年不说话，在三年的最后一个晚上，帝半夜大笑。武丁帝说先王托梦给他一贤臣，住在平陆中条山南麓，帝派人将其带回官中。因为说是奴隶，为打消群臣的怀疑，才想了这么一个办法。帝封说为宰相，因为他没有姓，之前隐居在傅岩，就封其姓为傅。①

这个传说故事与典籍记载非常类似，当地民众在叙述时又加入了更多的感情色彩，使得这个故事更为生动和富有传奇性。千百年来，这个故事在平陆代代相传，充分反映了傅说在平陆人民心中的地位之高。

二是"圣人秸"的传说。在平陆县城东郊圣人涧村北路壕西边的断岩上，长期以来就露出一层麦秸，不论春夏秋冬，它都保持着一种不腐蚀的黄褐色。有时外露麦秸表层也落下一些，但里层复现出洁白的颜色，即使年深日久也永远不变，令人感到神奇。所以，凡来住于平陆县城的行人路过这里，都要驻足仰望观察，沉思良久，方才离去。据村里老一辈人回忆，从他们记事起先祖就曾说过，这是距今三千多年前圣人傅说在此版筑时遗留下来的麦秸，因此被人们喻为"圣人秸"流传至今。②因"秸""涧"音近，所以有人说"圣人涧"就是"圣人秸"的谐音。

三是马跑泉的传说。相传平陆县马跑泉这个地方有一段时间一直干旱无雨，土地龟裂，庄稼颗粒无收，人们无论用什么办法都不能缓解危机，只得背井离乡。傅说知道后急忙往家乡赶，天气炎热，他的马跑得累得不行了，就停下来在一块空地上死命地用蹄子刨地，仍不见一点湿气。马继续刨，很快一股清泉喷涌而出，周围的乡里人把家里能装水的东西全部拿来装满了水。从此，人们把傅说和他的马当作神一样供奉起来。③

四是傅说星的传说。傅说谢世后厚葬于平陆部关乡柴庄村的马跑泉旁，其墓位于城关镇油房沟马跑泉北，墓冢高3米，周长30米。在1958年调查时，这

---

① 平陆县志编纂委员会编：《平陆县志》，北京：中国地图出版社，1992年，第599页。
② 王安洺：《圣人傅说》，北京：中国青年出版社，1998年，第38页。
③ 王志超：《傅说其人及其历史传说》，太原：山西人民出版社，2003年，第29页。

里未被发掘，保存完整。人们怀念傅说，认为他的神灵升天变成了一颗耀眼的明星，称为"傅说星"，位于东方苍龙角、亢氐、房、心、尾、箕等七星宿与箕宿之间。当然，人死化星这是不可能的事，但当时的人们和后世的人们都这样传颂着，足见傅说是一位深受人民爱戴的历史人物。故武丁尊其为梦父，人们总把他敬为天神。[1]

五是"师傅"一词的由来。传说傅说老年回乡后，办学校教育乡梓子弟，人们便以傅说为师傅，师从于傅说，后来逐渐演变成了"师傅"一词。[2]

流传于平陆的傅说传说既呈现多样化的态势，又以可信性最为突出。其可信成分由三部分构成：一是传说以真实的人物为依据，即商相傅说；二是传说在叙事中隐含着民众对社会、历史的看法，如上述传说隐含着民众对傅说才能的欣赏与肯定、对商王武丁知人善用的赞誉、对武丁中兴这段历史的肯定；三是传说揭示了深层的民俗心理。隐藏在这些传说故事背后的是民众对如武丁般明君的渴望，对如傅说般德才兼备之臣子的期盼。以上三个层面的聚合，使这些传说的可信性表现为一种民众历史、一种民间真实，这正是民间口头叙事中传达的历史信息。

（三）后稷神话传说

作为周民族的祖先，后稷是一位中华民族历史上极具特殊意义的人、神叠合的传说人物。最早记录后稷神话传说的是《诗经》：

厥初生民，时维姜嫄。生民如何？克禋克祀，以弗无子。履帝武敏歆，攸介攸止。载震载夙，载生载育，时维后稷。

诞弥厥月，先生如达。不坼不副，无菑无害。以赫厥灵，上帝不宁，不康禋祀，居然生子。

诞寘之隘巷，牛羊腓字之。诞寘之平林，会伐平林。诞寘之寒冰，鸟覆翼之。鸟乃去矣，后稷呱矣。

实覃实訏，厥声载路。诞实匍匐，克岐克嶷，以就口食。蓺之荏菽，荏

---

[1] 王志超：《傅说其人及其历史传说》，太原：山西人民出版社，2003年，第29页。
[2] 同上注，第30页。

荍菲菲。禾役穟穟，麻麦幪幪，瓜瓞唪唪。

诞后稷之穑，有相之道。茀厥丰草，种之黄茂，实方实苞，实种实褎。实发实秀，实坚实好。实颖实栗，即有邰家室。

诞降嘉种，维秬维秠，维穈维芑。恒之秬秠，是获是亩，恒之穈芑，是任是负，以归肇祀。

诞我祀如何？或舂或揄，或簸或蹂，释之叟叟，烝之浮浮。载谋载惟，取萧祭脂，取羝以軷。载燔载烈，以兴嗣岁。

卬盛于豆，于豆于登。其香始升，上帝居歆，胡臭亶时，后稷肇祀。庶无罪悔，以迄于今。①

这里描述了后稷神奇灵异的诞生过程，叙述姜嫄因为"履帝武敏歆"而怀孕及后稷出生后被三弃而不死的经历。这组诗文描写了后稷感生的三个过程：(1) 后稷之母姜嫄能够虔诚地祭拜"媒祀"，履践了"上帝"的足迹而怀孕；(2) 上帝不负姜嫄的祈望让其如愿以偿地顺利生下了儿子；(3) 后稷降生之后被抛弃在窄巷、平林、冰上而不死，极力渲染后稷从怀孕到降生过程中的神异，意在显示后稷乃上帝恩赐之子的神性，以增强人们对周族先祖的敬仰和崇拜。后稷屡次被弃而活了下来，后来成为对农业生产有特殊贡献的英雄人物，被周人奉为始祖而世代传颂。但周人不知后稷的血缘之父为谁，所以在传颂后稷功绩的同时，也神化他感生过程的灵异和神奇，而三弃不死的神话因子，当是后稷感生传说在流传过程中逐渐递增的内容，以表明后稷是上天之子，所以得到神灵的保护。②

在晋南闻喜、绛县和稷山一带，流传着大量的后稷传说。这些地区主要流传着后稷神奇的感生神话故事：

远古时候，稷王山上有个姑娘叫姜嫄。大雪后姜嫄到山里砍柴，路上有一道男子踩下的脚迹，她便履其迹而行。她不知是神的足迹，结果她意外怀孕了。母亲见女儿未婚而孕，待女儿临盆时，就命她骑匹骡子到野外去生。姜嫄正要生，骡子也要下驹，姜嫄用针扎住了骡子的产门，从此骡子再不会生驹了。姜嫄将生下的婴儿扔进一个水池中，时值盛夏，池水忽然结冰，婴

---

① 杨任之：《诗经今译今注》，天津：天津古籍出版社，1986年，第422页。
② 曹书杰、王志清：《后稷感生传说的文化内涵解析》，《民俗研究》2011年第2期。

第一章 先秦山西民间文学

儿竟未淹着。又飞来一大群鸟儿,用羽毛温暖着婴儿。那婴儿便是教民稼穑的后稷,俗称稷王爷。①

这则传说在已有后稷被弃的故事情节中加入了新的故事情节,民间认为骡子不生驹与姜嫄有关。关于骡子不产驹的原因民间有不同的解释,山西普遍流传着舜帝二妃命令骡子不产驹的故事。在这里民间故事情节重新嫁接到后稷传说上,可见民间口头文本具有变异性和不稳定性,民众用他们天马行空的想象赋予不同故事以超拔奇幻的色彩。

除了大量的后稷感生传说外,山西晋南地区还流传着后稷的农业事功传说:

> 当稷还是一个儿童时,就聪明过人。他喜欢的游戏,是在地里栽麻种豆。及至长大成人时,他对务农耕作更感兴趣,常是先拔掉杂草,再下种子,并进行稼穑,使苗儿长得齐整旺盛,穗长粒大。为此,帝喾推举他担任农师,民皆效法其耕作经验,翻耕土地,选播良种,五谷丰收,有粮可吃,不再挨饿。

后稷在匍匐爬行的幼年时期就表现出在农业种植方面具有超常的天赋和爱好,他种植的庄稼不仅长得繁茂,而且果穗壮实,为早期种植业的发展做出了巨大贡献,被民间视为农神而加以祭祀。对农神的无上崇敬是一切农耕民族文化的核心特征。中华民族的种植历史大约在7000年以上,人们对谷物神的崇拜祭祀有十分悠久的历史,体现的是农耕民族的人生价值和社会价值。从这一意义上说,民间传说中所体现的不仅是周人对先祖的崇敬,更是中华先民对在农耕经济发展中做出过巨大贡献者的歌颂,是对农业技术发明创造者的歌颂,是对农业英雄和农业智慧的歌颂,是对农业文明的歌颂。这些英雄和智者既被先民推为人王,又被奉为天神,人王、天神在他们身上重合为一,是农业文明发展的必然文化模式。②

此外,山西南部地区还流传着后稷的个人家事传说,传说中后稷娶了一位恶妻:

> 稷王本是一员领兵打仗的武将,却娶下一位不贤之妻。稷王经常教育

---

① 闻喜县志编纂委员会编:《闻喜县志》,北京:中国地图出版社,1993年,第471页。
② 曹书杰:《后稷传说与稷祀文化研究》,东北师范大学博士学位论文,2003年。

妻子，妻子却无半点悔改之心。有一年，稷王统帅三军来到了一座山上，让夫人埋锅做饭。稷王回来时看见地上尽是妻子抛撒的五谷，怒火再也压不住了，拔出宝剑，直逼顽妻。妻子端起锅往头上一扣，直奔山下，头上的莲花金钗掉到山头上，稷王拔出宝剑将顽妻杀死在山腰。相传当时掉落金钗的山头开出一朵石头莲花，撒落地上的五谷变成了各色五谷石。人们为纪念稷王，在山顶上建造了雄塔，在山腰里建造了所谓的母塔，让她遗臭万年。①

这是民间流传的很有意思的一则传说。传说中后稷被塑造成一位所向无敌的武将，但他却娶了一位不知节俭的妻子，最后他大义灭亲，为民除害。可见，在民众心中，女子应当勤俭持家，温柔贤惠，民众用这则家事传说宣扬了后稷的高尚品格。

正因为后稷有如此卓著的功勋，晋南分布着许多与后稷有关的风物遗迹，如稷王山上的后稷祠和姜嫄祠。周边村民为了祈求丰年常常专程前来登山祭祀，离开时还要捡些五谷石以求吉祥灵验。在稷山、闻喜、运城、万荣这四个地方靠山交界的区域内，过去几乎每个村庄都有稷王庙或是稷益庙，年年香火不断，祭祀的人络绎不绝。总之，后稷在山西民间影响深远，关于他的神话传说流传至今。

（四）伯夷、叔齐不食周粟

伯夷、叔齐不食周粟的故事发生在殷末周初，至今仍为人们津津乐道。伯夷和叔齐成为民间百姓心目中的圣人，孔子认为他们是"古之贤人"，孟子称之为"百世之师"。《庄子·让王第二十八》详尽地记载了伯夷、叔齐的事迹：

> 昔周之兴，有士二人处于孤竹，曰伯夷、叔齐。二人相谓曰："吾闻西方有人，似有道者，试往观焉。"至于岐阳，武王闻之，使叔旦往见之，与盟曰："加富二等，就官一列。"血牲而埋之。二人相视而笑曰："嘻，异哉！此非吾所谓道也。昔者神农之有天下也，时祀尽敬而不祈喜；其于人也，忠信尽治而无求焉。乐与政为政，乐与治为治，不以人之坏自成也，不以人之卑自高也，不以遭时自利也。今周见殷之乱而遽为政，上谋而下行货，阻兵而保威，割牲而盟以为信，扬行以说众，杀伐以要利，是推乱以易暴也。吾

---

① 运城地区民间文学"三套集成"办公室编：《河东民间故事集成》，内部资料，1987年，第7页。

闻古之士，遭治世不避其任，遇乱世不为苟存。今天下暗，周德衰，其并乎周以涂吾身也，不如避之，以洁吾行。"二子北至于首阳之山，遂饿死焉。①

《让王》篇的记载非常完整，不仅交代了他们的身份，而且叙述了他们的事迹，虽然其中没有扣马而谏的情节，但在精神上却是相通的。最重要的是写出了他们耻食周粟的原因：伯夷、叔齐反对"周见殷之乱而遽为政，上谋而下行货，阻兵而保威，割牲而盟以为信，扬行以说众，杀伐以要利，是推乱以易暴也"等一系列做法所体现出来的施政方针，主张"时祀尽敬而不祈喜；其于人也，忠信尽治而无求焉。乐与政为政，乐与治为治，不以人之坏自成也，不以人之卑自高也，不以遭时自利也"的无为而治。该故事表现了抗争的主题，表达了愤怒的情绪。

首阳山在国内有很多处，如河北、辽宁、山西、甘肃、河南等地。山西运城的永济市就流传着伯夷、叔齐的传说，相传伯夷、叔齐墓位于今永济首阳山，山上有座二贤祠，当地百姓口口相传，讲述着《伯夷、叔齐的故事》：

> 在河北卢龙某村，住着一位老大娘，她的女儿舔舐了道士的墨汁而怀孕生子。母女二人把这个男孩埋到后园，第二年在埋男孩的地方长出一株新竹子。老年时姑娘生活困难，但后来才发现她年轻时生的男孩化为孤竹总在暗中帮助她，男孩被商君封为"孤竹君"。到伯夷、叔齐的父亲为孤竹君的时候，已至商朝末年。孤竹君遗命立叔齐继位为君，叔齐认为他是老三就逃跑了。之后应由伯夷继位，伯夷也逃跑了。周武王起兵伐纣，伯夷、叔齐认为这是一件错事，扣马而谏，却被兵士们拉到一边去。他们没脸再去周国，跑到永济县的首阳山隐居下来。刚隐居下来，就听说武王建立起周朝，他俩不食周粟，只采薇草充饥。一个妇女故意说这草也属于周朝。哥俩这才不得不立时绝食而死。死后民众把他俩各埋一冢，就是相传至今的伯夷、叔齐墓。②

可见，民间对伯夷、叔齐不食周粟的故事是持否定态度的。在民间传说中，还加入了兄弟俩受妇女嘲弄的事，足见民间认为兄弟俩还不如不识字的妇女明白事理。伯夷、叔齐变成了苟且偷生、胆小怕事之徒。自古以来，伯夷、叔齐被奉

---

① [清] 王先谦撰：《庄子集解》，北京：中华书局，1987年，第312—313页。
② 杨焕育、王西兰、杜朝编：《永济传说》，香港：香港天马图书有限公司，1993年，第114页。

为圣人，是人们顶礼膜拜的对象。但在民间传说中，民众彻底将这种尊敬消解，变成了赤裸裸的谩骂和嘲讽。这些一反常态的民间叙事，不但弱化了历史上那个因高风亮节而受到人们尊敬的圣人形象，反而让人同情可怜，达到"去神圣化"的效果。为何民间要颠覆伯夷、叔齐的经典形象呢？在中国传统文化中，儒家文化占据着主导地位，其他如佛教文化、道教文化等也在传统文化的历史进程中扮演着一定的角色。中国传统文化在传承着一些优良传统的同时，也滋生和蔓延着诸多陋习和劣根性，很明显民间叙事是一次对传统文化的流弊进行反思和批判的汇聚。数千年来，在儒家文化的塑造下，伯夷、叔齐成为一座道德丰碑，一种文化符号，他们顶着"仁、义、廉"的光环高高矗立于九天之上，是具有"非人间"性的"神"，世人只能顶礼膜拜。在儒家的传颂中，伯夷、叔齐的吃饭问题被伦理化了：不食周粟，折射了气节；饿死首阳，凸显了坚贞。于是民间选择了以"吃"为突破口对他们进行抨击。在首阳山本可以安稳地吃薇菜，然而事实上薇菜逐渐减少，再加上世人不理解他们超然于世的行为，民间妇人的调侃又让他们厚不下脸皮继续吃薇菜，不得不等着饿死的结局。就在"吃饭"这个最基本的个人欲望面前，伯夷、叔齐所坚守的伦理道德也经不住考验，由此更加证明了儒家伦理道德的无效性，进而完成了对儒家文化的批判和否定。

（五）叔虞封唐的传说

晋国是西周王朝重要的同姓诸侯国，其开国君主叔虞为周武王之子、周成王之弟。成王即位后，叔虞被封于古唐国，故称唐叔虞。古唐国大致在今天山西省南部的翼城、曲沃和绛县之间。唐国东临太岳山脉的西麓，北、东、南三面地形偏高，向西倾斜，浍水由东北向西南缓缓流去，在今侯马市附近注入汾河。关于叔虞为何被分封在唐地，民间自古以来有四种说法：

第一种是"天命说"，即君权神授。故事内容是，当叔虞的母亲邑姜和父亲周武王相会而怀孕后，一天夜里，忽然有天神给武王托梦说，我要你生下儿子后取名为虞，我将把唐国赐予他。当叔虞降生后，其手纹果然组成个虞字，应验了梦中天神的托言，于是叔虞后来便被封为唐侯。这种说法明显带有民间神秘色彩，不足为信。感生神话从炎黄二帝开始便已出现，这种说法虽带有迷信色彩，但却反映了民众对叔虞伟大业绩的崇敬，民众将他塑造成神授之子，以显示叔虞汾河神来祭祀，香火绵延。[1]

在百姓那里，台骀治水的一切过程与艰难险阻都被讲述得绘声绘色，台骀的治水本领逐渐神化，其本人也上升为地方的保护神，衍生出台骀信仰。

在洮水一带也有相关传说：

> 古时闻喜的洮河因连天暴雨遭受水患，天帝派其儿子台骀解救闻喜人民。台骀来到洮水，发现是一条乌龙作怪，他两脚蹬在河两岸，一弯腰捉住了河底的乌龙，右手抓住龙头往上提，左手抓住龙尾向下压，地面上的洪水很快便消失了。由于台骀与乌龙搏斗时用力过大，把闻喜的山脉与丘陵都给扭斜了，从此闻喜的地形便成了东北—西南走向，礼元镇龙头堡村便是乌龙的头被抬起的地方；堰掌镇是龙尾被压处；灌底便是洮河底。[2]

洮河在闻喜县境内，沿岸分布着许多传统农业村落，其中许多村落都保留着洪水漫天、良田被浸，台骀"宣汾、洮"的历史记忆。当地民众展开丰富的想象，将这段历史与当地的自然风貌、村落形态和村落名称相联系，创造出充满奇异色彩的传说。闻喜县龙头堡、堰掌镇以及相距不到十公里的侯马市西台神村、东台神村均以台骀传说而命名，是具有悠久农业传统和历史积淀的古村落。

二是台骀庙会传说。古时每年农历十月十五日是台神庙会，为了当天的庙会，人们前一两个月便开始排练社火节目，准备祭品。庙会当天，由司仪站在前面主持祭祀程序，主事者上前上香、奠酒，钟鸣鼓响，人们在鼓乐声中一起下跪，同行五拜礼。祭祀结束，社火在庙院里转上一圈，再到庙外面附近地方表演，然后戏台上大戏开演。人们虔诚祭拜，感谢一年来台王对自己的保佑。

之所以将十月十五定为庙会日，是因为此地流行着"三官"即天官、地官、水官的信仰。正月十五为上元节，"天官赐福"，各家门内照壁上贴着写有"天官赐福"的红纸；七月十五为中元节，"地官赦罪"，意思是阴间的亡魂这天不受虐待，可自由活动了；十月十五为下元节，"水官解厄"，这天祭祀水官以保佑来年有个好的收成。台王是汾神，属水官，所以祭祀台王的节日定为十月十五。

三是台王娘娘的传说。此传说流传在侯马市西台神村，形象地反映了汾河下

---

[1] 太原民间文学集成编委会编：《太原民间故事》，内部资料，1990年，第237页。
[2] 闻喜县志编纂委员会编：《闻喜县志》，北京：中国地图出版社，1993年，第471页。

游以农为本的农业传统。

  西台神村台骀庙的台王宝殿内，正中间供奉着台王塑像，侧面有一张床，床上供奉着木刻台王娘娘塑像，象征着娘娘正在休息。相传，娘娘姓黄，是东台神村人。一天，她来到西台神村走亲戚，路过田间留下一串脚印。后来，西台神村为台王塑像时，用的正是印有黄姑娘脚印的泥土。于是，这个姑娘死后便嫁给了台骀，成为台王的夫人。①

在西台神村、东台神村民众的口承文本中，台王塑像是用印着普通乡村女子脚印的田间泥土做成的，体现了台骀信仰与土地之间的关系。治水英雄台骀根治了汾洮水患，为沿岸居民的农业生产提供了保障；汾河之神台骀掌管雨水，虔诚祈祷便可普降甘霖，滋润田土。台骀对汾河下游村落的农业生产起到重要作用，台骀的传说信仰也具备了农耕文化的鲜明色彩。台王娘娘的传说正是村落对台骀与农耕文化关系的民间记忆和生动记录。②

2. 赵氏孤儿的传说

"赵氏孤儿"的传说文本众多，流传广泛，在我国可谓妇孺皆知。赵氏孤儿（赵武）乃晋国大夫赵盾之孙，由于赵盾为官刚正不阿，清廉正直，惹来杀身之祸。《左传》中的《晋灵公不君》记载了赵盾因多次进言劝谏晋灵公而引来杀身之祸。此时文献中"赵氏孤儿"的形象还未诞生，矛盾主要集中在晋灵公与赵盾身上。至《史记·赵氏家》时，相关内容已基本完整，奸臣屠岸贾出现，赵氏孤儿也在典籍中"现身"，成为当前流传版本的原型。此后，文献当中关于赵氏孤儿的记载增多，如"赵武论盗""赵武荐人""赵文子冠""赵文子请免叔孙穆子""赵文子为室张老谓应从礼""赵文子称贤随武子""赵文子将死"等，十分丰富。

"赵氏孤儿"传说不仅在官方文献资料中容量可观，其民间传说资料也丰富多彩。关于赵武的口传文本，主要包括以下三个方面：

一为程婴救孤。翼城县南梁镇程公村，传说是晋国时期程婴的家乡，"程婴

---

① 讲述人：贺际龙，男，1927 年生，西台神村村民，他是原西台神村台骀庙守庙人贺际泰的大哥。调查人：段友文、王旭、王禾奕。调查时间：2013 年 5 月 9 日。
② 段友文、王旭：《汾河之神台骀传说信仰的文化传承与村落记忆》，《民族文学研究》2013 年第 6 期。

救孤"的传说就发生在此地。

晋景公时，奸臣屠岸贾多次在景公面前诬陷赵盾，景公听信谗言，下令满门抄斩赵盾全家。此时正好赵盾儿媳庄姬怀孕，为躲避灾祸，庄姬藏身于其母之处。庄姬乃晋成公的女儿、晋景公的妹妹，景公决定如其生下男孩便杀之。后庄姬果真生下男婴，程婴获得消息后，装扮成看病的先生将赵武救出。屠岸贾下令如若一月内无"孤儿"消息，就要杀光国内所有不满三月的胎娃。程婴之妻此时也生下孩子"金哥"，程婴为救"孤儿"，决定舍自己孩子之命以留得赵家血脉。他找到不满屠岸贾恶行从而罢官隐居的原大臣公孙杵臼，二人商定好将"金哥"藏于公孙杵臼处，程婴向屠岸贾告密"孤儿"在此处，以"金哥"之命换"孤儿"之命。后屠岸贾摔死了其以为的"孤儿"并杀死公孙杵臼。十五年后，"孤儿"赵武长大了，晋悼公起用了他。赵武杀了屠岸贾，替赵家申冤报仇。可程婴却整整背了十五年黑锅，人们骂了他十五年。[①]

在襄汾县汾城镇、赵康镇保留着关于赵氏孤儿传说的大量风物遗迹，程公村、三公村因传说而得名；赵康镇东汾阳村相传为赵盾故里，村口矗立着刻于唐代的"晋上大夫赵宣子故里碑"，建于康熙年间的东西门楼匾额上均刻有"赵宣子故里"；西汾阳村现在仍保存着赵盾墓和程婴墓；赵雄村留有赵氏家族九冢坟之第七冢。这些风物遗迹为赵氏孤儿发源地提供了佐证，形成了一个赵氏孤儿传说群。2009 年，襄汾"赵氏孤儿传说"被列为省级非物质文化遗产。

二是盂山藏孤。此故事的流传与"程婴救孤"有不同之处，程婴为救赵武，带着他躲到藏山。后屠岸贾前来搜查时，由三个不会说话的动物相救。第一次是灰鸽子相救，第二次是蜘蛛相救，第三次是石虎相救。屠岸贾以为赵氏孤儿已死，就再没来过。赵武十五岁时被接回宫，屠岸贾被杀，程婴想起为救赵氏孤儿而死去的义士，悲愤不已，选择了自杀。赵武将程婴和公孙杵臼一起埋在盂山的北坡上，称作"二义冢"。赵氏孤儿由于年轻英俊，被招为驸马。在盂县，以藏山为中心形成了赵氏孤儿传说圈。

[①] 中国民间文学集成全国编辑委员会、《中国民间文学集成·山西卷》编辑委员会编：《中国民间故事集成·山西卷》，北京：中国 ISBN 中心，1999 年，第 55 页。

三是藏孤台传说。在定襄南王乡东部的峪山下，有个藏孤台村，之所以这样将此定为村名，也是因为这里流传着程婴藏孤于此的传说。明万历《定襄县志》称："程侯出赵氏孤，远匿于武峪，后人称为藏孤台。"现在，村南有赵武沟，村西有赵武道。旧时，道边建有保胤祠，亦为纪念程婴藏孤之事。①

"赵氏孤儿"的传说在山西临汾、阳泉、忻州、清徐一带都有流传，在传播过程中，不同地域的民众依据历史真实故事进行艺术加工，在故事中加入了一些"神性相助"的故事元素，这是民众内心渴望正义善良的一方获得帮助的真实需求，虽是虚构，但却丝毫不显虚假之意，百姓内心深处愿意相信此事为真。故事结局是奸臣最终被杀，正义之人得以报仇雪恨，这也是民众对于忠奸善恶角色分明的一种心理期待。在淳朴的民众那里，"善有善报，恶有恶报，不是不报，时候未到"这个真理正是对赵氏孤儿传说最好的注解。故事通过赵武长大复仇的情节，揭露了统治阶级内部之间激烈的权力斗争，也是对正义、忠信这种传统思想的肯定和弘扬。

3. 狐突的传说与信仰

春秋时期的晋国大夫狐突，是一位在山西境内广泛被流传与认可的人物。晋献公娶狐突之女，并生公子重耳。《国语》载："狐突以狐姬故，事晋为大夫。"晋献公专宠骊姬，宠妃骊姬妄图杀害太子申生而立自己儿子奚齐为嗣君。东山皋落氏猖獗，骊姬献谗言使申生伐东山，后申生受诬陷被杀，其弟重耳在狐突儿子狐毛、狐偃的协助下出逃在外，献公下令助逃者返回。《史记·晋世家》载："乃令国中诸从重耳亡者与期，期尽不到者尽灭其家。狐突之子毛及偃从重耳在秦，弗肯召。怀公怒，囚狐突。突曰：'臣子事重耳有年数矣，今召之，是教之反君也，何以教？'怀公卒杀狐突。"②

狐突虽被杀，但其在山西历代百姓心中有着很高的地位，关于狐突的传说也代代流传，经久不衰。狐突信仰主要分布在山西交城、清徐交界的狐爷山一带及周边地区，形成辐射多县市的狐突信仰圈。而狐突信仰集中的地区流传着大量关于狐突的民间传说，形成了狐突传说圈。

---

① 定襄县志编纂委员会编：《定襄县志》，北京：中国青年出版社，1993 年，第 532 页。
② ［汉］司马迁撰：《史记》，北京：中华书局，2011 年，第 1501 页。

第一章 先秦山西民间文学

狐突一生极具传奇色彩,在古交、交城、清徐一带流传着关于狐突生平的逸闻或传说,主要以狐突御戎传说和狐突被害传说为主。

  狐突为晋太子申生的御戎,负责驾驭戎车。一年,晋献公派申生攻打"皋乐"族时赐其杂色衣和缺口玉环。狐突感叹杂色衣缺温润之情,缺口玉环显离异之意。申生攻打皋乐之际,狐突劝诫申生到他国避难,认为大夫在外会受朝中谗言,国家出现纷乱。申生执意攻打,凯旋而归。回国后国内谣言四起,申生继母骊姬频繁在献公前挑拨离间,狐突闭门不出。献公大怒,令申生自杀。申生死前悔意万分,嘱托狐突辅助其父治理国事,虽死心安。①

上述传说的基本情节虽与典籍文献相似,可是在人物性格刻画、具体细节描述上更加形象生动,语言表述也更具备口语化的特点。这正是由历史事实向民间传说转化的重要特征。狐突的行为表面上看是对君主个人尽忠,实质上关乎到社稷安危,百姓平安。因此在他死后,百姓感念他的忠义仁勇,述说着他生前护国为民的动人故事。

建庙传说也是狐突传说的重要内容,古交狐爷山狐爷庙的选址就有这样一个传说:

  当年原平川的西川、南川及西治川社头集资修建狐爷庙。庙址选择在背风向阳的骡圪洞。开工当天早晨木料全部消失,莫名躺在了东山与西山之间的马鞍形平阔地上。众人奇怪,却认为此地山势高耸,没有水源无法建庙,便将木料搬回原处。第二天木料又消失,出现在前一天的地方。人们认为神仙显灵,磕头祈祷,发现一根粗檩立在山石旁,一大汉将檩子扛起,一股清泉喷涌而出。众人方才悟出在此处建庙是神的旨意,于是将庙建在这里。②

受到"神仙托梦"后,百姓为狐突修建庙宇,庙宇的选址并不是因为风水好,而是因为该址是"神仙故意安排的",因此这个地方就有了灵气。建座神庙可以庇佑一方百姓,并且能够使人们切身感受到神明的神通广大。

---

① 太原市民间文学集成编委会编:《太原民间故事》,内部资料,1990 年,第 245 页。
② 傅中和主编:《可爱的古交》,太原:山西人民出版社,2005 年,第 110—111 页。

079

除了狐突生平传说、狐突建庙传说之外，在山西区域社会内还流传着相关的显灵传说、神亲传说、宝物传说等。在这些传说里，狐突在当地民众心目中的形象从忠臣逐渐演化为雨神，进而成为该地具有多种神职功能的保护神。当地民众一旦有各种生存需求都会求助于狐神，这时狐神在他们心中已不单单是某一方面灵验的单职能神祇。人们赋予狐神求功名利禄、求平安幸福、求寻找失物等神职功能，根据自己的祈愿创造了无所不能的狐神形象，狐突传说信仰被当地民众赋予了新的意蕴。①

4. 晋文公的传说

晋文公，名重耳，春秋时期晋国国君，与齐桓公、宋襄公、秦穆公、楚庄王并称"春秋五霸"。由于其早年经历跌宕曲折，即位之路艰难不易，因此在山西地区关于这位励精图治、政绩卓越的晋国政治家的传说也较为丰富。

春秋时期晋献公多妻多子，重耳乃是其与狐突之女大戎所生，怎奈献公专宠的妃子骊姬想要令其子奚齐继位，于是贿赂外嬖梁五与东关嬖五在献公面前进言，"使太子主曲沃，而重耳夷吾主蒲与屈"。后太子申生中了骊姬的计谋而自杀，晋文公被迫逃亡他国。典籍文献中不乏对晋文公的记载，《左传·僖公二十三年》云："晋公子重耳之及于难也，晋人伐诸蒲城。蒲城人欲战，重耳不可，曰：'保君父之命而享其生禄，于是乎得人，有人而校，罪莫大焉。吾其奔也。'遂奔狄。"②重耳在历经磨难成为晋国国君之后，对于其治国方略的记载也甚多，如《韩非子》中的"晋文公伐原"、《诸子集成》中的"晋文公杀一儆百"、《吕氏春秋》中"晋文公称霸"的故事。

典籍文献对于一代君王的记载必定十分详细，《国语》《左传》《史记》中都有大量笔墨来记述这位春秋霸主。三部巨著相较来说，"《国语》中的晋文公从善如流但缺少霸气与沉着果断的决策能力，《左传》中的晋文公从一开始就充满英雄气概，《史记》中的晋文公形象更具立体感，司马迁充分刻画了人物成长与性格发展的过程"③。相对于正统权威记载，民众在世代延续中也刻画出了自己喜闻乐

---

① 段友文、杨洁：《狐突传说信仰与山西区域社会文化变迁考论》，《晋阳学刊》2014年第6期。
② 杨伯峻编著：《春秋左传注》（第一册），北京：中华书局，1981年，第404页。
③ 马婷婷：《〈国语〉、〈左传〉、〈史记〉中的晋文公重耳形象比较研究》，《和田师范专科学校学报》（汉文综合版）2009年第4期。

见的晋文公，在民间流传着的晋文公传说，更具有"加工"之后的传奇色彩。

《下村土地庙为啥是三间》，晋文公在流亡期间因行路艰难、缺少食物，变得虚弱不堪，随行的介子推为救其于困苦之中，割掉大腿上的一块肉，又从休息的庙顶抽下一根椽子为晋文公煮肉充饥。文公知道后在庙前立下誓言："今日抽了你庙顶一根椽，它日定还你两间。天地可鉴，绝不食言。"后晋文公复国，赏赐功臣，却唯独忘了介子推。介子推伤心之余隐居绵山，后文公在他人提醒下深感愧疚，无奈介子推却决意不出绵山。文公为逼介子推出山受封，火烧绵山，而介子推直至被烧死也没出山。晋文公为了纪念介子推，派人将下村的土地庙扩建成三间，比别处土地庙多两间。有趣的是，一般一间房三十根椽，三间应是九十根，而这儿的土地庙却是八十九根椽，缺的那一根象征介子推抽去的椽。①

《不收媒人的礼为什么要写"璧返"》，重耳逃亡到曹国时，曹公拒不接待，有位叫僖负羁的大夫为帮重耳，与妻子商议，将家中一副白玉璧送与重耳当路费。重耳因礼物贵重坚决不收。此后，僖负羁自愿送璧、重耳主动退璧的美意得到世人赞扬，并在晋国故地侯马一带的婚嫁喜事中流传下来，形成了"璧返"的风俗。"璧返"既表示对媒人的敬谢，也是对新婚的良好祝愿。②

《南官庄来历》的传说是这样的：

> 晋文公称霸之后巡视国情，秋天的一个傍晚，晋文公途经绛县南坡下一个小山村。村里有百十余人，都住着窑洞，家家欢歌笑语。村民见远道而来的客人，热情迎接，献食瓜果，拍手欢迎。文公看到此情此景，感受到了人们发自内心的纯洁情感。于是，他改变了天黑前到达冀城的计划，临时决定全体官员今晚宿营此村。第二天一大早，晋文公率领部下离开这个小村子时，随手拿起一个棍子，在村东边一个小崖下写下了两个字"官庄"。官庄这个村名就这样叫开了。③

《古剑泉与四晋峪的来历》是说晋文公带兵打仗途经现在的绛县安峪镇东晋峪村时，由于盛夏天热，士兵们口渴难耐，方圆数里却找不到河流。晋文公无

---

① 赵森、申建华、于瑞亮编：《晋国都绛资料汇编》，内部资料，2002年，第228页。
② 侯马市志编纂委员会编：《侯马市志》（下册），北京：长城出版社，2005年，第965页。
③ 赵森、申建华、于瑞亮编：《晋国都绛资料汇编》，内部资料，2002年，第238页。

奈，将手中的宝剑插地三尺，祈祷说："天啊，请赐给将士们一股清泉吧！日后，我等定会报答。"之后一股清泉涌出。当地百姓为纪念此事，把晋文公拔剑处称为"剑泉"。又由于拔剑之处在山峪口，人们便称其为晋峪。后随着人口的增多，附近相继建起了东晋峪、西晋峪、南晋峪、北晋峪四个村庄。①

《天下第一河》讲述了在晋文公逃亡过程中，南翠屏山脚下至店儿坡下这一段昕水河帮助其隔断了前来的追兵，因此，晋文公封其为"天下第一河"。②

民间关于晋文公的传说几乎都是当地百姓将其与该地特有的风物景观相附会而编出来的。一方面，他们对历经困苦、拯救晋国的君王有着美好的心理期待与祝愿。在人们的口耳相传中，晋文公的逃亡之路带上了不合实际的"传奇色彩"，当其遇到困难时，民众心中"万物有灵"的思想便显现出来，帮助正义一方渡过困难。另一方面，自己生活过的地方或许有过重耳曾经行走停留的痕迹，于是民众以自己认为合理的想象勾画出了相应的传说，形成了独具地域特色的"地方风物传说"，以此来解释地名的来源。这种思维方式典型地表现了群众的"集体记忆"③，也十分符合传说的"历史性"这一特征，是一种由传统历史的真实观所带来的"虚构的真实"④。

5. 介子推与寒食节的传说

介子推，春秋时期晋国重要人物之一，帮助流亡的晋文公重耳登上帝位，因"割股奉君"的忠心事主精神和隐居"不言俸"的壮举而被后世敬仰。有关介子推的最早记载是《左传·僖公廿四年》：

> 晋侯赏从亡者，介之推不言禄，禄亦弗及。推曰："献公之子九人，唯君在矣。惠、怀无亲，外内弃之。天未绝晋，必将有主。主晋祀者，非君而谁？天实置之，而二三子以为己力，不亦诬乎？窃人之财，犹谓之盗，况贪天之功以为己力乎？下义其罪，上赏其奸，上下相蒙，难与处矣！"其母曰："盍亦求之，以死谁怼？"对曰："尤而效之，罪又甚焉！且出怨言，不食其

---

① 赵森、申建华、于瑞亮编：《晋国都绛资料汇编》，内部资料，2002年，第243页。
② 蒲县志编纂委员会编：《蒲县志》，北京：中国科学技术出版社，1992年，第560页。
③ 陈春声、陈树良：《乡村故事与社区历史的建构——以东凤村陈氏为例兼论传统乡村社会的"历史记忆"》，《历史研究》2003年第5期。
④ 万建中：《民间传说的虚构与真实》，《文化研究》2005年第3期。

食。"其母曰："亦使知之，若何？"对曰："言，身之文也。身将隐，焉用文之？是求显也。"其母曰："能如是乎？与汝偕隐。"遂隐而死。晋侯求之不获，以绵上为之田，曰："以志吾过，且旌善人。"①

从这段记载中可知，晋文公重耳流亡，介子推忠心跟随；晋文公即位后，嘉赏忠臣却不及介子推。随后介子推携母隐居而死，晋文公封田志，过旌介。可见，介子推既为肝胆相照、忠心不二的忠臣，又是心胸开阔、淡泊名利的隐士。

《吕氏春秋·介立》在此基础上又有所发展，晋文公返国后子推不肯受赏，赋诗一首以言志，文公道：

"嘻！此必介子推也。"避舍变服，令士庶人曰："有能得介子推者，爵上卿，田百万。"或遇之山中，负釜盖簦问焉，曰："请问介子推安在？"应之曰："夫介子推苟不欲见而欲隐，吾独焉知之？"遂背而行，终身不见，人心之不同，岂不甚哉？今世之逐利者，早朝晏退，焦唇干嗌，日夜思之，犹未之能得；今得之而务疾逃之，介子推之离俗远矣。②

《庄子》和《韩非子》记载了介子推"割股奉君"的事迹："介子推至忠也，自割其股以食文公，文公后背之，子推怒而去，抱木而燔死。"③"昔者介子推无爵禄而义随文公，不忍口腹而仁割其肌。"④

在介休和沁源交界的绵山至今仍保留着介子推墓、思烟台、介子庙，灵石张嵩村建有介子推庙，万荣县、翼城县都有绵山。围绕山西各地有关介子推的风物遗迹，流传着曲折动人的传说故事。在山西运城闻喜、夏县一带，主要流传着两类传说：一是介子推"割股奉君"，忠心事主；二是介子推与寒食节的关系，而此方面的传说流传的范围较广，数量也较多，其故事情节如下：

重耳历经磨难当上国君后对跟随其逃亡的人论功行赏，却把介子推忘了。介子推的邻居解张看到介子推没有得到封赏，愤愤不平，他写了一篇诗文，贴在朝门上：

蛟龙失去住所，众蛇跟随他周游各地。

---

① 杨伯峻编著：《春秋左传注》（第一册），北京：中华书局，1981年，第404页。
② 陈奇猷校释：《吕氏春秋校释》，上海：学林出版社，1984年，第627页。
③ [清] 郭庆藩：《庄子集释》（第四册），北京：中华书局，1961年，第998页。
④ [清] 王先慎：《韩非子集解》，北京：中华书局，1988年，第153页。

蛟龙饿得昏了过去，一条蛇把自己的股肉献上。

蛟龙重新返回深潭，众蛇也住进了新房。

有一条蛇仍无住处，流落荒野十分悲伤。

文公看罢，恍然大悟，但这时介子推与母亲早已离开家上了绵山。晋文公知道介子推以孝为先，于是放火烧山，三天三夜后文公又派人搜山，只见他们母子二人抱在一起，被烧死在一棵大树下。文公不禁失声痛哭，只好把介子推安葬在绵山下。

为了纪念介子推，晋文公下令，把绵山改为"介山"，后世于绵山之地立县，谓之"介休"，意思是介子推休息的地方。文公还用介子推烧死处的那棵树的木料，命匠人做了一双木鞋，穿在脚上，呼为"足下"，以表示对介子推的思念与自惩。①

烧山那天，正是农历清明的前一天。为了纪念介子推，清明前一天禁烟止火，只吃冷食，称为"寒食节"。此后，我国北方相沿成俗，年年都过"寒食节"，一直流传至今。

寒食禁火的习俗由来已久，从《周礼·秋官》中可知禁火制度古已有之，然而自南北朝时期介子推故事与寒食节发生联系后，人们对此广为流传。虽也有一些文人学者出面批驳寒食节与介子推故事这二者之间缺乏科学性，但是在民众心中此说法几乎已成定局。这种现象一方面展示了民间传说所呈现出的极强生命力，它已深深扎根于民众心中，百姓不会刻意辨识其中的逻辑与科学，他们更愿意相信传说故事为其带来的精神信仰与动力，这符合民众心中对于正义、忠心的解释与期冀；另一方面也是"历史人物传说化"的典型表现，既然是历史人物，就必然有真实的一面，而既然是传说，也就必然有偏离历史事实的一面，这是"民众在通过历史人物来宣泄感情"②，并且通过对历史人物的艺术性阐释来满足普通大众自我的审美需求。

6. 师旷的传说

师旷，字子野，山西洪洞人。"师"是官乐号，指春秋时晋国的主乐太师。

---

① 侯马市志编纂委员会编：《侯马市志》（下册），北京：长城出版社，2005年，第966页。
② 张勃：《历史人物的传说化与传说人物的历史化》，《民间文化论坛》2005年第1期。

第一章　先秦山西民间文学

洪洞县曲亭镇师村建有师旷陵园，保存有师旷墓、墓碑、文人墨客题字、师旷雕像，成为研究"乐圣"师旷的重要基地。师旷的活动事迹主要是在晋悼公和晋平公时期，年代略早于孔子。先秦及后世文献所记载的诸师中，师旷是被记载最多的一位春秋乐师。典籍文献中对师旷的记载虽零星，但涉及文献却颇多，《春秋左氏传》《国语》《礼记》《史记》《淮南子》等多部典籍对其都有提及，可见这位乐师的影响力之大。

后世所流传的关于师旷的故事，内容上主要有三个方面：

一是师旷以君臣之心劝诫规谏。《说苑·建本》记：

> 晋平公问于师旷曰："吾年七十，欲学，恐已暮矣。"师旷曰："何不秉烛乎？"平公曰："安有为人臣而戏其君乎？"师旷曰："盲臣安敢戏其君乎？臣闻之：'少而好学，如日出之阳；壮而好学，如日中之光；老而好学，如秉烛之明。秉烛之明，孰与昧行乎？'"①

晋平公认为七十暮年欲学而不能，师旷则要求其秉烛夜学，晋平公认为师旷藐视君臣之礼，师旷却将人之年岁与太阳起落相比，一语点明秉烛前进总要好过在黑暗中行走。师旷身为国之忠臣，以箴言劝诫晋平公，议论之中夹杂着治国处世之礼，耿直进言中可见其爱国忧民之心。

二是师旷博学多识，能力超凡。《左传·襄公三十年》载：

> 三月，癸未。晋悼夫人食舆人之城杞者。绛县人或年长矣，无子，而往与于食。有与疑年，使之年。曰："臣小人也，不知纪年。臣生之岁，正月甲子朔，四百有四十五，甲子矣，其季于今，三之一也。"吏走问诸朝，师旷曰："鲁叔仲惠伯会郤成子于承匡之岁也。是岁也，狄伐鲁，叔孙庄叔于是乎败狄于咸，获长狄侨如，及虺也豹也，而皆以名其子，七十三年矣。"②

白发的绛县老人说自己生于正月初一，恰为甲子日，过了四百四十五个甲子日，最后一个甲子日到说话这天正好是三分之一甲子日。在场官吏莫名其妙之时，师旷已算出绛县老人时年七十三岁，并指出当年叔孙庄叔败狄于咸的事件。师旷既能够轻易计算出老人的年龄，还能够说出当年发生的大事与细节，足以见

---

① ［汉］刘向撰，向宗鲁校证：《说苑校证》，北京：中华书局，1987年，第69页。
② 杨伯峻编著：《春秋左传注》（第三册），北京：中华书局，1981年，第1170—1171页。

得师旷超凡的记忆力及深厚扎实的历史知识。

三是师旷音乐技艺精湛，学有专长。《吕氏春秋·仲冬记·长见》中记载：

> 晋平公铸为大钟，使工听之，皆以为调矣。师旷曰："不调，请更铸之。"平公曰："工皆为调矣！"师旷曰："后世有知音者，将知钟之不调也，臣窃为君耻之。"至于师涓，果知钟之不调也。是师旷欲善调钟以为后世之音者。①

这则《师旷论钟调》的故事是说，晋平公铸钟后派乐工听调，所有乐工都认为合调，唯独师旷说不合调。到了师涓一代，果然证明师旷所言为真。由此可见，身为乐师的旷在音乐方面也是技高一筹，得到了大家的认可。

师旷以其精湛的乐技及博学之识成为后人关注的历史人物，其身上具有官师政教合一的多功能性，极为符合儒家传统所推崇的文化形象。随着时代的不断变迁，其形象被民间重塑、改造并带上神奇的色彩。民间语言渗入师旷故事之后，后世有关师旷的小说故事即在此基础上延伸发展，其功能也不止于国家政事，而是走向民众，知识的日常化与民用功能增强。《齐民要术》一书中即多次提及师旷，他的本领也扩展到农业生产方面。"黄帝问师旷，曰：'欲知牛马贵贱？''秋葵下有小葵生，牛马贵；大葵不虫，牛马贱。'"②虽然师旷所生活的年代不可能与黄帝同时，但这已是民间将其加上神话传奇色彩之后的传说故事了。民众已将其功能扩展到日常生活之中，在后世子孙中口耳相传，成为一位多功能型人物，在民间传说中，师旷的形象不断被丰富，深入人心。

7. 豫让的传说

春秋战国之际，诸侯纷争，战乱不断。一度称霸中原的晋国退出历史舞台，范、中行、智、赵、韩、魏六家渐握国之大权，豫让即生活在这样的时代背景之下。豫让乃智伯家臣，在六卿夺权争地的进程中，范、中行、智伯相继被灭，豫让为主报仇之事成为后世流传的一段故事。

典籍文献中最早提及豫让的文本是《战国策》中的《晋毕阳之孙豫让》："晋毕阳之孙豫让，始事范中行氏而不说，去而就知伯，知伯宠之。"③可知，豫让

---

① 许维遹撰，梁运华整理：《吕氏春秋集释》，北京：中华书局，2009年，第254页。
② ［北魏］贾思勰著，石声汉校释：《齐民要术今释》，北京：中华书局，2009年，第312页。
③ 何建章：《战国策注释》，北京：中华书局，1990年，第617页。

乃晋国侠客毕阳的孙子，最初效力于范、中行氏，因不受重用而投奔智伯，受到智伯的宠爱。关于豫让的记载，基本都是围绕豫让行刺赵襄王而论，主要涉及三方面。

一是豫让报智氏之因。豫让之友因疑惑其为智氏复仇的缘由，豫让曰："我将告子其故，范氏、中行氏，我寒而不我衣，我饥而不我食，而时使我与千人共其养，是众人畜我也。夫众人畜我者，我亦众人事之。至于智氏则不然，出则乘我以车，入则足我以养，众人广朝，而必加礼于吾，是所谓国士畜我也，夫国士畜我者，我亦国士事之。"①

二是豫让复仇之坚决。豫让刺杀赵襄王的过程不是一帆风顺的，但其失败后仍不放弃，"灭须去眉，自刑以变其容，为乞人"，直至其妻子都不能认出他的相貌后，"又吞炭为哑，变其音"。友人劝他放弃复仇之举，投奔赵襄王，豫让笑而应之曰："是先知报后知也，为故君贼新君矣，大乱君臣之义者无此，失吾所为为之矣。凡吾所为为此者，所以明君臣之义也，非从易也。"②

三是豫让之死。豫让在刺杀赵襄王时被发现，将死之际，豫让曰："臣闻明主不掩人之义，忠臣不爱死以成名。君前已宽舍臣，天下莫不称君之贤。今日之事，臣固伏诛，然愿请君之衣而击之，虽死不恨。非所望也，敢布腹心。"于是襄子义之，乃使使者持衣与豫让。豫让拔剑三跃，呼天击之，曰："而可以报知伯矣。"遂伏剑而死。③

典籍文献围绕豫让复仇之原因、经过、结果而作，民间所流传的故事在此基础上加入地方化色彩，在其复仇过程中所经所往之处被民众记忆所凸显，成为今日具有代表性的地方风物。

一则是豫让桥的由来，流传在晋祠及其周边地区：

豫让趁赵襄子游晋祠之时，埋伏在其回晋阳必经的一座桥下，想突然袭击。但当赵襄子走近此桥时，其坐马突然惊起，赵襄子顿觉蹊跷，卫兵搜索后豫让被抓。豫让心知将死，请求赵襄子脱下衣衫，让其挥剑一击，以报

---

① 陈奇猷：《吕氏春秋校释》，上海：学林出版社，1984年，第640页。
② 同上注，第1322页。
③ 何建章：《战国策注释》，北京：中华书局，1990年，第617页。

心愿。

　　赵襄子成全豫让之心，豫让照着衣服狠狠一挥，口中还高声叫着："这就可以报答知伯了！"接着，又伏剑而死，鲜血把这座石桥也染红了。

　　豫让的义举，深深地感动了赵襄子，他专门为豫让在这桥边修了一座高大的陵墓。当地的老百姓为纪念忠心侠义的豫让，不仅在桥边为他盖了一座祠堂，而且把他洒血的石桥改名为赤桥，后来干脆连村名也改过来，叫成了赤桥村。①

豫让报仇不成，最后以"砍服还愿"，这种行为是民众心中对"接触巫术"的信服。豫让将衣服作为赵襄王本人的化身，认为斩服即可达到报仇的目的，这种"替代性复仇"②满足了复仇人强烈的主观愿望，是原始思维中"接触巫术""感染巫术"在后世的发展及延续。

另一则是漆郎山的来历，主要流传在定襄一带：

　　漆郎山原名柏树岭，在县城北15公里处，山势呈东西走向，主峰海拔1132米，面积约7平方公里。

　　春秋时国卿智瑶为扩充领地，向韩、魏、赵三卿索要土地。韩康子虎和魏桓子驹从命，唯赵襄子无恤不肯献地。智瑶便联韩、魏攻赵，相约灭赵后三分其地。襄子坚守晋阳（即今太原市南郊区晋源镇），智、韩、魏三国围城年余不克。智瑶又引晋水，淹灌晋阳城。襄子派人策反韩、魏，反灌智营。智瑶被赵襄子擒获斩首，其家臣豫让逃至柏树岭，藏身石洞。

　　豫让报仇时身死献主，后人为纪念豫让，改柏树岭为漆郎山，山上石洞名漆郎洞，洞壁凿刻豫让像。洞口石上有足迹和马蹄迹，据传亦为豫让所留。旧时建有漆郎庙，现已废。③

晋国刺客豫让传说流传至今，其形象一直备受争议。统治阶级及部分人士认为，豫让不忘主恩，一心为主报仇，虽多次失败却从未放弃，因而对其行为大肆宣扬并且持赞许态度，有"生为名臣，死为上鬼，垂光百世，照耀简策"之评

---

① 太原民间文学集成编委会编：《太原民间故事》，内部资料，1990年，第58页。此故事异文还见于狄西海、梁力、张平义：《襄汾民间故事》，内部资料，1986年，第3页。
② 王立、潘林：《豫让复仇故事在后代的接受及其争议》，《甘肃社会科学》2008年第1期。
③ 定襄县志编纂委员会编：《定襄县志》，北京：中国青年出版社，1993年，第533页。

价；也有人认为，豫让之举并不可取，他是一个"为维护封建统治输诚尽忠的典型人物"，统治者及御用文人的炒作不过是要达到"愚民驭民"[①]之目的。不管后世对其如何评判，豫让传说故事能够代代相传，足以说明其在山西民间的影响力依然深广，他已成为山西地区侠义刺客的典型代表，体现出山西地域内独有的一种"刺客文化"和农耕与游牧交汇区特有的"侠义精神"。

8. 窦犨的传说

窦犨，字鸣犊，春秋时晋国大夫，主要活动在晋定公时代。《通志·氏族略》载：窦氏为夏少康之后，乃姒姓之裔，因遭难，先祖从窦（洞）中逃得性命，遂以窦为氏。《阳曲县志》中记："古城，县西北七里，春秋时晋大夫窦鸣犊之食邑也，今村东、北面古墙地犹存。"食邑即封地，由此可知窦犨的活动足迹在阳曲古城（今太原市）一带。位于太原市西北二十公里的上兰村保存有雄伟壮观的窦大夫祠，又称英济祠、烈石神祠，是祭奉窦犨的祠庙。相传，窦犨曾经在太原市北边的阳曲县兴修水利，造福一方，后人为了纪念他，故修此祠。他修渠的地方叫"烈石寒泉"，就在祠庙旁边，现灵泉已枯。窦大夫祠内保存了唐宋以来历代的碑刻，为研究窦犨传说提供了宝贵资料。

典籍文献中窦犨以贤士大夫的角色出现，《国语》载：

赵简子叹曰："雀入于海为蛤，雉入于淮为蜃。鼋鼍鱼鳖，莫不能化，唯人不能。哀夫！"窦犨侍，曰："臣闻之：君子哀无人，不哀无贿；哀无德，不哀无宠；哀名之不令，不哀年之不登。夫范、中行氏不恤庶难，欲擅晋国，今其子孙将耕于齐，宗庙之牺为畎亩之勤，人之化也，何日之有！"[②]

赵简子以雀、雉之变叹人之不能变，意在表达自己受限于晋侯而不能大展宏图；而窦犨则以范、中行氏倒行逆施而最终失地亡国为由，驳其人之不变之论，意在暗示赵简子莫要重蹈覆辙。《史记》说："赵简子欲分晋国，故先杀鸣犊"，并与"孔子回车"故事相结合。"孔子既不得用于卫，将西见赵简子"，当孔子行至黄河边时，得知窦鸣犊与舜华死于赵简子之手，随即对其产生不满，认为"窦鸣犊、舜华，晋国之贤大夫也"，失望而去，返回了鲁国陬乡，并作琴曲《陬乡》

[①] 庞思纯：《伪国士刺客豫让》，《文史天地》2009 年第 2 期。
[②] 邬国义、胡果文、李晓路译注：《国语译注》，上海：上海古籍出版社，1994 年，第 478 页。

来哀悼窦大夫。在上兰村窦大夫祠献厅的柱子上挂着一副对联：太行山巅，孔圣为谁留辙迹；烈石山下，晋贤遗泽及苍生，记写的正是这一历史故事。

在太原及其周边地区流传着窦犨传说，除了强调其贤士形象，民众更加关注其"治水"的本事，相关传说也更加贴近民众的现实生活：

> 很早以前太原一带连年干旱，汾河水被山阻挡，寸草不长。皇上得知灾情后下旨派官，限期打开上兰村西北角的二龙山引出汾河水。官员开山之后水还没流出山便合拢，治水官被斩，后几任官员都因相同原因被斩。
>
> 第三年，皇上派来了熟知天文地理的窦大夫，他为人耿直，爱护百姓，但开山之后依然与前景相同。窦大夫多次尝试未果，眼看限期已到，心觉无脸见父老乡亲，便在二龙山下的梧桐树上吊自尽。百姓听闻后哭声震天，突然天空乌云密布，大雨倾盆，一声巨响之后二龙山裂成两半，汾水从山间涌出。从此，人们就把这地方称为"烈石寒泉"。
>
> 百姓为纪念窦大夫的功绩，准备在二龙山顶修建一座祠庙。谁知，头一天立起架，第二天就塌了。突然山上卷起一股冲天旋风，把全部的木料都刮到了山底，落在窦大夫自尽的梧桐树旁。人们就在这里兴建祠庙为他塑像，并把那棵梧桐树也盖在大殿里。每逢农历七月十五赶庙会，人们不仅到祠庙祭奠窦大夫，而且还要摸一摸梧桐树，说是能消灾去病，后人把这庙起名为"窦大夫祠"。①

如今窦大夫祠中的《英济侯感应记碑》记载了历代民众旱时祈雨的盛况及灵验之情状，并认为其祈雨应验之功能全靠窦大夫的庇佑。"汾水之滨，有祠曰英济，俗呼为烈石神。考之图籍，乃春秋时赵简子臣窦犨……英灵能兴云雨，里人立祠祀焉。""祠为赵简子臣窦鸣犊血食之所，屡著灵验，而为郡人所宗。祈祷后大雨如注。"②关于窦犨的传说，其从耿直仁爱的晋国贤士转变为具有神性的祈雨神，传说的演变过程符合民众心理及太原区域社会的发展状况。山西自古农耕文明发达，人们主要以耕作为生存生产方式，因此降雨量的多少直接影响到百姓的生活。旱情肆虐的阴影深深扎根于百姓心中，他们将历史上有过治水功绩的贤官

---

① 太原民间文学集成编委会编：《太原民间故事》，内部资料，1990年，第107—108页。
② 于谦：《烈石祠祷雨感应碑》（明宣德八年，1433年），窦大夫祠之碑。

神化，寄托着民众最虔诚的期望。当地不论官方抑或是民间祈雨，都要到窦大夫祠中拜神谢神。窦犨以地方先贤和区域性雨神的形象存在于历代民众心中，成为与民众生活息息相关的贤臣与神祇，随着时代的发展被"再发明"①，并口耳相传，经久不衰。

（二）史事传说

1. 晋国迁都新田

春秋时期，诸侯战乱，纵横捭阖，列国迁都频繁。然而这种迁都多是一种消极性的被迫迁都，或由于国小难以抵抗外侵，或由于力薄受大国压迫，无法自保而屡屡迁都是当时社会状况的真实写照。自古至今，人们心中都有安土重迁的心理，迁都并不是一件容易的事，安定之后的迁徙不仅要饱受沿途劳累之苦，人们更是难以割舍存有感情的土地与宗庙。② 相比其他国家的迁都而言，晋国由于实力较为雄厚，虽多次迁都，但其原因多出于政治、军事、经济等方面的需求，消极因素较少。唐城、晋阳、曲沃、绛、故绛都曾作为晋国都城存在，而晋国最后一次迁都新田，成为晋国历史上一个重大的事件。

关于晋国迁都新田之事，《左传》中有较为详细的记载：

> 晋人谋去故绛，诸大夫皆曰："必居郇、瑕氏之地，沃饶而近盬，国利君乐，不可失也。"韩献子将新中军，且为仆大夫。公揖而入，献子从，公立于寝庭，谓献子曰："何如？"对曰："不可，郇瑕氏土薄水浅，其恶易觏，易觏则民愁，民愁则垫隘，于是乎有沈溺重膇之疾，不如新田，土厚水深，居之不疾，有汾、浍以流其恶，且民从教，十世之利也。夫山、泽、林、盬，国之宝也。国饶，则民骄佚。近宝，公室乃贫，不可谓乐。"公说从之，夏四月丁丑，晋迁于新田。冬季文子如晋，贺迁也。③

以上记载透露出几点信息：一是晋景公欲迁都，诸臣都主张迁于郇、瑕之地，认为靠近盐池。二是韩献子持反对意见，认为郇、瑕"土薄水浅，其恶易

---

① 赵世瑜：《从贤人到水神：晋南与太原的区域演变与长程历史》，《社会科学》2011 年第 2 期。
② 桥本淳：《关于新田都城的一点思考》，《西北大学学报》（哲学社会科学版）1997 年第 2 期。
③ 杨伯峻编著：《春秋左传注》（第二册），北京：中华书局，1981 年，第 827 页。

靓"，百姓有患"疾"之嫌，并且靠近盐池，百姓会为争夺盐利而不和。三是韩献子主张迁都新田，此地"土厚水深"，居汾河与浍水岸畔，能够将不好的东西带走，并且此地的民众从教，十世之利，服从教诲，便于管理。四是晋景公听献子之言，迁都于新田。

由此可知，晋国迁都主要考虑的是新都的地理环境以及国民素质问题，而在众家之言都主张迁于郇、瑕氏之地时，景公却依然能够平心采纳韩献子的意见，究其原因，大概与献子乃国之司徒①有关。司徒的职责就是"掌握国内地理情况和地方民情，协助国君理政"②。晋国迁都新田后，晋景公继承了春秋称霸事业，成为一代霸主，同时也开启了韩、赵、魏三国之源头。直到三家分晋，新田废都，这段迁都历史都是晋国之大事，也成为人们铭记于心的一段佳话。

2. 祁奚请老

祁奚乃春秋时晋国著名贤士，这位历侍晋景公、厉公、悼公、平公四世的重臣，因"外举不避仇，内举不避子"之美德受到人们敬仰。"祁奚请老"也说"祁奚荐人"，典籍文献和民间传说对此都有涉及。

关于祁奚请老之事，《左传》记：

> 祁奚请老。晋侯问嗣焉，称解狐，其仇也。将立之而卒。又问焉，对曰："午也可。"于是羊舌职死矣。晋侯曰："孰可以代之？"对曰："赤也可。"于是使祁午为中军尉，羊舌赤佐之。君子谓："祁奚于是能举善矣。称其仇，不为谄；立其子，不为比；举其偏，不为党。"③

收录到《侯马市志》中的"祁奚荐人"与《左传》所载的版本如出一辙：祁奚告老还乡之时，悼公询问可以接替他职位的人选，祁奚推荐了他的仇人解狐，而解狐死后又荐其子祁午接任中军尉，荐赤接任羊舌职。孔子在鲁国听说后，给了祁奚极高的评价："善哉，祁黄羊之论也，外举不避仇，内举不避子，祁黄羊可谓公矣。"④

---

① 《左传·桓公六年》记载："晋以僖侯废司徒。"杜注："晋僖侯名司徒，废之改为中军。"由此可知，晋国中军的原名称当为司徒。
② 桥本淳：《关于新田都城的一点思考》，《西北大学学报》（哲学社会科学版）1997年第2期。
③ 杨伯峻编著：《春秋左传注》（第三册），北京：中华书局，1981年，第927页。
④ 侯马市志编纂委员会编：《侯马市志》（下册），北京：长城出版社，2005年，第835页。

对于祁奚荐人之事,《国语》不仅有记载,更做了较为详细的说明:

> 祁奚辞于军尉,公问焉,曰:"孰可?"对曰:"臣之子午可。人有言曰:'择臣莫若君,择子莫若父。'午之少也,婉以从令,游有乡,处有所,好学而不戏。其壮也,强志而用命,守业而不淫。其冠也,和安而好敬,柔惠小物,而镇定大事,有直质而无流心,非义不变,非上不举。若临大事,其可以贤于臣。臣请荐所能择而君比义焉。"公使祁午为军尉,殁平公,军无秕政。①

在此文中,祁奚说明了推荐之缘由。祁奚认为其子午年少时就温顺听话,喜爱学习,长大后更是坚守学业,二十岁行冠礼之后,在小事上仁爱谦恭,大事上镇定自若,性格耿直且有原则,因此其适合处理国事。而自从祁午担任军尉这一职位后,直到晋平公死去,军队中都没有出现过错误的政令。祁奚在此向人们阐明了一个道理,即"选择臣子莫如君主,选择儿子莫如父母"。

除"祁奚请老"之外,"祁奚救叔向"也是人们津津乐道的一段历史。叔向的弟弟羊舌虎与栾盈交好,栾盈在晋国犯了罪,晋国杀了羊舌虎,叔向为此沦为官府之奴。祁奚见范宣子后说道:"闻善为国者,赏不过而刑不慢,赏过则惧及淫人,刑慢则惧及君子。与其不幸而过,宁过而赏淫人,毋过而刑君子。故尧之刑也殛鲧,于虞而用禹;周之刑也戮管蔡,而相周公,不慢刑也。"②于是,叔向被赦免,而其出狱后并没有向祁奚辞行,因为他知道祁奚救他是因为爱惜贤才而并不是出于私心。"祁奚救叔向,只懂得秉公办事,只要为国为民有利,他是不懂得个人恩恩怨怨的。祁奚处事的道德理念,正是典型的陶唐遗风。"③

祁奚为国之社稷尽心尽力,一方面能够为国家荐其仇者,另一方面也能够为江山荐无关己者。解狐虽为其冤家,祁午虽为其亲子,但祁奚以才能待人事,并且其还以"尧杀鲧而舜用鲧之子禹,周杀管叔、蔡叔而用其弟兄周公"之比喻来劝诫晋平公救叔向,其以宽厚之心荐贤、救贤、惜贤之品德实乃可贵。或许这种美德与祁奚生长之地祁县有关,该县乃帝尧封地,此处"有尧之遗风,其民勤俭

---

① 邬国义、胡果文、李晓路译注:《国语译注》,上海:上海古籍出版社,1994年,第408页。
② 陈奇猷校释:《吕氏春秋校释》,上海:学林出版社,1984年,第1427页。
③ 卢润杰主编:《昭馀春秋》,太原:山西古籍出版社,2005年,第77页。

质朴，崇节义多劲直之气"①，而这种品格深刻体现在了祁奚的为人行事之中，受到人们的称赞和怀念。祁县至今保留着祁大夫祠和祁氏父子之墓。

3. 智伯伐仇犹

"凿道曾迎智伯钟，雄藩从此霸图空。孤臣雪涕随流水，双鹤闲谭话故宫。"这首由明人陈灏所作的《过仇犹有感》一诗，清晰地映射出智伯伐仇犹的一个侧面，同时也表现出作者对此事的遗憾伤感之情。

春秋时期是我国由奴隶社会转向封建社会的过渡期，大国争霸不断，在此背景中建立起来的小国仇犹国虽存在百余年，但最终没有免去被灭亡的命运。对于智伯伐仇犹的最早记载是《史记·樗里子传》："知伯之伐仇犹，遗之广车，因随之以兵，仇犹遂亡。"②对此，《韩非子》有比较详细的记载：

> 知伯将伐仇由，而道难不通。乃铸大钟遗仇由之君，仇由之君大说，除道将内之。赤章曼枝曰："不可，此小之所以事大也，而今也大以来，卒必随之，不可内也。"仇由之君不听，遂内之。赤章曼枝因断毂而驱，至于齐，七月，而仇由亡矣。③

由这段史实可知，仇犹国处于晋与中山国之间，而智伯要伐中山必经仇犹，因此才有了历史上有名的"智伯伐仇犹"之事。智伯以送大钟之计让仇犹修大道，而仇犹国君不听臣子赤章曼枝之谏，最终赤章曼枝离开仇犹，仇犹灭亡。

在山西阳泉盂县一带，民间流传着与这段历史相关的《古战场的传说》：

> 智伯为吞并仇犹想出"献钟"妙计，以便让仇犹国君把路开得宽一些。他挑选了一批精兵强将准备护送大钟，糊涂的仇犹国君立即传旨为迎接大钟开通道路。大臣赤章曼枝觉得事有蹊跷，劝谏国君。国君不听并让他离开了朝廷。仇犹迎接大钟时发现上当，但智伯大军已冲杀过来。仇犹国君被智伯君砍去半个脑袋，其白马也被杀死。后来在白马死去的地方长出了一种藤蔓植物，俗名叫"牛解渴"，又自然生成一座小庙，人们管它叫"马王庙"。为纪念仇犹国君英勇御敌，以身殉国，后人把战场之北山起名为"仇犹山"，

---

① 邵凤芝：《论祁奚荐贤》，《安徽文学》2010年第1期。
② [汉]司马迁撰：《史记》，北京：中华书局，2011年，第2036页。
③ [清]王先慎：《韩非子集解》，北京：中华书局，1988年，第142页。

并在山顶建了"仇犹庙"。①

构成此传说的要素是城府深厚的智伯、勇于谏言的赤章曼枝、一意孤行但却誓死抵抗的仇犹以及仇犹的坐骑白马。值得玩味的是小国之君仇犹，这位君主身上既反映出政治上的不成熟，缺少雄才大略，同时又塑造了他在国将灭亡之时却能幡然醒悟，奋起抵抗，虽然为时已晚，但是在后人心中，依然对他的刚愎自用报以些许原谅，更看重其拼死为国的坚守精神，从"牛解渴"的植物化身即可看出当地民众对仇犹的怀念与敬仰。在盂县当地有许多地名都被附会上了相关的故事，如"折将坪"是因为战争中仇犹的一名爱将战死于此地，"披头崖"是交战激烈之时仇犹披头散发的形象，"天灵盖"是仇犹战死之地，其头颅被砍，死相惨烈。②百姓将战争进行的不同阶段与该地地名黏合附会，以此来表示他们对此地战争的追忆，也是对仇犹英勇御敌的肯定。

4.三家分晋

孔子认为春秋时期是"礼崩乐坏"的时代，诸侯势力日益强大，周天子权威被蔑视。在这样的历史背景下，"三家分晋"成为当时中国历史上重大事件之一，它奠定了战国七雄的格局，促成社会的转型发展。可以说，从公元前453年韩、赵、魏联手打败智伯到公元前403年周威烈王封三家为诸侯，由这期间发生的历史事件演化出来的传说故事，均可纳入"三家分晋"的故事丛集之内。

《韩非子》载其史："因索地于赵，弗与，因围晋阳，韩、魏反之外，赵氏应之内，智氏自亡。"③春秋后期，智氏、范氏、中行氏以及韩、赵、魏"六卿专权"，而此局面维持不久，范与中行氏即被其余四家瓜分，而四家之中智氏势力最大，韩、魏都畏其力而从之。智伯倚仗其威力欺凌其余三家，"使人请地于韩，韩使使者致万家之邑一于知伯"，"使人请地于魏，因使人致万家之邑一于知伯"，然而"又使人之赵，请蔡、皋狼之地，赵襄子弗与"。④

正是由于赵襄子不肯屈服于智伯的欺辱，于是引出了四家之战，有了这样一段故事：

---

① 崔亮云编著：《盂县讲坛》，太原：三晋出版社，2010年，第72—75页。
② 马玉亮：《仇犹国兴衰》，《娘子关》2007年第6期。
③ [清] 王先慎：《韩非子集解》，北京：中华书局，1988年，第126页。
④ 何建章：《战国策注释》，北京：中华书局，1990年，第604页。

由于赵襄子拒绝智伯索地要求，智伯邀韩、魏两家共同攻打赵氏，约定消灭赵氏后三分其地。韩、魏两家一来怕智氏之强，二来贪赵氏之地，便跟着智伯攻打赵氏。赵襄子抵挡不住，弃城逃奔晋阳。晋阳城内宫殿齐备，仓廪充实，城墙高固，民心向赵，韩、智、魏三家围困一年多却丝毫近城不得。

　　一天，智伯忽心生一计，决定将晋水截回，灌入晋阳城。灌水后晋阳城危在旦夕，赵襄子和张孟谈商量计策，决定利用韩、魏和智氏同兵而不同心，离间韩、魏，反攻智伯。当天夜晚，张孟谈化装成智伯的兵士见韩康子虎说："一旦赵氏灭亡，韩、魏必然大祸临头。"请求三家结为同盟，共打智氏。

　　第二天，智伯邀韩虎和魏驹观看水势。席间智伯不顾韩、魏之感大放厥词，更加深了两家叛变之决心。次日晚上，韩、魏一面设宴将智伯灌醉，一面暗地派人袭杀守堤的智氏兵，从西边决开水口，渠水灌入智氏之寨。智伯慌忙起床逃窜，被赵襄子截住一刀砍死。天亮后，韩、赵、魏三家收兵一处，将各路坝闸全部折毁，水仍然向东流去，汇入汾河。智氏宗族被全部杀尽。赵襄子除将韩、魏所献之地归还外，又将智氏食邑，三家均分，晋室更加微弱。

　　公元前四三五年，晋哀公薨，子幽公立。韩、赵、魏三家合谋，只以绛州、曲沃两邑为幽公俸食，余地全部归于三家，幽公返往三家朝拜。

　　公元前四零三年，三家又趁周王室衰弱，求为诸侯，以王命宣布国中，赵都中牟，韩都平阳，魏都安邑，立宗庙社稷，遣使遍告列国，各国都来祝贺。

　　公元前三八七年，韩、赵、魏迁晋静公于端氏而三分曲沃、绛州。公元前三七六年，又废晋静公为庶人，迁于屯留而再分其地。晋自唐叔虞传至静公，共二十九世，其祀遂绝。①

在三家分晋的进程中，可以说有两个重要节点，一是赵襄子之臣张孟谈，赵襄子之所以能够成功，主要依靠这位有勇有谋的贤臣。当赵襄子不堪抵挡三家之力时，张孟谈曰："夫董阏安于，简主之才臣也，世治晋阳，而尹泽循之，其余政教犹存，君其定居晋阳。"②他为赵襄子提供了极佳的退避之所，也成就了第二

---

① 李孟存、张之中等：《平阳史话》，太原：山西人民出版社，1987年，第25页。
② 何建章：《战国策注释》，北京：中华书局，1990年，第604页。

个重要节点,即晋阳之战。正因为赵军退守晋阳,倚仗晋阳易守难攻的天然条件及先辈早设防守的人文条件,赵国才能够持续抵挡敌军,延长对抗时间。张孟谈不仅谋略可嘉,在水灌晋阳城后能够想到联合韩、魏之策,同时其只身去见韩君的勇气也值得称颂。三家分晋的庞大历史之所以能够世代流传,除了其转折性的历史意义之外,也与这位"关键性人物"不可分割。张孟谈在三家分晋的故事中起到了一个助推节点的作用,使人们在讲述这段历史时增添了更多的谈资与兴趣。

5. 赵武灵王胡服骑射

战国时代是我国历史上封建制度在各国确立的时期,当时兼并战争不断,各国都在以各种形式进行以富国强兵为目的的改革。赵国由于四面皆险,被各国环绕,因此有了赵武灵王以强军争霸为主的胡服骑射之事,这次改革成效显著,其影响力已超越赵国而辐射到其他国家。

赵武灵王之所以进行此改革之举,主要与当时国之形势、处境有关,顾炎武对此曾分析:"春秋之世,戎翟之杂居于中夏者,大抵皆在山谷之间,兵车之所不至。……而智伯欲代仇犹,遗之大钟,以开其道,其不利于车可知矣。势不得不变而为骑,骑射所以便山谷也。胡服所以便骑射也,是以公子成之徒,谏胡服而不谏骑射。"[①] 由此可知,当时主要以车战为主的国家难以进入他国深处,作战极为不便,所以赵武灵王才有了学习胡人以马为骑、以箭为器的想法。

关于赵武灵王胡服骑射之事,大概如下:

> 春秋接战国时,七国争雄,兼并剧烈。当时的赵国不仅和秦、楚、燕、齐、韩、魏等诸侯国对峙并立,周围还被中山、楼烦、林胡等国包围。赵武灵王在公元前三二五年继承肃侯登上了国君的宝座。武灵王十九年召集群臣广议天下,商讨富国之路;又数次出巡边塞,寻求强兵之策,确定了胡服骑射这一重大决策。但尽管肥义、楼缓君臣积极支持,主张力排众议,坚决实施,可是朝野上下群起抵制。赵武灵王叔父公子成更是带头反对,不仅不顺王意,反而称病不上朝。面对这种情况,武灵王循循开导,耐心解释说:"胡服便于使用,骑射利于强兵,怎能弃国家安全于不顾,却顺旧俗而毁胡服之功呢?家听于亲,国听于君,而今公叔不服,全国又怎么能令行禁止

---

① [清] 顾炎武著,[清] 黄汝成集释:《日知录集释》,湖南:岳麓书社,1994年,第637页。

呢？"公子成这才从命，带头易服上朝。于是赵武灵王号令全国，以皮靴弱冠、短身小袖，代替了上衣下裳、宽袍大袖，以快马轻弓取代了连环战车，建立起了一支纵横驰骋、机动灵活的军队。

到二十六年，仅仅七年间，赵国陆续攻破了中山、林胡、楼烦。疆域空前扩大，北至燕代，西达云中、九原。不要说燕、齐、魏等未有侵扰，各得其安，就连称雄作霸的秦国，也连吃败仗，怕它三分，不敢轻举妄动了。[①]

对于赵武灵王"胡服骑射"进程的艰难，典籍文献中有比较详细的说明。据《战国策》记载，"胡服骑射"的反对派中有几个国之重臣，他们极力反对赵武灵王的这一改革措施，公子成言："中国者，聪明睿知之所居也，万物财用之所聚也，贤圣之所教也，仁义之所施也，诗、书、礼、乐之所用也，异敏技艺之所试也，远方之所观赴也，蛮夷之所义行也。今王释此而袭远方之服，变古之教，易古之道，逆人之心，畔学者，离中国，臣愿大王图之。"赵文言："当世辅俗，古之道也；衣服有常，礼之制也；修法无愆，民之职也。三者，先圣之所以教，今君释此，而袭远方之服，变教之古，易古之道，故臣愿王之图之。"赵造也力谏："是以莅国者不袭奇辟之服，中国不近蛮夷之行，非所以教民而成礼者也。且循法无过，修礼无邪，臣愿王之图之。"[②]

从几位大臣的反对意见中可知，改革之阻力主要有两方面原因：一是着胡服。朝中传统守旧的自大观念迫使他们不能接受"着胡服"这一新俗。在一些顽固派心中，中原比之蛮夷之地要优秀数倍，不遵守祖宗传世经法而要身穿"不开化"民族的奇装异服，那是奇耻大辱。二是学骑射。中原国家的作战传统是车轮战，而学习骑射无疑是对传统军事作战观念的一项莫大挑战。[③] 两方面原因归结为一点，即反对派思想中残存着浓厚的儒家传统观念。孔子曾说："裔不谋夏，夷不乱华"，对中原之外不服从周礼的国家，一律视为夷，这种自大守旧的观念深深扎根于部分臣子心中，成为改革之阻力。

面对重臣的反对，赵武灵王积极劝阻："夫服者，所以便用也；礼者，所以

[①] 灵丘民间文学集成编委会编：《灵丘民间故事歌谣谚语集成》，太原：北岳文艺出版社，1991年，第13页。

[②] 何建章：《战国策注释》，北京：中华书局，1990年，第677—680页。

[③] 林永光：《赵武灵王与"胡服骑射"》，《烟台师范学院学报》（哲学社会科学版）1998年第2期。

便事也。是以圣人观其乡而顺宜，因其事而制礼，所以利其民而厚其国也。""势与俗化，而礼与变俱，圣人之道也。""治世不一道，便国不必法古。"① 对于公子成、赵文、赵造，赵武灵王都一一进行了劝诫。其引经据典，耐心宽厚，对于反对派不以威力震慑，不以暴力威胁，而是循循善诱，使得顽固守旧势力看清形势，认准真理。赵武灵王的"胡服骑射"之所以能够成功，一方面得益于他过人的智慧及善于学习的向上之心；而另一方面，其耐心劝诫群臣，使得国家上下一心，团结进步，也是十分重要的原因之一。

（三）民间故事

1.《汲冢琐语》等典籍中的民间幻想故事

民间幻想故事是一种极富理想色彩的民间文学体裁，其内容带有幻想特征和象征意义，该文学体裁通过把现实生活中不可能发生的现象进行形象化的构思，以艺术手段展现在人们面前。②《汲冢琐语》为西晋出土的战国中后期魏王墓"汲冢书"的一种，全书内容主要以叙事为主，所述虽多为历史人物，但几乎是不入正史的奇闻逸事、宫廷讳密，且杂以卜梦占筮、神灵怪异③，被称为"古今纪异之祖""古今小说之祖"。

《汲冢琐语》中的民间幻想故事有三类形式：

一是占卜类，如《范献子卜猎》：

> 范献子卜猎，命人占之，曰："此其繇也：'君子得鼋，小人遗冠。'"范献子猎而无得，遗其豹冠。④

范献子捕猎之前进行占卜，是原始观念在幻想故事中的一种呈现，原始初民的思想意识、习俗、信仰等都会在这样的作品中反映出来。

二是奇异类，这类形式的故事中既包含神通广大之人，也包括通灵不俗之

---

① 何建章：《战国策注释》，北京：中华书局，1990年，第677—680页。
② 徐明蓉：《我国各民族幻想故事中蕴含的人生理想》，《中南民族大学学报》（人文社会科学版）2003年第5期。
③ 廖群：《〈汲冢琐语〉与先秦"说体"考察》，《理论学刊》2012年第4期。
④ ［清］洪颐煊：《汲冢琐语》，转引自李剑国：《唐前志怪小说史》，天津：南开大学出版社，1984年，第92页。

兽，如《师旷鼓瑟》和《五色鸟》：

> 师旷御晋平公，鼓瑟，辍而笑曰："齐君与其嬖人戏，坠于床而伤其臂。"平公命人书之曰："某年某日，齐君戏而伤。"问之于齐侯，齐侯笑曰："然，有之。"①

> 有鸟从西方来，白质，五色皆备。有鸟从南方来，赤质，五色皆备。集平公之庭，相见如让。公召叔向问之，叔向曰："吾闻师旷曰：'西方有白质鸟，五色皆备，其名曰翚；南方赤质，五色皆备，其名曰摇。'其来为吾君臣，其祥先至矣。"②

在晋国鼓瑟的师旷，能够遥知齐国之君发生了"与其嬖人戏，坠于床而伤其臂"之事，其本事之大已超乎正常之人。同样，第二则以五色之鸟的到来象征吉祥之先兆，这种五色皆俱的鸟禽也被赋予了幻想之下的美好期冀。

三是梦验类，这类作品在《汲冢琐语》中占比较大，描写离奇古怪的梦象、穿凿附会的占辞是其主要内容。如《晋平公梦赤熊》《马僮解梦》《史墨解日食》：

> 晋平公梦见赤熊窥屏，恶之，而有疾。使问子产，子产曰："昔共工之卿曰浮游，既败于颛顼，自没沉淮之渊。其色赤，其言善笑，其行善顾，其状如熊，常为天王祟。见之堂上，则王天下者死；见之堂下，则邦人骇；见之门，则近臣忧；见之庭，则无伤。今窥君之屏，病而无伤，祭颛顼、共工则瘳。"公如其言而疾间。③

> 晋冶氏女徒，病，弃之。舞嚚之马僮，饮马而见之。病徒曰："吾良梦。"马僮曰："汝奚梦乎？"曰："吾梦乘水如河、汾，三马当以舞。"僮告舞嚚，自往视之，曰："尚可活，吾买汝。"答曰："既弃之矣，犹未死乎？"舞嚚曰："未。"遂买之。至舞嚚氏而疾有间。而生荀林父。④

> 十二月辛亥朔，日有食之。是夜也，赵简子梦童子嬴而转以歌，旦占诸史墨，曰："吾梦如是，今而日食，何也？"对曰："六年及此月也，吴其入郢

---

① [清]洪颐煊：《汲冢琐语》，转引自李剑国：《唐前志怪小说史》，天津：南开大学出版社，1984年，第94页。

② 同上注，第93页。

③ 同上。

④ 同上注，第95页。

乎，终亦弗克。入郢，必以庚辰，日月在辰尾。庚午之日，日始有谪。火胜金，故弗克。"①

第一则故事中，晋平公梦见"赤熊"在屏障后窥视他，由于嫌恶而得了疾病；子产通过占梦认为"赤熊"乃共工之卿浮游，通过祭祀比浮游地位更加重要的颛顼以及共工，从而使晋平公病愈。第二则故事中，女奴生病被弃之，但马僮通过解其梦，将"三马当以舞"与舞嚚氏和马僮饮马相联系，并将"乘水如河、汾"视为其将落脚至舞嚚氏所在的汾河地区，以此来预示女奴的命运。第三则故事是赵简子梦见童子裸而转以歌，恰逢当日有日食之象，史墨便运用五行及历算之法推算出六年之后吴国攻楚之郢都，将梦与日食相结合，以此来证明此乃天意。

三则梦验故事都是通过第三者来开解做梦人之梦象，通过有能力之人对于梦者内容的解析，来达到一定的预言或警示作用。此类故事明显带有虚幻神奇色彩，也表现出古人对于"梦"这一神秘虚幻物的另外一种想象与解说。

2. 先秦诸子典籍中的生活故事

生活故事是一种较为常见的故事类型，此类故事真实生动，现实性较强，幻想性较少或看似没有幻想性，是大众喜闻乐见的文学形式之一。在先秦诸子典籍中不乏这样的生活故事，而涉及山西的相关故事记载，也具有一定的可读性及研究价值。

先秦诸子典籍中的生活故事，主要有三类：

一是劝诫类。这类故事通过一个人物或一次事件引发劝诫内容，以此来达到劝诫的目的，并说明一定的道理，如《商丘开劝子华》。范子华深受晋国国君宠爱，但却"使其侠客以智鄙相攻，强弱相凌"。其门客禾生、子伯外出寄宿于老农商丘开家中，商丘开从他们的谈话中得知，子华"能使存者亡，亡者存；富者贫，贫者富"，于是其用草袋装着借来的粮草进城投奔子华。子华"缟衣乘轩"的门客们见商丘开年老体弱、衣冠不整便欺之，在高台上谩言"有能自投下者赏百金"，而商丘开信以为然，遂先投下，形若飞鸟；其门客又指着河言"彼中有宝珠，泳可得也"，而商丘开果得珠宝；一天，范家起火，子华曰："若能入火取锦者，从所得多少赏若"，而商丘开在火中钻进钻出，安然无恙。自此之后，"范

---

① 杨伯峻编著：《春秋左传注》（第四册），北京：中华书局，1981年，第1513—1514页。

氏门徒路遇乞儿马医，弗敢辱也，必下车而揖之"。①

生活故事具有尖锐、鲜明的阶级倾向性，能够反映社会的阶级关系和斗争情况，这也成为它现实性强的根本原因。《商丘开劝子华》便通过商丘开在子华家的经历来揭露以子华及其门客为代表的封建统治阶级的奢华、无能、蛮横及虚伪，赞扬以商丘开为代表的虽然贫穷但却勤劳、诚恳的一方，具有生活故事的典型特征。

同时，《屠蒯劝晋君》这样的劝君故事也是生活故事的另一类型。晋国荀盈因赴齐国接齐女，卒于戏阳，未葬之时晋侯便饮酒奏乐，主持饮食的官员屠蒯在给晋平公斟酒时，发表了劝诫之言：

  酌以饮工，曰："女为君耳，将司聪也。辰在子卯，谓之疾日，君彻宴乐，学人舍业，为疾故也。君之卿佐，是谓股肱。股肱或亏，何痛如之？女弗闻而乐，是不聪也。"又饮外嬖嬖叔，曰："女为君目，将司明也。服以旌礼，礼以行事，事有其物，物有其容。今君之容，非其物也，而女不见，是不明也。"亦自饮也，曰："味以行气，气以实志，志以定言，言以出令。臣实司味，二御失官，而君弗命，臣之罪也。"公说，彻酒。②

屠蒯以乐工为国君之耳、卿佐为国君之股肱、宠臣为国君之眼睛、自己为国君之口味为比喻，通过与国王身边乐工、宠臣对话来劝诫国君，以达到撤酒席之目的。屠蒯以智慧之语劝诫国君，其善用高妙的语言技巧且具有耿介清直之品格，是故事发展延续之原因。

二是智谋类。通过使用巧劲与巧谋而获得利益，民众对于此类人物也颇为喜爱，如《叔向说秦王》。因秦国不放楚荆王之弟，楚一中射之士便以百金求助叔向，于是有了叔向说秦王之事：

  叔向受金而以见之晋平公曰："可以城壶丘矣。"平公曰："何也？"对曰："荆王弟在秦，秦不出也，是秦恶荆也，必不敢禁我城壶丘。若禁之，我曰：'为我出荆王之弟，吾不城也。'彼如出之，可以德荆；彼不出，是卒恶也，必不敢禁我城壶丘矣。"公曰："善。"乃城壶丘。谓秦公曰："为我出荆王之

---

① 杨伯峻：《列子集释》，北京：中华书局，1979 年，第 53 页。

② 同上注，第 1311 页。

弟，吾不城也。"秦因出之，荆王大说，以链金百镒遗晋。①

楚王之弟被囚于秦国，叔向利用秦憎恨楚国从而不敢冒犯晋的心理，让晋平公在壶丘筑城。一方面，秦若阻拦，晋便要求其放出楚荆王之弟，这样晋国便能得到楚国的感恩戴德；而如若秦不放人，晋国便可修筑壶丘之城。叔向依靠计谋来为自己国家谋利，以达到坐享其利的目的，这正是一国之臣所具备的重要才能，因此广为流传。

三是明理类。生活类故事另外一大特点便是通过一则故事来揭示出一种道理，以此让人豁然开朗或是达到应用于生活的目的。如《吕梁丈夫蹈水》，孔子在吕梁山游览，见一男子在"悬水三十仞，流沫三十里，鼋鼍鱼鳖之所不能游"的水中，以为他要轻生，谁知此人游百步后在塘埂下漫步唱歌，孔子不解其游水技能之高强，于是得到其人答复：

> 吾无道。吾始乎故，长乎性，成乎命。与赍俱入，与汨偕出。从水之道而不为私焉，此吾所以蹈之也。②

通过游水人"我生在山区就安心住在山上，我就是从这里的条件起步；长在水边就安心住在水边，这就是顺着水的本性成长；不知道我为什么会成功却成功了，这就是不知不觉的成功"的回答，告诉我们要安于自身所处环境，从本身起步，"顺着水的本性成长"，这样便能获得成功。生活故事中通过以普通百姓为主人公来揭示道理，给人以真实感和亲切感，不知不觉中人们便从故事中有所悟、有所感，明白了其中的道理。

五、先秦民间歌谣与原始歌舞

（一）《击壤歌》

> 日出而作，日入而息。
> 凿井而饮，耕田而食。
> 帝力于我何有哉？

---

① ［清］王先慎：《韩非子集解》，北京：中华书局，1988年，第145页。
② 杨伯峻：《列子集释》，北京：中华书局，1979年，第62页。此故事还见于郭庆藩：《庄子集释》（第三册），北京：中华书局，1961年，第656页。

从这首脍炙人口的《击壤歌》中可看出一种与自然融为一体、无为祥和的画面，通过几句简单明了、无斧凿痕迹的口头语，赞誉帝尧治世之功，描绘出一个理想世界。《击壤歌》不仅表现了古代的农耕文明，也体现了一种自然和谐的思想。在古代，时间、节令是开展农业生产的前提，《击壤歌》正是"天人合一"思想的体现。

关于《击壤歌》的典籍记载有很多，最早可追溯到《尚书·大传》。东汉王充《论衡·艺增》篇曾转引《尚书·大传》，并将之作为孔子赞美尧的注解："论语曰：大哉！尧之为君也。荡荡乎民无能名焉。传曰：有年五十击壤于路者，观者曰：大哉，尧之德乎！击壤者曰：吾日出而作，日入而息，凿井而饮，耕田而食，尧何等力！"其后，晋人皇甫谧在《帝王世纪》中也记载了类似的击壤故事："天下大和，百姓无事，有八十老人，击壤于道，观者叹曰：大哉，帝之德也。老人曰：吾日出而作，日入而息，凿井而饮，耕田而食，帝何力于我哉？"经过皇甫谧的大力改造，击壤歌的歌者形象已经明晰了许多，即初步确定了击壤者的性别和尊者身份，称之为"壤父"。之后，"壤父"一词被广泛接受并认可。[1]

《击壤歌》主要流传在平阳即今山西临汾一带，位于汾河中游及下游一带的临汾是帝尧的主要活动区域，表达了平阳人对帝尧的赞美及怀念。

从前，尧为了寻找合适的帝位继承人，深入民间，微服访贤。一天，尧来到汾河东岸的一个村落，看到大路边一群人在围观什么。前去一看，原来是人群中一位须眉雪白的老人，天真烂漫地在那里做"击壤"游戏，这个人就是远近闻名的席老师。当席老师玩得起劲的时候，围观的群众中忽然有人发出感叹："真伟大呀！现在世事太平，除了耕田之外，都是温和快乐，一不忙碌，二无忧患，八十岁的老翁都在这里悠然自得，难道不是帝的恩德吗？"席老师听了这话，停止击壤，不以为然地对那人说："什么帝恩帝德，我不懂你说这话的意思。"接着就一边做击壤动作，一边唱着《击壤歌》。[2]

击壤故事从历史记载发展为平阳地方歌谣，其在转变为口述性故事的过程

---

[1] 张晨霞：《论帝尧歌"击壤"的现代民俗意味》，《重庆文理学院学报》（社会科学版）2012 年第 2 期。
[2] 杨迎祺、李艺：《临汾民间艺术研究》，北京：中国文联出版社，2008 年，第 7—8 页。

中，也呈现出了一些在地化特征，如淡化了政治性的歌颂色彩，强化了对壤父即"席老师"①的形象塑造。而此处也流传着极为丰富的帝尧传说，这是击壤故事与帝尧文化的一种有效结合，形成了平阳民众的历史记忆和心理认同，在平阳地区的地域文化构建中发挥了重要作用。②

（二）帝舜歌谣

敕天之命，惟时惟几。

股肱喜哉，元首起哉，百工熙哉。③

此歌名为《帝舜歌》，相传为帝舜本人所作。《尔雅·释诂》解释"敕"为"劳也"，而"几"则表示"将近、接近"之意。整首歌谣大意为：勤劳天命，大概像这个样子就差不多了。大臣们乐意办事，君王振作奋发，百官兴旺发达。帝舜作此歌实为与大臣皋陶对歌唱和，相互勉励，以求和谐治世，可见帝舜勤政为民的积极态度。对于帝舜的咏唱，皋陶也随声应和道："元首明哉，肱股良哉，庶事康哉！元首丛脞哉，股肱惰哉，万事堕哉！"④意在时刻提醒帝舜为君之道，切莫因琐碎之事而失去大志，荒政废国。

南风之熏兮，可以解吾民之愠兮！

南风之时兮，可以阜吾民之财兮！⑤

此歌谣为帝舜所作的另一首具有代表性的《南风歌》。这首歌谣既是一首典型的关于自然季候的早期佳作，也是蕴含民本思想的文献资料。此处，"南风"指"夏季风"，"夏季风依时节吹来，温暖并且带来雨水，使得农业丰收，民富财丰，免受饥寒之苦"。从歌谣内容可知，一方面，因尧舜时代多雨水洪荒，因此该时期的民众注重观测气候，说明我国民众在尧舜时代已认识到季风和季节变化的主要特征规律，这成为"中华民族对世界科学的巨大贡献，中国人应引以为

---

① 有一个说法认为席老师是襄汾县席村人，"席村人，其名未闻。即古之席公也。以播种耕稼为事"（《襄汾县志》），席村因而成为尧师故里，同时在该村建有席老师祠。
② 张晨霞：《〈击壤歌〉与平阳地区帝尧传说》，《民间文化论坛》2011年第1期。
③ [清] 杜文澜辑：《古谣谚》，北京：中华书局，1958年，第1页。此歌谣原出自《尚书·益稷》。
④ 同上。
⑤ 杨朝明、宋立林主编：《孔子家语通解》，济南：齐鲁书社，2009年，第285页。

豪"①。另一方面，此歌谣所表现的民本思想也极为质朴，透露出君民关系和谐、融洽的一面。歌中所表现的治国思想"只是对民众需求的关切，还没有从维护政权的功利性出发"②，也可算作华夏先帝民本思想的初始源流。

（三）先秦历史典籍中的时政歌谣

时政歌谣是民间歌谣的类型之一，其针对性较强，多用来表达自我对时事政治的看法与意见，宣泄不满情绪，表达内心需求。在山西这片古老的土地上，自先秦时期，讽喻时事、针砭时弊的时政民间歌谣便开始流传。

士蔿，春秋时期晋国大臣，作为晋献公时期的一名忠臣，山西境内不乏关于他的时政歌谣。

　　　　心苟无瑕，何恤乎无家。③

这首歌谣原出自《左氏春秋》："晋侯还，为太子城曲沃。士蔿曰：'太子不得立矣。分之都城，而位以卿。先为之极，又焉得立。不如逃之，无使罪至。为吴大伯，不亦可乎。犹有令名，与其及也。且谚曰：心苟无瑕，何恤乎无家，天若祚太子，其无晋乎。'"此文献记载了大臣士蔿奉劝晋献公之子申生放弃太子之位、逃离国家的事件。士蔿认为分给申生先君的都城、赐他卿的地位，是将其抬至最高地位，而非让其继位，并且引俗谚"心里如果没有毛病，何必担心没有家？上天如果保佑您，您就不要留在晋国"来劝说申生明哲保身。但申生没有听从士蔿的话，最终两人都被陷害，自缢而死。晋献公专宠骊姬，听信骊姬的谄媚之言，失国君之风范，致使忠臣被害、亲子蒙冤，因此这句歌谣也成为人们讽刺国君昏庸、鼓励忠臣行善的佳句，颇有"清者自清"的意味。

　　　　狐裘龙茸，一国三公，吾谁适从。④

这首歌谣也与士蔿有关，原出自《左氏春秋》，歌谣源于晋献公时派士蔿为重耳、夷吾两位公子修筑城池，施工时不甚将木柴掉入城墙之内，夷吾将此事

---

① 曾庆存：《帝舜〈南风〉歌考》，《气候与环境研究》2005 年第 3 期。
② 陈仲庚：《舜歌〈南风〉与中国民本思想之源流——中国民本思想发展演变的三个节点》，《中国文学研究》2011 年第 2 期。
③ ［清］杜文澜辑：《古谣谚》，北京：中华书局，1958 年，第 1 页。
④ 同上。

告诉晋献公，士茷被责备，其谢罪之时说："臣闻之，无丧而戚，忧必仇焉。无戎而城，仇必保焉。寇仇之保，又何慎焉。守官废命，不敬。固仇之保，不忠。失忠与敬，何以事君。《诗》云：'怀德惟宁，宗子惟城。君其修德而固宗子，何城如之。'三年将寻师焉，焉用慎。退而赋曰：'狐裘尨茸，一国三公，吾谁适从。'"意思是"无丧而悲伤，忧愁必到。无患而筑城，敌人必防。敌人既然可以占据，哪里还用得着谨慎？担任官职而不接受命令，此为不敬。巩固敌人能够占据之地，此为不忠。没有忠敬，又怎能侍奉国君？"随即士茷又引《诗经》之语："心存德行就是安宁，宗室子孙就是城池。"认为只要君王自己修养德行并使同宗子弟的地位得到巩固，这是哪个城池也比不上的。如此，三年以后就要用兵，哪里还用得上谨慎呢？随后，士茷退而赋诗："狐皮大衣毛茸茸，一个晋国三个公，哎呀！我到底该听谁的令？"以此来形容当时国家的混乱局面，讽刺当政者治国不善，进而表现出自己在政治抉择中的踌躇与彷徨。这首《狐裘歌》成为反映当时国政局面的时政歌谣之一。

在时政歌谣中，除带有讽刺性、针对性、劝诫性、揭露性的谣谚外，具有政治预言作用的谣谶也是其重要内容之一。而在谣谶的传播途径中，又尤以儿童扩散为最盛、最快，"最有可能成为谣谶的不是人谣而是童谣"[1]，因此，历代许多有心之人便编以童谣，以孩童之口实现政治目的。

  丙之晨，龙尾伏辰，均服振振，取虢之旂。
  鹑之贲贲，天策焞焞，火中成军，虢公其奔。[2]

这首《卜偃引童谣》为春秋战国时期的一首时政歌谣，是预言历史上有名的"假途灭虢"的谣谶。晋献公在位之时，为夺取崤函要地，便以美女、宝马等贿赂虞国国君。贪图利益的虞国国君受贿后两次借道给晋国，而晋在灭掉虢国后，回师途中将虞国也给灭掉。关于攻打虢国之事，《国语》记载："献公问于卜偃曰：'攻虢何月也？'"负责占卜的卜偃告诉晋献公，童谣说，丙子这天清晨，尾星消

---

[1] 刘汉杰：《历史上的"谣谶"》，《百科知识》2010年第16期。
[2] 《国语》记载："献公问于卜偃曰：'攻虢何月也？'对曰：'童谣有之曰：丙之晨龙尾伏辰，均服振振，取虢之旂，鹑之贲贲，天策焞焞，火中成军，虢公其奔。'火中而旦，其九月十月之交乎？"邬国义、胡果文、李晓路译注：《国语译注》，上海：上海古籍出版社，1994年，第252页。这是一首蕴含着预示意味的民间歌谣。

失在天边之际，阵容整齐的晋国军队夺取了虢国的军旗。鹑火星耀眼明亮，天策星黯淡退隐，鹑火星居中时晋军到，虢君只得匆匆弃城而逃。此童谣预言了晋灭虢国之事，并且为晋国发动侵略之事提供了一定的口实，成为占验历史事件的政治工具。

先秦山西民间文学在漫长的发展历程中完成了自我更新与完善，具有鲜明的时代烙印，是华夏文明悠久历史的见证。总体来看，先秦山西民间文学呈现出如下两方面特点：

从传播空间范围看，战国以前，先秦民间文学最初集中发生在山西南部地区，包括晋南和晋东南。随着晋国疆域的扩大，以及韩、赵、魏三家分晋的发生，历史发生的重镇开始北移，先秦山西民间文学的流传地域也相应北迁，涉及晋中甚至更远的晋北地区。先秦民间文学整体上表现出由南向北的空间传播特征，这与历史的空间演进相吻合。

从民间文学类型看，远古时期的山西民间文学以神话为主，兼有少量的传说，口头叙事中的主人公具有明显的神性特征，这是由远古人的思维方式所致；夏、商、周时期，除了已出现的神话，更多的民间传说开始产生，传说中的主人公具有了更多的人性特征，具有世俗化倾向，生产力的进步推动了民众思维方式的转变。而到了春秋战国时期，大量的传说和民间故事流传开来，讲述更加普及，完全成为民众日常生活中用以娱乐的谈资。同时，这时的民间故事已出现了后世民间故事母题类型，如属于解梦型的民间幻想故事和贴近日常生活的民间生活故事开始出现。总之，先秦山西民间文学渐渐成为民众自我娱乐、缅怀历史、舒缓压力的调味剂。

先秦山西民间文学具有开创意义，是山西民间文学的源头，后世民间文学都是在先秦已有故事原型的基础上生发开来的。这一时期的民间文学在整个山西民间文学的发展史上占有不可忽视的重要地位。

第二章
两汉山西民间文学

一、两汉民间文学概述

秦朝结束了此前诸侯纷争、战火不息的混乱局面，虽然二世而亡，历时短暂，却为汉朝的大一统局面奠定了基础。汉朝的建立，使得中华民族历史上又一次出现了大一统的封建王朝，中华文化的共同体基本形成。汉初的统治者充分吸取了秦朝迅速覆亡的惨痛教训，实行轻徭薄赋、什五税一的政策，经过七十余年的休养生息以后，社会经济迅速恢复和发展。到汉武帝时，已经积累起相当的财富，国力雄厚，经济繁荣，文化思想遂呈现出总结式的整合，文化创造思维亦显现出磅礴万物的综合之势。

身为一方诸侯的刘安，利用社会一统的大势和自身的政治经济地位，着眼经世致用的著述动机，汇集道、儒、法、兵、阴阳等诸家思想，组织编撰了《淮南子》，借以"纪纲道德，经纬人事，上考之天，下揆之地，中通诸理"[1]，以实践其"天地之理究矣，人间之事接矣，帝王之道备矣"[2]的豁达目标。与时代精神契合，领时代风气之先的另一代表是司马迁，他以一己之力而著贯通古今的通史，前所未闻。由本纪、世家、列传、年表、书相呼应而结成的《史记》，成为历代史学家修史的范本，且其述往思来、原始察终、见盛观衰的通脱见识和取舍有纲、张弛有度、铺张排比的创作手法亦为后世读书人竞相学习的楷模。恢宏的气度、批判的眼光虽来自他个人的创造力和开阔的视野，但与那个气吞宇宙、磅礴万物的

---

[1] 何宁：《淮南子集释》，北京：中华书局，1989年，第1437页。

[2] 同上注，第1454页。

时代也不无关系。四海一统的中央集权国家，使得自信、自豪的汉代文人产生了重构世界、宇宙的浪漫想象，董仲舒及其春秋公羊学说就开启了这种探索。他在《春秋繁露》中提出了"天人相类""同类相动"的观点，在他看来，"天亦有喜怒之气、哀乐之心，与人相副"[1]。这些观点成为阴阳灾异、谶纬学说的思维基础，也成为汉代思想文化乃至文学创作中的重要观念。

国力的强盛、物资的丰盈使汉朝统治者和士人们都产生了强烈的盛世心态，都强烈地渴望把这种强大富有展示给天下，于是铺张扬厉的汉大赋就应运而生。司马相如先著《子虚赋》，汉武善《子虚》而召之，乃为《上林》。对帝京富丽之物的夸饰、对皇帝至上威仪的赞美成为汉大赋的基本主题，山川、歌舞、游猎，无不带有目空一切的皇家气派。赋作者不遗余力的描述，无非是"使人们面对这恢宏、庄严和伟大惊得说不出话来"[2]。

与以大赋为美的贵族文学空前繁荣的景象相比，作为市井和乡村文学代表的乐府歌谣和传说故事也得到了长足的发展。由于补察时政得失和崇尚歌舞娱乐的时代风潮，自西周以来的民间采风传统在汉代得以发扬，"感于哀乐，缘事而发"的乐府诗被采编，成为记录这一时期民间社会和民众生活的晴雨表。由于秦始皇"焚书坑儒"的文化政策，使得汉初的图书典籍几近绝迹，口传文学成了汉初文学最主要的形式。在通过口传面授整理先秦思想文化经典的过程中，无疑提高了口传文学的地位，使得神话传说、民间故事辗转进入了史书、杂记、杂传之中，为民间文学的保存和发展提供了载体。

汉代民间文学上承先秦缤纷多彩的民间文学，下启魏晋六朝民间文学的交流融合，是民间文学发展史上一个重要的历史阶段。

（一）山西在汉代历史上的地位与影响

对于山西而言，由于地处汉朝的北部边界，拥有不可小觑的战略地位，从而在历史上留下了浓墨重彩的一笔。山西不仅是汉文帝刘恒的发迹之地，也是保卫京师的边陲要地，更是风流人物、英雄豪杰展演的大舞台。汉文帝刘恒在位的

---

[1] 苏舆撰，钟哲点校：《春秋繁露义证》，北京：中华书局，1992年，第341页。
[2] 〔德〕顾彬：《中国文人的自然观》，马树德译，上海：上海人民出版社，1990年，第55页。

23年时间里,曾先后四次巡游山西。他下诏于汾阴脽上建后土祠,并先后六次祭祀后土,系一时盛事。由此可见,山西的地位不容置疑。

西汉定都长安,山西乃是拱卫京师的重要屏障。为去除边患,刘邦曾举国三十万兵马亲征匈奴,经"白登之围"后,刘邦庆幸生还。至此以后,汉朝改用和亲政策来拉拢匈奴。文帝、景帝基本沿用了这一策略,山西也成为汉人与北方少数民族和亲的通道。

经历了"文景之治"的休养生息之后,汉朝经济实力增强,汉武帝对匈奴采取了进攻策略。武帝时抗击匈奴的名将是卫青和霍去病,他们均是山西人,属河东郡平阳。卫青,乃武帝夫人卫子夫之弟;霍去病,则是卫后姊之子。他们屡立战功,曾于元狩四年(前119),大败匈奴,并封狼居胥山,禅于姑衍,登临瀚海。霍去病曾有"匈奴未灭,何以家为"的豪言壮语,成为激荡中华儿女的名言警句,流芳千古。

西汉末年,外戚王莽专权,并于公元8年改国号为"新"。王莽政权一面轻侮匈奴,激化了外族矛盾;另一面对内实施暴政,导致民怨沸腾,义军迭起。南阳人刘秀起兵,于公元25年称帝,史称东汉。东汉建立之初,所辖地域仅河北一隅,农民义军与地方豪强呈犬牙之势,要一统天下,占领关中,势必要先经略山西。抢占河东、攻打上党、平定晋北,一系列烽火连天的战事,都发生在山西。

这些历史记忆的片段既成为山西历史重要的组成部分,也丰富了这一时段山西的民间文学宝库。许多历史人物的传说故事比如王莽赶刘秀的传说,卫皇后的故事,卫青、霍去病的奇闻等皆留存于街头巷尾百姓们的闲谈碎语之中。

(二)汉代山西民间文学的资料来源

首先来自史书。班固《汉书·艺文志》就有所谓"小说家者流,盖出于稗官"的论述,另外他在《艺文志》中收录了《虞初周说》,从名称即可看出乃是由虞初采集和讲述的周朝的故事[①],这充分说明最初的口传故事是对历史的依附。所以在《史记》《汉书》等史书中均保留有汉代山西人物的传说故事,史家在人

---

① 董国炎:《"口述史"小说的生成与演变》,见于《古代汉文学的生存与传播研究论集》,北京:人民出版社,2011年,第161页。

物传记中也往往会把传闻逸事、传说故事写进去，以增添其可读性。

其次，子书、杂传中也保留了不少民间文学题材的内容。比如《淮南子》《列女传》《列仙传》《风俗通义》《东观汉记》等典籍中就保存了丰富的民间故事。《淮南子》共 21 篇，保存了大量的神话传说故事，还有寓言故事，如《孟姜女》传说故事就保存在《淮南子》中。《列女传》记述了汉代及汉代之前的 100 多位非凡女性，保存了许多与女性相关的民间故事。既有巧女型故事，又有兄弟分家型故事、后母型故事等。编者淡化了原始信仰色彩，加重了世俗色彩，体现出汉代民间故事集由神圣到世俗的演变特征。《列仙传》共记述了 70 多个神仙。这些神仙或为历史实有的人物，如老子、吕尚等，或为传说人物，如黄帝、神农等。编者将民间传说与古代神话的仙化相结合，开了道家仙话传说的先河。应劭的《风俗通义》，具有明确的学术目的，即"为政之要，辨风正俗，最其上也"。全书 10 卷，既有民间传说，又有民间幻想故事。单就传说而言，又分为古代传说和当世传说，作者引经据典，多方述说这些传说的实质。既注重文献，又注重人们的口头故事。可说是通过文献采撷和实地采访双路径采录的传说故事集。

最后，郭茂倩编的诗歌总集《乐府诗集》中就保留了丰富的汉代乐府民歌，稍加鉴别，便可发现《相和歌辞》中就录有为数不少的汉代山西民歌。

除此而外，20 世纪 80 年代由文化部、国家民委、中国民研会共同发起编撰的"民间文学三套集成"省卷本、市（地区）卷本和县卷本中，也保留有大量的口传文学资料，内容鲜活，表述生动，为整理研究汉代山西民间文学提供了丰富的资料。

二、两汉时期山西民间传说故事的流布

在汉朝这一文化繁盛的时期，大量的传说与民间故事广为传播，成为社会文化的一大景观。虽说传播媒介和传播手段单一，但社会上还是流传着不少民间故事和传说。按照题材大致可以分为如下几类：一是关于历史人物与历史事件的，比如三皇五帝的传说；二是关于当代人物和事件的，比如汉武帝的传说、东汉刘秀的传说等；三是有关神仙方术一类的，比如西王母的传说等。这些当时口头流布的传说故事，有的散见于传世文献资料，但更多的被湮灭了。近几十年的秦汉考古，发现了大量的壁画、画像石、帛画、雕塑等，这些艺术作品用艺术的语言表现了某些传说故事。

第二章　两汉山西民间文学

有关历史事件和历史人物的故事传说，不少被采入《史记》《汉书》《后汉书》等史籍中，也有的被记入当时学者的论著中。在汉代史籍和论著中最为流行的是这样一些题材的传说故事：

一是远古时代的历史传说。因经过长期的流传和无数人加工，有的早已蒙上了浓厚的神话色彩。《史记》的首篇就是《五帝本纪》，其中的素材就取自传说。司马迁说："余尝西至空桐，北过涿鹿，东渐于海，南浮江淮矣，至长老皆各往往称黄帝、尧、舜之处，风教固殊焉，总之不离古文者近是。"[①] 由此可见，当时五帝的传说在各地广泛流传。在两汉时期的壁画中，还有更为古老的伏羲、女娲传说。

二是夏、商、周三代乃至春秋战国时期兼有传说性质的历史故事。如经刘向整理过的《新序》《说苑》中就保存了不少民间流传的历史故事。在汉代画像石中，也出现了穆天子西游、二桃杀三士、荆轲刺秦王等题材的民间故事。

三是有关汉朝当代事件与人物的传说故事。流传最为广泛的是帝王后妃的传说故事。像《史记》《汉书》中有关刘邦等人的神秘故事，大都采自民间传说。汉宣帝是汉武帝的曾孙，其祖父就是因"巫蛊之祸"而败亡的。因为这一突发事件，当他还是一个婴儿时，就入狱了。中间经历了重重劫难，幸得廷尉右监丙吉的保护才免于灾祸。这些故事虽被写进正史，但究其情节的扑朔迷离来看，当时应该是不胫而走的民间传说。关于成帝皇后赵飞燕，有所谓"初生时，父母不举，三日不死，乃收养之"的传说，听来也觉得玄幻神奇。

一些名士显宦的故事也会流传开来。例如，张敞在室中为妇画眉这种纯属个人隐私的事情，也在社会上迅速流传开来。可见时人对于社会新闻、小道消息的热衷。但也有不实的传说，比如陈平、直不疑、第五伦等人，都为"盗嫂、受金"之类的不实传言所中伤。

当时还有许多关于孝子孝妇的故事，如孝子丁兰、孝女曹娥等，宣扬的是其时遵行的道德观，属于劝世型的道德教育故事，影响深远。在内蒙古和林格尔东汉后期墓室壁画上，就绘有丁兰孝亲的故事。

汉代流行谶纬学说，灾异阴阳与求仙之说最能倾倒众人，汉武帝更是痴得入迷。上行下效，以至产生了神仙故事。譬如东方朔，本是汉武帝身边的近臣，由

---

① ［汉］司马迁撰：《史记》，北京：中华书局，2011年，第42页。

于他的性格、经历有很多奇异之处，因此很快就在人们的口头叙事中异化为传说人物。东汉时期，已经广为流传他是太白星精之说，言其神圣能兴王霸之业，变化无常。又如《史记·留侯世家》中记述的黄石公的传说，也流传甚广。再如见于《汉书·于定国传》中的东海孝妇故事，后来成为元代剧作家关汉卿《窦娥冤》的题材来源。也有的传说在前代已有雏形，比如西王母的传说，在先秦典籍《穆天子传》中，西王母就是一个主要人物。河南南阳地区的画像石中，反映这类故事题材的内容也很丰富，后羿射日、嫦娥奔月、羲和捧日、常羲捧月等故事均有体现。

汉代流行的许多故事、传说，引起时人的重视，被记载下来并得到加工，也出现了一些收集这些传说故事的专集。比如西汉学者刘向，他在这方面的工作，以《新序》《说苑》为代表。这两部作品中的故事，在当时就有着广泛的传播和较大的社会影响。

应当提到的还有以诗的形式流传的传说故事。如汉乐府长篇叙事诗《孔雀东南飞》，事出东汉末建安时期，是先由真实的生活素材改编为民间故事流传，再从民间故事进一步创作成长诗的。

两汉时期在民间和社会各阶层中流行的各种传说、故事，也颇为后世所重视，《西京杂记》虽说是东晋葛洪所撰，但其中故事的素材，大多是从汉代流传下来的。

两汉时期流传的民间故事与各种传说，不仅丰富了当时社会各阶层的文化生活，而且对于后世的文学艺术创作也有着积极影响。可以说，这些丰富的内容是构成中华民族传统文化早期积淀的重要成分。从后世来看，这些文化珍宝还反映了当时人们崇尚与追求的对象，对于研究当时的社会思想、宗教文化等，均具有特殊的价值。

三、两汉时期的民间传说

（一）人物传说

1. 帝王贵妃传说

（1）刘秀的传说

第二章　两汉山西民间文学

刘秀（公元前5—公元57年）是东汉的开国皇帝，在位期间，颇有建树。其身世充满传奇色彩，民众对此类情节亦是津津乐道，因此关于他的传说留存较多。《汉书》里留下了一些传说的因素，宋、元、明、清戏曲中对此也多有所表现。从发生学上审视刘秀传说，它包括记述的、创造的和借用的三个来源。其基本类型有鸡鸣型、遗物型、动物型、物受咒型。[①] 而在民间流传广泛且较为著名的主要有以下四类：王莽赶刘秀传说、刘秀敕封传说、刘秀除害传说以及刘秀封神传说。

在两汉之际的历史上，王莽因"篡汉""改制"为人所熟知，而在民间，"王莽赶刘秀"的传说却是百姓了解王莽这一历史人物的一个重要途径。"王莽赶刘秀"传说流传之广、数量之多在帝王传说中实为罕见，可以说有汉族的地方就有这一传说，并逐步形成了以刘秀为中心人物的传说圈。在山西，则以流传于长治市和临汾市的"王莽赶刘秀"传说最具代表性。

传说刘秀被王莽的追兵赶至平顺与壶关的交界处，为躲避追兵，他藏进了一个小山洞里，蜘蛛用蜘蛛丝堵住洞口帮他潜藏形迹，从而躲过了追兵，刘秀因此而封蜘蛛为贤臣。这一情节属于"刘秀敕封传说"，二者的自然交融体现了"王莽赶刘秀"传说的包容性。刘秀从蜘蛛洞中出来，到小溪边喝水时，王莽的追兵又返回来了，他迅速藏入溪畔桥下，双手双脚扒贴在桥梁上才躲过追兵，这座桥因之而得名"藏龙桥"。同时，这一传说还特别强调了如今桥上还存留有刘秀的五个手指印。与神话浓厚的幻想性不同，传说往往会结合现实中真实存在的物品、建筑或印迹来对传说的内容进行再加工，以增加传说的可信度，上述的藏龙桥便是如此。接下来的叙述中，依次以刘秀的经历解释了"三石地"、牛的叫声、喜鹊名称的由来。[②] 传说最后以刘秀嘉封为他尽力的牲畜禽兽、山水树木作为结局，表达了民众对"善有善报"观念的推崇。

流传于临汾市的"王莽赶刘秀"传说同样包含了极具地方特色的地名传说。以"王莽赶刘秀"作为基本主线，通过刘秀的逃亡路径串联了三个解释性传说：以独特"丁"字地形迷惑王莽从而使得刘秀脱险的"回马峪"；因挂破刘秀战袍

[①] 钟敬文：《钟敬文民间文学论集》（下），上海：上海文艺出版社，1985年，第85页。
[②] 长治市民间文学集成编委会编：《长治市民间故事集成》，内部资料，1988年，第84—85页。

而得名的"挂甲岭";回应刘秀的愿望,用蜘蛛网笼罩寺门助其隐藏形迹,刘秀称帝后以"金钟"回馈,故而得名的"金钟寺"。①

由此可见,长治、临汾两个地区的"王莽赶刘秀"传说在情节发展和结局上都符合民众的心理期待。刘秀在传说中作为正面人物出现,在躲避王莽追兵的过程中总是能够化险为夷,转危为安,而且其成功的助力往往是带有奇异性质的。比如主动用蜘蛛丝堵住洞口的蜘蛛、帮助刘秀藏身的黄牛、飞出寺门的麻雀等,无一不是具有灵性的动物。这也从侧面反映出了刘秀在民间的众望所归,呼应了历史上的"光武中兴"。不仅如此,这类传说还各自依托当地的地理特征和特有的风物来丰富其内容,增强可读性,同时也能够加深民众的认同感,促进这一传说的传播。在这些类型化的民间传说中往往会设立两个对立的形象:刘秀作为一代正统帝王,是善良、仁义的化身;而王莽作为篡权外戚,则是丑恶、强权的代表。广大民众通过对这一对立人物的塑造,表现了他们对现实和理想的道德评价与审美追求。

刘秀敕封传说、刘秀封神传说所表达的实质内容是相同的,都叙述了刘秀以"敕封""封神"的方式来回报在逃亡过程中曾救助过他的生灵。左云县的《王隐侯救刘秀》②、乡宁县的《错封椿朴王》③以及平遥县的《刘秀封神传说》④都是这一类型的主题表达,三种版本的差异之处在于救助刘秀的生灵不同。这一类传说与"王莽赶刘秀"传说叙述的时间点大致相同,都发生在刘秀躲避王莽追杀的途中,而且在情节发展上彼此相互穿插。不同之处在于二者所传达的主题不同,刘秀敕封传说突出的是刘秀知恩图报的美好品质。用贴近民间的生动话语拉近了帝王与百姓、庙堂与江湖之间的距离,使得刘秀这一人物形象更为立体化。

除了上述两种主题外,流传于山西阳泉的《刘秀除害传说》则旨在表现刘秀个人的杰出才能和过人本领,从而突出其与众不同。

相传东汉以前,这里有个怪物,人们依长相叫它长脖,形似蜥蜴,体长三丈,通体乌黑。经过几千年修炼,道行颇深,危害过路人成千上万,使一

---

① 郭居明主编:《乡宁民间文学集》,太原:北岳文艺出版社,1997年,第234—236页。
② 山西省左云县志编纂委员会编:《左云县志》,北京:中华书局,1999年,第1007页。
③ 郭居明主编:《乡宁民间文学集》,太原:北岳文艺出版社,1997年,第236页。
④ 平遥民间文学集成编委会编:《平遥民间故事集成》,内部资料,1988年,第47—48页。

2. 武将名臣传说

（1）霍光的传说

霍光，河东平阳人，约生于汉武帝元光年间（前134—前129），卒于汉宣帝地节二年（前68）。他是汉武帝时期的重要谋臣，武帝死后，他受命成为汉昭帝的辅政大臣，从而开启了长达20多年的执政生涯，为汉室的长治久安创立了不朽的功勋，并成为汉代政坛上的风云人物。

霍光传说主要以霍光辅政的传说为主，其中又以霍光罢黜刘贺立汉宣帝的传说最为著名。汉昭帝驾崩之后，霍光本是选定了汉武帝之孙、袭封昌邑王的刘贺来继承大统。但这个刘贺荒淫无度、行为举止放纵自若，虽有属下们屡屡苦谏，但他仍是"屡教不改"，竟在汉武帝的服丧期四处游猎。之后汉昭帝驾崩，他被朝臣们迎入京城继承大统。在进京途中，他竟丝毫不顾及自己的身份，一路抢夺民间的女子、财物，并肆意给自己的属下们加官进爵。看到"新任"帝王不知收敛、胡作非为的情形，霍光等一众朝臣们都意识到了事态的严重性。事关大汉的江山社稷，如若不能及时止损，后果将不堪设想。于是在刘贺即位的第27日，霍光就将所有的朝臣们召集起来召开会议，列数刘贺的种种罪状，并当场宣布了自己要废除刘贺，另选贤明的意图。废立一国之君毕竟事关重大，当时在场的大臣们都面面相觑，谁都不敢发言表态。大臣田延年见此情形，立刻站起来表态发言，先假意严词厉色地斥责霍光蒙受先帝嘱托，身兼重任，如若任由刘贺胡作非为，断送汉室江山，那日后将有何颜面面见武帝。而后他手握剑柄，声称如若有人胆敢反对废立之事就将死于他的刀剑之下。群臣们惊恐不已，纷纷表态坚决拥护霍光的废立之事。就这样，仅仅坐了几天皇帝宝座的刘贺就因自己的荒淫任性而被废除。大汉王朝也迎来了新的帝王，他就是长期流落于民间的废太子之孙刘询，是为汉宣帝。

霍光一生的荣辱与霍氏一族的兴衰紧密联系在一起。霍光有辅政之能，内心也忠于汉室，在王权废立之时，他勇担匡扶国家社稷的重任，拥昭帝、立宣帝，可以说他对于汉朝是有功的。无奈后来霍光一心要保全妻子，也不规劝霍氏一门的奢侈行事，终为其所累。民间传说中包含着民众真实的声音，从上面的叙述中我们可以看出，霍光在民间的形象与官方典籍中还是大有不同的，而且民间流传的关于其辅政的传说居多，说明霍光对汉室的贡献深深留存在了民众心里。

(2) 卫青的传说

卫青，字仲卿，河东平阳人。他是汉武帝第二任皇后卫子夫的弟弟，亦是西汉时期的一代名将。汉武帝在位期间，他官至大司马大将军，封长平侯。《史记》与《汉书》等官方典籍对其生平均有详细记载，而其幼年的贫贱坎坷和后来建立的赫赫战功这一颇富传奇性的身世经历也深深吸引了民间创作者的目光。

民间传说多围绕卫青的求学经历和其卓越的军事才能来进行创作加工。其一是"卫青投师"的传说，主要讲述了卫青幼年时期即显现出来的军事才干。卫青少时在平阳公主家为奴，每天都在汾水边放羊，那时这一带经常受到匈奴的骚扰抢掠。卫青小小年纪便有了不凡的志向，爱好武艺，决心以自身本领保卫疆土。卫青在一次放牧的时候，结识了一位能力超群的老人，并欲拜他为师。卫青在顺利通过了老人的一系列考验之后，成功拜师学艺，不到数年，他就已然成为一个弓马娴熟，知地理、通兵法的少年英雄，同辈的少年儿郎们都望尘莫及。这为他日后多次带兵出击与匈奴作战，使胡人不敢南下牧马，成为我国历史上的一位民族英雄奠定了基础。在这则传说中，可以明显看出民间文学作品的特点，即情节富有传奇性，而物品具有世俗性。尤其是"穿九曲连环珠""山洞取神弓""丛林寻兵书"等一系列难题的考验更加凸显了"卫青投师"这一传说的类型化演变。类似三叠式的情节发展、难题考验型的内容设置，均是传说在民间广泛流传、演变的显著例证。

其二是"卫青设疑阵退胡兵"的传说。两汉时期是汉民族与各少数民族共同创建统一的多民族国家的重要时期，汉族与其他少数民族的交往渐趋频繁，其间的互动包括战争和贸易，而尤以与北方匈奴的摩擦居多。山西特殊的地理位置使得山西的存亡对汉朝的安定与否具有至关重要的决定性作用。历史上记载的"白登之围"一战削弱了汉朝北伐匈奴的信心和士气，只好通过和亲来维系汉与匈奴短暂的和平。经过"文景之治"时期的休养生息，到汉武帝时期汉朝终于拥有了足够的国力来与匈奴开战。可以说，卫青生逢其时，不仅自身具有卓越的军事才能，国家的外部环境也为其提供了施展才能的机会。

山西作为卫青发挥其军事才能的主阵地，自然流传着许多关于卫青骁勇善战的传说。"卫青设疑阵退胡兵"的传说在临汾一带广为流传，现概括最能体现卫青军事才能的情节如下：

第二章　两汉山西民间文学

那一年，胡人又大举进犯中原，左贤王从燕支山出兵，攻入雁门，到处烧杀抢掠，无恶不作。有一队不知死活的胡兵由一个绰号叫小单于的头目率领，竟深入平阳一带来劫掠。这时的卫青，因为骑射出众，已被提升为平阳公主家的骁卫长，负责保卫平阳府。当他听到胡兵进犯的消息，立即召集了平阳侯府中的家奴三百多人，分别守于平阳城的四门，令多插旌旗，多置鼙鼓；又派出一队骁骑，马上多挂铜铃，在城墙上来回驰骋。自己则带了挑选出来的数十名神射手，急速赶到离平阳数十里的万安一带埋伏下来。

那一队胡骑有二千多人，由于深入内地，胆战心惊地走走停停。小单于生怕中了埋伏，派出五十名射雕手走在前面侦察，大队人马停驻不动，等待消息。

卫青等这五十名胡骑走进射程之内，拔剑一挥，埋伏的骁骑一齐放箭。那些胡骑猝不及防，纷纷落马，倒地就死，没有一个逃跑的。只有两名胡骑被马颠了下来，这也是卫青预先安排的，有意把这两名胡骑的战马射倒，生擒了胡兵。两名胡兵吓得发抖，卫青却不杀他，而是命人用黑布蒙上他们的眼睛绑在马上，随众驰到城下，但却不进城，而是打着马绕城兜圈子。两名胡骑眼睛看不见，晕头转向地随着战马像旋风一样地疾驰，但听得耳边战鼓声、喊杀声、刀剑撞击声和战马奔腾的声音不绝，如山崩地裂一般，不知有几万人马，吓得胆战心惊，哪里能分辨清真假？其实这是卫青布置下的疑兵阵，他深知自己的兵力不足，难以硬拼，所以故意虚张声势以迷惑敌人。在押着胡骑绕城兜圈子的同时，城上的那一队骁骑兵也在呐喊着随同城下的胡骑奔跑，所以两名胡兵转到哪里都能听到人喊马嘶的声音。这样转了半个时辰之后，卫青把他们带到大帐中，摘掉黑布，对他们说："告诉你们小单于，速速退回，再犯我疆土，定叫你等片甲不存！"随后，又命人将两名胡骑兵绑在马上蒙上黑布，送到原先落马的地方，摘掉黑布，解去绑缚的绳索，放掉他们。两名胡骑一听说放他们回去，打马就逃，当跑出好远的时侯，忽听得一声弓箭弦响，两支狼牙箭擦着头皮齐齐地钉在毡帽上。

两名胡骑兵失魂落魄地跑回驻地，见了小单于放声大哭，把自己听到的情况添枝加叶地讲述了一遍，胡兵们听后，顿时骚乱起来。小单于深入内地，一路上受到当地军民的伏击，已成为惊弓之鸟，现在听说平阳城人马众多，防守严密，不敢久留，连夜拔起牛皮帐退出雁门关。①

这一传说文本细致地描写了此次战役的情况，情节起伏，节奏紧凑，形象生动地表现出了卫青过人的智谋以及杰出的作战能力，着重突出了其"有勇有谋"的人物形象，同时也体现了民众对忠义之士的赞扬与崇拜。据史料记载，卫青七次北伐匈奴，每次都凯旋而归，从此，"匈奴远遁，漠南无王庭"。这七次的绝对胜利为日后汉武帝施展其雄才大略奠定了坚实的基础，营造了和平稳定的发展环境。

（3）霍去病的传说

霍去病，河东平阳人，西汉时期的一代名将、军事家。汉武帝在位期间，他官至大司马骠骑将军，封冠军侯。霍去病出身于当时显赫的卫氏家族，他是武帝皇后卫子夫、一代名将卫青的外甥，但同时他也具有杰出的军事才能，骁勇善战，用兵灵活，不拘兵法。在一次次对外作战中带领大汉士兵频频报捷、大获全胜，为汉室的稳定立下了不可磨灭的功勋。元狩六年（前117），年仅23岁的霍去病因病去世，汉武帝为失去这样一位勇猛的心腹爱将而感到悲痛不已，为他修建了壮观的陵墓，并追谥其为景桓侯。

霍去病尽孝的故事千百年来也被传为美谈：

>霍去病是霍仲孺的私生子，其父未曾尽过一天当父亲的责任，但霍去病长大后，知道了父亲的事。有次任骠骑将军出征时顺道到了平阳，霍去病便命下属将霍仲孺请到休息的旅舍，跪拜道："去病早先不知道自己是大人（大人：汉唐时指父亲）之子。"霍仲孺愧不敢应，匍匐叩头说："老臣得托将军，此天力也。"随后，霍去病为霍仲孺置办田宅奴婢，并在领军归来后将同父异母的弟弟霍光带到长安栽培成才。

中国孝文化起源较早，肖群忠在《孝与中国文化》一书中说，"有的论者认为，孝产生于原始末期的父系氏族时代"，但"据可靠文献能证明的，孝当产生或大兴于周代"。②从广义上来说，孝既是指作为家庭伦理的孝，也指被泛化到社会伦理和政治伦理的孝，在践行过程中要将家庭子女奉养父母与修身、治国、平

---

① 临汾市民间文学集成编委会编：《临汾市民间故事集成》，内部资料，1989年，第31—36页。

② 肖群忠：《孝与中国文化》，北京：人民出版社，2010年，第35页。

天下等联系在一起。两汉时期十分推崇"以孝治天下"的政策方针，汉代的孝治文化在中国传统孝文化史上占有重要地位，其大力推行的措施对后世具有重要的引领作用。霍去病作为中国历史上著名的英雄人物，不仅承载着中国传统的历史文化记忆，同时还具有教化民众的深层功能，其尽孝故事的广泛流传是民众对于中国孝文化的自觉接纳和传承。

（4）冯奉世的传说

冯奉世，字子明，西汉时期的一代名将。原籍上党潞县（今山西黎城），后移居杜陵（今陕西西安东南）。他一生历经四朝，武帝时期选为郎官，昭帝时期被任命为武安长，宣帝年间再次担任郎官，元帝时期被封为关内侯。

作为西汉时期的著名将领，冯奉世的传说主要以军事传说为主，其中又以他征战西域立下汗马功勋的传说较为出名。

> 从汉武帝时起，由于张骞两通西域，西域各国开始结交西汉，相互间常有使者往来。有一次大宛的使者要回去，汉武帝依照前将军韩增的举荐，授郎官冯奉世为卫侯使，带着随从人员和礼物护送客人回大宛去。行至鄯善国，适逢莎车王死，其弟呼屠征趁机杀死汉朝新任命的国王万年和汉使奚充国，并逼迫南路各国跟他们立盟约，反对汉朝。这样一来，汉朝的使者就不能通往鄯善以西的地方了。冯奉世了解到这一意外变化，未及奏请，即以迅雷不及掩耳之势攻破莎车城，呼屠征自杀。汉朝因此威震西域，西域各国再也不敢侵犯汉朝了。[1]

汉元帝永光五年（前39），冯奉世病故，葬于故乡潞县，今黎城县北两公里七里店即为冯奉世故里，村中原有冯将军祠。清代诗人高垣雯游于此地时曾作《过戚里店冯将军祠》一诗："炎汉山河改，将军祠宇留。旗标乡姐血，剑落莎车头。威震贤王惧，名传大宛愁。功高谁若此，遗恨不封侯！"[2]"戚里店"即今黎城县七里店，这首诗描述了冯奉世进击新疆莎车，攻拔其城，大破羌虏的历史史实，冯奉世对当时中国西北部边疆的稳定做出了突出的贡献。

---

[1] 李之杰等：《山西名人》，太原：山西人民出版社，1985年，第75—77页。
[2] 黎城县志编纂委员会编：《黎城县志》，北京：中华书局，1994年，第570页。

3. 文臣官吏传说

（1）卫绾的传说

卫绾，生年不详，武帝元兴四年（前131）逝世，《史记》《汉书》有传，皆载："建陵侯卫绾者，代大陵人也。""代郡大陵"，即今山西省文水县。卫绾一生历侍汉文帝、汉景帝两朝，先后担任中郎将、太子太傅、御史大夫、丞相等官职，是西汉时期著名的官吏。传说卫绾臂力过人，且有高超的御车之术，因而在汉文帝还是代王之时，他就为文帝护驾于左右。文帝即位后，他追随汉文帝入京师担任郎官，不久便升为中郎将。

文帝去世，景帝即位后，卫绾官职未变，仍为中郎将，为景帝出入备乘。他向来谨慎小心，因此一年多时间都没有在景帝面前有过谏言，景帝因此选择时机与他单独交流，这件事情也成为一段历史佳话，《史记》记载：

> 景帝幸上林，诏中郎将参乘，还而问曰："君知所以得参乘乎？"绾曰："臣从车士幸得以功次迁为中郎将，不自知也。"上问曰："吾为太子时召君，君不肯来，何也？"对曰："死罪，实病！"上赐之剑。绾曰："先帝赐臣剑凡六，剑不敢奉诏。"上曰："剑，人之所施易，独至今乎？"绾曰："具在。"上使取六剑，剑尚盛，未尝服也。郎官有谴，常蒙其罪，不与他将争；有功，常让他将。上以为廉，忠实无他肠，乃拜绾为河间王太傅。吴楚反，诏绾为将，将河间兵击吴楚有功，拜为中尉。三岁，以军功，孝景前六年中封绾为建陵侯。①

景帝有一次驾临上林苑，命令卫绾与自己一同乘车。在谈话过程中，得知卫绾的一些生活小事，如至今仍珍藏着当初文帝赐给他的六把宝剑，未敢轻易使用；属下的郎官们如若犯了错误，卫绾常常默默代他们受过，而不去与人争辩；有了功劳，他也总是谦让给他人等。景帝对其品行大为赞许，于是任命他为河间王刘德的太傅。景帝前元六年（前151），卫绾因战事有功而受封为建陵侯。

后来卫绾官至宰相，但遗憾的是，他并没有做出什么突出的政绩。等到景帝去世，武帝即位后，卫绾便被罢免了官职。纵观卫绾一生的仕途生涯，他虽位居显要，但可以说既无拾遗补阙之功，更没有兴利除弊之绩，只是默默无闻、安分

---

① ［汉］司马迁撰：《史记》，北京：中华书局，2011年，第2418页。

守己地恪守着他所信奉的黄老之学。因而从他一生的仕途履历中，我们可以窥视到汉初所倡导的无为而治的治国理念的一些具体情形。

（2）尹翁归的传说

尹翁归，生年不详，卒于宣帝元康四年（前62），汉书记载其为"河东平阳人"，他曾任汉宣帝一朝的右扶风，以廉洁著称，是当时著名的官吏。山西境内至今依然流传着他勇于自荐与为官清廉的传说。

> 会田延年为河东太守，行县至平阳，悉召故吏五六十人，延年亲临见，令有文者东，有武者西。阅数十人，次到翁归，独伏不肯起，对曰："翁归文武兼备，唯所施设。"功曹以为此吏倨敖不逊，延年曰："何伤？"遂召上辞问，甚奇其对，除补卒史，便从归府。案事发奸，穷竟事情，延年大重之，自以能不及翁归，徙署督邮。①

这则《汉书》中的记载后来被民众广为流传，成为民间话语中赞颂尹翁归勇于自荐的传说。它讲述了田延年在任河东太守之时，有一次在各县巡游，当他来到平阳面见县中文武官吏之时，他命令文吏站在东面，武吏站在西面。于是在场的五六十个官吏都纷纷起身就位，而唯独尹翁归仍然长跪不起，问其缘由，他声称自己文武双全，已在等待差使。田延年左右的从吏皆认为尹翁归傲慢无礼，可是田延年却不以为然，爱惜人才的他赶忙叫尹翁归起身，想要考验一番以验证其是否有真才实学。田延年提出问题让他作答，不料尹翁归对答如流，田延年暗暗称奇，当即不拘一格任命他为卒史，并将其带回自己的府舍。后因尹翁归才能卓著，处理事务精明强干，田延年便继续提拔他担任督邮这一职务。

此外，民间还流传着尹翁归为官公正清廉、严格吏治、不任人唯亲的传说。该传说讲述的是尹翁归在出守东海之际，想到廷尉于定国是东海人，便想去拜访于定国，向其了解一些关于东海的民风民情，以便更好地在那里开展工作。正巧于定国身边有两个老乡的孩子，他本想请托尹翁归将他们一并带回东海，给他们安排个差事，但见尹翁归正直清廉，因而与尹翁归整整交谈了一天，都不敢以个人私事而启齿相求。

从上述两则传说中可以看出，尹翁归的能力突出，吏治严格而清明，不愧为

---

① ［汉］班固撰，［唐］颜师古注：《汉书》，北京：中华书局，1962年，第3206—3207页。

西汉时期一位干练而又廉洁的官吏。

（3）张敞的传说

张敞，生年不详，卒于元帝初元元年（前48），河东平阳人，官至太原太守。张敞为官忠言直谏，执法严明，仕途起伏较大，最后因病去世。现今流传着著名的"张敞画眉"传说，表达了民众对其夫妻恩爱的歌颂。

> 敞为京兆，朝廷每有大议，引古今，处便宜，公卿皆服，天子数从之。然敞无威仪，时罢朝会，过走马章台街，使御吏驱，自以便面拊马。又为妇画眉，长安中传张京兆眉怃。有司以奏敞。上问之，对曰："臣闻闺房之内，夫妇之私，有过于画眉者。"上爱其能，弗备责也。然终不得大位。①

张敞在担任京兆尹之时，朝堂之上每有重大事件需要商议，他总能博古引今，并提出切合实际的处理办法，朝中公卿对其莫不深感佩服。可是，朝臣们对张敞的评价也存在着不同的声音。传说张敞虽身居要职，但为人不拘小节，常常身着便衣就在长安街上随意地溜达；每天清晨闲来无事之时，还要提笔为他的夫人画眉。不料这些事很快传入了宣帝耳中，宣帝深感好奇，亲自询问他有无此事，张敞毫不在意地回答道："闺房之内，夫妇之间，比画眉风流的事儿还多着呢！"宣帝听后笑了笑，虽然没有治他的罪，但总觉得他有失威仪，不应当位列公卿，于是在他任京兆尹的八九年间，始终没有再得到宣帝的重用。

张敞每天都会为他的妻子画眉毛的原因是他的太太幼时受伤，眉角有了缺陷，所以他每天上朝前都要替他的太太画眉，而且技艺十分娴熟，画出的眉毛十分漂亮，汉宣帝为此将他们树立为夫妻恩爱的典范，后世以此为典，津津乐道。

（4）胡建的传说

胡建，字子孟，生年不详，卒于昭帝始元元年（前86）。西汉河东人，他是汉武帝时期的一位下级官吏，先后担任过守军正丞和县令。他敢于同不法势力做斗争，为人刚正不阿，在当时很有声望，也同样受到了后人的尊崇。胡建一生秉公执法，不徇私情，不因人废法，最后因此而得罪了皇亲贵戚，招致祸患，含恨自尽。

---

① [汉]班固撰，[唐]颜师古注：《汉书》，北京：中华书局，1962年，第3222—3223页。

后为渭城令，治甚有声。值昭帝幼，皇后父上官将军安与帝姊盖主私夫丁外人相善。外人骄恣，怨故京兆尹樊福，使客射杀之。客臧公主庐，吏不敢捕。渭城令建将吏卒围捕。盖主闻之，与外人、上官将军多从奴客往，奔射追吏，吏散走。主使仆射劾渭城令游徼伤主家奴。建报亡它坐。盖主怒，使人上书告建侵辱长公主，射甲舍门。知吏贼伤奴，辟报，故不穷审。大将军霍光寝其奏。后光病，上官氏代听事，下吏捕建，建自杀。吏民称冤，至今渭城立其祠。①

胡建在担任渭城县令之时，因其执政有方，爱民如子，深得当地百姓的拥护与爱戴。当时皇后的父亲，国丈上官安与昭帝之姊的情夫狼狈为奸，多行不义。由于京兆尹樊福对他们二人的不法行为常有管束，他们二人便怀恨在心，将樊福视为眼中钉、肉中刺，收买刺客将其杀害，并把刺客藏匿于昭帝之姊的府邸之中。昭帝之姊的食邑正巧在胡建所管辖的渭城境内，于是胡建便秉公执法，派士卒包围了她的府邸以搜捕刺客。昭帝之姊不仅不交出刺客，还倚仗权势武力驱散了胡建所派去的士兵。事后，昭帝之姊恶人先告状，反咬胡建一口，幸赖有霍光对其暗中保护，才使昭帝之姊的恶状没有告成。但他们并未就此善罢甘休，后来趁霍光有病休假之机，决定擅自下令逮捕胡建。胡建在得知这一消息后，愤懑自杀。可公道自在人心，当时京城的官吏百姓们纷纷为胡建立祠，以表达对其不幸遭遇的愤慨与同情。

虽然仅仅是一名下级官吏，但胡建却可以青史留名，这足见他在当时的影响力。《汉书》对他的事迹做了简略记述，可以窥见他的一生耿介正直，磊落清明，虽被权势所逼，含恨而终，但他的精神却值得称颂。

（5）张良的传说

张良，字子房，约生于公元前250年，卒于公元前186年。他在高祖年间被封为留侯，谥号文成。作为汉高祖刘邦的重要谋臣，汉朝的开国元勋之一，他与萧何、韩信并称为汉初三杰。《襄汾县志》记载："张良，字子房，张相村人"，"张相村"即今山西省襄汾县陶寺乡张相村。张良生平事迹在《史记》与《汉书》中都有详细的记载，《襄陵县志》简练而精确地概括了其生平事迹：

---

① ［汉］班固撰．［唐］颜师古注：《汉书》，北京：中华书局，1962年，第2911—2912页。

其先仕晋为大夫，三家分晋遂相韩，及秦灭韩，良悉以家财求客刺秦王。为报韩仇尝击始皇于博浪沙中，误中副车，求甚急。良乃更姓名亡匿下邳，因游圯上，遇老人，授以太公兵法。后佐高帝定天下，封留侯，遂谢病辟谷，薨谥文成，祀乡贤。①

秦帝国吞灭韩国之后，张良倾尽全部家财寻求勇士谋刺秦王，后来找到一位大力士，造了一个一百二十斤的大铁锤。秦始皇东游，张良与这位大力士本谋划在博浪沙这个地方袭击秦始皇，不料却击中了始皇的副车，致使秦始皇下令大肆搜捕他，因此而被迫改名为张良，藏匿到了邳地。在邳地，张良遇到了传说中的高士黄石公，并得到《太公兵法》。之后他辅佐刘邦取得霸业，功成身退，死后谥号文成。

作为著名历史人物的故里，山西襄汾一带流传着大量的张良传说。这些传说经由当地民众长期演绎附会，成为弥补历史遗漏、佐证历史事实的宝贵民间资料。相对于官方典籍的记载，民众在世代延续中也刻画出了自身文化视野下的张良。在民间流传着的张良传说，具有"加工"之后的神话色彩。其主要内容包括四个方面：

一是出生与姓氏的传说，主要讲述了张良的神奇身世和姓名的由来。

《夜梦白虎出世来》中说，韩相国夫人怀胎12个月才生下张良，而且在临盆之前梦到一只白虎越窗而入，直扑怀中。而后张良便自己爬了出来，且一生下来就会坐，不哭不闹。韩相国对此大感惊异，便连夜上龟山到东岳庙去问卜求卦。在山路上道童交给韩相国一封道长留下的信，上面写着四句话："莫怪过月不离皮，瓜儿不熟岂落蒂。夜梦白虎主大贵，功成名就归故里。"国相看罢，疑窦顿解，说明这孩子是个奇人，且将来有可能出将入相，夫妇二人遂放下心来，孩子则取名为"姬公子"。②

《张良为啥会姓张》是说，张良在韩国被灭之前一直以"姬公子"为名字，在经历亡国之痛后，张良意欲向灭掉韩国的秦国复仇。起初，姬公子花了12年的时间找到一个名叫海沧公的猛士，使其刺杀秦始皇，但这次刺杀行动非但没能

---

① 李世祐修，刘师亮纂：《襄陵县志》，台北：成文出版社有限公司影印，1976年，第197页。
② 杜萍、陈玉广、南郭笙：《张良的传说》，香港：华夏文化艺术出版社，2010年，第1—3页。

成功，反而遭到秦始皇的通缉。因此，姬公子只好隐名埋姓，四处躲藏，等追捕的风声过后才悄悄潜回故乡东张村。为了安全起见，他不能再以真实姓名示人，经过深思熟虑，就改姓张，名良。其一是因为东张村的人绝大部分都姓张，选姓张便于隐藏自身；其二则是由于"张"字的形态结构是由一个"弓"字搭配一个"长"字组成的，恰好契合他复仇的决心，又用一个"良"字，取"优秀""杰出"之意。后来，他扶助刘邦联合群雄灭掉了秦国，逼死了霸王，建立了西汉王朝，也完成了自己报仇雪恨的夙愿。①

这一类传说表面上通过充满传奇色彩的叙述方式强调了张良的过人之处，其中不仅有后天展现出来的无双智谋，更有与生俱来的不同凡响。传说文本通过这一表层叙述表达了民众对张良才能和品质的欣赏与肯定。

二是逃亡除恶的传说，主要讲述了张良在刺杀秦始皇失败后的逃亡经历。

《张良杀人》讲到，张良在逃难途中碰到了一个霸道无理的孩子"老教头"，这"老教头"最爱恶作剧，他见张良走了过来，就爬到树上往张良身上撒尿。张良身处逆境，不愿多事，就耐心劝导"老教头"，但"老教头"不仅不理会，反而变本加厉。张良见此子不可教，便故意夸他做得好，"老教头"因此更加得意。不料，"老教头"后来遇到的是楚霸王，楚霸王受此戏弄后二话没说，倒着把他提了起来，"噗嗤"一声，撕成两半，"天下最有本事的人"就这样完蛋了。②

这则传说通过对张良和项羽两位历史人物的形象塑造，增强了文本的可信性。张良在民众的叙述中是一位机深智远的谋士，为人正直但并不呆板。项羽在此则传说中与张良形成了鲜明的对比，性情较为残暴，这从他们二人受到戏弄之后所做出的不同反应中可以看出来。民众运用对比的手法凸显了张良的性格特征以及为人处世的态度，流露出当地民众对张良的赞佩之情。

三是成圣显灵的传说。在襄汾一带流传的民间传说中，张良在帮助刘邦建立西汉王朝后便辞官回乡，隐居于龟山，辟谷修炼，终得成仙。《史记·留侯世家》也有着类似的记载："留侯乃称曰：'家世相韩，及韩灭，不爱万金之资……愿弃

---

① 杜萍、陈玉广、南郭笙：《张良的传说》，香港：华夏文化艺术出版社，2010年，第11—14页。
② 襄汾民间文学集成编委会编：《襄汾民间故事集成》，内部资料，1987年，第30—31页。

人间事,欲从赤松子游耳。'乃学辟谷,道引轻身。"① 文中虽然没有说张良成仙,但赤松子却是传说中的仙人,所以民众自然也就相信张良成仙的说法。

《异乡送舟佑乡邻》讲,明朝万历年间,山西有许多做买卖的人到外地时需要漂洋过海,但由于货物重量大,经常会发生意外。正当西梁村有几个人犹豫是否要登船回家之时,遇到了一位道人托他们捎一封信。这几个人在船上虽然遭遇风浪,但最后总能化险为夷。安全靠岸后,他们拆开信,只见用红颜色书写的四个大字"子房送舟",并没有地址或是名字。西梁村的人看后恍然大悟,才明白那道人就是邻村的汉留侯张良,是他保佑了这一行人的安全。为了感谢张良的救命之恩,他们遂决定:每人拿出一些钱,在船靠岸的渡口建一座庙,供奉汉留侯张良,庙的名字就叫作"子房公庙"。②

《解放临汾送先兆》中说,解放临汾城时,为了制作足够数量的云梯,便准备拆除龟山上的所有庙宇。拆庙前的一个晚上,一位长胡子老头向住在龟山对面窑洞里的一对老夫妇借扁担用来挑家具,夫妇俩借给了他自家的扁担,没过多长时间,老头就还了扁担,并且自称是张子房。事后,夫妇俩才明白这是张良通过借扁担来提醒他们临汾要有战事。解放后,这一家人也都搬到山下的村子里去了,并且真如张良所说过上了好日子。③

这两则都是张良显灵的传说故事,不同之处在于发生的历史时期不同,一则为明朝万历年间,一则为解放战争时期,时间上的大跨度体现的是张良这一历史人物对后世影响的深远。这一类传说的广泛流传呈现出民间叙事多样化的态势,利用客观实在物和真实的历史事件来增添传说的情节内容,加强了文本的可读性和传播力度。与此同时,传说也饱含了民众内心深处的朴实愿望,即希望在遭遇困苦危难之时会有神奇力量或是英雄人物出现,扶危济困,护佑一方。

四是与张良有关的一系列山川名胜传说,具体的有《石山空遗留侯印》《遇仙桥东建文庙》《神奇龟山晴雪图》《感恩戴德葬黄石》等,这一类传说不仅数量丰富,而且情节生动。与其他关于张良的传说相比,这一类山川名胜传说从地理

---

① [汉]司马迁撰:《史记》,北京:中华书局,2011 年,第 1822—1823 页。
② 杜萍、陈玉广、南郭笙:《张良的传说》,香港:华夏文化艺术出版社,2010 年,第 126—128 页。
③ 同上注,第 129—133 页。

分布来看比较集中，大部分以龟山为核心进行构思创作。

《石山空遗留侯印》是说张良在帮助刘邦统一天下之后，目睹了刘邦对有功之臣痛下杀手，继而决定归隐家乡。不料，张良在和家人赶回龟山之后却发现刘邦早已在此等候，原来是刘邦怕张良去辅佐他人便赶紧追寻。张良见此情况更加匆忙地赶路，仓促间官印掉了出来，在石头上砸出了"汉留侯印"的字样。恰在此时，刘邦追来。张良向刘邦再一次表明了归隐山林的决心，随后便和家人进了后山。刘邦最后别无他法，只得班师回朝了。① 传说记载："在龟山东边和少石山相接的地方，有一块很大的天然石头，石头上有着很清晰的张良官印印下的篆字印记，旁边还有一个比较清晰的马蹄印。"②

《遇仙桥东建文庙》同样叙述的是张良归隐龟山后的经历。"遇仙桥"位于襄汾县大邓乡东张村，其东北角有一座文庙，在民间传说中，张良就是在这座文庙里教孩子们读书写字的。不同之处在于，其他地方的文庙供奉的都是孔丘孔夫子，而东张村的文庙供奉的则是"文曲星君"，这与张良的一段神奇经历密切相关。有一天，张良在教孩子们读书时发现了一个偷看他上课的老头，交谈后才知道老头是本地的土地爷，是被这私塾上方的仙气吸引而来的，还以为是文曲星下凡，便想过来参拜。不料靠近才发现不是文曲星下凡，但见张良面带福相，能冒出祥云样的云气，应该是文曲星的弟子。张良听后便和里长商议，就在私塾的原址上建了一座文庙。③

《神奇龟山晴雪图》是关于襄陵十景之一的"龟山晴雪"的传说，具体内容如下：

> 张良得道成仙后，人们为了纪念他，当地村民决定把每年的3月28日定成了朝山祭拜他的日子，还形成了"一年一小朝，七年一大朝"的乡俗。
>
> 有一年3月28日是大朝山的日子，附近的村民敲锣打鼓，举着彩旗，抬着"张良殿"，浩浩荡荡地向山上走去，不一会就到了半山腰里了。
>
> 这时，太阳出得老高了，天空中忽然飘起了雪花，那大片大片的雪花漫山飞舞。

---

① 杜萍、陈玉广、南郭笙：《张良的传说》，香港：华夏文化艺术出版社，2010年，第76—79页。

② 同上。

③ 同上注，第47—49页。

大家一看，怪了！大红的太阳当空照着，比面还白的雪花漫山遍野地飞舞着，那金色的阳光透过飞舞的雪花，把丝丝缕缕的光泽洒遍了这青山绿水，这里整个儿就是一幅巧夺天工的"晴雪图"啊！

这当儿有人想尝一尝雪的滋味，用手一接，哎呀！这哪里是什么雪花呀？漫山遍舞的"雪花"，原来是那沟里飘出的柳絮，被风吹拂得飘飘洒洒，真像是天上飘下来的白白的雪花！

这一奇观，就是襄陵县的十景之一"龟山晴雪"。①

在古人的观念中山岳非常神奇，《礼记·祭法》说："山林、川谷、丘陵，能出云，为风雨，见怪物皆曰神。"②这也就不难理解为什么在民间传说中会将龟山作为张良神奇经历的发生地。不仅仅因为龟山是张良的家乡，民众的山岳崇拜情结也是缘由之一。龟山全盛时期，庙宇多达十座，大小神灵数不胜数。龟山第一座神庙并非传统意义上的"神灵"庙宇，而是一座历史人物的庙宇，这位历史人物就是秦末汉初杰出的谋士、大臣——张良，其庙宇名为"张良殿"。结合传说可知，对于襄汾民众来说，张良已经是其传统文化的一部分了。

《感恩戴德葬黄石》的讲述背景是当地流传的说法，即张良之所以能够辅佐刘邦成就大汉天下，靠的是其师父——黄石公传授给他的文韬武略。传说主要讲的是张良在隐居龟山后，一直都在寻找黄石公的下落，但附近村人无人知晓，最后张良在山脚下发现了一块很大的黄石，疲累之下他就背靠黄石准备休息片刻，刚坐下就见到了师父黄石公。黄石公对他说自己实际上是一块黄石头的化身，奉姜太公嘱托来传授张良兵法。张良见此连忙站起就拜，不小心头碰到了石头上，立刻清醒了过来，才发现这是他做的一个梦。因为梦中老头说的话和他师父说的一样，在拜过黄石头后他就把这块黄石头带回了龟山。张良去世之前要求儿子将这块黄石头搬进他的墓葬中，永远和师父黄石公在一起。③

关于黄石公和《太公兵法》的真伪，古今学者多有争议，但是就《史记·留侯世家》中的相关叙述来推断，《太公兵法》对于张良以后的作为影响深远。后

---

① 杜萍、陈玉广、南郭笙：《张良的传说》，香港：华夏文化艺术出版社，2010年，第108—109页。
② ［清］孙希旦撰，沈啸寰、王星贤点校：《礼记集解》，北京：中华书局，1989年，第1194页。
③ 杜萍、陈玉广、南郭笙：《张良的传说》，香港：华夏文化艺术出版社，2010年，第110—111页。

与刘邦相遇,"良数以《太公兵法》说沛公,沛公善之,常用其策"①。据《太平广记》记载:"张良曾遇黄石公授书,辅佐汉高祖刘邦平定天下。张良还以此修之于身,能炼气绝粒,不见其尸形衣冠,得《素书》一篇及《兵略》数章。"②情节虽奇幻,却与上述传说的关键要素大致契合。正史典籍的记载从宏观层面上凝结了民众的口头表达,使传说的可信性表现为民间的真实和民众的历史。从主题内容上来看,这则传说着重表现的是张良尊师、敬师的美好品德。

可以看出,民间关于张良的风物传说几乎都经过了当地民众与其地方形象的附会。一方面,这类传说是百姓通过对生活环境的用心观察,展开想象而得来的。富于趣味性的民间创作活动为自然风光和人文景观增添了魅力,使其更为鲜活。另一方面,以张良在龟山的行走停留痕迹作为创作基础,民众通过想象勾画出了相应的传说,形成了具有专属性质的"地方风物传说",以此来解释地名的来源。这种思维方式十分符合传说的"历史性"特征,是一种由传统历史的真实观所带来的"虚构的真实"③。

(6) 温序的传说

温序,字次房,太原祁县人,今祁县城赵镇修善村西北保存有温序墓,为山西省省级文物保护单位。《后汉书》对其生平有详细记载,现在流传的温序传说以彰显其大义凛然、宁死不屈的精神风范最为著名,《后汉书》载:

> 六年,拜谒者,迁护羌校尉。序行部至襄武,为隗嚣别将苟宇所拘劫。宇谓序曰:"子若与我并威同力,天下可图也。"序曰:"受国重任,分当效死,义不贪生,苟背恩德。"宇等复晓譬之。序素有气力,大怒,叱宇等曰:"虏何敢迫胁汉将!"因以节楇杀数人。贼众争欲杀之。宇止之曰:"此义士死节,可赐以剑。"序受剑,衔须于口,顾左右曰:"既为贼所迫杀,无令须污土。"遂伏剑而死。④

一日,温序出巡至襄武,被隗嚣的部将苟宇所拘劫。对于温序的才能与德行,苟宇早有耳闻,他十分希望能把这位德才兼备的汉朝名将归己所用,于是一

---

① [汉] 司马迁撰:《史记》,北京:中华书局,2011 年,第 1814 页。
② [宋] 李昉等:《太平广记》,北京:中华书局,1961 年,第 38 页。
③ 万建中:《民间传说的虚构与真实》,《文化研究》2005 年第 3 期。
④ [宋] 范晔撰,[唐] 李贤等注:《后汉书》,北京:中华书局,1965 年,第 2672—2673 页。

而再再而三地对温序软硬兼施。不料温序始终不为所动,正气凛然地严词拒绝道:"我担当国家重任,理应尽忠效命,岂能贪生怕死,背负皇恩!"面对敌人的威逼利诱,温序最终大义凛然地选择以死明志。传说在他自尽之时,一阵微风吹过,温序的美髯不禁随风飘动。温序从容镇定地捋了捋被风吹动的长髯,望着围在自己四周的敌军,厉声感叹道:"我今日虽丧命于敌兵之手,却不能让我的须髯再遭受玷污。"说罢他将自己的长髯含在口中,毅然挥剑自尽。

温序以身许国的壮举赢得了敌人的尊敬,也使光武帝大为感动,不仅厚葬了温序,而且让他的三个儿子全都做了郎中。

(7) 鲍昱的传说

鲍昱,字文泉,上党屯留(今山西省长治市屯留县)人,约生于王莽始建国二年(10),卒于汉章帝刘炟建初六年(81)。鲍昱是东汉司隶校尉鲍玄之孙,兖州牧鲍永之子,一生历仕光武帝、汉明帝、汉章帝三朝,位居司徒、太尉,是东汉初年颇有政绩的一位官员。

鲍昱一生治理地方,有仁爱之政;位在朝廷,又能情理并重。鲍昱既秉公执法,又有仁爱之心,因而范晔不禁称赞其"奉法守正,有父风"。

沘阳人赵坚固杀人当处死,家中尚有70岁老母和刚娶进门的媳妇。赵的老母求见鲍昱,诉说苦情,要求为赵家留一根独苗。鲍昱思虑再三,想出了既不放纵杀人者,又能满足赵母要求的两全之策——让赵坚的妻子来到狱中,与赵坚宿居怀有身孕之后,方才处死了赵坚。鲍昱的这一处事方式不仅在当时对于国家政权的平稳运行具有重要的现实意义,对于后来的执政者也具有借鉴意义。

4. 文人名士传说

(1) 范升的传说

范升,字辩卿,生年不详,卒于汉明帝刘庄永平年间。《后汉书》载:"代郡人也。少孤,依外家居。九岁通《论语》《孝经》,及长,习《梁丘易》《老子》,教授后生。"代郡,即今山西代县。

两汉是儒学经学化的时期,汉代儒家思想以经学的形式出现,用解经注经的方式来阐明自己的思想。"五经"得到官方的支持,确立了儒家经典的权威地位,儒士的地位也得以提高,因此对于儒士而言,儒家经典的学习和传承便是其立身之本和首要任务。汉代儒士分经而学,今文经学、古文经学经历了从对立到融合的变化过程。今、古文经学之争从西汉末年到东汉末年持续了两百年之久，最终以"郑学"的兴起为标志完成了统一。范升是东汉初年较为著名的经学家，其自身的经学素质正鲜明地体现出了这一经学的发展特点。《后汉书·儒林列传》中记载了范升研习经学的经历，足以可见其广博的经学知识是朝夕积累所成就的。

（2）郭泰的传说

郭泰（128—169），字林宗，又字有道，故人称其为有道先生，太原介休人。郭泰出身贫寒，自幼丧父，由母亲含辛茹苦将其抚养长大。待其长大成人之后，他的母亲想让他到县衙中谋个差事为生，不料郭泰志向远大，不屑于与小吏共事，于是他告别了母亲，外出漫游求学。郭泰饱读诗书，学养深厚，在他漫游到京师洛阳之时，有幸结交了陈留人符融。符融对其学识大为赞赏，又将他引荐给了河南尹李膺。李膺接见郭泰之后，不禁赞赏郭泰德才兼备："读书人我见得多了，可是像郭林宗这样聪明、高雅、博学、多能的人，还真是少见。"[1] 有了李膺这一番夸奖，郭泰一下子名震京师。

郭泰对东汉政权的日趋腐败与没落体察深刻，他深知国家大势已去，将要走向穷途末路，因而一直拒绝出仕。但他并非无所作为，他仿效当年的孔子，周游列国，四处讲学，把自己的全部精力都花费在培养人才这一事业上。在他周游天下的途中，便发生了这样的一个故事：

> 有一次，他到了陈留，正在田野里走着，突然下起了大雨。他跑到大树底下，看到有几个庄稼人在树下避雨，有的躺着，有的蹲着，有的伸着腿坐着。可是其中有一位与众不同，他正襟危坐，举止斯文，约有四十来岁。郭泰有意跟他说话，互通了姓名，知道这个庄稼人叫茅容。他提出可否在茅容家借宿一宵，茅容坦然应允，引郭泰到自己家里住下。第二天一大早，郭泰看到茅容杀鸡做饭，以为是要款待自己，心里很是过意不去，但没想到茅容这是做给他母亲吃的。他侍奉母亲吃完饭，才请郭泰共餐，但桌上却连个鸡爪子都没有，只是请郭泰吃了一顿平常的饭菜。郭泰吃完饭，对茅容说："你真是个高士，是我的好朋友！"郭泰劝他去游学，茅容按照他的指点，

---

[1] 李之杰等：《山西名人》，太原：山西人民出版社，1985年，第79页。

后来也成了名士。①

建宁二年（169），郭泰去世，年仅42岁。四方之士千余人纷纷赶来为其送葬，生前好友还为他立了石碑，议郎蔡邕为其撰写了碑铭。据方志学家刘纬毅先生考证，郭泰碑即"无愧碑"，是山西历史上有记载的第二块历史较为悠久的碑刻（第一块是《绛邑长遗爱碑》），立碑时间是东汉建宁元年（168）九月辛酉，碑石与拓片俱由运城博物馆珍藏。

（3）班婕妤的传说

班婕妤（前48—2），名不详，山西娄烦人，汉成帝刘骜妃子，古代著名才女，是中国文学史上以辞赋见长的女作家之一。善诗赋，有美德。初为少使，后立为婕妤。班婕妤一生工于辞赋创作，有集一卷，可惜大部分已佚失，现仅存《自悼赋》《怨歌行》《捣素赋》三篇。《自悼赋》叙述了自己一生荣辱悲欢的经历以及后来深居宫中苦闷与幽怨的心情，可以说是一篇小小的自传。

对班婕妤传说流传甚广的是她劝诫汉成帝不要沉醉女色的故事，这在《汉书》中有详细的记载：

> 帝初即位选入后宫。始为少使，蛾而大幸，为婕妤，居增成舍，再就馆，有男，数月失之。成帝游于后庭，尝欲与婕妤同辇载，婕妤辞曰："观古图画，贤圣之君皆有名臣在侧，三代末主乃有嬖女，今欲同辇，得无近似之乎？"上善其言而止。太后闻之，喜曰："古有樊姬，今有班婕妤。"②

汉朝时期，帝王在宫苑巡游，常乘坐一种被称为"辇"的豪华车子。当时的班婕妤荣宠正盛，汉成帝为了能够与爱妃形影不离，特意命人制作了一辆较大的辇车，以便与班婕妤同车出游。班婕妤得知此事后，内心虽感激成帝对自己的宠爱，但还是坚决地拒绝了成帝的提议。她说："观看古代留下的图画，圣贤之君往往都有名臣在侧，而像夏、商、周三代的末主才有嬖幸的妃子坐在旁边，我今日如若和你同车出进，那不就使你和这些昏君为伍了吗？"汉成帝认为婕妤言之有理，同辇出游的想法只好暂且作罢。当时的王太后得知此事之后，对班婕妤以理制情的行为大为赞赏，不禁对自己左右的亲近之人称许道："古有樊姬，今有

---

① 李之杰等：《山西名人》，太原：山西人民出版社，1985年，第79—80页。
② ［汉］班固撰，［唐］颜师古注：《汉书》，北京：中华书局，1962年，第3983—3984页。

班婕妤。"王太后将班婕妤与春秋时期楚庄公的夫人樊姬相提并论，是对这一儿媳莫大的肯定与赞许。

（4）义姁的传说

义姁是汉武帝刘彻在位时期的一位女医生，也是史籍记载中的中国第一位女中医。她是河东（今山西永济县东南）人，河内都尉义纵之姐。义姁精于医术，治病时，汤药针灸兼施，每建奇功。义姁因医术精湛，武帝时被召入后宫，专为妃嫔"视乳产之疾"，并因此受到武帝之母王太后的宠信。又如曾有一人腹大如鼓，目睛凸出，病势甚危。义姁先针刺其腹部、股部等处，继以药粉敷于脐上，并裹以绢帛，兼服以汤剂，数日而瘥。[①]她由此而有"女扁鹊"的美誉。这则故事显示出义姁身为医者的高超能力以及作为女性独有的医者关怀，想患者之所想，急患者之所急。

关于义姁的传说流传不多，但她凭借自身精湛的医术在历史上占得了一席之地，流传后世。或许在民众的叙述中，义姁的能力会有所夸大，但不可否认其作为一名女性在医学方面所做出的杰出贡献。

5.酷吏传说

《国史旧闻·酷吏》中谈道："所谓酷吏，乃制铄宗室者，侵削功臣者，取缔贵戚者，诛杀豪强大姓者，取缔富人投机取巧者。此等人物正《史记》所谓'善吏不能化'者也，此等办法正《史记》所谓'报虐以威'者也。然则当时所谓酷吏，乃拥戴君主而与豪民斗争者也，若但以后世猛酷之吏当之，犹嫌不相适应。"[②]由此可见，西汉时期酷吏的存在是有其特定的政治历史背景的，那就是用以打击与中央集权统治相背离的各方势力。这些势力的存在严重危害到了社会的和谐稳定与国家的长治久安，但"善吏"对其束手无策，既管不了，也治不了，因而酷吏就应运而生了。两汉时期，山西境内酷吏的代表人物主要有郅都与义纵二人，他们的传说广为流传，是酷吏传说的重要组成部分。

（1）郅都的传说

司马迁在《史记·酷吏列传》中称郅都为有史以来"酷吏"第一人，并记

[①] 贾跃胜、曹培林：《山西中医史话》，太原：山西人民出版社，2003年，第12页。
[②] 陈登原：《国史旧闻》（第一册），北京：中华书局，2000年，第327页。

载:"郅都者,杨人也。"① "杨人"即杨县人,汉时属河东郡,现在属山西省临汾市洪洞县,由此可知郅都原为山西河东人氏。孝景帝时,郅都即以敢于直言进谏而闻名。"是时民朴,畏罪自重,而都独先严酷,致行法不避贵戚,列侯宗室见都侧目而视,号曰'苍鹰'。"② 郅都被时人称之为是酷吏"苍鹰",以此形容他执法异常凶猛,并以"郅都鹰"比喻威仪慑人或执法严明的人。

汉文帝时,郅都踏入仕途,初任郎官,为文帝侍从。汉景帝继位,郅都被命为中郎将。他性格耿直,"敢直谏";也能抛开情面,"面折大臣于朝",因此很快便得到汉景帝的重视。他曾经跟随天子到上林苑,天子的妃子贾姬去上厕所时野猪突然闯进了厕所,皇上示意郅都去救贾姬,但是他不为所动,而且还跪在皇上面前劝说皇帝不能整日沉迷女色,而应以国家社稷为重,方能对得起汉室先祖。太后听说了这件事,非常高兴,赏赐郅都金百斤,从此便很重视郅都。

"临江王征诣中尉府对簿,临江王欲得刀笔为书谢上,而都禁吏不予。魏其侯使人以间与临江王。临江王既为书谢上,因自杀。窦太后闻之,怒,以危法中都,都免归家。"③ 汉景帝早先的太子刘荣先是因其母栗姬失宠而被废为临江王,汉景帝中元二年(前148),刘荣又因侵占宗庙土地修建宫室而被传唤到中尉府受审。郅都审讯甚是严酷,刘荣恐惧不已,请求郅都给他刀笔以写信直接向景帝谢罪,郅都拒绝了他的这一请求。窦太后的堂侄,当时的大臣窦婴得知此事之后,派人悄悄给刘荣送去了刀笔。刘荣向景帝写信谢罪后,在中尉府中自杀而亡。窦太后闻讯大怒,深恨郅都不肯宽容自己的孙儿,责令景帝将其免官还家。

后来,由于边疆战事危急,汉景帝又任命郅都为雁门太守。"匈奴素闻郅都节,居边,为引兵去,竟郅都死不近雁门。匈奴至为偶人象郅都,令骑驰射莫能中,见惮如此。"④ 匈奴人一向听说郅都有德行节操,现在由他镇守边境,匈奴人自然不敢轻易冒犯。因而一直到郅都逝世,匈奴人都不敢踏入汉朝边境一步。

然而,正义严明的郅都终究没能逃脱窦太后的报复。由于他镇守雁门关,匈奴对郅都恨之入骨,于是派人深入内地,四处散布不利于郅都的谣言。窦太后闻

---

① [汉]司马迁撰:《史记》,北京:中华书局,2011年,第2718页。

② 同上注,第2719页。

③ 同上。

④ 同上。

讯之后，不加追究分辨，便立即下令逮捕郅都。汉景帝心知郅都冤枉，准备将其释放。但窦太后不忘旧恨，坚决不许，在她的蛮横干涉下，郅都最终被杀。郅都死后不久，匈奴骑兵复侵入雁门。

郅都为官忠于职守，公正廉洁，对内不畏强暴，敢于捶扑豪强权贵；对外积极抵御外侮，使匈奴闻名丧胆。后人对他评价颇高，司马迁称赞他："伉直，引是非，争天下大体。"[1]西汉成帝时，大臣谷永在一道给汉成帝的奏折中，曾论及郅都，说："赵有廉颇、马服，强秦不敢窥兵井陉；近汉有郅都、魏尚，匈奴不敢南向沙幕。"[2]把他与战国时期赵国的廉颇、赵奢等名将并列，被誉为"战克之将，国之爪牙"，这也是后人对郅都最为公允的评价。

（2）义纵的传说

《史记·酷吏列传》记载："义纵者，河东人也。"[3]河东即现在的山西运城地区。义纵少年时，曾伙同他人抢劫为盗。汉武帝即位后，他的姐姐义姁因医术高明而得幸于王太后。依赖这层关系，义纵被拜为中郎，担任汉武帝侍从。在皇帝身边任职不久，他便被派往上党郡担任县令。《史记》说他"治敢行，少蕴藉，县无逋事"[4]，意思是说在他任县令期间，他敢于施行暴政，从不对任何人容情，因而做到了在他治下没有盗贼的容身之所。在政绩考察之时，义纵被举为当时的第一。随后，他又先后被升迁为长陵令和长安令。长陵与长安多贵族权贵，他们的子弟门客，常常肆无忌惮地倚仗权势，胡作非为。义纵到任后，"直法行治，不避贵戚"[5]，对违法者一律严惩不贷。他的勇敢举动得到了汉武帝的赞赏，武帝认为其有治民之能，对其屡屡提拔。

汉武帝元狩六年（前117），汉武帝由鼎湖至甘泉宫，见沿途道路有所损坏而无人修整，开始对义纵心生不满。这年冬季，大臣杨可奉旨主持告缗事务，义纵认为此事会扰乱民生，因而未经请示汉武帝，便派人把杨可的部下纷纷抓捕。此事传到汉武帝那里，汉武帝不禁勃然大怒，下令逮捕义纵，并派遣大臣杜式对

---

[1] ［汉］司马迁撰：《史记》，北京：中华书局，2011年，第2735页。
[2] ［汉］班固撰，［唐］颜师古注：《汉书》，北京：中华书局，1962年，第3020—3021页。
[3] ［汉］司马迁撰：《史记》，北京：中华书局，2011年，第2728页。
[4] 同上。
[5] 同上。

其进行彻查,最终义纵以干扰破坏执行诏令之罪而被诛杀。

义纵为官多年,在汉武帝的支持下,实行严刑峻法,的确枉杀了不少无辜百姓,理应受到谴责。但不可否认的是,他处事严厉果断,沉重打击了当时豪强权贵的嚣张气焰,在一定程度上有效地维系了封建统治的平稳运行。司马迁充分肯定了他和郅都等为代表的"酷吏"的政绩,称赞他们"虽惨酷,斯称其位"。

(二)风物传说

钟敬文指出:"所谓'风物传说'主要是指那些跟当地自然物(从山川、岩洞到各种特殊的动植物)和人工物(庙宇、楼台、街道、坟墓、碑碣等)有关的传说。……传说的对象,除自然物、人工物之外,还有一些关于社会人事的,如关于某种风俗习尚的起源等,这些传说,也应当包括在内。"[①]简单来说,地方风物传说是关于各地山川古迹、花鸟虫鱼、地方特产及风俗习惯的由来、命名或特征的解释性叙事作品。风物传说在当代受到了人们特别的重视,它们大都以实物为依托,将自然美景、人文历史等有机融合,有鲜明的地方特色,因此引人入胜,在民众生活中广泛流传。

1. 山川名胜传说

山川名胜传说即阐释地方自然景物来历的传说,这类传说包含着民众热爱乡土的炙热感情,赋予所叙述的自然物或人工物以饶有趣味的或富有意义的说明。山西物华天宝,表里山河,名胜众多,因此这类传说丰富多彩。

(1)晋祠

晋祠,初名唐叔虞祠,是位于山西省太原市西南25公里处悬瓮山麓晋水源头的一座古代祠堂建筑群,为祭祀古唐国(晋国)开国国君唐叔虞及其母亲邑姜而建。这是我国最早的纪念性祠宇,也是现存最早的园林建筑。晋祠的周柏唐槐、宋代彩塑、难老泉被誉为"晋祠三绝"。

太原晋祠历史悠久,司马迁在《史记·晋世家》中记载道:"晋唐叔虞者,周武王子而成王弟。……武王崩,成王立,唐有乱,周公诛灭唐。成王与叔虞

[①] 钟敬文:《〈浙江风物传说〉序》,《钟敬文文集·民间文艺学卷》,合肥:安徽教育出版社,2002年,第530页。

戏，削桐叶为珪以与叔虞，曰：'以此封若。'史佚曰：'天子无戏言。'"①遂封叔虞于唐，故称唐叔虞，即传说中"桐叶封弟"故事。传至其儿子燮，因境内有晋水，故改国号为"晋"。与此相应，将祭祀叔虞的唐叔虞祠也改为晋祠。

晋祠的相关风物传说非常丰富，如关于水母楼的传说是充满了神奇色彩的"饮马抽鞭，柳氏坐瓮"的故事。柳氏为冲喜而嫁到夫家，但刚过门丈夫便一命呜呼，这奠定了柳氏日后生活的悲惨基调，也就有了挑水这一情节。其后，由于婆婆专横，柳氏没有挑到水就不敢回家，这就有了饮马之后，仙人赠鞭的情节。柳氏得鞭之后让乡亲们来家中打水，却惹恼了婆婆和小姑，就有了破例准许回娘家，马鞭被毁一事。马鞭被毁，泉水汹涌奔泻，这就有了柳氏束发未竟，坐瓮救村的故事。通过上文的梳理可以看出，这则传说环环相扣，一波未息，一波又起，情节跌宕起伏，极具传奇色彩。这在一定程度上拓展了晋祠的时空感，使亲临者更具真实的感觉。

（2）万荣后土庙

万荣后土庙位于山西省万荣县城西南40公里处黄河岸边宝鼎乡庙前村北，俗称后土祠，为我国最早的后土祠庙。

后土，古时指土地神。土地崇拜与女性崇拜联系在一起，其原始思维逻辑是，土能养育万物，母亲能生儿育女，在"生"的意义上合二为一，形成了"地母崇拜"。因此，后土崇拜的原始思维是女性崇拜。又因为女娲是人类的始祖，她当之无愧地成为被人们崇祭的后土女神。历代帝王祭祀后土，祈求五谷丰登，物阜民丰，国泰民安。后土祭祀发展到汉朝达到顶峰，即由"黄帝扫地为坛"改进为修庙建祠崇拜。万荣历史上属于"汾阴地"，西汉文帝后元元年（前163）于汾阴立"汾阴庙"。元鼎四年（前113），汉武帝至汾阴祭后土，并把祭祀后土列为国家的一件大事。从元鼎年间至天汉元年（前100），汉武帝曾五次到汾阴祭拜，且赋《秋风辞》。而后东汉、唐、宋对万荣后土庙屡次修建，后来屡遭黄河水患，清同治九年（1870）易地重建于今址。现存建筑以晚清所建居多，但山门仍为元建，秋风楼为明代遗物。

---

① ［汉］司马迁撰：《史记》，北京，中华书局，2011年，第1485页。

(3) 明光寺

关于明光寺的传说与"王莽赶刘秀"的传说互有穿插,讲述了刘秀在被王莽追赶至壶关县的明光寺时受佛爷护佑的神奇故事。

> 壶关晋庄有座明光寺,有一天,刘秀被王莽追至此地,藏于寺庙中。他又饥又饿,昏睡中饱餐美食,霎时酒足饭饱。一觉醒来,原来是个梦,但身上确实来了精神。抬头一看,只见老佛爷正笑眯眯地看着他。刘秀明白这是老佛爷在保佑他,于是向佛爷拜道:"谢佛爷保佑,刘秀如有出头之日,一定给老佛爷再塑金身。"刘秀走出寺院,天已快亮,东方出现一片明光。刘秀赞道:"好一座明光寺啊!"刘秀登基后,果然整修了庙宇,给佛爷重塑了金身,并赐名"明光寺"。[①]

这则传说说明了当时佛教传入中国,对民众的心理信仰产生了深刻的影响,并进一步丰富了民间传说的创作要素。佛教的起源地是古印度,于东汉初年传入中国,一直都受到历代封建王朝的扶持,这一点在"明光寺"的传说中得到了体现。

(4) 娘娘滩

河曲是山西省忻州市西北部与内蒙古隔着黄河相邻的小县城,娘娘滩是河中面积不大的一块小岛。关于"娘娘滩"的传说大致有三类:地名传说、习俗传说和人物传说。

> 娘娘滩的由来,一说是远古时王母娘娘路过这里从鞋钵子里倒沙土,河中心倒下个小土堆,成为娘娘滩。又说是汉代文帝之母叫薄姬娘娘,怀上文帝后,遭吕后陷害,曾逃到此处避难,生了文帝,故起名为娘娘滩。滩上至今还残留娘娘宫殿的破瓦片,瓦片上还有"万岁富贵"的字样。后人还给汉娘娘建了庙宇和碑记。[②]

这则传说叙述了"娘娘滩"这一名称的由来,其中还囊括了在河曲流传的圣母传说。据清代《河曲县志》记载:"娘娘滩在县北九十里黄河中,相传吕后贬薄太后于此……圣母庙,在娘娘滩上,有碑记。"[③] 由此可知,传说是关于西汉

[①] 长治市民间文学集成编委会编:《长治市民间故事集成》,内部资料,1988年,第91页。
[②] 忻州市民间文学集成编委会编:《忻州民间故事集成》,内部资料,1987年,第238—239页。
[③] [清]马云举纂修:(顺治)《河曲县志》,国家图书馆藏地方志珍本丛刊,天津:天津人民出版社,2016年,第70—74页。

初年薄姬及文帝的故事,圣母即薄太后。传说包括遭贬出外、李广护送、河岛隐居、为民医疾、情系胡汉、文帝诞生、圣德教子、荣登皇位、敕封滩地、薄姬尊后、文景盛世等细致的情节,这与关于"娘娘滩"上不能唱大戏的习俗传说有所呼应,具体内容如下:

  自从李文、李广兄弟二人和河神爷的两个女儿成亲之后,岛上变得更加美好了。庄稼年年长得很茂盛,花果树上结的果子也更稠密了。那海红和海棠果,味道鲜美,据说,这是汉娘娘走时留下的离别相思果。岛上还建起了住房,河神爷还帮两女婿给汉娘娘在岛上建了娘娘宫殿,从此,娘娘滩再也没发生过被洪水淹没的事。可后来岛上的人忘记了当年河神爷不许在河岛上敲锣打鼓唱大戏的忌讳,当年大年三十人们刚在河岛上唱完大戏,汹涌而来的黄河水就淹没了整个岛上的人家。所以老年人说,滩上再不能唱大戏,这是一条祖传村规,谁也更改不得。①

关于"娘娘滩"的一系列传说充分体现了民间智慧的创造性。司马迁在《史记》中记载道:"孝文皇帝,高祖中子也。高祖十一年春,已破陈豨军,定代地,立为代王,都中都。太后薄氏子。"② 娘娘滩所在地河曲县,在汉代属于太原。娘娘滩的上游,有一整块矗立的岩石,占地约108亩,高出水面三丈多,俗称"太子滩"。相传薄姬娘娘为逃避吕后迫害来到这里,生下儿子文帝刘恒之后,为了安全,母子分开两岛居住,只在喂乳时才划船过去。太子滩今属内蒙古准格尔旗龙口镇。由此可见,史实在民间创作者的手中,其故事情节得到了填充和完善,民众完成了从历史记载的有限性向传说想象的无限性的超越。

(5) 白马寺

白马寺因与中国佛教的诸多"第一"紧密联系在一起而被称为中国佛教的祖庭和释源,它在中国境内的山西、河南、江西、青海、四川等多个地区均存在,而位于山西灵丘的白马寺却与汉文帝在民间的一段经历有关。

  相传汉文帝还是代王的时候,携随从出行,走了好久来到赵北河旁边的一座山上,人困马乏,可此时太阳已经落山,路还遥远,正在大家不知所

---

① 忻州市民间文学集成编委会编:《忻州民间故事集成》,内部资料,1987年,第238—239页。
② [汉]司马迁撰:《史记》,北京:中华书局,2011年,第349页。

措时,白马举起双蹄在一个石缝上用力刨,没刨几下,一股清水冒了出来汇成小溪。大家非常惊奇,有人说:"说不定白马是天马啊!"但已顾不得那么多,都喝饱了继续赶路。后来人们为了纪念那匹白马,在泉水后修建寺院,取名"白马寺",逐渐形成村落,叫"白马寺村"。①

康熙《灵丘县志》记载,为纪念汉文帝刘恒从河北蔚县代王城巡行于此,因白马刨泉,后乡民聚居,形成村落,命名白马寺村。这与在大同市其他地区流传的"白马寺"的传说在关键情节上是契合的,印证了历史传说化的现象。同时,"白马寺"传说的广泛流传也说明了汉朝时传说逐渐与神话、历史切断联系,以一种独立的文体活跃在民间,具有独特的历史文化价值。

(6) 韩信岭

韩信岭又名高壁岭,在山西省灵石县南,为南北要隘。相传在汉高祖刘邦外出攻打陈豨之时吕后密斩了韩信,刘邦返回长安途中,在此地收到了吕后送来的韩信首级,遂将其葬之于岭上,故又名韩信岭,亦称韩侯岭,岭上有韩信墓。

据说当时不少将士对韩信之死悲痛欲绝,为能略表寸心,每人一掬土,在埋葬韩信首级处很快堆起一个小山似的墓堆,这便是现在遗迹尚存的韩信墓。墓前的韩信庙是金代明昌年间建造的。这是由于韩信助刘邦得天下,统一全国符合当时人们的愿望,人们惜他被吕后残杀,哀其死无葬身之地,因而就荒冢立庙以祀。②

关于"韩信岭"的传说在结尾之处深刻体现了民众的创作心理,不只是当时的将士对其遭遇深感悲痛,与其并无直接交往的民间百姓也怜惜其悲凉结局,这反映出韩信在民众之中声望颇高。这则传说也从侧面肯定了韩信对汉室一统天下所做出的贡献,民众通过这种永久性的纪念方式使韩信的功绩不被磨灭。上述传说的基本情节虽与典籍文献相似,可是在人物性格的刻画、具体细节的描述上更加形象生动,语言表述也更具备口语化的特点,这正是由历史事实向民间传说转化的重要特征。

---

① 大同市十大文艺集成办公室编:《大同民间故事集成》,太原:山西人民出版社,1989年,第403页。
② 侯廷亮主编:《灵石故事集成》,太原:山西人民出版社,2005年,第90—91页。

2. 地名传说

地名传说是解释一地地名来历的传说，大多与历史人物和历史事件相结合。地名传说的类型主要有英雄帝王型、忠贞爱情型、道德教化型、勤劳智慧型。地名传说丰富而潜在的联系，使人们可以了解到地域文化所包含的复杂有趣的民族意识和群体观念。此外，地名传说还呈现了人类先祖的历史精神，即把民族的道德理想和对未来世界的期待凝聚在生存大地的符号之中。所以，地名传说实际上也是特定地域的民众对生存环境与文化的认知。山西省境内流传的地名传说较多，内容情节丰富，特征明显，下面选择几则具有典型性的地名传说来窥视民众的独特智慧。

其一是与刘秀有关的一系列地名传说，具体有"挂甲岭""南羊路村""老马岭""马跑泉"等。其中"挂甲岭"名称的由来附会在"王莽赶刘秀"的传说中，上文中已做了阐释，此不赘述。大同地区流传着"南羊路村"的传说：

> 传说在后汉时刘秀走南阳途中，人困马乏，在一个只有几家姓王的小村里下马借宿，从此，这个小村就被叫成了南阳落。此村四通八达，有一条南北大路，所以，后人把南阳落叫成了南羊路。[1]

这则传说是典型的解释性传说，通过简洁的语言叙述了南羊路村名称的由来。

平顺县城东南二十余里有道岭叫"老马岭"，岭上有眼泉水叫"马跑泉"。老马岭是平顺到虹梯关风景区传统交通线路的必经之地。[2] "老马岭"和"马跑泉"名称的由来与光武帝刘秀的坐骑大白马有关。传说记载，西汉末年，刘秀在与王莽交战失败后便单人独马逃到山西省内的太行山上。刘秀一直跑了几天几夜，饥渴交加，支持不住从马上栽下来昏倒在一道岭上。刘秀的坐骑大白马很通人意，试图通过长嘶来求助，但由于地方偏僻，无人回应。最后，大白马为了救刘秀变成青石马，马眼中不时有泉水涌出，刘秀因此而得救。刘秀一直感念大白马的功劳和恩情，在做了皇帝后专程到太行山祭奠大白马，并封这道岭为"老马岭"，封这眼泉为"马跑泉"。这类传说与"刘秀敕封"的传说在情节设置上基本一致，都是以客观实在物为创作核心，在主旨内容的表达上也都是赞扬刘秀的知恩图报

---

[1] 大同市十大文艺集成办公室编：《大同民间故事集成》，太原：山西人民出版社，1989年，第506页。
[2] 长治市民间文学集成编委会编：《长治市民间故事集成》，内部资料，1988年，第89页。

和仁善品性。"得到神奇帮助"是民间帝王传说中比较常见的情节要素，主人公在危难时刻或与反角斗争时，神奇动物就会出现，这在关于刘秀的传说中描述颇多。不管是依靠自身神奇力量自救还是得到神奇动物的帮助，叙事的神秘性凸显了帝王的神奇特异、与众不凡，为权力的获得笼罩了一层神秘的色彩。

其二是"蹄窟岭"的命名传说。这则传说与昭君出塞这一历史事件结合在一起，增强了其可信度。在汉代和亲政策的大背景下，为与北疆匈奴和好，汉元帝将昭君嫁给南匈奴呼韩邪单于。昭君因想起元帝对她的宠爱，不禁泪洒塞外。秋高气爽，昭君一行纵缰向北驰行，沿着荒野古道经元子河滩，越沙岭梁，过肖画河，直上五路山，接近了她要去的地方。在山岭的路石上留下昭君出塞的马蹄窟，至今痕迹尚存。从此，人们称昭君路经的山岭为"蹄窟岭"，后讹传为"啼哭岭"。①昭君出塞是一件影响深远，流传两千余年而不衰的历史事件。不管是昭君这一极富传奇性的历史人物，还是出使塞外这一西汉重大的政治事件，对于民间的影响都是很大的。昭君身为一位柔弱的女子，却肩负起了维护西汉和匈奴两个民族和平的重大责任，这更加增添了民众对她的怜爱和敬佩之情。

其三是"马武山"地名的由来。马武山位于大同云冈石窟，其名称与西汉年间一个叫马武的人有关。马武文武双全，但相貌奇丑，这一年正值大考，才子云集，皇帝下诏，要招状元为驸马。马武在文武考场均一举夺魁，皇上招其殿试见其丑，便不提驸马之诏，只重赏，后把榜眼招为驸马。马武不服，便盘踞在大同郊外的一座山上，招揽各地贤才，专与官府作对。他听说自己崇拜已久的刘秀在与官兵大战中陷入困境，便出手相救。后两人设几拜把，从此马武扶助刘秀一统江山，被封为杨虚侯。人们为了纪念马武，便把那座山取名为马武山，还修建了马武庙。②

其四是关于蒯通关的来历，其命名缘由与"马武山"异曲同工，都是以人名来命名山川名胜。

刘邦与项羽争天下时，刘邦重用韩信领兵，韩信手下有著名的谋士蒯

---

① 山西省左云县志编纂委员会编：《左云县志》，北京：中华书局，1999年，第1008页。
② 大同市十大文艺集成办公室编：《大同民间故事集成》，太原：山西人民出版社，1989年，第279—280页。

通。蒯通雄才大略，借为韩信相面之由暗示他自立为王。韩信不听，以至于后来惨死未央宫。韩信死后，刘邦审问蒯通当时的谋逆行径，他以各为其主解释。刘邦看到他的忠心准备起用他，但他以年事已高谢绝，从此云游四海，到宁化时便隐居，一直至死。人们在此定居，设立关口，叫作蒯通关。①

上述两则传说都说明民众的命名行为是具有纪念性质的，表明百姓认同马武的行为，赞赏蒯通的才能与忠心。而从深层的文化心理来看，马武的行为和蒯通的品质均契合了民众的思想观念，揭示了中华传统历史文化的内在意蕴。

3. 习俗传说

习俗传说，即与一地风俗习惯相关的传说。是风俗在先还是传说在先，就这一点存在着不同的情况。一般而言是先有风俗，后有传说。但也有例外，那就是当人们为纪念某一重大的历史事件或某一重要的历史人物时，往往在漫长的历史进程中约定俗成地产生了某种风俗，它们与传说几乎是同时产生的，很难辨别先后。

（1）土堂村"七月十八庙会"的由来

土堂村是今太原市尖草坪区上兰街道的下辖村，背靠西山，东临汾河，是一个青山绿水、风景优美的地方。西面土梁上长满了柏树，生得奇形怪状，似蟠龙腾云驾雾，乃晋阳城外八景之一，被称为"土堂怪柏"。当地至今还流传着一则充满神奇色彩的传说：

> 相传在汉朝年间，有樵牧二童在土山下听到有人喊叫"我要出来"，两人齐声应道："出来吧！"忽见土山崩裂，祥云四起，土山中塌出一土佛，身高三丈有余。后来由村民集资，四方捐款，修福涧，盖楼阁，名"净因寺"，也称"大佛寺"。现"土堂大佛"仍保存完好，为国家级保护文物。
>
> 土堂大佛现世的日子是农历七月十八日，这一天遂成为土堂的庙会日。这天村民们要参拜大佛，吃斋饭，并且请戏班助兴，一直延续至今。②

土堂村位于山西省太原市西北角汾河岸边，对土堂大佛的出现，一直以来用"山崩现佛，净土因缘"的传说来解释。土堂大佛现为国家级文物保护单位，对

---

① 忻州市民间文学集成编委会编：《忻州民间故事集成》，内部资料，1987年，第291页。
② 袁尔铭主编：《傅山故里系列丛书》，太原：山西春秋电子音像出版社，2007年，第91页。

其建造时间与建造者，至今无考，只留下这则传说给后人以无尽的想象。传说将史实和某些经典叙事相结合，为某些习俗的诞生提供了完美的解释，久而久之，这种记忆便会留存在人民的脑海之中，形成一种集体记忆。哈布瓦赫指出："集体记忆不是一个既定的概念，而是一个社会建构的概念。每一个集体记忆，都需要得到在时空被界定的群体的支持。"①传说的每一次讲述都使得有关习俗的起源及其创新得以恢复和强化。

(2) 龟山脚下茶水祭

龟山在山西省临汾市襄汾县，现在山上有留侯祠，同时保存着原始的茶祭仪式。龟山脚下的茶水祭不同于世界上其他民族的山岳崇拜情结，而是以历史人物张良为信仰中心来展开的。在龟山一带，每到春暖花开之时，要用茶水祭祀汉留侯张良，这一祭祀仪式源于张良归隐龟山后的经历。

汉留侯张良当年归隐龟山后，就拜师赤松子修炼仙道，只吃一些山上的野果子和野菜为生。他爱喝茶的习惯不好改变，常常让家人去山下买些茶叶。久而久之，他自己也嫌麻烦了，可是不喝呢，心里却想得慌，老让家人出去买吧，又很容易引起别人的注意，要是消息传到刘邦耳朵里，那不就得不偿失了吗？他常常想怎么才能去掉这个"毛病"呢？

过了两天，张良准备出去满山转转，刚要拿碗去泡茶喝时，看见放在桌上的花儿都蔫巴了，怎么看起来还有点像茶叶的花儿呢？也就想泡上当茶叶试试了，顺手就把那些蔫巴的花儿放在碗里沏上。过了一会儿，他端起碗就喝。"嗯，不错，比茶水的味道是差了点，可清香了许多！"他几口喝完，然后走出去，又采摘了许多的花儿，权当是茶叶吧！

知道张良在山上隐居，他的亲朋好友和乡亲们常常去看望他。每当有人去看望他时，他就把这些晾好的花儿拿出来，用水泡了请大家喝。偶尔有乡亲来请他看病或来探访的，他也一样请大家喝这茶水，大家试着喝了这茶水，感觉还不错，就都互相传说。有时到了春天，还去帮张良采摘花儿晾干了泡水当茶喝，时间长了也就成了他的一种习惯。有客人来了，就先泡茶请

---

① 〔法〕莫里斯·哈布瓦赫：《论集体记忆》，毕然、郭金华译，上海：上海人民出版社，2002年，第39—40页。

客人喝，并名之曰"吃茶"。这个风俗一直流传到了今天，只不过茶叶不是上山采的野花儿了。

后来，张良随着师傅赤松子一起修道成仙了，大家祭祀张良时，都不带什么祭祀品，只是上山后，在山上采摘一些应时而开的花儿，用山谷里的泉水泡好就行了，这就是龟山附近有名的"茶水祭"。①

我国的茶祭祀有着久远的历史，《周礼·地官·司徒》说："掌茶，下士二人，府一人，史一人，徒二十人。"② 传说中，茶最早是由神农氏发现并加以利用的。张良在其辟谷静修的同时，需要茶对其修行进行提升，但张良在成仙后，人们出于献祭心理的驱使，自然按照神灵本身的生活习惯和愿望来进行献祭，这样神灵才能够更好地帮助自己和满足自己的需要。襄汾人一直将张良视为襄汾东张人，《襄陵县志》中还有关于张良墓的记载，当地人认为自己就是张良的后代，因此，在当地张良信仰里包含着先祖信仰的因素，这也是为群体所接受和认同的内容。可以说，此则习俗传说揭示出龟山茶水祭其实是当地民众对龟山和张良的双重信仰所衍化而来的祭祀仪式，即在龟山脚下用茶水来祭祀张良。

4. 物产传说

物产传说，即由地方特产衍生出的传说，这类传说主要讲述一地的特产是如何产生的。山西境内流传的汉代物产传说讲述了中国四大发明的造纸术是如何产生的，同时将造纸术的发明与山西本土的特色物产麻纸相结合。临汾一带流传着麻纸的传说：

东汉以前，麻纸还没有问世，人们写字、抄文章都是刻在竹片上，很不方便。

传说有一次东汉王侯蔡伦到山西平阳府办官差，一天，他骑马去办事，到了办事的那个村里，把马拴在一个石桩子上就走了。大约有两三个时辰，事还没有办完，马饿了，就嚼起缰绳来，嚼得很碎。可能是缰绳不好吃吧，马嚼碎了又吐到地上。蔡伦办完事正要解缰绳骑马时，突然发现缰绳短了一尺多。他感到很奇怪，这是谁把缰绳割断了呢？他正在想，见马在嚼东西，

---

① 杜萍、陈玉广、南郭笙：《张良的传说》，香港：华夏文化艺术出版社，2010年，第94—95页。
② 《十三经注疏》整理委员会整理：《周礼注疏》，北京：北京大学出版社，2000年，第281—282页。

连忙就掏，一看是一截缰绳，呵，缰绳原来是被马吃了。他刚要骑马时，发现地上有手掌大的一点儿晟浆已经半干了，拿起来仔细一看，见朝下的面很平整，就想：如果在这平面上写字填文，可比竹片轻便多了，又不容易擦掉。于是他回到府里就开始试制，经过反复摸索改进，终于成功了。因为这种纸的主要原料是麻，所以人们就取名为麻纸。①

山西省忻州市定襄县蒋村盛产麻纸，是明清以来麻纸制造的重镇，现为山西省非物质文化遗产。本传说将蔡伦发明麻纸与山西省相联系，这是将传说与本地物产相结合的典型。物产传说体现了民众富有趣味的思维方式，通过对自身生活环境的仔细观察，以丰富的想象力将地方形象附会到传说中，其中蕴含的是民众在生产生活实践中凝结的宝贵经验和智慧。

5. 动植物传说

动植物传说即由一地特色动植物而衍生出的传说，这类传说一般将本地的特色动植物资源与某个具体的历史人物相结合，且这个历史人物多为帝王将相或修道仙人。山西吉县高祖山的圪针没有钩，于是民众将这种特点的形成与汉高祖联系起来，产生了"圪针无钩"的传说文本：

> 相传汉高祖落难时，曾在吉县（古称吉州）西北方向的一座大山留宿了一夜，后来人们称此山为"高祖山"。在高祖山下，便是黄河，河对面有个圪针滩。圪针滩的圪针奇怪的是全没有钩子，这是怎么回事呢？原来汉高祖在高祖山过夜后，第二天匆匆过了河，慌忙急行于圪针滩。冷不防被圪针钩住了衣衫，由于他用力往前走，衣襟"嚓"地撕了一个口子。刘邦自语地说："圪针何而有钩，应无钩才是也。"谁知皇帝是金口玉言，这一说就把圪针滩的圪针吓得全部掉了钩。从此以后，这里的圪针再也长不出钩。②

这则传说带有很明显的人物传说与风物传说相互融汇的特点，其实这样的传说并非是独特的，在历史上很多著名的人物传说，尤其是帝王传说里，这样的情况是很常见的。这是封建正统思想在民间影响的折射，天子受天命称帝，必然会受到上天的庇佑，拥有着凡人所没有的超群能力。任何困难在天子完成帝业之

---

① 临汾市民间文学集成编委会编：《尧都故事》（第二集），内部资料，1989 年，第 230 页。

② 同上注，第 221 页。

前都会得到解决，而帝王最终必定会踏上一条称霸之路。

（三）史事传说

史事传说，即历史事件的传说化，具体而言就是历史事件在民众的记忆与阐释中一定程度上偏离了历史事实而成为民间传说的过程。历史事件作为历史上真实发生过的历史存在，对其记忆、叙述与解读不仅是史学工作者的专利，广大民众同样具有解读历史事实的本能、爱好与能力。当然，民众对历史事件的自我解读，有忠实于史实的部分，也有偏离史实的部分。这部分偏离的内容，便是民众情感评价之所在。史事传说"往往以某一历史事件为中心，广泛刻画各阶层、各方面人物的动态，揭示历史的真实，表现人心的归向"[①]。山西境内流传的汉代史事传说以汉代历史人物为中心，以山西境内的山水为发生场域，表达着民众对这些汉代人物的爱恨情感。

1. 樊哙火烧桃花玉

樊哙（前242—前189），沛人，出身寒微，早年曾以屠狗为业。西汉开国元勋，大将军，左丞相，著名军事统帅。观其经历，从早年的贫贱屠户到后来的朝廷栋梁，一生可谓波澜起伏。传奇性的情节往往能够吸引民众的目光，其中与山西关联紧密的一则传说为《樊哙火烧桃花玉》。

樊哙一直深受刘邦和吕后的信任，但刘邦晚年疑心渐重，将异姓功臣一一杀戮。樊哙被人构陷，说他要伙同吕后篡夺天下。此等谋逆之说触怒了刘邦，于是刘邦命丞相陈平和太尉周勃去军营将樊哙处死。出于对吕后的忌惮，陈平、周勃决定先用计策把樊哙逮起来，然后秘密送往太原郡晋城西楼烦（即现在的娄烦）的大山中暂时藏起来。樊哙被陈平和周勃诱捕后即送往楼烦，为楼烦美景所倾倒，打消了回长安的念头。一日，樊哙目睹了百姓因建造豪华宫殿而遭受苦难，原来是有些奸佞之臣为了向皇帝献媚取宠，上奏刘邦道："晋人有玉，玉在楼烦。"楼烦有一种桃花玉可与新疆和田玉媲美。樊哙有勇亦有谋，在知晓此事后，为了解救民众于水火，同百姓商讨了抵抗的法子。即用柴将玉山一层一层围起来，在官兵采玉之时立即燃柴。自此，桃花玉全被烧毁，官兵们不再来采玉，

---

① 钟敬文：《民间文学概论》，上海：上海文艺出版社，1980年，第193页。

楼烦的百姓也可以安居乐业。楼烦的百姓为了纪念樊哙，便在玉山山顶上为樊哙建庙塑像，还立了碑石。①

樊哙尽管自身处于困顿的境地，但仍然时时刻刻为百姓着想，不论身处何种境遇，始终秉持着善良的本心。樊哙的美好品质与英勇行为感染了楼烦百姓，因此百姓在创作传说时糅合进心中的崇敬之情。口口相传的不仅是对他除暴安良的褒扬，也表达了百姓内心的愿望，即希望在危难之时有英雄人物出现，来扶危济困，救民于水火。

2. 汉武帝楼烦寻神马

经过"文景之治"的休养生息，汉朝在汉武帝的统治下进入到了一个前所未有的强盛期。对外汉武帝采取扩张政策，这一点尤其体现在对匈奴军事战略的转变上。汉武帝是中国历史上第一位提出要北方游牧民族匈奴臣服于中原王朝的皇帝，这也是他在历史上的突出影响。汉王朝在很长一段时间内消除了边陲的匈奴之患，改变了以往汉朝与匈奴关系中的被动地位，国力更加强盛，成为中国历史上最鼎盛的时期之一。

汉武帝的这一举措和决心使得民间百姓直接受惠，对于与匈奴相距极近的山西来说更是受益深远，从此百姓便不再受到匈奴的骚扰劫掠，不管是在物质上还是在精神上民众都得到了解脱，故而民众对于汉武帝时期的军事故事总是津津乐道。在娄烦一带便流传着《汉武帝楼烦寻神马》的传说：

> 为了给军队供给良马以战胜匈奴，汉武帝下诏：朝廷鼓励养马，能发现良马者受重赏。汉朝开国功臣樊哙的孙子樊他广见了诏书后向汉武帝推荐了楼烦的良马，称其一匹良马能顶匈奴的十匹马。汉武帝便与孙叔敖、卫青、东方朔等微服私访，直奔太原郡晋阳之西的楼烦。汉武帝在见识到楼烦马匹的神骏之后便将楼烦作为汉王朝的牧苑地，专门为汉王朝饲养军马。楼烦良马源源不断地装备汉军，使汉军将士如虎添翼。据说，卫青、霍去病三次出征匈奴，将士骑的都是楼烦良马。②

自古有"娄烦良马甲天下"的美称，从这则传说的叙述中不仅可以看出汉军

---

① 李国成：《娄烦史话》，北京：文物出版社，2008年，第9—12页。

② 同上注，第13—16页。

在娄烦良马的帮助下所向披靡的英勇身姿，还可以体会到娄烦当地民众从内心流露出来的自豪之情。一个"神"字精准地形容了娄烦马匹的不同凡响，也展现出娄烦百姓对本地马的自信与骄傲。相比于其他的史事传说，《汉武帝楼烦寻神马》中的叙述更贴近史学上的记述方式，并没有运用过多的神奇要素来增强情节的传奇性，时间节点和地理位置都能够与史实对应起来，并不是凭空去想象、创作，可谓既严谨又有趣。

3. 短韩信

韩信（约公元前231—前196），淮阴（今江苏省淮安市淮安区）人。西汉开国功臣、军事家、淮阴侯，兵家四圣之一，汉初三杰之一，中国军事思想"兵权谋家"的代表人物，被后人奉为"兵仙""神帅"。作为统帅，他擒魏、取代、破赵、胁燕、东击齐、南灭楚，名闻海内，威震天下；作为军事理论家，联合张良整理兵书、编次兵法，并著有《韩信兵法》三篇。

自古以来，从官方历史记载来看，对韩信的评价都是正面的。《史记·高祖本纪》中记载了刘邦对韩信的评价："夫运筹策帷帐之中，决胜于千里之外，吾不如子房。镇国家，抚百姓，给馈饷，不绝粮道，吾不如萧何。连百万之军，战必胜，攻必取，吾不如韩信。此三者，皆人杰也，吾能用之，此吾所以取天下也。"[①] 苏轼赞其："抱王霸之大略，蓄英雄之壮图，志吞六合，气盖万夫。"除此之外，"战无不胜""多多益善""国士无双""一饭千金""推陈出新"等成语皆与韩信的经历有关。在阳泉流传的一则韩信的传说展现的却是与上文所述形象相反的一面，内容如下：

  相传韩信破赵时，率兵顺太原、松塔、广阳、沾尚，经阳胜河来到新城驻兵。当时因赵国兵多将广，防守严密，汉兵久攻不下，急得韩信无计可施。为助韩信一臂之力，新城大王庙的大王和夫人相商，以请韩信下棋为名，将"背水"战术教授于他。韩信果然用此法破赵，但是他对大王和夫人不仅毫无感激之情，反而恩将仇报，对新城这块人杰地灵的卧龙宝地产生了嫉妒之心。他怕以后新城人才比他能，悄悄将兵将从新城移至现在的平定上城屯驻。临走之时，他偷偷用剑向卧龙头狠狠砍了一剑，又用佩刀向卧龙身

---

① ［汉］司马迁撰：《史记》，北京：中华书局，2011年，第321—322页。

猛劈十来刀。这样,新城的风水就被破坏。所以新城人一提起韩信来,不是说韩信短,就是说短韩信。

老辈人为了让后世人永远记住在新城干过短事的韩信,便将韩信剑劈过的地方分别叫成了"刺瑙"和"斜劈岩",就是现在的"柿瑙"和"蛇屁眼"。①

"短事",山西民众意为有悖于伦理道德的不光彩的事情。这则传说讲述了韩信心胸狭窄,恩将仇报,故意破坏平定城风水,因此民众将其称为"短韩信",这正是民众情感在民间传说中的直接体现。民众通过创作民间传说将韩信的正面形象予以一定程度的消解,揭示了韩信性格特征中的另一面,不再一味地对历史人物以民间创作的方式顶礼膜拜,达到了"去神圣化"的效果。值得注意的是,民间这种颠覆性的叙事在官方典籍中亦能找出端倪。司马迁评价韩信恃才傲物,吹嘘自己的功劳和才能,这与传说中流露出来的民众情感是一致的。

4. 吕布捉马

吕布(?—199),字奉先,五原郡九原县(今内蒙古九原)人。东汉末年名将,汉末群雄之一。原为丁原部将,被唆使杀害丁原后归附董卓,与董卓誓为父子。后又被司徒王允唆使诛杀董卓,旋即被董卓旧部李傕等击败,依附袁绍,又被袁绍猜忌,旋即又依附张杨。

自古以来,将军爱好马,与吕布同样在历史上留名的便是他的坐骑——赤兔马。在宋元讲史话本《三国志平话》中,对赤兔马何以被称为"赤兔",有一个颠覆常识的解释:"不是红为赤兔马,是射兔马。"②但在一般人心目中,赤兔马仍然应该是红色的,《三国志通俗演义》也是这样描写的。除了文人叙事之外,民间文学中也有关于吕布和赤兔马的作品,忻州地区就流传着"吕布捉马"的传说,其中叙述了吕布是在何地发现赤兔马,以及如何将其降服的故事情节。

东汉中平年间,吕布在青石坡(现定襄青石村)捕猎时发现了一匹红如烈火的赤兔马,四蹄落地像叩打天门,蹬蹬作响,吕布不由赞叹,待要去捉,马已跑得无影无踪。吕布决心要捉住这匹神驹,经历过一番搜寻后,吕布在霍村的娘娘

---

① 阳泉市民间文学集成编委会编:《阳泉市故事集成》,内部资料,1989年,第114页。
② 钟兆华:《元刊全相平话五种校注》,成都:巴蜀书社,1990年,第387页。

池边偶遇到赤兔马正在几步远的龙液泉边喝水。吕布一时之间竟看呆了,忘了去捉马,待他回过神之后,赤兔马已经跑出好几里外。但是,吕布并没有气馁,而是愈发细心地去寻找赤兔马的踪迹。他观察了蹄踪马粪,晓悟了赤兔马的生活习性,便亲自割来赤兔马爱吃的草,在龙液泉边的大树旁等待着,终于等到了赤兔马,并成功将其降服。传说文本细致地描写了吕布降服赤兔马的过程,同时表现出吕布的智谋与赤兔马的神骏,十分传神。具体情节如下:

> 吕布使出他从小练就的本领,"嗖"一声,已经粘在了赤兔马的背上,那马一声长鸣,前蹄立起二丈来高,要是一般人,早就甩到了地下,可这是吕布,任凭赤兔马前跃后跳,吕布就势两腿一夹,赤兔马便箭也似的飞开了。就在马蹄落地的时候,又刨出一个泉子,水更旺,味更甘,这就是现在的吕布池。①

俗话说"人中吕布,马中赤兔",这则传说讲述了吕布捉赤兔马的过程,其发生在现忻州市定襄县。在定襄县东霍村北还有吕布池,相传吕布便是在这里将赤兔马捉住。在吕布池旁边有扭纹古柳一棵,据说,当年吕布捉马时,跃身骑于马上,马跃欲入池,吕布一只臂膀紧抱马脖子,一只臂膀紧紧搂住池边柳树。马挣扎不脱,便围着柳树打转,树纹遂被扭成螺旋状。此则关于吕布的传说既叙述了历史事实,同时也对定襄县吕布池的由来做出了解释。除此之外,从内容上来看,这则传说不仅写出了英雄识好马的情节,还体现了英雄爱宝马的情结,从中也能看出民众对英雄人物钦慕的心理倾向。

5. 昭君出塞唱武州

昭君出塞的最早文字记载是《汉书》,其中《汉书·元帝纪》第一次提及昭君:"竟宁元年春正月,匈奴呼韩邪单于来朝。诏曰:'匈奴郅支单于背叛礼义,即伏其辜,呼韩邪单于不忘恩德,向慕礼义,复修朝贺之礼,愿保塞传之无穷,边垂长无兵戈之事。其改元为竟宁,赐单于待诏掖庭王嫱为阏氏。'"② 一方面,昭君出塞和亲是西汉元帝时期的重大事件,由于此次和亲,西汉得以拥有几十年的和平时光;另一方面,昭君以一介弱女子的形象,主动请行和亲,奔赴人地生

---

① 忻州市民间文学集成编委会编:《忻州民间故事集成》,内部资料,1987年,第314—315页。
② [汉]班固撰,[唐]颜师古注:《汉书》,北京:中华书局,1962年,第297页。

疏的塞外广域，这件事本身就是很吸引人的题材，加之正史记载的疏略，正好为后人提供了更多的加工创作和发挥想象的空间。"昭君出塞唱武州"就发生在昭君前往北方匈奴的路途上，用大量的笔墨描述了昭君和呼韩邪的对话，意在通过二人之间的交流表现昭君的内心感情，同时赞扬昭君舍己为国的高尚品质。

"还想长安吗，昭君阏氏？"和她并马前行的呼韩邪关心地问道。

"人非草木，连燕子都会依恋它的旧巢的！"昭君双目含泪道。

"既是如此，那你为何又要自愿请行呢？"呼韩邪反问道。

"可为了汉胡两家的和好，我不该随大单于北去吗？"

"对！说得好，难道你不想念父母吗？"呼韩邪满腹同情地问道。

"父母，谁能不想呢？可，可我父母早……"昭君痛苦地低下了头。

呼韩邪见此情景不敢再问下去了。

他们默默地向前走着，忽然，昭君眼前一亮，抬手指着对面山上一条逶迤起伏的土墙问道："那前面山上是什么？"

"那是你们大帝秦始皇为防御我们胡人修筑的长城呀！"

"啊！长城，我恨死它了！"她一下子变得怒容满面了。

"这究竟是为什么呢？"呼韩邪不解地问道。

"我的父亲被征去修建长城，听母亲说，他从我一生下来就走了，一去就是十年，竟没有一点音信。后来母亲终于闻讯……"

呼韩邪不忍心再听下去了，停了一会他长叹一声："是的，我们胡汉两家本该千秋万代好下去的！"他终于解开昭君自愿请行之谜了。他们不知不觉地走上了山岗。呼韩邪同情地说道："昭君阏氏，前面一下山就要出城了，脚下的汉家土地就要走完了，回头再多望望家乡的山水吧……"

……

这时，只听到昭君高兴地惊呼起来："大单于快来看呀，我看见了长安城，看见了巫山和长江……"也不知过了多久，那巨石竟被白马踩下了四个深深的蹄印……

"此城过去还有城堡吗？"呼韩邪问道。

"再往前走几十里，有座白羊城，现已荒废一片。我们今天还是住在武州城吧！"

"白羊城？太好了，我家乡岭下就有白羊。相传，那是大诗人屈原幼年的学堂之处，想不到北国还有叫白羊的地方？"顿时，昭君脸上放出了光彩。

"啊！想不到昭君阏氏和屈原是同乡，怪不得公主的诗琴赋画超之出群，不愧是诗香门第啊！"呼韩邪激动地说。

昭君被说的有些不好意思了起来，她想了想便说："好！我们今天就住在武州城吧。明天一定路过白羊城看看……"

夜深人静，月明几净，昭君和呼韩邪相互倾吐着感情，昭君唱起了动人的《九歌》乐曲，接着又唱了《诗经》《关雎》等歌曲，那优美动人的乐声直唱得百鸟欢鸣，雄鸡奋翅高叫……

全城百姓从梦中起来，汇聚到这对情人的周围，也跟着唱了起来。歌声震响在武州城的上空，直到旭日升起，人们才徐徐散去……[①]

这则传说主要是人物对话，从他们的对话中可以看出昭君和呼韩邪的神态，并且有一定的心理描写。笔墨细密，整体读来更加生动传神，体现出了口头语言艺术在这一时期的巨大进步。文本通过口语化的语言生动描摹出了民间传说中的昭君形象，体现了最底层普通老百姓最朴素的感情、最纯洁的爱憎，他们眼中的昭君始终与大众百姓站在一起，她是美与善的化身，集中了世间最美好的品德。

在大同地区流传的这则传说讲述了汉代昭君出塞时对故土恋恋不舍的情形。作为为汉朝和匈奴之间和平相处做出重要贡献的人物，昭君出塞一直是千古美谈。这则传说主要讲述了昭君对故土的依依不舍，实则是民众对昭君不舍的间接表达。文本中呼韩邪对昭君百般呵护、关爱有加的情形，表达了民众对昭君塞外生活的美好企盼。

四、郭茂倩与《乐府诗集》

（一）郭茂倩的生平家世

《乐府诗集》是一部由宋代的郭茂倩编纂的、具有深远影响意义的诗歌总集，也是收录宋前乐府诗歌的集大成之作，自其刊刻问世之后，备受后人的称道与重

[①] 大同市十大文艺集成办公室编：《大同民间故事集成》，太原：山西人民出版社，1989年，第201—203页。

视。宋人陈振孙认为此书"凡古今号称乐府者皆在焉"[1];明代毛晋盛赞此书"采陶唐迄李唐歌谣辞曲,略无遗轶,可谓抗行周雅、长揖楚辞,当与三百篇并垂不朽"[2];《四库全书总目》盛誉其"诚乐府中第一善本"[3];近人傅增湘称其为"振古之伟业,传世之鸿编"[4]。然而令人遗憾的是,这样一部彪炳千古的宏伟巨著自其问世起便"首尾皆无序文"[5],以致傅增湘不禁感叹:"顾何以易世未几,至作者之生平亦几于浮沉湮晦,而莫从稽考?意者靖康之际,剞劂方终,即逢丧乱,流传因之不广。其仅存者亦序例缺残,莫从补缀,如此巨著,不应前无序例,当由因乱丧失使然耳。遂使知人论世者有名氏翳如之叹。斯亦文儒之厄运矣,岂不重可慨哉!"[6]的确,现存有关作者郭茂倩生平家世的记载寥寥无几,不仅在史籍中无从考证,就连卷轶浩繁的《乐府诗集》亦未留下作者一篇序跋一类的文字,因而在很长一段时间里,世人对作者郭茂倩的了解并不是很清晰深入。陈振孙在其著作《直斋书录解题》中云:"今按:茂倩,侍读学士劝仲褒之孙,昭陵名臣也,本郓州须城人,有子曰源中、源明。茂倩,源中之子也。但未详其官位所至。"[7]《四库全书总目》卷一百八十七中记载道:"《建炎以来系年要录》载茂倩为侍读学士郭褒之孙,源中之子,其仕履未详,本浑州须城人。此本题曰太原,盖署郡望也。"[8]以上两种书目中对郭茂倩的记载虽有语焉不详之处,但我们仍可以从中了解到关于郭茂倩本人及其家族的一些基本情况。迄今为止,关于郭茂倩本人最为详尽的记载主要见于清代陆心源所著《仪顾堂续跋》一书中的卷十四《元椠郭茂倩乐府跋》,其中提到宋代的苏颂曾在其撰写的一篇《墓志铭》中对郭茂倩的家族背景做了描述,从中我们可以了解到,郭茂倩祖籍为山西阳曲(旧时府治太原),后因家事而举家迁居至山东,并最终定居于莱州一带。"本朝甲族,太原东

---

[1] [宋]陈振孙:《直斋书录解题》,上海:上海古籍出版社,1987年,第446页。
[2] [明]毛晋:《汲古阁书跋》,上海:上海古籍出版社,2005年,第73页。
[3] [清]永瑢等:《四库全书总目》,北京:中华书局,1965年,第1696页。
[4] 傅增湘撰:《藏园群书题记》,上海:上海古籍出版社,1989年,第911页。
[5] [宋]陈振孙:《直斋书录解题》,上海:上海古籍出版社,1987年,第446页。
[6] 傅增湘撰:《藏园群书题记》,上海:上海古籍出版社,1989年,第912页。
[7] [宋]陈振孙:《直斋书录解题》,上海:上海古籍出版社,1987年,第446页。
[8] [清]永瑢等:《四库全书总目》,北京:中华书局,1965年,第1696页。

平"意在言"北宋当时郭姓宗族，以太原、东平两族最为著名"。① 据史料记载，"太原是中古时期最重要的八大郡望之一，在以太原为郡望的郡姓中，郭氏家族是很有名的一支。""在中古时期的六十个重要郡姓中，太原郭氏即位于第二十九位。""从总体上来看，太原郭氏属于'地位上各期有所提升的重要郡姓'之一。"② 郭茂倩家族实属这一历史上赫赫有名的"太原郭氏"，而郭茂倩，正是这一名门望族的后裔。受中国传统家族观念与地域观念的影响，郭氏家族历来以"太原郭氏"自称，并深深地以此为傲，因而郭茂倩在《乐府诗集》中署"太原郭茂倩编次"，《四库全书总目》中道："此本题曰太原，盖署郡望也。"

郭茂倩家族作为历史上有名的名门望族，自然赫赫扬扬、人才辈出。据《宋史》记载，郭茂倩的祖父名叫郭劝，其博学多才、正直勇谏、廉洁奉公，虽仕途曲折坎坷，但亦多任朝廷要职，为时人及后世所重，被誉为是"言益弥慎，气正不流"的"昭陵名臣"。司马光对其曾给予高度的赞赏："惟公之德，清夷纯白。恪慎匪懈，勤劬朝夕。文为国华，行为士则。抱牍拱编，雍容帝侧。"③ 郭茂倩的父亲郭源明深受家风影响，笃志好学、博学多闻，为官正直清廉、刚正不阿，颇有其父当年的风范。故而苏颂在《苏魏公文集》卷五十九的《职方员外郎郭君墓志铭》中曾赞赏其"少自修饬，举措必践规矩，接人无堕容、无馅言。至讲论义理，则毅然不可抗夺"。又称赞其"趣尚高爽，不以得丧婴心。力学稽古，常欲见于行事。故立朝在仕，勇于敢为，而无所避惮"。据苏颂的这篇《墓志铭》记载，郭源明有五子，除郭茂曾具体情况不详，郭茂雍未仕外，其余三子皆任朝廷官职，且为官深守郭氏家风，故苏颂赞许郭源明之家"子孙善守家法，宦学相继，可谓有后矣！"从相关的典籍文献对郭氏家族几代人的记载中，我们可以感受到，"太原郭氏"一族在当时可谓家学深厚，优良家风世代相承，备受时人及后世尊崇的簪缨门第。

---

① 颜中其：《〈乐府诗集〉编者郭茂倩的家世》，《古籍整理研究学刊》1987 年第 4 期。
② 喻意志：《郭茂倩与〈乐府诗集〉的编纂》，《音乐研究》2006 年第 4 期。
③ 见宋庠：《三司盐铁副使尚书工部郎中郭劝可天章阁待制知延州制》，载《元宪集》卷二十二，《丛书集成初编本》第 1870 册，第 229 页。司马光作于皇祐四年五月的《祭郭侍读文》，载《传家集》卷八十，文渊阁《四库全书》本第 1094 册，第 731 页。

(二)《乐府诗集》的编纂

1.郭茂倩编纂《乐府诗集》的文化背景

有宋一代，社会上普遍存在着"以俗为雅"的审美趣味与文化观念，究其缘由，与宋代的社会现实密切相关。首先，受宋代文化政策和科举制度的影响，大量的地主阶层乃至平民子弟步入仕途。这些文人士大夫成为当时上层社会的中坚力量，因而他们自身所固有的价值观念、审美趣味等必然会对上层社会的雅文化产生冲击和影响，并使之逐渐在当时的上层社会中得到确立与巩固，从而使宋代社会呈现出较为明显的平民化特征，为文化的下移创造了必要的条件。其次，倘若单论宋代的军事外交，宋代的确可以称得上是积贫积弱，但宋代的经济发展水平却可谓是达到了封建社会前所未有的高度。柳永的《望海潮》、孟元老的《东京梦华录》写尽了宋代的富足与繁华。宋代社会经济的繁荣、城市手工业和商业的发展、坊市制度的取缔、勾栏瓦舍等娱乐场所的兴旺、市民阶层的逐渐兴起、市民日常生活方式和审美趣味的转变等，为俗文化提供了有利的发展条件。为迎合市民大众的需求和口味，社会上迅速出现了"以俗为雅"的社会思潮，并主要体现在词、诗歌、小说、戏曲等文学作品的俗化上。而正是这种反映市民大众审美趣味和文艺观念的世俗化风尚的出现，为郭茂倩编纂《乐府诗集》一书提供了社会文化的基础，促使其收录了之前乐府诗集中很少收录的俗曲民歌。

在中国文学史上，歌辞的汇编传统可谓是源远流长、连绵不断。先秦时期的《诗经》与《楚辞》、汉代的《汉书·艺文志》以及唐代的《隋书·经籍志》中所载录的歌辞等，都对后世歌辞的汇编产生了深远的影响。因而在唐代，歌辞的汇编传统有了新的发展，将对歌辞的研究和对歌辞的汇编结合起来，从而产生了诸如《乐府古题要解》等著作。宋代延续了前代的汇编传统并继续发展，产生了《乐府广题》《乐府集》等具有代表性的乐府汇编集，并出现了对古乐，尤其是对乐府歌辞进行大规模整理的学术风气。可以看到，前代积淀下来的歌辞汇编传统以及对这些乐府典籍的传承，为郭茂倩编纂《乐府诗集》一书提供了先例典范和相关的资料，使其能够在前代乐府典籍的汇编基础上取得突破性的成就，从而使《乐府诗集》成为现存诗歌总集中收录宋前乐府诗歌最为完备的一部重要著作。

宋代采取"重文轻武"的国策，"与士大夫共治天下"，并大力发展教育和文化事业。宋代士人们在此契机的驱动下努力读书应考，使得全社会的文化水平得到了一定的提高。郭茂倩出身于人才辈出、家学深厚的簪缨世族，自然自小就受到良好的家庭教育，拥有丰厚的学识与深厚的文化底蕴。其父郭源明曾任"太常博士"，这一职务隶属于管理国家礼乐文化的"太常寺"，其主要职责是参与宫廷礼仪活动以及掌管出行祭祀的相关事宜。由此可见，郭源明必然深谙礼仪与音律，其所翻阅过的典籍文献、其所参与过的各类礼仪活动以及平日所接触到的太常寺的诸多乐工们，都会带给其子郭茂倩耳濡目染的影响，使其受到良好的音乐与礼仪文化的熏陶，为其日后编纂《乐府诗集》一书积淀了良好的思想渊源与学识底蕴。

2.《乐府诗集》及其分类原则

《乐府诗集》这部鸿篇巨制汇编于乐府诗创作高度繁荣、乐府诗研究高度发达的两宋之际。全书共100卷，收录宋前乐府诗歌共计5290首。面对如此繁杂的诗篇竟能有条不紊、井然有序地进行归类编排，除在分类方式和分类原则方面继承了前人的经验之外，作者郭茂倩对这数量巨大的乐府歌辞在编排和体例上亦有自己的独到之处。

首先，作者按照作品所属的音乐品种将宋以前的乐府歌辞分为十二大类，即"郊庙歌辞""燕射歌辞""鼓吹曲辞""横吹曲辞""相和歌辞""清商曲辞""舞曲歌辞""琴曲歌辞""杂曲歌辞""近代曲辞""杂歌谣辞""新乐府辞"；每一大类之下又可分为若干小类，如"相和歌辞"又分为"相和六引""相和曲""吟叹曲""四弦曲""平调曲""清调曲""瑟调曲""楚调曲"八类，"郊庙歌辞"又可分为"郊祀歌""宗庙歌"两类，"清商曲辞"又分为"吴声歌""西曲歌""江南弄"三类等；相关的各类乐府歌辞依其曲调分别附于各小类之下，并遵循各类的内在逻辑对其进行排序，且"各类有总序，每曲有题解"，对各类歌辞曲调的分类标准、乐制沿革、曲调源流、内容特色等都做了一定的介绍。因而全书虽内容繁多但却能分类明晰、层次井然，充分显示出作者郭茂倩匠心独运的编排方式。

其次，正如《四库全书总目》对《乐府诗集》分类原则的论述所言："每题以古辞居前，拟作居后，使同一曲调而诸格毕备，不相沿袭。可以药剽窃形似之失。其古辞多前列本辞，后列入乐所改，得以考知孰为侧，孰为趋，孰为艳，孰为增字减字。其声辞合写、不可训诂者，亦皆题下注明，尤可以药摹拟聱牙之弊。"① 即郭茂倩在对《乐府诗集》进行编排时，将每类歌辞的古辞前列，拟作居后，从而清晰地揭示了二者既继承发展而又不相沿袭的关系，并为后人对其的进一步整理和研究提供了极大的便利。

更为重要的是，郭茂倩能够在前人汇编成果的基础之上进行突破性的创造，大量收录民间歌辞于"相和歌辞""清商曲辞""杂曲歌辞""杂歌谣辞"等大类之中，并对这些民间歌辞的体例进行了精心的编排，有意将文人歌辞与民间歌辞做了区分，充分体现了雅乐与俗乐之间的交融互动、作家文学与民间文学之间的相互影响。诚如钟敬文先生所说："民间文学是劳动人民的口头创作，它在广大人民群众当中流传，主要反映人民大众的生活和思想感情，表现他们的审美观念和艺术情趣，具有自己的艺术特色。"②《乐府诗集》中所收录的民间歌辞作为各个时期民间文学的典型代表，真实地反映了当时的社会风貌与民众的日常生活，再现了广大平民百姓的精神世界与情感状态，具有强烈的现实主义精神。郭茂倩能够在《乐府诗集》中有意识地大量收录这些民间歌辞，正是他对当时及后世民间文学的发展所做出的一大贡献，充分展现了他在自身所处的那个时代所具有的难能可贵的、先进的民间文艺思想，即重视民众自己的表达方式，充分发挥民间文学在民众中的作用。

（三）汉乐府民歌的民间文艺价值

1. 对社会现实生活的呈现

对黑暗政治的不满。国家政治看似与底层百姓相去甚远，但却与民众的日常生活息息相关。汉代社会一派盛世繁荣背后的阶级分化、贫富悬殊以及诸多的不公现象无时无刻不在触动着下层民众敏感而又脆弱的神经，使得他们情不自禁地借助自己的表达方式来吟唱对当时黑暗政治的不满。如民众在《卫皇后歌》中歌曰："生男无喜，生女无怒，独不见卫子夫霸天下。"③卫子夫家族居于平阳（即今山西临汾），据《史记·外戚家》记载："卫子夫立为皇后，后弟卫青字仲卿，

---

① ［清］永瑢等：《四库全书总目》，北京：中华书局，1965 年，第 1696 页。
② 钟敬文：《民间文学概论》，上海：上海文艺出版社，1980 年，第 1 页。
③ ［宋］郭茂倩编：《乐府诗集》（第四册），北京：中华书局，1979 年，第 1181 页。

以大将军封为长平侯。四子，长子伉为侯世子，侯世子常侍中，贵幸。其三弟皆封为侯，各千三百户，一曰阴安侯，二曰发干侯，三曰宜春侯，贵震天下。"① 卫子夫由平阳公主府上的一名歌姬成长为一国之后，由于卫子夫的得宠，卫氏一族显贵一时，成为当时威震天下的皇亲国戚。《卫皇后歌》正是反映了当时民众对"一人得道，鸡犬升天"的政治现象的不满和讽刺，山西百姓作为卫氏家族的同乡，对此更是深有感触。

对宫廷斗争的揭露。下层百姓除了关注自身的日常生活之外，皇家的一举一动犹如当时社会的热点话题，亦牵动着民众的目光，为他们所津津乐道。从当时民众所传唱的这些时事歌谣中，我们可以了解到当时宫廷政治斗争的一些实况以及下层民众对这些事件的态度和看法。山西晋城的泽州，是一座有着悠久历史的古镇，被誉为是三晋第一镇。在汉代，它曾是汉元帝的女儿阳阿公主的封地。阳阿公主在历史上或许并不为人所熟知，但在她的府上却"诞生"了历史上一位著名的舞女——赵飞燕。赵飞燕曾在阳阿公主府上学舞，后来亦是在阳阿公主府得到了微服出访的汉成帝的召幸，逐步成为汉成帝的第二任皇后。然赵飞燕虽宠冠后宫，却始终未能生育。生性善妒的赵氏姊妹为稳固自身的地位，大肆残害嫔妃的子嗣，致使汉成帝最终绝后。《汉成帝时燕燕童谣》"燕飞来，啄皇孙，皇孙死，燕啄矢"②反映的就是这一历史事件。从中我们可以感受到民众对赵飞燕残害皇嗣、危害社稷的谴责以及对汉成帝昏庸无能、身为一国之尊竟连自己的亲生骨肉都无法保全的不满与无奈。

对地方官吏的评价。在封建社会，地方各级官吏才是统治阶级意志的实施者和国家政权的维护者，他们作为一方的父母官，与下层百姓接触最多，对百姓的日常生活也影响最大。汉代山西民众自发地为他们的父母官作歌，或歌颂，或批判，以表达他们的潜在诉求，期望过上更好的生活。如民众在《上郡歌》中称赞道："大冯君，小冯君，兄弟继踵相因循，聪明贤知惠吏民，政如鲁、卫德化钧，周公、康叔犹二君。"③歌谣中的大冯君指兄长冯野王，小冯君指弟冯立，二人为

---

① [汉]司马迁撰：《史记》，北京：中华书局，2011年，第1769页。
② [宋]郭茂倩编：《乐府诗集》（第四册），北京：中华书局，1979年，第1234页。
③ 同上注，第1192页。

上党潞县（即今山西潞城东北）人。据《汉书·冯野王传》记载："野王字君卿，受业博士，通《诗》……元帝时，迁陇西太守，以治行高，入为左冯翊。"①又载："立字圣卿，通春秋……立居职公廉，治行略与野王相似，而多知有恩贷，好为条教。吏民嘉美野王、立相代为太守，歌之曰……。后迁为东海太守，下湿病痹。天子闻之，徙立为太原太守。"②冯野王及其弟博学而有操守，他们在任职期间能够廉洁奉公、勤政爱民，其治下政治清明，百姓安居乐业，当地民众深怀其惠，不禁为这两位山西籍官吏作颂歌，深切感怀他们"为官一任，造福一方"的杰出功绩。

对国家战事的反映。在汉代，中原地区时常受到匈奴的威胁和侵略，国家在当时也相应地采取了战争、和亲、联盟等方式加以应对，这些国家战事在当时民众所传唱的歌谣中均有所反映。如《琴歌》中唱道："四夷既护，诸夏康兮。国家安宁，乐无央兮。载戢干戈，弓矢藏兮。麒麟来臻，凤凰翔兮。与天相保，永无疆兮。亲亲百年，各延长兮。"③在汉武帝时期，"汉使骠骑将军去病将万骑出陇西，过焉耆山千余里，得胡首虏万八千余级，破得休屠王祭天金人。其夏，骠骑将军复与合骑侯数万骑出陇西、北地二千里，击匈奴。过居延，攻祁连山"④。两次对匈奴的作战，霍去病英勇杀敌，开拓疆土，为汉家天下立下了不朽功勋。其功绩有力地彰显了大汉雄威，使匈奴心生敬畏，不敢再肆意侵扰汉室疆土，护佑了一方百姓的平安。当时的民众传唱着这位山西籍将领的汗马功劳，不仅表达了对这位民族英雄的爱戴，而且洋溢着强烈的民族自豪感和自信心。

汉代社会虽列属于中国封建社会中的鼎盛时期，但花团锦簇的背后却是贫富悬殊、苦乐不均的社会真相。在社会的一极，他们是世代簪缨："兄弟四五人，皆为侍中郎。五日一时来，观者满路傍。"⑤"兄弟两三人，中子为侍郎。五日一来归，道上自生光。"⑥"大子二千石，中子孝廉郎。小子无官职，衣冠仕洛

---

① ［汉］班固撰，［唐］颜师古注：《汉书》，北京：中华书局，1962年，第3294页。
② 同上注，第3305页。
③ ［宋］郭茂倩编：《乐府诗集》（第三册），北京：中华书局，1979年，第882页。
④ ［汉］班固撰，［唐］颜师古注：《汉书》，北京：中华书局，1962年，第2908页。
⑤ ［宋］郭茂倩编：《乐府诗集》（第二册），北京：中华书局，1979年，第406页。
⑥ 同上注，第508页。

阳。三子俱入室，室中自生光。"① 他们富贵显荣、挥金如土："黄金为君门，璧玉为轩堂。上有双樽酒，作使邯郸倡。刘王碧青甓，后出郭门王。舍后有方池，池中双鸳鸯。鸳鸯七十二，罗列自成行。鸣声何啾啾，闻我殿东厢。"②"黄金为君门，白玉为君堂。堂上置樽酒，使作邯郸倡。中庭生桂树，华灯何煌煌。"③他们的生活奢侈安逸，其乐融融："大妇织绮罗，中妇织流黄。小妇无所为，挟瑟上高堂。丈人且安坐，调丝未遽央。"④而在社会的另一端，他们缺衣少食、饥寒交迫："盎中无斗米储，还视桁上无悬衣。"⑤"抱时无衣，襦复无里。"⑥"冬无复襦，夏无单衣。"⑦他们生不如死、万念俱灰："白发时下难久居。"⑧"徘徊空舍中，行复尔耳，弃置勿复道！"⑨"泪下溇溇，清涕累累。""居生不乐，不如早去，下从地下黄泉。"⑩这天上地下般的鲜明差距，深刻地揭露了当时社会的不公。殊不知，"白玉为堂金作马"是建筑在无数底层穷苦百姓的白骨之上；"三妇织锦鼓瑟"交织着无数生民的血泪；宴会上的觥筹交错、浅吟低唱则伴随着受压迫民众痛苦的呻吟。从这些"缘事而发"的汉乐府民歌中，我们可以深切地感受到汉代社会历史背景下山西各个阶层之间物质世界的贫富悬殊以及精神世界的苦乐不均。

  正所谓"哪里有压迫，哪里就有反抗"。贫富差距的悬殊激化了当时的社会矛盾，当下层穷苦百姓走投无路，被逼到生存的绝境时，他们便会无所畏惧，毅然地铤而走险，奋起反抗。汉乐府民歌《东门行》就以细腻的笔触讲述了一位因"盎中无斗米储，还视架上无悬衣"⑪的男子拔剑而起，暴力自救的故事。从"出

---

① ［宋］郭茂倩编：《乐府诗集》（第二册），北京：中华书局，1979年，第514页。
② 同上注，第406页。
③ 同上注，第508页。
④ 同上。
⑤ 同上注，第550页。
⑥ 同上注，第566页。
⑦ 同上注，第567页。
⑧ 同上注，第550页。
⑨ 同上注，第566页。
⑩ 同上注，第567页。
⑪ 同上注，第550页。

东门"到"来入门",再到"拔剑东门去"的一系列动作中,我们可以看到他被生存所迫,由犹豫走向决绝的反抗历程。正如萧涤非先生所说:"不曰携剑、带剑,而曰拔剑,其人其事,皆可想见饥寒切身,举家待毙,忍无可忍,故铤而走险耳。"①在封建社会,往往是"一人得道,鸡犬升天"。霍光,是西汉时期著名的权臣,权倾朝野,一手遮天。冯子都作为其宠奴,地位虽低贱但却气焰极盛,胡作非为。"依倚将军势,调笑酒家胡。"②胡姬"不惜红罗裂,何论轻贱躯"③,义正词严地反抗霍家宠奴的调戏,有力地维护了自身的人格尊严。其以身抗暴的精神,被当地民众视为独立女性的楷模而纷纷传唱。

在古代封建社会,评价一个王朝的强盛与否,还有一个重要的标志,那就是"抚四夷,怀远人"。汉代作为中国封建社会史上著名的盛世王朝,尤其是在崇尚武功的汉武帝时代,如此豪迈昂扬的政治图景在当时的汉乐府民歌中也多有反映。

征战实事的记录。"平城之下亦诚苦,七日不食,不能彀弩。"④据《史记·匈奴列传》记载:"高帝自将兵往击之。……于是汉悉兵,多步兵,三十二万,北逐之。高帝先至平城,步兵未尽到,冒顿纵精兵四十万骑围高帝于白登,七日,汉兵中外不得相救饷。"⑤这场战役就是汉代历史上著名的"白登之战"。白登位于平城附近,也就是今天的山西大同,因而这首《平城歌》反映的正是这场战争的实况。在以往汉朝与匈奴的对抗中,历史的记录往往是敌弱我强、敌败我胜的实力对比,然而在这首汉乐府歌谣中,民众却丝毫不避讳这次与匈奴交战的惨败结局。歌谣记录了高祖御驾亲征欲以征服匈奴,不幸孤军深入中了敌人的诱敌之策,被冒顿围于白登,饱尝七日不食之苦的交战实况。歌谣一方面反映了这场战争的艰苦卓绝,另一方面也表现了这次始料未及的失败给将士们的内心所造成的伤痛与耻辱。

厌战情绪的流露。汉王朝为了维护边疆的安宁稳定以及实现大一统的政治宏愿,对外频繁征战,下层百姓更是饱受兵役与徭役之苦,因而在汉乐府民歌中

---

① 萧涤非:《汉魏六朝乐府文学史》,北京:人民文学出版社,1988年,第84页。
② [宋]郭茂倩编:《乐府诗集》(第三册),北京:中华书局,1979年,第909页。
③ 同上。
④ [宋]郭茂倩编:《乐府诗集》(第四册),北京:中华书局,1979年,第1175页。
⑤ [汉]司马迁撰:《史记》,北京:中华书局,2011年,第2521—2522页。

饱含着民众对战争的控诉与痛恨。《十五从军征》这首民歌通过描绘一位常年在外征战的老兵返乡途中和到家之后的种种情景，深刻地反映了当时下层民众对不合理的兵役制度的控诉、对无休止的战争给人民正常的生产生活秩序所造成的摧毁的不满和哀怨，至今我们读之仍不禁为其悲凉的处境而动情。从"十五"到"八十"的年龄跨度，道出了"从军征"的时间之久。从"从军征"到"始得归"，一个"始"字说明了繁重的兵役使得这位老兵在这数十年间都未能回家，因而对家中的情况一无所知。"近乡情更怯，不敢问来人。"这种矛盾的心理使得他"道逢乡里人"时小心翼翼地问道"家中有阿谁"？"少小离家老大回"，不敢奢望家中亲人俱在，哪怕能有一两位亲人健在也已是不幸中的万幸。然而"乡里人"的回答使得他一直以来心存的侥幸彻底地破灭。望着那"松柏冢累累"，多年以来积压在内心深处的辛酸与苦楚又"更与谁人说"。他只能无奈地接受这残酷的现实："兔从狗窦入，雉从梁上飞。中庭生旅谷，井上生旅葵。舂谷持作饭，采葵持作羹。羹饭一时熟，不知贻阿谁。"人亡园荒、满目萧条、伶仃孤苦、形影相吊，而这一切，皆是罪恶的战争所造成的。"出门向东看"，回想起往昔美好和乐的生活场景，多年的辛酸与苦楚、思念与希望，只落得个孤身一人"泪落沾我衣"。这首民歌所反映的绝不仅仅是一位老翁个人的不幸，更是千千万万下层百姓苦难生活的真实写照，在看似平淡无奇的讲述中深切地表达了当时的民众对穷兵黩武者的不满，对惨无人道的兵役制度的控诉，以及对和平安宁的生活的向往。

异域风情的描绘。汉代边事频繁，因而异域风光与物产也就很自然地吸引了民众的目光，并不自觉地在汉乐府民歌中有所反映。《古歌》中"胡地多飙风，树木何修修"[1]描绘了边地一派萧瑟凄凉的景象；《李陵歌》中"径万里兮度沙漠，为君将兮奋匈奴"[2]虽是对过往战绩的缅怀，但也表现了边地荒漠一望无际的特征。

据《汉书·武帝纪》记载："太初四年，斩大宛王首，获汗血马来。作西极天马之歌。"其辞曰："天马徕，从西极，涉流沙，九夷服……"[3]歌辞以胜利者的

---

[1] 曹胜高、岳洋峰辑注：《汉乐府全集》，武汉：崇文书局，2018年，第190页。
[2] [宋]郭茂倩编：《乐府诗集》（第四册），北京：中华书局，1979年，第1188页。
[3] [宋]郭茂倩编：《乐府诗集》（第一册），北京：中华书局，1979年，第6页。

姿态记录了来自西域的汗血宝马,"天马徕"不仅是对"九夷服"的具体体现,更是汉武帝"大一统"政治宏愿的彰显。该辞虽是言马,但也是对汉武帝雄才大略、文治武功的夸赞,是民族自豪感和自信心的不自觉流露。

和亲政策的体现。与匈奴间的亦战亦和是贯穿汉代对外关系的一条主旋律,由于匈奴势力的强大,因而除与之进行必要的征战外,汉王朝也常采取和亲的政策对其进行安抚。一国之公主看似地位尊贵,但实质上,她们往往是帝王维系其统治的一个政治工具,很少有人能够主宰自己的人生命运,因而汉乐府民歌中也同样留下了她们的悲伤与哀叹。乌孙公主作为汉代和亲公主第一人,被迫远嫁于年老且语言不通的乌孙国王。公主的年龄仅与其孙相仿,因而夫妻之间自然毫无温情可言。"穹庐为室兮旃为墙,以肉为食兮酪为浆。"[①] 远嫁异国,居住与饮食方面的胡汉差异使公主的内心倍感孤独与凄凉,情不自禁地生发出"居常土思兮心内伤,愿为黄鹄兮归故乡"[②] 的感伤与希冀。乌孙王去世后,按照胡地习俗,新王除继承王位外也要继承旧王所有的妻妾,公主自然无法接受,上书向自己的母国求救,却得到汉家天子"从其国俗,吾欲与乌孙共灭胡"的冰冷答复。乌孙公主最终在大漠悄然殒没,为了"大一统"这个冠冕堂皇的理由,公主牺牲了自己一生中最美好的青春年华。一曲《乌孙公主歌》不仅道出了乌孙公主一生的悲苦,更传唱出古代封建社会无数个和亲公主内心的苦楚与幽怨。

2. 对民众真实情感的表达

爱情一直以来都是人类永恒的主题,是最能"摇荡性灵,形诸舞咏"的情感,也是古今中外各类文学作品中表现最为频繁的题材。汉乐府民歌所反映的是广大民众的心声,这类贴近百姓生活而又充满青春气息的男女恋曲自然被广泛谱写并传唱,从中我们可以感受到那个历史时代处于婚恋状态下的青年男女的喜怒哀乐和爱恨情仇。

海枯石烂的爱恋。在汉代社会,下层平民女子饱受封建礼教和封建婚姻制度的摧残,不平则鸣,激发出她们对自由美好爱情的深切向往与大胆追求。这类海枯石烂、山盟海誓般的真挚爱恋,以《上邪曲》为典型代表。"上邪,我欲与君

---

① [宋] 郭茂倩编:《乐府诗集》(第四册),北京:中华书局,1979年,第1186页。

② 同上。

相知,长命无绝衰。山无陵,江水为竭,冬雷震震,夏雨雪,天地合,乃敢与君绝。"① 这是青年男女深情的盟誓、爱情的赌咒。他们坚定地对天发誓"欲与君相知,长命无绝衰",情愿把自己的生命当作爱情的赌注,这样的爱情是那样的炽烈感人、真挚而不朽。不仅如此,这对恋人更是一口气连续列举了五种千载难逢的自然奇观,以表达对心上人矢志不渝、亘古不变、永不分离的爱恋。这大胆而深情的表白,谱写了一曲千古传唱的爱情赞歌,为人们所沉醉与向往。

果断坚定的绝情。处于热恋之中、享受爱与被爱的青年女性对自己的心爱之人虽是一往情深的,所恋之人即便是在大海南,也会日思夜想,并精心地用"双珠玳瑁簪,用玉绍缭之"②作为真挚爱情的信物。但她们并没有被甜蜜的爱情冲昏头脑,也不会为了维持既有的爱情而委曲求全,一旦发现对方移情别恋,她们便会毅然地由爱转恨,与负心之人果断分手决裂。"闻君有他心,拉杂摧烧之!摧烧之,当风扬其灰。从今以往,勿复相思!相思与君绝。"③她们并非绝情,只是她们所追求的是"愿得一人心,白头不相离"④的专一爱情,因而她们在爱情面前表现得异常坚决,绝不容许有任何杂质来玷污她们最纯洁美好的爱情理想。

生死相依的真情。汉代社会封建宗法制度的逐渐强大使得有情之人常常不能长相厮守、白头偕老。"生命诚可贵,爱情价更高",倘若不能做人间的"比翼鸟""连理枝",他们宁愿以死殉情,用生命谱写出一曲曲生死相依的爱情绝唱,《孔雀东南飞》所传唱的,正是这一类型的爱情悲剧。焦仲卿的妻子刘兰芝才貌双全、德才兼备、孝敬公婆、勤俭持家,夫妻二人更是琴瑟和谐、情投意合,本该是一段幸福美满的金玉良缘,但封建礼教和封建宗法制度的强大使得他们之间的这份真情在这重重的阻碍面前显得寡不敌众,甚至是微不足道。但他们面对封建势力的压迫并没有就此而逆来顺受、唯命是从,夫妻之间难舍难分的情意逐渐激发出他们内心毫不妥协的反抗精神。面对外力对他们的无情拆散,他们毅然地选择以死明志,来捍卫自己生死相依的真挚爱情。

独守空房的幽情。汉代社会深受封建礼教和封建宗法制度的影响,女性地位

---

① [宋]郭茂倩编:《乐府诗集》(第一册),北京:中华书局,1979年,第231页。
② 同上注,第230页。
③ 同上。
④ [宋]郭茂倩编:《乐府诗集》(第二册),北京:中华书局,1979年,第600页。

低下。在生活上，她们饱受压迫与束缚；在思想上，她们饱受痛苦与折磨；在婚姻爱情中，由于男女之间不平等的社会地位，使得她们对待爱情的盛衰变化总是异常地敏感而又惆怅，常常生发出独守空房的感伤与哀叹。即使是地位尊贵的皇帝宠妃也无法避免，更何况千千万万处于社会底层的平民妇女呢？"新裂齐纨素，鲜洁如霜雪。裁为合欢扇，团团似明月。出入君怀袖，动摇微风发。常恐秋节至，凉飚夺炎热。弃捐箧笥中，恩情中道绝。"①这首《怨歌行》为汉成帝宠妃班婕妤所作。班婕妤是为山西娄烦人，出身于功勋世家，汉成帝元年被选入宫，初为少使，善诗赋，有美德，因德才兼备而受到成帝的宠幸，被封为婕妤。后来赵氏姊妹入宫，宠冠后宫，班婕妤为其所妒，逐渐失宠。为防止赵氏姊妹的进一步陷害，班婕妤自请于长乐宫供养太后，从此远离后宫的明争暗斗与盛衰宠辱。孤独寂寞的冷宫生活使班婕妤的内心充满了无限的感伤与悲苦，于是作下这首宫怨诗来感怀自己身世的悲苦。全诗借扇喻人，贴切生动，似物似人，浑然一体。起句通过描写团扇材质的精美柔细、外观的精美绝伦，暗示女子内外兼修，既有美丽的容貌，又有良好的品行。"合欢"寓意男女之间和乐欢愉，带有"合欢"图案的团扇不仅样式美观，更寄托了女子对美好爱情的向往与渴盼；而好似圆圆月亮的团扇，更是表达了女子希望与自己的心上人永远团圆而不分离的美好期望。然而团扇作为一件生活用品，虽在天气炎热的夏季受到主人的喜爱，与主人形影不离；但随着天气的逐渐转凉，无法继续发挥作用的团扇就逃脱不了被弃置"箧笥"之中的命运。女子的命运也是这样，诗中的"秋节"预示女子韶华已逝，色衰爱弛；"凉飚"象征男子移情别恋，另有新欢；"炎热"意在指男女之间炽热浓烈的爱恋；"箧笥"指代独守空房的孤寂生活；"常恐"更是形象生动地反映了处于男权社会下女子在爱情关系中唯唯诺诺、小心翼翼、如履薄冰的心理状态。全诗借助团扇由盛转衰、最终被弃的悲剧命运抒发了班婕妤内心"独守空房的幽情"。班婕妤由繁华到凄凉的一生是古代社会千千万万女性命运的缩影，她们或许曾因自己的才貌或是学识而赢得过男子轰轰烈烈的爱恋，但终将因自己的年老色衰或男子的移情别恋而被抛弃，在幽闭之中饱尝爱情的苦涩与凄凉，谱写出一曲曲美被毁灭的爱情悲歌。

---

① ［宋］郭茂倩编：《乐府诗集》（第二册），北京：中华书局，1979年，第616页。

第二章 两汉山西民间文学

对生命的思考是人类永恒的命题。宇宙的永恒、时光的易逝、生命的短暂等一系列的问题同样困扰着汉代先民们,他们将对这些问题的困惑、思考与感悟自觉或不自觉地化为歌谣传唱。今天的我们,仍然能从这些流传下来的汉乐府民歌中感受到汉代民众的生命意识。

对死亡的认知与哀叹。汉乐府民歌中深刻揭露民众对死亡本质认知的,当数汉代流行的挽歌《薤露》和《蒿里》。"薤上露,何易晞。露晞明朝更复落,人死一去何时归。"① 这首汉乐府民歌饱含着民众对死亡的清醒认识和痛彻的哀叹。人的生命犹如清晨的露水,露水易干,同样,人的生命也易逝。但露水尚可再生,人的生命却是一去不复返。"蒿里谁家地,聚敛魂魄无贤愚。鬼伯一何相催促,人命不得少踟蹰。"极言在死亡面前,不论富贵贫贱、善恶贤愚,众生平等。正因为生命的短暂易逝,死亡便成为人们不愿接受而又无力改变的人生悲剧。《战城南》这曲死亡的悲歌于豪迈悲壮的情怀中流露出人生的悲苦。"战城南,死郭北,野死不葬乌可食。为我谓乌:'且为客豪,野死谅不葬,腐肉安能去子逃?'水深激激,蒲苇冥冥。枭骑战斗死,驽马徘徊鸣。"② 开疆扩土的征战虽可以带来帝国的荣耀,但却是以无数鲜活的生命沉眠沙场、野死不葬的可悲惨剧换来的,这一幕幕人间惨剧表达着下层民众对死亡的哀叹与对生命的珍视。

对人生短暂的感慨与对死亡的超越。时光易逝、人生短暂,即使是身为九五之尊的一代帝王汉武帝也无能为力,不禁在《秋风辞》中抒发自己的哀叹与忧虑。泛舟游于山西的汾河上,望着秋风萧瑟、鸿雁南归的景象,虽"箫鼓鸣兮发棹歌",然终究是"欢乐极兮哀情多"。因而不禁感慨"少壮几时兮奈老何!"抒发了一代帝王时不我待之悲。③ 人的生命是短暂的,但却是值得留恋的。如何超越死亡,获得生命存在的价值与意义,是当时民众普遍思考的问题。人虽固有一死,但汉代先民们主要通过三种方式来突破有限的生命,进而达到对死亡的超越:面对短暂而艰辛的人生,汉代民众在当时盛行的黄老之术的影响下生发出一种虚幻的思想倾向,渴望通过求仙访道、服药养生的方式来延长生命的长度。如

---

① [宋]郭茂倩编:《乐府诗集》(第二册),北京:中华书局,1979年,第396页。
② [宋]郭茂倩编:《乐府诗集》(第一册),北京:中华书局,1979年,第228页。
③ [宋]郭茂倩编:《乐府诗集》(第四册),北京:中华书局,1979年,第1180页。

《长歌行》中歌曰："仙人骑白鹿，发短耳何长。导我上太华，揽芝获赤幢。来到主人门，奉药一玉箱。主人服此药，身体日康强。发白复更黑，延年寿命长。"①欲求仙药而延年益寿是汉代民众一种美好的幻想，虽并不切实可行，但却在一定程度上缓解了民众对死亡的恐惧，使他们焦虑的内心获得了片刻的平和与慰藉。同时，由于死亡的不可避免，与其自欺欺人，求仙问道，倒不如把酒言欢，及时行乐，获得现世的逍遥自在。如《西门行》中歌曰："今日不作乐，当待何时？逮为乐，逮为乐，当及时。何能愁怫郁，当复待来兹。酿美酒，炙肥牛，请呼心所欢，可用解忧愁。人生不满百，常怀千岁忧。昼短苦夜长，何不秉烛游？"②这首汉乐府民歌虽潇洒地歌言人生苦短，当及时行乐，实则反映了当时民众在饱受死亡之痛下所做出的无奈抉择。此外，汉乐府民歌中还回荡着一种积极有为的生命赞歌。如《长歌行》中歌曰："青青园中葵，朝露待日晞。阳春布德泽，万物生光辉。常恐秋节至，焜黄华叶衰。百川东到海，何时复西归。少壮不努力，老大徒伤悲。"③这首歌谣以花叶春生秋落、百川东流一去不复返来比喻人生光阴的旋踵即逝，并借此劝导人们要珍惜时间，发奋努力，从而避免在年老时徒增悔恨的哀叹。这种通过提高生命的质量来回应不可避免的死亡的方式也深受汉代自武帝起所盛行的儒家思想的影响，即倡导人们立足于现实人生，积极用世，追求"立德、立功、立言"，从而实现人生价值的不朽。

"人有悲欢离合，月有阴晴圆缺，此事古难全。"相聚和团圆虽是美好而令人珍视的，但却又是短暂而难得的。人的一生，总是充满着相思离别、悲欢离合，这在汉乐府民歌中也多有记录。

异乡游子的乡关之思。中华传统文化对伦理亲情极为重视，《论语》云"父母在，不远游"。家庭生活被视为一种责任与义务；加之中国封建社会实行的是以家庭为单位，男耕女织、自给自足的小农经济，因而古人对故土更是难舍难分，充满深情。"悲歌可以当泣，远望可以当归。思念故乡，郁郁累累。欲归家无人，欲渡河无船，心思不能言，肠中车轮转。"④《悲歌》是一曲充满无奈与惆怅

---

① [宋]郭茂倩编：《乐府诗集》（第二册），北京：中华书局，1979年，第442页。
② 同上注，第549页。
③ 同上注，第442页。
④ [宋]郭茂倩编：《乐府诗集》（第三册），北京：中华书局，1979年，第898页。

3. 汉乐府民歌中的"礼乐文化"

汉乐府民歌"感于哀乐，缘事而发"，真实地再现并揭露了当时的一些社会问题，如《孤儿行》反映了兄嫂虐待弱弟的问题，《东门行》反映了底层百姓生活的困苦与绝望以及由此而造成的社会不安定因素，《天下为卫子夫歌》反映了一人得道、鸡犬升天的社会现状，《平陵东》反映了国家吏治的腐败和贪官污吏对百姓的迫害，《十五从军征》反映了当时惨无人道的兵役制度以及战争对底层百姓所造成的巨大伤害，等等。这些源于民间的汉乐府歌谣传递出了当时民众鲜明的是非观念，具有重要的认识价值。同时，民众还通过寓言的形式传递出自己的人生哲学，如《枯鱼过河泣》以枯鱼自比，告诫人们要谨言慎行；《乌生》通过讲述乌鸦的不幸遭遇，批判了当时民不聊生的黑暗社会，控诉了官吏豪强对下层贫苦百姓的剥削与压迫。还有诸如《长歌行·青青园中葵》《折扬柳行·默默施行违》等歌谣，更是直接对人们进行劝诫说教、民众进行自我教育的体现，充分发挥了汉乐府民歌"移风易俗"的社会价值。

在汉乐府民歌所收录的郊庙礼乐歌辞中，对神灵的崇敬、对祖先的歌颂、对美好品质的推崇是其一以贯之的主旋律，《安世房中歌》正是这一类型颂歌的典型代表。纵观《安世房中歌》全篇，虽然语意晦涩难懂，但我们仍可看出汉代人对"孝"和"德"的倡导与赞颂，以及对伦理道德建设的重视，这与汉代吸取秦亡的教训并确立"以孝治天下"的理念和国策一脉相承。中国自古以来就是礼仪之邦，礼乐文化自然是源远流长、博大精深。礼乐文化作为国家政权建设的重要组成部分，对民众的日常行为活动乃至社会的风俗秩序起到了重要的规范作用，并在一定程度上折射出当时社会的文明程度。"王者功成作乐，治定制礼。"汉代统治者通过对诸如《安世房中歌》一类郊庙礼乐歌谣的创作与推崇，期望建立社会的道德评价体系，并在全社会树立起"尊卑有别，忠君孝长"的思想和行为准则，从而使其统治下的百官与民众无论是靠外在的约束还是内在的自觉，都可以安分守己，从而达到加强皇权、维护统治的政治目的。

第三章

魏晋南北朝山西民间文学

一、魏晋南北朝时期山西民间文学史概述

（一）时代背景

魏晋南北朝时期（220—589）是一个上接秦汉，下启隋唐，介于两个大一统时代之间的分裂动荡期。从魏、蜀、吴三国鼎立，到西晋与东晋的短暂统一，又进入战乱纷争的南北朝对峙时期，直至公元589年，隋朝统一全国，才结束了这一历史时期。

国家的分裂与动乱是这一历史时期的主要特征。从汉末的战乱，三国的争雄，西晋的"八王之乱"，以及西晋灭亡后东晋的迁都，当时与北方五胡十六国的混战，到之后南方宋、齐、梁、陈几个朝代的更迭斗争，北方的北魏、东魏、北齐、西魏、北周几个朝代的政权交替，南朝的北伐与北方的南攻，三百多年来大多处于兵荒马乱，民不聊生之中。

民族融合是这一时期最突出的特征。三国时期的战乱，促使少数民族匈奴、鲜卑、羯、氐、羌等大批内迁，他们在北方各地和汉族人民杂居相处。西晋灭亡后，匈奴、羯、鲜卑、氐、羌等少数民族纷纷在中国北方建立起大大小小的民族政权，形成所谓的"五胡十六国"。随后鲜卑族拓跋部趁十六国时期各族衰弱之际南下，建立北魏政权，进而统一北方。尤其是北魏孝文帝改革，实行的汉化政策，促进了民族大融合。随后在北魏的统治区内形成东魏、北齐与西魏、北周两个东西对峙的政权。十六国，北魏，东魏、北齐和西魏、北周，形成三个前后衔接的民族融合的高潮。这一时期的民族融合为隋唐的大一统奠定了基础。

第三章　魏晋南北朝山西民间文学

山西在军事上处于战略要地，因此它成为北方新起部族的根据地和北方各民族融合的集结地。魏晋南北朝时期，山西境内的匈奴人分为五部：并州兹氏（在今汾阳）为左部，祁（今祁县）为右部，蒲子（今隰县）为南部，新兴（今忻州）为北部，大陵（今文水）为中部，人数多达数十万。公元304年，匈奴首领刘渊在左国城（今离石）起兵，逐步控制了屯留、高平、平遥、介休，自称汉王。并州刺史刘琨负责并、冀、幽三州的军事，奉西晋王朝的命令，在晋阳一带抗击匈奴及其别部达九年多。公元386年，鲜卑族拓跋珪建立了北魏，建都平城（今大同），孝文帝在此提出汉化政策。东魏时期以晋阳（太原）为别都，此时山西成为鲜卑族的重要聚居地。魏晋之际，羯人主要聚居于上党武乡。内迁的少数民族与本区汉族人呈现出民族融合的局面。

（二）文化背景

魏晋南北朝，上承两汉，下启隋唐，时间跨度近四百年，朝代频繁更迭，社会动乱纷争，加上多民族的斗争和融合交织，形成了多元的社会价值观。

儒、玄、佛、道思想的互相碰撞。魏晋南北朝时期，社会动荡，民族纷争，思想文化领域也同样发生着重大的变革。社会动乱无序，人们在战乱中感受到人生的短促，生命的脆弱，命运的无常，儒学那种经世治国，维护社会秩序，为人们提供精神支柱的价值准则逐渐丧失了主体地位，人们求助于儒家以外的思想来解答困惑，推动了对新思想的不断探索。魏晋玄学的形成弥补了儒学所造成的思想的空虚，肯定了人类自身，返归自然，追求艺术化的人生。志人小说"《世说新语》这部著名的作品就是魏晋风流的故事集"[1]。佛教的兴起和佛经的大量翻译，以及历代帝王的崇信，成为魏晋南北朝时期文学史发展的新氛围和新土壤，特别是用因果报应的观念解释世间的诸多现象，笔记小说《幽明录》《冥祥记》《冤魂志》等都是这一观点的代表作。"原始道教得到了改造，建立起比较系统的神学理论和教仪、教规"[2]，道家的崇尚自然、清静无为促使世人能够在思想上引起共

---

[1] 袁行霈主编，袁行霈、罗宗强本卷主编：《中国文学史》（第二卷），北京：高等教育出版社，2005年，第12页。

[2] 同上。

鸣，志怪小说《列异传》《搜神记》《拾遗记》《续齐谐记》等都是代表作。

志人志怪小说的兴盛也是这一时期的显著特征。魏晋南北朝小说可以统称为笔记小说，采用文言，篇幅短小，记叙社会上流传的奇异故事，人物的逸闻趣事或只言片语，在故事情节的叙述、人物性格的描写等方面都已初具规模，作品的数量也已相当可观。但就作者的主观意图而言，还只是把其当成真实的事情来写，而缺少艺术的虚构，它们还不是中国小说的成熟形态。[1] 这个时期的小说可以分为志怪小说和志人小说。志怪小说的兴盛与当时宗教迷信思想的盛行有很大关系，主要记述神仙方术、鬼魅妖怪、殊方异物、佛法灵异的内容，保存了一些具有积极意义的民间故事和传说，可以分为三类：第一类是地理博物，如张华的《博物志》；第二类是鬼神怪异，如干宝的《搜神记》、陶潜的《搜神后记》、王嘉的《拾遗记》；第三类是佛法灵异，如王琰的《冥祥记》、颜之推的《冤魂志》。志人小说的兴盛与士族文人之间品评人物和崇尚清谈的风气有很大关系，主要记述的是人物的逸闻逸事、言谈举止，可以分为三类：一类是笑话，如邯郸淳《笑林》；一类是野史，如葛洪的《西京杂记》；一类是逸闻逸事，如刘义庆的《世说新语》，裴启的《语林》等。魏晋南北朝时期的志人志怪小说对于小说的创作规模来说，显得简略粗糙，但是保留了丰富的民间传说和故事，同时也为唐传奇的产生和繁荣创造了条件。

（三）山西民间文学史资料来源

魏晋南北朝时期关于山西民间文学的记载主要来自两个方面，一是魏晋南北朝时期的各类笔记小说，二是山西省地方资料。通过这两方面来找寻关于记载山西民间文学各种体裁的资料，进而梳理这个时期的山西民间文学史。

班固的《汉书·艺文志》一书将小说列于诸子略十家的最后，认为"小说家者流，盖出于稗官。街谈巷语，道听途说者之所造也"[2]。明确指出了小说起自民间的神话传说。魏晋南北朝的小说篇幅短小，叙事情节简单，只是粗略地陈述故

---

[1] 袁行霈主编，袁行霈、罗宗强本卷主编：《中国文学史》（第二卷），北京：高等教育出版社，2005年，第152页。

[2] ［汉］班固撰，［唐］颜师古注：《汉书》，北京：中华书局，1962年，第1745页。

事梗概，基本上按照传闻加以直录。正如鲁迅所说，六朝人并非有意作小说，因为他们看人事和鬼事一样，统当作事实。他们不仅记录人物的逸事、言行、趣闻，而且还争相传讲着当时的逸闻趣事，这就保留了大量来自民间的口头传说和故事。李剑国《唐前志怪小说史》论及魏晋南北朝志怪小说达九十种，宁稼雨《中国志人小说史》评述了该时期的14种志人小说。刘叶秋的《魏晋南北朝小说》、魏世民的《魏晋南北朝小说史》、王枝忠的《汉魏六朝小说史》以及陈大康的博士论文《魏晋南北朝小说的嬗变》等，详细地论述了本时期志人志怪小说多达百余种。我们以上述论著为参照，对这个时期的民间叙事作品进行归类整理。

地方志资料主要来自三方面，一是山西省各市、区（县）志，通过在山西省地方志办公室一一查阅地方志资料，挑选出本时期的山西民间文学文本；二是来自于《中国民间故事三套集成·山西卷》以及山西省各市县的民间文学"三套集成"，从中挑选本时期的民间文学作品；三是山西省内的文史资料，如《太原史话》中就记载了很多这一时期的民间传说。

这一时期山西民间文学史资料主要来源于上述几方面，通过有计划、有步骤地详尽查找，按照民间文学的体裁科学划分，分门别类地整理归纳，力求资料丰富，内容完整，客观准确地分析本时期山西民间文学的整体概况。

二、魏晋南北朝时期人物传说

人物传说是民间传说的重要类型，这类传说以记载人物的事迹或经历为中心，来表达民众的褒贬评价。魏晋南北朝时期的山西人物传说主要有以下几个类别：一是官宦传说，如关羽、刘琨等；二是神仙传说，如王真、苏博等；三是文人传说，如王武子和孙子荆、郭璞等；四是僧人传说，如慧远、法显等；五是除上述类别以外的其他人物传说。这些人物传说主要集中在魏晋南北朝志人小说和民间文学"三套集成"的省卷本，市、县卷本中，志怪小说中也会见到一些人物传说，这些人物在山西历史上占有很重要的地位。

（一）官宦传说

官宦传说主要讲述的是魏晋南北朝时期在朝为官的文臣武将的故事。魏晋南北朝遭逢乱世，"乱世出英雄"，山西历史上更是英才辈出。根据史书和地方资料的记载，有关羽的身世经历传说、英雄少年传说等，三国名将钟会尊母的传说，刘琨出镇并州保卫晋阳的传说以及胡笳退敌的典故，石勒生擒刘曜、礼华敬佛的故事，邓伯道的传说，东晋名士王濛和孙绰的逸事，冯太后推动北魏汉化的故事以及王罴辞官的传说等。

关羽，字云长，河东解梁（今山西运城）人，是三国时期蜀国的一员名将，与刘备、张飞桃园结义排行第二，追随刘备，阵斩颜良，镇守荆州，最后败走麦城被斩杀。关羽是"忠、义、仁、勇"的英雄人物，受到历代统治者的追封，被称为"关帝圣君""武圣人"，民间尊称为"关老爷"。他是山西历史上一位重要的历史人物，地方资料中记载着他的许多传说。

首先是关公身世的传说，这类传说以表现关羽的神异出生和不平凡的成长为旨归。

类型一 "神孕异生"型

亚型Ⅰ "南海龙王转世"型

（1）河东解县一个寺庙中的老和尚和一个红脸大汉对弈，难分高下。

（2）老和尚心乱输掉棋局，告知原因：天不下雨，庄稼大旱。红脸大汉告其南海龙王身份和不下雨的原因。

（3）在老和尚恳求之后，南海龙王冒死降雨，触犯天条，嘱托将湖面的红水置于桶内保存。

（4）百天后，关公从桶内跳出。

亚型Ⅱ "草龙变化"型

（1）解州盐池的草龙降雨触犯天条，获死罪，托梦给盐池庙的和尚：把一团棉花放到神案上，扣上大磬，九九八十一天后再掀开。

（2）和尚遵照行事，发现一个白胖男孩，是为草龙所变，名为关羽。

（3）和尚把关羽放到盐池里，搅得盐池波浪四起，解州年年丰收，激怒玉帝。

（4）玉帝派人捉拿关羽，老妇人把他变成红脸大汉将其救下。

亚型Ⅲ "赤帝下凡"型

（1）赤帝为人间做好事、免灾难而得罪玉帝，被贬下凡。

（2）和尚在河里捡到一个婴孩，托付给村里的常铁匠，取名常生。

(3)常生从小懂事，力气过人，通晓兵书。

类型二 "英雄托生"型

(1)项羽死后去阎王殿状告背叛他的部下。

(2)阎王听项羽诉说后，鉴于项羽是个英雄，可转世为三国的关羽。只改姓，不改名。

(3)阎王将项羽的乌骓马变成赤兔马，虎头錾金枪变成青龙偃月刀，都赐给关羽。

(4)阎王让项羽转世成为关羽的时候再报仇。

"神孕异生"型充满着浓郁的传奇色彩，民众不满足于关羽平淡无奇的出生，赋予其神异的特征。这类传说包括《关公出世》[①]《关羽为什么这么厉害？》[②]等。这些传说在关羽的出生中融入"龙"的意象，体现了民众对关羽的期盼和尊崇，包含着征兆、预示等民俗信仰。"英雄托生"型把英雄人物项羽和关羽联系起来，为关羽建功立业建立了心理认同。

关羽少年时期就很英勇，尽管家境贫寒，但是为人正直，敢作敢为，疾恶如仇，杀死当地官员为民除害，出逃后被观音大士所幻化的老妇人救助。其中囊括了民众津津乐道的五种不同的关羽杀人传说：

第一，关羽因为家里穷，在解州蔡姓地主家当长工时，因为看不惯蔡姓地主欺压百姓、祸害无辜的恶行，就愤而杀死了蔡姓一家。

第二，解州州官臧一贯是个野心家，他眼看着东汉末年社会动乱，群雄并起，各霸一方，便也想趁机起兵称雄，捞点政治好处。他知道关羽武艺高强便约他入伙。关羽是个正统思想很重的人，他不仅没入伙，还趁机杀了臧一贯。

第三，解县县官贪得无厌，掠夺民财，敲诈百姓，民愤很大。关羽为民除害，就把县官杀了。

第四，解县县官的舅爷仗势欺人，要强娶一民女为妾，这事被关羽知道了，他打抱不平，杀了县官和他的舅爷。

第五，解州城里有个恶霸叫吕熊，被当地人称为熊虎员外。他勾结当地七姓

---

① 梁志俊主编：《人·神·圣关公》，太原：山西人民出版社，1993年，第251—255页。
② 忻州民间文学集成编委会编：《忻州市三套集成》，内部资料，1987年，第220—221页。

富豪，称霸一方，无法无天，欺压百姓，掠夺民财，奸淫妇女，无恶不作。吕熊霸占了韩守义老汉的女儿，韩守义哭告无门，痛不欲生。关羽听说这事以后，怒火中烧，义愤填膺，仗剑杀死了吕熊等七姓恶霸108口人。

在以上种种说法中，以第五种传说最为流行，被当地群众普遍认可。这则传说赞扬了关羽除暴安良、为民除害的事迹，同时也表达了民众对英雄的崇拜。

关羽逐渐成为百姓的保护神，长治一带流传着为什么每年农历五月十三要下磨刀雨的故事：

> 传说三国时，关羽过五关斩六将那阵子，正逢盛夏，天气酷热，河泊干涸。当关羽跃马持刀来到"古城"时，老将蔡阳追来，他看自己持的青龙偃月刀因上次过关厮杀已经不快了，此地又找不到磨刀之水，关羽不由着急，仰面苍天，求雨师布雨，好用来磨刀。果然天如人愿，一时乌云密布，大雨滂沱，关羽大喜，就雨磨刀，磨得锋利无比，削铁如泥。这天正是五月十三日，雨过天晴，三通鼓罢，关羽与蔡阳出阵交锋，不过三五回合，将蔡阳斩于马下。从此人们就传说五月十三要下"关老爷磨刀雨"。①

在上述民间故事中，关羽成为农业保护神，保佑当地风调雨顺。

山西晋北大同②、朔州③、晋南浮山④、汾西⑤都流传着关羽服周仓的故事，讲述的是周仓一开始不愿为关羽扛刀，想尽法子想和关羽比试，但每次都以失败告终，最后忠心跟随关羽，甘愿扛刀。历史上的周仓，字元福，是关羽的部将，忠心跟随关羽。关羽败走麦城后，周仓也自刎而死。当地百姓用周仓憨傻的形象反衬关羽的精明，民间流传有"扛刀人"这样的短语，还有"周仓没智，扛刀一世"这样的谚语，来比喻有力无智而又忠实为人效力的人。周仓成为百姓心中关羽护卫的形象，在当地关帝庙中，通常在关帝爷旁设有周仓的神像，歌颂这位忠心护主的义士。

---

① 长治市民间文学集成编委会编：《长治市民间故事集成》，内部资料，1988年，第955页。
② 大同市十大文艺集成办公室编：《大同民间故事集成》，太原：山西人民出版社，1989年，第77页。
③ 朔县民间文学集成编委会编：《朔县民间故事集成》，内部资料，1986年，第1页。
④ 浮山民间文学集成编委会编：《浮山民间故事集成》，内部资料，1987年，第41页。
⑤ 汾西民间文学集成编委会编：《汾西民间故事集成》，内部资料，1988年，第26页。

山西临汾地区流传着关羽斩秦琼的传说：

>关羽死后上界封他为神，民间到处为他建庙祭祀。秦琼死后在王母娘娘庙前守门。关公庙和娘娘庙对门办公，送子本是娘娘庙管，但有位农民因不识字错入了关公庙，哀求关公赐他一子。关公答应了他。
>
>关公庙没有娃娃，于是周仓、关平从娘娘庙偷了一个男娃，当天便送往农民家。不到一年农民的妻子便怀孕生子。农民为了表示感谢，便为关公庙唱了一台戏。
>
>热闹的关公庙引起了秦琼的注意，经打听发现关公偷了娘娘庙的娃娃，气愤的秦琼将赐给农民的娃娃收了回来。
>
>失去娃娃的农民停止了唱戏，哭得死去活来。秦琼的行为惹怒了关公，便派周仓、关平将秦琼押来，当众斩首。①

这则故事讲述的是关公成为生育神，为百姓送子送福，成为精神慰藉的诉求对象。农民为了酬谢关老爷的有求必应，搭台唱戏。

还有一则《关羽戴高帽》的故事：

>当地来了一个爱拍马屁的人，专给官员戴高帽子，获益不少。关羽十分痛恨，想惩治一下。带上堂来审问，那人说："我听说关老爷从来是秉公办事，大公无私，而且最痛恨那些说假话、拍马屁的人，今日一见，果然如此。我准备的高帽子是专为那些赃官、贪官的，就是没给关老爷你这样的清官准备。"关老爷很高兴，当堂释放，赏金十两。拍马屁的人出庭后，暗暗笑道："谁说关公不喜欢高帽子，你看我今天给他准备的这顶帽子有多合适呀！"②

当地人用戏谑的方式把关羽世俗化，塑造成百姓心中喜爱的人物形象。

关公故里运城解州每年农历六月二十四都会举行关公文化旅游节，在解州关帝庙景区进行祭祀仪式展演，表达民众对关公忠义精神的崇信。

"桃园三结义"的佳话在民间传说中的数量也不少，主要叙述了关公与刘备、张飞之间的友谊。

---

① 临汾市民间文学集成编委会编：《临汾市民间故事集成》，内部资料，1989年，第331—332页。
② 榆次民间文学集成编委会编：《榆次民间故事集成》，内部资料，1990年，第360页。

类型一 "喝酒吃肉"型

（1）刘、关、张相识后，常常轮流请客，但卖草鞋的刘备从来不请。

（2）关、张二人不乐意，在园中设计除掉刘备。

（3）刘备坐到铺有草席的空井上，没有掉下去。

（4）张、关不解，掀开草席看到井底的金龙，二人都感觉诧异，并佩服刘备。

（5）刘、关、张三人于桃园结义。

类型二 "爬树"型

（1）张飞不乐意当老三，建议以爬树论高低。

（2）张飞爬到树梢，关羽爬到树杈，刘备用双手抱住树身。

（3）刘备告诉张飞，先有树根，再有树杈，最后才有树梢。张飞认为有道理，还是愿意当老三。

类型三 "抛麦秸"型

（1）桃园结义，关羽不乐意排第三，要与张飞比力气。

（2）张飞捡起地上的一根麦秸向墙头抛去，接连失败。

（3）关羽轻松地将地上的一摞麦秸甩过墙头。张飞认输，甘居第三。

这类传说讲述了刘、关、张"桃园结义"的来龙去脉，其中一个重要特点就是以突出刘备为主，聪慧的关羽和莽撞的张飞，最终都臣服于刘备。

与关羽同为蜀汉大将，结拜排行第三的张飞，在地方民间文学集成中也零星记载了有关他与曹操斗智的传说，刻画出勇猛张飞的另外一面——颇擅谋略，成为智勇双全的形象。《长治市民间故事集成》中这样记载：

> 刘备营中军队外出，仅有张飞、周仓护营。曹操趁机与刘备宣战，刘备只能派张飞与之对战。
>
> 张飞与曹操也不开战，两人经过几次手势比画，曹操竟然退兵了。
>
> 诸葛亮回来后分析，原来曹操用手势比画的意思是他要独霸中原，并有八名大将。张飞错认为曹操是在比饭量，误打误撞地比画竟让曹操退兵了。

《忻州民间故事集成》和《浮山民间故事集成》中也记载了类似的传说。故事表明：按哑谜办事，必定出笑话。对进取者来说，因错觉而怀疑，而后退，却是一个教训。[1]

---

[1] 忻州市民间文学集成编委会编：《忻州民间故事集成》，内部资料，1987年，第312—313页。

化为绕指柔"①；李清照的"南渡衣冠少王导，北来消息欠刘琨"②；陆游的"刘琨死后无奇士，独听荒鸡泪满衣"③。或许正是刘琨这种英雄末路又壮志未酬的经历，才引起了那么多人的共鸣，于是就有了后代人们不断的怀念和吟咏。

在司马氏西晋国祚不继、风雨飘摇之关头，不甘心于"社稷绝祀"的西晋大将军，并州刺史，并、冀、幽三州诸军事统领刘琨，坚守晋阳作"困兽斗"，并遣并州部左长史南下建康（今江苏南京），向琅邪王、安东将军司马睿劝进，促其临大室（帝位），续国祚，以图恢复中原。这个左长史便是名显东晋的国勋之臣——温峤。

石勒（274—333），字世龙，上党武乡羯族人。公元319年建立了后赵政权。对石勒其人，史家历来贬黜甚甚。《晋书》称石勒"出自羌渠，见奇丑类"。《魏书》说他在中原的立国是"夷狄不恭，作害中国"。西晋末年，绵延了十六年之久的"八王之乱"（291—306），给北方各族人民带来了深重的灾难。从汉末以来就入居内地的匈奴、羯、氐、羌、鲜卑等族人民，在西晋统治者"非我族类，其心必异"民族压迫政策的奴役下，或"披发左衽……数为小吏黠人所见侵夺"。匈奴王侯贵族已降同编户，百姓的境遇更不难想见，被西晋官吏掠卖为奴者比比皆是。因此，在晋末社会的大乱中，各族人民掀起了反晋大起义。晋惠帝永兴二年（305），石勒与河北牧马人汲桑起兵反晋，活动于赵魏间（今河北地区）。王阳、郭傲等十八骑为其骨干，一些无业游民投奔到这支起义队伍中，他们攻占郡县，释放"系囚"，杀晋"二千石长吏"。

在晋东南襄垣县流传的《石勒与樊坦》故事情节是：（1）石勒是羯人，他称帝后，为了维护本族人的尊严，就下了禁令，言谈中不得说出"胡""羯"两个字，违者杀头。（2）人们在日常交流中，"胡椒"只能叫"辣椒"，"胡须"只能叫"毛须"，"羯羊"只能叫"公羊"。就连与"胡、羯"同音的字也要忌讳。（3）有

---

① [唐]李白：《留别贾舍人至二首》，见[唐]李白著，[清]王琦注：《李太白全集》（卷十五），北京：中华书局，1977年，第737页。
② [宋]李清照：佚句，见[宋]李清照著，徐培均笺注：《李清照集笺注》，上海：上海古籍出版社，2002年，第256页。
③ [宋]陆游：《夜归偶怀故人独孤景略》，见[宋]陆游著，钱仲联校注：《剑南诗稿校注》（卷二十一），上海：上海古籍出版社，2005年，第1620页。

个被石勒重用的汉族官员叫樊坦，有次家遭羯人抢劫之后，在上殿面君陈述实情时，情急之中说了"胡、羯"二字，石勒念他是汉人，又家遭不幸，就原谅了他。①

这个传说体现了北方少数民族与汉族的民族融合。少数民族掌握政权之后，会通过强硬的手段加强自己的统治，树立权威，同时，也有通融、宽待的一面。民族融合不仅仅是政治上的政权交替，更渗入了生产、生活及语言交际各个方面。

石勒虽是以"马上取天下"，以强悍的军事武装力量摧毁了西晋在北方的主要力量及刘曜的割据势力，但随着政权的建立，石勒便开始为重建封建统治秩序而采取了一系列措施。这些措施的颁布和实行，对石勒统一中原的军事行动起了决定性作用。石勒的反晋斗争，是当时国内各族人民反晋斗争的一个重要组成部分。他所进行的统一战争，虽然是短暂的统一，却是符合历史发展要求和人民意愿的。他走完了从雇农到皇帝的历史过程，他是中国历史上刘邦、朱元璋式的人物，所不同的只是他们所建立的皇朝统辖区域的大小和立国时间长短不一罢了。

但是，石勒毕竟是一个封建皇帝，他的统治也明显地打上了阶级压迫和民族压迫的烙印。他实行的"胡汉分治"政策，是建立在对汉族人民压迫基础上的政策，是阻碍各民族融合的反动力量。执行这种政策的严重后果，就是大大激化了各族人民和石赵统治者之间的矛盾，动摇了少数民族贵族地主和汉族地主联合专政的基础。石勒死后，"后继之者无复雄材"，石虎就吞食了这个恶果，石赵政权很快就灭亡了。这是石勒统治时期黑暗的一面，对此，我们也必须有充分的认识。

（二）神仙传说

松香是一种古老中药，又叫松膏、松脂、松胶、黄香；癞，古称恶风。晋代医学家、道教学家和养生学家葛洪在其所著的《抱朴子》中记载了一则松香治癞的有趣故事：

---

① 中国民间文学集成全国编辑委员会、《中国民间文学集成·山西卷》编辑委员会编：《中国民间故事·山西卷》，北京：中国ISBN中心，1999年，第63页。

上党有个名叫赵瞿的人，患了麻风病多年，众医治之无效，有垂死之危。外人都说此病传染，如果不赶快送病人离家，将会殃及子孙。家属无奈，便带上粮食，送置病人于野外一山穴中。赵瞿在穴中自怨不幸，昼夜悲叹涕泣。一个多月后的一天，有一仙人路经穴前，听瞿哭诉，颇为怜悯，于是拿出个药囊给瞿，并教以服法，便飘忽而去。

赵瞿如言服用百余日，身疮竟然尽悉痊愈，且肤色丰悦玉泽。后仙人又过此地，瞿跪谢再三，并乞问所授囊中何药。仙人告曰：乃松脂耳。汝炼之服，可以长生不死。瞿再谢而后归家，家人皆以为鬼，惊愕不已。瞿诉说了原委，才释解了众疑。此后，他长服松脂，"身体转轻，气力百倍，登危越险，终日不极。且年百七十岁，齿不堕，发不白"。这则故事虽有仙话色彩，但松香确有治病愈疮之功。

尹轨之名首见于东晋葛洪的《神仙传》：

> 尹轨者，字公度，太原人也。博学五经，尤明天文理气、河洛谶纬，无不精微。晚乃奉道，常服黄精，日三合，年数百岁而颜色美少。常闻其远祖尹喜，以周康王、昭王之时。居草楼，遇老君与说经，其后周穆王再修楼观，以待有道之士。公度遂居楼观焉。自云：喜数来与相见，授以道要。由是能坐在立亡变化之事。苏并州家先祖频奉事之，累世子孙见之，颜状常如五十岁人。游行人间，或入山，一年半年复见。无妻息，其说天下盛衰治乱之期、安危吉凶所在，未尝不效。[①]

从上文中，我们看到的尹轨是一个形象鲜明的炼丹术士。根据该《神仙传》所记，他的出生地是太原，曾去荆山炼过药，后到太和山仙去，弟子黄理所居地是陆浑山。他腰间常常佩带漆筒十数枚，内装丹药，施舍于民，是用仙术造福于民的仙者。东晋葛洪说他"年数百岁"，实质上表达了老百姓渴望长寿、祈求安宁幸福的美好愿望。

（三）文人传说

郭璞，字景纯，河东闻喜（今山西闻喜县）人。他是晋代著名的文学家、训诂学家、博物学家，又是一位颇有传奇色彩的道家人物。生于晋武帝司马炎咸

---

① ［晋］葛洪撰，胡守为校：《神仙传校释》，北京：中华书局，2010年，第319页。

宁二年（276），卒于晋明帝司马绍太宁二年（324）。据《晋书》本传记载，郭璞"好古文奇字，妙于阴阳算历"，又好卜筮，精通占星气候、阴阳八卦、堪舆风水、神秘巫术。著有《尔雅注》《山海经注》《穆天子传注》《楚辞注》等。观其一生，在道教理论和实践方面皆取得了不俗的成就。

在战乱之前，郭璞在家乡度过了一段安静美好的时光。此地具有深厚的历史文化底蕴，亦有诸多的名胜古迹，留下了美丽的神话传说。兴趣广泛的郭璞少年时深得家乡文化滋养，经常外出揽胜探幽，留下了游历家乡山水的作品。

郭璞怀着对故乡灵山秀水的深厚感情，写出了《巫咸山赋》《盐池赋》《井赋》等优美的赋作，叙写了河东一带的自然风光、历史遗迹、民俗风情、人文掌故，洋溢着郭璞对故乡自然山水的满腔热爱，在他笔下故乡的巫咸山峻秀挺拔，山中的生物灵气蓬勃：

> 伊巫咸之名山，崛孤停而嵘峙。体岑峭以隆颓，冠崇岭以峻起。配华霍以助镇，致灵润乎百里。尔乃寒泉悬涌，浚湍流带，林薄丛茏，幽蔚隐蔼。八风之所归起，游鸟之所喧会。潜瑕石，扬兰茝。回翔鹓集，乔鸟鹢鹭。禽鸟栖阳以晨鸣，熊虎窟阴而夕噫。①

这样的土地，滋养了灵山秀水，孕育了圣贤先哲，无论是景还是人，都具备高洁之姿。作者托物言志，愿独守虚静，表达了不与世俗同流合污的人生态度。

作为民间文学研究的重要典籍文献，郭璞的《山海经注》对中国文学产生了深远影响，尽管在郭璞之前也有人对《山海经》作过注释，但大多是零星的，全面系统地为《山海经》作注，当以郭璞开始。郭璞主要围绕文字校勘、词语名物考证两个方面作注解，对每一个神异的物象都能征引古籍、列举实物，保留了神话的历史性、文学性，具有十分重要的文献学价值和神话学价值，成为研究《山海经》的必读文献。

（四）僧人传说

这一时期僧人传说中最有代表性的是法显传说。

法显年少时在瘟疫中与佛法结缘，到老年时，他不畏路途之艰辛，怀着虔诚

---

① ［清］严可均辑：《全晋文》，北京：中华书局，1958年，第2147页。

的信仰毅然上路，穿越漫长的河西走廊、酷热的塔克拉玛干沙漠、寒冷的帕米尔高原、汹涌的印度河，坚定地走向佛国天竺。他的一生，历经汉代之后、唐代之前那段最动荡的年代。在漫漫暗夜中，他笃信佛法，上下求索，不愧为西天取经第一人。

法显出生于山西省平阳郡（今山西临汾西南）一户龚姓的农家，排行第四，他的三个哥哥均因疾病而夭折。法显的家人为了能让家中唯一的血脉延续下去，便让他在三岁的时候做了小沙弥。但由于其年岁尚小，于是暂且养在家中。后来不幸染上疾病，生命垂危，父母赶忙将其送到寺庙，谁料一夜之后，他的病竟奇迹般地痊愈了，自此便不再归家。十岁时，其父病逝，叔父因其寡母茕茕独立、寡居无依而逼其还俗尽孝。此时的法显年纪虽小，但对佛法的信仰却愈发坚定。他淡然地对叔父说："我本不是因为有父亲而出家，只是想远离世俗而入道。"叔父见他心意已决，只得就此作罢。不久，他的母亲也过世了，他归家办完丧事后旋即返回了寺庙。本就虔诚的法显至此了无牵挂，一心向佛。

法显从小就展现出异于常人的聪慧与慈悲。少年的法显曾与师兄弟几人在田地里收割稻子，不料却被成群的饥民前来疯抢。其余僧人皆惊慌逃窜，唯独法显一人镇定自若。只见法显不慌不忙地对饥民说："若想要稻子，拿走便是，只是凡事讲究因果报应。今世的衣食无依是因为你们前世不行善积德，如今你们肆意抢夺稻子，贫僧真为你们的来世而感到担忧啊！"话毕，饥民们思索了片刻，纷纷放下稻子散去，众僧见状，无不叹服。

随着佛法在中国的传播与精进，法显逐渐意识到，佛教虽已在中国大地上开枝散叶，信徒也初具规模，但指导这一进程的佛教戒律却并未跟上发展的步伐。尤其是汉译经卷，常常因为翻译有误而被曲解其意。如何才能够找到完整并正确的佛教戒律，以整顿当时佛教信仰界混乱的局面，法显的心中不禁萌发出一个伟大的梦想：到佛教的发源地——天竺，去那里寻找解答困惑的真理。

取经路上面临的最大挑战是沿途所经历的种种险恶处境。法显在其所著的《佛国记》中不止一次对此有所描绘："沙河中多有恶鬼、热风，遇则皆死，无一全者。上无飞鸟，下无走兽。遍望极目，欲求度处，则莫知所拟，唯以死人枯骨为标帜耳。"[1]身处一望无际的荒漠之中，举目远眺，皆是一片死寂与绝望。无法辨识身处何方，只能以死难者的尸骨为指路的风向标。在一次翻越雪山时，一位同伴不幸被冻死，法显抚尸大哭："本图不果，命也，奈何？"既然已经做好了心理准备，死生皆是天命，法显毅然与剩余的同伴继续坚定地上路。

行至灵鹫山，当地僧侣纷纷劝阻："此去路途十分艰险，山中狮子常常出没，屡屡伤人，为何一定要去呢？"法显回答："我跋山涉水不远万里，势必要到佛祖讲法的灵鹫山，身家性命尚且未指望保全，又怎能使信仰半途而废呢？"众僧无奈，只得派两僧人护送法显前去。来到山中，已是夕阳西下，护送法显的两位僧人听到不远处有狮子吼叫，吓得撒腿就跑。法显在山中留宿过夜，夜里，有几只狮子跑来蹲在他面前，法显坐定，诵经不止。几只狮子渐渐低头垂尾，伏倒在他脚前。

法显历时十五年，游历三十国，为中土带回了大量的梵本真经。在完成这一壮举之后，法显仍觉使命未就，因而不顾八十高龄，投入翻译佛经、著书立说的事业中去，为佛教在中国的传播与发展做出了巨大的贡献。公元420年，法显圆寂于荆州。

僧祐所著的《出三藏记集》评价法显"志行明敏，仪轨整肃"[2]，意思是称赞法显志向坚定，聪慧机敏，严持戒律，行止有度，这可谓是对法显一生最真切的诠释。

三、魏晋南北朝时期地方风物传说

在地方风物传说中，三晋大地人杰地灵，勤劳勇敢的各族人民在长期的生活过程中，就他们身边的山川河流，编织出了一个个美丽迷人的传说故事。

（一）名胜传说

恒山悬空寺位于山西浑源县，距大同市65公里，是全国重点文物保护单位。悬空寺始建于北魏太和十五年（491），迄今已有一千五百多年的历史，是国内现

---

[1] 吴玉贵释译：《佛国记》，北京：东方出版社，2018年，第42页。
[2] ［梁］僧祐撰，苏晋仁、萧錬子点校：《出三藏记集》，北京：中华书局，1995年，第573页。

存唯一的佛、道、儒"三教合一"的独特寺庙。整座寺院上载危崖，下临深谷，楼阁悬空，结构奇巧。

浑源一带流传的《能工巧建悬空寺》故事情节是：(1)北魏年间的一位皇帝认为神仙住在空中，要求建筑官招募能工巧匠修建一座空中寺院。(2)恒山脚下一位匠人领着徒弟揭了皇榜，却没建成悬空寺，皇帝要斩杀他。(3)徒弟请求刀下留人，保全了师傅性命。后来他由蜘蛛在空中结网受到启发，翻山越岭在翠峰山下找到一处石崖峭壁，终于建成了悬空寺。

这些与风物古迹有关的地方名称的由来，反映了名胜古迹建造的艰辛，赞扬了古代能工巧匠高超的智慧，表达了广大民众对历史人物的怀念。而与仙人传说有关的地方名称的由来则是神仙道教思想盛行的魏晋南北朝时期，世人普遍希求长生不老心理的体现。

云冈石窟，位于山西省大同市西郊武州山南麓，始建于北魏时代，是当初为了供奉佛教神灵创建的，与敦煌莫高窟、洛阳龙门石窟和麦积山石窟并称为中国四大石窟艺术宝库。云冈石窟依山而凿，东西绵延约一公里，气势恢宏，造像众多。现存主要洞窟45个，大小窟龛252个，造像51000余尊，代表了公元5至6世纪中国杰出的佛教石窟艺术，是中国规模最大的古代石窟群之一。其中的昙曜五窟，布局设计严谨统一，是中国佛教艺术第一个巅峰时期的经典杰作。这五窟中最高的一尊石佛高五丈一尺，窟中石佛各有特色，个个雄伟端庄。大同一带流传着《昙曜五窟》的传说，故事情节是：(1)北魏高僧昙曜很有学问，但北魏太武帝信道不信佛，下令拆寺庙、杀和尚，史称"太武灭佛"。(2)太武帝病重，多方治疗不见好转，信佛的大臣们说，这是佛的报应，太武帝也信以为真，临终前嘱咐儿子文成帝继位后恢复佛教、重用高僧。(3)昙曜设法见到了文成帝，文成帝让昙曜承担起印经书、重修寺院、延请高僧的重任。(4)昙曜奏请在武周山云冈开凿洞窟，雕凿佛像，以壮佛威。他仿照北魏五个皇帝的形象，塑造了五个洞窟的主佛，而且亲自监工，因操劳过度而死，人们称这五个石窟为"昙曜石窟"。[1]

---

[1] 中国民间文学集成全国编辑委员会、《中国民间文学集成·山西卷》编辑委员会编：《中国民间故事集成·山西卷》，北京：中国ISBN中心，1999年，第268页。

这个传说讲述了昙曜石窟的来历，塑造了为石窟佛像凿刻呕心沥血、献出生命的高僧昙曜的形象。昙曜仿照北魏五个皇帝的形象塑造五个洞窟的主佛，显示了他卓越的智慧，也说明了佛教要想在中国扎根，必须走佛教中国化的道路。

在五台山大塔院寺东侧，有一座两丈来高的砖塔，叫文殊发塔。原来有这样一个传说：

北魏年间，大孚灵鹫寺每年春三月过会，都要设"无遮斋"，不论僧俗、男女、贵贱，一律平等，都给饱餐一顿。有位衣衫褴褛、蓬头垢面的妇女，带着两个孩子，牵着一只小狗，手拿一绺头发对执事说："因身无分文，用这绺头发做施舍行不行？"执事把头发扔到一边，让人给她盛了三碗粥。这位贫妇接着饭碗并不吃，说："狗有生命，也该给一份。"执事又勉强给了一份，贫妇却说："我腹内有子，尚需分食。"执事面露怒色，说她贪得无厌。贫妇被训斥了一顿，抬起头来，脱口吟出四句偈子：

苦瓜连根苦，

甜瓜彻蒂甜。

三界无著处，

致使阿师嫌。

吟罢，跃身虚空，化为文殊菩萨相，两个孩子则变成了仙童，狗也变成了绿毛狮子。文殊菩萨在云光缥缈处，又吟偈子道：

众生学平等，

心随万境波。

百骸俱舍尽，

其如僧爱何？

众僧、斋客望空便拜，执事懊悔不迭。后来寺院众僧把"贫妇"所施的"金发"贮在塔内，大塔院寺东侧建了这座"文殊发塔"。[①]

这类传说的特点是把当地名胜古迹与佛教的神灵相联系，寺院因传说而神奇灵验，传说因寺塔而久传不衰。

[①] 忻州市民间文学集成编委会编：《忻州民间故事集成》，内部资料，1987年，第213页。

（二）动植物传说

动植物传说就是指各种动物、植物名称由来的叙事作品。一些动植物的名称来源于神话历史人物的传说故事，如：

常山之蛇名率然，有两头，触其一头，头至；触其中，则两头俱至。孙武以喻善用兵者。①

尧时有屈佚草，生于庭，佞人入朝，则屈而指之。一名指佞草。②

还有一些是解释动植物名称的传说：

白鼠：北魏明元帝永兴三年二月的第一天，京都平城一个叫赵温的家里捉住了一只白色的老鼠，献到了皇宫。后来又在平城北苑内捉到了一只白鼠，好事者划开肚子，肚里的三只小鼠也是白的。③

双头鸡：孝文帝太和元年五月，平城发现了一只奇怪的鸡。两个脑袋，每个头上长着像犄角一样的冠子。④

白龙：北魏太武帝太平真君三年三月，平城有一户人家的水井里出现了两条白龙。太平真君六年二月丙辰日，又有一户人家的井里发现了一条白龙。⑤

嘉禾：北魏道武帝天兴二年七月，在平城县大仙一株奇怪的莜麦，一个穗子下面连着好几根不同的茎杆。就在这一年的八月，又在平城南十里的郊外发现了一株一根茎上结着九个穗子的谷子。⑥

异木：北魏太武帝于五年八月，北魏京都平城的皇家园林华林园中各种果树全部开花。天兴三年四月代郡有两棵树长出了连理枝。孝文帝延兴元年十一月又发现了连理枝。⑦

可以看到，动植物传说除解释动植物名称的由来之外，也包含着极其复杂的

---

① ［晋］张华著，祝鸿杰译注：《博物志全译》，贵阳：贵州人民出版社，1992年，第78页。
② 同上注，第83页。
③ 大同市十大文艺集成办公室编：《大同民间故事集成》，太原：山西人民出版社，1989年，第798页。
④ 同上。
⑤ 同上。
⑥ 同上注，第809页。
⑦ 同上。

思想内容，表现了人们对怪异禽兽、奇花异草的关注，当然这些叙事作品里也不乏勤劳智慧的劳动人民丰富的想象力。

（三）佛教传说

佛教起源于印度，两汉之际传入我国，经过漫长的历史发展时期，已经深深地渗入中国人民精神生活的各个方面，影响巨大。传说是植根于人民之中口口相传的故事或传闻，按照日本著名民俗学家柳田国男的说法："（传说）指的是把所有古来传承，自然也包括人们记忆流传在口上的说谈，以及较为奇特的信仰或习俗，只要问起就能得到的某种说明，都看作是传说。"①

从现在所能见到民间佛教传说的内容来看，主要有如下几种类型：

1. 以地形为依托，以神祇为中心的灵迹传说

这类传说的特点是把当地地理环境与佛教的一些神灵相联系，附会于佛教的名山圣地，构成一些神奇的传说。例如，上下华严寺的庙门为什么朝东？大同一带的民间传说解释是，因为它们都建于辽代，而辽王朝的建立者是游牧民族——契丹族。契丹族除相信鬼神之外，还特别崇拜太阳，把太阳当作神，作为民族的图腾。在他们眼里，草原是太阳给的，鲜花是太阳给的，牛羊是太阳给的，一切都与太阳有关。所以每天早晨都要朝拜太阳，一切宗教礼拜活动必须向着太阳，宫殿房屋朝东修建，修建寺院自然也沿袭了这一习俗。②

2. 以崇拜佛教的神灵或著名人物而创造的传说

这类传说的特点是以崇拜神灵为主导，结合本地的情况，创造出具有地方特点的民间佛教传说。观音菩萨、文殊菩萨、弥勒佛等是被崇拜最广的对象。五台山一带流传着北齐定州僧人明勖的故事。传说他为了见圣成佛来到五台山巡游，路上遇到一位一腿长、一腿短、一眼大、一眼小、两个鼻孔朝天长着的怪僧。明勖看不起怪僧，不愿与之同路，殊不知怪僧就是文殊菩萨。明勖有眼无珠，不识圣人，结果错过了时机，白白地错过了与神灵相遇的良缘，最终未能成佛。可见佛教传入中国之后，对汉族和少数民族的文化都产生了重大影响。这则传说就是

---

① 〔日〕柳田国男：《传说论》，连湘译，北京：中国民间文艺出版社，1985年，第2页。
② 大同市十大文艺集成办公室编：《大同民间故事集成》，太原：山西人民出版社，1989年，第365页。

通过定州僧人明勖的轻慢错过了与文殊菩萨结缘的机会，突出了文殊菩萨看似一般实则非凡的形象。

3. 以神通、魔法为内容的传说

这类传说的特点，是把佛教里一些夸张、虚幻、荒诞不经的术数、神通、魔力加以改造运用，创编出一系列传奇故事。就其内容来说，主要有两部分：一部分是如来佛、观音、文殊、弥勒等诸神所使用的超自然神力神奇感应建立的虚幻夸张的传闻故事；另一部分则是以法术、魔术等具有巫术的性质为情节，结合本土的情况创造的一些荒诞不经的传说。其中佛教和道教、佛教和原始宗教之间相互斗法斗智是主要的表现形式。[①]

佛教传说是山西民间文学的重要内容，它折射了佛教传入中国之后，实现本土化、民间化的过程。在晋北农耕文化与游牧文化交汇地带，以五台山、云冈石窟为核心，形成了内容丰富、特色鲜明的民间佛教传说圈。民间佛教传说在本地区本民族内口口相传，源源不断，在各民族之间也发生了互相交流融合的现象。佛教传说的横向联系是佛教扩大影响、向外传播的一个有效途径。

四、魏晋南北朝时期幻想故事

魏晋南北朝时期，鬼故事有了巨大的发展，特别是受到当时志怪小说的影响，鬼故事迎来了发展史上的初次繁荣。魏晋南北朝时期鬼故事普遍流传，深受民众喜爱，成为当时民间叙事的主流。据文献记载的大量作品来看，魏晋六朝鬼故事的数量之多堪称空前绝后。虽然许多志怪典籍已亡佚，使后人难窥全貌，但通过典籍文献记载的资料与至今流传的活态文本的对读，可以对这个时期的鬼故事做深入的研究。

鬼是人类幻想出来的一种与人相对的阴府中的形象，其生活形象大都是人类生活的折射和想象。在具有原始宗教观念的人看来，人死后的第一形态就是鬼。

这一时期鬼故事所包含的思想内涵主要有以下两个方面：

---

① 黄夏年：《浅论中国民间佛教传说》，《五台山研究》1990年第3期。

（一）对生命的忧患意识

魏晋南北朝时期社会动荡不安，普通民众朝不保夕，在这样的背景下，更激发了人们对个体生命的关切，通过幻想的鬼神世界寄托自己的生命理想。魏晋南北朝谈鬼小说中叙述亡灵现形的作品占有相当比例。如《幽明录》记载了这样一则故事：

> 晋秘书监太原温敬林，亡一年，妇桓氏忽见林还，共寝处，不肯见子弟。兄子来见林，林小开窗，出面见之。后酒醉形露，是邻家老黄狗，乃打死之。①

我们在体味亡灵与他们亲人之间浓浓的亲情之余，不自觉地也体会到了幽明殊途间的凄切与悲凉。魏晋六朝是我国历史上人民蒙受深重灾难的动荡时期，而这一点正是这一时期人民生命意识最真实的反映。

（二）对封建社会官场的再现

魏晋南北朝以前中国古代封建社会虽然出现了像文景之治、光武中兴等开明盛世，但到了魏晋六朝时期，民族矛盾尖锐，王朝更替频繁，士大夫们往往一生经历数朝，仕进不断，荣宠不衰，士大夫传统的品德节操在当时达官贵人们的身上难寻踪影。吏治腐败、贪赃枉法、尔虞我诈、唯利是图，在当时成为普遍的社会现象。《搜神后记》记录了《郭璞活马》的故事：

> 赵固常乘一匹赤马以征战，甚所爱重。常系所住斋前，忽腹胀，少时死。郭璞从北过，因往诣之。门吏云："将军好马，甚爱惜。今死，甚懊恼。"璞便语门吏云："可入通，道吾能活此马，则必见我。"门吏闻之惊喜，即启固。固踊跃，令门吏走往迎之。始交寒温，便问："卿能活我马乎？"璞曰："我可活尔。"固欣喜，即问："须何方术？"璞云："得卿同心健儿二三十人，皆令持竹竿，于此东行三十里，当有丘陵林树，状若社庙。有此者，便当以竹竿搅扰打拍之。当得一物，便急持归。即得此物，马便活矣。"于是左右骁勇之士五十人使去。果如璞言，得大丛林，有一物似猴而飞走。众勇共逐得，便抱持归。此物遥见死马，便跳梁欲往。璞令放之。此物便自走往

---

① ［南朝宋］刘义庆撰：《幽明录》，北京：文化艺术出版社，1988年，第74页。

马头间,嘘吸其鼻。良久,马起,喷奋奔迅,便不见此物。固厚赀给,璞得过江左。①

封建官吏多有不法之徒,残害百姓,百姓恨之不已而又无可奈何,使我们无法看到社会的光明,但在漆黑的夜空中忽然出现了一颗明亮的星,那就是在封建官吏中也偶有清官循吏出现,他们也能为民做主。所以民众歌颂清官循吏,指斥贪官酷吏。

五、北朝民歌思想内容与地域特色

北朝民歌有很大一部分保存于宋代郭茂倩编选的《乐府诗集》中,总数约50首,民歌句式不一,风格多样,展现了北朝大动乱时期的社会面貌和各民族的生活场面,在我国民歌史上独呈异彩。

(一)思想内容

1. 描写青年男女之间的爱情生活

这类作品大都以抒发相思恋情为主,艺术成就最高。通过男女主人公的大胆直白,体现了对爱情自由和婚姻自主的向往与追求。爱情,是人类生活中的一个重要方面。北朝民歌中的情歌以女性歌唱居多,反映了她们热爱生活,以纯洁健康的态度来对待爱情,所以在她们的歌唱中总是透露着积极乐观的生活态度和真诚美好的思想感情。

北朝民歌中有一首《紫骝马歌》:

独柯不成树,独树不成林。念郎锦裲裆,恒长不忘心。②

这首民歌以女方的口吻婉转地表达了寻求爱侣的热切心情,这种直白的语气在《诗经》和乐府民歌中屡见不鲜。民歌中采用比喻手法,以树喻人,以物及人,暗示要与心上人成婚配,希望如意郎君穿上自己亲手缝制的背心"锦裲裆",把自己记挂在心,永不相忘。

---

① [晋]干宝、陶潜撰,曹光甫、王根林校点:《搜神记·搜神后记》,上海:上海古籍出版社,2012年,第175—176页。
② 王青、李敦庆编著:《两汉魏晋南北朝民歌集》,南京:南京师范大学出版社,2012年,第334页。

如果说这首民歌是以委婉的语气，表达了青年女子对爱人忠贞、执着的爱情，那么《地驱乐歌辞》唱得就更为直接、大胆：

> 驱羊入谷，白羊在前。老女不嫁，蹋地唤天。①

民歌中表现了一个北部边塞待嫁的女子牧羊山谷，看到头羊在前带路，触景生情，捶胸顿足，发出撕心裂肺的呼喊"老女不嫁，蹋地唤天"。语言简洁朴实，道出这位女子胸中的悲苦与绝望。

一般来说，情歌是含蓄委婉的，由女性吟唱的情歌更为细腻绵密，但是北朝民歌不同于江南民歌，歌的内容像主人公那样率真朴实、大胆泼辣。这两首民歌，语言直率生动，感情粗犷豪爽，一个心直口快的北方女子形象跃然而出。类似的民歌比较多，再如《折杨柳歌辞四曲》其二："门前一株枣，岁岁不知老。阿婆不嫁女，那得孙儿抱。"和其四"问女何所思，问女何所忆。阿婆许嫁女，今年无消息。"②都是直抒胸臆，一吐为快，毫无扭捏娇羞之态。有学者认为，这首诗里反映的"老女不嫁"习俗是由于北方边地受战争影响，壮丁稀少，女子找到称心如意的郎君并不容易；同时，因家中无男丁，父母也不愿把女儿早早嫁出去，丧失掉劳动力。而有的学者则认为，这体现了边塞地区早婚的习俗。我们认为二者都有道理，北方边塞特殊的地理环境和民俗风情才是这一习俗形成的真正原因。

2. 反映北方民族好勇尚武的精神

北朝时期，北方游牧民族之间，由于不断地相互入侵掠夺，经常发生民族冲突和战争。特定的生活环境，形成了北方民族好勇尚武、崇拜强者的社会风尚。如《折杨柳歌辞五曲》其五："健儿须快马，快马须健儿。跸跋黄尘下，然后别雌雄。"③开头连用两个"须"字，突出了人与马之间相互依赖的重要关系，紧张激烈的赛马场上，骑手和骏马彼此之间配合默契，黄尘上下翻滚，马蹄跸跋作响，奋力驰骋，然后方可决一雌雄。这首民歌刚健有力，场面宏大，展现了北方民族的现实生活和精神风貌，颇有驰骋河朔、吞吐八荒的雄心豪气，给人一种阳刚之美。④《琅琊王歌辞》赞颂了"唯有广平公"这样的英雄才配得上"遥知身是龙"

---

① 王青、李敦庆编著：《两汉魏晋南北朝民歌集》，南京：南京师范大学出版社，2012年，第335页。
② 同上注，第343页。
③ 同上注，第342页。
④ 李德芳：《北朝民歌的社会风俗史研究》，《北京师范大学学报》（社会科学版）1984年第5期。

一样龙腾虎跃的战马。再看北朝无名氏的《企喻歌辞》：

> 男儿欲作健，结伴不须多。鹞子经天飞，群雀两向波。①

这完全是一首勇者的赞歌。北朝的健儿们崇拜的是经天而过吓退群雀的凶猛鹞子，他们要做的也是勇猛顽强、横行于世的健儿。胡应麟在《诗薮》里曾评价《企喻歌》是元魏先世风谣，其词"刚猛激烈"，如"男儿欲作健"等语，"真《秦风小戎》之遗，其后雄踞中华，几一宇内，即数歌辞可证"。他深刻地概括了鲜卑等民族的性格。由于崇尚英勇，猛兽鸷鸟也为北朝少数民族所信仰。齐高祖时，"诏诸军旗旄皆画以猛兽鸷鸟之象"。可见鹞子一类猛禽，一向为北朝人所崇拜。一直到现在，在西北各民族的"花儿"中，也还以鹞子比喻英武杰出的少年，足见这种精神气质、风俗习惯、表现形式的源远流长。

3. 塑造了能骑善射、英勇征战的妇女形象

纵观历代诗歌，很少有赞美妇女、为她们歌功颂德的诗篇。即便有也多是赞美妇女美妍的姿容，娇柔的品性，始终守一的贞节等，绝少像北朝民歌那样敬重妇女，歌颂女中豪杰，展现她们的飒爽英姿。《李波小妹歌》就是其中的一首，其歌道：

> 李波小妹字雍容，褰裙逐马如卷蓬。左射右射必叠双，妇女尚如此，男子安可逢！②

歌中塑造了一位女中豪杰。李波小妹李雍容能骑善射，跃马如飞，身姿矫健。"左射右射"形象地表现了她马上射击灵敏，左右逢源。"必叠双"骑射技术之高，令人惊叹！这首民歌用夸张的笔调，极其形象地描写出一位北方女子骁勇善骑射的矫健英姿。北朝女子跨马骑射，从军打仗的现象与当时的特殊历史环境有极为密切的关系。长期的战乱纷争给广大劳动人民带来了巨大的灾难和痛苦，但同时也造就了许多勇敢善战的女英雄。

北朝民歌中歌颂巾帼英雄，成就最高的当数《木兰诗》。花木兰代父从军的故事可以说是家喻户晓，在女扮男装、代父从军的花木兰身上，凝聚了广大劳动人民的理想和高尚情操，这正是《木兰诗》千百年来久唱不衰的根本原因所在。

---

① 王青、李敦庆编著：《两汉魏晋南北朝民歌集》，南京：南京师范大学出版社，2012年，第330页。
② 同上注，第315页。

(二)地域特色

不同于中国历史上的其他时期,魏晋南北朝一直处于一个分裂动荡期,前期是魏、蜀、吴三足鼎立,后期有北魏、东魏、北齐、西魏、北周组成的北朝和宋、齐、梁、陈更替形成的南朝。除了不同政权的对立抗争、朝代的不断更替,造成动荡的重要原因还有少数民族的入侵。由于山西有着独特的地理位置,山西东面有太行山,西面和南面有黄河为屏障,地理位置险要,属于易守难攻的战略要地。每当北方少数民族入侵中原时,山西都首当其冲。处于北温带的山西,还有宜居的自然条件,地势较高,降雨较少,气温与塞北草原相似,除了农业以外,也适合发展少数民族所擅长的畜牧业。

"东汉光武帝后,乌桓移居塞内,在代郡、雁门、太原等地与汉族杂居。汉末,鲜卑步度根拥众数万落,据云中、雁门一带。北魏建立后,拓跋鲜卑的发展更为迅速。魏晋之际,羯人主要聚居于上党武乡。氐族建立的前秦一度控制并州地区,不少氐民也因此进入山西。"[①] 魏晋南北朝时期有鲜卑、匈奴、乌桓、氐等少数民族进入山西,晋阳(太原)是当时北方的军事、政治、经济中心,甚至北齐时期,文宣帝高洋决定设晋阳(太原)为别都。可见,山西在当时有着重要意义,成为当时民族融合的主要地区之一。

经过汉人从中原迁往周边,北方少数民族迁往中原,加上少数民族有尚武风尚,善于作战,少数民族逐渐在中原地区起主导作用。北方少数民族是游牧经济,山西地区是农耕经济,不同的文明相遇、交流、共存,一定有一个长时间的过程,也免不了有冲突、碰撞。刚建立北魏时,少数民族对中原文化是一种对立排斥的态度。到了孝文帝时,这位颇有远见的统治者采取了一系列积极向汉文化学习的措施,穿汉服、讲汉语、学儒家经典等,这些都促进了民族融合。民族融合的过程不是一帆风顺的,到了东魏、北齐时期,由于改革触动了部分权贵的利益,掀起了反汉化的小浪潮。但是历史的车轮终究是要前进的,到了西魏、北周时期,最终实现了融合。

---

① 王新文:《魏晋北朝时期山西民族融合表现及原因》,《历史研究》2007年第5期。

（三）艺术特点

1. 形式特点

北朝民歌形式上的特点体现为句式自由，形式不一。与南朝民歌大都为五言四句的句式不同，北朝民歌有着多样的句式，有五言四句的，如《企喻歌辞》；有四言四句的，如《地驱乐歌辞》；有四言十二句的，如《陇头歌辞》；有七言的，如《陇上歌》；还有杂言的，如《敕勒歌》，等等。造成句式不一的原因有很多，主要的原因是北朝民歌大都是由多个少数民族的创作形成的，其中以鲜卑族为主，少数民族的人民用自己的语言创作出作品后，再被兼通多种语言的人翻译成汉语，如《敕勒歌》就是由鲜卑族的人民所创，再翻译为汉语。《乐府诗集》解释《敕勒歌》："其歌本鲜卑语，易为齐言，故其句长短不齐。"[①] 这种长短不齐、句式多样的特点也有助于作者情感的表达和宣泄。句式决定了语言的节奏感和音乐性，四言句式较单调、没有变化，而五言、七言句式则具有起伏的变化，有利于情感的表达。杂句诗歌《敕勒歌》有三言，有四言，有七言，看似杂乱无章，可实际上朗读起来却婉转流畅，也能让读者感受到苍茫辽阔的草原之美。

2. 风格特点

北朝民歌整体上呈现着一种刚健豪放、率性直接的风貌。这是由于北方少数民族长期居住在辽阔的草原，人们放眼望去皆是宏伟景象，不会注意细微的小事物，胸怀随之宽广，所写的内容也就显得阔大豪放。"任何一个民族的艺术都是由它的心理所决定的；它的心理是由它的境况所造成的，而它的境况归根到底是受它的生产力状况和它的生产关系制约的。"[②] 少数民族的人们以游牧、狩猎为生，善于骑马射箭，练就了强健的体魄，加上他们的尚武精神、长期征战的经历，造就了北方民歌质朴雄健的风格。

反映边塞风光题材的代表作《敕勒歌》："敕勒川，阴山下，天似穹庐，笼盖四野。天苍苍，野茫茫，风吹草低见牛羊。"[③] 描绘了一幅辽阔无际的边塞草原风

[①] ［宋］郭茂倩编：《乐府诗集》，北京：中华书局，1979年，第1212页。
[②] 〔俄〕普列汉诺夫：《没有地址的信·艺术与社会生活》，北京：人民文学出版社，1962年，第350页。
[③] 王青、李敦庆编著：《两汉魏晋南北朝民歌集》，南京：南京师范大学出版社，2012年，第316页。

光图，作者对景色没有过多的修饰，简单的几个字就展现了草原的壮阔。战争题材的民歌，如《紫骝马歌辞》："十五从军征，八十始得归。道逢乡里人，家中有阿谁？"[①]这首民歌反映了当时少数民族征战频繁，男子从青年起一直在外征战，年老才能归乡的社会问题。语言简单质朴，不加修饰，只是如实地叙事，就给人一种苍凉悲壮之感。爱情题材的民歌，如《折杨柳歌辞》："腹中愁不乐，愿作郎马鞭。出入擐郎臂，蹀座郎膝边。"[②]诗中的女主人公直率地表达自己的感情，希望自己可以化作心上人的马鞭，可以长久陪伴在心上人的身旁，这种表达非常直接，对自己的感情没有丝毫的遮遮掩掩，跟南朝民歌"南风知我意，吹梦到西洲"这种缠绵婉转之语不同。北朝民歌更有大胆泼辣之语，如"老女不嫁，蹋地唤天""阿婆不嫁女，那得儿孙抱"等。民歌中的女性希望自己早嫁，努力说服自己的父母，直接争取自己的幸福，这些都反映出北方民歌刚健豪放的风格。

3. 语言特点

民歌的语言有着质朴无华的特点，将同样是写景的北朝民歌《敕勒川》与南朝民歌《子夜四时歌·春歌》相比较，能明显地感受到北朝民歌语言的质朴无华。南朝民歌要对景色、感情、事件进行细致的加工润色，对所描绘的对象用笔墨一层一层地展露，多用形容词，色彩明丽，艺术手法上多用双关，回环婉转地表达情感。而北朝民歌发自天然，没有过多的修饰，直接点明地点，对景色进行简单的勾勒，不做细节的描绘，重点展现那种苍茫辽阔的境界，体现出其语言的朴素无华。

六、志人志怪小说为主的文学样式

魏晋南北朝是个乱世，这一方面造成了社会生产力的极大破坏，个人生命的朝不保夕，但另一方面也削弱了统治者的控制能力，造成了定于一尊的儒学的式微，这为思想文化的解放创造了条件。正是在这政治和思想束缚相对较少的时代，玄、道、佛得以一时并起，它们相互斗争，彼此吸收，共同形成了多种思想文化的并存局面。其时的王公大族、名士风流谈玄说道，纵酒放达；他们"不婴

[①] 王青、李敦庆编著：《两汉魏晋南北朝民歌集》，南京：南京师范大学出版社，2012年，第333页。
[②] 同上注，第332页。

物累",不问世事,追求自身的闲适和个性的满足。大量的佛徒、道徒张皇鬼神,称灵道异;他们或宣扬神仙不死、长生可求,或广播地狱轮回、因果报应。而处于社会底层的广大人民因承受着巨大的现世痛苦,看不到自己的出路和希望,就把心灵寄托在佛道鬼神上,希望这些神灵能给他们伸张正义,带来幸福生活。因此,魏晋南北朝时期各种思想迅速传播,其结果是一方面麻痹了人们的思想,导致社会上出现了各种弊政,另一方面也造成了对人性关怀的增加和对人生问题的关注。这些都为魏晋南北朝小说的产生准备了必要的社会条件。

干宝在《搜神记序》中公开宣称他创作《搜神记》是为了"明神道之不诬","将来好事之士录其根体,有以游心寓目而无尤焉"。也就是说,作者创作本书的目的,一是为了证明鬼神的真实存在;二是为了将来的好事之士能够赏心悦目,解除烦劳,在这类故事的阅读中获得轻松愉快的享受,也就是强调小说的娱乐作用。对小说娱乐作用的强调说明《搜神》一书乃其有意为之。曹丕强调文章乃"经国之大业,不朽之盛事",号召人们不要"遂营目前之务,而遗千载之功",鲁迅因此称其开创了文学的自觉时代。同样,干宝的《搜神记序》也是一篇开创小说自觉时代的宣言,只不过当时干宝并没有将他作的《搜神记》称作小说,而是以史传比之。干宝的这种观点也为南朝萧绮的《拾遗记序》和萧绎的《金楼子·志怪篇序》所继承。由此可见,魏晋南北朝的小说观体现了小说自觉时代的到来。

魏晋南北朝小说中的故事大都发生在同时代或此前不久,因而小说的题材多切入现实生活。我们读《世说新语》,就会感到"晋人面目气韵恍忽生动";读《陆氏异林》,就会对钟繇的薄幸表示极大的愤慨;读《冤魂志》,又会对无辜者的不幸表示同情,对恶人的恶报感到畅快。我们为故事中的人物所牵引,为他们的快乐而欢呼,也为他们的不幸而忧愁。如此有时代感和现实感的作品正是从魏晋南北朝开始的。其次,小说的自觉时代的到来表现在小说对理想的追求上,表现人民美好愿望和理想的作品赢得了后世读者的普遍喜爱,在小说史上产生了深远影响。此外,道教小说的追求长生不死、神仙可求,佛教小说的宣扬因果报应、地狱轮回等,也表达了道徒和佛徒的理想。再次,小说的自觉时代的到来体现在小说表现人的主体意识的觉醒上。这一时期的小说,无论是志人,还是志怪,都表现了对人性的高度关注,对人生问题的深沉思索。殷仲堪的"三日不读

《道德经》，便觉舌本间强"，表现了对玄学的依恋；王佛大的"三日不饮酒，觉形神不复相和亲也"，表现了以酒为乐的人生态度；嵇康的"吾耻与魑魅争光"，表现了不与统治者同流合污的傲岸性格。而道教宣扬的神仙可学、长生可求思想表现了对生的爱恋和对死的抗拒；佛教宣扬的地狱轮回、因果报应思想则表现了对善的追求和对恶的惩罚；一些篇章对妇女才学的赞扬则表明了人们开始以人的标准来衡量两性。这一切表明魏晋南北朝时期人的生命意识已经觉醒，人的个性得到高度关注。文学是人学，既然魏晋南北朝小说表现了人的生命意识、人的个性，则说明小说的自觉时代已经到来。

七、魏晋南北朝文学的多重价值

（一）史料价值

魏晋南北朝民间文学为这一时期某些人物的研究提供了重要的史料。中国的史官文化，大多反映的是统治者的思想和上层社会的生活状况，加之古代社会交通不便，信息不发达，因此对反映广大下层民众及下层官吏生活状况的历史事件也就很难及时搜集并传送到史官的手里，这也就造成了历代正史中民间史料的缺失。当然这只是原因之一，造成中国古代正史官本位真正的原因是统治阶级的意志。然而民间传说虽为广大民众的集体创作，但其所依据的都是在社会上存在的一些人物和事件，对于正史所不载的一些历史事件，后世的传说往往有载。因此，民间文学具有重要的史料价值。

魏晋南北朝时期，战争连绵不断，朝代更替频繁，在这样一个黑暗混乱的时代，广大的普通百姓几乎找不到任何一方生活的净土，因此，就有许多桃花源传说流传于民间，这反映了下层民众对没有战争、没有压迫、人人安居乐业的美好生活的向往。这一时期九品中正制的确立，也形成了上品无寒门，下品无士族这样一个等级森严的社会现实，而这一制度的确立更是堵死了寒门士子仕进的大门，也使他们追求平等自由的婚恋愿望最终破灭。魏晋时期，寒门士子想要跻身上流社会简直就是妄想，而为维护整个家族高贵的血统，士族人家的女儿绝对不能嫁给寒门士子，甚至是门第低于他们的其他士族人家。如此等级森严的婚恋制度使得众多的寒门士子只能望豪门兴叹，加之魏晋时期普遍的鬼神实有观念的流行，寒门士子便编造出了许多与豪门世家那些未婚而死的女鬼们的传说故事，以及一些凡男与女仙、凡男与女妖等的婚恋传说，所有这些都反映了寒门士子对这种不平等婚恋制度的强烈不满以及他们渴望自由婚恋的美好愿望。实际上，唐前反映下层民众各方面生活状况的传说故事还有很多，而所有这些传说都真实地再现了普通百姓的生活状况，与统治者豪华奢侈的生活形成了鲜明的对比，为研究这一时期的民情风貌提供了第一手资料，具有非常重要的社会意义。

（二）文学价值

文学作品反映现实，并不是像镜子那样机械地反映，而是渗透着作者的认识、评价和感情。当然，作为社会意识，作者的认识、评价和感情是由社会存在所决定的，但读者在阅读作品时，与其说是被作品描写的人物和事件所感动，不如说是被渗透在作品里的作者的主观精神所感动。换言之，如果没有作者的真知灼见，就不会使读者的心灵受到震荡，从而获得提高。

尊重个性的要求或愿望在魏晋南北朝文学里并不是孤立的现象，至少是一种颇有影响的倾向。谢惠连《秋怀》诗："未知古人心，且从性所玩。"何逊《答高博士》："为宴得快性，安闲聊鼓腹。"到了唐代，李白在《梦游天姥吟留别》中写道："安能摧眉折腰事权贵，使我不得开心颜。"这在今天博得我们的一致称赞，誉为对封建秩序的不可驯服的轻视。这种赞誉固然是对的，但按其实际，正是魏晋南北朝文学里尊重个性的倾向的合乎逻辑的发展，这也是魏晋南北朝文学在我国文学史上的重大贡献。

这类内容的作品在诗歌里虽有相当的数量，而最能使人一目了然的却在小说里。先引《世说新语·排调》一则如下：

> 王浑与妇钟氏共坐，见武子从庭过，浑欣然谓妇曰："生儿如此，足慰人意。"妇笑曰："若使新妇得配参军，生儿故可不啻如此！"①

"新妇"是王浑妻子的自称，"参军"指王浑的弟弟王沦，武子则是王浑夫妇的儿子，王济，字武子。所以，王浑妻子的回答是："如果我能跟你弟弟结婚，

---

① [南朝宋]刘义庆著，[南朝梁]刘孝标注，余嘉锡笺疏：《世说新语笺疏》，北京：中华书局，2011年，第681页。

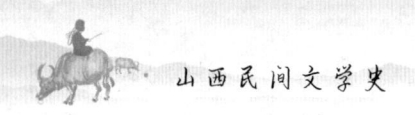

生出来的儿子还要更好。"对于这条记载，清末的李慈铭有过如下的评论："闺房之内，夫妇之私，事有难言，人无由测，然未有显对其夫，欲配其叔者。此即倡家荡妇，市里淫妲，尚亦惭于出言，郝其颜赪。岂有京陵盛阀，太傅名家，夫人以礼著称，乃复出斯秽语？齐东妄言，何足取也！"这位王夫人虽未必"欲配其叔"，但在潜意识里存在着对其叔的爱慕，大概是确实的，对其丈夫大概也未必满意。她敢于把这一切直接向其丈夫表露，当然违背封建道德。这件事是否"齐东妄言"，可姑置不论，重要的是《世说新语》的作者在记载此事时，显然并没有把王夫人作为"荡妇""淫妲"看待，对她的回答倒是视为雅谑的，所以记入了"排调"类。在这里再一次显示了当时文学在欲望与道德关系上新的态度。

第四章
唐代山西民间文学

一、唐代山西民间文学发展的背景

　　唐朝是我国历史发展中一个非常重要的时期，出现了许多有作为的统治者，他们励精图治，广揽人才，使唐朝社会各方面都呈现出兴盛繁荣的景象。唐太宗李世民统治时，四夷臣服，国泰民安，政治、经济和社会发展到了顶峰，史称"贞观之治"；一代女皇武则天举贤任能，重视农桑，发展水利，在历史上留下了浓墨重彩的一笔；唐玄宗李隆基前期励精图治，任用贤相姚崇、宋璟，节俭去奢，缔造了"开元盛世"。在这种社会背景下，不仅诗歌、散文成就辉煌，而且小说作为一种新的文学体裁登上历史舞台，它以虚构为主，情节丰富，摆脱了传统经史子集的束缚；说话、说唱、杂戏的发展为戏剧的成熟做了铺垫；交通的发展、外交政策的包容，吸收了印度、中亚乃至欧洲的宗教和文化艺术，故事、传说的内容，彰显着文化交融的特点。本时期民间文学的发展受到多元因素的影响。

　　从政治方面来说，唐代统治者在经济、科举、赋税、外交、军事、文化等方面政策都有所改变，进而影响到民间文学的发生、演变。例如科举制度的实行，使寒门子弟有了更多升迁的机会，文学的内容、风格更贴近底层社会。从经济方面来说，租庸调制、均田制刺激经济发展，交通的便捷使商业贸易繁荣，庶民、商贾阶层得以崛起，他们的审美趣味、文化态度直接地影响着文化娱乐活动的趋向。商业贸易也促进了汉族与少数民族、域外人士的交流，促进文学艺术的多元开放。从文化方面来说，政治、经济制度的改变影响着文化，唐代的文化政策相对开明，统治者注重文治，儒、释、道三教并举，思想上自由宽松，创作出的文学作品呈现出多元复杂的样貌。随着政策的引导，生产力的发展，社会生活水平的提高，大小集镇数量不断地增加，普通民众的娱乐需求得到满足，与民众生活息息相关的民间文学得以兴盛。

唐代的民间传说丰富多彩，诸多正史的记述中掺杂着民间传说的成分，例如《晋书》《南史》《北史》，另外，刘肃的《大唐新语》、王仁裕的《开元天宝遗事》等杂史、别史和具有一定史料价值的野史笔记中，也载录了很多关于朝廷、官宦士子、市井人物、仙佛道徒的传说。唐代的传奇小说，有很多都是取材于民间传说之后的再加工，例如陈鸿《东城老父传》《长恨歌传》。笔记杂著中也包含着传说内容，其中最具有代表性的就是段成式的《酉阳杂俎》一书，其中包含着丰富的国内外传说故事，是宝贵的文献研究资料。从传说的内容上来说，这一时期的主题、类型都在保留原有样貌的基础上有所发展，范围也不断扩大。地域上开始向少数民族、域外发展；人物上从上层宫廷推延到下层平民；故事类型出现了新型的胡人识宝传说，增加了以解释性为特征的风物传说；审美趣味也发生了变化，从雅化到俗化，贴近生活，反映民众日常生活以及美好愿望，成为老百姓喜闻乐见的艺术形式。

唐代民间文学的发展并不是均质的，最为引人注目的是幻想故事，其作品题材丰富，数量众多，艺术性极强。传奇小说不断从幻想故事中吸取素材，得到迅速发展。笔记小说中多有对幻想故事的记载，除《酉阳杂俎》之外，还有玄奘师徒编撰的《大唐西域记》、道世编著的《法苑珠林》、薛渔思撰的《河东记》、皇甫氏撰的《原化记》等。幻想故事的主要类型有鬼魅故事、精怪故事、神异故事等。鬼魅故事从社会生活的不同方面来表达民众的思想感情、生活愿景，主要内容有人鬼情谊与恋情、人鬼亲情、鬼魂申冤报仇、还魂复生等。精怪故事多为动植物或非生物精怪，内容风趣，颇有艺术魅力，内容分为关于人精友情和恋情的故事、精怪作祟的故事、斗妖灭怪的故事。神异故事在这一时期超过了以往，呈现出繁荣的景象，最有名的是《酉阳杂俎》中的《旁㐌》（两兄弟型）与《叶限》（灰姑娘型），在许多地区至今广为流传。另外，写实故事与民间笑话有不同程度的发展。写实故事主要是门类众多，记载于同期的幻想故事、民间笑话等书籍中，民间笑话主要记载于无名氏《笑林》、朱揆《谐噱录》等典籍文献中，民间寓言也有了辑录。

唐代是诗歌发展的重要时期，民间歌谣在此时也得到了发展。时政歌谣是其重要组成部分。唐玄宗统治后期，亲小人、远贤臣，官僚腐败，天怒人怨，唐王朝由盛转衰，讽刺阶级不平等、政治黑暗的歌谣随之兴起。唐末以黄巢为首的农民起义军创作歌谣以鼓动民心，载于《全唐诗》的《黄巢谶》就是其中的代表作。另外竹枝词、五更调也广为流传，竹枝词以刘禹锡为代表，后世文人争相模仿。敦煌曲词反映了词流传于民间的最初形态，内容大多是诉说自己的生活境遇，例如徭役、情爱、思念等。唐代开明的民族政策也促进了文化交流，留下了一部分吐蕃与南诏的歌谣，反映出汉文化与少数民族文化的互动。

唐代时讲唱兴起，变文广为流传，其题材主要来源于三个方面：一是取材于历史，如《伍子胥变文》；二是取材于民间传说故事，如《王昭君变文》；三是取材于现实，如《张淮深变文》。同时，多民族融合以及佛教、伊斯兰教的传入为少数民族叙事诗的兴起提供了文化背景，于是，少数民族叙事诗也有了新的发展。少数民族大多没有文字，歌唱是日常交流的主要手段；仪式过程对风俗歌的需要；少数民族神话史诗在题材和形式上对于叙事诗的影响，这些都成为少数民族叙事诗兴起的重要因素。

民间小戏是民间文艺的重要文体，唐代的小戏最具代表性的是《踏摇娘》和参军戏。据《教坊记》《乐府杂录》记载，《踏摇娘》产生于北齐时期的朔北（黄河以北），苏某貌丑、嗜酒，经常殴打妻子，不曾做官还自称郎中；他的妻子貌美、善歌，将满腹悲怨谱为词曲，到处演唱。《踏摇娘》在唐代得到丰富与发展，成为民间歌舞。参军戏以滑稽戏谑为特征，常常出现戏弄者和被戏弄者两个角色，到了唐代成为一种专门的表演节目，又称"弄参军"，是唐代优人施展表演才华的一个戏曲品种，在民间广为流传。

二、唐代山西民间传说

（一）人物传说

历史人物的传说常常与其生平活动的行踪或事迹密切相关。山西拥有丰富的帝王传说资源，太原是传说中的龙兴之地，李氏父子于此成就霸业，创造了中国历史上辉煌的大一统王朝；中国历史上唯一的女帝武则天祖籍山西文水。唐朝定都于长安之后，武则天、唐玄宗出于对山西的重视，都曾亲自北巡太原。丰富的帝王传说和后妃传说以及名臣将相传说共同构成了唐代山西民间人物传说的系统。

1. 帝王传说

（1）李渊、李世民在山西的传说

太原，古称晋阳，别称"并州"，也被称为"龙城"，是一座拥有2500多年建城历史的古都。李渊起兵太原的史事，在唐代及其以后历代修撰的典籍史料中都有记载。这些记载侧重于对史实的记述，宣扬"皇命天授"的封建正统思想。其内容往往过于简单，对事情经过无具体描写，一带而过，对"李渊父子太原起兵"的传说付之阙如。这里值得一提的是《大唐创业起居注》一书，该书为李渊的"记室参军"温大雅随军所撰，较为翔实地记载了唐初李氏父子建立唐朝的过程，其中的一些内容包含了民间传说故事材料。卷一"起义旗至发引凡四十八日"云：

> 十三岁，岁在丁亥，正月丙子夜，晋阳宫西北有光夜明，自地属天，若大烧火。飞焰炎赫，正当城西龙山上，直指西南，极望竟天。俄而山上当童子寺左右，有紫气如虹，横绝火中，上冲北斗，自一更至三更而灭。城上守更人咸见，而莫能辨之，皆不敢道。[①]

这里所描写的"有光夜明""紫气如虹"等就是民间所称的"龙气"。在民间，此属风水学范畴，一直为统治者和民众深信不疑，乃至有专门为世族官僚服务的"望气者"存在。太原是李氏王朝的龙兴之地，李氏父子之所以能够起兵成功，成其霸业，原因就是有"龙脉"在此。这一点似乎也得到了证实，唐朝前期的皇帝往往对太原垂爱有加，把其认作自己的第二故乡，在历史上声名赫赫的唐太宗、武则天、唐玄宗都曾亲自北巡太原。

下面一段记载，其传说特征更为明显：

> 大业初，帝（李渊）为楼烦郡守，时有望气者云："西北乾门有天子气，连太原甚盛。"故隋主于楼烦置宫，以其地当东都西北，因过太原，取龙山

[①] [唐]温大雅撰，李季平、李锡厚点校：《大唐创业起居注》，上海：上海古籍出版社，1983年，第5页。

第四章 唐代山西民间文学

风俗道,行幸以厌之云。①

此处"楼烦"并非指古代北方少数民族的族名,而是指今太原周边的娄烦县。因"龙气甚盛",所以隋主在楼烦修筑宫殿,想要阻断连接到太原的这道"天子气",但最终还是无法阻挡李氏父子的帝王之运。这些资料充满了民间传说的神奇色彩,引人入胜,与史实互为补充,更加增添了这部分传说的神秘性和传奇性。

李渊父子起兵太原以后,与各个封建势力展开了拉锯战,山西成为当时的前沿阵地。山西与李渊、李世民相关的传说有很多,几乎沿着李世民征战路线分布,尤其集中在数次大战的晋南地区。根据史料记载,李渊的军队自太原一路向西南进发,夺取霍邑,为进军关中打开了通路。这里所说的"霍邑"即现在的山西霍州,霍州处于晋中与临汾盆地的交界地带,是从太原到临汾的必经之地。"霍邑之战"是一场大战,除了这场战役之外一定还发生过一些小规模战斗,虽然史料没有明确记载,但是我们却可以从民间传说故事中找到相关的蛛丝马迹,这从侧面体现了传说具有一定历史性的特点:

到过晋南的人,都知道襄汾县东边有个塔儿山。塔儿山下有个安李村。这村原名李村,因唐太宗李世民曾驻跸于此,安然无恙,因而改名为安李村。

唐初隋朝地方残余势力刘武周,招引众多的突厥族人南下,连胜唐军,占了太原,席卷山西,紧逼关中。唐高祖李渊见丢掉山西战略重地,慌了手脚,就派他的儿子秦王李世民征讨。

一天,李世民带领了一捎人马深入敌区,来到塔儿山下勘查地形,不料被敌军包围。唐军寡不敌众,三次突围都被打败了。秦王李世民负了重伤,被围困之后,有些村民即扮作樵夫去搭救,人们凭着心齐、路熟,在通往塔儿山的一条山沟里,给秦王换上庄稼汉的衣服,将其搭救了出来。当他们把唐军引入深沟时,已被敌军发现,随后被追杀。深沟内荆棘丛生,不时挂住秦王衣服。他对棘刺求救:"你不会别长有钩儿的刺吗!"因秦王李世民有天子之份,所以,一句话就把那条沟的酸枣刺上有钩儿的都封直了,这沟后来

---

① [唐]温大雅撰,李季平、李锡厚点校:《大唐创业起居注》,上海:上海古籍出版社,1983年,第5页。

就改名"秦进沟"。①

这则传说看似解说酸枣刺无钩和一些地名的来历，实际上是一则偏重于讲解史事与战争的传说。襄汾县与霍州同属临汾地区，在霍州的南面，从地理位置上也非常符合唐军夺取霍州后向西南进发的史实。因此，在襄汾曾经发生过战争的可能性非常大，这则传说与史料相映衬，是珍贵的活态历史资料。从这一则传说中，也可以体会到传说这一民间文学的具体形态，其形成和演变的复杂性以及不同类型传说之间相互的融会和影响。

除去战争传说，在晋南和晋东南还流传着诸多李世民灭蝗的传说。素以爱惜民力著称的太宗皇帝在当地被当作"虫王"祭祀。晋城市北石店镇南石店村有一座虫王庙，庙中所存清代咸丰六年（1856）碑刻记载了此庙祭祀的虫王为唐太宗，而以虫王的名义祭祀李世民是"起于贞观二年三月庚午以旱蝗责躬，癸酉雨一事"。②贞观二年（628）三月庚午，因为蝗灾旱灾严重，唐太宗很自责，默默祈祷，不仅蝗虫不见了，癸酉日还下雨缓解了旱情。而长子县南陈乡团城村唐王庙碑文记载了唐太宗吞蝗的故事：长安蝗灾严重，唐太宗吞食蝗虫并说道："宁食吾肺腑，勿饥吾民"，于是蝗灾果然消失。③史籍对这个动人的故事也有记述，《贞观政要》卷八曰：

> 贞观二年，京师旱，蝗虫大起。太宗入苑视禾，见蝗虫，掇数枚而咒曰："人以谷为命，而汝食之，是害于百姓。百姓有过，在予一人。尔其有灵，但当食我，无害百姓。"将吞之，左右遽谏曰："恐成疾，不可。"太宗曰："所冀移灾朕躬，何疾之避！"遂吞之。自是蝗不复为灾。④

这是一个真实而感人的故事。《资治通鉴》也把它作为信史记了下来：

> （贞观二年三月）关内旱饥，民多卖子以接衣食；己巳，诏出御府金帛为赎之，归其父母。庚午，诏以去岁霖雨，今兹旱、蝗，赦天下。诏书略曰："若使年谷丰稔，天下乂安，移灾朕身，以存万国，是所愿也，甘心无吝。"会所在有雨，民大悦……（四月）畿内有蝗。辛卯，上入苑中，见蝗，

---

① 襄汾县民间文学集成编委会编：《襄汾县民间故事集成》，内部资料，1987 年，第 171—173 页。
② 李跃忠：《晋城南石店村虫王庙舞楼看楼碑刻考述》，《中华戏曲》2000 年第 00 期。
③ 李跃忠：《李世民何以成了虫王？》，《忻州师范学院学报》2004 年第 5 期。
④ ［唐］吴兢撰，谢保成集校：《贞观政要集校》，北京：中华书局，2003 年，第 424 页。

掇数枚，祝之曰："民以谷为命，而汝食之，宁食吾之肺肠。"举手欲吞之，左右谏曰："恶物或成疾。"上曰："朕为民受灾，何疾之避！"遂吞之。是岁，蝗不为灾。①

《资治通鉴》记载较全，包含责躬祈雨和吞蝗两则故事，吞蝗的确切时间是"贞观二年四月辛卯"。李世民是一位有雄才大略，且关爱民众的君主，由于他吞蝗使得蝗虫消灭，蝗灾解除。这件事先经上层社会神化，继而在民间奉之为"虫王"，立庙崇祀，春秋致祭。清代马铸式在咸丰六年（1856）为山西晋城南石店虫王庙撰写的《虫王庙新建拜殿重修山门舞楼看楼碑记》云："民以食为天，使百世无旱蝗，而民生安有不足者乎？特祀虫王，斯民亦可谓善祷也已。"②传达了民众的心声，高度肯定了祭祀虫王之举。直到今天，泽州县仍然流传着蝗虫与李世民的故事：

> 晋城、高平一带连年蝗灾，纳税不够，李世民十分生气，问罪泽州知府。知府如实禀报连年虫害，庄稼被啃食，颗粒无收。李世民喝道："什么虫子如此可恶，给我抓几只过来"。泽州知府返回泽州抓了几只蝗虫带回京城，李世民看后说："这虫子竟敢吃人粮食，使百姓挨饿，可恶至极。"便把蝗虫撕成两截吃了下去，并免泽州府一年的赋税。此事感动天宫，玉皇大帝下令收回蝗虫。③

唐太宗灭蝗传说的广受欢迎，有其两方面缘由。晋南晋东南地区自古蝗灾频发，民众饱受其害，自然有求神拜佛寄托希望与欲求的心理需要，从而衍生出祭拜虫王的信仰与仪式。在山西，李世民取代了刘猛将军作为虫王被祭祀，正是由于李世民契合了山西人民的情感需要。一方面李氏起兵太原，多在山西活动，其事迹在晋东南广泛流传，为民众所熟知和喜爱。另一方面，李世民极其关心农事生产，关注民生，肯为春耕延缓太子加冠礼的日期。而在这则传说中，他面临天灾反省自身，有代民受苦之心，乃至不顾自身安危毅然吞蝗灭灾，感动的不仅是

---

① [宋] 司马光：《资治通鉴》卷一九二《唐纪八》，北京：中华书局，1956年，第6049—6054页。
② 李永红、杨晓波等：《三晋石刻大全：晋城市城区卷》，太原：三晋出版社，2012年，第314—316页。
③ 郭万金主编：《山西民间故事大系》晋东南卷一《蝗虫与李世民》，北京：商务印书馆，2017年，第157页。

玉皇大帝，更是万千民众。天神玉帝，正是皇皇万民，代表着来自民间价值的审判。显然，李世民完美回应了人民的期待。唐代史书、宋代正史、清代碑刻以及当代记录，四则材料清晰显示出这则传说的流传轨迹，使我们惊异于民间传说的稳定性，惊异于口口相传的口传文化的巨大威力。

山西素来缺水，民间多信仰水神、龙王，期盼老天爷多下点雨，既能灌饱庄稼，又够人畜使用。人民敬爱的唐太宗李世民，在传说故事中也和水联系起来。夏县流传着《李世民与贤惠女》的故事：

大宽河的高山上，有个小村子，村里有户人家，寡妇老婆婆和一个儿子，三年前娶了一个贤惠媳妇。老婆婆对媳妇习钻苛刻，儿子也常年在外鬼混。山上没水，要从山下往上担。儿子不在家，当然要靠媳妇了。狠心的婆婆怕媳妇路上休息，特意叫木匠箍了一对尖底桶，一放下水就洒了。光这还不算，担回来的水，只要前边一桶，说身后一桶在屁股后面不干净，必须倒掉。

一天媳妇担水走到半山腰，恰恰李世民骑马路过，马见水不走想喝，贤惠媳妇说："我就担着叫马喝一点吧。"李世民见状用鞭子把石板抖了一个窝，刚好可以把桶放下。媳妇又说，请客官叫马喝后边一桶。李世民问清原因后，看媳妇面善命苦，就把鞭子给了她，并说："你把我的鞭子搭在缸沿上，何时用水只需要一提，就会有水流进缸中，再不需要你下山担水了。"媳妇急忙感谢。临走，李世民又吩咐说："鞭子可不要离开缸沿，一离开就水流不止了。"媳妇应声："谢谢客官。"二人分别。

贤惠媳妇照李世民的吩咐，把鞭搭在缸上，果真提起鞭子，水就往缸里倾。婆婆平时不进灶房，并不知道这件事。一天媳妇回了娘家，婆婆自己做饭吃。进门见到缸沿上有根鞭子，顺手把鞭子扔在地下，结果泉水到处横流，流满了灶房，流进了院子。婆婆大声呼救，惊动了左邻右舍。邻居们一齐劝说婆婆："快叫媳妇回来吧，不然淹了你们家，还要淹我们的家呀。"便马上央人去叫媳妇。

贤惠媳妇听说家中遭了水灾，急忙往回跑，顺手抓了一个草箔子回家去。一进村子只见满村是水，浪快打到庄稼了。她看情势紧急，用手中的箔子压住浪头，坐了上去，水渐渐退了下去。然而婆婆并未改变对媳妇的看法，儿子回来后更是称她为妖怪，将她驱逐出门。媳妇临走舍不得鞭子，提着鞭子出门,水瞬间就涨了起来。这次涨水却涨不出院子,水积到半人深,恶婆婆和儿子大声呼救,却没人理会他们,儿子大声喊道:"谁把我救出来,我就把媳妇给了他。"媳妇把鞭子给了一个英俊的小伙子,小伙子拿鞭一提,水骤然下降。[①]

这则传说与晋祠水母娘娘的传说基本一致,贤惠媳妇受婆婆刁难,获赠神奇宝鞭减轻劳动量,媳妇因事不在,婆婆不知宝鞭用法触犯禁忌导致大水,媳妇赶回来坐到水上,水最终退去。两者有着共同的婆媳矛盾母题、宝物母题和禁忌母题,不同处在于发生的地点,以及给予宝鞭的人物。夏县曾有吕崇茂杀县令起义,是唐军数次征战之地,李世民威名远扬,民众便将给予宝鞭的山神变换成了李世民,使得李世民也具有了神圣性,皇帝御赐之物即是有神力的宝物,能通人性,惩恶扬善。

李世民与水的传说中,还有一类是关于饮马以及战时找水、吃水、用水的故事,如山西各地流传的"马跑泉"传说。这类传说情节简单,大意为某位将军行军路过,人马皆渴,没有水喝,战马用蹄子刨出泉水,形成"马跑泉"或"马刨泉"。传说所涉及人物不仅有唐太宗,还有秦始皇、尉迟恭、李存孝、杨六郎、宋太宗等人,但总的来说,见于口传活态文献与清代康熙《山西通志》的马跑泉传说,仍以唐太宗为主。太原市西南的太山,如今还流传着李世民饮马的传说。太山上有龙泉寺,得名于寺中的"龙泉"。"龙泉"边悬挂的木牌上写道:"相传此泉很早就有,李世民起兵前曾在此饮水。"

除战争传说、仁政传说、水传说外,李世民也有不少滑稽传说。盐湖区流传的《唐太宗诱骗〈兰亭序〉》便是其中一则。李世民得知《兰亭序》真迹藏在浙江会稽辩才和尚手里,多次派人索取。辩才和尚只推说不知真迹下落。李世民和监察御史肖翼商妥一计,肖翼扮成一个书生来到会稽,接近辩才和尚。两人谈书论史,吟诗作赋,成为好友。一天两人谈论起王羲之的书法,肖翼把事先备好的王羲之真迹拿出来,给辩才和尚欣赏。辩才看后不以为然:"真到是真的,却不好。我有好的。"肖翼急忙追问是什么帖子,辩才答道《兰亭序》。肖翼佯装不

[①] 郭万金主编:《山西民间故事大系》晋南卷二《李世民与贤惠女》,北京:商务印书馆,2017 年,第 456—457 页。

信,和尚便拿出真迹。肖翼接过来急忙收进袖中,并拿出唐太宗下的索取《兰亭序》的诏书。[1]用计诱骗辩才和尚亮宝,并下诏强取,唐太宗可谓强横又狡诈。而另一则故事《唐太宗密访遭大难》,则讲述了唐太宗年轻时打仗,被荣河县的一位老婆婆所救,成功逃过了追兵,脱离险境。二十年后,李世民梦到当年那位老婆婆对他说自己只有八年寿命了,老婆婆有药可以延寿。于是李世民微服私访,寻找当年那户人家。结果时世更替,老婆婆早已不在,李世民被当成罪犯严刑拷打,吃了不少苦头。[2]人无完人,伟大的人物也有其缺点,这些幽默的故事,些许拉近了高高在上仿佛神明的李世民与一般凡人的距离,使其更具亲和力,丰富了李世民的形象。

(2)武则天的传说

作为历史上唯一的女皇帝,武则天其人其事一直被臆想与猜测,这位女皇浑身充斥着浓重的神秘色彩,甚至对她的籍贯一直以来都充满争议,主要的说法有四川广元说、长安说和山西文水说。其中,文水说得到了更多人的相信与认可。根据《旧唐书》《新唐书》《资治通鉴》等史书记载,武则天为"并州文水人"。武则天称帝之后,也曾说过:"并州,朕之枌榆也。"[3]"枌榆"就是故乡的意思,说明武则天认同的故乡为"并州"。唐初并州下辖16县,其后不断变动,文水有时归属忻州,更多时候归属并州。武则天登基后,还曾将文水县改名为"武兴县",即"武氏兴起之地",直到中宗复位后,才恢复了文水县的名称。

唐朝流传下来的关于武则天的传说很丰富,然而见诸典籍的有关其在山西的传说却很少见,究其原因可能是由于武则天并不生活在山西。幸得一些民间流传的传说故事和历史遗迹作为补充,一定程度上弥补了文献记载的缺失。

在山西,保存至今的关于武则天的最为有名的历史遗迹是文水的则天庙。该庙位于县城北的南徐村北面,规模虽然不大,但却风景秀丽,游人如织。原建年代不详,现存的正殿始建于金皇统年间,庙中有清康熙、光绪年间修缮寺庙的碑

---

[1] 郭万金主编:《山西民间故事大系》晋南卷二《唐太宗诱骗〈兰亭序〉》,北京:商务印书馆,2017年,第464—465页。

[2] 郭万金主编:《山西民间故事大系》晋南卷二《唐太宗秘访遭大难》,北京:商务印书馆,2017年,第457—461页。

[3] [后晋]刘昫等撰:《旧唐书》卷八一《列传第二十七》,北京:中华书局,1975年,第2689—2690页。

记等。自清代开始，夏收前的空闲时间，这里都会举行盛大的庙会，当地民众与往来的客商已将武则天"神化"为神灵般的存在，他们在这里举行迎神赛社、祭祀祷告等仪式，通过唱戏、演剧等"娱神"活动，以期得到武则天灵魂的庇佑，达成心中所愿。民间传说的神秘性与民间信仰的功利性在这里高度融合，种种关于武则天的神奇传说为人们的信仰心理提供了动力源泉和精神支撑，而信仰的实质性活动又为传说的传承与传播提供了载体。在中国民间的传统思维中，伟大的人物几乎都有着不同于凡人的神异出生过程，武则天也不例外。文水当地的百姓早已将她视为当地的保护神，因此也流传着一则关于武则天出生的传说：

> 相传武则天父母在文水期间，两人做了同样的梦——一只金凤凰载一貌若天仙的姑娘落到身旁。姑娘自称是来自天庭的七仙女，来侍奉二位。接着便扑到了则天母亲杨氏身上，杨氏不久就出现了怀孕的症状。杨氏生的这个女孩是第七胎，又是七仙女下凡，因此取名"七七"，这个女孩就是武则天。[①]

南徐村村民将武则天比喻为美丽纯洁、聪明善良的"七仙女"的化身，在他们心中，她是那样一位充满"灵气"且秀美的女子，绝不允许一点点的玷污。这与封建男权势力对她"秽乱宫闱""残暴无道"的批判有着天壤之别。在村中，还有不少村民亲切地把则天庙称为"七七庙"，除此之外，据传村中曾经还有"七七街""七七地"等地名。

文水县属山西吕梁地区，吕梁山脉自古干旱缺水，水成为当地开展农业生产的一大瓶颈。逢缺水灾年，几月不降滴雨，庄稼田地焦枯干裂，民不聊生。那里的百姓对水的渴望异常强烈，因此曾多次发生几个村子争水的事件。在则天庙中现存两通碑刻，分别是清光绪二十六年（1900）和三十四年（1908）的《文水县知县文断明水例碑记》与《〈阙文〉水程》。这两块碑就是为了平息因水而起的争斗，并告诫、警示后人而竖立的。当地民众之所以对武则天敬重有加，除了她神异传奇的出生，雷厉风行的治国手段外，还有一个不可忽略的原因，那就是传说武则天曾解决过文水当地的用水纠纷：

> 相传则天在故里期间，得知县城以东两村因浇地打架。她来到现场，沿

[①] 刘守忠搜编：《武则天故居——武家庄园传奇》，香港：香港天马图书有限公司，2004年，第46—47页。

西河堰（今文峪河西岸），一直走到如今的十二眼桥。当场决定龙泉以北的五个村子：北徐、宋家庄、樊家庄、开栅和南徐可随时用水，龙泉以南（包括龙泉）从上到下各村以地亩分配用水。之所以这样分配，武则天说："刚才在河堰上观看，虽说这些村占据上游，用水方便，但是地里的庄稼却旱得厉害。至龙泉涧河以下，尽管地处下游，但是旱情却较轻。这证明上下土质不同。"百姓们拍手称快，从此各村用水秩序井然，大家都感谢武则天为老百姓做了一件好事。①

清朝初年，则天庙曾一度被改名为"水母庙"，其原因据说有二：其一是从宋代以后直至明清，封建统治阶级对武则天的诋毁谩骂愈演愈烈，斥其为"牝鸡司晨"，遂将其庙宇改换其他名称，并改为他用，以打击诋毁武则天在民间的名望。其二则与上述传说有一定的关系，当地民众认为武则天是地方神灵，除了年幼时就成功地处理过水利纠纷外，还庇佑着百姓，为当地带来水资源。在南徐村东南有条小河称为泌水，据传是从武氏旧居深井中自流而成，千百年来浇灌农田数百顷，造福一方。人们把这一井泉称为"神福泉"，认为是则天圣母赐给家乡的福水，故此，改武则天庙为水母庙，或称"则天水母庙"。这样的称呼一直持续到宣统元年（1909），才恢复了"则天皇后庙"的名称。

（3）唐玄宗的传说

唐朝兴盛时期的帝王都与山西有着或多或少的缘分。唐玄宗生活在长安，看似好像和山西没什么关系，但在山西却流传着许多关于他的传说，这类传说大多数都与山西的戏曲和地方小戏有关。山西的戏曲历史悠久、种类繁多。蒲剧、晋剧、北路梆子和上党梆子是其中的四大支柱，被称为"四大梆子"。山西的老百姓酷爱看戏，每逢戏曲艺人走村串社进行表演之时，所到之处皆是商贩紧随，男女老少四方云集，热闹非凡。在那交通闭塞、精神文化生活十分贫乏的时代，看戏成了老百姓唯一的文化娱乐和精神寄托，那里也是他们重要的社交场所。"山乡庙会流水板整日不息，村镇戏场梆子腔至晚犹敲"，这副晋西旧戏台的楹联，就是当时人们喜爱看戏的真实写照。这种爱好，源远流长，已经成为一种代代相

---

① 任义国：《庙会消亡境遇中的民间传说——以山西文水县武则天民间传说为例》，《沧桑》2009年第5期。

袭的传统风尚了。

山西的戏曲传说流传地域广、种类多,主要的流传地有大同地区、朔州朔县、忻州地区、吕梁临县、临汾襄汾和运城芮城等地,而且多与唐玄宗有关。不难看出,这些地区也就是四大梆子和一些地方小戏主要的发源地与传唱地,传说的流传与客观事实在地域上吻合度极高。

通过对这些戏曲文本的进一步梳理,按照文本的主要内容可以将其分为几种类型:解释古代戏曲机构来历的传说、解释地方剧种来历的传说、解释戏曲角色来历的传说、解释曲艺道具来历的传说等。其中解释古代戏曲机构来历的传说,主要是指解释"梨园"来历的传说,这类传说主要流传在忻州地区,与其他地区如北京、西安等地流传的相关传说在内容上大体相同,主要是讲唐玄宗酷爱曲艺,他曾用长安一座种植梨树的园子来招纳演艺人才,并亲自教导训练,之后"梨园"便逐渐成为戏曲艺术组织和艺人的代名词。

值得一提的是解释地方剧种来历的传说,在这一类型中,介绍了一种颇有地方特色的小剧种——"耍孩儿"[①]。在现代生活中,这个小剧种濒临失传,而生动的传说故事能在一定程度上起到保护它们的作用。在传说流传的过程中,这些并不为现代人所熟知的文化艺术得以重新进入年轻人的视野,勾起人们的记忆与好奇心,去重新认识它们:

> 相传,唐明皇有一个太子,自打生下那天起,就有好哭的毛病,终日啼哭不止,搅得人心烦乱,宫娥太监百般无奈。唐明皇为了不让孩子啼哭,想了各种办法。他下令召集梨园子弟进宫为太子吹拉弹唱。但各种音乐都不能把太子逗乐,后来来了一位唱曲子的,天生嗓子不好,唱的声音就像嗓子哑了以后发不出声而又憋劲硬唱出来的一样,让人听了不舒服。谁都没想到,当他放开喉咙对着太子唱了一段之后,太子竟然不哭了,而且高兴得又笑又跳。唐明皇和皇后大喜,叫下人天天在宫里学唱这种嗓音和曲调,并亲自给这个新唱法取名叫"耍孩儿"。[②]

[①] 耍孩儿,以曲牌名命名的戏曲声腔剧种,又名咳咳腔,它发源于桑干河的中游,曾活跃于大同、朔州及晋西北的神池、五寨,内蒙古的呼和浩特、包头等地,曾经深受观众喜爱。
[②] 大同市十大文艺集成办公室编:《大同民间故事集成》,太原:山西人民出版社,1989年,第620页。

这则《"耍孩儿"的传说》主要流传于晋北的大同地区，虽然和唐玄宗没有直接的关系，但是通过啼哭不休的太子与唐玄宗联系起来了，并通俗易懂地从"耍孩儿"的字面上解释了这一特殊剧种名称的渊源来历，饶有趣味。由于资金、人员等方面的问题，以及人们生活方式和审美情趣的转变，目前雁北"耍孩儿"出现了生存危机，必须尽快加以抢救和保护。令人欣慰的是，这一独特的地方剧种，得到了国家与山西省相关部门的重视，经过一番努力，终于被国务院文化部列入第一批国家级非物质文化遗产名录。

解释戏曲角色来历的传说有两则。其一《丑角的来历》：

> 有一天，李隆基来到梨园，排节目时，别的角色都有了，只缺一个丑角。这时，从房檐上飞过一只燕子，在空中一拉屎，掉下来落在李隆基脸上，黑白两种颜色，就像丑角打好的脸谱，李隆基"咦"一声，梨园子弟都说："这个丑角，非陛下当不可。"李隆基也不推辞，就扮了丑角，演了一场。从此以后，在梨园子弟中，丑角的地位很高，而且演员候场时，头戴箱只许丑角坐，别的演员只能在衣箱和杂箱上坐，不能破了这个规矩。蒲州梆子、中路梆子和北路梆子，在神堂里供奉的祖师爷就是李隆基。诞辰为四月二十三日，神堂上贴着一副对联："碧桃红杏梨园祖，金枝玉叶帝王师。"每月初一、十五或班内出了事，都要在神堂给祖师爷烧香祭祀。祭祀时，除班主、承事掌班的外，丑角也在内。①

这则传说解释了为什么在所有演员中丑角地位最高？原因就是唐玄宗李隆基是这个角色最早的扮演者。另一则传说不仅对丑角这种戏剧角色的来历进行了解释，还涉及行业神、行业规矩、行业禁忌等内容，为研究蒲剧梆子等山西地方剧种提供了宝贵的资料：

> 在旧戏班里，有个很严格的规矩，就是生、旦、净、末、丑，到后台各坐各的箱子，不能乱坐。只有丑角三花脸，在哪个箱子上都敢坐。蒲剧剧团，一般都有十三口戏箱，第十三口箱子叫神箱，谁也不敢坐。谁要坐了，就违反了剧团的规矩，轻则受罚，重则丢饭碗。唯有三花脸坐了没事。这个

---

① 中国民间文学集成全国编辑委员会、《中国民间文学集成·山西卷》编辑委员会编：《中国民间故事集成·山西卷》，北京：中国ISBN中心，1999年，第296—297页。

规矩是唐代梨园定下的。传说唐明皇为了讨杨贵妃的欢心,演了丑角逗她开心,杨贵妃在下边看戏,他演得特别卖力气。从此以后,三花脸就成了唐明皇的化身,所以丑角三花脸在戏班里地位最高。①

据史书记载,开元十一年(723),宫中排练大型歌舞《圣寿乐》,唐玄宗穿起了舞衣,亲自教授,歌舞演员们一天之内就学会了这个新节目。彩排那天,玄宗又当起了指挥家,乐队中偶有一声失误,他也能察觉并予以指正。②唐玄宗还参与舞戏的创作,曾编写新曲40多首。这些足以说明唐玄宗是歌舞百戏的行家,也难怪旧时戏曲界尊奉他为祖师爷。

以上传说在文本内容上均与唐玄宗有着一定的关系,为何会这样,可能是因为唐玄宗被历代戏曲艺人尊为祖师爷。山西的戏曲艺术十分丰富发达,这里的梨园子弟对唐玄宗有着特殊的感情,尽管四大梆子里历史最古老的蒲剧在明代嘉靖年间才开始形成,但是山西的戏曲艺人仍然喜爱把各种地方戏的渊源与生成附会到唐玄宗的身上,唐玄宗的帝王身份和对曲艺的热爱给了戏曲艺人情感上的安全感与自我价值。古代,戏曲艺人身份卑微,大部分生活在社会最底层,被辱称为"戏子""乐伎"等,有唐玄宗这样一位千古帝王做他们的祖师爷,使他们感到格外的荣耀自豪,满足了其被尊重的需求。

2. 后妃传说

"杨太真小字玉环,故今古诗人多以阿环称之。"③她是蒲州永乐人,即今山西永济人,姿质丰艳,善歌舞,通音律,为唐代宫廷音乐家、舞蹈家,被誉为中国古代四大美女之一。

在山西有一则关于杨贵妃幼年秃头的传说流传甚广。《独头泉》说杨玉环出生时没有头发,在泉水边伤心号哭的杨玉环受到神人指点,每天早中晚在泉中洗头三次,坚持了六年。最终,杨玉环不仅长出了茂密的秀发,而且出落得越发美丽,唐明皇爱上了仙女一样的杨玉环并封她为贵妃。为了纪念杨玉环,人们将这个村改名叫独头村,将杨玉环洗头的泉水改名为"独头泉"。④这个故事还有一则异文:

---

① 王振湖编著:《临汾民间故事》,太原:山西人民出版社,2006年,第327页。
② [唐]崔令钦撰,任半塘笺订:《教坊记笺订》,北京:中华书局,1962年,第28页。
③ [宋]周密:《癸辛杂识》,北京:中华书局,1988年,第26页。
④ 山西运城行署文化局编:《河东民间故事》,内部资料,1983年,第175页。

杨贵妃出生时手上套着一个刻有"太真"二字的玉环，故而名玉环，字太真。杨玉环七岁时因病秃头，梦中得历山老母指点在村南天天洗头便可重新长出秀发。杨玉环热爱音乐和舞蹈，在河中府参赛夺魁，十六岁时以舞蹈家的身份入宫。

山西省永济市首阳山前独头村是中国古代四大美女之一杨贵妃的故里，这里广泛流传着有关杨贵妃的传说故事。她从小丧父，被寄养在叔父家里，在蜀州（今四川成都崇州）长大，在山西生活的时间很短。值得一提的是，在今山西运城永济市有座园子，据说是杨贵妃的故居，可以说是迄今为止这位国色天香的山西女子在家乡唯一的遗迹。该园依山势而建，精致秀丽，是一座类似城堡式的独宅三进院落。内有上、中、下三个主要部分，还有一座贵妃池。上院是昔日杨家长辈居住、待客之所；中院是贵妃兄弟姐妹、叔婶等居住的地方；下院原是用人居住的地方，现在已经成为歌咏贵妃诗词书法字画的展览厅。园中那座小池据说是贵妃幼年时梳洗之所在。园中塑有杨贵妃的彩色泥像160余尊，力求还原"北方有佳人，绝世而独立"的绰约风姿。这座院落饱含了当地民众对这位国色天香却又红颜薄命的女子的哀思与怜惜。

3. 名臣将相传说

（1）尉迟恭的传说

在今朔州平鲁境内的管涔山脚下有一个偏僻的小村庄，叫下木角村，这个村庄在漫长的历史岁月中一直默默无闻，直到那里出生了一位唐朝的大将领——尉迟恭，方才闻名遐迩。他官至唐右武候大将军，被封为鄂国公，位列凌烟阁二十四功臣之一。

至今，朔州平鲁一带仍然流传着许多关于尉迟恭的传说。民众自觉地摆脱了史家对其干瘪单调的"勇武"的评价，在传说中赋予他天生神力、机智勇敢和忠肝义胆等多元的性格特点，使他的形象特征更加丰富饱满，有血有肉，可亲可近，在家乡父老的心中，尉迟恭已然是一位已被"半神化"的伟大人物。这些传说充分表达了当地民众对尉迟恭的爱戴与肯定，这种情感质朴而深厚，其中还包含着人们的族群认同感、自豪感和对乡土的热爱。

他的传说不同于很多历史著名人物的传说。他并没有被冠以奇异降生和神仙下凡等灵异的传说情节，出生、成长过程简单平凡，但传说是离不开一定的夸张渲染与描述的，在关于他少年时期的传说中这样的特点仍然是必不可少的。

第四章 唐代山西民间文学

在下木角村流传着一则关于尉迟恭"天生神力"的传说:

> 尉迟恭小时候家境贫寒,为了糊口度日,十来岁便给一个财主放牛。他饭量很大,财主渐渐不满起来,就想整一整他。一天上午,财主强迫长工们在尉迟恭每天吃饭时坐的地方挖了个陷阱,上边又盖了席子,看上去不露一丝痕迹。中午,尉迟恭放牛回来,财主一反常态,满脸堆笑,把尉迟恭迎进屋坐在了陷阱上。财主以为奸计得逞,不料尉迟恭却巍巍不动,稳如泰山,整整吃完一顿饭,惊得财主目瞪口呆。事后,人们神乎其神地传说,当时有一只猛虎在井下用前爪和头顶着尉迟恭。财主听到这话,认为尉迟恭暗中有神灵保佑,以后竟向他献起殷勤来。其实,只因尉迟恭力大无穷,才免了这场灾祸。当时,他盘腿一坐,发觉屁股下是空的,便知财主设下圈套,就没露声色,两腿交叉,双脚使劲叉在井沿上,悬空欠着身子,才没掉下去。[①]

尉迟恭出身贫寒,使得他不同于那些帝王之裔、名门之后。他是劳苦大众的子弟,与民众有着天然的血肉联系,因此民众对他充满了亲切感,对年少牧牛的他充满了同情,对好吃懒做、虚伪狡诈的地主充满了不屑与痛恨,这样的传说情节充分地表达了民众的好恶感情和价值取向。

除了以上列举的文本外,还有一则传说也可体现尉迟恭力大无穷的形象深入人心,被传为千古佳话。在忻州神池县有一则《扳井的传说》,内容大概是:神池县太平庄乡有个扳井村,因村南有口水井,井筒就势倾斜,该村便由此得名。据说当年尉迟恭带兵打仗路过此地,正遇三伏,将士们个个干渴难忍,但整个神池到处缺水,荒山秃岭上更是水贵如油。尉迟恭在一个靠山小庄的村边上,发现了一眼水井,井深三丈多,一时难觅打水的工具,情急之下他挥动双臂,扳住井口,运足气力,猛地向前一扳,霎时,井筒大斜,水顺着扳斜的井筒流了出来,兵卒人马痛饮一番,又继续行军去了。[②]

这则传说一方面与尉迟恭天生神力的特点相呼应,另一方面体现了民众的政治诉求,他们认为尉迟恭是代表正义的一方,正义理应压倒邪恶,虽然在成功的路上会遇到重重困难,但最终一定会一一得到解决,这样鲜明的爱憎情感给传

[①] 朔县民间文学集成编委会编:《朔县民间故事集成》,内部资料,1986年,第3页。
[②] 忻州市民间文学集成编委会编:《忻州民间故事集成》,内部资料,1987年,第336页。

说增添了活力，使得其故事情节更加跌宕起伏，这不仅仅是传说的特色、传说的需要，更是民众精神世界的需要，尉迟恭成为正义的化身，庇佑苍生，他自然会得到上天的眷顾，突破重围，勇往直前。

有勇无谋的武将往往难以令人信服，尉迟恭是否是一位智勇双全的人物，这一点我们难以从史料中去了解。在现代的一些影视作品中，尉迟恭的外在形象往往是"力大、体胖"，而性格刻画上更趋向"愚忠""莽撞"。但在民间传说中，对此却有截然不同的书写。在故土民众的心里，他不仅力气过人，疾恶如仇，最为难得的是粗中有细、有胆有谋，带有机智人物身上的智慧光芒，传说他曾在家乡机智擒妖，除掉祸害，为老百姓打抱不平，深受大家的爱戴。

除了勇武、智慧外，尉迟恭另一个传说中的性格便是忠义。他原本是刘武周手下一员猛将，刘武周兵败逃走，尉迟恭被擒，李世民见他力大无比，武艺高强，便劝他归唐，可他认为"好马不备双鞍，忠臣不事二主"，所以抵死不从，直到刘武周被突厥所杀，才归顺了李世民。后来李世民的兄弟李建成和李元吉为谋害李世民，曾暗中以大量金银器物拉拢他，但尉迟恭不为所动，不以小利忘大义，断然拒绝。他对李世民忠心耿耿，忠君的美名也一直在民众中流传，《忠臣不事二主》[①]的传说至今仍然流传在朔州地区。

在朔州市平鲁区下木角乡政府门口有碑一方，碑高2米，上书"唐鄂国公尉迟敬德故里"。据说此碑是被洪水冲到下木角村的，清嘉庆二十二年村里乡贤捐钱为其建造了一座碑楼，在"文化大革命"中碑楼被毁，碑被村民们立在村西南的一块地里。1998年8月，石碑才被移至乡政府门口，并重新建造了碑楼。2011年平鲁开始建设4A级景区尉迟恭故里，借此发展旅游业，弘扬尉迟恭的精神。

在山西，除了尉迟恭的家乡平鲁下木角村外，还有一个地方与尉迟恭有关。晋东南沁水县的东南部边陲，有一块气候温和、土质肥沃、物产丰富的河川平地——尉迟村，这里也是当代著名文学家赵树理的故乡。

尉迟村本来叫吕窑村，最早可追溯至战国时期，有两千多年的建村历史。这里的村民早先都姓吕，世代居于土窑之中，故名吕窑。据传，当年尉迟恭击杀了一名赃官，在逃离长安城时，途经这里，村民们仰慕这位一身正气、疾恶如仇的

---

① 朔县民间文学集成编委会编：《朔县民间故事集成》，内部资料，1986年，第13页。

开国将军,都将他视为亲人,热情相迎,尉迟恭感动不已,决定隐居在此。在村中生活时,他与村民同食同劳作,把自己在做官前从事过的民间绝活——"编簸箕"的手艺传授给了村民,吕窑也曾因此被称为"簸箕村"。尉迟恭走后,人们十分怀念他,便将村名改为了尉迟村,还修建了敬德大庙,经年供奉。尉迟村古时曾是通往阳城与泽州的重要商道,村民朴实善良,对过往客商仁慈友善,礼待有加,闻名远近。

尉迟村中的敬德庙,为一进两院建筑,院内东西两侧各有钟楼和鼓楼,东西厢房分别是岳飞殿和吴国公殿,均为二层阁楼式建筑。正殿大堂内保存着约200平方米的清代壁画。院内还建有一座坐南朝北的戏台,过去每逢重要节日都会上演上党梆子和晋剧等山西地方剧目。

(2)薛仁贵的传说

薛仁贵(614—683),名礼,字仁贵,山西绛州龙门(今山西河津)人,著名军事家,政治家。薛仁贵是中国历史上的著名将领,唐朝第二代武将的领军人物。《旧唐书》《新唐书》都记载:"薛仁贵,绛州龙门人。"[1]《资治通鉴》记载:"龙门人薛仁贵著奇服,大呼陷阵,所向无敌……"[2] 薛仁贵的家乡是运城河津市得到了正史的证实。除此之外,元代地方志类书籍中也有"薛仁贵,龙门人,从太宗征辽有功,拜铁勒道行军大总管……今县东十五里大黄村其故里也,有庙在焉。村中犹有姓薛者,盖其后也"[3]的描述,由此可见,薛仁贵的籍贯及其幼年成长的地方基本上不存在争议,是地地道道的山西人。

河津作为薛仁贵的故里,流传有大量与之相关的人物与地方风物传说,至今仍保留有不少与这些传说相互辉映的遗迹。相比其他历史著名人物颇具传奇性的出生,薛仁贵的出生似乎显得平淡无奇,他之所以有日后的平步青云,离不开从小在生活中的磨炼,他的传说有很强的生活性,少了离奇的情节,但却因此而更贴近普通民众的生活,他是下层老百姓的杰出代表,在当地更被视为具有精神象征的标杆式的人物。典籍文献记载的薛仁贵传说有"良策息干戈""三箭定天

---

[1] [后晋]刘昫等撰:《旧唐书》卷八三《列传第三十三》,北京:中华书局,1975年,第2780页。
[2] [宋]司马光:《资治通鉴》卷一九八《唐纪十四》,北京:中华书局,2011年,第6339页。
[3] [元]王思成:《河津县总图记》,太原:山西人民出版社,1989年,第57页。

山""神勇收辽东""仁政高丽国""爱民象州城""脱帽退万敌"等，主要突出其在军事、政治上的赫赫功勋。对于民间历代流传的薛仁贵传说可以从不同维度进行探讨，一方面可从他的生活时间、从军、征战时间着手，另一方面可以从他在河津及其周边几个地方的生活遗迹和地方传说切入，主要包括三个方面。

其一是从军前传说。薛仁贵本是一个很普通的农民，他娶了妻室，靠给人干活为生，偶尔也到野外打猎，生活很艰难，但是也练就了高超的射箭本领。《薛仁贵汾河湾射雁》就是关于他从军之前生活的传说，这则传说流传在运城地区。薛仁贵给柳员外做工，认识了他的女儿柳小姐，柳小姐不嫌贫爱富，她为薛仁贵的老实憨厚和非凡本领所折服，甘愿抛弃锦衣玉食的生活和他一起过贫苦的生活，薛仁贵为了给妻子改善饮食，偶尔就会去汾河滩上射大雁。[1]据《山西通志》载：

> 白虎冈在县东十五里，接卧麟山，平冈屈曲前，临汾水，薛仁贵故里也。红蓼滩在白虎冈下，百底村一名射雁滩，薛仁贵射雁于此。[2]

薛仁贵出生于河津修村一带，当地有大量关于薛仁贵的风物传说，射雁滩是其中之一。修村东南有一白虎冈，形似卧虎，其下有一土窑，此窑十分寒酸，得名"寒窑"，当地人相信这就是薛仁贵和他的妻子柳氏曾经居住过的地方。薛仁贵从军之后，箭法闻名。《旧唐书》记载：

> 上曰："古之善射，有穿七札者，卿且射五重。"仁贵射而洞之，高宗大惊，更取坚甲以赐之。时九姓有众十余万，令骁健数十人逆来挑战，仁贵发三矢，射杀三人，自余一时下马请降。[3]

这就是薛仁贵"三箭定天山"的故事，大雁飞得又高又快，想要射中必须有惊人神技，艰苦的日子与对妻子的爱磨炼了薛仁贵，使得他日后从军大显身手。

还有关于薛仁贵在绛州扛大梁的传说：

> 相传薛仁贵人高马大，一顿饭要吃斗米或斗面，没有几天就把他的义兄王茂生家的粮食吃得差不多了。王茂生想这样下去，不出一月连卖豆腐的

---

[1] 中国民间文学集成全国编辑委员会、《中国民间文学集成·山西卷》编辑委员会编：《中国民间故事集成·山西卷》，北京：中国ISBN中心，1999年，第63—64页。

[2] [清]觉罗石麟等：《山西通志》卷二八，台北：商务印书馆，1977年，第78页。

[3] [后晋]刘昫等撰：《旧唐书》卷八三《列传第三十三》，北京：中华书局，1975年，第2781页。

老本也要被吃掉。于是王茂生找到给柳员外建造绣楼的工头周贵，和他说了一下薛仁贵的情况，周贵让王茂生把人领过来看看。

第二天早上，王茂生带着薛仁贵来见周贵。周贵一见这虎背熊腰的小伙子，就喜欢上了，便把薛仁贵留下来了。等到晌午吃饭的时候，四五个人围着吃一桶饭，薛仁贵一个人就吃了两桶饭。

杂工们围在一起，七嘴八舌地说薛仁贵是个"大饭桶"，薛仁贵假装没听到。饭后，杂工们三五成伙地到汾河里打捞漂散的木头，二三十个人半天弄不到一根大梁，薛仁贵看在眼里，啥也不说，脱去外衣，挽上袖子，卷起裤腿，下到水里，抓起一根大梁，两手一举，扔到岸上。不到两个时辰，水里的木头全部被薛仁贵弄到岸上。他歇都未歇，找了两根又粗又长又重的木头，大步流星地送往工地。岸上的杂工们惊叹道："真是楚霸王再生啊！"

夜里，周贵预备下酒菜，把薛仁贵请到工棚里饮酒。周贵对薛仁贵说："绛州衙门正盖大堂，是我兄长周富包揽的工程，从老山林运回的粗柱大梁，由于太长太重，已经多天无法运转了，恐怕影响交工日期，薛壮士能不能想个办法帮忙运转？"薛仁贵爽快地回答："力气我舍得出，能不能帮忙，咱们去了瞧瞧再说。"

过了一天，周贵把工作安排妥当，雇了一辆骡车将薛仁贵带到绛州。周贵宴请了他们后，带他们到汾河边去看木头。三人看了一下漂满半河的大木头，周富请教薛仁贵说："用何工具？"

薛仁贵笑了笑："用什么工具，还是我来试试吧！"

"试试！"周富还以为自己耳朵出了毛病，瞪大眼睛疑惑地看着薛仁贵。薛仁贵脱掉衣服鞋袜，跳进水里。只见他弯腰下躬，双手抱起木头的一头，往水里一捺，一头翘起，用力一推，一根湿淋淋的木头被送上岸，一会儿的工夫，十多根木头便被堆在岸上。薛仁贵对周氏兄弟拱了拱手说："献丑了！"说着穿好衣服鞋袜，扛起一根木头就朝州衙走去。周富看着薛仁贵的背影说："真神力也！"[①]

这个传说围绕搬运大木头这一事件，运用对比的手法写出了薛仁贵力大无

[①] 赵金港：《山西运城薛仁贵传说的调查研究》，山西师范大学硕士学位论文，2013年。

比又忠实憨厚的性格，其中的细节描写绘形绘色，生动传神，颇有艺术魅力。

其二是从军传说。很多历史小说或民间演绎将薛仁贵塑造成老实本分、没有勃勃野心和宏大抱负的形象。在民间传说中，薛仁贵之所以会去参军，其妻子柳氏起了至关重要的作用。柳氏不仅是一位可以同甘共苦的贤妻，更具有远见卓识。这一点不仅为历代民众口耳相传、津津乐道，而且《新唐书》也有类似记载：

> 薛仁贵，绛州龙门人。少贫贱，以田为业。将改葬其先，妻柳曰："夫有高世之材，要须遇时乃发。今天子自征辽东，求猛将，此难得之时，君盍图功名以自显？富贵还乡，葬未晚。"仁贵乃往见将军张士贵应募……王师攻安市城……太宗命诸将分击之。仁贵恃骁悍，欲立奇功，乃著白衣自标显，持戟，腰鞬两弓，呼而驰，所向披靡；军乘之，贼遂奔溃。帝望见，遣使驰问："先锋白衣者谁？"曰："薛仁贵。"帝召见，嗟异，赐金帛、口马甚众，授游击将军、云泉府果毅，令北门长上。①

薛仁贵是农户，无法成为府兵建功立业，恰逢贞观十八年（644）唐太宗征高丽，有了以募兵身份进入军中的机会。薛仁贵的妻子柳氏劝他抓紧这次机会，博取功名，扬名立万。薛仁贵进入军中不久，便斩杀敌将，把人头挂在马鞍上震慑敌军，因此声名鹊起。攻安市城一战，薛仁贵更是为了引人注目而身穿白衣，这在战场上本是会受到围攻的危险行为，但薛仁贵骁悍能战，冲在最前，敌人望风披靡，由此引起了唐太宗的注意。战后，薛仁贵被赐予大量财物，授予游击将军、云泉府果毅都尉的军职，进入驻守玄武门的北门禁军。薛仁贵能一朝选入君王侧，除了自身武力过人，也要感谢妻子的支持与规劝。

除了薛仁贵本人的传说之外，还有许多和他家人相关的系列传说：

> 望夫亭是白虎岗上的一个小亭子。传说当年薛仁贵从军后，数年不归，他的妻子柳银环思念自己的丈夫，便每日到白虎岗上远眺，盼望自己的丈夫能够早日归来，后人为了纪念这位盼夫归来的贤淑妇人，便建立了此亭。②

自古好事多磨，薛仁贵虽然参了军，但是他的军旅生涯并非一帆风顺，而是

---

① ［宋］欧阳修等：《新唐书》卷一一一，北京：中华书局，1975年，第4139—4140页。
② 赵金港：《山西运城薛仁贵传说的调查研究》，山西师范大学硕士学位论文，2013年。

遇到了很多的困难，好在最后困难一一化解，薛仁贵才守得云开见月明。而这部分的传说，不仅仅是薛仁贵单一的人物传说，还涉及历史上另一位著名将领——尉迟恭。

薛仁贵来到绛州，应征入伍，加入张士贵的部队。今日运城市新绛县就是古绛州所在地，据说新绛中学内仍存留的古建筑绛州大堂，就是张士贵征兵时建造的，也称"帅正堂"。据当地人讲，薛仁贵也参与了绛州大堂的建造。他天生神力，能一人扛起需要数人合抬的大木料。同时薛仁贵的饭量也极大，一人能吃几个人的饭。薛仁贵初露头角，便遭到到了张士贵的嫉妒，被遣去做"火头军"。在运城地区流传着《敬德访白袍》的传说，故事中薛仁贵喜穿白袍，他不甘心一直做"火头军"，所以一有机会就会上阵杀敌，他武艺高强，上阵几次就让敌人闻风丧胆，白袍将军的威名不胫而走。尉迟恭听说后特来寻访，好大喜功的张士贵为了让自己的女婿一步登天，谎称白袍小将是自己的女婿，但尉迟恭反复试探后看出了破绽，他知道白袍小将另有其人，几经周折终于找到了薛仁贵，薛仁贵从此得以大展拳脚，成为一代名将。①《对袍襟》②可看作此传说的异文，只是具体情节略有不同。通过张士贵及其女婿的负面形象与薛仁贵、尉迟恭形成了极其鲜明的对比，两人皆为唐朝的著名将领，一个年少英武，一个知人善任，两人在传说故事中关系紧密，体现出了民众对英雄的崇拜，而最终皆大欢喜的结局更符合民众的审美观。

在山西各地流传的薛仁贵传说还有薛仁贵打虎、薛仁贵学艺、薛仁贵赶路、薛仁贵路见不平以及薛仁贵娶妻等。这些故事塑造了薛仁贵力大无穷、乐于助人、忠厚老实、尊老爱幼的人物形象，展现出民众眼中完美英雄的样貌。

其三是相关历史遗迹。"地缘传承是指在特定的地域内所进行的故事传承。我们这个民族是个土地意识、乡土观念极强的民族。"③薛仁贵幼年和青年的部分时间是在运城度过的，因此运城河津地区至今仍留有许多"遗迹"，正是这些

---

① 中国民间文学集成全国编辑委员会、《中国民间文学集成·山西卷》编辑委员会编：《中国民间故事集成·山西卷》，北京：中国ISBN中心，1999年，第65—66页。
② 尹泽讲述演唱，范金荣采集：《尹泽故事歌谣集》，内部资料，1993年，第19—21页。
③ 钟敬文、苑利主编：《二十世纪中国民俗学经典·传说故事卷》，北京：社会科学文献出版社，2002年，第219页。

"可信物"在一定程度上延续着运城地区薛仁贵传说的生命力。除了前面提到的寒窑、射雁滩外，薛仁贵故里修村还有白袍洞，洞内有薛仁贵和妻子柳氏的塑像，此洞在清朝乾隆年间进行修葺，并立有一座碑。此外，还有射雁塔、望夫亭等。这些遗迹体现了当地百姓世世代代对薛仁贵的追思与纪念，歌颂薛仁贵当年东征西讨所建立的赫赫战功及其忠君爱国的精神。

（3）狄仁杰的传说

狄仁杰，字怀英，唐武周时期杰出的政治家。贞观四年（630）他出生在并州晋阳（今山西省太原市）的一个官宦世家，祖父狄孝绪官至尚书左丞，父亲狄知逊曾任夔州长史，乃当时的名门望族。狄仁杰从小在这样的家庭环境中长大，耳濡目染，受到了良好的知识教育和道德品质熏陶。初为官之时，他在家乡并州任都督府法曹，后辗转宁州、豫州、魏州等多地任职，官至凤阁鸾台平章事、内史。狄仁杰的一生，可谓宦海沉浮，经历了大唐的鼎盛与动乱，然始终秉承着以民为本、不畏权贵、为官清廉的宗旨，深受百姓爱戴，被武则天称为"国老"。武周久视元年（700），在他去世之后，武则天甚至恸哭"朝堂空矣"，他被后世誉为"唐室砥柱"，是山西人民千百年来引以为豪的传奇人物。

狄仁杰以擅长断案著称于世，在担任掌管刑法的大理丞之时，仅仅到任一年，便判决了繁多的积案、疑案，纠正了大量冤假错案，案涉 1.7 万余人，竟无一人继续上诉申冤。从清朝起以他为主人公的公案类文学作品大量涌现，版本纷杂。20 世纪 50 年代，荷兰著名的汉学家高罗佩以清朝《狄公案》为蓝本，经过对中国古代司法、刑律、吏治、行政、文化、宗教、风俗民情等考证后，结合西方侦探类小说悬疑、推理等手法创作了《大唐狄公案》一书。该书一经面世，便在欧美等地引起轰动，被列入美国芝加哥大学学生必读书目，狄仁杰这位唐朝时期的山西名人也随之走向世界，被誉为"中国的福尔摩斯"。

太原是狄仁杰的故乡，但令人惋惜的是，这里留下的关于他的传说与遗迹并不多。在今太原市小店区的狄村南街，有一座唐槐公园。该园由南北两园组成，北园已建成开放，占地约 6600 平方米。园子面积虽然不大，但其仿唐风格显得庄严持重，这里又被称为狄公故里。园内有狄梁公故里碑、狄公雕像、断案传奇壁画和北宋由范仲淹撰文、黄庭坚书写的碑文等景观。此园名为"唐槐"，是有缘由的。园内现存一株千年古槐，传说树龄有 1300 多年，由狄仁杰的母亲亲手栽种。这株槐树历经千余年，但仍然生机勃勃，每逢夏季枝繁叶茂、树影婆娑，被国内众多的古树专家、园林学家称为"活的文物""古槐之最"。

除此之外，太原还有一座白云寺。关于该寺的名称由来流传着一则传说：

  有一年夏天，在外地做官的狄仁杰回家探亲，路经古寺休息。在乘凉的银杏树下有一石桌，上面已摆好一盘棋。狄仁杰欲向寺院借伞遮阳，老僧说在棋盘上胜了他才肯借。狄仁杰棋艺高超，赢了。他们准备离寺上路时，老僧并未借伞，却说："施主，路上有人替你撑伞。"原来在他们头上有块白云一直跟着他们飘浮，恰似一把大伞遮阳。当狄仁杰一行将要走进狄村时，头顶上的白云不再跟着他们了，孤零零地停在红土沟上空，令人不得其解。原来狄仁杰之母前几天得重病时曾在观音菩萨前许了愿，病愈康复即重建观音堂。现在狄母病已痊愈，正准备选地建观音堂。狄仁杰听后，便将观音堂建在白云寺下的红土沟。今白云寺就是由这座观音堂屡次扩建而成的。

正史记载则略有不同。狄仁杰"登太行山，南望见白云孤飞，谓左右曰：'吾亲所居，在此云下。'瞻望伫立久之，云移乃行"[1]。《乾隆太原府志》载："白云寺……庵近狄村，有古碑，题曰：'白云飞处'，盖取唐书狄梁公传语也……"[2]但无论如何，白云寺体现着狄仁杰思念父母、心系故里的浓烈情感，这种深情为人民所口口相传。

与狄仁杰有关的地名还有狄梁公巷和状元桥。狄梁公巷南起现在太原的文津巷，北到上马街。该巷子原有"狄梁公祠"与石碑，民国年间祠毁碑失，街名犹存。状元桥位于今文瀛公园内的文瀛湖上。传说，狄仁杰年轻时，有个老人曾在此送了他一枝杏花，后狄仁杰高中状元，当地为纪念这段往事，遂命名为"状元桥"，桥原为一座木桥，1952年改建成汉白石单孔石拱玉带桥，仍袭旧名，以资纪念。

（二）地方风物传说

唐朝时期，见诸古代典籍中的山西地方风物传说数量很少，可以在部分笔记类杂记中搜集到一些，主要来源于段成式《酉阳杂俎》、张鷟《朝野佥载》和李

---

[1] ［后晋］刘昫等撰：《旧唐书》卷九三《列传第三十九》，北京：中华书局，1975年，第2885页。
[2] 太原市地方志编纂委员会编：《太原府志集全》，太原：山西人民出版社，2005年，第1220—1221页。

吉甫《元和郡县图志》。这些风物传说大都篇幅短小，缺少故事情节和传说的重要元素，有些甚至可以看作对地名的简单介绍。

《朝野佥载》中的风物传说：

> 并州石艾、寿阳二界有妒女泉，有神庙，泉水沉洁澈千丈。祭者投钱及羊骨，皎然皆见。俗传妒女者，介子推妹，与兄竞，去泉百里，寒食不许举火，至今犹然。女锦衣红鲜，装束盛服，及有人取山丹、百合经过者，必雷风电雹以震之。①

类似的情节在《元和郡县图志》中也有记述：

> 泽发水，一名阜浆水，亦名妒女泉，源出县东北董卓垒东。今其泉初出，大如车轮，水色青碧。泉旁有祠，土人祀之，妇人炫服靓妆，必兴雷电，故曰妒女。故老传此泉中有神似鳖，昼伏夜游。神出，水随神而涌。②

妒女，亦作"妬女"，相传是介子推的妹妹。介子推隐居于绵山，其妹在山西境内似乎也颇为合情合理。

有一篇关于"妒女"的传说和山西的老陈醋联系到了一起：

> 吃醋是一种饮食生活，还被引申出很多意思，最常用来借指善妒的女子，起因也还是与吃醋有关。唐朝宰相房玄龄的夫人对老公要求一向严厉，除了始终贯彻一夫一妻制外，不许自家老公对别的女人表示出一丝好感。一次，上朝时唐太宗看到房玄龄脸上有抓痕，便要他说出原因。当得知是房夫人所为后，颇为恼火，便要赐几个美女给房玄龄。房死活不敢要。太宗一怒，把房夫人召来，赐了一壶"毒酒"，要么喝"酒"，要么接受美女。房夫人想都不想，一仰脖，"毒酒"下肚了。结果没事，一壶醋而已。此后，善妒女子便多了"吃醋"的别称。可见饮食与文化是共生关系。③

唐朝时期世风较为开放，女性地位比以往历朝历代都高，妒女传说表现了在男权时代，女性对男人三妻四妾现象的不满，在当时是有一定的时代背景的。这

---

① ［唐］刘𫗧、程毅中：《隋唐嘉话朝野佥载》，北京：中华书局，1979年，第135页。
② ［唐］李吉甫：《元和郡县图志》卷十三《太原府·广阳县》，北京：中华书局，1983年，第373页。
③ 晋旅主编：《山西故事·民俗风物》，太原：山西人民出版社，2015年，第41页。

三则风物传说比较具备传说的要素,有故事情节和夸张的渲染,这在当时的记述中实属罕见。此外,风物传说与人物传说相互交融使得此传说更有美感,更具有多重研究价值。

《独异志》记载了一则关于解释地名来历的传说:

> 黄帝斩蚩尤,冢在高平寿长县,高七丈,时人常十月祠之,有赤气如匹绛,时人谓之"蚩尤旗"。①

这则传说对史前神话的研究有一定的价值,它将史事传说与风物传说相结合,使古老的神话更具地方感,但是故事情节略显单薄。

五老山,又名葱茏山,为中条山支脉,《太平寰宇记》记载了这个地名的来历:

> 五老山,在县东北十三里。尧升首山观河渚,有五老人飞为流星,上入昴,因号其山为五老山。②

这则传说是宗教传说与地名传说的结合。唐朝统治者尊道家李耳为祖先,所以道教得到了很大的发展。五老山即五老峰,位于运城永济市市区东南16公里处,地处晋、秦、豫三省交汇之黄河金三角,是河洛文化早期传播的圣地,也是我国北方道教全真派的发祥地之一。

关于五台山之名,在北齐史籍中就大量出现,到了唐代,依托五台山古迹建筑、自然风物形成了更多的传说:

> 代州五台山太平兴国寺者,直《金刚经》窟之上,乃古白虎庵之遗址也。相传云,昔有僧诵经庵中,患于乏水,适有虎跑足,涌泉,醑沸徐清,挹酌无竭,因号"虎跑泉",而庵以此得名。③

除了解释地名、介绍景观外,一些古代的地方风物传说中还包含有大量的风俗、物产、天象、气候等知识,所反映的内容较为广泛。这篇五台山"虎跑泉"的传说从侧面体现出山西缺水的自然地理环境,是山西"马跑泉"传说系列里的代表性作品。

段成式《酉阳杂俎》记载了唐代的一则逸闻趣事:

---

① [唐]李冗撰:《独异志》,北京:中华书局,1983年,第38页。
② [宋]乐史等撰:《太平寰宇记》,北京:中华书局,2003年,第961页。
③ [宋]朱弁:《曲洧旧闻》卷四《笔记小说大观》,扬州:江苏广陵古籍刻印社,1983年,第130页。

玄金，太宗时，汾州言青龙、白虎吐物在空中，有光如火，坠地陷入二尺。掘之，得玄金，广尺余，高七寸。①

这里的玄金，指的是陨石，此传说是对陨石划破大气层、坠落地面的描述，古代科技不够发达，因此对此类现象无法给予正确的解释，认为奇特异常，是不祥之兆。这则传说便是古人在其所生活的文化语境下，对自然现象所给出的解释。青龙白虎乃是"四象"之二，分别代表东方七宿与西方七宿，既是象征星空的意象，也可能是指流星划过的方位。《周易》乾卦爻辞以龙为描述对象，实则是通过描述星宿的运行来指向时节。而青龙白虎吐物的比喻，形象且富于趣味地描绘了陨石坠落的过程。

《酉阳杂俎》有一则"求雨"的风俗传说，带有鲜明的地域特征：

太原郡东有崖山。天旱，土人常烧此山以求雨，俗传："崖山神娶河伯女，故河伯见火，必降雨救之。"今山上多生水草。②

这则传说与古代祈雨的民俗活动有关。作为自然神的山神与河神，在古代通常都被认为是执掌风雨的神明，因此，奉祀山神与河伯的民间信仰大都与祈求风调雨顺有关。上古时期，人们常用人牲来祭祀河神。《庄子·人间世》提到对"适河"的牛、猪、人的禁忌，《释文》引司马彪注云："适河，谓沉人于河祭也。"③《淮南子·说山训》记载："生子而牺，尸祝斋戒以沉诸河，河伯岂羞其所从出，辞而不享哉！"④远古时期，人类的原始思维尚不能分辨自身、社会以及自然界之间的区别，人与物的关系、人与人的关系相混淆，导致人们普遍信奉"万物有灵"，认为一切的外物如人一样，有自己的思想意识，山有山神，河有河伯。祭祀河伯体现了人们对水资源的迫切需求，乃至要用最珍贵的贡品——人来对神灵展现最大程度的虔诚。民间故事中遗留着这一远古仪式的痕迹，形成河伯娶妇类传说。《古今图书集成·神异典》卷四七引《师友谈记》载：

郭子仪镇河中，河甚为患。子仪祷河伯曰："水患止，当以女奉妻。"已

---

① [唐]段成式撰：《酉阳杂俎》卷十《物异》，北京：中华书局，1981年，第97页。
② [唐]段成式撰：《酉阳杂俎》卷十四《诺皋记上》，北京：中华书局，1981年，第130页。
③ 刘文典：《庄子补正》，合肥：安徽大学出版社、昆明：云南大学出版社，1999年，第131页。
④ 刘文典撰：《淮南鸿烈集解》，北京：中华书局，1989年，第543页。

第四章 唐代山西民间文学

而河复故道。其女一日无疾而卒。子仪以其骨塑之于庙，至今祀之。①

河伯娶妇类型故事正是对远古仪式文化记忆的重现，是原始民间信仰的世俗化叙述。② 到了唐代，祭祀河伯的传统仍然存在，河伯娶妇的传说仍然在民间流传。这则传说里不再见到人祭的血腥残酷，取而代之的是郭子仪女儿无疾而卒，充满神秘色彩的逝世。对郭子仪为民献身，以女许愿的崇敬，与对郭子仪女儿芳华早逝的悲伤代替了活人沉河的野蛮，富于浪漫色彩，饱含想象空间。对郭子仪之女的世代祭祀既包含了民众对郭子仪父女的尊敬，对大河年年风平浪静不再泛滥的祈盼，更包含了自远古而来的苦难记忆，警示后人敬畏自然，不忘美好生活的来之不易。

水，正是山西历史文化的核心密码。民间信仰中，掌控水的不止河神，还有龙。山西许多地方风物与龙相联系，汾河太原段有这样一则传说：

> 汾水贯太原而南注，水有二桥，其南桥下尝有龙见，由是架龙庙于桥下。故相国令狐楚居守北都时，有一龙自庙中出，倾都士女皆纵观。近食顷，方掔奋而去，旋有震雷暴雨焉。又明年秋，汾水延溢，有一白蛇自庙中出，既出而庙屋摧圮，其桥亦坏，时唐太和初也。③

这则传说与古代龙信仰有关。这次龙现人间的事件，有大规模的人群目睹，并且下了一场雷阵雨。龙与天气的变化有很大的关系，龙经过之处往往会带来雨水，这符合神话传说中经常提到的龙负责降雨的说法。此处的"白蛇"亦是龙。人们除了崇拜龙以外，还有许多其他信仰习俗。龙崇拜虽然是想借助龙神的力量来避邪御凶和得到雨水，其最终目的都是趋利避害，祈求农业丰收和生活幸福。同样，龙作为神也有失误，未能司好雨导致"庙屋摧圮，其桥亦坏"，也反映出信仰崇拜的功利性、复杂性。

> 五台山北台下有龙池约二亩有余。佛经云，禁五百毒龙之所，每至亭午，昏雾暂开，比丘及净行居士方可一睹。比丘尼及女子近，即雷电风雨时

---

① [清] 陈梦雷编著：《古今图书集成·神异典》卷四七，北京：中华书局、成都：巴蜀书社，1985年，第60340页。
② 黄浩：《河伯娶妇故事的原型及其流变》，《重庆科技学院学报》（社会科学版）2009年第8期。
③ [唐] 张读撰：《宣室志》，北京：中华书局，1983年，第191页。

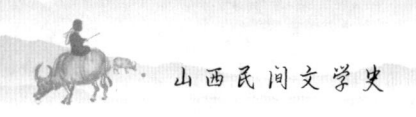

大作。如近池，必为毒气所吸，逡巡而没。①

这则传说讲述的是五台山北台下的龙池里关押着五百条毒龙，但是这里只有比丘及净行居士可以靠近，而比丘尼及女子是不能靠近的。比丘尼即尼姑，尼姑与女子靠近龙池的话，便会突然狂风骤雨，电闪雷鸣，还要被龙池中的毒气吸走。可以看出，女性在佛教信仰中属于弱势群体，女性在宗教中所进行的社会活动范围经常受到限制。

地方风物传说中的大量作品是运用奇妙的幻想、超自然的形象、神奇变化的手法创作而成的。此类传说的地方性十分明显，很多传说仅仅为某一地方所特有。但也有一些故事，流传地区广泛，甚至形成了一些固定的类型，如"望夫石""烂柯山"等。所谓"历史"必定是人类创造的，而传说是对历史的另外一种维度的书写。风物传说属于整个传说体系的一部分，所以它不可能仅仅是描写景物，历史事件、历史人物与景物的结合也是风物传说不可或缺的组成要素，可以说是风物传说的生命力，离开了这些要素，风物传说便会变得枯燥暗淡、索然无味。

以上列举的是唐代山西的风物传说，这些传说虽还不够成熟，但从中可以看出，古人已经开始把自然地理、人工景观与一定的历史事件、人物联系起来。而现代仍然流传着的活态的风物传说已经完全成熟，它们具有相当完整的故事情节、传奇的色彩，在民众的口头流传中不断地被润色，变得更为精彩、神奇。山西的风物传说存在的地域广阔、表现的种类繁多，但仍旧离不开几种范式，即解释地名的传说、名胜古迹的传说、解释自然现象的传说等。这些传说除了反映历史、地方景观、风土人情外，更体现了特定的地方文化心理，这里选取其中较有价值的口头文本予以统计。

---

① ［宋］李昉等：《太平广记》，北京：中华书局，1961年，第3452页。

唐代山西风物传说统计表

风物传说类型	主要流传地区	传说名称
地名传说	晋北地区	《大牛店的传说》（原平市）、《船城的传说》（岢岚县）、《神马刨泉》（临汾市、岢岚县、绛县多地）、《棋盘山》（朔县）、《梵王寺的来历》（朔县）
山川名胜传说	晋北地区	《鹌鹑巷》《紫峰岭》《金山六洞》（忻州市）、《火烧清平寺》（朔县）、《果老岭》（浑源县）、《马蹄石》（忻州市）、《上华严寺的庙门为什么朝东》《焦赞寺的传说》（大同市）
	晋南地区	《白侯将军墓》（沁源县）、《永乐宫的由来》（芮城县）、《莺莺塔为啥有蛙叫声》（永济县）、《地狱庙》（蒲县）、《李世民与兴国寺》（闻喜县）
	晋西北地区	《凤凰观》《加官进爵的城隍》（偏关县）

（三）史事传说

李渊父子从晋阳起兵到定鼎关中，帮助他们奠定唐室基础的主要是关陇集团与山东士族。山东士族更是成为李世民的重要政治支撑，在整个初唐都颇具影响力。山东指崤山以东，也包括了如今的山西省。早在李渊于隋末准备夺取政权时，就令长子李建成"于河东潜结英俊"，次子李世民"于晋阳密招豪友"。他们"倾财赈施，卑身下士，逮乎鬻缯博徒，监门厮养，一技可称，一艺可取，与之抗礼，未尝云倦，故得士庶之心，无不至者"。[①] 武德初，唐高祖封赏晋阳起兵十七位"元谋功臣"，除秦王李世民外，山西籍的有裴寂、柴绍、唐俭、刘世龙、赵文恪、武士彟、许世绪七人，接近半数。其余九人里，刘弘基、窦琮与李思行亡命太原，与李世民结为好友，出入偕同。长孙顺德为了逃避辽东兵役到太原。李高迁客游太原。刘政会时任太原鹰扬府司马，率兵投靠太原留守李渊，张平高为鹰扬府校尉，一同前往。刘文静时任晋阳令，裴寂为晋阳宫监，二者为好友，

---

① [唐]温大雅撰，李季平、李锡厚点校：《大唐创业起居注》，上海：上海古籍出版社，1983年，第4—5页。

一同结识李渊。山东豪俊,尤其是河东豪杰,正是唐征战天下的骨干力量。武德九年(626),李世民即位,封赏秦王府集团成员。其中,河东道八人,居于第三。

唐朝前期,山西不仅人杰地灵,大量的人才充盈朝堂,为唐王朝的建立与稳定立下汗马功劳,山西的战略地位也极其重要。唐军在山西进行了三次关系全局的重大战役,分别是起兵太原,南下霍邑、临汾,入主长安称帝;平定刘武周等割据势力,稳定河东根基;北征突厥,保证边疆安宁。这个时期的史事传说基本都沿着这三次战争与山西豪俊英才们展开。此时距唐朝已过去了一千多年,战争的遗迹早已消失在滚滚的历史长河中,但山西老百姓却在用记忆编纂自己的史书,将一个个动人心魄的传说口传心授,其中贯穿着老百姓自己的历史观。

1. 晋阳起兵的传说

隋末大业年间,曾得罪隋炀帝的李渊来山西任职,击败两伙农民起义军,收编数万人,实力大增。又选精兵模仿突厥骑射,另派精兵埋伏,打败了进犯的突厥士兵。在太原期间,李渊父子认为隋朝不久将亡,暗中结识当地豪俊,搜罗人才,招降纳叛,不断扩充实力,最终起兵晋阳,走上了统一全国的征战之路。与之相关的一则传说完整地再现了晋阳起兵的全过程。十八岁的李世民探望狱中好友刘文静时二人共商大事,正值北方突厥来犯,李世民想要趁机起兵。李世民的父亲李渊害怕受到责备当下拒绝,在李世民的再三劝说之下李渊勉强同意起兵。李世民在刘文静的建议下,一面送礼稳住突厥,一面率大军向西进发。途中遇到大雨,李渊开始动摇,又在李世民的劝说之下放弃了撤军的打算。李渊父子的部队在杀宋老生、攻克霍邑之后与李渊女儿招募的娘子军会合,共同攻打下了长安城。李渊攻下长安后为安抚民心减免赋税,同时拥隋炀帝之孙为新帝,江都传来隋炀帝被杀的消息之后,李渊废除新帝,自己称帝,改国号为唐,这就是后来人们所说的唐高祖。

在这则民间传说中,李渊被描绘成一个平庸、怯懦、胸无大志、多疑反复的傀儡型人物;而年未二十的李世民则恰恰相反,被塑造成一个目光远大、足智多谋、意志坚定的领袖,表现出了一种远远超越他年龄的成熟和稳重。西方、日本以及海外的研究结果普遍认为:"有些重要情况可能是在唐太宗统治时期因太宗本人的坚持而编造出来的。……根据从前被忽视的唐代初年的史料《大唐创业起居注》,历史学家已经能够对唐朝创立史的传统说法中的某些偏见和歪曲之处做出订正。"① 事实表明，李世民很可能在贞观年间对相关"实录"的修纂工作进行了干预，从而篡改了某些重大的历史事实。而后来编修的"国史"，以及承用国史的《旧唐书》《新唐书》，包括更后出的《资治通鉴》皆因袭而不改，致使晋阳起兵和唐朝创立史的部分真相从此湮没不彰。

2. 尧君素突袭蒲州的传说

尧君素在杨广还是晋王之时，就一直侍奉在其左右，隋炀帝即位后，尧君素也升迁为鹰扬郎将。尧君素和隋炀帝除了君臣关系之外，更有深厚的私人感情，他一生忠于君主，主要事迹是"怒骂屈突通""木鹅传讯""射杀妻子""宁死不降"。

大业末年天下大乱，隋朝倾颓，尧君素与骁卫大将军屈突通率军前往蒲州镇守河东，阻挡李渊起义军。不久屈突通带兵南逃，大败而降。李渊任命屈突通为兵部尚书，派他回蒲州劝降尧君素。两人见面泣涕涟涟，左右皆哽咽。屈突通称："我军已败，义旗所至，人们纷纷响应。天下形势如此，你该早早投降，享受荣华富贵。"尧君素答道："你身为国家大臣，皇上委你以镇守关中的重任，代王将江山社稷的未来托付于你，奈何你不思报效国家，沦落至此。你胯下那匹马还是代王所赐，你有什么面目还骑着它？"屈突通说："哎，君素，我是力尽才降的。"尧君素道："现在我还没力尽，还多说什么？"后来唐军围城严密，尧君素无从获得物资给养，便心生一计，用木头雕成大鹅的样子，在其脖子里塞入描述情况紧急的求救信，顺黄河水流而下。河阳人得到信，报于东都洛阳。但此时，越王能给尧君素的只有一个空官衔而已，并无实质性的援助。攻破洛阳后，唐军又派其已降的旧友皇甫无逸劝降尧君素，并许诺给他金券，保其不死，尧君素不为所动。唐军派尧君素的妻子来到城下劝降，她说："隋朝已经灭亡了，天命属于大唐，你又何苦逆天而行，自取灭亡呢？"尧君素狠心地一箭将妻子射死，说道："女人哪懂天下事！"尧君素也知道大势已去，但死守蒲州绝不放弃，每每谈到国家都十分感慨，对手下人说："我是隋室旧臣，屡次被提拔，大义在身，不得不为国而死。现在粮食还能吃几年，粮食吃光就能判明天下大势，如果隋朝果

---

① 〔英〕崔瑞德编:《剑桥中国隋唐史》，中国社会科学院历史研究所西方汉学研究课题组译，北京：中国社会科学出版社，1990年，第153—154页。

然灭亡，天命有主，我一定提头来见你们。"一年以后，粮食吃光，蒲州男女相食，尧君素被左右所杀。尧君素镇守蒲州，抵挡强盛的唐军两年之久。

从历史发展趋势来看，尧君素为之卖命的只是一个风雨飘摇、注定灭亡的王朝，他所抗拒的是代表了历史前进方向的、充满蓬勃力量的新兴王朝，与之对垒的李世民雄才大略，刚勇无比，最终尧君素迎来惨败。在天下大势几乎确定，隋朝必然灭亡的情况下，尧君素不为所动，仍然坚守城池，不顾旧友劝阻，射杀妻子，严苛对待手下，最终引发饥馑，男女相食，使蒲州人民生灵涂炭。但是，我们仍应为尧君素宁死不屈、誓死忠诚于自己君主的品行点赞，从其个人角度而言，坚守信念，为主效忠，表现出了刚强的气节和高尚的人格。他那不为威逼利诱所动的执着，正如同威武不能屈的大丈夫，千百年来一直为民众所称赞。

连他的敌人李世民都佩服他的高洁品行，二十年后的贞观十二年（638），李世民重游蒲州，追忆往事，称赞尧君素的坚守节义，追封其为蒲州刺史，厚待其子孙后代：

> 隋故鹰击郎将尧君素，往在大业，受任河东，固守忠义，克终臣节。虽桀犬吠尧，有乖倒戈之志，疾风劲草，实表岁寒之心。爰践兹境，追怀往事，宜锡宠命，以申劝奖。可追赠蒲州刺史，仍访其子孙以闻。①

《隋书》将尧君素收入"诚节列传"，称颂道：

> 古人以天下至大，方身则小，生为重矣，比义则轻。然则死有重于太山，生以理全者也，生有轻于鸿毛，死与义合者也。然死不可追，生无再得，故处不失节，所以为难矣。杨谅、玄感、李密反形已成，凶威方炽，皇甫诞、游元、冯慈明临危不顾，视死如归，可谓勇于蹈义矣。独孤盛、元文都、卢楚、尧君素岂不知天之所废，人不能兴，甘就菹醢之诛，以徇忠贞之节。虽功未存于社稷，力无救于颠危，然视彼苟免之徒，贯三光而洞九泉矣。须陀、善会有温序之风，子翊、松赟蹈解扬之烈。国家昏乱有忠臣，诚哉斯言也。②

从远古时期的蚩尤，到秦汉时期的项羽，再到历代农民起义领袖，在中国历

---

① ［唐］吴兢撰，谢保成集校：《贞观政要集校》，北京：中华书局，2003年，第270页。
② ［唐］魏征等：《隋书》卷七一《列传第三十六·诚节》，北京：中华书局，1973年，第1658—1659页。

史上,这些英雄虽然失败了,但他们的传说仍在民间口口相传,这体现了中国民众"不以成败论英雄"的历史观。

3. 讨伐刘武周的传说

关于"贞观宝翰"碑刻有这样一则传说。武德二年(619)九月,李渊行兵南下时将太原托付给三子李元吉,朔州豪强刘武周不战而胜夺取了太原。为夺回"龙兴之地",李世民率兵踏冰过河,一路追赶,在第二年五月兵临晋阳城下收复了失地。贞观十九年(645)十二月,李世民回到晋阳过春节,故地重游,感慨万千,于是在晋祠写下"贞观宝翰"碑刻,现在还能看到这1203字的《晋祠之铭并序》碑,是国内现存最早的行书碑。

唐朝建立之后,对隋朝末年建立的各地割据政权进行了统一战争,由李渊部署、李世民指挥,在黄河流域发动了三场大型战役,先后消灭了陇右的薛氏集团、代州的刘武周集团、河南的王世充集团和河北的窦建德集团,奠定了统一全国的局面。其中,主要发生在山西的平定刘武周战役旷日持久,对抗激烈,扣人心弦。此时,唐王朝不仅面临地方割据势力带来的内乱,而且外敌突厥势力正盛,虎视眈眈。刘武周为马邑(今山西省朔州市)人,隋末发动起义,杀太守而代之,面对隋兵围剿选择归附突厥,被封为"定杨可汗",获赠突厥精兵与狼头大旗。武德二年(619),突厥赠予刘武周精兵五百,命他进攻太原。刘武周首先攻克平遥与石州(今吕梁),数次围城攻占太原之后,一路南下接连攻克介州(今介休)、晋州(今临汾)、龙门(今河津)、浍州(今翼城)等地。刘武周来势汹汹,时任并州总管的李元吉抵挡不成,举家逃回长安,唐军组织的数次进攻也被打退,损失数员大将。同时,蒲州王行本、夏县吕崇茂威胁仍在,关中人心惶惶。唐高祖李渊亲下手敕:"贼势如此,难与争锋,宜弃大河以东,谨守关西而已。"但是,李世民认为,"太原,王业所基,国之根本;河东富实,京邑所资,若举而弃之,关中也不可保"。[①] 因而,坚决主张讨伐刘武周。李世民亲自上阵,李渊为其送别。李世民首先派秦叔宝、殷开山两名大将于美良川大败寻相、尉迟敬德等人的部队,挫败刘武周的士气,然后看穿了刘武周战线过长补给困难,意在速战的弱点,按兵不动。果然,不久刘武周部队士气低落,开始逃跑,太宗果

---

① [后晋]刘昫等撰:《旧唐书》卷一《本纪第二》,北京:中华书局,1975年,第25页。

断派李世勣、程咬金、秦叔宝等多员猛将全线出击，消灭了刘武周势力。刘武周麾下大将尉迟敬德等人降唐，壮大了唐军的力量。唐军一举收复河东，并、汾、晋等州，稳固了自己的核心要地，逐渐统一了中国。由这则史事可见山西战略位置的重要性，太行八陉皆是关隘要地，北方游牧民族若想要入主中原，山西是其必经之路，攻克山西便可威胁中原与关内，突厥借刘武周之手正想达成此目的，刘武周兵败后被突厥所杀，此后突厥也不断侵略边关。武德七年（624）唐统一之后，开始了长达30余年的反突厥战争，最终灭亡突厥汗国，使北方边关稳定平静。

  4.娘子关的传说

  关于娘子关的得名，有两种说法，其一属风物传说，传说阳泉原本有五股泉眼，被南蛮子盗了三股去。一天南蛮子行色匆匆地赶路，用拇指粗细的竹子挑着两个鸡蛋壳，鸡蛋壳里面是用法术关着的剩下的两股泉水。路边村里的新娘子看到这个肩挑鸡蛋壳的怪人，好奇地追了上去，抓住了南蛮子身后的那个鸡蛋壳，南蛮子见状扯断绳子，抱着剩下的鸡蛋壳往山上跑。新娘子见鸡蛋壳里只有清水，便随手扔在地上，变成了一眼泉水。南蛮子跑到山上，一不注意蛋壳掉了下来，变成了瀑布。人们说，神通广大的南蛮子也没过了娇娘子这一关，于是把此地称为娘子关。

  娘子关的得名，除了上文所述南蛮盗宝的风物传说之外，还有另一种说法，即得名自平阳公主。平阳公主为李渊第三女，嫁给任千牛备身的柴绍，二人定居长安。李渊起兵时，柴绍对平阳公主说："尊父将率军攻入长安，我也要去追随他，可是恐怕不能带你一起去，怎么办呢？"平阳公主回答他："你去吧，我自己想办法。"柴绍走小道回到太原，与此同时，平阳公主来到长安西南的鄠县，散尽家财招募亡命之徒，得到数百人的起义部队，又降伏名贼何潘仁，共同攻克鄠县。平阳公主自此名声大振，周边贼寇都来投奔，接连攻克数地。平阳公主又申法立威，禁止再去劫掠剽夺，远近草寇都来归附，纪律严明，变成了一支足有七万人的大军，威震关中。李渊渡河进入长安，平阳公主率精兵万人与李世民在渭北会合，号为"娘子军"。然而史籍的记载到此为止，从李渊入关到平阳公主英年早逝间的六年不见于典籍，无从得知其确切事迹。但平阳公主这样的巾帼英雄，一定不会甘于平静的日常，定是继续随父兄征战天下。民间传说中，平阳公

第四章 唐代山西民间文学

主与娘子军镇守苇泽关,于是此关得名"娘子关"。平阳公主死前一年,李渊派李建成应对刘黑闼的进攻,最终大败刘黑闼,将其斩首。这场战役的发生地离娘子关不远,在民间传说中,平阳公主也参与了这场战役,她用巧计等到了支援的到来,号称"米汤退敌兵":

> 据说平阳公主率领娘子军驻扎娘子关之后,凭借天险,修筑工事,严密布防,不给敌人可乘之机。一次,刘黑闼部大举进攻,平阳公主眼见敌人来势凶猛,一面向太原告急,一面指挥娘子军与居民严防死守。由于关内军队兵力不足,娘子关的情况十分危险。面对数倍于其的军队,平阳公主心急如焚,在城楼上焦急地踱着步子想着主意,同时极目远眺,等待着援军到来。忽然,她无意中看见远处田野上丰收在望的谷子,顿时急中生智,计上心来。于是,她下令城内军民立即收割、架锅、用新米熬制米汤,米汤熬好后,平阳公主又令部众乘夜色从关上全部倒入关前沟壑中。次日,娘子关前沟壑中米汤横溢,敌人哨兵发现后,疑为马尿,急忙报告主帅。主帅出帐观望,只见城楼上旌旗招展,军民喊声震天,战鼓擂动,便错误地判断援兵已到,由于害怕中了埋伏,敌人最终不战而退。待得知此乃平阳公主的疑兵之计时,太原的援兵已到,他们只能望洋兴叹了。①

娘子关位于山西省阳泉市平定县东北,地处太行山中段,位于太行八陉的第五陉——井陉之处。天下九塞,井陉其一,娘子关连接固关,是沟通山西、河北两省井陉古道的关塞要地,自古兵家必争,战事频繁,一直有重兵把守。下董寨村位于娘子关西约六公里处,此村到如今还有战争遗留下的习俗"跑马排"。当地民谚云:"宁可一夜不睡觉,也不误跑马看热闹。"跑马排是下董寨村春节特有的习俗,在每年正月十六举办。村民称之为"闹红火",据传起源于唐代娘子关守军的傩祭活动,表演模拟战时驿使奔马传递文书的行动。历经千年演变,如今成为当地村民一年中最重要的活动。

作为巾帼英雄的平阳公主英年早逝,一定死得轰轰烈烈,所以唐高祖李渊才会用军人的最高礼仪为她下葬。但对于她是如何逝世的,史书上却没有记载。对她的葬礼只记载了这么一句:"太常奏议,以礼,妇人无鼓吹。"认为用军礼为一

---

① 朱伊文:《平阳公主和娘子关的传说》,太原:山西春秋电子音像出版社,2008年,第18页。

个女人下葬，破坏了儒家尊卑有序的规矩。最后还是唐高祖拍板："鼓吹，军乐也。往者公主于司竹举兵以应义旗，亲执金鼓，有克定之勋。周之文母，列于十乱；公主功参佐命，非常妇人之所匹也。何得无鼓吹！"为一个女流之辈用"军乐鼓吹"固然破例，但平阳公主这位率兵征战戎马一生，极有可能战死沙场的公主，不也是史无前例吗？"遂特加之，以旌殊绩；仍令所司按谥法'明德有功曰昭'，谥公主为昭。"① 平阳公主不仅是唐代第一位有谥号的公主，更是历史上唯一一位用军礼下葬的公主。中国的史籍一向看不起女人，尤其看不惯带兵的女人，称之为"牝鸡司晨"。古籍都是历代大儒们笔下的产物，平阳公主的事迹大概就是这样被湮没在历史的尘埃之中，但在山西却流传着大量和平阳公主有关的民间传说，民众用自己的口头文学为这位唐代女英雄树立了一座丰碑。

5. 霍邑之战的传说

霍邑之战，是太原起兵后李唐政权的第一场大战，关系着李唐能否走出河东，入主长安，而不是被困于太原一城。隋将宋老生率军两万驻守霍邑，兵强马壮，唐军人数三万，不占多少优势。霍邑之战出师不利，赶上连日大雨，粮草运输不及，唐军即将断粮，李渊心生退意。《旧唐书》记载了这样一个传说：

> 霖雨积旬，馈运不给，高祖命旋师，太宗切谏乃止。有白衣老父诣军门曰："余为霍山神使谒唐皇帝曰：'八月雨止，路出霍邑东南，吾当济师。'"高祖曰："此神不欺赵无恤，岂负我哉！"八月辛巳，高祖引师趋霍邑，斩宋老生，平霍邑。②

连日大雨打消了李渊的战意，他准备班师回太原，在李世民的劝谏之下没有实行。恰巧有一位白衣老人来到军营门口，自称霍山山神的使者，声称八月雨停，霍山山神会帮助唐军。霍山山神自从古晋国即久经祭祀，香火不断，曾帮助赵襄子消灭智氏。此事让李渊信心大涨，最终八月出师，顺利攻克霍邑。另一传说既跟霍邑之战有关，又讲述了中国传统门神文化的由来：

> 传说李世民夜宿霍邑衙门（即今霍州署），不料多次在梦中被两个无头的人惊醒。李世民仔细琢磨，这两人一个像在霍邑被唐军斩杀的隋将宋老

---

① ［后晋］刘昫等撰：《旧唐书》卷六二《列传第八》，北京：中华书局，1975 年，第 2316 页。
② ［后晋］刘昫等撰：《旧唐书》卷一《本纪第一》，北京：中华书局，1975 年，第 3 页。

生，另一个却像因招降尉迟恭被充作刘武周而割了头的人。这两个无头之鬼时时骚扰，使得李世民坐卧不宁。李世民召见徐茂公求计，徐茂公道："主公屈杀这似刘武周之人，乃因急于收降尉迟将军所致，主公可派尉迟将军夜守衙门，或许得以安宁。"李世民依言，使尉迟恭守门，果然那个似刘武周的冤魂不再来扰，但那个像宋老生的冤魂仍至。李世民再次求计于徐茂功。徐茂功道："臣闻宋老生虽系隋将，但其忠勇可嘉，窃闻宋老生平日极敬佩秦二哥为人，试增派秦二哥夜守衙门，或许得安。"李世民依言增派秦叔宝夜守衙门，果然那个像宋老生的冤魂也不再来。①

这篇传说讲述的是霍邑之战后，李世民被宋老生和刘武周的冤魂骚扰而不得安宁。秦琼、尉迟恭两位唐代名将初识在霍州，酷战在霍州，结谊在霍州，二人在霍州做门神应当是有依据的。虽然说民间神崇拜带有一定的迷信色彩，但其中反映了百姓对光明、幸福、安居乐业的祈望，也有对忠臣良将、才俊贤士的怀念和敬佩。霍州门神最原始的作者是谁已难以考证了。应当说，门神是民间画工所创造的优秀遗产，"霍州门神"就是这类中华瑰宝之一。

6. 绛州鼓乐的传说

武德二年（619），李世民出兵讨伐刘武周，渡过黄河，驻扎在柏壁秦王堡。新绛县存有擂鼓台，据传为李世民当时所用。贞观元年（627），李世民初登皇位，宫中开始演奏《秦王破阵乐》。李世民不无自豪地说道："朕昔在藩，屡有征讨，世间遂有此乐，岂意今日登于雅乐。"军民歌颂秦王征讨四方雄姿的秦王破阵曲，从民间传唱上升到宫廷雅乐，更因为太宗"不忘于本"的训诫成为唐代宫廷重要系列乐舞，有《七德》《破阵乐舞》等变体。②《旧唐书》载："自破阵舞以下，皆擂大鼓，杂以龟兹之乐，声振百里，动荡山谷。"③破阵舞、庆善舞融合西域音乐风格，促进了我国音乐艺术的发展。破阵乐自民间走入宫廷，既成为有唐一代恢弘气象的展现，又在民间流传千年，为民众节日祭祀增添热闹。

清朝《直隶绛州志》曰："岁时社祭、夏冬两季，又乡镇多香火，扮社鼓演

---

① 霍州市政协文史资料研究委员会编：《霍州文史资料》，内部资料，2006年，第255页。
② ［后晋］刘昫等撰：《旧唐书》卷三二《志第八》，北京：中华书局，1975年，第1046页。
③ 同上注，第1060页。

247

剧，招集贩粥人甚便之。"民国时出版的《新绛县志》也曾说："每逢赛社之期，必演剧数日，扮演各种故事，如锣鼓。"古绛州鼓乐的兴盛，显示出李世民征战对后世的深远影响，与李世民征战河东的历史史实有密切关系。唐玄宗是一位精通曲律，酷爱音乐的帝王，他数次改编《破阵乐》，又创作《小破阵乐》，民间传说把他奉为梨园祖师爷。在民间传说里，唐玄宗李隆基的形象不仅被神化了，而且被仙化了，弥漫着"仙话化"色彩：

  唐明皇，非常敬重八仙，八仙一看唐明皇这样敬重他们，便决定带唐明皇到广寒宫里玩一玩。唐明皇到了广寒宫看中了嫦娥，于是便写了一首不甚恰当的诗。嫦娥由于喝了几盅酒，先是迷迷糊糊的不明白。后来醒酒了一看，唐明皇写的诗在侮辱她，非常生气，就拿了这首诗奏明了玉皇大帝。玉皇大帝一看唐明皇身为人主，竟敢这样污辱天神，勃然大怒，于是就派了青龙，托生成为安禄山消灭唐朝。巡天御使太白金星路过大唐上空，一看下面兵荒马乱乌烟瘴气，立即回报玉皇大帝。玉皇大帝就向太白金星说明了原因，太白金星说："玉帝息怒，唐明皇写诗污辱天神不对，您因为这点小事就派人消灭他的朝代，是不是有点太小题大作了？因为大唐朝规定四百年，现在才坐了不足二百年，还有二百年。"玉帝一听，觉得太白金星说得有理，就对太白金星说："我御旨已下，青龙已经下凡，令已经收不回来了。"太白金星听了说："您的御旨已下，不可再收，但我给您想了一个两全其美的主意，不知您意下如何？"玉帝便说："卿家请讲。"太白金星说："叫嫦娥下凡，转生成杨贵妃，先叫她跟唐王，青龙现在不是下世了吗？就叫青龙、嫦娥暂时搅乱大唐的朝纲，让大唐时时失败，这样就处罚了唐明皇无视天神的罪行。同时派白虎星下凡助大唐朝，使大唐朝不至于过早灭亡，岂不是两全其美。"玉皇听了欣喜非常。这便是安史之乱及郭子仪平叛的来历。

  后来，玉帝降旨时，白虎星不听。原因是白虎星先前两次下凡，第一次托生罗成只活了二十三岁，第二次托生成薛礼也只活了二十三岁。这次玉帝派他下凡，他说什么也不接旨。太白金星当着玉帝的面给他作保，让他活到终生。这样他才愿意下凡，托生成郭子仪活到了七十八岁，无疾而终。[①]

[①] 罗阳编：《中国民间故事全书：山东·滕州卷》，北京：知识产权出版社，2011年，第126—127页。

这则传说把唐中期的"安史之乱"描绘成富于浪漫色彩的故事，起因是唐玄宗写诗戏嫦娥，玉帝震怒，派青龙下凡消灭唐朝，太白金星又劝玉帝，唐天命有数，尚不得终，又派白虎下凡平定叛乱。将天宝年间惨痛的战乱化为美丽的想象，人与人之间的斗争变为人与神之间的龃龉，玄宗本人的过错简化为戏弄嫦娥，触怒玉帝，郭子仪平叛带有"神助"之力，这些都说明民众受宿命论思想影响极深。

三、唐代山西民间故事

唐朝时期的山西民间故事以幻想故事为主，生活故事数量很少。大概是生活类故事缺乏离奇的情节而没有得到当时故事搜集者的重视，反之，由于幻想故事多具超自然的传奇因素，符合古人猎奇的思维而得以辑录保存。

（一）生活故事

此时期的生活故事仅有一篇，篇幅较长，且具备民间故事的基本要素，即《薛氏子受骗》[①]，故事基本情节是：(1) 薛氏子是官宦子弟，家境富裕，资用甚丰。(2) 一位道士看上去气度清古，告诉薛氏子其住所地下有当年秦始皇埋在这里的黄金百斤与宝剑二口。(3) 薛氏子让家里干活的人拿上锸等工具，在其屋内深挖五尺，一无所获。(4) 薛氏子从此家产甚困，失信于人。

这个故事记述了道士骗取官宦子弟钱财的过程，现实性较强，又有一定的情节，属诈骗类生活故事。薛氏子受骗的原因是贪财，迷信，被道士的花言巧语所迷惑。这篇故事意在提醒世人不要贪图金钱利益，被装扮的道貌岸然的人所欺骗，最终贻笑大方。

（二）幻想故事

民间幻想故事具有丰富的想象力，往往出现超自然的力量与人物，人兽婚恋、动物变人、神奇宝物、禁忌咒语等事物层出不穷，天马行空的故事极富趣味性，引人入胜。有些幻想故事以娱乐猎奇为目的，有些具有宣宗明义的信仰功利

[①] ［宋］李昉等：《太平广记》，北京：中华书局，1961年，第1837—1838页。

性，有些则寄托着民众超越现实处境的祈盼。

幻想故事的主要类型有：精怪故事、鬼故事、人与异类婚恋故事、神奇人物故事、神奇历险故事、神奇宝物故事、神灵相助故事、动物报恩故事等。

1.人与异类婚恋型故事

这类故事即描述人与其他生物（非人类）婚姻恋爱的故事，尤以人类男子同异类女子婚恋为主。这些异类主要是指传闻中的神仙鬼怪。唐朝时期山西民间故事中的一篇人与异类婚恋故事是《崔韬虎婚》[①]，在此故事中，蒲州人崔韬外出旅游，途经一个旅社，此旅社"凶恶"无人敢住，但崔韬不顾劝告住了进去。半夜看到一只老虎进入房间，崔韬躲于暗处窥探，发现其"脱去兽皮，见一女子奇丽严饰"。这名女子主动对崔韬示爱，两人欢好，私定终身。第二日，崔韬取了兽皮扔进一口枯井，然后带女子离去。后来几年相安无事，崔韬明经擢第，带着妻子、儿子前去任职，恰好又路过曾经的那个旅社。崔韬开玩笑地说扔在枯井里的兽皮还在，妻子让他取来，穿上了兽皮便变为一只猛虎，吃掉了崔韬和其子。祁连休把这类故事概括为"虎妻子"型故事[②]，尚有诸多异文。唐代人对婚恋的态度较为开放，文人阶层充满浪漫情怀，尤其喜爱艳遇邂逅，该故事旨在警告人们不要贪图美色，荒郊野外来历不明的艳丽女子不可轻信，以防受害。

2.神奇历险故事

主要类型有找好运型、仿动物习性存活型、神仙考验型、凶宅捉怪型等，通过夸张的幻想和奇异的情节让人们在故事中神游天地，与神、怪、精灵共舞，体验一回超越世俗的感觉。

a.仿动物习性存活型

　　蒲州人穿地作井，坎深丈余，遇一方石而不及泉，欲去石更凿，忽堕深坑。蛰蛇如覆舟，小者与凡蛇等。其人初甚惊惧，久之稍熟。饥无所食，其蛇吸气，因亦效之，遂不复饥。

　　积累月，闻雷声。初一声，蛇乃起首，须臾悉动，顷之散去。大者前去，相次出复入。人不知害己，乃前抱其项，蛇遂径去。缘上白道，如行十

[①] ［宋］李昉等：《太平广记》，北京：中华书局，1961年，第3514—3515页。

[②] 祁连休：《中国古代民间故事类型研究》，石家庄：河北教育出版社，2007年，第558—559页。

b. 凶宅捉怪型

里，前有烽火，乃致人于地而去。人往借问烽者，云是平州也。①

太原掌书记姚康成，奉使之汧陇。会节使交代，入蕃使回，邮馆填咽，遂假邢君牙旧宅，设中室，以为休息之所。其宅久空废，庭木森然，康成昼为公宴所牵，夜则醉归，及明复出，未尝暂歇于此。

一夜，自军城归早，其属有博戏之会，故得不醉焉。而坐堂中，因命茶，又复召客，客无至者，乃令馆人取酒，遍赐仆使，以慰其道路之勤；既而皆醉，康成就寝。二更后，月色如练，因披衣而起，出于宅门，独步移时，方归入院，遥见一人入一廊房内，寻闻数人饮乐之声；康成乃蹑履而听之，聆其言语吟啸，即非仆夫也，因坐于门侧，且窥伺之。仍闻曰："诸公知近日时人所作，皆务一时巧丽，其于托情喻己，体物赋怀，皆失之矣。"又曰："今三人可各赋一篇，以取乐乎。"皆曰："善。"乃见一人，细长而甚黑，吟曰："昔人炎炎徒自知，今无烽灶欲何为。可怜国柄全无用，曾见人人下第时。"又见一人，亦长细而黄，面多疮孔，而吟曰："当时得意气填心，一曲君前值万金。今日不如庭下竹，风来犹得学龙吟。"又一人肥短，鬖发垂散，而吟曰："头焦鬓秃但心存，力尽尘埃不复论。莫笑今来同腐草，曾经终日扫朱门。"康成不觉失声，大赞其美，因推门求之，则皆失矣。

俟晓，召舒吏询之。曰："近并无此色人。"康心疑其必魅精也，遂寻其处，方见有铁铫子一柄、破笛一管、一秃黍禾穰帚而已。康成不欲伤之，遂各埋于他处。②

姚康成任太原掌书记，住在荒废旧宅里，平时宴饮醉归，无事发生。一日未醉，听见院中有人饮乐之声，窥见房中有三人吟诗，姚康成失声赞美，推开房门，却发现空无一物。姚康成疑心其乃精怪，发现是铁铫子、笛子、扫帚三物，不忍伤害它们，便分开掩埋。

3.神奇人物故事

常以夸张的手法，塑造一些身体奇特、具有异禀奇能的人物，或是身体异于

---

① [宋] 李昉等：《太平广记》，北京：中华书局，1961年，第3754页。
② 同上注，第2948页。

正常人类的人物，满足人们猎奇的心理。

严绶是蜀郡成都（今四川成都）人，其祖辈历代为官，严绶本人大历年间中进士，此后长期在地方节度府任职，虽然他为人势利，贿赂贵人乃至开地方宾佐向皇帝进贡的先例，也有向高官跪拜，尽伤名节的举动，但一生宽柔孝悌，为政爱民惠民，出任过的地方藩镇都财力雄厚，治理得当。尤其出任河东行军司马，镇守太原九年，境内安宁升平，朝宇称赞。《酉阳杂俎》记载了一个发生在他任职太原期间的故事：

　　严绶镇太原，市中小儿如水际洇戏，忽见物中流流下，小儿争接，乃一瓦瓶，重帛幂之。儿就岸破之，有婴儿，长尺余，遂迅走，群儿逐之，顷间，足下旋风起，婴儿已蹈空数尺。近岸，舟子遽以篙击杀之。发朱色，目在顶上。①

故事中的婴儿孕育于质地粗糙的瓦罐内，刚一出生就足下生风，蹈空飞行，可惜很快就被船夫用撑船的篙子击打致死。有人认为这就是《封神榜》里哪吒的原型，哪吒出生也非常奇异，他从一个肉球中钻出来，落地之后就能跑能飞，后来师父又授予他"法宝"，使他成为手持红缨枪，足登风火轮，背负乾坤圈的无所不能的"超人"形象，在哪吒身上寄托着反叛旧传统的叛逆精神。上述故事中的婴儿与哪吒虽都是奇异出生，然而命运却截然不同，两个结局，反映了人类对于未知事物不同的态度，也映射出人性的复杂。

4. 入冥故事

入冥故事源于古人对生死的认识，对于生死，古人认为皆是神奇之事，他们无法合理地解释生死这些自然现象，因此会幻想人死之后会是怎样的情节，并加以艺术加工，入冥故事便应运而生。入冥故事是唐人志怪小说中较常见的类型，从初唐到晚唐都大量见于志怪小说作品集中，承续六朝志怪小说中的"泰山治鬼"故事。唐代入冥故事受佛教影响很大，宣扬佛教报应理念与转世轮回观念，对冥府的描绘与以往不同，突出描绘地狱中恶人遭惩罚受苦的景象，强调善有善报，颂佛有功德，故事主人公多因为念诵《金刚经》逃过一劫。段成式《酉阳杂俎》记载了大量类似情节的故事，譬如《高涉》一篇：

---

① ［唐］段成式撰：《酉阳杂俎》续集卷三《支诺皋下》，北京：中华书局，1981年，第226页。

252

第四章　唐代山西民间文学

太和七年冬,给事中李公石为太原行军司马。孔目官高涉,因宿使院,至冬冬鼓起时诣邻房,忽遇一人,长六尺余,呼曰:"行军唤尔。"涉遂行。行稍迟,其人自后拓之,不觉向北。约行数十里,至野外,渐入一谷底。后上一山,至顶四望,邑屋尽眼下。至一曹司,所追者呼云:"追高涉到。"其中人多衣朱绿,当案者似崔行信郎中。判云:"付司对。"复引出,至一处,数百人露坐,与猪羊杂处。领至一人前,乃涉妹婿杜则也。逆谓涉曰:"君初得书手时,作新人局,遣某买羊四口,记得否?今被相债,备尝苦毒。"涉遽云:"尔时只使市肉,非羊也。"则遂无言。因见羊人立啮则。逡巡,被领他去,倏忽又见一处,露架方梁,梁上钉大铁环,有数百人皆持刀,以绳系人头,牵入环中刳剔之。涉惧,走出,但念《金刚经》。倏忽逢旧相识杨演,云:"李尚书时杖杀贼李英道,为劫贼事,已于诸处受生三十年。今却诉前事,君常记得无?"涉辞以年幼不省。又遇旧典段怡,先与涉为义兄弟,逢涉云:"先念《金刚经》,莫废忘否?向来所见,未是极苦处。勉树善业,今得还,乃经之力。"因送至家如梦,死已经宿。向所拓处,数日青肿。①

高涉的故事叙述比较详尽,讲述太原孔目官高涉被鬼使所诱骗,来到冥府,经受审判,看到妹婿杜则因为买羊被羊人咬啮,数百人持刀砍头等地狱景象,最终因为常念《金刚经》而还阳。其他故事多是言某某人突然暴毙,数日后复活,说自己到冥府一遭,因为背诵《金刚经》有功德而被送还,但缺乏对冥界场景的描绘。更有僧人入冥府,因为会诵《金刚经》被阎王请为座上宾,为地府诵经七遍,增寿30年而还。上古中国对死后世界的观念与埃及类似,来世如此世,因而死后厚葬,使死者在来世仍然用生前爱用之物,尽享富贵。佛教传入中国之后,深刻地影响了中国人对死后世界的想象,死后世界不再是固定永恒的,而是存在"阎罗王",存在地狱与审判,惩罚生前之恶,善人可以轮回做人,甚至投胎富贵之家,恶人将变为牲畜受苦,偿还过去所犯下的罪孽。而既然冥界存在一个审判凡人的机构,也就意味着冥界不是死板的、机械的,这个机构里的"人"可以被贿赂、收买,可以通情达理,使得冥界更富于人情味、现实性、功利性。

---

① [唐]段成式撰:《酉阳杂俎》续集卷七《金刚经鸠异》,北京:中华书局,1981年,第272页。

5. 神灵相助故事

主人公多是底层社会处于弱势的农民、穷苦书生等，他们生活拮据或者是受人陷害蒙受不白之冤，后得到神灵相助，得以存活。此类故事表现出对弱者的同情与关怀，有劝人向善、自有神佑的意味。

> 大历中，太原偷马贼诬一王孝廉同情，拷掠旬日，苦极强首，推吏疑其冤，未即具狱。其人惟念《金刚经》，其声哀切，昼夜不息。忽一日，有竹两节坠狱中，转至于（广记作止其）前。他囚争取之，狱卒意藏刃，破视，内有字两行云："法尚应舍，何况非法？"书迹甚工。贼首悲悔，具承以匿嫌诬之（广记作旧嫌）。①

6. 神奇宝物故事

此类故事往往带有一种意想不到的故事情节，即原本并不知道有宝物，在机缘巧合之下通过某些过程得到了宝物，使主人发家致富。

> 隋绛州夏县树提家，新造宅，欲移之。忽有蛇无数，从室中流出门外，其稠如箔上蚕，盖地皆遍。时有行客云："解符镇。"取桃枝四枚书符，绕宅四面钉之，蛇渐退，符亦移就之。蛇入堂中心，有一孔，大如盆口，蛇入并尽。命煎汤一百斛灌之，经宿，以锹掘之，深尺，得古铜钱二十万贯。因陈破，铸新钱，遂巨富。蛇乃是古铜之精。②

7. 精怪故事

此类故事为幻想故事中常见的一个类型，主要有狐精、猿精、虎精等。一般伴随的是人们除怪保平安的行为，此类故事也多为满足人们猎奇的心理。《集异记》收录的《晏通破妖狐》很有代表性：

> 晋州长宁县有沙门晏通修头陀法，将夜，则必就丛林乱冢寓宿焉。虽风雨露雪，其操不易；虽魑魅魍魉，其心不摇。
>
> 月夜，栖于道边积骸之左，忽有妖狐跳踉而至。初不虞晏通在树影也，乃取髑髅安于其首，遂摇动之。倘振落者，即不再顾，因别选焉。不四五，遂得其一，炭然而缀。乃褰撷木叶草花，障蔽形体，随其顾盼，即成衣服。

---

① [唐] 段成式撰：《酉阳杂俎》续集卷七《金刚经鸠异》，北京：中华书局，1981年，第273页。
② [唐] 刘𫗧、程毅中：《隋唐嘉话朝野佥载》，北京：中华书局，1979年，第122页。

第四章 唐代山西民间文学

须臾，化作妇人，绰约而去。乃于道右，以伺行人。

俄有促马南来者，妖狐遥闻，则恸哭于路。过者驻骑问之。遂对曰："我歌人也，随夫入奏，今晓夫为盗杀，掠去其财。伶俜孤远，思愿北归，无由致。脱能收采，当誓微躯，以执婢役。"过者易定军人也，即下马熟视，悦其都冶，词意叮咛，便以后乘挈行焉。晏通遽出谓曰："此妖狐也，君何容易？"因举锡杖叩狐脑，髑髅应手即坠，遂复形而窜焉。①

徐铉《稽神录》记载了一篇《老猿窃妇人》：

晋州舍山有妖鬼，好窃妇人。尝有士人行至舍山，夜失其妻，旦而寻求；入深山，一大石有五六妇人共坐，问曰："君何至此？"具言其故，妇人曰："贤夫人昨夜至此，在石室中，吾等皆经过为所窃也。将军窃人至此，与行容彭之术，每十日一试，取索练周缠其身及手足，作法运气，练皆断裂；每一试，辄增一匹，明日当五匹。君明旦至此伺之，吾等当以六七匹急缠其身。俟君至，即共杀之，可乎？"其人如期而往，见一人貌甚可畏，众妇以练缚之，至六匹，乃直前格之；遂杀之，乃一老猿也。因获其妻，众妇皆得出，其怪遂绝。②

在这篇《老猿窃妇人》的故事里，老猿是"妖鬼"，它的特点是"行容彭之术"，"容"指容成公，"彭"指彭祖，均为修房中术而得道者，"容彭之术"即房中术，可见老猿窃夺妇人，目的是"采补"，妖鬼也是有七情六欲的。古人认为，山妖野魅也有与人匹配的愿望和需要，而人类也可以与山精野鬼为偶。远古人民为何要崇拜、祭祀河伯、山鬼一类喜怒无常的"恶神"呢？这类恶神正是狂暴的自然力的象征，"万物有灵"的原始思维让初民认为自然的背后存在一个意志，崇拜讨好这个意志，或许就能驯服狂暴的自然。这是古人改造自然理想的初现。鲁迅先生说：从前的人尊祀放火的"回禄"，而忘却造火的"燧人"也是这个原因。所以古人要用人于山，杀人祭神，拿童男童女给妖怪吃。恐惧、贿赂、安抚、羁縻、利用、控制。这是以"小"易"大"，变"祸"为"福"，这些宗教

---

① ［宋］李昉等：《太平广记》，北京：中华书局，1961年，第3691页。
② ［宋］陈世崇、徐铉：《随隐漫录·稽神录·灯下闲谈》《稽神录补遗》，上海：上海书店，1990年，第225页。

行为都是现实生活的歪曲反映。这则故事与《补江总白猿传》的主要情节惊人地相似。学界一般认为《补江总白猿传》成书于初唐，记述欧阳纥的妻子被白猿抢掠，因而怀有身孕。所不同的是，《稽神录》中的老猿偏重"人性"，而《补江总白猿传》里的老猿具有"神性"，不仅具有神异能力，白袍素衣，仙风道骨，他与欧阳纥之妻所育之子也"将逢圣帝，必大其宗"，为欧阳氏一门光宗耀祖，这个故事里隐含着自上古以来流行的信仰观念。而《老猿窃妇人》的故事更具有现实性，呈现出世俗化的倾向。

8."人与狼互化"型故事

这类故事是讲述人可以变化为狼，狼也可以变化为人，甚至人与狼可以交配通婚。《太平广记》云：

> 晋州神山县民张某妻，忽梦一人，衣黄褐衣，腰腹甚细，逼而淫之，两接而去。已而妊娠，遂好食生肉，常恨不饱，恒舐唇咬齿而怒，性益狠戾。居半岁，生二狼子，既生即走，其父急击死之。妻遂病恍惚，岁余乃复。乡人谓之狼母。[1]

这个故事是讲在晋州神山县（今山西浮山县）有一匹狼化为人形"衣黄褐衣"，与"张某妻"交配，"张某妻"妊娠之后好食生肉，半年之后生了两个像狼一样的儿子，张妻从此被叫作"狼母"。《太平广记》载：

> 太原王含者，为振武军都尉。其母金氏，本胡人女，善弓马，素以犷悍闻。常驰健马，臂弓腰矢，入深山，取熊鹿狐兔，杀获甚多，故北人皆惮其能而雅重之，后年七十余，以老病，遂独处一室，辟侍俾，不许辄近左右。[2]

她每天关门而睡，晚上变成狼，开户而出，天不亮就从野外回来。后来被亲人发现之后"遂破户而出，自是竟不还"。山西自古以来就是中原农耕民族与北方草原民族交汇之地，"狼图腾"是草原游牧民族信仰的重要内容。从魏晋到元代一千余年里，先后有20多个草原民族活跃在以山西为中心的历史舞台上，除了匈奴、突厥、蒙古三大少数民族集团之外，魏晋隋唐时期尚有回纥、高车、乌孙国等均与匈奴族有密切关系，这些少数民族都以狼为祖先神，在他们创世的神

---

[1] ［宋］李昉等：《太平广记》，北京：中华书局，1961年，第3610页。

[2] 同上注，第3609页。

256

话传说里，使"狼意象"成为鲜明的民族文化标志，尽管在无数次的民族冲突、战争、交融中，这些民族大都融入了"中华民族"大家庭中，然而其原初地理环境、文化背景、民族心理综合因素下形成的族源神话，通过民间口头传说方式保留下来，这为我们研究中国历史上少数民族政权统治下的历史文化提供了极其宝贵的资料。

9. 鬼故事

鬼故事与精怪故事同为幻想故事中最为常见的故事类型，只是二者所蕴含的文化心理有所不同，精怪故事主要为猎奇，满足人们对自然的幻想；而鬼故事更多地带有宗教的色彩，内含因果观念、善恶有报等思想，意在劝人行善，不做伤天害理之事。这种区分，与我国传统的认识有关，精怪一般都为非人类，它们可能是某些动物所幻化，即使成精也不能完全具备人类的思维和情感。而鬼则不同，民间普遍认为人生而为人，死而为鬼，鬼是人存在的另外一种形式，因此鬼完全具备了人的思维，喜怒哀乐皆有。鬼故事还可细分为复仇故事、报恩故事、友谊故事、鬼婚故事、与风物传说相结合的鬼故事、入冥故事等。代表性作品有人鬼友谊故事《太原王子珍》[①]、人鬼夫妻故事《薛昭》[②]等。

10. 动物报恩故事

此类故事源于佛经故事，是其中的一个类型，各种本生故事广叙佛前世事，此类故事还受到了印度民间故事的影响。《太平广记》记载了《汾水老姥》的故事：

汾水边有一老姥获一赤鲤，颜色异常，不与众鱼同。既携归，老姥怜惜；且奇之，凿一小池，汲水养之。

经月余后，忽见云雾兴起，其赤鲤即腾跃，逡巡之间，乃渐升霄汉，其水池即竭。至夜，又复来如故。人见之者甚惊讶，以为妖怪。老姥恐为祸，颇追悔焉。遂亲至小池边祷祝曰："我本惜尔命，容尔生，反欲祸我耶？"言才绝，其赤鲤跃起，云从风至，即入汾水。唯空中遗下一珠，如弹丸，光晶射人。其老姥得之，众人不敢取。

[①] 王东明主编：《搜神记四种》，西安：陕西旅游出版社，1993年，第925—929页。
[②] 《薛昭与云容》，原题《薛昭传》，唐传奇单行本，《太平广记》卷六九亦载，题《张云容》出《传记》。

后五年，老姥长子患风，病渐笃，医莫能疗。老姥甚伤，忽意取是珠，以召良医。其珠忽化为一丸丹。老姥曰："此赤鲤遗我，以救我子，答我之惠也。"遂与子服之，其病寻愈。①

11. 与风物传说相结合的鬼故事

《太平广记》卷二九七引唐李隐《潇湘录》：

并州北七十里有一古冢。贞观初，每至日夕，即有鬼兵万余，旗幡鲜洁，围绕此冢。须臾，冢中又出鬼兵数千，步骑相杂，于冢旁力战。夜即各退，如此近及一月。

忽一夕，复有鬼兵万余，自北而至，去冢数里而阵。一耕夫见之惊走。有一鬼将，令十余人擒之至前，谓曰："尔勿惧，我瀚海神也，被一小将窃我爱妾逃入此冢中。此冢张公又借之兵士，与我力战。我离瀚海月余，未获此贼，深愤之。君当为我诣此冢造张公，言我自来收叛将，何乃藏之冢中，仍更借兵拒我？当速逐出。不然，即终杀尔！"仍使兵百人，监此耕夫往。

耕夫至冢前，高声传言。良久，冢中引兵出阵。有二神人，并辔而立于大旗下，左右剑戟如林。遽召此耕夫前，亦令传言曰："我生为锐将三十年，死葬此，从我者步骑五千余，尽皆精强。今有尔小将投我，我已结交有誓，不可不借助也。若坚欲与我力争，我终败尔，不使尔得归瀚海；若要且保本职，当速回！"耕夫又传于瀚海神。

神大怒，引兵前进，令其众曰："不破此冢，今夕须尽死于冢前！"遂又力战，三败三复。战及初夜，冢中兵败，生擒叛将。及入冢，获爱妾，拘之而回。张公及其众并斩于冢前，纵火焚冢，赐耕夫金带。耕夫明日往观，此冢之火犹未灭，冢旁有枯骨木人甚多。②

这篇《瀚海神》故事，表面上叙述人与鬼斗，实质上是现实生活的折射，故事中无论是鬼还是人，其行事说话都有着浓浓的人情味。

在唐代雅文学不断发展的同时，俗文学也呈现出百花齐放的局面，尤其是民间文学作品，以其通俗易懂的形式以及引人入胜的故事情节吸引了大量的社会底

---

① [宋]李昉等：《太平广记》，北京：中华书局，1961年，第3454页。
② 同上注，第2363—2364页。

层群众。从这个角度来看,唐代民间文学的影响力是很大的,理应在唐代文学体系之中占有一席之地。另一方面,丰富的民间文学作品能够从不同方面展示唐代社会历史与文化,因此这些文本除了具有一定的文学价值之外,还具有重要的社会历史价值,它可以成为我们一窥唐代山西地方风貌的一扇"窗户"。

四、唐代山西戏曲与说唱

唐代山西戏曲主要是由歌舞演变而成的歌舞戏和以谐谑讽刺为特性、插科打诨为表现方式的参军戏。同时,这一时期山西出现了不少杰出艺人,后来被戏班普遍供奉为"戏祖"的李隆基、李存勖,都与山西有关。说唱艺术是戏曲形成的重要渊源之一,山西在汉代已有说唱艺术出现。朔州汉墓出土有说唱俑,繁峙岩山寺大型金代壁画中有"酒楼说唱图",闻喜下阳村金墓中有说唱壁画。说唱的形式叫作"转变",其演唱底本称为"变文",是一种用通俗的语言来传播佛经故事的讲唱艺术,其中较出名的有《舜子变》《孟姜女》等变文。木偶、皮影,在山西早有流传,据唐人段安节《乐府杂录》"傀儡子"条记载,汉祖在平城被围,曾制造木偶人诱敌退兵。皮影戏最晚于金代在山西流行,繁峙岩山寺金代壁画中的"影戏图"提供了实证资料。

以上这些艺术形式,经过在宫廷或民间的广泛流传、融合,逐渐综合成为"以歌舞演故事"的完整的戏曲形式。在中国戏曲的形成过程中,山西人做出了巨大贡献。山西是著名的"中国戏曲之乡",演戏、观戏是山西的地域风尚。

(一)唐代山西民间戏曲

唐代的政治文化、宗教文化、艺术文化逐渐走向了成熟,出现了以歌舞戏和参军戏为代表的戏曲雏形。唐朝时期统治者文化视野开阔、豁达,营造出包容万端的艺术生长环境,加上南北朝时期胡汉文化融合的影响,形成自然、自由的文化品格,造就了歌舞艺术的发达,其显著特征是歌舞强而戏剧弱,即热衷于追求自我感情的宣泄,淡漠理性的自我观照。在这种审美观念下生长的戏剧艺术,特点是新戏不多,除了参军戏这一新形式外,主要是对传统剧目加以改造和提高,使之更加精致。在山西上党、河东、并州、代州等地区,相继出现了具有代表性的歌舞戏与参军戏。

唐代歌舞戏的代表作是《踏摇娘》。此剧从北齐到隋唐不断被民间艺人加工改造，在《太平广记》《乐府杂录》《旧唐书》等书中均有记载，是一出根据真人真事编演的歌舞小戏，后被采入教坊，称为宫廷鼓架部的著名节目。在早期戏剧中，《踏摇娘》享有极高的地位，原因是它的表演很复杂，戏剧矛盾冲突鲜明，手法也颇为丰富，如角色是一男一女；演唱是一人唱众人相和的帮腔形式；全部表演有唱、有念、有舞、有打，手段俱全；情节构成有头有尾等。《踏摇娘》主要描写市井中的夫妻纠纷，表现了普通人的生活情形。唐代崔令钦《教坊记》"曲调本事"记载：

> 《踏谣娘》：北齐有人姓苏，齇鼻。实不仕，而自号为郎中。嗜饮，酗酒。每醉，辄殴其妻。妻衔怨，诉于邻里。时人弄之：丈夫著妇人衣，徐步入场行歌。每一叠，旁人齐声和之，云：踏谣，和来！踏谣娘苦，和来！以其且步且歌，故谓之踏谣；以其称冤，故言苦。及其夫至，则作殴斗之状，以为笑乐。今则妇人为之，遂不呼郎中，但云阿叔子。调弄又加典库，全失旧旨。或呼为谈容娘，又非。①

由此可知，《踏摇娘》是根据北齐时的真人真事编演的一部具有讽刺性质的歌舞小戏。《教坊记》的这段描述，记录了《踏摇娘》演出的多方面信息，例如题目的来由、故事的来历、表演方式及其在唐代演变的情形等，显示出丰富的表现手段和前后变化的表现风格。这一戏剧在山西并州、代州等地演出时，具有自己的特色："踏摇娘生于隋末，河内有人丑貌而好酒，常自号郎中，醉归必殴其妻。美色善自歌，乃歌为怨苦之词。河朔演其曲而被之管弦，因写其妻之容。妻悲诉，每摇其身，故号踏摇云。并、代优人颇改其制度，非旧旨也。"② 这段材料就记载了当地优人对《踏摇娘》的改造。歌舞戏的发展也使得一批杰出的艺人相继出现，例如敬新磨、盛小丛等。

参军戏是唐代开元时期盛行起来的一种新的戏剧类型，实际上是优戏——滑稽戏的唐代变体，也可以看作是滑稽戏。它以谐谑讽刺为特性，以插科打诨为表现方式。"参军戏"之名主要有两种说法，一说来源于滑稽戏《弄周延》中

---

① [唐]崔令钦撰，任半塘笺订：《教坊记笺订》，北京：中华书局，1962年，第377页。
② [唐]杜佑：《通典》卷一百四十六"乐六"，杭州：浙江古籍出版社，1959年，第398页。

周延任职参军,而唐代滑稽戏表演多模仿《弄周延》,便称为"参军戏";另一说是唐开元优人李仙鹤被授予"同正参军"官职,而他擅长《弄周延》这类戏剧的表演,得名"参军戏"。在演出角色上通常有"参军""苍鹘"两个角色的类型规定,在后期发展中有三人以上的参演情况,是中国戏剧角色行当划分的初始形态。参军戏演出剧目的记载并不系统,内容上比较清楚的剧目主要有《三教论衡》《旱税》等。参军戏发展至唐肃宗时期,出现了女艺人,同时在表演上不仅有滑稽的对白,也融入了音乐和歌唱。参军戏在民间广泛传播的过程中,表演技艺不断丰富,艺术技巧逐渐精致,为后来兴起的戏曲积攒、提供了丰富的艺术经验,尤其是它调笑打趣的表演方式和幽默滑稽的意味同后来的"民间小戏"一脉相承。

歌舞戏和参军戏是中国戏剧早期发展的雏形,它们的形成为后来戏曲的发展奠定了基础。这两种戏曲形式在唐代的山西地区延续发展,得益于山西历史悠久且厚重的戏曲艺术积淀,造就了众多具有明显地域特色的民间戏曲品种。

(二)唐代山西说唱文学

唐代佛教的兴盛改变了秦汉魏晋间人们对死后世界的想象,转世轮回观念与"因缘"命运观的传播为唐代传奇小说的成熟与幻想故事的繁盛增色非凡。佛教的兴盛更是促进了一种全新文体与艺术形式在唐代民间的产生,即说唱文学。说唱艺术并非自唐始,汉代俳优所演技艺已包括说唱,四川地区陆续出土了11具汉代说唱俑,证明汉代已有说唱表演的存在。[1] 然而俳优说唱并不以叙述故事为旨趣,以讲唱形式诉说故事始自魏晋六朝佛教向民间传播的"唱导",以故事的方式譬喻艰深难懂的佛理,且注重随兴因时、因人而变,取得了比"转读"即诵经更好的传教效果,在南北朝时期成为佛教传播的主要方式。[2] 至唐代,寺院以"俗讲"面向民众,通过通俗易懂的语言和丰富的故事譬喻,以讲唱结合的方式讲授佛经,受到大众的欢迎。"俗讲"在唐代非常流行,姚合、常建、韩愈等唐代诗人都有诗描写"俗讲"盛况,如"街东街西讲佛经""酒坊鱼市尽无人"

---

[1] 张然:《考古发现与史集记载中的汉唐说唱》,《大众文艺》2016年第23期。
[2] 杨晓慧:《唐代俗文学研究》,陕西师范大学博士学位论文,2012年。

等。不仅佛教有"俗讲",道教同样以"俗讲"传播教义,晚唐时期"俗讲"甚至进入宫廷,供奉皇帝的僧人在宫中讲经。[①]

宗教"俗讲"的广受欢迎,使得说唱艺术在民间扩布生长。唐代民间的说唱艺术,除"俗讲"外还有"词文"与"啭变",三者均以七言韵文讲唱,辅以散体的说白,文体相似,内容相近,有相互影响的痕迹。1908年敦煌遗书的发现,使唐代民间说唱艺术的文字底本展现在世人面前,王国维最早接触这些文本,称其为"通俗小说",罗振玉称其为"佛曲",至郑振铎《中国俗文学史》将其界定为"变文",从此成为一个时常引起争议的学界通名。[②]"变文"实际上成为唐代说唱叙事文学的通称,《敦煌变文集》与《敦煌变文集新书》所收"变文"都不只是篇名为变文的作品。但"变文"已成为学界长期通行的名词,近乎唐代说唱文学的代名词,本节仍然以"变文"对唐代说唱文学的影响进行简要分析。

1. "变文"的分类、文体与内容

(1) 俗讲经文

俗讲经文为唐代佛教"俗讲"说唱艺术的文字底本,分为讲经文与押座文两种。讲经文为俗讲的主要部分,讲唱佛经故事。押座文是俗讲开始前的开场白,通常篇幅不长,通体七言韵文,对所讲经文进行总括性介绍,偶尔设悬念提问题,引起听者对本次所讲经文内容的兴趣。押座文一般用语通俗直白,明白易懂,具有语体的流畅性与内容的通俗性和概括性,且常常换韵,保持声调的鲜活。敦煌文献记载的俗讲程序中,"先作梵。次念观世音菩萨三两声,便说押座了,便素唱经文了"[③],押座用"说"而经文用"素唱",可见押座文虽是韵文却并不以唱的方式演述,这也和它抓住听众兴趣的特点有关,演唱比说白的语速更慢。有时押座文也和民间故事、儒家观念结合,以便引起听者的兴趣,如《故圆鉴大师二十四孝押座文》,讲述目连、舜帝、郭巨等孝子故事,将儒家孝顺观念和佛教哲学关联起来,"如来演说五千卷,孔氏谭论十八章。莫越言言宣孝顺,无非句句述温良……佛道孝为成佛本,事须行孝向耶娘"[④],由听众熟知的孝道引

[①] 鲍震培:《中国俗文学史论》,华东师范大学博士学位论文,2004年。

[②] 陈海涛:《敦煌变文与唐代俗文学的关系》,《社科纵横》1994年第4期。

[③] 王兆娟:《押座文文体特征及意义》,《贵州师范大学学报》(社会科学版)2014年第5期。

[④] 王重民等编校:《敦煌变文集》,北京:人民文学出版社,1984年,第837页。

入佛教教义。押座文以开场诗词的方式留存于后世讲唱文学中。

讲经文采取说白与演唱结合的方式。由前引俗讲程序可见,经文为不配乐的"素唱"。佛教经文本身即包括散文与韵文两部分,韵文部分的偈颂同样需要演唱,大概这也影响了"俗讲"说唱的产生。讲经文类似古籍经传模式,先讲佛经原文,随后配以篇幅远超经文的讲解,或韵或散。解释佛经的部分,有时想象夸张,铺排骈骊如赋,且带有叙事性,如《维摩诘经讲经文》。

(2)"啭变"变文

"啭变"或作"转变",是由俗讲衍生出来的一种说唱艺术。俗讲以讲经为主,虽也以故事譬喻佛理,但故事始终不是重点。"啭变"则是以讲故事为主,分为讲经故事与讲史故事两类,两类可能存在产生时间的先后顺序。"啭变"的底本即狭义的"变文",通常题目中带有"变文"二字。讲佛经故事的变文中有一类题名为"因缘"或"缘起",讲佛本生故事或转世因缘故事,强调佛教的命运观。

"变文"为何称之为"变",而"啭变"或"转变"又为何意,学界多有争论。大体来说,有四种观点。一是以郑振铎为代表的,认为"变"为"变更"之意,"变文"即将佛经变更成故事。[①] 二是以向达为代表的,认为"变"为音乐之名,"啭变"使用此类音乐。[②] 三是以周一良为代表的,认为"变"来自梵语,意为绘画,"啭变"依靠图画来讲故事。[③] 四是以周绍良为代表的,认为"变"意味着故事,"变相"是描绘故事的图像,"变文"即讲故事之文。[④] 无论如何,"啭变"为一种依托图像来讲唱故事的说唱艺术,"变文"为其底本的观点为学界共识。"变文"多附图,《降魔变文》即以一面文字一面图像的形式存在,《大目乾连冥间救母变文并图一卷并序》的题目即说明变文与图像的关系。变文通常韵散结合,韵文多为七言唱词,唱词前常用"看……处"的套语指引观众读画像的对应部分,用韵文铺排描绘图像内容。

---

① 郑振铎:《中国俗文学史》,北京:商务印书馆,2010年,第162页。
② 向达:《唐代俗讲考》,《唐代长安与西域文明》,北京:商务印书馆,2015年,第318—320页。
③ 周一良:《读〈唐代俗讲考〉》,《周一良全集》第6册,北京:高等教育出版社,2015年,第356—365页。
④ 周绍良主编:《敦煌文学作品选》,北京:中华书局,1987年,第3页。

（3）词文

词文为纯韵文唱词，并无散文说白，或者散文仅存在于首尾，故事主体内容仅靠韵文叙述。词文多为全篇七言，均为二二三的韵律格式，偶尔杂以五言、六言丰富表现形式。也有三言短句以三三七七七格式出现，如《双恩记》："我贫居，况村墅，难辨珠金相借助。奉献家中一面筝，送君安置多人处。"①《大汉三年季布骂阵词文》《捉季布传文》是词文的典型作品，词文也有题为"传文"的，题为"变文"的也有和词文特点相同的，如《董永变文》，这些按文体特点来看都应属于词文。词文对后世说唱影响很大，为"词话"之鼻祖。

（4）话本

话本为宋代盛行的"说话"艺术的底本。"说话"并非始自宋代，唐代文献中即存在与"讲经""转变"并列的"说话"二字。"说"与"话"二字都含有故事的意味，"说话"即讲故事。话本通常通篇散文，平白如话，而无韵文唱词。虽然并非说唱艺术，仍然是唐代民间重要的口头艺术文体。《敦煌变文集》录有《韩擒虎话本》《庐山远公话》两篇典型的话本，其他类似话本文体的有《秋胡小说》《叶静能诗》等。

2."变文"中的唐代山西民间故事

（1）《舜子变》

舜帝传说是山西极为古老且富于地方特色的一类传说，主要流行于晋南临汾运城一带。运城地区自古以来极为重视与强调德孝文化，运城市自2010年以来举办中国运城舜帝德孝文化节，可见舜帝孝顺故事的自古传承与影响。《舜子变》是描绘舜的家庭传说，演述后母设计想害死舜，舜成功逃脱，经生母灵魂引导前往历山，后与父亲相识的故事。《舜子变》题为变文，实则既缺乏"陈说""看……处"的看图引导语，也没有韵文唱段，全篇主体部分均为散文，只在结尾附有两首评论性的七言绝句，其文体更接近话本。《舜子变》现存两卷，斯4654前题为《舜子变》，伯2722后题为《舜子至孝变文》一卷，且注明抄写时间为天福十五年，然而天福年号仅使用十二年，后晋即灭亡。若敦煌人不知中

---

① 韩志强，于红：《中国古代"说唱词话"渊源考论——兼及"唐代说唱词话"新概念的提出》，《晋中学院学报》2017年第1期。

原事变,则天福十五年应为公元 950 年。无论如何,《舜子变》的抄写时间已至五代后期,和唐代变文的体制有所不同,可见说唱艺术流变的历史选择性。变文需要看图认事,以唱词敷衍画面,视听结合,而后世说唱纯以听觉为主,无须辅佐图画,脱离了视觉的束缚,更有利于语言艺术的驰骋。

《舜子变》所讲述舜帝故事,和先秦典籍与当代口头流传都有所不同,显示出佛教文化的影响。变文的开篇感情充沛地描写舜的生母乐登夫人病重,托付瞽叟照顾好儿子。乐登夫人病逝后,瞽叟考虑舜少年丧母,于是跟舜商量娶后母以照顾舜。舜问答道:"阿耶若取得计阿孃来,也共亲阿孃无二!"[①] 把为何娶后母解释得真实而富有人情味,舜对后母如同亲母,更体现了舜的孝心。

故事中并未对弟弟象多加描述,仅在结局提及,也无娥皇、女英,冲突的主体是舜和后母,更显出二元对立的简洁明了。瞽叟因征兵而前往辽阳,只留后母与舜在家。辽阳正是当时后晋与契丹作战的前线,变文常以当时事作古人事,拉近听众与古人的距离。瞽叟归家之时,后母第一次陷害舜,让舜为瞽叟摘桃,自己则用金钗刺破脚掌,卧床不起,对瞽叟谎称是舜不孝,故意在桃树下埋刺。第一次陷害和其他故事相去甚远。后两次同样是让舜修粮仓而点火,修井而投石,但舜逃脱后母毒计的方式不是得娥皇、女英二仙女妙计相助,而是得佛教护法神帝释救助。舜第三次从枯井中逃出以后,并未归家,而是在生母灵魂引导下前往历山耕作,瞽叟和后母都以为舜已死。结尾舜耕历山而富庶,瞽叟与后母贫饥。舜回本乡卖米,见后母负薪买米,于是故意将钱放入米袋一同拿给后母,一连数次。瞽叟惊奇,认为这肯定是自己的儿子舜做的,于是前往市场。父子相认,感天动地,瞽叟眼睛复明,后母变得聪慧,弟弟象也终于能开口说话了,形成民众所乐见的大团圆结局。父子归家后,瞽叟想刀杀后母以回报舜,舜却说:"若杀却阿孃者,舜元无孝道,大人思之"[②],以强烈的包容心和孝道原谅了后母,于是一家和睦相处。尧得知后,将二妃与天下都许给舜。

《舜子变》相较古典文献中的舜帝故事,更具有口头表达的活力,因此更具有生命力与创造力,也更符合民间审美情趣与民间生活逻辑,是反映晚唐五代民

[①] 王重民等编校:《敦煌变文集》,北京:人民文学出版社,1984 年,第 129 页。
[②] 同上注,第 134 页。

众思想的重要资料。

(2)《王昭君变文》

现存《王昭君变文》并非全本，仅有昭君出塞，思乡而死，葬于青冢的后半部分，全文以七言唱词为主，散文较少。《王昭君变文》开头叙述昭君出塞，缺字很多，但仍然可以得知昭君出塞路线的几个关键地点。"酒泉路远穿龙勒，石堡云山接雁门，蓦水频过及敕成，□□望见可岚屯。"①酒泉、龙勒皆在西北一带，变文中提到的位于西北的地名仅三个，可能是由于一种对塞外蛮荒的想象，将知名的西北边陲重镇随兴编入，以渲染昭君出塞的艰苦，塞外风光的荒凉，昭君生活的极端不适应。"以契丹为东界，吐蕃作西邻，北倚穷荒，南临大汉……毡裘之帐，每日调弓；孤格之军，终朝错箭。将斗战为业，以猎射为能。不蚕而衣，不田而食。既无谷麦，啖肉充粮。少有丝麻，织毛为服。"②

实际上，昭君从山西忻州雁门出塞。雁门关自古皆是北部边关要地，自汉至唐没有太大的变动。值得注意的是下一句的"可岚屯"。"可岚屯"实为"岢岚屯"，为唐代岢岚军驻地，其驻所即为今日山西忻州岢岚县。为何汉代的昭君会在出塞时经过唐朝的地名？《王昭君变文》并非写汉代昭君故事，而是唐代的王昭君传说，将昭君出塞与唐代的地名结合。与白居易《长恨歌》类同，表面写汉事，实则记述唐代当时实事，以昭君之名代唐代和亲公主哭诉。此处昭君出塞并非前往匈奴，而是回纥。前文提到昭君和亲前往的地方是"以契丹为东界，吐蕃作西邻，北倚穷荒，南临大汉"③，匈奴并不和吐蕃接壤，和吐蕃接壤的只有中唐德宗以后的回纥，而从长安北上榆林，东至太原再北上大同出塞，正是唐代公主和亲前往回纥的常规路线。④变文中提及的其他地名，石堡、黑山皆位于陕北榆林，悬瓮山位于今山西太原晋祠北的龙山，金河位于唐代大同府，变文中昭君最后也埋葬于此："只今葬在黄河北，西南望见受降城"⑤，金河县正在东受降城的西

---

① 王重民等编校：《敦煌变文集》，北京：人民文学出版社，1984年，第98页。
② 同上注，第99页。
③ 同上。
④ 邵文实：《〈王昭君变文〉中的昭君出塞路线考》，《鲁东大学学报》（哲学社会科学版）2017年第6期。
⑤ 王重民等编校：《敦煌变文集》，北京：人民文学出版社，1984年，第105页。

南。唐崇徽公主手痕碑在山西灵石,正处于这一路线上。崇徽公主本是功臣之女,因被怀疑勾结回纥,被没入后宫,最后被封为公主前往回纥和亲,其间怨恨之深,拍石留痕。《王昭君变文》中,单于极力善待昭君,尽可能地满足昭君要求,但仍然难以挽救昭君思乡致死的生命,最终只能用最高规格的人牲来厚葬昭君。昭君和唐代和亲公主怨恨的不是番王,而是任意处置她们命运的朝廷。

(3)《董永变文》

《董永变文》虽然题作变文,其实是一篇词文,全篇仅有七言唱词。有学者疑为文本脱落不全所致,但《董永变文》全篇完整地叙述了董永故事,开篇言:"人生在世审思量,暂时吵闹有何妨?大众志心须静听,先须孝顺阿耶孃。"[①]随后引出董永卖身葬亲的孝顺故事:"孝感先贤说董永,年登十五二亲亡……家里贫穷无钱物,所卖当身殡耶孃。"[②]和前代《搜神记》等董永故事不同的是,《董永变文》对安葬父母的情节多加描写,还有父母灵魂祈盼董永早日还债归乡的情节,显示出唐代生死观的变化:"父母骨肉在堂内,又领攀发出于堂。见此骨肉音哽咽,号啕大哭是寻常。六亲今日来相送,随车直至墓边傍。一切掩埋总已毕,董永哭泣阿耶孃。直至三日复墓了,拜辞父母几田常。父母见儿拜辞次,愿儿身健早归乡。"[③]卖身安葬父母之后,董永启程前往卖身为奴的主人之处,却遇见路过的女人问他从哪儿来。董永自叙卖身葬亲经历,女人则言董永孝感天堂,帝释派自己来帮助他。仙女为董永织布赎身,"日日都来总不织,夜夜调机告吉祥……织得锦成便截下,揲将来,便入箱……但织绮罗数已毕,却放二人归本乡"[④]。仙女不仅为董永辛勤工作,还为他生下儿子董仲,董永赎身之后,二人分别,仙女回到天堂。董仲七岁时,"小儿行留被毁骂,尽道董仲没阿孃。遂走家中报慈父,汝等因何没阿娘?"[⑤]于是董永告诉董仲,他的母亲是天上的仙女。董仲离开父亲踏上寻母之路,找到能知天上事的孙膑,孙膑让董仲来到天上见到了母亲。仙女发现孙膑本领高强,为防止天机泄露,用天火烧毁了孙膑的书籍,因而此后人不

---

① 王重民等编校:《敦煌变文集》,北京:人民文学出版社,1984年,第109页。
② 同上。
③ 同上注,第109—110页。
④ 同上注,第111页。
⑤ 同上注,第112页。

再能知天上事。

  《董永变文》的独特之处是详细叙述董永卖身葬亲的细节与感情流变,董永与仙女的相识与爱情,对情感的描写比前代更细腻。但文句之间偶有不通之处,需要与其他董永故事对读才能明白,恐怕是因为唐代董永故事盛行,成为人尽皆知的背景知识,故而变文只着重渲染情感变化。《董永变文》显出佛教对唐代民间的影响,仙女是由佛教神明帝释派来的。变文中未提及董永籍贯,但其对董永孤儿至孝感天主题的强调,可以推测其诞生于德孝文化氛围浓厚的晋南地区。

  (4)《唐太宗入冥记》

  《唐太宗入冥记》无唱词,应属"话本"。本篇属唐代流行的入冥故事,《朝野佥载》即有唐太宗游地府故事。《唐太宗入冥记》缺首尾太宗如何入冥府和还阳的情节,仅有唐太宗在地府的经历一节。故事中的唐太宗前倨后恭,色厉内荏,对唐太宗多有讽刺,是呈现民间对唐太宗李世民历史评价的珍贵文献。唐太宗初到地府,仍然傲慢无礼,被带到阎罗王面前仍不行拜礼:"朕在长安之日,只是受人拜舞,不惯拜人。殿上索朕拜舞者,应莫不是人?朕是大唐天子,阎罗王是鬼团头,因何索朕拜舞?"[①]看似威严无比,实则"忧心若醉"。阎罗王被骂,使他在地狱群臣之前面子不保,于是作色动容,让李世民于别处等候,自己召集判官崔子玉准备审判。使者通报崔子玉,崔子玉因为自己没有亲迎,失了臣子礼数而"忧惶不已",另一旁的唐太宗却因为使者去的时间太长,怀疑"应莫被使者于崔判官说朕恶事"而"未免忧惶"[②]。两人见面后,却又是崔子玉跪拜于唐太宗面前,高呼万岁,"专候进旨",唐太宗又恢复了镇定。

  其后的故事更是将封建官场讽刺得淋漓尽致。尽管崔子玉为地府判官,掌握唐太宗生杀大权,二人乃是执法官与罪人的不对等关系,却因为自己在阳间只是小小的辅阳县尉,极力想升官发财,于是尽巴结之能事,两人的地位完全反转。崔子玉和唐太宗讨价还价,更是笔触辛辣。崔子玉为太宗改生死簿延寿十年,却只跟太宗说延寿五年,太宗许诺归长安时赐他大量财物。于是崔子玉心想,延寿五年赐财物,若是再延寿五年,必然赐一官职,于是对太宗说,看在友人李乾

[①] 王重民等编校:《敦煌变文集》,北京:人民文学出版社,1984年,第209页。
[②] 同上注,第210页。

风面子上,再添五年。结果太宗仍然只许诺多加财物,并无官职。崔子玉良久不语,太宗于是问几时使自己还阳?崔子玉答,只要太宗写一文书作为案底,即刻还阳。文书内容为:"问大唐天子太宗皇帝去武德七年,为甚杀兄弟于前殿,囚慈父于后宫?仰答!"[1]太宗"把得问头寻读……闷闷不已,如杵中心……争答不得"[2]。崔子玉这时才露出真正目的:"陛下答不得,臣为陛下代答得无?……臣为陛下答此问头,必□陛下大开口……臣缘在生官卑,现任辅阳县尉。乞陛下殿前赐臣一足之地。"[3]李世民喜笑颜开:"卿要何官职?卿何不早道!"[4]得闻崔子玉为蒲州人,赐崔子玉为蒲州刺史,官至御史大夫。大事解决,李世民说自己饿了,于是崔子玉派人取饭,在君臣一片其乐融融的气氛当中,故事戛然而止,但浓厚的讽刺意味却余音绕梁。

此处的判官崔子玉,即是山西民间信仰中的崔府君。《唐太宗入冥记》记载崔子玉为蒲州人,现存山西崔府君庙位于上党地区的陵川县,相隔甚远,可见崔府君信仰由晋南向晋东南的扩布,也可窥见崔府君信仰形成的大致年代。《唐太宗入冥记》抄写于晚唐[5],对崔子玉多有讽刺,崔子玉的形象也是一个虽有冥间权力却贪念阳间地位的钻营之辈,与后世公正廉洁的崔府君不同。但崔子玉作为地府判官的形象业已建立,恐怕崔府君信仰正处于形成之中,至北宋初而最终形成。

唐代说唱文学是中国古典说唱艺术的最初形态,影响了宋明流行的"说话""词话""小说""宝卷"等民间通俗说唱文学,是口头叙事表演艺术的滥觞,也同时影响着中国戏曲的发展,作为一种前戏曲形态,为宋金元戏剧的形成提供了重要的本土民间文化资源。

---

[1] 王重民等编校:《敦煌变文集》,北京:人民文学出版社,1984年,第213页。
[2] 同上。
[3] 同上。
[4] 同上。
[5] 王昊:《敦煌本〈唐太宗入冥记〉的拟题、年代及其叙事艺术》,《广州大学学报》(社会科学版)2005年第4期。

第五章

宋代山西民间文学

一、宋代山西民间文学概述

（一）宋代山西民间文学发展的时代背景

唐朝灭亡以后，中国进入了混乱的五代十国时期。后唐、后晋、后汉、北汉四个王朝相继占据山西，并以山西为根据地扩充势力，建基立业。公元960年，掌握后周禁军的赵匡胤在陈桥驿发动兵变，黄袍加身，自立为帝，建国号宋，定都开封。此后近二十年中，宋朝统治者通过军事征伐和外交活动，消除了南北的一些较大的割据势力，逐渐实现了统一，从而结束了唐五代以来的分裂局面，使动荡不安的社会进入了相对稳定的时期。然而在政权建立之初，统一并不那么顺利，那时山西大部分的地区，尤其是作为北方重镇的晋阳城还在北汉政权的控制之下。赵匡胤深知要想统一北方地区，击败北汉，夺取晋阳城非常关键。赵匡胤有生之年曾经三次围攻晋阳城，但都没有成功。在他去世之后，其弟宋太宗赵光义继续展开对晋阳城的围攻，终于在太平兴国四年（979）逼迫北汉主刘继元开城出降，北汉覆灭。赵光义破晋阳城后，在晋阳城北筑新城置平晋县，强迫城内居民迁往新城，又命用汾河和晋祠之水灌晋阳城，从此，晋阳故城彻底毁灭。宋灭北汉，得十州，连同此前所取山西境内各州县，基本占有了山西大部分土地，此后，宋在所得山西地区实行路、州、县三级区划，实施统治，除西南部属永兴军路外，余皆属河东路管辖，河东路下辖3府，14州。

公元10世纪到13世纪，西北草原与荒漠上先后建立的几个游牧民族政权不断南下，对中原农耕文明产生了巨大的冲击，形成了中国历史上继魏晋南北朝之后的又一个北方民族活动高峰期。契丹、党项、女真等分别在东北、西北建立辽、西夏、金政权，先后与汉民族建立的两宋政权形成对峙（北宋——辽——西夏；南宋——金——西夏）。

在长达数百年的时间里，山西民众饱受战争之苦。政权稳定后，宋朝政府把恢复农业当作第一要务，颁布农书，劝课农桑，兴修水利，推广新的农业技术与方法。宋真宗时，朝廷曾组织人员对《齐民要术》和《四时纂要》两部农书进行更新并刻印，还编撰了《授时要录》，颁发全国指导农业生产。真宗景德三年（1006），"河东皆立常平仓"，储粮以"备荒振恤"[1]。神宗元丰元年（1078），"河东十三州二税，以石计，凡392000有余"[2]。这一时期，小麦、大麦、黍等粮食作物在全省广泛种植，并供给军队与赈济灾荒。此外，经济作物以桑、麻种植最为普遍。太原"种桑养蚕，产丝甚多"，平阳"产丝甚饶"，河中"出产姜及丝不少"，有些地方的蚕丝生产甚至接近于南方地区。

在农业发展尤其是经济作物广泛栽培的基础上，宋代山西手工业也获得了巨大的发展，主要体现在制盐业、冶铁业上。宋代河东盐业的生产和经营，是在唐代河东盐业的基础上发展起来的，总的趋势是日趋完善。河东路的解县、安邑县是宋代著名的盐生产地，人们称这两地生产的盐为"解盐"。北宋财政收入多依赖解盐支撑，对解盐的生产、运销等管理极为重视。朝廷专设"制置解盐司"，地方专设"制置解盐使"，盐城还设有盐官和具体办事的官吏，同时还从畦夫（即盐丁）中选人充当"种造节级"、场吏等头目。山西铁、铜、煤等矿产资源丰富，冶炼业起步很早。山西铁矿分布广泛，而且冶炼规模较大。交城、晋州、石州、泽州、威胜军（今沁县）、云内州均有各级政府设置的管理机构，尤其是交城大通监，不仅在北宋时就是产铁四大监之一，而且它的生产贯穿了宋、元、明三朝。冶炼技术自宋代起得到不断改进，体现在以煤做燃料和还原剂，采用方炉坩埚炼铁。各地考古出土的大量宋时期的铁制器具，各地寺庙中铁铸佛像、巨钟与铁鼎，都说明了铁器在当时已经广泛应用于生产生活的各个方面。

宋代城市格局一改唐代坊市制隔绝的管理模式，实行开放的厢坊制管理体

---

[1] 《宋史》卷一百七十六《食货志四》，北京：中华书局，1985年，第4276页。
[2] 《宋史》卷一百七十五《食货志三》，北京：中华书局，1985年，第4242页。

制，不仅打通了商业区与居住区的坊墙，还取消了城郭区别与宵禁制度。这就增加了城市工商贸易的经济职能与消费休闲的文化成分，使得传统的政治性城市向经济性商业化城市转化。北宋首创在县城以外的繁荣地区设镇，使镇由前代的军事驻地转变为商贸场所，在大中型都市的外围，形成了县镇为拱卫的城市网络，而处于这一网络末梢的，则是广大农村人烟稠密处的草市与墟集，从而构成了区域性的流通市场。在宋代山西地区城镇发展过程中，形成了太原和大同一中一北两大区域中心城市格局。太原的设立一开始就是为了满足政治的需要，随后在发展的过程中，依托自己政治中心的地位，经济、文化等方面逐渐繁荣起来。宋代的太原城内，工商业非常发达，朝廷在这里设置了河东监，铸造铜钱和铜镜，而铜镜还是当时的贡品。因此，太原商业就更为繁荣了，商货南北集散，交流频繁，如现在的东羊市、西羊市街是当年买卖羊的市场。靠此北面的活牛市街，原来是买卖牛的市场。手工业作坊遍地开花，如帽儿巷、靴巷、纸巷、剪子巷、帘子巷、盘碗巷、砖瓦巷、麻绳巷、毡房巷等。宋代的大同被称为云州，已成为我国北方较为发达的地区之一，而且也是多民族聚居的重要城市。北宋末年，宋金达成协议，大同归宋，遂于宣和五年（1123）设为云中府治，并为云中路治，领一府八州。大同的商业相当发达，各样的物品都能制造，尤其是武器和其他军需品更加出名。

农业、手工业、冶炼业、盐业的发达为山西奠定了良好的经济基础，而商贸的发达又使得山西成为一个人口往来频繁、交易自由的地区，在与辽等少数民族进行贸易的同时，也促进了文化的交流和民族融合，为这个时期的文学发展打下了坚实的物质基础。

（二）宋代山西民间文学发展的文化环境

宋代是中国历史上最为辉煌且充满着矛盾的时期之一。一方面，在漠北少数民族的军事打击下，步步后退，军事、边防疲弱不堪；另一方面，经济、科技、学术、文化却飞速发展，达到中华文明发展的顶峰。在科技上，沈括的《梦溪笔谈》、秦九韶的《数学九章》、李诫的《营造法式》、苏颂的《新仪象法要》、宋慈的《洗冤录》以及傅肱的《蟹谱》、韩彦直的《橘录》、吕大临的《考古图》等，都代表着当时世界科学技术的最高成就。在文坛上，《文苑英华》《太平御览》

《太平广记》《册府元龟》《太平寰宇》《乐府诗集》《夷坚志》《资治通鉴》《通志》等文史典册洋洋数万卷，成就非凡。

随着城市经济的发展与市民文化的兴起，山西宋代文学的一大特点就是世俗化的倾向。士大夫不仅以宽容的态度接纳了世俗流行的下层文化，而且也有意让士大夫文化走上了由雅而俗、俗中求雅的发展道路。在文学领域，"下里巴人"的文学样式相继登上大雅之堂，词成为宋代文学的标志性品牌，话本与戏曲也在平民文艺的舞台上展露头角；雅文学与俗文学之间，也呈现出突破文体限制进而融会贯通的趋势；以诗文言志传道，以词曲言情游戏，在宋代士大夫的文学活动里能够各得其所；及至苏轼以后，又在词这一俗文学体裁中，放进了言志传道的传统内涵。在艺术领域，不仅画院画、文人画与民间画齐头并进，而且张择端、李嵩等画院画家更以《清明上河图》《货郎图》等反映世俗生活的佳作而闻名于世。在宗教领域，影响宋代的最大佛教门派是雅化的禅宗与俗化的净土宗，前者主要流行于士大夫阶层，后者主要普及于普通民众之中。大足石窟与晋祠宋塑所凸显出来的世俗化倾向，也从一个侧面折射了宗教艺术中雅俗兼容的文化特征。

宋代山西民间的说唱艺术十分流行。山西地区拥有有利的文化地理环境和历史悠久的乐舞文化传统，从而能够在当时特定的社会政治背景下，为各种表演艺术融合为戏曲艺术提供适宜的土壤，由此成为中国戏曲文化的重要发祥地和中国北方戏曲文化的摇篮。山西"泽州有孔三传者，首创宫调古传"[①]，流行于宋金。诸宫调是取同一宫调的若干曲牌连成短套，首尾一韵，再用不同宫调的许多短套连成长篇，以说唱长篇故事。又因用琵琶等乐器伴奏，故又称"弹词"或"弦索"。以调性变化（兼调高和调式两方面）丰富而得名。诸宫调与此前的说唱、歌舞均有渊源，但篇幅更长，结构也更加宏伟，可以表现更为复杂的内容。一方面，它继承了唐代变文韵散相间的体制，由韵文和散文两部分组成，基本属于叙事体。演唱时采用歌唱和说白相间的方式。另一方面，它的部分唱词又兼有代言体特征，能造成如见其人、如闻其声的效果。由于它交互使用具有不同宫调、声情的曲子，又为表达比较丰富的感情内容提供了条件，是由说唱、歌舞演化到戏

[①] [南宋]王灼：《碧鸡漫志》卷二，北京：中华书局，1991年，第10—11页。

曲的过渡形式。山西潞城县发现的明代抄本《迎神赛社礼节传簿四十曲宫调》，记录了当时民间迎神赛社的有关礼节程序和供盏献艺的演出活动，提供了宋代以来民间舞台上流行的大量剧目，有的见于宋官本杂剧段数，有的见于金院本名目，还有的与元杂剧同目。山西侯马金墓出土的戏台模型亦证明了诸宫调在当时的普及和盛行。

在民间文学诸形式中，传说是与时代联系较紧的一种。过去历史上的某些大事，或与这些事件相关的重要人物，往往会在传说中得到反映。传说虽不是历史，但却包含着历史的影子。宋朝时期，山西作为汉族与北方少数民族交锋、交融的前沿，战事频繁，在宋辽、辽金的争夺战中，催生出一批批独领风骚的人物，他们横刀立马、驰骋沙场，一个个英雄豪迈，熠熠生辉，名垂青史。其中最为突出的是杨家将抗辽的征战传说和宋太祖赵匡胤在山西征战生活的传说。

二、宋代山西民间传说

（一）人物传说

宋朝时期，山西仍旧是有着独特地位的一个省份，这里经济发达、人文荟萃，主要流传的人物传说有以下几类：帝王传说主要集中在赵匡胤称帝前的各种活动；将相传说可以分为文臣、武将、家将三类，文臣传说主要是与司马光相关的人物传说，武将传说在这里指的是李存孝的传说，家将传说则是杨家将的传说。宋代统治阶级尊崇程婴和公孙杵臼，赵氏孤儿的传说在宋代进入了新的发展阶段，本节以此为契机尝试探寻赵氏孤儿传说发生、发展的历史脉络。

1. 赵匡胤的传说

赵匡胤出生于洛阳夹马营，出身军人家庭，容貌威武，气度豁达，从小学习骑马射箭，能征善战。历史上的赵匡胤在山西境内与北汉展开了长时间的拉锯战，曾三次围攻晋阳城，但最终未能成功。在民间故事的书写中，赵匡胤似乎是在征战之前就从河南来到了山西，因此这片土地上不仅流传着关于他的战争传说，还有一部分是生活传说。至今，这些传说故事仍在晋北朔州地区，晋中和顺、左权地区，晋南临汾地区广为流传。

一是征战传说。征战传说主要流传在晋中和顺、左权、寿阳地区，根据民间

第五章　宋代山西民间文学

传说的内容，这一带是当时赵匡胤主要征战的地区之一。

《赵匡胤在寿阳的传说》：

宋太祖赵匡胤是一位身经百战的马上皇帝。传说他在打江山时，曾带兵途经寿阳南乡一带。一年夏天，他率部队来到了芹泉东南面的小淖泥沟。士兵们干渴得要命，浑身无力，不能再往前行军了。可当地一点儿水也没有。赵匡胤紧握蟠龙棍，恨不得一下子就打一口井，好让士兵们解渴。他气得长叹一声，把手中的蟠龙棍往地上一捅，这一捅不要紧，竟然捅出一股清凌凌的泉水来。这下子可把赵匡胤乐坏了，赶忙从马上下来，召集全体士兵面对泉水拜了三拜，感谢天意救驾之恩。喝足了水之后，赵匡胤带着兵马继续向前行进。走了一里多地，到了山路曲折的干草沟，赵匡胤的马被一道石崖截住了去路。赵匡胤定了定神，审视了一番，勒紧马缰，朝石崖冲去。战马像生了风似的，从崖上冲出一道豁口来，待后面的人们看时，只见那道石坡上留下了四个马蹄印。过了这道石坡，赵匡胤率领兵马来到寿阳有名的避暑胜地景尚贾豹村。突然，马失前蹄，差点儿把赵匡胤从马上摔下来。赵匡胤心里很不愉快地问身边的随从："这是什么东西？"随从立即下马观看，也不知是什么东西，于是就找来当地一个农夫询问，才知是马蹄踩在吃庄稼的瞎佬（田鼠）窝里了。赵匡胤听罢心里更加不快，认为是不祥之兆，恼羞成怒，说道："滚到四十里外！"然后策马悻悻向前奔去。皇帝的话本是金口玉言。从此以后，贾豹附近四十里村庄的地里就再也没有糟蹋庄稼的瞎佬了。[①]

这样的传说离不开人物传说的本质，即夸张渲染与传奇描绘，在文本中可以发现很多这样的描述，同时这则人物传说也结合了风物传说中的一些因素。

《西孔郭村的酸枣刺为啥没有钩钩》：

别的地方的酸枣树每根直刺下边都长个钩钩刺，唯有西孔郭村堡子跟前的酸枣树上不长钩钩刺，这是咋回事呢？

相传，宋太祖赵匡胤三下河东被白龙太子困到西孔郭村的时候，在这个堡子里住过。这堡子在西孔郭村西南，大小约有五十来亩地，地面呈三角形，三面是沟。土崖齐格棱棱的有四五丈深。堡墙就筑在土崖上。有一条路

---

① 晋中市民间文学集成编委会编：《晋中民间故事集成》，内部资料，1990年，第54页。

把堡子东头一角和西孔郭村连起来。进出堡子除了这再没有第二条路。这条路又窄又长,两边也是深沟,齐刷刷的就跟刀子切了的一样。还上上下下、密密麻麻长满了酸枣树。打仗的时候,只要占着堡子,把住这条路就行了,谁要想攻下堡子那可是难上加难啊!就因为这,赵匡胤落难的时候才把这堡子当作栖身之地,一住就是十来年。

一天,赵匡胤正和手下的人在那条路上走着,边走边商议退兵的策略,忽然一股风刮过来,把黄袍刮到酸枣树上,被树上的钩钩刺挂住了。一个随从赶紧往下弄。赵匡胤随便说了句:"为啥会长出钩钩刺?真麻烦。以后把这个钩钩刺去掉!"人常说:"天子嘴里没空言。"就打这以后,整个这堡子边的酸枣树上再也不长钩钩刺了。[①]

如果说上一则传说是结合了风物传说的一些因素,那么这则传说则是带有很明显的人物传说与风物传说相互融汇的特点,其实这类型的传说并非偶然现象,在很多著名的历史人物传说中,尤其是在帝王传说中,这样的情况是很常见的。在原始社会人人都是巫师,人人都会使用巫术,但是随着社会的发展,开始划分出巫师阶层,一部分人掌握了解释世界的规律和拥有神奇力量的权力,并开始通过赋予自己神权来争夺酋长、国王等具有实际权力的位置。在奴隶社会,国王通常兼任了祭司的职务。进入封建社会以后,神权和君权的合一达到顶峰。汉武帝"罢黜百家,独尊儒术"便是一种通过赋予自己神圣的力量从而为自己君权的合法化进行解释的行为。汉武帝借用了阴阳五行家的学术,提出了天人感应的学说,认为天意与人事,尤其是帝王的行为交感相应,于是帝王成为神灵在人间的代言人。

这种君权神授的思想随着专制统治不断得到强化,统治阶级为帝王附会上神秘化的身世,赋予帝王金口玉言的特殊能力。民众也深受这种思维方式的影响,于是在民间传说的创作过程中,他们为包括帝王在内的正面人物发声,也为之安排了神奇的身世或者神奇的能力。

二是生活传说。除了征战传说之外,山西还流传着很多赵匡胤的生活传说,两者相比,生活传说更为有趣,故事情节也更有吸引力。生活传说主要流传在晋

---

① 临汾市民间文学集成编委会编:《临汾市民间故事集成》,内部资料,1989年,第56页。

中、朔州和临汾地区。

《赵匡胤千里送妹》：

>赵京娘是蒲州人，蒲州离太原一千里。她爹领着她到善宝灵庙去降香，被山大王看见了，就把她抢到山寨里，做了压寨夫人。另一个山大王也看见她好，也要她做压寨夫人。一个姑娘俩人看上，争不清了。最后，俩人决定把赵京娘寄到善宝灵和尚庙里。这庙里，赵匡胤的叔叔出了家，有了道行了。赵匡胤他爹当过知县，人们都叫赵匡胤赵大公子。赵大公子好打抱不平，平时手里提着八十斤重的铜棍，和人三句话说不通就打起来了。街上人遇见他，就躲上走。赵匡胤听说山大王抢了女人，他就把山大王的马抢了一匹，骑着来到善宝灵庙，救出了赵京娘。两人一说话，才知道都姓赵，便以兄妹相称。赵匡胤不顾自己安危，一路上保护赵京娘，把他当自己亲妹妹看。而赵京娘却见赵匡胤勇敢威武，气度不凡，有天子之相，就想嫁给他。谁知赵匡胤知道了，生了气，说："哎！这不像话，哪有哥哥娶妹妹哩！"说着把桌子也翻了，拉马就要走。赵京娘哭啼抹泪，咋也不叫走。又住了几天，赵匡胤说："舍妹，哥哥走呀！"赵京娘不留了。赵匡胤一起身，赵京娘便悬梁自尽了。[①]

这则传说的流传地域相当广，且深受民间老百姓的喜爱，并由此演绎成了小说《飞龙全传》和戏曲《阴送兄》，在升平署抄本《盛世鸿图》中有记载，可惜剧本已失传。故事中的男女主角，赵匡胤和赵京娘各自都有鲜明的特点。赵匡胤对遇难的素不相识的女子真诚地伸出援助之手，不顾自己安危，一路保护赵京娘，不图任何私利目的，真是一个仗义的好汉！也许正是这种仗义性格，使得他能风风火火闯九州，最终成就霸业。民众对赵匡胤这一英雄人物的爱戴和敬仰之情蕴含在故事文本的字里行间。但是，人们对赵京娘的态度则复杂得多，女子自古被认为是"红颜祸水"，而男子若是沉溺在儿女私情之中必定无法成就宏图伟业，赵京娘看中的是赵匡胤的勇武，其中还有一点是他身上的"龙气"，所以这种爱慕包含有一定的攀龙附凤的心理，这一点是为民众所轻视的。但另外一面，

[①] 中国民间文学集成全国编辑委员会、《中国民间文学集成·山西卷》编辑委员会编：《中国民间故事集成·山西卷》，北京：中国ISBN中心，1999年，第69—71页。

赵京娘在被赵匡胤义正词严地拒绝后，自缢而亡，也算得上是一位敢爱敢恨的烈女，这一点又得到了民众的赞赏与钦佩。在这一则看似简单的民间传说中，包含了封建社会的伦理观、价值观，值得我们深思。

《挑坏蟠龙棍》：

> 赵匡胤到了拐里村，往东走到一个道观上，听见有女人哭哩。问小道士，小道士说："俺们怎么听不见？"赵匡胤是真龙天子，有小鬼捧迎哩，非逼住这伙小道士要人。他说有哩，小道士说没啦。赵匡胤动了气，拿棍打小道士，打哩顶不住，小道士才说："人是有哩，俺们不敢给你往出拿，老师傅回来要俺们的命哩！"赵匡胤说："怕甚哩，来上三五个老师傅哇能顶住我达蟠龙棍？"小道士看看两头是龙，怕哩不行，引上他到后殿里掀开石板，放出来一个女人，名叫京娘。赵匡胤救出她来，二人结拜了下兄妹。相跟上来到拐里村东，漳河拦住了道。京娘说："俺女人家不敢过河。"赵匡胤说："我背上你，你可得吃挤住眼哩啊，要不看你眼昏。"到了当河里，京娘悄悄睁开眼一看，见是一条龙驮哩她，吓哩把只鞋掉到河里。赵匡胤看见了，顺水撑哇是撑不住，拿上蟠龙棍一挑才挑上来。可这一下挑了女人鞋，把蟠龙棍一头哩龙给挑坏了，只好在那头缠上一块红布。[①]

这则传说也是以赵匡胤"千里送京娘"为背景，与上一则传说相同的是，赵匡胤在庙里救出了一个女人，其中也有一些差异，如故事发生的地点、京娘被谁所困等。但这些细微的差异并不影响故事显示赵匡胤的勇武、天子之威。《挑坏蟠龙棍》这则民间传说意在解释赵匡胤佩带的蟠龙棍上为何会缠上一块红布，即如果女人的鞋子碰到了对男人来说很重要的武器之类的物品，就会使其威力大减，甚至损坏，这体现出男尊女卑的价值观和局限性。

《赵匡胤火烧十八盘》是说赵匡胤打算落草于十八盘，点火下山后路遇一算命先生，说他三十二岁当皇帝，于是赵匡胤放弃了当山大王的想法。后来赵匡胤当了皇帝，给他算命的苗先生当了他的军师。至于十八盘这个地方，因为被赵匡胤放火烧过，所以石头都是黑色的，上面尽是窟窿。在《赵祖胤喝水改河》这一传说中，赵匡胤路过和顺九京村时口渴难耐，向村中的老妈妈讨水喝。在赵匡胤

---

① 晋中市民间文学集成编委会编：《晋中民间故事集成》，内部资料，1990年，第55页。

喝水时，老妈妈哭诉因龙王作乱当地颗粒无收。性急的赵匡胤听到以后，马上向东南跑去找龙王说理，自此以后九京村再也没遭过洪灾。

以上两则传说同样是人物传说与风物传说的结合，但是与上文的征战传说相比，历史性不强，更贴近生活，因此为民众所津津乐道。除此之外，同样以生活性为主要特点，不过是比较单一的人物传说。例如《一文钱逼倒英雄好汉》解释了俗语"一文钱难倒英雄汉"的来源，传说赵匡胤兵败逃到临汾城西的仙洞沟，饥饿难忍。正巧他看到不远处一老翁挑扁担叫卖火烧，一文一个，但是赵匡胤身无分文。见赵匡胤面露难色，老翁便将所有的烧饼都送给了他。等赵匡胤吃完火烧之后，想感谢老翁时，一抬头发现老翁不见了，原来老翁是特地前来助他的神仙。这则传说与民间的典故和俗语相结合，听起来饶有趣味。还有一则传说《尝糖糕》：

> "胜者王侯，败者贼。"别看这话粗鲁，仔细一想是有点根由的。堂堂宋朝开国皇帝赵匡胤，在落难的时侯就还真和人耍过赖。赵匡胤下河东，落难到了平阳城。好几天没吃过一顿饱饭，他在街上走着瞅着，碰到个卖糖糕的。只见那人担了两大盘糖糕吆喝着："枣儿糖糕，又香又甜，不香不甜不要钱，卖糖糕啦！"赵匡胤走到糖糕担跟前问："喂，卖糖糕的，兴尝吗？""尝吧，不香不甜不要钱。"卖糖糕的答应得很痛快。赵匡胤接着就说："咱可把丑话说到头里，男子汉大丈夫说话算话，不香不甜不要钱。"卖糖糕的不知道赵匡胤要耍赖，就说："当然啦，保香保甜。咱是平阳城里有名的糖糕担子，不信你查问去。"赵匡胤尝了糖糕，果然很甜，他却说不甜，尝了一块又一块，吃完最后一口，觉着肚子饱了，故意地摇了摇头，说："君子一言，驷马难追，不甜！"说完，白眼一翻，转屁股就走了。把个卖糖糕的直气得骂了一句："不掏良心的贼！"①

这则传说与前几则传说都不同，显得诙谐有趣，听到故事的人都会忍俊不禁。在这则传说中赵匡胤一改孔武有力、性格刚勇的性格特征，更像是市井小民，但是他的行为又无伤大雅，这种无伤大雅的无赖和现实中他的尊贵身份形成对比，给人以滑稽之感。而民众通过这种通俗的描述与塑造人物的手法，把神秘

---

① 临汾市民间文学集成编委会编：《临汾市民间故事集成》，内部资料，1989年，第58—59页。

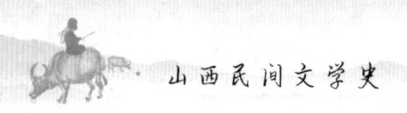

的、高高在上的帝王"人情化"，拉近了他与普通百姓之间的情感距离，变得很亲切、真实，符合民众的审美心理与需求。

2. 杨家将的传说

山西作为杨家将抗辽杀敌的前线阵地，境内流传有大量与之相关的传说，这些传说并非单一的人物传说或风物传说、战争传说，而通常是三者相互结合与融汇的结果，几乎每一则传说都有一个景观与之印证、附会，这是山西地区杨家将传说最主要的特点。而在当地民众的心中，这些传说与景观不仅仅是历史的见证，更是杨家将精忠报国、舍生忘死宝贵精神的体现，因此，每一则传说都得到了民众的信任，而对那些景观的真实性，民众也是深信不疑的。

一是人物、风物、战争相结合的传说。《杨继业头撞李陵碑》讲到怀仁两狼山下有一块李陵碑，由于受到北宋主帅潘仁美的谋害，杨继业身陷敌营。面对辽国的招降，他宁死不屈，一头撞死在李陵碑上。《杨业成婚七星庙》讲述了杨业和佘赛花比武招亲，在"七星庙"成婚的故事。《七郎墓的传说》讲到奸臣潘仁美残害忠良，杨继业兵败被辽军俘虏，七郎单枪匹马来搬救兵，潘仁美不但不开城门，反而想让追兵杀死七郎。七郎越战越勇，追兵渐渐退去。潘仁美又心生一计，说七郎只有弃枪、下马才能入城。七郎为了搬得救兵，只好应允。后来单枪匹马的七郎被潘仁美手下的乱箭射死。潘仁美为了消灭罪证，将七郎的头割下来，抛入滹沱河中，将死尸割碎埋在花椒树下。可谁知，七郎的头颅竟然逆水而上四十里，漂到当时杨家家属驻地东留属，被家人看到。家人把他的头颅埋葬在东留属村边。后来，宋太宗为平民愤，惩治了潘仁美，追封七郎为"奋勇将军"，并竖起了碑以纪念杨七郎。《杨继业头撞李陵碑》强调的是杨家将宁死不降的忠，《杨业成婚七星庙》强调的是杨家将说一不二的信，《七郎墓的传说》强调的是杨家将以一敌百的勇。雁门关是宋朝与辽国交战的最前线，长期驻扎于此的杨家将在代县百姓看来无异于地方保护神，出于这种又亲又敬的心理，晋北群众在创作与之相关的民间传说时乐意将杨家将和一切美好的品格联系起来。出于对奸臣残害忠良的不满和对杨七郎的怜爱，传说中设计了头颅返家的情节，让杨七郎有处申冤，希望杨七郎魂归故里得以安息。在《七郎墓的传说》中，创作者安排了皇帝为杨七郎申冤，类似于关汉卿在《窦娥冤》中安排窦天章作为破局的关键，说明人们的思维尚不能完全脱离皇权的控制，将希望寄托于绝对的权力上。

第五章　宋代山西民间文学

《杨五郎出家》：

　　说起杨五郎出家，有各种说法，不过，在代县流传的是这样的。

　　在金沙滩大战中，杨五郎为保大宋江山，奋勇杀敌，可是辽邦兵多将广，把宋军里三层外三层围得水泄不通。杨五郎单人独马，使尽全身武艺，才杀出重围。这时，他只见黄土飞扬，天昏地暗，尸积如山，敌兵遍地，却不见大宋一兵一卒，更不见杨家一兄一弟，杨五郎不由得泪流满面。正在这时，他想起一件事来，急忙从怀中取出一个小红布包，打开一看，里面放着剃头刀一把、僧衣一件、僧帽一顶。他想到了曾经随父兄游五台山时，老方丈送了他这个布包，他这才明白是师父叫他削发为僧。他想到杨家忠心报国，却落了这样悲惨的下场，一气之下剃掉头发，穿上僧衣，戴上僧帽，朝五台山走了。据说五台山的五郎庙就是为纪念这位将军而建的。[①]

　　杨五郎的出走可以视作对封建皇权的背离，杨五郎认识到杨家悲剧的诞生不仅是因为奸臣作梗，更在于最高统治者的昏庸无能。与其等待升堂辩白，不如遁入空门，一走了之。杨继业父子的悲惨遭遇让百姓看透了统治阶级的虚伪，他们意识到杨家的悲剧其实是专制集权制度造成的悲剧。于是人们不再寄情于圣明君主，而是在传说中通过五郎出家这一故事情节表达对杨家将的深切同情和对统治阶级的强烈不满。

　　二是智慧取胜传说。杨家将勇猛善战，民间传说在对这点进行表现时，不侧重于描述双方战争的场面，无意表现"力"的作用，而是着重突出将士们的战略战术、谋虑较量，即突出"智"。

《杨六郎智胜辽军》：

　　北宋仁宗年间，杨六郎为元帅，驻守在代州，抗击辽兵。有一年冬天，天气很冷，城中的三千士兵没有冬衣，不能出阵打仗。杨六郎一面派人奏明朝廷，一面加强防御，以防辽兵攻城。没过几天，辽军趁机把代州围个水泄不通。杨六郎暗暗吃惊。他一面派人突围出去搬兵，一面调集全城军民守城。

　　辽兵开始攻城了，霎时喊杀声一片。辽兵登上云梯，向城里扑来，杨六

[①] 中国民间文学集成全国编辑委员会、《中国民间文学集成·山西卷》编辑委员会编：《中国民间故事集成·山西卷》，北京：中国ISBN中心，1999年，第73—74页。

郎和军民一起抵抗着。辽兵虽然死伤惨重，但兵多将广，一时难以杀退。两军对峙数天，辽军一时攻不下代州，只得把代州围住，想使城中粮草断绝，一举攻陷。

一晃几天过去了，救兵还无音讯。城中粮草供应不上，受伤的兵士无药医治，不少士兵被冻死饿死。杨六郎焦急不安，如果再有几天，救兵仍然不到，城中粮草就完了。他想着想着，突然，看见远处有两个青年汉子在井台上担水。一个刚要提桶，被冰滑了一跤，另一人刚要拉起他，没防住自己也摔倒了。杨六郎看到这里，一条妙计出来了。他马上下令，让全城军民担水往城墙上倒。不一会儿，军民全动员起来，抬的抬，担的担，一桶桶水倒在城墙外边，慢慢结满了冰凌。随后，杨六郎又调集五百名弓箭手，让他们专门射击逃跑的辽兵。自己亲自集合全部兵马，准备迎击敌人。

辽兵集中了所有兵力又开始攻城，四周的城墙上架满云梯，来势凶猛。谁知云梯架不牢，兵士刚爬上去，云梯就滑下来，把兵士摔下来。这时，城上的五百名弓箭手开弓射箭，辽兵死的死，逃的逃，狼狈不堪。这时，杨六郎就一马当先，冲向敌阵，左砍右杀，辽兵丢下一具具尸体，向辽国逃去。[①]

《六郎的神箭》：

杨六郎率领众兵将，一鼓作气，杀得辽兵由雁门关退到马邑滩，又由马邑滩退到担子山。六郎见辽兵大败，心中暗喜。转念一想，军中粮草不多，如何是好？六郎在营中转来转去，忽然心生一计。第二天晚上，六郎命兵将趁黑夜悄悄出动，挖的挖，刨的刨，没半夜工夫，在朔州堆起了上百个土山包，上面盖上了苇席，用绳子扎好，远远望去，活像一个个"粮草堆"。

辽兵几次来吃了败仗，一路上丢盔弃甲，就像老鼠见了耗夹子，终日惶惶不安。辽王身在军帐，坐卧不安，一天清早，探子来报："大事不好，六爷爷谋住[②]和咱干呀，一黑夜运来好些粮草。"辽王一听杨六郎备下大量粮

[①] 中国民间文学集成全国编辑委员会、《中国民间文学集成·山西卷》编辑委员会编：《中国民间故事集成·山西卷》，北京：中国ISBN中心，1999年，第76页。

[②] 谋住：下定决心的意思。

草，谋住要捣辽兵的老窝，吓得魂飞天外，立即派人和杨六郎和谈。六郎见了来使，笑道："和谈不难，看你退我一马之地，还是一箭之地？"辽使心想，让一马不知要跑多远，让他一箭能射多远呢？便道："甘让一箭之地。"

话音刚落，六郎走出营外，大喝一声："拿弓箭来！"兵士们抬来了箭，六郎搭箭上弦，轻轻一放，"嗖"的一声，那箭脱弦而去。杨六郎神机妙算，料定辽王会有这一着，早已暗中派将士骑马跑在大青山，把一根安有犁铧的铧椽插进山石缝中。辽兵一路上找啊找，一直找到大青山，才找到这支铧椽箭。无奈，辽兵只好退到大青山了。①

《孟良智盗紫罗发》：

六郎中了辽人的一种奇毒，只有萧太后后脑勺上长的三根紫罗发可以救命。孟良与四郎定下了盗发之计，让孟良藏了起来。四郎躺在床上打滚，骗公主说少年时就曾患过急性心疼之疾，幸遇一道人调治才活。那道人曾说，此病若再犯，非得辽国萧太后头上的三根紫色粗头发，唯紫罗发者，才可救得，否则命将难保。公主信以为真，为救夫君去骗紫罗发。公主假意给萧太后梳头，趁机拔走了三根紫罗发。四郎得到了紫罗发后便交给了孟良，六郎服用紫罗发煎好的药后，不过三日，便病体复原了。这才引出一段穆桂英大破天门阵的故事来。②

《金沙滩上"荒粮堆"》：

杨六郎屯兵雁门关外的金沙滩，抗御辽兵入侵。可是朝中执掌大权的潘仁美，见杨家父子勇猛无比，屡建战功，便心怀歹意，故意不发军粮。杨六郎差人回朝催了无数次，粮草一直迟迟不到。萧太后得到探子情报，得知宋军缺乏粮草，便带领辽兵杀气腾腾地向金沙滩打来。辽兵来到金沙滩附近，扎了营寨。萧太后带着众将领向宋营观望，只见宋营内粮草堆积无数，一堆堆都用芦席遮盖着，足够数年之用。萧太后见此大惊，以为探子情报有误，第二天辽军便退兵了。原来，宋营中确实缺乏粮草，杨六郎早已忧虑不

---

① 中国民间文学集成全国编辑委员会、《中国民间文学集成·山西卷》编辑委员会编：《中国民间故事集成·山西卷》，北京：中国ISBN中心，1999年，第77页。
② 朔县民间文学集成编委会编：《朔县民间故事集成》，内部资料，1986年，第20—21页。

安，辽兵若知宋军中粮草缺乏，必然会乘虚入侵。于是心生一计，他每天晚上亲自带领全军将士，在营内挖土，堆成一个个大土丘，然后又用芦席遮盖严实，上边写"军粮"两个大字。这个办法果然瞒住了辽兵，故此辽兵不敢轻动干戈，退兵了。

　　至今，怀仁县金沙滩一带还有很多大土堆，犹如小山丘。相传，这便是当年杨六郎和全军将士们堆起来的，后人便把这些土堆称作"荒粮堆"。①

　　三是杨门女将的传说。女性在封建社会的地位一直不高，而杨家将的传说敢于冲破千百年来的封建束缚，大胆地描写了广大妇女在社会上不可缺失的重要地位，她们飒爽英姿、巾帼不让须眉的气概深入人心，表达了民众对女性英雄的崇拜与钦佩之情。同时，这些传说也影射了当时战争的残酷，男人牺牲了，佘太君、穆桂英等女性将领继承遗志继续战斗，主人战死了，杨排风等丫鬟、家仆还要继续战斗，这些都反映出了女性在危急关头所表现出的勇敢与坚忍。

《杨六郎成亲》：

　　石楼县城西北三十里，有一座光秃秃的大山，当地人叫团圆山。据说，这座山以前叫黑虎山，山上长满了松柏，四季常青。在团圆山的山腰里，有个王家畔村，宋朝年间，河东四大令公之一的大刀王怀，就是这个村里的。王怀和杨继业同在河东刘王殿下为臣，两人相交甚厚。一天，佘太君过生日，王怀夫妻俩过府祝寿，王夫人、佘太君都身怀有孕，两家约下，同生男的，结为弟兄，同生女的，结为姐妹，要是一男一女，就结为夫妻。后来，杨府生下六郎延昭，王府生下千金兰英，人们都叫她王怀女。两家交换生辰，择了日子，定了亲事。后因战乱，两家失散，王令公带着女儿回到了王家畔村。王怀女七岁那年，家乡遭了瘟疫，王怀夫妻不幸身亡。王怀女被王怀生前好友带到武功山学艺。杨令公打听不到王怀女的下落，六郎就由贤王做主，和柴郡主成了亲。

　　王怀女生得丑，却学了一身好武艺。她身边有个贴身丫鬟，也生得丑，外号叫锦毛狮子，她俩十年艺满，拜别了师父，回到家乡。黑虎山有一伙贼寇，常常打劫过路行人，百姓对这伙人恨之入骨，但无人敢惹。王怀女和锦

---

① 朔县民间文学集成编委会编：《朔县民间故事集成》，内部资料，1986年，第22页。

毛狮子回乡后，杀了贼寇，在黑虎山插旗招兵，囤积粮草，聚集了几千喽啰，每天练武、巡山，贼寇不敢来，官兵也不敢惹她。

直到有一天，六郎路过黑虎山前，两人知道了彼此的亲事，但是六郎嫌弃她的长相，不愿意与她成婚。王怀女便与六郎比武，六郎不敌王怀女，最终只得认下了这门亲事。他们在黑虎山拜堂成亲，随后王怀女随六郎到边关解围救驾。王怀女杀了萧天佑，破了天门阵，屡建奇功。黑虎山上的树被锦毛狮子砍光了。六郎和王怀女是在这山上团圆的，所以改名叫团圆山。[1]

《穆桂英带孕胜辽军》：

杨六郎命令杨宗保和穆桂英收复洪州城，侵占洪州城的辽将白天佐，武艺高强，今见穆桂英、杨宗保夫妻去攻打洪州城，根本不把他俩放在眼里。穆桂英一马当前迎战白天佐，二人一来一往，战了二百回合，白天佐渐渐力气不支，刀法招数也慢了，而穆桂英越战越勇。杨宗保在阵后，命人擂鼓助威。就在宋军欢呼助威中，忽然白天佐拨马回身就跑，穆桂英在后紧紧追赶。一直跑到李峪村东北的那块平坝上，猛然间从白天佐身上飞出一道黑光，朝穆桂英头上飞去。只听穆桂英"呀"一声，翻身落下马来。原来，白天佐身上藏着暗器，叫杀手锤。幸亏穆桂英早有提防，她在追杀时，见白天佐把手伸入怀中，知道要放暗器，就在杀手锤落下的那一刹那间，穆桂英闪身躲过了头部，但还是擦上了肩膀，钻心的疼痛，不由得跌下马来。阵后的杨宗保看到这一幕顿觉眼前一黑，险些跌下马来。可是当他睁开眼再看时，却见白天佐已死在马下，从穆桂英身边传出"哇哇"的婴儿哭声。原来，穆桂英跌下马时，动了胎位，下腹疼痛，加上肩上伤痛，满身出汗。当白天佐挥刀砍过来时，穆桂英咬紧牙关，忍着疼痛，往旁边翻了个身，躲过刀锋，趁白天佐俯身抽刀的间隙，一个鲤鱼打挺，用了银蛇吐信的绝招，枪尖直刺白天佐的咽喉。白天佐没防这一手，躲闪不及，"噗嗤"一声，死于马下。也就在这时，穆桂英的婴儿降生了。辽营兵将见白天佐已死，阵势大乱，纷

---

[1] 中国民间文学集成全国编辑委员会、《中国民间文学集成·山西卷》编辑委员会编：《中国民间故事集成·山西卷》，北京：中国ISBN中心，1999年，第74—75页。

纷四散逃命，杨宗保指挥宋军，一举攻下了洪州城。①

《八姐九妹为啥没出嫁》：

传说佘太君有两个女儿，人称八姐九妹，一直守在太君身边，终生没有出嫁。

当时，北宋真宗皇帝赵恒，不顾江山安危，不管黎民疾苦，成天钻在深宫花天酒地，寻欢作乐。一年春天，真宗在宫中玩腻了，由奸臣刘文晋陪同，外出游玩。刘文晋发现在众人之中有两个美貌女子，骑着高头大马，一个穿红，一个挂绿，年岁不过十六七岁，便禀告了真宗。一番查访之后，得知是杨令公的两位姑娘。真宗皇帝见色着迷，急忙命令刘文晋去杨府提亲。哪想到，刘贼提亲未成，却挨了杨家二女一顿好打，讨了个没趣。真宗皇帝大怒，亲自传下圣旨，命太君上殿。太君知道宋真宗昏庸无能，怕把女儿送入虎口，便对真宗说，女儿太小不能出嫁。真宗忙问："但等多大？"佘太君只得咬咬牙，狠狠心，说："八十！"结果，八姐九妹都没有能活到八十岁，因此一生未嫁。②

凝结在杨家将传说故事中的前仆后继、忠心报国的精神，是千百年来中国人面对外族侵扰和西方列强欺凌，反抗侵略、保家卫国、追求和平美好生活的一种寄托。凝聚着这种忠烈家风的事例绝非杨家将一家，仅在山西，还有薛家将等家将传说和故事与之相互辉映，充满了强烈的爱国主义精神，闪耀着璀璨的理想主义光芒。

3.司马光的传说

司马光（1019—1086），字君实，号迂叟，今山西夏县人，世称涑水先生，北宋政治家、史学家、文学家。历仕仁宗、英宗、神宗、哲宗四朝，卒赠太师、温国公，谥文正，为人温良谦恭、刚正不阿；做事用功刻苦、勤奋。其人格堪称儒学教化下的典范，历来受人景仰。生平著作甚多，主要有史学巨著《资治通鉴》《温国文正司马公文集》《稽古录》《涑水记闻》《潜虚》等。

---

① 中国民间文学集成全国编辑委员会、《中国民间文学集成·山西卷》编辑委员会编：《中国民间故事集成·山西卷》，北京：中国ISBN中心，1999年，第78页。

② 同上注，第79—80页。

真宗天禧三年（1019），司马光出生，此时其父司马池任光山县县令，所以给他起名光。6岁时，司马池就教司马光读书；7岁时，司马光不仅能背诵《左氏春秋》，还能讲清楚书的要意。

关于司马光的民间传说，最为民众所津津乐道的便是"砸缸救友"了，这则传说流传时间久、范围广，一直是家长激励孩子从小努力学习，遇事沉着冷静、运用智慧最好的活态资源。

《司马光击瓮》：

> 司马温公童稚时，与群儿戏于庭。庭有大瓮，一儿登之，偶堕瓮水中，群儿哗然皆弃去。公则以石击瓮，水因穴而迸，儿得不死。盖其活人手段以见于龆龀中。至今京洛间多为《小儿击瓮图》。①

从这则传说中可以看出，司马光自幼聪明，遇事沉着冷静，能够用最简单有效的方法化解难题，而"至今京洛间多为《小儿击瓮图》"也说明，在当时司马光的机智行为便被当作所有孩童效仿的典范在社会上得以宣传。司马光的博学来自多方面，一方面他好学强识，另一方面离不开他父亲的培养。他既诚实聪明，又十分懂事，深得父亲喜爱。同时，每逢出游或和同僚密友交谈，他的父亲也总把他带在身边。长期的耳濡目染，使司马光不论在知识方面，还是见识方面，都"凛然如成人"。当时很多大臣、名士，都很赏识司马光。司马池辗转河南、陕西、四川各地为官，始终把司马光带在身边。所以，司马光在15岁以前就跟随父亲走过好多地方，在这些地方访古探奇，赋诗题壁，领略风土人情，极大地丰富了司马光的社会知识。

除了聪慧过人、才华横溢，在司马光身上还有难能可贵的一种品质——"诚实"。兹举两则传说以说明。

> 大概在司马光五六岁时，有一次，他要给胡桃去皮，他不会做，姐姐想帮他，也去不掉，姐姐就先行离开了，后来一位婢女用热汤替他顺利将胡核去皮。等姐姐回来，便问："谁帮你做的？"他欺骗姐姐是自己做的，父亲便训斥他："小子怎敢说谎。"司马光从此不敢说谎，长大之后，还把这件事

---

① [宋]惠洪：《冷斋夜话》卷三，见于《六一诗话·冷斋夜话》，南京：凤凰出版社，2009年，第56页。

写到纸上,警示自己,一直到死,没有说过谎言。后人对司马光盖棺论定之语,也是一个"诚"字。①

司马光要卖一匹马,这匹马毛色纯正漂亮,高大有力,性情温顺,只可惜夏季有肺病。司马光对管家说:"这匹马夏季有肺病,这一定要告诉给买主听。"管家笑了笑说:"哪有人像你这样的呀?我们卖马怎能把人家看不出的毛病说出来!"司马光可不认同管家这种看法,对他说:"一匹马多少钱事小,对人不讲真话,坏了做人的名声事大。我们做人必须得要诚信,要是我们失去了诚信,损失将更大。"管家听后惭愧极了。②

司马光以身作则,用自己的优点感化着身边的人。司马光高尚的品德还体现在他对妻子的忠贞上。北宋士大夫生活富裕,有纳妾蓄妓的风尚。司马光和王安石、岳飞一样,是极为罕见的不纳妾、不储妓之人。婚后三十余年,尽管妻子张夫人没有生育,但是司马光并未放在心上,也没想过纳妾生子。

传说,张夫人为自己无法为司马家延续香火而焦急万分。一次,她背着司马光买了一个美女,悄悄安置在卧室,自己再借故外出。司马光见了,不加理睬,到书房看书去了。美女也跟着到了书房,一番摇首弄姿后,又取出一本书,随手翻了翻,娇滴滴地问:"请问先生,中丞是什么书呀?"司马光离她一丈,板起面孔,拱手答道:"中丞是尚书,是官职,不是书!"美女很是无趣,大失所望地走了。③

司马光为官清廉,从不贪污腐化,中饱私囊,一生清贫度日,甚至在妻子死后他典屋卖地来为妻子置办后事。

司马光在洛阳编修《资治通鉴》时,居所极简陋,于是另辟一地下室,读书其间。当时大臣王拱辰亦居洛阳,宅第非常豪奢,中堂建屋三层,最上一层称朝天阁,洛阳人戏称:"王家钻天,司马入地。"司马光的妻子去世后,清贫的司马光无以为葬,拿不出给妻子办丧事的钱,只好把仅有的三顷薄田典当出去,置棺理丧,尽了丈夫的责任。司马光任官近40年,而且官

---

① 李绍连:《司马光的故事》,郑州:河南人民出版社,1980年,第1—4页。
② 郭万金主编:《山西民间文学大系》晋南卷二,北京:商务印书馆,2017年,第553—554页。
③ 同上注,第550—552页。

高权重，竟然典地葬妻。①

司马光以他超凡的才智、为人的诚信、为官的清廉、为人夫的忠贞得到了后世的赞扬，他的品质已经成为中国古代士大夫的象征，成为一笔精神财富不断地感染着后人。

在山西夏县城北 15 公里处的鸣条冈，建有司马光墓，墓地分为茔地、碑楼、碑亭、余庆禅寺等几个部分。整个坟园占地近 3 万平方米，东倚太岳余脉，西临同蒲铁路，司马光祖族多葬于此。宋哲宗御篆《忠清粹德之碑》，碑文为苏轼撰，曾没于土中，后于杏树下掘出，遂名杏花碑，可惜已剥蚀难辨。金代摹刻四石嵌壁，今仍完好。明嘉靖间，特选巨石，依宋碑复制，并建碑亭。现矗立在司马光墓前的《忠清粹德之碑》高大绝伦，堪称三晋第一碑。东有守坟祠，再东为北宋元丰元年（1078）敕建香火寺余庆禅院，寺内有大殿五间，殿内现存大佛三尊，西壁罗汉八尊，为宋塑风格。历代碑石二十通，记载了坟园的沿革。司马光墓现为全国重点文物保护单位，是夏县重要的景点之一，也是夏县人民的骄傲。

4. 河东狮传说

宋洪迈《容斋随笔》中记录了妒悍的妻子和惧内的丈夫的故事。

  北宋的时候，有一太常少卿、工部尚书陈希亮，亮有一儿子叫陈慥，此人狂放不羁，傲视世间，视荣华富贵为粪土，尽管是官宦之后，不坐车，不戴官帽，和我们今天爱摆架子、摆谱的人不一样。隐居龙丘。当地人不知道他的来历，就叫他"方山子"。

  元丰三年（1080），苏东坡因"乌台诗案"被贬到黄州任团练副使，不期遇上陈慥，两人遂成为好友。

  陈慥在龙丘的房子叫濯锦池，宽敞华丽，家里养着一群歌妓，客人来了，就以歌舞宴客。而陈慥的妻子柳氏，性情暴躁凶妒，每当陈欢歌宴舞之时，就醋性大发。拿着木杖大喊大叫，用力槌打墙壁，弄得陈慥很是尴尬。苏东坡就写了一首诗取笑陈慥：

  龙丘居士亦可怜，谈空说有夜不眠。

---

① 李绍连：《司马光的故事》，郑州：河南人民出版社，1980 年，第 35—39 页。

忽闻河东狮子吼，拄杖落手心茫然。①

柳氏是河东人，"河东狮子"即指柳氏。"狮子吼"一语来源于佛教，意指"如来正声"，可以降服邪魔歪道。后来这个故事被宋代的洪迈写进《容斋随笔》中，广为流传。从此有了"河东狮吼"的典故，至今仍然是凶悍妻子的形容词。又因为陈慥字季常，人们就把怕老婆的人称为"季常癖"，用现在的话说就是"妻管严"。

5. 李存孝的传说

奇异降生的传说在中国有着悠久的历史，许多著名人物都有着奇异降生的传说，这类传说源自感生神话。姜嫄踩踏巨人的足迹，怀孕生下后稷；修己吞神珠生下大禹；简狄吞食鸟卵生下契。后来这些传说逐渐发展成为某一历史名人出生之前，会有一些奇异的征兆，预示着此人必定不同于常人。比如光武帝刘秀出生时，红光满天，把黑夜都照亮了；朱元璋出生时，从东南方向飘来白气，奇香弥漫。除此之外，在睡梦中受孕也成为一种类型，李存孝的出生传说就是这一类型的代表。李存孝的母亲在梦中与石人相好，继而有孕，生下李存孝。奇异降生的情节，作为一个象征，预示着他出生后的不同寻常。关于李存孝的出生，正史中无记载，民间传说内容却相当丰富，且基本情节一致，只有一些细小的差别，因此可以大致归为一个类型。在灵丘一带流传着"石人成婚"（石人招亲）的传说，主要流传地为武灵镇的庄头村、魁见村。

灵丘城内有一位崔员外，老两口年近半百无儿无女，年年到奶奶庙求子。后来妻子终于生下了一个女儿，取名金凤。金凤长到了十四五，由于战乱灾荒，年景差，经常去野地里挖野菜。有一天，金凤和其他伙伴一起去挖野菜，来到了一片古老的坟地。坟地上有很多石人，姑娘们就往石人身上扔篮子玩，并约定谁套中了石人就当它的媳妇，结果金凤套中了第二个石人。这天夜里金凤睡着以后，梦到一位身披金甲的武士，正是白天套中的那个石人，金凤便与石人在梦中恩爱。不料自那以后，她的肚子一天天大了起来。未出阁的姑娘怀了孕，实在不成体统，她被父母打骂嫌弃，只好离开了家，在街头乞讨为生。有一天她来到了一个破窑洞，突然觉得肚子疼，就在那里

---

① [宋]洪迈撰，孔凡礼点校：《容斋随笔》卷三，北京：中华书局，2005年，第457页。

生下了一个孩子，这孩子就是李存孝。[①]

李存孝的神奇出生，预示着他长大后必定不同于凡人。石头人在梦里现形为一位身披金甲的武士，这更与李存孝天生神奇、英勇善战的形象一致。这种天生的奇异，加之后天的天赋异禀，带有浓重的宿命论色彩。

李存孝从小有母无父，孤苦伶仃，不同于那些帝王之家、名臣之后，他没有一个高贵的出身，他是劳苦大众中的一员，民众对他是非常同情的。他从小就成为孤儿，实在可怜，但是他力大无穷，显示出异于常人的能力，正是因为他的这一能力，他一个放羊的孩子才被晋王李克用看中，后来成为李克用的一员虎将，征战沙场，建功立业。关于李存孝天生神力的传说非常多，而且有着许多不同的版本，但是它们的核心思想是一致的，就是要表达他是一位拥有神奇力量的传奇人物。表现李存孝天生神力的传说主要有两则，一个是李存孝换牧羊鞭的传说，一个是李存孝打虎的传说。这两则传说在灵丘地区广为流传，有很多异文，但是情节上大体相同。

李存孝跟随李克用南征北战，打了无数胜仗，但最终难逃被处死的命运。正史中记载李存孝之所以被执行车裂之刑，是由于他背叛李克用在先。作为养子，背叛父亲，罔顾养育之情，可谓不仁不义；作为部下，背弃旧主，不念感遇之恩，可谓不忠不孝。如此之人，与中华民族的传统价值观相去甚远，本不值得后世纪念与颂扬。然而时过境迁，残唐五代的历史早已离我们远去，但李存孝这样一个"叛逆"的有罪之人，却没有被遗忘，他的传说仍然在民众中世代流传。关于李存孝的死亡，历来有不同的说法。经过仔细地搜集与整理之后可以发现，李存孝是被陷害致死的这一思想倾向，是民众所要极力表现的。民众并不认同作为官方话语代表的正史记载，认为李存孝并非真正背叛李克用。他们把自己的思想感情与对历史事件的幻想糅合加工，创造出代表他们价值取向与情感认同的传说内容。

《五牛挣死李存孝》：

> 晋王封李存孝为沁州王，镇守一方。康君立、李存信二人一直对他忌妒不服，二人合谋设下一计，陷害存孝。他们对李存孝假传晋王"让各位义子恢复

[①] 灵丘民间文学集成编委会编：《灵丘民间故事歌谣谚语集成》，太原：北岳文艺出版社，1991年，第19—21页。

原来的姓氏，改旗易帜"的旨意。存孝对晋王忠心耿耿，本不愿意这样做。康、李二人就拿出令箭威胁他，如果不改就要马上处死。李存孝无奈，只得在城头上竖起"安敬思"的旗号。二人看奸计得逞，返回并州报告了晋王，说李存孝意欲谋反。晋王信以为真，非常愤怒，将存孝押回太原，处以车裂。①

对于行刑的具体情形，此传说也有很细致的描绘与丰富的想象：

> 车裂之时，五头牛被刽子手驱赶，没命地狂奔，但没想到李存孝力量之大，五头牛竟然没有拉动。他死那年才三十六岁。后来晋王知道了原来存孝真的是被陷害的，便命人将康君立、李存信抓住，倒灌成人油大蜡，置于存孝灵前，祭奠他的在天之灵。②

《大牛店的传说》没有围绕"改姓"这一情节叙述李存孝的含冤枉死，冲突的重点在于"晋王贪杯误事"，而与《五牛挣死李存孝》相同的是李存孝是由康君立、李存信二人陷害致死。

> 李存孝力大无穷，武艺又高，立了很多战功，很受李克用的重用。李克用的另一个义子"四太保"李存信很嫉妒他，就想害他。有一天，李存信把李克用灌醉了，对李克用说，李存孝虽然备受重用，但连父王您都瞧不起。李克用醉酒之时，意识不清，随口说了几句"真该死"，便倒头睡着了。李存信借此机会，找到李存孝，说父王怀疑你，让我绑了你去见他。李存孝为人憨厚，没有怀疑。正在此时，康君立前来假传军令，说晋王要处死李存孝。他们立刻把李存孝押到刑场，把他五牛分尸。③

民众对于李存孝这样一个忠孝两全的义士被车裂而死的结局似乎非常不满，因此他们根据戏剧情节与自己的想象创造出这样的结局，以不同的方式去书写李存孝的死亡传说。李存孝的身怀异禀、力大无穷，深入人心，民众甚至编造出五头牛也拉不开他的情节，但李存孝死亡的结局已成定论，民众随之赋予"李存孝乃天神下凡帮助晋王一臂之力""天鼓响了，不得有违天命"等幻想，英年早

---

① 灵丘民间文学集成编委会编：《灵丘民间故事歌谣谚语集成》，太原：北岳文艺出版社，1991年，第46—48页。

② 同上注，第46—49页。

③ 中国民间文学集成全国编辑委员会、《中国民间文学集成·山西卷》编辑委员会编：《中国民间故事集成·山西卷》，北京：中国 ISBN 中心，1999年，第253—256页。

逝似乎成了他难以逃脱的宿命。所以他应该遵听天庭的召唤，按时返回了，在他告诉了执刑之人杀死他的"秘诀"后，他慷慨赴死。从民众的内心出发，是不愿看到李存孝这样惨死的，因此他们给予他合乎传统逻辑而又"体面"的死法。在《五牛挣死李存孝》的结尾，李存信、康君立被当作"人油大蜡"的结局，也符合民众"善恶终有报"的价值诉求。

6. 赵氏孤儿的传说

晋南襄汾、新绛一带，作为古晋国都城所在地，是史事"下宫之难"的发生地，由此演绎形成的赵氏孤儿传说，便发源于这片沃土之上。赵氏孤儿的传说始见于鲁史《春秋》："晋杀其大夫赵同、赵括。"[①] 对赵氏孤儿传说的发生产生重要作用的信史资料是《史记·赵世家》，《史记》中对这一事件的记载和民间传说在情节上有着很高的契合度，可以说它是民间赵氏孤儿传说的蓝本。襄汾一带流传的《鉏麑跟五色槐的故事》说在苏阳村赵盾府内有一棵槐树，刺客鉏麑潜入赵盾府中意欲行凶，感动于赵盾勤勉和正直，不忍杀害赵盾，同时他的内心又因不能为主尽忠而倍受煎熬，于是鉏麑触槐树而死，其后槐树开花呈现出黄、白、粉、绿、紫五色，故名之"五色槐"。这一则流传于襄汾地区的民间传说与《左传》记载的相关情节十分相似：

> 秋，九月，晋侯饮赵盾酒，伏甲，将攻之。其右提弥明知之，趋登，曰："臣侍君宴，过三爵，非礼也。"遂扶以下。公嗾夫獒焉，明搏而杀之。盾曰："弃人用犬，虽猛何为！"斗且出，提弥明死之。[②]

加之在当地有诸多相关的风物遗迹予以佐证，我们有理由将襄汾地区流传的传说视作赵氏孤儿传说发生阶段的产物。这一时期赵氏孤儿传说的主要人物是赵盾，当地人民在"祖先崇拜"的心理驱动之下，一代又一代地传承着与之相关的民间传说。

随着赵氏家族权力中心的北移，赵氏孤儿传说的流传地点也转至忻州地区。宋代流传的赵氏孤儿传说以程婴等三义士为核心，主要宣扬的是以"忠义"为核心的家国意识，这与宋朝官方的推动密切相关。北宋王朝为褒奖忠义，于绛州太

[①] 杨伯峻编著：《春秋左传注》（第二册），北京：中华书局，2009年，第836页。

[②] 同上注，第659页。

平县，即今山西赵康镇赵村修祠修墓，祭祀程婴、公孙杵臼、韩厥三位义士。神宗熙宁年间在京师即今河南开封建祚德庙，并由皇帝亲自祭祀。南宋时，因北方"庙庭存废不可知"，高宗绍兴二年（1132）下令在临安即今浙江杭州祭祀程婴、公孙杵臼；绍兴十四年（1144）命于临安修祚德庙。以程婴行迹为中心形成的景观以及风物传说群较为集中地体现了民众对忠义之士的敬仰，如《程婴含辱养孤》[1]讲述了程婴和妻子携赵孤离开绛州进入九原藏匿金山，金山也因此改名为程侯山，其后程婴和妻子带着赵武多次转移、迁徙各地。《系舟山顶藏儿洞》[2]将忻州系舟山与盂县藏山联系起来，民众以他们独有的智慧为程婴的藏孤路线做出了合理的解释。

及至明清，赵氏孤儿传说的核心人物变成了"藏山大王"赵武，主要内容与祈雨仪式相关联。

《新建藏山大王灵应碑记》曰：

> 景泰甲戌祀，大尹清苑蒋宽莅政之后，适值亢阳之忒，躬拜雨泽之贶，果获圣水，大降甘霖，苗禾淳然，麦豆若然，非惟一邑之蒙其护佑，抑且四方之慕其灵通。乃者，太原守、阳曲令命民耆遣信士越境而来，潜影而入，窃负圣像而去之，过其村则村无不雨，经其乡则乡无不雷，见之无不恐怖，闻之无不惊惶，藩府为之远接，臬司为之近迎，乐音震天，旌旗连地，顷刻中阴云密布，倏忽间大雨淋漓，竟三日而后息。[3]

碑文记录了盂县地区的一次祈雨得以应验的仪式，祈雨的对象是被称为"藏山大王"的赵武。作为历史人物的赵武被传说化，关于他的传说在盂县的在地化传承中逐渐超越了口头传承，迈向祈雨这一仪式叙事模式。与关羽类似，赵武也有一个从人到神的发展过程。宋元丰四年（1081）赵武被封为"藏山大王"，成为该地民众崇信的对象。清同治八年（1869），穆宗封其为"翊化尊神"，清光绪五年（1879）德宗封之为"福佑翊化尊神"，赵武在盂县藏山地区民间信仰系统中的核心地位通过多次加封得到了巩固。功利性是中国民间信仰最显著的特点之

---

[1] 政协忻府区委员会编：《春秋大义》，内部资料，2013年，第21—23页。
[2] 山西省忻州市忻府区人民政府编：《中国程婴故里文化之乡申报书》，内部资料，2011年，第345页。
[3] 藏山文化研究会编：《藏山文化通览》，北京：方志出版社，2005年，第11页。

一，民众结合自身的现实性需求为供奉的神灵增加神格。赵武起先是历史人物，在赵氏孤儿传说的发展过程中被传说化，成为传说中的历史人物，然后从人上升为地方神。盂县属于温带大陆性气候，春季春种需要大量灌溉用水时降水较少，降水主要在夏季且多暴雨，易形成洪涝灾害。出于求雨和止雨的现实性需求，盂县藏山地区的人向作为地方主要祭祀对象的赵武祈祷，久而久之，雨神的神格在赵武身上固定下来。[①]

（二）地方风物传说

1.太原为什么多丁字路口

宋朝建立初期，攻打太原城而难以攻下。在宋朝付出巨大代价之后，终于拿下了太原城。据不完全统计，太原诞生了十几位皇帝，其中最有名的当数唐太宗李世民，太原一直被认为是龙兴之地。

宋朝攻克太原城之后，开始大肆破坏太原城。一则憎恶太原城的抵抗，二则就是为了破坏太原城的龙脉。可惜，太原城几千年的建设就这样毁于宋朝的毁城过程。为了将太原龙脉锁住，宋朝时期要求太原不准打通十字路口，大部分道路是丁字口。这就是太原为什么有那么多丁字路口的原因。

与之相关的另一则异文是：

在北宋的时候有个叫潘仁美的人（山西人），当时的皇帝十分信任他，他大权在握，以后就起了谋反之意，他悄悄地在山西修建了宫殿，还准备登基后把都城定在太原，因为太原素有龙城之称，他怕他当了皇帝以后太原再出现一个像他一样谋反的人，所以他想了一个办法，就是修丁字形的路，取钉龙之意，即钉死太原龙脉。虽后来他事败被杀，但丁字路却在太原留了下来。

实际上，太原丁字路口多的另一个重要原因是，太原自古以来就是中原王朝抵御草原游牧民族进攻的军事防御之地，丁字路口的重要功用是一旦游牧民族骑马攻入城内，就会起到拦截、减速的作用，守城士兵就可借机杀伤敌人。

[①] 段友文、柴春椿：《祖先崇拜、家国意识、民间情怀——晋地赵氏孤儿传说的地域扩布与主题延展》，《山西大学学报》（哲学社会科学版）2018年第3期。

2. 酸粥的传说

河曲是山西著名的"民歌之乡",河曲女子更是人美歌甜,民间相传是"酸粥"滋润了她们的歌喉。关于"酸粥"的来历,有这样的传说:

> 最让山西河曲人放不下碗的就是糜子酸粥,它始于北宋。那味道尖酸醇美,千余年来已经烙刻在河曲人的集体记忆中。相传赵匡胤建立北宋王朝后,其弟宋太宗两次北伐辽国都未能成功,朝廷内外谈辽色变。待到宋真宗继位,辽军已经摸透宋军的软弱之势,经常侵犯宋朝边疆。河曲地处宋朝北部边陲,首当其冲,深受战乱之苦。老百姓为了躲避辽兵的掠杀,白天逃至深山躲藏,晚上才敢悄悄回村。有时候刚刚泡上米,碰巧辽兵进犯,只好丢下东西出逃。几天后还家,泡上的糜米已经发酸了。战争年代,粮食本就紧缺,人们自然舍不得把米丢掉,将就着煮粥充饥吧。可是出乎人们意料,有时发酸的米做出的粥,味如酸奶,异香袭人,黄亮坚韧,酸甜可口。

该传说还有一则异文,是说酸饭产生于明代。李自成攻下宁武关之后,带兵来到河曲,河曲百姓不知李自成是农民领袖,杀富济贫,都匆忙躲避,等回到家里之后,原先泡着的米已经发酸。[①]

后来大家发现将米放入 15℃以上的温水中浸泡 4—8 小时后澄出的汤做成酸粥最好,而且,夏天喝酸粥不口渴,有解暑泻火的功效,还有利于肠胃健康。于是,河曲人盛夏时一日三餐多以此为食,家家户户炉台上都有一个"浆(酸)米罐",摆了千年,沿袭成俗。高原上这种粗米糙粮成了桌上的佳肴琼浆,并逐渐演变为普遍的饮食习惯,流传于晋北乃至山西多地。人类的饮食中常常有很多的偶然发现,那是大自然的馈赠,但河曲酸粥在偶然之中却包含着历史的必然性。

3. 迓鼓的传说

迓鼓,北宋年间的乐曲名称,熙宁六年(1073)左右由名叫王韶的将军创作,目的是给边防士兵的生活增加一些娱乐元素。当时,经过两年的战争,王韶率军在今甘肃庆阳一带大败西夏军,为北宋朝廷夺得了西夏 2000 多里土地,史称"熙河之役"。远离故土,戍边将士的生活自然是单调的。王韶便在讲武之余,教军士们进行一种娱乐表演,后称为迓鼓戏。王韶是一位颇有军事天赋的文人,

---

[①] 忻州市民间文学集成编委会编:《忻州民间故事集成》,内部资料,1987 年,第 374 页。

北宋初年高中进士，写词作曲，不在话下。为了丰富士兵们的业余生活，他便根据一些战争实例编写了曲子，且歌且舞，又在舞蹈中融入了作战技能训练等内容，增加了训练的趣味性，士兵们的戍边生活也变得丰富起来。

相传，一次两军对垒，王韶把这种舞蹈融入作战阵法，让军中百余名战士伪装成表演队伍突然出现在两军阵前，西夏军队见此一队载歌载舞的表演出现在阵前，很是吃惊，还没弄明白怎么回事，迓鼓队就变成了作战队伍。王韶带领的军队出其不意，大获全胜后两军停战，戍边将士解甲归田。追随王韶征战的士兵中有很多是山西人，他们把迓鼓这种表演形式从军中带到了民间，山西也就成为迓鼓最早传入的地方，这就是关于迓鼓产生的传说。

迓鼓，后来发展出文迓鼓、武迓鼓、丑迓鼓等种类。传统的武迓鼓由21人演奏成套的古典锣鼓曲牌，每人各操一件打击乐器，演员身着特制的服饰，背插单旗，胸挽八宝绳花，表演套路众多的舞蹈和阵法，能够原汁原味地展现出当年军中训练的场面。迓鼓今流行于阳泉、平定、盂县、昔阳、和顺等市县。清代时，平定已有文、武、丑三种迓鼓。时至今日，文、武迓鼓仍然流传于世。在民间大型庙会、祈雨迎神中，武迓鼓的表演更多些，而且属于众多表演中的重头戏。

（三）史事传说

太原自古以来就因其重要的政治和军事地位、便利的交通条件、独特的区域文化等优势而成为兵家的必争之地。有宋一代，在山西发生了大大小小的多次战役，使得山西太原这一重要的区域，不仅与宋代的国策相互影响，也在宋代的对外关系中扮演着重要的角色。在这一历史进程中，产生了许多的史事传说，借此，我们可以窥视到历史的变迁、朝代的兴衰，以及在此时代背景之下人们的不屈与抗争。

1. 火烧晋阳的传说

金末诗人元好问在《过晋阳故城书事》中曾有一段这样的描写："君不见，系舟山头龙角秃，白塔一摧城覆没。薛王出降民不降，屋瓦乱飞如箭镞。汾流决入大夏门，府治移著唐明村。只从巨屏失光彩，河洛几度风烟昏。东阙苍龙西玉虎，金雀觚棱上云雨。不论民居与官府，仙佛所庐余百所。鬼役天才千万古，争教一炬成焦土。至今父老哭向天，死恨河南往来苦。南人鬼巫好禬祥，万夫畚锸开连岗。官街十字改丁字，钉破并州渠亦亡。几时却到承平了，重看官家筑晋阳。"这段来自诗人直抒胸臆的诗句勾起了那段发生在山西大地上的血泪往事。金戈铁马、火光冲天、百姓颠沛流离，充满杀戮与破坏的那段尘封记忆一一浮现在世人眼前。

  公元960年，宋太祖赵匡胤发动陈桥兵变，在部下的拥立下黄袍加身，建立了大宋王朝。当时的国家四分五裂、分崩离析，太祖不禁忧从中来，立下了平定乱世、一统天下的宏愿。据传在一个大雪纷飞的夜晚，太祖与弟弟赵光义造访宰相赵普的府邸，共商国家统一大业。由于太原特殊的地理位置、易守难攻的军事优势，使得赵匡胤不得不接受赵普的建议，暂时放弃对其心心念念的太原的进攻，并确立下"先南后北"的统一策论。截至公元979年，后蜀、荆楚、南汉、南唐、吴越等南方诸国相继被灭，宋朝统治者开始对十国中最后一个政权——地处山西的北汉王朝发动猛烈的军事进攻。面对宋朝军队一次次的大举进攻，与前面束手就擒、卑躬屈膝的其他南方政权不同，北汉军队与山西军民同仇敌忾、誓不投降，与宋朝军队展开了一次次惨烈的殊死搏斗。"并人犹欲坚守""并人守意益坚""城中人犹欲固守"等字眼在史书传记中频频出现，诉说着那段不屈而又惨痛的壮烈史诗。传说中家喻户晓的杨家将杨继业作为当时北汉政权的总指挥，在北汉国君宣布投降的情况下仍然不甘心地率领部下死守阵地，与宋朝军队苦苦相持，直到北汉国君亲自发布命令让其停止抵抗后，这位穷途末路的失意英雄才放声大哭，朝北汉皇城拜了又拜，无奈而愤慨地放下武器，归降于大宋。面对大宋高官厚禄的招降许诺以及北汉政权败局已定的战争趋势，早有投降归顺之意的宰相郭无为加紧了对北汉皇帝刘继元的游说，说到动情之处更是痛哭流涕，要拔刀自尽。刘继元虽然当下阻止了他的行为，但最终还是从大局出发，忍痛杀死了宰相郭无为，并将其头颅悬挂在晋阳城头。正在蓄意放水漫灌晋阳城的宋朝军队目睹了这一幕，不禁被北汉军民誓死抗争到底的顽强意志与决心所深深打动，同时也使赵匡胤攻打北汉的意志一次次发生动摇。虽然山西军民的誓死抵抗最终还是无法阻挡历史发展的必然趋势，但山西军民顽强不屈的英雄气概、视死如归的爱国情怀、回肠荡气的抗争精神在宋代的山西历史上留下了浓墨重彩、可歌可泣的壮丽一笔。宋朝军队虽然最终征服了北汉，但却在这场博弈中遭遇到了史无前例的顽强抵抗，付出了惨痛的代价。

历经前后三次对北汉的征伐，宋太祖赵匡胤出师未捷身先死，最终抱憾而终，而后其弟赵光义继位并最终消灭了北汉。这场旷日持久的艰难胜利使赵光义产生了丧心病狂的报复之心，同时也深感太原自古为帝王龙兴之地所在。"遗风因唐远，积德本周深。王气缠西北，真人虎视偏。"如愿以偿收复晋阳的赵光义开始认真审视这座表里山河、人庶多资、龙腾虎跃的千年古城。为了维系赵家不朽的统治，防止日后再出现割据势力，在北汉政权刚刚投降的第二天，赵光义便翻脸无情，以星宿不合为借口下令焚毁太原城，一场史无前例的大屠杀就此展开了。据史料记载，当时的太原城"万炬皆发，官寺民舍，一日俱烬"。为了发泄宋军当年久攻不下的怒火，他们关闭了城门，当时在太原城中那些还没有来得及逃跑的不计其数的老百姓们就此全部被活活烧死。班师回朝之后，赵光义认为仅仅用火烧可能还无法彻底消灭北汉政权的残余势力以及太原城的"龙脉"，又下令开掘汾河河堤，在大水漫灌之下，前后存在了近一千五百年、见证了多少岁月变迁和朝代更迭的太原城最终在血泪中成为一座废城。

古老的晋阳城的毁灭，是一出令人难以释怀的悲剧。直到现在，在山西晋剧的表演中，宋朝皇帝仍然被鄙视，这种在其他剧种中很难看到的仇视态度或许正体现了当年那段惨痛的往事给山西人内心造成了难以抚平的创伤。

2. 王禀守太原的传说

王禀出身于将门世家，其祖父王珪、父亲王光祖是被后世史学家称为"可以奔走御侮之责"的忠勇之士。出生于这样的家庭，祖辈们的精神和风范势必会对他的人格和信念产生深远的影响，并为其日后做出奋勇杀敌、毅然献身沙场的不悔选择奠定了牢固的思想基础。同时，其父直接参与过抵御西夏的战斗。多次随父征战的军事经历势必会使他的胆识和才干得到实践的考验，使他逐步成长为一名智勇双全的军事指挥家。而真正使王禀列入与岳飞等名将等量齐观的民族英雄之林的，正是那场发生于宋金之间的、旷日持久的太原保卫战。历史上这场战役的统领虽是张孝纯，但实际上的军事指挥官则是王禀。因而《节要》中评价道："太原守御，禀功为多。"

据《靖康要录》记载，王禀留守太原之时，所剩部队仅有三千余人，而敌方围困太原的兵力则始终保持在数万人之众，当时的太原城实则是一座孤城。面对敌强我弱、兵力悬殊的困境，面对敌人三番五次的劝降，虽然明知败局已定，但王禀仍不为所动，拼死抵抗。当时的北宋政府虽有屈辱求和、息事宁人之意，但太原军民却丝毫没有投降之心。据传北宋朝廷当时派人宣读圣旨，王禀立即拔剑而起，不卑不亢地说道："国君应保国爱民，臣民应忠君守义。现并州军民以大宋国为重，宁死而不作金鬼，朝廷竟如此弃子民于不顾，何颜见天下臣民！并州军民坚不受命，以死固守。"① 面对太原军民的严防死守，金军久攻不下，遂采取"锁城法"以围太原。敌方"于城外矢石不到之处，筑垒环绕，分人防守，内外不相通"。面对如此危急的形势，王禀"不顾一身一家之休戚，遇一两日辄领轻骑出城，马上运大刀径造敌营中左右。转战得敌首级百十，方徐引归，率以为常"。据史料记载："金军用30门石炮攻城，王禀命在城楼上安栅栏、安糠袋，以减轻石炮弹对城楼的冲击破坏；金军用树枝、柴草和土填平城壕，王禀用火烧掉树枝柴草；金军又造鹅形车，上面蒙以牛皮、铁皮，用数百人推动攻城，王禀也造鹅形车对抗，使之不能前进。"② 王禀的守城有方，使得强盛的金军亦无可奈何。在王禀的指挥下，"太原城方四十里，人守甚坚，百姓自十五以上六十以下皆籍为兵。屋舍皆拆，去壁令所在相通，贫富如一家，相持半年"。"但是城内人多粮少，三军先食骡马，次烹弓弩皮甲；百姓煮水草、糠皮、干草充腹，甚至人相食"③。一直坚守到九月初三，太原城终因弹尽粮绝而失陷。虽然胜败已定，但王禀仍不甘心，"犹率羸弱士卒巷战，突围而出"。面对金军的紧追不舍，王禀最终跑到太庙之中，"背上檀香制的太宗御容，跳汾河而死"。

王禀所指挥的太原保卫战，对当时的历史进程产生了重要的影响，以致王国维不禁感慨道："河东既陷，汴京亦以不可守，然则靖康之局，所以得支一年者，公延之也，呜呼，处无望之地，用必死之兵，当蚩尤之攻，为墨翟之守，粮尽援绝，父子殉之，公之忠，可谓盛矣。"④ 的确，这场战役虽然失败了，但王禀誓死与敌人血战到底的英雄气概，彰显了在当时不愿忍受民族压迫和阶级压迫的汉族百姓们坚决反抗的意志和决心，生发出屡战屡败的大宋王朝不屈的血性与呐喊，这给当时虎视眈眈的少数民族入侵者以强烈的震慑与警示。

---

① 杜学文主编：《三晋史话·综合卷》，太原：三晋出版社，2016年，第194页。
② 乔志强主编：《山西通史》，北京：中华书局，1997年，第393页。
③ 同上。
④ 王国维：《观堂集林》卷二十三《补家谱忠壮公传》，北京：朝华出版社，2018年，第936—937页。

3. 八字军抗金起义的传说

从宣和末年到靖康年间，金兵发动了两次大规模的南下侵略活动，所到之处无不烧杀抢掠。一时间，两河地区生灵涂炭，广大人民不堪压迫与蹂躏，纷纷组织起义军奋起反抗，保卫家乡。北宋朝廷灭亡后，这些义军仍然自发地与入侵的金兵展开殊死搏斗，演绎了一段段可歌可泣的英雄史诗。当时赫赫有名的"八字军"，就是山西民众反抗外来侵略者的典范。

"八字军"因其面刺"赤心报国，誓杀金贼"八字而得名，这不禁让我们想起背后刺有"精忠报国"四字的抗金名将岳飞。虽然在身上刺字可能是宋朝军队的一个惯例，但这些军队所刺之字一般都是部队的番号等，像八字军这样直接在脸上刺字表决心的行为在当时实属罕见，因而我们可以从中深刻地感受到八字军抗金的坚定信念和顽强意志。

这是一支由山西上党人王彦在太行山组织起来的抗金义军。王彦曾担任县尉，当金兵入侵，国家危难之际，他毅然奔赴家乡，组织山西当地民众与金兵展开了大大小小数百次的殊死搏斗，有力地打击了金兵在山西地区的嚣张气焰，有效地牵制了金军南下的力量，鼓舞了当时起义组织的士气与决心。由于八字军作战勇猛、所向披靡，以致当时其他一些部队的将领纷纷归顺，听从王彦的指挥。一时间，在山西太行地区，王彦竟迅速聚集起一个有十万多人规模的抗金组织，给予当时不可一世、气焰极盛的金军以有力的打击。或许是由于八字军中的许多将帅都曾有过做匪军的经历，因此他们虽战功赫赫，朝廷却不信任他们，始终不把他们放置在抗金一线进行战斗。后来，随着八字军统领的逝世，这支部队竟不知所终。他们付出热血和生命所誓死捍卫的大宋江山，最终换来的却是统治阶级无情的猜忌与打压。或许在积贫积弱、一味妥协忍让的宋代，当兵保家卫国本身就是一种悲剧。

三、宋代山西民间故事

宋代山西民间故事有了较大的发展，出现了近五十余种故事类型，为明清时期民间故事类型的大繁荣、大发展奠定了坚实的基础。

这一时期记载宋代民间故事的典籍，首先要提到的是北宋李昉等人集体撰写的《太平广记》和南宋洪迈的《夷坚志》。

《太平广记》是宋代李昉、徐铉等14人奉宋太宗之命编纂的一部大书，被誉为是记载古代文言纪实小说的第一部总集。此书涵盖92类题材，又下分细目150余种，以神怪类故事为主体，收录有大量的六朝志怪、唐代传奇，许多宋代以前的民间故事全赖此书而得以保存和流传，因而此书可谓是一部按类编纂的古代故事总集。《太平广记》对后世的民间文学与民俗文化产生了深远的影响，后世的民间话本、说唱、戏曲、歌谣等民间文艺均从《太平广记》中汲取创作的素材，并对其中的民间故事加以改编和再创造，从而以众多鲜活的面貌、崭新的形式活跃于民众的民俗文化生活之中。同时，那些光怪陆离、神奇灵异、炫人耳目的幻想故事更是把民众带入前人丰富而又复杂的精神世界中去，从而为后世民众的精神信仰和文化传统带来了潜移默化的影响。

《夷坚志》是收录宋代志怪小说篇幅最多的一部书，也是我国古代最大的一部个人编撰的文言小说集。作者洪迈一生曾在泉州、吉州等多地任职，官至端明殿学士，兼修国史，不仅读万卷书，更有行万里路的经历，因而得以广览博闻，广泛采集古今奇闻琐事。从搜集资料到最终成书，前后历时50余年，取《列子·汤问》中"夷坚闻而志之"的语意，终于完成了这部浩繁的巨著。正如晚清学者阮元所评价道："书中神怪荒诞之谈，居其大半，然而遗文轶事，可资考镜者，亦往往杂出其间。"该书继承了前代的"志怪"传统，但内容更为广博丰富，为我们研究宋代社会史、文化史提供了丰富而又珍贵的资料。

此外，尚有宋代沈括的《梦溪笔谈》、陈正敏的《遁斋闲览》、何远的《春渚纪闻》、郑克的《折狱龟鉴》、吴淑的《秘阁闲谈》、郑文宝的《南唐近事》、王君玉的《国老谈苑》、王辟之的《渑水燕谈录》、施德操的《北窗炙輠录》、郭彖的《睽车志》、江少虞的《宋朝事实类苑》、委心子的《分门古今类事》、沈俶的《谐史》、陈元靓的《事林广记》、罗烨的《醉翁谈录》、周密的《癸辛杂识》，元代无名氏的《湖海新闻夷坚续志》、杨瑀的《山居新话》，明代陶宗仪的《辍耕录》等一批典籍中也收录了种类繁多、异彩纷呈的宋代民间故事。

与前代相比，这一时期新出现的故事类型在写实方面有了较大的突破，不仅数量比例有所增加，所记录的民众生活面也更为广阔，呈现出更为贴近民众日常生活的发展态势，这得益于宋代社会商品经济的发展、市民阶层的壮大、文化氛围的宽松活跃，从而使得民间说话兴盛，辑录民间故事蔚然成风。同时，产生于宋代的民间故事亦不乏精美之作，不仅有波澜起伏、奇巧非凡的故事情节，还注重刻画人物的外貌、行为、性格和心理，并善于借助人物对话来推动故事情节的发生与发展以及多重视角的转换与呼应。可以说，这一时期的宋代民间故事无论是内容还是形式，都更为生活化、文学化了。

对下层民众最朴素的日常生活、民俗文化、社会心态的忠实记录与深刻反映，文人士子从民间故事中取材编写话本小说，专业艺人参与讲说民间故事……它们共同推动了宋代民间故事在多种叙事文学的交流融汇中得到发展、提高与成熟。

（一）生活故事

宋代经济繁荣，文化发达，陈寅恪曾言："华夏民族之文化，历数千年之演进，造极于赵宋之世。"[1] 在生活领域，随着城市市民化和科举制度的平民化，民众的生活方式更为多样，艺术创作的世俗化色彩也愈为浓厚。生活故事作为描述民众的各种生活为主要内容的作品，是体现宋代这一创作倾向的典型代表。这类故事内容丰富，但主要以称颂勤劳、智慧以及嘲笑迂腐为基本内容，形象化地叙述了社会底层生活的方方面面，展现出了民众真实的观念意识。[2] 根据各领域社会生活参与主体的不同，这里我们主要将宋代山西的生活故事分为科举士子类、清官能吏类和世俗平民类三个类型。

1.科举士子类

科举作为选拔官吏的主要制度，起源于隋代，发展于唐代，到宋代已相对完善。随着科举制度的日臻完善，士农工商等不同阶层的士子都将科举视为他们进入仕途的唯一途径，在社会上流传有"有官便有妻，有妻便有钱，有钱便有田"的俗语，充分表现了贫苦士人只有通过科举才能过上好日子，改变他们的命运，从而激励了更多的人参加科举。然而，科举之路并非那么容易，制度本身的弊端、外界人为因素以及自我能力的不足等种种原因致使大部分参加科举的士子都未能

---

[1] 陈寅恪：《邓广铭宋史职观志考证序》，载《陈寅恪集：金明馆丛稿二编》，北京：生活·读书·新知三联书店，2011年，第227页。

[2] 万建中：《民间文学引论》，北京：北京大学出版社，2006年，第192页。

如愿，这种情况导致人们将科举的成功视为神灵作用的结果，并通过梦境的方式表现出来，体现出一种命定论的思想。《夷坚志》有着"宋代民间故事集成"之称[①]，其中记载了131则关于士子科举的梦兆故事，但从梦兆的发生地和做梦的主人公来看，仅有8则发生在北方，具体在山西境内的更是寥寥无几，从这一现象可以看出，从宋代开始，南方科举文化逐渐后来居上，呈现出日趋繁荣的态势。

2.能吏勇将类

宋代作为文人政治的巅峰时期，造就了众多名臣能吏，这些士大夫以治国安邦为己任，受到民众的爱戴。此外，宋朝在抵御外侵的过程中也涌现了一批奋力抗争的英雄形象。民众依托现实的生活事迹，创作出了一系列表现官吏智慧和武将勇猛的民间故事。

(1) 智计破案

明清白话"公案故事"的重要表现内容是对清官能吏的赞赏，歌颂他们廉洁自守、刚正不阿，帮助百姓平冤狱，纠错案，为民做主。宋代山西同样流传有此类的民间故事。《夷坚志·支癸》卷一《薛湘潭》载：

> 薛大圭禹玉，本河东简肃公之裔。为人倜傥俊快，不拘小节，而深负吏材，淳熙中为湘潭令。新牧王宣子侍郎临镇，诣府参谒。时湘乡县有富家女子，夜为人戕于室，迨晓，父母方觉之，但尸在地而失其首。告于都保，诉之郡县，历数月不获凶身。府招诸邑宰晏集，坐间及其事，薛奋请效力。乃假吏卒数十辈，枉道过彼县境。每一程减去五人或十人，唯留四卒荷轿，殊不晓其意。浙近女家，下而步行。遇三四道人聚野店，各有息气竹拍，从而求之。且脱巾换其所戴缁布，解衫以易布道袍服，与钱两千。薛多能鄙事，遂独身前进，戒从者曰："缓缓相随，视我所向，俟抛息气出外，则悉趋而集。"望路次小民舍，一老媪在焉。入坐，将要酒，媪曰："此间村酒二十四钱一升耳，我家却无。"薛取百钱，倩买二升。媪利其所赢，挈瓶去。少顷，得酒来，与媪共饮。媪喜甚，献熟牛肉一盘。酒酣，薛云："邻民安静，想住得好。"媪曰："正为一件公事，连累无限平民，我儿子也遭囚禁。"问何

[①] 刘守华：《宋代的民间故事集成〈夷坚志〉》，《高等函授学报》（哲学社会科学版）1999年第2期。

事?曰:"某家小娘子,与东家第三个儿郎奸通,后来却被杀了,砍去头,埋于屋背树下。此郎日前累次手杀人,凶恶无比。他有钱有势,更不到官。乡人怕他如虎,都不敢说。"薛徐徐询其姓氏状貌居止,径造之,唱词乞索。两后生与之十钱,弃于地曰:"何得相待如此?"增至五十及百钱,皆掷之曰:"我远远到来,须要一千足陌,若九百九十九钱,亦不去。"两生盖凶子之兄也,疑为异人或有道之士,逊言慰谢。凶子在内窥见,忿怒不能忍,趋出,拟行拳。薛就门掷竹拍,从卒争赴,遂执之。凶子咆勃,薛批其颊曰:"汝杀了某家女子,却将头埋树底,罪恶分明,如何讳得?我是本县捕盗官,那得拒抗?"子无语,即缚往。发地取头,送于府,鞫治伏辜。①

本篇塑造了薛大圭这样一个有勇有谋的清廉能吏的形象。面对数月不获的凶手,薛大圭主动请缨破案,可见其勇气和信心;破案的过程中,他不辞辛劳,换道袍,巧伪装,细致查访,终于获得线索,可见其沉稳干练,抓捕凶犯时表现得极有智慧,用激将法引蛇出洞,使案犯无可逃。故事曲折有致,巧设悬念,颇有吸引力。

(2)抗击外侮

南宋时期,宋金战争频繁,在外族入侵、国家危难的关键时刻,一批将领挺身而出,勇敢反抗,成为民众心中的英雄。如《负御容赴水死》中描述的王禀守太原的故事:

宋靖康元年,王禀为宣抚司统制守太原,太原守御,禀功为多。及至城陷,禀引疲乏之兵欲出西门,无何,西门插板索断,不能出。军已入城,仓皇之间,士卒劝禀降。禀叹曰:"城陷,士无斗志,又且门阻,天亡禀也。禀岂惜死,违天命而负朝廷哉?"遂负原庙太宗御容赴汾水而死。转运韩总以下死者三十六人。围城凡二百六十日,城中军民饿死者十之八九,固守不下,至是始破。后粘罕得其尸,令张孝纯验之,既实,向尸大骂,率诸酋执兵同践之而暴于野。②

金兵围困太原,宣抚司统制王禀率领民众誓死守卫,最终在坚守太原

---

① [宋]洪迈撰,何卓点校:《夷坚志》,北京:中华书局,1981年,第1223—1224页。

② 同上注,第1804—1805页。

二百六十日后，被用尽各种办法的金兵攻破。城池陷落后，王禀坚贞不屈，慷慨赴死，粘罕进城后为惩罚他的顽强抵抗，将其尸首暴露于外。他忠于国家，忠于民族，是一位值得人们敬仰的抗金英雄。

3. 世俗平民类

宋代是一个风雅与世俗兼具的时代。一方面，大量平民士大夫通过科举制度崛起于市井、田亩间，他们既受到良好的教育，又广泛接触过民间社会生活，理所当然地成为社会雅文化与俗文化交融的实践者。另一方面，传统社会的俗文化至宋代才蓬勃发展起来，宋朝瓦舍林立，瓦舍之间又设立勾栏、乐棚，勾栏中日夜表演杂剧、讲史、傀儡戏、皮影戏、杂技等节目，"不以风雨寒暑，诸棚看人，日日如是"。从瓦舍勾栏生长出了充满市井气息的俗文化。在这样的社会文化背景下，世俗平民逐渐在文艺创作中占据一席之地，并成为故事主角，形成了众多表现平民百姓生活情态的民间故事。

（1）婚恋故事

婚恋故事是指以两性相恋为主要情节的故事类型，通过人与人、人与神、人与鬼等的婚恋来展现宋人的生活、情感，真实地反映了宋代的社会文化与世俗风情。但无论是一见钟情式的两情相悦，还是执着无悔的相伴相守，任何一种相恋形式所表现出的情感力量都具有同样的冲击力和震撼效果。这里我们主要介绍宋代山西人与人之间的传奇婚姻故事、人与异类的婚恋奇闻两种类型。

一是人与人的婚恋故事。北宋后期至南宋中前期一直是一个乱离社会，战争给国家、社会带来了巨大的灾难，尤其是宋金之间旷日持久的战争让平民百姓流离失所、家破人亡，形成了众多表现战争中夫妻分离却仍然相爱挂念的故事。《夷坚志·丁志》卷九《太原意娘》：

> 京师人杨从善陷虏在云中，以干如燕山，饮于酒楼。见壁间留题，自称"太原意娘"，又有小词，皆寻忆良人之语。认其姓名字画，盖表兄韩师厚妻王氏也。自乱离暌隔不复相闻。细验所书，墨尚湿，问酒家人，曰："恰数妇女来共饮，其中一人索笔而书，去犹未远。"杨便起，追蹑及之。数人同行，其一衣紫佩金马盂，以帛拥项，见杨，愕然，不敢公召唤，时时举目使相送。逮夜，众散，引杨到大宅门外，立语曰："顷与良人避地至淮泗，为虏所掠。其酋撒八太尉者，欲相逼，我义不受辱，引刀自刭不殊。大酋之妻

韩国夫人闻而怜我,亟命救疗,且以自随。仓皇别良人,不知安往,似闻在江南为官,每念念不能释。"①

"太原意娘"韩师厚妻面对金酋掳掠,义不受辱,愤然自刎,从此与丈夫阴阳两隔,永无再聚。沦为鬼魂以后,她仍然对丈夫眷恋不忘,壁间所题小词"皆寻忆良人之语"。与表弟杨从善相见后,更是让他替自己打探"良人"消息,足见其对丈夫的一腔深情。故事最后虽然缀上了一个负心男子因果报应的尾巴,但更具意义的还是作品的前半部分,小说构思奇特、情节曲折,虽并未直接写二人相会的情景,但依然充满着缠绵悱恻、忧伤绝望的气氛,悲剧的情调非常浓郁,有着感人至深的艺术效果。

二是人与异类的婚恋故事。在宋代山西的民间故事中不仅有人与人之间的恋爱故事,而且还演绎出了一幕幕人与异类相恋的故事,共同编织了宋人与异类的婚恋奇闻大观。《夷坚志·支甲》卷一《五郎君》:

> 河中市人刘庠,娶郑氏女,以色称。庠不能治生,贫悴落魄,唯日从其侣饮酒。郑饥寒寂寞,日夕咨怨。忽病肌热,昏冥不知人,后虽少愈,但独处一室,默坐不语,遇庠辄切齿折辱。庠郁郁不聊,委而远去。郑掩关洁身,而常常若与私人语。家众穴隙潜窥,无所睹。久之,庠归舍,入房见金帛钱绮盈室,问所从得,郑曰:"数月以来,每至更深,必有一少年来,自称五郎君,与我寝处,诸物皆其所与,不敢隐也。"庠意虽愤,然久困于穷,冀以小康,亦不之责。一日,白昼此客至,值庠在焉。翻戒庠无得与妻共处。庠惧,徙于外馆,一听所为,且铸金为其像,晨夕瞻事。俄为庠别娶妇。庠无子,祷客求之,遂窃西元帅第九子与为嗣。元帅赏募寻索。邻人胡生之妻因到家,见锦绷婴儿,疑非市井间所育者,具以告,帅捕庠及郑,械系讯掠,而籍其赀。狱未决,神召会鬼物,辟重门,直入狱劫取,凡同时诸囚悉逸去。帅大怒,明日复执庠夫妇,箠楚苛酷。是夜神又夺以归,而纵火焚府治楼观草场一空,瓦砾砖石如雨而下,救火者无一人能前。帅无可奈何,许敬祀神,不复治两人罪,五郎君竟据郑氏焉。②

---

① [宋]洪迈撰,何卓点校:《夷坚志》,北京:中华书局,1981年,第608—609页。
② 同上注,第717—718页。

刘庠与郑氏虽为夫妻，但郑氏经常嫌弃刘庠无能，二人感情一直不好。仰慕郑氏的五郎君时常晚上到刘氏的房中和她窃窃私语，但别人却不能看到他的真身。为了能够得到郑氏，五郎君给了刘庠大批的金银财富，并为他另娶妻子，还冒着巨大风险偷西元帅的第九子给刘庠当儿子。最终五郎君与郑氏长久地生活在了一起。这则故事中五郎君以"无形"的姿态出现，并具有神力，在追求郑氏的过程中虽采取了一系列强横霸道的手段，但也表现了五郎君的痴情，且郑氏在一定程度上也接受了五郎君的情感，成为一则独特的人与异类的婚恋爱情故事。

（2）孝道故事

在"忠孝节义"的伦理纲常中，"孝"占据主导地位，被称为"百德之首"。曾子曰："夫孝者，天下之大经也。"[①]可知子女孝敬父母是天经地义、义不容辞的事。然而，由于封建社会存在生产力水平低下、社会保障制度不完善等因素，导致不孝事件屡见不鲜，产生了很多因不孝得到报应为主题的民间故事。在民众的观念中，行恶者必为遭殃，而不孝之人更要受到上天严厉的惩罚，且更多是现世的报应。如《梁小二》载：

> 解州安邑池西乡民梁小二，家世微贱，然皆耕农朴实，至梁独狠戾，其母寡居，事之尤悖。妻王氏，性恬静，所以奉姑至谨。北虏皇统中，河东荒饥，疫疠荐臻，流徙满道路。梁挟母与妻并稚子四人，偕行至孤山之东陵，就野人乞食以哺其子。王氏念姑久不食，减半以与之。梁见之怒甚，诈使妻抱子前行，自与母在后，相望百步许，即仆母在地，曳入道侧，掬泥沙塞其喉，然后去。稍进遇妻，妻问姑安在，曰："老人举足迟，但先投大家丐晚餐以须其到可也。"久而杳然，妻疑为夫所害，还访之，见尸已僵，拊膺悲泣，急取水扶灌，气竟绝不苏。乃奔告里保，执梁送于县。才及中途，风雨暴作，霾暗不辨人，迅雷震耀，鬼神飞焰，杂沓出没。众惧散，亦不暇顾梁所之。少还澄霁，梁乃卧土窟，头目皆为天火烧烂，惟脑骨仅全，俨成髑髅，肢体如故，目睛暗淡无光而不死，能别识人物，饮食语言皆无妨，常谓人云："有三鬼守我，每得食，必先祭之而后敢食。"官愍其妻子，给粟养

---

① [清]王聘珍撰，王文锦点校：《大戴礼记解诂》，北京：中华书局，1983年，第84页。

之。梁经数年尚存。①

从这则故事中可以看出,中国人历来注重孝道,对于孝者,上天往往给予眷顾,而对于不孝者,上天则采取多种方式惩罚他们。这些不孝遭报应的故事题材,就是希望借此以劝诫世人履行孝道,担负起应负的责任。

(二)幻想故事

钟敬文在《民间文学概论》一书中将幻想故事定义为"幻想性较强的民间故事"②,这意指幻想故事不仅具有较强的幻想性,同时也源自民间,与民众的日常生活息息相关。幻想是一种理想化的心理状态,是一种创造性的思维活动,源于民众渴望改变现实生活的强烈愿望。民众把在现实生活中难以实现的愿景借助于这些"假象的盛宴"得以轻易实现,从而使人们在幻想中得到精神的满足与快慰。幻想故事源远流长,主要包含两个层面,一是指幻想的行为与过程,二是指人们幻想出来的具体的人、事、物。宋代山西民间幻想故事对两者兼而采之,通过幻想与鬼狐精怪、神灵相助、转世轮回等类型相关的情节和内容,寄寓了宋代山西民众美好的憧憬与希望,反映了人们对世间万物的认识、理解、思考与感悟,折射出宋代山西社会的世情与世态。

1.鬼狐精怪型

鬼狐精怪的产生与原始思维中万物有灵、物老成精的观念密切相关。《论衡·订鬼》中记载:"夫物之老者,其精为人;亦有未老者,性能变化,象人之行。"③鬼狐精怪通常具有神奇的力量,它们既能化形为人(或具有人的某些特征),又能复现原形;既通人性,又具物性,并介入人间,作祟作怪,祸福于人。显然,鬼狐精怪其实并非真实存在于我们的现实世界之中,而是人们心中虚构与幻想的产物,但却真实地反映了宋代山西民众内心最为真实的情态。

(1)潞府鬼

从宋代的一些笔记小说和故事文本来看,宋代的"闹鬼"事件的确很多,

---

① [宋]洪迈撰,何卓点校:《夷坚志》,北京:中华书局,1981年,第784—785页。
② 钟敬文:《民间文学概论》,上海:上海文艺出版社,1980年,第204页。
③ [东汉]王充:《论衡》,上海:上海人民出版社,1974年,第343页。

《夷坚志》中的《潞府鬼》一篇讲述的就是一则发生在山西上党地区的"鬼故事":

> 潞州签判厅在府治西,相传强鬼宅其中,无敢居者,但以为防城油药库。安阳王审言为司法参军,当春时,与同僚来之邵、綦亢数人携妓载酒往游焉,且诣后园习射。射毕,酣饮于堂。忽闻屏后笑声如伟丈夫,一坐尽惊。客中有胆气者呼问曰:"所笑何事?"答曰:"身居此久,壹郁不自聊。知诸君春游,羡人生之乐,不觉失声耳。""能饮乎?"曰:"甚善!"客起酌巨杯,翻手置屏内,即有接者,又闻引满称快声,俄掷空杯出。客又问曰:"君为烈士,当精于弓矢,能一发乎?"曰:"敢不为君欢?然当小相避也。"既以弓矢入,众各负壁坐。少焉,一矢破屏纸而出,捷疾中的不少偏,始敬异之,皆起曰:"敢问君为何代人?姓名为何?何以终此地?"曰:"吾姓贺兰,名鍪。"语未竟,或哂其名不雅驯,怒曰:"君何不学?岂不见《诗·小戎》篇'阴靷鍪续'者乎?"遂言曰:"鍪生于唐大历间,因至昭义,谒节度使李抱真,干以平山东之策,为逸口所谮,见杀于此地,身首异处,骸骨弃不收。经数百年,逢人必申诉,往往以鬼物见待,怖而出,故沉沦至今。诸君俊人也,颇相哀否?"坐客皆愀然。
>
> 有问以休咎者,一一询官氏,徐而语曰:"来司户位至侍从,然享寿之永,则不若王司法。"时诸曹吏士及官奴见如是,皆奔归,欢传一州。太守马珝中玉独不信,以为僚吏湎于酒,兴妄言,尽械系其从卒,且将论劾之。众惧,各散去。
>
> 明日,中玉自至其处察视之,屏上穴纸固在。命发堂门镵,镵已开,门闭如初。呼健卒并力推扉,牢不可启。已而大声起于梁间,叱曰:"汝何敢尔,独不记作星子尉时某事耶?"中玉趋而出,自是无人复敢往。司户乃来之邵,果为工部侍郎,审言以列大夫知莱州,寿七十五而卒。
>
> 王公明说,莱州乃其伯祖也,余中榜及第。《括异志》亦载此事,甚略,误以审言为王丕,它皆不同。①

故事中的贺兰鍪生于唐代大历年间,因到昭义(即今山西长治)拜见当时

---

① [宋]洪迈撰,何卓点校:《夷坚志》,北京:中华书局,1981年,第358—359页。

的节度使李抱真，为其献平定山东叛乱之策而遭受谗言诬陷被杀，身首异处，沦为孤魂野鬼。贺兰銮念念不忘自己所遭受的冤屈，投宿无门，只得在潞府判厅里"做鬼"，向来者鸣冤叫屈，聊以自慰。往事越百年，唐朝的事情一直延续到了宋代，贺兰銮心中的执念仍然迟迟不能得到解脱。

（2）水鬼得升型

水鬼得升型故事大致有两种说法，一说是一水鬼拥有只要被人替代就可托生的机会，但却一次次因不忍夺取无辜之人的生命而作罢。水鬼的这一行为感动了神明，于是让他做了一方的城隍（或土地）。另一说是讲旁人或是一位与水鬼有交情的渔夫一次次地阻拦了水鬼觅替的行为，使得那些将要被夺取生命的无辜之人幸免于难，水鬼只好悻悻而归，就此作罢，后得升城隍（或土地）。金代元好问所撰《续夷坚志》记载了一则发生在山西晋城的《溺死鬼》故事：

> 泽州有针工，一日人定后，方阅针次，闻人沿濠上来，喜笑曰："明日得替矣。"人问替者为谁，曰："一走卒，自真定肩伞插书夹来濠中浴，我得替矣。"针工出门望，无所见，知其为鬼。明日，立门首待之。早食后，二疾卒留伞与书夹针工家，云："欲往濠中浴。"针工问之，则从真定来。因为卒言城中有浴室，请以揩背钱相助。卒问其故，工具以昨所闻告，辞谢再三而去。其夕二更后，有掷瓦砾于门，大骂曰："我辛苦得替，却为此贼坏却，我誓拽汝水中！"明黄旦，见瓦砾堆。数夕不罢，此人迁居避之。①

此类民间故事在宋金时期就已初具雏形，最早见于宋代王辟所撰的《渑水燕谈》，这则故事主要讲述的是书生阻止觅替一事。元好问所撰的《溺死鬼》故事情节与《渑水燕谈》大体类似，所不同的是，前一则故事发生在南方的福建南平，而后一则发生在北方的山西晋城；前一则故事的主人公系一书生，后一则中系一手工业者；前一则故事中的水鬼无可奈何，只好悻悻而归，就此作罢，后一则故事中的水鬼却未能就此罢手，反而对阻拦者实施报复。

（3）尸变奇案型

尸变奇案型故事大致讲一女子因故暴死，被发棺者救活，并让救女者将其带

---

① ［金］元好问撰，常振国点校：《续夷坚志》，见于《续夷坚志·湖海新闻夷坚续志》，北京：中华书局，1986年，第32页。

往他处成婚。尔后被救女子外出引发波折，诉诸官府，最终将作恶者绳之以法。此类民间故事最早见于宋代廉布所撰写《清尊录》中的《大桶张氏》，这则故事中虽记叙有盗棺复生的情节，但还未出现尸变这一情节，因而可视为此类型民间故事的早期形态。尔后这类型故事逐渐发展成熟，包含有较为丰富的世俗生活和人情世态，展现出深刻的社会意蕴。例如清代乐钧所撰写的《耳食录》中的《书吏》一篇，就记载了一桩发生在山西的通奸案、误杀案和尸变夺妇凶杀案错综交织在一起的复杂命案。

  山西有书吏，自太原假归，携二仆，策蹇负囊。路遇少妇，亦骑驴相先后，从一童子，盖弟送其姊归其夫家者也。稍相问讯，遂与目成。童徐行，见道旁树巅有鹊巢，潜上取鷇，既下而妇远矣。度姊已至其家，遂不前而返。妇既偕吏行，乃忘分道，亦不知童子未从也。

  日昃抵一村，吏之佃舍在焉。止妇与宿。夜将半，二仆相与谋攫囊橐逸去，绐佃舍佣者曰："我先归耳。"佣信之。已闻吏所声甚哗，亟起索烛往觇，则吏与妇并为盗所杀。浴血中得其家剉草刀，惧获罪，即瘗尸郊外。

  数日，妇夫迎妇于妇家，家以既归对。诘诸童子，得中途探巢，妇与书吏偕行状，急踪迹之。至佃舍，曰："归矣。"至吏家，则讶曰："未归。"乃共执佣者讼之官。佣吐实，且曰："必二仆杀之，故逃。"官以为然，亟捕二仆讯之，则坚不承，曰："窃窜不敢隐，实未杀人。"既往发尸，妇尸已不见，吏与一僧尸耳，而僧尸固无创，莫不骇异。狱遂久不决。

  先是，佣者女尝与邻人之子私，既而绝之。其夜邻子复往，值妇与吏寝；疑女别遇，忿甚；索得厩中剉草刀杀之，逃去。既而知其误，复归调女，女不许。邻子怒且骂曰："恨尔夜不曾杀汝！"女诧其语，窃告佣者白官。执邻子，一鞫而伏，终以杀僧无验，又不得妇尸，缓其狱。

  遗胥挟童子，廉诸他邑。有妇浣溪上，童子乃言直其姊也，妇亦惊涕相向，遂告以由。方妇之瘗郊外也，迟明，有二僧过瘗所，觉土中触动，掘视，得二尸。妇伤刃未殊，已苏矣。一僧欲取为梵嫂，虑此僧见梗，遽扼杀，并吏掩之。负妇归寺中，潜蓄顶发，易衣冠，遁居他邑。至是僧他适，妇出浣衣，获遇其弟云。于是执僧并邻子抵罪，余各论律有差。①

通奸、误杀、凶杀，事件环环相扣、复杂交织、扑朔迷离，拨开重重迷雾，真相最终水落石出。"恶人自有恶人磨"，想来，这一桩桩、一件件的人间悲剧皆是人的贪念所为，因而这桩离奇命案同样具有警醒世人的道德教化意义。

（4）大蛇予钱型

这是一则记载于洪迈所撰《夷坚志》中关于大蛇予钱型的故事，名为《颛氏飞钱》。尽管人们在通过辛勤劳作以自给自足的同时，也渴望神灵或是各种超自然力的神奇力量可以赐予源源不断的财富，但不义之财，不劳而获显然并非故事中这位山西太原的本分老农所愿，这则山西民间故事具有劝诫世人的意味在其中。

> 太原颛氏，世世业农，非因输送税时，足不历城市。尝有飞钱入居室，充满庭户，颛翁焚香祝曰："小人以力农致养，但知稼穑为生，今无故获非望之财，惧难负荷！虽神天所赐，实弗敢当，愿还此宝，以安愚分。"乃闭户封锸而出。须臾，钱复起，蔽空行，声如风雨，有大蛇夭矫随之，绕林麓去。后五年，田仆在山崦荷锄独耕，将归，忽一神人当前，莫知所从来，告之曰："天赐颛氏钱十万缗"言讫，即隐不见，而积钱坡陀，弥望不尽。仆走白翁，翁策杖至钱所致，祷如前，再拜，徐起行弗顾。还家，亦不与子知。后孙祐以武勇从军，绍兴十九年，以大夫统制殿前司军马。曹功显、何晋之皆纪其事。祐之子举，今为武翼郎军器所干官。大举说。②

此外，关于大蛇予钱型故事还有《张方两家酒》和《张王三》两则较为典型。在《张方两家酒》这则民间故事中，瓮中的小蛇竟成了酒水取之不尽、用之不竭的根源，这着实令人惊奇。值得我们注意的是，酒在宋代还属于违禁品，是不允许私家酿造的，所以蛇助酿酒这一说法可能只是托词而已，并非事实。故事《张王三》讲述了关于黑蛇旺财的传言，然而令人叹息的是，驱蛇者最终"其家自是果破"。在此类民间故事的书写中，有蛇直接予财的，也有蛇通过某种途径来旺财的，"大蛇予钱"的方式虽各有千秋，但蛇可以为人们带来财富这一事实，

---

① ［清］乐钧著，辛照校点：《耳食录》，济南：齐鲁书社，2004年，第202—203页。
② ［宋］洪迈撰，何卓点校：《夷坚志》，北京：中华书局，1981年，第1613—1614页。

却成为宋人深信不疑的认知。

2. 神灵相助型

神灵相助型故事是宋代民间故事中一种常见的体裁类型，故事的主人公通常为普通民众，当他们遇到困难之时，总会有神奇的力量前来相助，帮助其顺利渡过难关，实现愿望。透过这些充满神奇力量的美好故事，我们可以感受到山西民众最朴素的生活愿景。

以下三则发生于宋代山西的神灵相助型民间故事均出自于洪迈《夷坚志》中的记载。在古代农业社会里，人们"靠天吃饭"，能否自给自足、安居乐业，全靠"天公作美"，保佑一年之中可以风调雨顺。在生产力低下的宋代社会里，人为的力量在天灾人祸面前总是显得苍白无力，因而在生存危机面前，人们总是渴求有神灵前来及时相助，以使他们顺利渡过难关。

（1）河中西岩龙

房皇统中，河中府大旱，太守李金吾祈祷未效。闻岩西寺僧慈惠戒律精高，为缁徒所仰，乃往请之。僧曰："老身无以动天地，但每日说法之时，必有一老叟来听讲，莫知所从来，疑为龙也，当试扣之。须金吾明旦至此，洁诚以待。"李曰："诺。"如期叟至，李正从僧语，望其入寺，即焚香设席，命左右掖之，再拜致词。叟惊，止之曰："使君屈膝于山翁，敢问何以？"李曰："亢阳为灾，五种（吕本作'谷'）不入（吕本作'熟'）。万民将无以生，愿龙君慈仁，亟下甘泽。当肇建祠宇，岁时奉祀，以彰显大神之威灵。惟神念之。"叟无言，顷鼙蹙而叹曰："噫！泄吾天机者师也，吾死无日矣。"遂告李曰："使君勿忧，誓以死报。"又顾僧曰："吾今以师故获罪上穹，立（吕本作'定'）降诛罚，吾即死，尸坠于地，然不出此境中，乞为作证明，使合郡民为行坛七昼夜，庶几借此功德可获超升。"僧许之而去。

于是一雨三日。外邑虞乡报有死龙堕山下，李尽率士庶召浮屠千人诣其处，筑坛场，延慈惠演法。事毕，龙见于空，作人言谢曰："吾虽蒙天诛，而赖法力救助，乘无上妙因，得为菩萨龙矣。"李为建庙，请额于朝，且名其地为"苍龙谷"。

唐小说载释玄照讲《法华经》于嵩山，有三叟日来谛听，自言是黑龙。照以天旱，令降雨，叟曰："雨禁绝重，傥不奉命擅行，诟责非细，唯孙处士能脱弟子之祸。"照为谒孙思邈致恳,是夜千里雨足。三叟化为獭,匿于孙所居后沼,遭使者捕执,孙使解而释之。事颇相类。①

在山西永济太守李金吾的请求下,虽然没有天庭的命令,老龙仍旧决定舍身取义,冒死下雨;药王孙思邈救人无数,功德无量,所以他的恳求才能得到天庭使者的允许。跨越天人两界,无论是神灵"龙王",还是凡人孙思邈,都反映了宋代山西民众对危难关头希望有神灵庇佑的渴求。对于护人者,人们同样回馈于其最虔诚的敬意,因而民间广建龙王庙,人们对其顶礼膜拜,使其香火绵延不绝;尊奉能够妙手回春的凡人孙思邈为"药王",并对其尊崇有加,享誉后世。

(2) 七娘子

大河之流,截太行而东注,峻滩数十,水势湍悍,鱼鳖不能停居。其一曰七娘子滩,山巅有龙女庙,山下民千家。当夏潦稽天,岁有隄防之劳,沦垫之虑,父老杂议,将徙聚落于他所。士人韩元翁者,老成博雅,为党里所信,乃往谋焉。元翁曰:"吾曹世世居此,坟墓庐舍,其传已久,一旦委去,于心终不安。试沥恳于龙祠,视其从违,乃随事为计,亦未晚也。"

于是敛钱具牲牢酒醴,择日诣庙,求迁其祠于河滨,掷杯珓以请,得吉卜,众拜而归。方撰财虑费,是夜雷风大作,声如颓山,暴雨倾河,狐啸鬼哭,山下人尽起,皆以为贻神怒。

比晓,霁色融怡,一庙俨在平地,尺椽片瓦,无有坏堕。至于壁泥塑像,一切妥帖,面势平正,基宇坚牢,绝胜于其旧。由是淫涨抵庙岸即止,民无复忧。②

很难想象一座庙宇竟可以完好无损地从山顶直接移动到平地,这近乎于神话般的情节虽可通过现代工程技术得以实现,但仍需要经过拆分与组装,可这则故事中的"龙女庙"仅通过一阵神风即可轻易实现空间的位移,从而达到了镇压黄河水患,保一方百姓平安之目的。显然,这一美好的幻想源于宋代山西民众对神灵的笃信,对没有忧患、永远安宁生活的向往。

---

① [宋]洪迈撰,何卓点校:《夷坚志》,北京:中华书局,1981年,第716页。
② 同上注,第718—719页。

(3) 河东道人

建炎中，钱公载盖镇长安，有道人从河东来谒。钱与之有旧，问其所以来之故，曰："吾本寓某县，比见风气绝不佳，一邑人当有灾殃其剧，若不舍去必死。"是时虏患方炽，但意其焉是而转徙也。后月余，得邻郡报，彼县白日地陷，居人尽没。钱嗟异其前知，欲呼语之，且将有所遗，会日暮，至平旦乃招之。店人言："道人房正在店墙下，昨夜过半，墙忽颓，遂遭压死。尸犹埋于土中。俟申知官司，乃敢掘其耳。"钱大惊叹，谓此人能知于前而不能审于后，岂冥数已定，非智虑算度所可脱耶？①

正所谓"天命不可违"，世间万物冥冥之中自有定数。山西道人"能知于前而不能审于后"，纵使能够帮助人们预知灾难，及时止损，但却无法预料自己将要被压死的劫数，岂不悲哉？这则故事不禁让我们对人的命数有了更多的感慨，人生无常，事物的表象背后仿佛有一种莫名、神秘的力量在掌控着人，或许这也是古代民间社会里神灵信仰一直较为普遍的一大根源。

3. 转世轮回型

"转世轮回"本源自于佛教理念，随着佛教在中国的传播，这一因果轮回的理念逐渐与中国本土的传统文化相结合，产生了新的内蕴。在这类民间故事的撰述中，宗教色彩逐渐淡化，生活气息愈发浓郁，充分展现了宋代普通山西民众对生死与命运的思考与认识。

以下是分别发生在山西省忻州市代县和定襄县的两则转世轮回类民间故事，一则是《卢忻悟前生》，另一则是《李员外女》。"托梦""轮回转世""定数"这些词都可以成为这两则民间故事的标签。同类型的转世轮回事件在宋代民间故事中也不乏记载，它们的基本类型模式相同，都是"转世者"通过梦境、附体或异人之口告知自己的受生身份与所处地点。这些故事耐人寻味，让我们对生命有了一层更为深入的认识。

代州崞县有卢氏子忻者，生三岁能言，告其母曰："我前生乃回北村赵氏子，年十九，牧牛于山下（明钞本作'上'）。因秋雨草滑坠崖下，奋身而起，但见一人卧于傍，意谓同牧者，大呼之，不应，久而视之，乃自身也。

---

① ［宋］洪迈撰，何卓点校：《夷坚志》，北京：中华书局，1981年，第1109页。

欲投之无从入，欲舍之又不忍，盘旋于左右。

翌日，父母来恸哭，我投身告之，略不答，遂举火焚之。我告之曰：'不可烧我。'又不应。父母大恸，我亦哭，焚毕，收骨而去。我欲随之，见父母身皆丈余，遂惧不敢往，彷徨无归。

月余，忽见一老人曰：'赵小大，我引尔归。'遂随行。至一家，老人指曰：'此汝家也。'方以为非是，已为老人推赴。即生于此。今身是也。我昨夜梦中往告前身父母，明日当来看我。我家有一白马，必须骑来。"卢氏母异之。

明日候于门，果有驰白马来者，儿望见欣跃曰："吾父来矣！"既见大哭，询其旧事，无不知者。赵父以乐迎归，自是二家共养其子云。孙九鼎说。①

忻州定襄县李员外家生女，三岁能言，曰："我秀容县牧儿村张二老也，死后在五台县刘家作男，年十六身回，今复来此，可遣人至张村，呼吾儿来相见。"李使人至张氏，有张资者，年已六十四，闻之即往。方及门，众讶其貌相似，既见，询其家事，无一不答者。资欲迎归，李不可。资既归，李欲令女出家，女曰："我不能作小猪儿女（明钞本作'母'）。"问其故，曰："今之女尼，戒行不精，死罚为猪，使食不洁。"且曰："我年十四即归矣！"后不复言，李氏亦秘其事。孙九鼎说，有书（明钞本作"普"），记。②

生命短暂，人生无常，这份悲苦的人生体验对于下层民众而言更是尤为深刻，因而他们对生命轮回的渴慕就愈发强烈。这一点反映在宋代山西幻想故事中，就衍生出上述一系列关于转世轮回的民间故事。它们展现了宋代山西民众对生命的珍视与留恋、幻想与期待、认识与思考；同时，这一对生命的期许与渴求又反过来从不同方面影响着宋代山西民众的生活与信仰。

生活化和幻想化是民间故事的生命源泉，宋代山西民间故事为我们展现了基于山西民众日常生活的现实世界和超出这个世界之外的幻想世界。幻想类山西民间故事借助于人们的奇幻想象构造出一个承载有民众美好理想愿望的光明世

---

① [宋]洪迈撰，何卓点校：《夷坚志》，北京：中华书局，1981年，第1646—1647页。
② 同上注，第1648—1649页。

界，故事的主人公虽多为现实生活中的普通民众，但帮助人们扶危济困、战胜邪恶、带来光明与希望的却是神灵、魔法等神秘力量，它们根植于山西民众的原始自然崇拜、宗教信仰等民间文化传统，彰显了宋代山西民众的世间百态、多味人生。生活类山西民间故事同样也具有超脱现实世界的特点，这类故事在叙事时虽保留着现实生活中的种种世相，但却通过对山西民众日常生活的"戏仿"和对生活秩序的颠倒，从而折射出山西民众日常生活之中的人情冷暖与理想愿景。

前苏联著名文学理论家、批评家巴赫金曾对民间文学的创作有一段精辟的论述："民间创作的幻想是现实的幻想。这个幻想从不越出这里现实的物质的世界，它从不用任何现想的彼世的东西来修补这个世界的不足，它在时间和空间中展开，它能感觉到这广阔的时空并且广泛深刻地加以利用。这个幻想依靠人类发展的实际可能性，这里的可能性不是指近期的实际行动计划，而是指人的潜力和需要，指现实中人的本性所具有的任何时候都不会取消的永恒要求。这些要求是会永远存在下去的，只要有人在，就无法压制这些要求。它们是现实的，就像人的本质是现实的一样。所以它们或迟或早不能不为自己打通道路以求完全的实现。"①宋代山西民间故事的创作正是如此，无论是我们前面所列举的生活类民间故事还是幻想类民间故事，它们所关注的核心，无一例外地汇聚在了山西民众在广阔的宋代社会生活背景下无法压制的对美好生活的向往和追求，这既是宋代山西民间故事的现实主义，也是宋代山西民间故事的浪漫主义。

四、宋金山西戏曲与说唱

日本学者内藤湖南提出"唐宋变革论"与"宋代近世说"，认为在唐宋之间中国的政治与文化经由一个大的转型，转变为更接近今日中华文化的形态。后来的学者对其突变论、整体论的观点进行反思，强调更加具体地思考唐宋之间某一事象的变革与延续，批判性地承认了唐宋之间具有较大变化的观点。但是，有宋一代并未统一中国全境，唐宋变革的视点忽视了处于北方的辽金元文化，忽视了游牧民族对于中华近世文化的塑造，其中最典型的就是宋金时期戏曲与说唱的发展演变。中国古典戏曲形态成熟于元代，元杂剧是后世传统戏曲的范本，从角色

---

① 〔俄〕巴赫金：《巴赫金全集》（第三卷），石家庄：河北教育出版社，2009年，第339页。

行当、配乐说唱、剧本写作等诸多方面为中国戏曲定规，而元杂剧的形成，无法脱离开流行于山西的宋金杂剧与说唱。以汴京地区为核心的宋杂剧吸纳传统优伶、百戏、歌舞等泛戏剧形态，形成初步的滑稽叙事杂剧，再吸收山西泽州流行的诸宫调说唱艺术，演化为说唱兼备、讲述故事的金院本，形成近乎完善的前戏剧形态。泽州诸宫调基于山西民间说唱传统，吸纳整合变文、话本等不同说唱艺术的优点，既是独具一格的说唱叙事艺术，也为戏曲艺术的发展提供了资源。

（一）宋金山西戏曲

宋金时期是古典戏曲的形成期，宋杂剧、金院本和南戏是古典戏曲的最初形态。与具备了成熟的戏剧形态的元杂剧相比较，宋金戏曲更多呈现出泛戏曲形态的融合趋势，并未形成统一的戏剧体制，因而存在着泛戏曲形态的突出特点。杂剧之杂，正因为其包容了诸多不同的艺术形式。考察戏曲艺术的发展史，可以看到宋金杂剧中不同艺术形态的缘起。虽然宋金戏曲所存传世文献稀少，但山西发现的众多戏曲文物，有助于对宋金戏曲形态进行解读。从戏曲文物的分布来看，山西为宋金戏曲繁荣昌盛的中心地带之一，戏曲由宫廷走向民间，走入山西民众的日常生活，形成了"戏养神"的独特戏曲观念。

中国戏曲是歌舞、说唱和表演艺术的融合，最早发源于先秦的优伶。优伶分为"倡优"和"俳优"两种，倡优主歌舞，俳优主滑稽，尽管并未具备戏剧表演的成熟形式，然而其对装扮、歌舞和模仿表演的注重成为戏曲的渊薮。汉代"百戏"盛行，虽称为"戏"，但偏重游戏层面，多为杂技游艺。山东安丘东汉乐舞百戏画像石[1]展现了汉代百戏的实景，画面中有乐队、二人对舞、马戏、竿戏、六博、飞剑跳球和龙凤拟兽扮演等种类丰富的表演场景。

百戏种类繁多，除吞刀履火一类杂技魔术外，也存在继承优伶传统的歌舞类、装扮类表演，还出现了崭新的说唱类表演和角觝戏。四川出土了许多东汉说唱俑，尤以成都平原地区为多。[2]这些说唱俑多左手抱鼓，右手执槌，面带夸张

---

[1] 黄竹三、延保全：《中国戏曲文物通论》，太原：山西教育出版社、三晋出版社，2017年，第43页。

[2] 同上注，第47—49页。

的笑容且手舞足蹈，描绘了说唱艺人讲述到精彩内容时得意的情景，说明东汉已经产生了说唱艺术。角觝戏源自《东海黄公》的民间传说，汉代三秦地区流传着擅长除怪的东海黄公年老后气力衰弱，为虎所杀的传说，三秦人民将其编成故事演出。[①]《东海黄公》不再是俳优一人装扮表演，而是分为黄公与老虎两个对立角色，由即兴演出发展为黄公败于老虎的固定情节，拥有了戏曲演出的雏形。角觝戏以两个角色的对立与争斗为主题，后来的《许胡克伐》和《辽东妖妇》乃至唐代戏曲都受其影响。

唐代戏曲有歌舞戏与参军戏两大类。歌舞戏则以歌舞装扮为主，目前已知的有《大面》《踏摇娘》《钵头》三类，分别为假面装扮、男扮女装、人扮兽装，以歌舞进行叙事。《踏摇娘》起初男扮女装演夫妻矛盾，更接近《辽东妖妇》，后来妻子角色改为由女演员扮演，又增加"典库"的角色，变为三人演出，角色更加丰富，与北宋初期杂剧接近。参军戏为参军与苍鹘两个角色互相问答调笑，装扮为官员的参军总是被苍鹘难住而遭到击打，角色的形象更为固定。

宋金时期的杂剧与院本，仍然延续了自先秦以来的优伶传统，汉代的百戏传统，唐代参军戏的二人结构，具有歌舞、滑稽等多种形态，以副净、副末为演出的中心人物。

1. 宋金戏曲形态与演变

（1）宋杂剧

北宋初期，杂剧刚刚形成之时，仍然具有多种不同的形态，有偏重歌舞的，有偏重假面装扮的，有偏重说白的，演员多为二三人。周密《武林旧事》所收280种"官本杂剧"剧目中，歌舞类的占半数以上，它们和大曲的关系密切。大曲是一种大型宫廷歌舞乐，唐代大曲最为繁盛，尤以《秦王破阵乐》和《霓裳羽衣曲》最为著名。大曲结构恢宏而复杂，有多个不同的唱段，典型结构为散序、歌、破三大部分，每部分又有许多小节。宋代大曲渐渐衰落，仍保持散序、歌、破的三段结构，但每段的小节数大为缩减，时人称之为"摘遍"。大曲的完整结构逐渐失传，其部分结构成为宋词的词牌，譬如《水调歌头》即是唐代大曲《水

---

① 山西师范大学戏曲文物研究所编：《宋金元戏曲文物图论》，太原：山西人民出版社，1987年，图论第12页。

调》"歌"部分的第一小节，谓之"歌头"。北宋歌舞类杂剧以大曲或截取部分大曲的歌舞形式来叙事，如《莺莺六幺》以《六幺》的曲调舞姿来讲述《西厢记故事》，《剑舞》用大曲《剑器》的曲破部分来讲述鸿门宴项庄舞剑故事。① 此类杂剧受限于大曲自身的曲调节奏和舞蹈动作，表演叙述性较弱。也有记载此类杂剧是演曲分开，先演故事后演奏大曲。②

北宋后期至南宋，杂剧演出场所更为专业化，舞楼、露台、勾栏、乐棚、瓦舍等专门表演戏曲的场所的出现促进了戏曲向注重表演故事发展。杂剧表演的角色也增至四五个，每个角色拥有固定的分工。《都城纪胜》曰："末泥色主张，引戏色分付，副净色发乔，副末色打诨，又或添一人装孤。"③ 副净与副末是宋杂剧的主角，源自唐代参军戏的参军与苍鹘，副净如同参军一样装憨，副末调笑并击打副净。副末打副净有专用的道具，称之为"磕瓜"，又称皮棒槌，元曲中对其多有描写，山西省垣曲县后窑金墓砖雕、新绛县北王金墓砖雕所画副末也均手持此物。④ 专业舞台道具的出现，是服饰行头的延伸，说明宋杂剧的角色分工非常固定。不常设的装孤色扮假官，其手持的笏板也是专门的舞台道具。角色分工固定让每个角色的个性和作用都更加鲜明，人数增多相比二元对立结构显得更加立体，能容纳多层次的复杂人物关系，戏剧冲突的张力得到提升。

除了这五种参演杂剧的角色外，宋杂剧还有名为参军色的角色。他不参与杂剧演出，其作用类似报幕人，在杂剧开幕前"致语"并手持"竹竿子"引导演员入场，具有指挥杂剧进行、解释剧情等多重作用。譬如前述歌舞类杂剧《剑舞》，项庄舞剑的故事背景即由参军色道出。⑤ 参军色的存在丰富了杂剧的叙事性，由于其手持竹竿上插细竹条的特有道具"竹竿子"，有时也被称作"竹竿子"。

---

① 黄竹三、延保全：《中国戏曲文物通论》，太原：山西教育出版社、三晋出版社，2017年，第54—55页。
② 山西师范大学戏曲文物研究所编：《宋金元戏曲文物图论》，太原：山西人民出版社，1987年，图论第64—65页。
③ [宋] 不着撰人：《都城纪胜》（外八种），上海：上海古籍出版社，1993年，第10页。
④ 黄竹三、延保全：《中国戏曲文物通论》，太原：山西教育出版社、三晋出版社，2017年，第4页。
⑤ 黄竹三：《"参军色"与"致语"考》，《文艺研究》2000年第2期。

宋杂剧具有三段式演出体制。首先"做寻常熟事一段，名曰'艳段'"①，然后才是"正杂剧"的演出，最后又有"杂扮"作为收尾散段。河南偃师酒流沟出土的一组三块砖雕完整地展示了宋杂剧的演出流程：第一块砖雕上引戏色一人上场演出短小精悍的"艳段"，手持画卷，可能是类似"跳加官"的剧目。第二块砖雕展示正杂剧的演出，为装孤色和末泥色二人上演当时流行的"假官戏"。第三块砖雕为散段，副净与副末二人互相调笑。②三段演出各自独立，并非一个完整故事的三幕，艳段、正杂剧和杂扮都可以独立成剧，单独演出，且各自仍然被视为百戏之一，而非独立的艺术门类。五位演员角色实际上仍然是两两一组进行演出，但杂剧演出时间的延长，角色种类的增加，都为更整体更长篇的故事演述做好了准备。

（2）金院本

随着北宋灭亡，金人占据中原地区，宋人南迁，宋杂剧的演出中心由河南开封南移至杭州，逐渐采用当地通行的南曲来演唱，通称为"南杂剧"。南杂剧仍然延续了三段式的演出模式。但在山西晋南平阳地区，流落北方的杂剧艺人结合了民间的民俗演艺，创制出了更为成熟的综合型戏剧——金院本。由此，金代中期以来戏剧艺术的重心从河南汴京地区转移到山西平阳地区。晋南平阳地区出土了大量金代戏曲文物，尤以稷山、侯马两地为多，为研究这一时期金院本的发展提供了丰富的物证资料。

院本与杂剧在形态上有何区别？对于"院本"的定义，"行院之本"是较为通行的说法。行院即倡伎所居之处，则院本产生自民间伎艺，由民间艺人创造。然而，提出"行院之本"的朱权为明代人，去金代甚远，不免产生错讹。考察元人的院本观念，发现院本为"教坊院本"，即金代宫廷音乐机构，《金史》明确记载教坊演奏"散乐"，而"散乐"即包括百戏、杂剧、俳优、歌舞等多种前戏曲形态的艺术类型，与金院本具有亲近的血缘关系。③金院本则即金代宫廷所演杂剧，类似南宋所谓"官本杂剧"。另有一种意见认为，院本即艳段，为演出杂剧

---

① ［宋］不著撰人：《都城纪胜》（外八种），上海：上海古籍出版社，1993年，第10页。
② 山西师范大学戏曲文物研究所编：《宋金元戏曲文物图论》，太原：山西人民出版社，1987年，图论第17—18页。
③ 王万岭：《金代院本并非"行院之本"》，《戏曲研究》2004年第1期。

前的简短表演①，其主要依据是金末元初的套曲《庄家不识勾栏》，该套曲描绘了当时杂剧表演的情境，先演院本后演幺末（即杂剧）。然而，金末元初不等于整个金代，杜仁杰所描写的实景应是元初杂剧，与金院本盛行的金代中期杂剧并不完全相同。元人陶宗仪说得很明白："院本，杂剧，其实一也。国朝，院本、杂剧始厘而二之。……又有焰段，亦院本之意，但差简耳。取其如火焰，易明而易灭也。"② 艳段亦为院本，不过简便迅速罢了，并非院本等同于艳段。

宋金山西说唱艺术的发展，是金院本成熟的一个重要条件。宋杂剧说唱分离，大曲类杂剧有乐有歌有舞，但无说白。副净、副末二人说白类杂剧又无配乐，五人三段类杂剧配乐而无唱段，或表演结束后以唱段伴奏。相比于杂剧，金院本的重要特征在于说白与唱段结合、表演与唱段结合。北宋泽州艺人孔三传创制诸宫调，绝非无源之水，河东民间祭神的社火传统为其提供了丰富的民俗资源。金院本的形成，同样基于山西民间的文化传统，流行于山西上党地区的迎神赛社仪式和队戏是宋金戏曲说唱发展成熟的重要表征。

山西潞城发现的《迎神赛社礼节传簿四十曲宫调》抄本详细记录了古上党地区迎神赛社的程式，留存了宋金以来民间祭祀娱神的戏曲名目。该抄本记载了迎神赛社的六种演出形式，即前行赞词、设朝比方、傩戏、队戏、院本、杂剧。前行色是迎神赛社特有的戏剧角色，作用类似参军色，引导队戏的进行，前行赞词即队戏开始前与过程中由前行色进献的赞词。常见赞词中有《三元戏竹》，戏竹即"竹竿子"，可见前进色和参军色实质上等同。队戏起源自北宋宫廷中的大曲队舞，二者同样由"竹竿子"引导，并且以"分盏供乐"的形式进行，即每向神或帝王进献酒食一次，"竹竿子"就要"致语"或"赞词"，然后指挥队列献上表演，一连重复七次。③ 两者不同之处在于，一者进献对象不同，二者表演内容不同。大曲队舞表演歌舞而无叙事，队戏乃是表演故事的"戏"。《梦梁录》与《繁华录》记述了南宋社火舞队的情景，表演内容涉及"乔三教、乔迎酒、乔亲事"等假面装扮类杂剧，以及傀儡戏、竹马戏、神鬼听刀、旱龙船等魔术杂技。④ 可

---

① 刘叙武：《论金代"院本"非杂剧别名》，《文化遗产》2020 年第 5 期。
② ［元］陶宗仪：《南村辍耕录》，北京：中华书局，1959 年，第 306 页。
③ 黎国韬：《上党古赛写卷新探——队戏考》，《文学遗产》2016 年第 2 期。
④ 廖奔：《宋元戏曲文物与民俗》，北京：文化艺术出版社，1989 年，第 87—88 页。

见队舞到队戏的演变。源自宫廷教坊的大曲队舞渗入民间，融入民间审美趣味，并与百戏杂剧融合，变歌舞队列为杂剧队列。古上党赛社文书中载有《百花头盏》剧目，讲桃花、桂花、梅花、牡丹等花的段子，和官本杂剧《百花爨》应该类似，都属于说白类杂剧。《礼节传簿》记载了八个院本剧目，其中《劈马桩》与《双搽纸》见于元人记载的院本名目中，《南村辍耕录》作《四偌劈马桩》与《双揲纸爨》。① 由于年代久远以及文献的缺乏，使得我们难以准确判断山西民间迎神赛社祭祀戏曲和宋金宫廷官方杂剧的先后关系，是大传统从小传统中汲取养分，还是小传统受了大传统的影响，在民间留存了古代宫廷仪式的遗风？但无论如何，宋金杂剧和山西民间迎神赛社的祭祀表演都为金院本的成熟奠定了基础。

2. 宋金戏曲角色行当

宋杂剧有四个常设角色，末泥色、引戏色、副净色、副末色，另有"或添一人"的装孤色。在杂剧演出的幕外，又有参军色负责解说和引导。金代杂剧与院本将这五个角色固定，称之为"五花爨弄"："院本则五人：一曰副净，古谓之参军；一曰副末，古谓之苍鹘，鹘能击禽鸟，末可打副净，故云：一曰引戏，一曰末泥，一曰孤装。又谓之五花爨弄。"② "爨"字常见于官本杂剧名目当中，作为一类特定杂剧的通名。"爨"字本指云南大理一带的少数民族，称为爨人，建有爨国。唐宋时期爨人向宫廷进贡优伶乐舞，其独特的妆容与表演吸引了宫廷教坊，使之开始模仿，"爨弄"为爨人表演之乐，唐代乐府有"乌爨弄"一曲。③ "五花爨弄"则和爨人表演魔术有关，使用五色花朵配合歌舞进行表演。④ 这种"五花爨弄"表演以踏舞形式进行，又称"踏五花儿"，摇踏旋行，舞蹈前进。院本名目中有《开山五花爨》，即应是以踏舞形式演出的开场"艳段"。⑤ 至元代，由于"爨弄"表演具有的滑稽意味和院本相似，被用来形容金院本五种角色的行当划分。

相较于缺乏文献物证的宋金杂剧、院本演出的场面实况，宋金戏剧角色的分

---

① 廖奔：《宋元戏曲文物与民俗》，北京：文化艺术出版社，1989年，第362页。
② ［元］陶宗仪：《南村辍耕录》，北京：中华书局，1959年，第306页。
③ 顾峰：《关于"五花爨弄"的再探讨》，《戏剧艺术》1983年第2期。
④ 马小涵、徐博一：《五花爨弄与宋杂剧演出体制的形成》，《安阳师范学院学报》2019年第1期。
⑤ 廖奔：《宋元戏曲文物与民俗》，北京：文化艺术出版社，1989年，第150—151页。

工与装扮形象依托山西大量的戏曲文物可以做较为明晰的考察，了解宋金时期戏曲角色形象的固定与复制，最终积淀成符合民众审美的类型化角色。

（1）末泥色

末泥色为杂剧戏班中的主要负责人，张罗杂剧的演出和组织，所谓"末泥色主张"即此意。末泥色的典型装束为身穿圆领束袖长袍，头戴介帻、东坡巾或无脚幞头，手持用以指挥的细长木棒。山西运城市稷山县马村金代段氏墓群、化峪金墓、苗圃金墓、临汾市侯马金代董明墓、晋光制药厂金墓、蒲县河西村宋墓所见戏曲人物砖雕，都呈现出末泥色的典型特征。[1]末泥色所带介帻与东坡巾为宋代教坊乐工的典型"制服"，显示出末泥色在杂剧艺人中的较高地位。

末泥色多由演出经验丰富之人担任，除了指挥杂剧演出进行，也需要上场演出，文献和文物都难以确证末泥色所演角色身份，很有可能其身份本就不固定，由经验丰富的演员随需要客串不同的角色。

（2）引戏色

引戏色起到引出所演之正"戏"的作用，与唐代大曲引舞关系密切。山西、河南所见引戏色砖雕，除前述偃师酒流沟砖雕手持画卷之外，其他引戏色都头戴幞头，身着圆领束袖长袍，手执扇子。偃师酒流沟砖雕展示的是较为少见的杂剧演出过程的动态图像，大多数戏曲砖雕展示的是戏曲角色的固定形象，为静态图像。因而扇子是引戏色的象征性道具，暗示了引戏色在杂剧表演中的作用。歌舞执扇是古代文学中常见的意象，扇子常能引起对舞蹈的联想和暗示。引戏色在杂剧中的职能，除了类似参军色的指挥、引导功能，"引戏色分付"之外，更有表演"艳段"舞蹈，引出"正杂剧"的重要作用。唐宋大曲成队列歌舞，而队列需要有人引领，这一职责由引舞舞头完成。引戏色即由引舞而来，《武林旧事》载引戏色有戏头，其作用应和舞头类似。

（3）副末色

副末色由唐代参军戏的苍鹘转化而来，是宋金杂剧最重要的两个角色之一，与副净色形成稳定的搭档关系，也是杂剧演出的中心二人组，北宋早期杂剧甚至

---

[1] 黄竹三、延保全：《中国戏曲文物通论》，太原：山西教育出版社、三晋出版社，2017年，第273—274页。

只有副末色与副净色两人。副末色负责打诨插科，嘲弄副净色的装傻滑稽神态，并用磕瓜击打副净，达到娱乐效果。宋代江西诗派用副末色比附作诗，认为作诗就如同副末色打诨，谁都能打诨，但却难得切题可笑，可见对副末色临机应变、巧言善思、幽默、机敏聪慧的表演要求。①

山西戏曲文物图像中的副末色头戴各色幞头，身着圆领小袖长衫，手持短棒槌，或如稷山化峪金墓杂剧人物砖雕，将棒槌置于左袖中，隐隐外露。②用数张皮缝制成头部的皮棒槌正是副末色最典型的手持道具，用以击打副净，也有用木刀或木板的。副末色的另一个典型特征则体现为动作，即打嗩哨，用右手食指与拇指弯成C形放入口中以吹响。打嗩哨是宋代百戏的一种，原意为用口哨模拟百鸟鸣叫，后来成为杂剧中副净色与副末色的重要表演手段。③从戏曲文物来看，副末色打嗩哨的情况更多，山西侯马董明墓、化峪金墓、稷山东段墓中的副末色都在做打嗩哨的动作。④副末色扮演的是乡村小民、市井平民，动作夸张滑稽，衣冠多种多样，但持棒槌与打嗩哨两个具有特定意义的表演动作，成为副末色固定的角色形象，显示出宋金民间对机警聪敏的聪明人的看法，透出民众对智慧的独特审美。

（4）副净色

副净色由唐代参军戏的参军转化而来，是宋金杂剧最重要的两个角色之一。与副末色的机敏相反，副净色的任务是"发乔"，假装憨傻以展露丑态，供副末色与观众调笑。有学者认为，副净色和宋杂剧演出末尾的散段"杂扮"关系密切，杂扮又名"纽元子""拨和"，"拨和"和"跛"音近，"纽元子"可作"扭元子"，形容副净装作腿脚不便的独特姿势。⑤副净色的装扮为牛耳幞头，与官员接近，可见"参军"装扮官员的遗留。副净色的典型动作为双手交叉于胸前，此动

---

① 黄竹三、延保全：《中国戏曲文物通论》，太原：山西教育出版社、三晋出版社，2017年，第280—281页。

② 同上注，第281—282页。

③ 田刚健：《试论宋金杂剧中的"效百禽鸣"伎艺》，《艺术百家》2008年第1期。

④ 黄竹三、延保全：《中国戏曲文物通论》，太原：山西教育出版社、三晋出版社，2017年，第281—282页。

⑤ 黄天骥：《论"丑"和"副净"——兼谈南戏形态发展的一条轨迹》，《文学遗产》2005年第6期。

作使副净色看起来憨傻呆板，给人以不懂变通之感。山西稷山苗圃金墓、化峪金墓、东段金墓、马村段氏金墓群中的副净色都呈这一姿态，头带牛耳幞头，面带憨笑，同时呈现跛脚的姿势特点。① 副净色还具有面敷粉墨、身带刺青的妆容特点，侯马市董明墓所见副末色砖雕用墨涂胡子及左眼，身上有刺青，稷山马村1号墓用白粉敷面的同时用墨画出胡子，8号墓更是有涂红嘴唇、眉毛、眼皮的珍贵副净砖雕，可以印证"粉嘴又胡腮，墨和朱脸上排"的文献说法。②

副净色凸显其怪诞憨傻，异于常人，涂脸面以夸张，刺青裸腿则显其怪癖，跛脚叉手以表憨傻，集中了宋金民间对于怪异非常人的嘲弄对象的固有形象特点。

（5）装孤色

装孤色为唐代参军戏参军形象的另一种遗留，为装扮官员的角色。装孤色的服饰最具特点，和官员服饰别无二致，最好辨认，头戴宋金官员常戴的展脚幞头，宽袍大袖，腰间革带，双手持笏，立姿严肃持重。在宋金墓葬当中，装孤色砖雕常常混用为一般的官吏像。

3.宋金山西戏曲文物分类分布

山西省众多的宋金戏曲文物从时间上来看，主要集中于公元12世纪下半叶的金代中期；从分类上来看，主要有戏台、碑刻、砖雕、壁画四大类；从分布上来说，主要集中于和河南接壤，与汴京地区沟通更密切的晋南、晋东南地区。

根据文物所展现的戏曲内容，宋金戏曲文物实际可以分为两大类：展现表演场所的戏台与碑刻；展现表演内容的线刻、壁画、砖雕、模型等。现存宋金戏台全部位于晋东南地区的晋城市，年代也基本为金代中叶，可以证明金代中期戏曲杂剧文化在山西晋东南民间社会的盛行。而记载了修建戏台或重修戏台的碑刻遍及山西南北，时代跨越从北宋初至金中期的长时段，可见宋金时期山西民间对戏曲的需求和热爱。尽管宋金杂剧最初出自宫廷教坊，但它真正的发展成熟却是在民间，凭借民众对民间信仰的热情，在一次次的娱神活动中完成的。宋金戏台多

---

① 黄竹三、延保全：《中国戏曲文物通论》，太原：山西教育出版社、三晋出版社，2017年，第287页。

② 同上注，第289—290页。

与寺庙成对而建，演出的主要目的是娱神，而娱人次之。但宋金杂剧和从前的歌舞百戏有所不同，演述故事的杂剧出现了对观赏角度的需求，正面观赏是最佳角度，而后面观赏会令人不知所云。宋金时期，随着杂剧的发展成熟与民间对杂剧的接纳，戏台经历了由四面观到三面观的转变，从四面开放转为后面有墙的建筑设计，正面娱神，两侧娱人，神人各得其乐。三面观的同时，两侧也开始出现短墙，作为主要观众的神的地位逐渐下降，更趋于与作为次要观众的一般人平等，戏台与神殿距离拉大，神人同向观剧，观赏空间进一步扩大，使普通百姓成为真正的受众。[1] 至元代，戏台两侧的短墙向前延伸封闭两侧，只留下供演员进出的门，最终形成了一面观的戏台形制。

山西戏曲文物图像是解读宋金杂剧的一笔重要财富，与作为地上文物的戏台、碑刻不同，多数戏曲图像为墓葬装饰，属于地下文物。山西晋南、晋东南地区发现的宋金墓葬大多都具有戏曲砖雕，且这些戏曲砖雕中有一部分是用模具批量生产的。这与宋金时期以人物砖雕装饰墓葬的风气有关，不论墓葬大小、墓主贫富，都会放入官吏、侍女等各色人物砖雕。而这些砖雕也可以兼做戏曲人物，官吏可以做装孤色用，侍女可以代替墓主人的形象。戏曲杂剧砖雕的繁多，说明山西民间对戏曲的热爱与欢迎，生死同乐的生死观让山西人民即使到了另一个世界，也不能离开戏曲的滋养。

这其中，最具代表性的就是稷山马村段氏墓群，墓群共十四座金代中期墓葬，在已发掘的九座墓葬中有六座具有戏曲砖雕，甚至还有戏台模型，戏曲人物精细而生动。稷山段氏世代为医，其后人段登科今日仍是稷山名医，段登科家藏的段氏刻铭砖记有医方、段祖医铭、人体部位图等医学资料，同时也记有"孝养家，食养生，戏养神"[2]的段祖善铭，可见金代段氏对戏曲的热爱，体现了"戏养神"的宋金山西民间戏曲观。

---

[1] 延保全：《宋金元时期北方农村神庙剧场的演进》，《文艺研究》2011年第5期。
[2] 田建文：《"善戏养神"与马村砖雕墓》，《中华戏曲》2005年第1期。

山西省宋金戏曲文物分类分布简表

戏曲文物类别	文化区	所在县市	年代	戏曲文物内容
戏台	晋东南	晋城市阳城县	金皇统九年（1149）	泽城村汤帝庙舞亭
			金承安四年（1199）	屯城东岳庙戏台
			金大安二年（1210）	下交村舞楼遗构
		晋城市泽州县	金正隆二年（1157）	冶底村东岳天齐庙舞楼
		晋城市高平市	金大定二十三年（1183）	王报村二郎庙舞楼
			金元时期	下台村炎帝祠舞亭
			金正隆二年（1157）	西李村二仙庙露台
碑刻	晋北	忻州市宁武县	金泰和八年（1208）	乐舞戏碑
	晋南	运城市万荣县	北宋天禧四年（1020）	桥上村后土圣母庙舞亭碑刻
			金天会十五年（1137）	庙前村后土祠《蒲州荣河县创立承天效法厚德光大后土皇地庙像图石》
		运城市芮城县	金泰和三年（1203）	东关东岳庙《东岳庙新修露台记》
		临汾市尧都区	金兴定二年（1218）	东亢村圣母祠戏台碑
		临汾市翼城县	宋代	武池村乔泽庙修建戏楼碑
	晋东南	晋城市阳城县	北宋开宝三年（970）	寺底乡马寨村五神头山顶成汤庙遗址修建舞亭碑
			金泰和二年（1202）	崦山白龙庙修建舞亭碑《复建显圣王灵应碑》

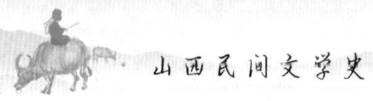

续表

戏曲文物类别	文化区	所在县市	年代	戏曲文物内容
碑刻		长治市长子县	北宋	丹朱镇南鲍村汤王庙重修舞楼碑
			北宋宣和元年（1119）	石哲镇房头村灵湫庙修建舞亭碑
			金贞元元年（1153）	小关村三崚庙重修舞楼碑
		长治市沁县	北宋元丰三年（1080）	城关关侯庙修建舞楼碑
		长治市平顺县	北宋建中靖国元年（1101）	东河村圣母庙舞楼碑刻
墓葬砖雕、模型、线刻	晋南	临汾市侯马市	金代	牛村104号金墓戏台模型及杂剧俑
			金代	晋光制药厂金墓杂剧砖雕
			金大安二年（1210）	董明墓戏台模型及戏俑
		临汾市襄汾县	金代	贾罕村金墓乐舞砖雕
				南董村金墓大曲砖雕
				赵曲乡荆村沟村金墓杂剧砖雕
				东侯村金墓杂剧砖雕
				上庄村金墓散乐砖雕
		临汾市洪洞县	北宋天圣七年（1029）	英山舜帝庙乐舞杂剧碑趺线刻
			金代	舜王庙金乐舞线刻
		临汾市曲沃县	金代	曲沃县常家村金墓乐舞砖雕
		临汾市蒲县	北宋	河西村娲皇庙北宋杂剧人物石雕

续表

戏曲文物类别	文化区	所在县市	年代	戏曲文物内容
墓葬砖雕、模型、线刻		运城市稷山县	金代	马村金代段氏墓群杂剧砖雕
				吴城村宁氏金墓杂剧砖雕
				苗圃金墓杂剧砖雕
				化峪镇金墓杂剧砖雕
		运城市闻喜县	金代	小罗庄金墓乐舞砖雕
		运城市新绛县	金代	南范村金墓乐舞社火砖雕
		运城市垣曲县	金代	古城金墓杂剧砖雕
			金大定三年（1163）	后窑金墓杂剧砖雕
	晋东南	长治市沁源县	金代	宋寨金墓伎乐砖雕
		长治市高平市	金正隆二年（1157）	西李村二仙庙杂剧乐舞线刻
壁画	晋北	忻州市繁峙县	金大定七年（1167）	天岩村岩山寺酒楼说唱壁画
	晋南	临汾市浮山县	宋代	上东村宋墓参军色壁画
	晋中	阳泉市平定县	宋代	姜家沟村宋墓乐舞壁画
	晋东南	长治市沁源县	金代	正中村金墓大曲壁画

（二）宋金山西民间说唱

说唱是中国传统的表演艺术，它的源头可追溯至先秦，荀子《成相篇》被认为是中国说唱之远祖。到了宋金，随着城市的繁荣，商品经济的发展，市民阶层的扩大，说唱迎来了它的兴盛时期。叶德均在其著作《宋元明讲唱文学》中提出，虽各类说唱文学之间名称和体制各异，但是主体都由散文和韵文两部分组成，他以韵文的文辞和实际歌唱为标准，将之划分为乐曲系、诗赞系两大类。宋金说唱中属于乐曲系的有叙事鼓子词、覆赚、诸宫调、小说、货郎儿等；属于诗赞系的有涯词、陶真等。就现存宋金说唱文本以及与之相关的文献记录来看，其中与山西渊源匪浅的艺人有创制诸宫调的山西艺人孔三传，与山西关联密切的文本包括了部分诸宫调和话本所用之底本。说唱艺人在创作时，为了提高创作效率，方便记诵、表演，以及更好地激发观众的情绪，往往会选择流传已久的民间文学作品作为参考。艺人会有意选取民间文学中能够通过实际存在的人、事、物让听众感到熟悉的内容作为创作素材，所以宋金说唱中与山西有关的文本按其借鉴的元素可分为人物、史事、地方风物传说三类。

1. 诸宫调与泽州艺人孔三传

诸宫调即诸般宫调，它由多个不同的曲式单元构成，是一种大型说唱艺术。它联合同一宫调或不同宫调的支曲和套数成为一个整体。其音乐组合形式都是曲牌的联缀，为曲牌体音乐的成形提供了重要基础。诸宫调所用曲调来源于唐、宋大曲和市井流行的俗曲，它可以是单曲及其若干次的叠唱联缀再加尾声，也可以是若干不同曲牌的叠唱联缀加引子、尾声。这样，每个曲式单元内部是一个宫调。诸宫调既可以使用不同宫调的支曲，又可以使用不同宫调的套曲，各曲间插有说白。这种大型说唱，据《碧鸡漫志》所言，由北宋熙宁、元丰间，活跃于汴梁勾栏的泽州艺人孔三传首创：

　　泽州孔三传者，首创诸宫调古传，士大夫皆能诵之。①

《刘知远诸宫调》中将多识古事、擅算阴阳的人称为"三传"，可见，此孔三传并非艺人本名，而是艺名。

《都城纪胜》中对于孔三传是如何创制诸宫调的过程有所提及：

　　诸宫调本京师孔三传编撰传奇灵怪，入曲说唱。②

《梦梁录》中也有相关记述：

---

① ［南宋］王灼：《碧鸡漫志》卷二，北京：中华书局，1991年，第10—11页。
② ［宋］不着撰人：《都城纪胜》（外八种），上海：上海古籍出版社，1993年，第8页。

> 说唱诸宫调，昨汴京有孔三传编成传奇灵怪，入曲说唱；今杭城有女流熊保保及后辈女童皆效此，说唱亦精，于上鼓板无二也。①

按《东京梦华录》记载，他曾于崇宁、大观年间在北宋都城的瓦舍勾栏中进行表演：

> 崇、观以来，在京瓦肆伎艺：……孔三传、耍秀才，诸宫调……其余不可胜数。不以风雨寒暑。诸棚看人，日日如是。②

孔三传并无作品传世，但是他创制的诸宫调在中国民间艺术史上影响巨大，为元杂剧的诞生创造了必要的前提条件。为了纪念这位伟大的民间艺人，1992年，中国戏曲音乐学会以他的名字设置了中国戏曲音乐"孔三传奖"。

诸宫调大约于宋金间成熟后达至极盛，它的消亡大约在元末明初。陶宗仪在《南村辍耕录》中曾慨叹金章宗时，董解元所编《西厢记》，世代未远，了解它的人已经不多了。由此可知，诸宫调于元末明初已近绝迹。

现存诸宫调所用之底本有三。一是金中叶董解元所作《西厢记诸宫调》，它是现存最完整的诸宫调所用之底本。《董西厢》全本共用了正宫、道宫等十四种宫调的一百五十一个不同曲牌、一百九十一个套曲。该作品调式调性的丰富、结构的复杂和整体艺术所达到的表现效果都达到了一定的高度。二是《刘知远诸宫调》，作者已不可考，是现存诸宫调刻本中时代最早的一部，应为宋金时期的作品。它语言朴素自然，艺术特色鲜明。三是《天宝遗事诸宫调》，作者是元代王伯成，故事取材于《长恨歌传》，叙述李杨爱情，结构宏伟，言辞靡丽。朱权《太和正音谱》评价其曲词"如红鸾戏波"。该作原文已佚散不全，仅在明《雍熙乐府》《太和正音谱》《词林摘艳》《北宫词纪》，清《北词广正谱》《九宫大成南北词宫谱》等典籍中还保存曲文五十多套和一些只曲。《天宝遗事诸宫调》所用曲牌格律及联套方法，已和元代杂剧、散套相近。

2. 宋金说唱中与山西有关的人物

（1）《梁公九谏》

《梁公九谏》又叫《梁公九谏词》，讲述了狄仁杰九次劝诫武则天立庐陵王为

---

① [宋] 吴自牧：《梦梁录》，景印文渊阁《四库全书》第590册，台北：商务印书馆，1986年，第168页。
② [宋] 孟元老撰：《东京梦华录》，景印文渊阁《四库全书》第589册，台北：商务印书馆，1986年，第146页。

储君之事，表现了狄仁杰宁折不弯、忠君爱国的崇高品质。武则天加冕登基后，想要立自己的侄子武三思为储君，满朝文武皆不敢言，唯有宰相狄仁杰直言极谏，劝其时为庐陵王的李哲为太子。在狄仁杰第四次谏言之后，武则天小憩时梦见湘轮水上流，车向壁上行，醒来甚是疑惑。狄仁杰将之解释为立武三思乃是无道之事，借解梦第五次劝诫立储之事。次日武则天梦见自己与天女对弈数局皆告负，狄仁杰又借解梦进言。第七谏，狄仁杰再借解梦谏言，说武则天梦见鹦鹉双翅折断预示着不立李哲是自折双翼的行为。武则天命人在殿前支起油锅，以此威胁狄仁杰。狄仁杰面无惧色，仍旧坚持自己的政见，第八次直言进谏后撩起衣服准备跳下油锅。武则天忙令武士拦住他，表示愿意听取他的意见。在此之后，武则天召李哲、狄仁杰于中宫会面，狄仁杰第九次进谏，认为李哲被贬为庐陵王之事天下皆知，如今被召回宫中，也应该昭告天下。李哲因为狄仁杰的舍命直谏顺利登上帝位，成为后来的唐中宗。文本情节虽有虚构的部分，但是大多取材于史料，文中人物都是真实存在的历史人物。

相比于唐朝民间文学，宋金说唱中狄仁杰的形象趋向单一化，更多地被塑造为忠君爱国之士，这是宋代政治、思想环境共同造就的结果。政治上，宋代民族矛盾尖锐，与外族的战争可以说贯穿了宋代的始末，因此统治者强调忠君爱国。思想上，新儒学强调伦理纲常，狄仁杰忠于李唐正统君主的行为符合理学家倡导的义理。《梁公九谏》的产生，与宋代统治阶级宣扬的理念有着密切的关系。

(2)《张古老种瓜娶文女》

"八仙传说是我国民间流传最为广泛、最具传奇性、家喻户晓的人物传说之一"，其流传地区包括了辽宁、山西、山东、河北、河南、浙江、福建、广东、陕西、江西、湖南、湖北、四川、云南等地，"可以断言，这组传说在大半个中国都有流传"。[①] 铁拐李、汉钟离、吕洞宾、张果老、蓝采和、何仙姑、韩湘子、曹国舅，这八个传说人物原本都是道教人物。宋金小说话本中有一则名为《张古老种瓜娶文女》，主角张古老即通常所谓张果老，文本讲述了上仙张古老下凡接名为文女的天界玉女回天界期间发生的种种故事。

[①] 郝苏民主编，刘锡诚著：《民间文艺学的诗学传统》，上海：上海文化出版社，2018年，第442页。

第五章 宋代山西民间文学

谏议大夫韦恕为感谢种瓜的张古老帮助他寻回了梁武帝走失的白马,设宴款待种瓜的张古老。宴饮之际,年已八十的张公求娶韦恕年方十八的女儿文女,韦恕怒不可遏,酒宴不欢而散。数日后,张古老差遣两媒人前往韦恕府上说媒,韦谏议有意为难,提出若想成亲,必须"来日办十万贯,见钱为定礼,并要一色小钱,不要金钱准折"。[①] 张古老未卜先知,早已备下十万贯,韦恕无可奈何,只得答应嫁女。文女的兄长韦义方归乡途中,因天气炎热,想在路边买瓜解渴,卖瓜女正好是文女。韦义方问清文女在此卖瓜的原委,要求见张古老,见面之后,提剑便斩,结果剑身碎成数段。韦义方在文女的劝说下,暂且离去。第二天,韦义方再去寻文女,想要将她带回家中,却发现张古老的宅院凭空消失了,宅院附近的树上留有四句诗作为线索,提示韦义方可去名为桃花庄的地方寻人。韦义方一路追踪张古老行迹到了茅山,却被一条大溪拦住了继续前行的道路。正在这时,有一牧童突然出现,声称自己受张公差遣前来引路。韦义方跟随牧童来到桃花庄,在等待与主人会面的时候,四处闲逛,偷窥到了张古老坐于殿上审问城隍、山神的情景。韦义方的惊呼引来黄巾力士,将他捉拿至堂下,幸得文女求情,方才免于一死。张古老将一个破旧席帽儿交给韦义方,让他去扬州开明桥下,寻找开生药铺申公,用此物作为凭证,取钱十万贯。韦义方依言而行,用换来的十万贯建桥修路,接济穷人。忽一日,韦义方遇到当日接引他的牧童,向小童询问张古老行迹。牧童带着韦义方去见张古老,张古老将原委告诉了韦义方。原来张古老的身份是上仙,奉命下界接因思凡被贬凡尘的仙女文女回天上,韦义方本来也应该成仙,但是因为杀心太重,只能做城隍。言罢,张古老与和他对饮的申公分别乘着一只仙鹤,腾空而去。

张果老在历史上确有其人,《全唐诗》第八百六十卷中还收有署名张果老的诗篇。据邢台张果老山上的唐代古碑记载,他是唐代武后、玄宗时期一个名气很大的道士,是河东晋阳,即今山西交城人,相传他隐居在恒州(今山西大同附近)中条山。

八仙中其他几位相关的风物在山西也有留存,如现今山西芮城永乐宫,原名大纯阳万寿宫,是元代修建用来祭祀吕祖的宫观,它与白云观、重阳宫并称为全

---

① 程毅中辑注:《宋元小说家话本集》,济南:齐鲁书社,2000 年,第 279 页。

真道三大祖庭。山西在道教发展史中占有重要地位。宋元时期，道教内部分化为全真教、正一教两大教派，太原龙山石窟便修建于这一时期，这是中国唯一的道教石窟。明清之际，道风颓败，出身于山西潞安府长治县的王常月整顿风气，被尊为"中兴之祖"。独特的历史文化背景使得为宋金话本所借鉴的与山西有关的人物传说被烙上了道教的印记。

3. 宋金说唱中的山西史事传说文本

（1）《老冯唐直谏汉文帝》

《老冯唐直谏汉文帝》的传说就发生在山西，其本事见于《史记·张释之冯唐列传》和《汉书》卷五十《冯唐传》。话本从云中留守魏尚被奸人陷害下狱说起，匈奴得知消息大番起兵，一路人马直取云中郡，一路人马逼近河东上党郡。汉文帝派三路人马分守边关，然而百日过后，战事紧张的局势愈演愈烈。内心忧虑的汉文帝亲自前往棘门、霸上、细柳三营犒劳军士，归途中在安陵稍作歇息。黄昏时分，须发皆白的老者在台阶下向汉文帝行礼，汉文帝询问其身份，得知他年过八十而未曾受过重用，汉文帝就居处两侧廊壁所绘历代功臣像与之交谈，其谈吐文雅深得汉文帝赏识。当汉文帝指着廉颇和李牧的画像提问时，冯唐直言汉文帝即使得到廉颇、李牧这样的将才，也不会量才任用。汉文帝怒瞪冯唐，但是脸有愧色，下了台阶，径直走入阁中。周围的人都觉得，冯唐的言论让帝王有失颜面，难逃一死。片刻之后，汉文帝召冯唐入阁内详谈，责问冯唐为何当着众人的面让自己难堪。冯唐借古喻今，以赵王听信谗言诛杀李牧导致亡国之事，解释了自己为什么会说文帝不能充分任用廉颇、李牧的原因。幡然醒悟的汉武帝一面传旨将陷害忠良的仇广居收入狱中，一面令冯唐持节云中，重新启用魏尚。在魏尚的带领下，汉军高歌凯进，势如破竹。冯唐带回了汉军得胜的消息和匈奴派遣的求和使者。汉文帝同意了匈奴求和，封魏尚为关内侯，冯唐加主爵都尉，另赐官服和田宅若干。冯唐一直活到九十六岁才无疾而终。

历史上有关直言进谏的佳话都是由正直敢言的臣子和善于听取意见的君主两方共同完成的，人们在讲述这样的故事时，一方面是呼唤代表他们利益、说出他们心声的谏臣的出现，另一方面希望君主胸怀广博，虚心纳谏。究其根本原因是，在封建社会君主拥有至高无上的权威，所以人们在寻求解决问题的途径的时候，把贤明君主的出现视作打破困境的突破口，甚至解决问题的唯一途径。

(2)《刘知远诸宫调》

后汉开国皇帝刘知远,是太原府太原县(今山西省太原市)人,即位后改名刘暠。刘知远年轻时跟随唐明宗李嗣源及晋高祖石敬瑭四处征战,战功颇丰。开运四年(947),刘知远称帝即位。乾祐元年(948)正月,病逝于万岁殿,享年54岁,庙号高祖,谥号睿文圣武昭肃孝皇帝,葬于睿陵。金代诸宫调作品《刘知远诸宫调》,对其发迹的故事进行了艺术化的叙述。可惜的是现存文本仅余全十二则中的第一、第二、第三、第十一、第十二五则。

第一则《知远走慕家庄沙佗村入舍第一》交代了知远身世、出走原因和他与妻子李三娘相遇的过程。

> 五代史汉高祖者,姓刘,讳知远即位更名暠,其先沙佗人也。父曰光琠,失阵而卒。后散家产,与弟知崇,逐母趁熟于太原之地。有阳盘六堡村慕客大郎,娶母为后嫁,又生二子,乃彦超、彦进。后长立,弟兄不睦,知远独离庄舍,投托于他所。奈何无盘费。①

囊中羞涩的刘知远为报答牛七翁的一饭之恩,教训了无赖李洪义。次日,于槐荫下休息的刘知远结识了李翁翁,翁翁认为他日后必定富贵,所以邀请刘知远去自己庄中效力。当夜,李翁翁的女儿李三娘,月下焚香时看见一条七寸长的金色小蛇,直入西房。李三娘跟随它的行迹,也进了西房,看见刘知远身罩红光紫雾,蛇通鼻窍来往。次日,三娘同李翁翁讲了金蛇通窍之事,李翁翁大喜,愿将三娘许给刘知远。二人成婚后不足百日,李翁翁夫妻皆亡故。刘知远"依礼挂孝,披头殡埋,持服已经三七"②。李翁翁的儿子李洪义和李洪信本就对刘知远不满,加上两人妻子的唆使,叫来刘知远,剥去他的衣物,让他去看守桃园。

第二则《知远别三娘太原投事第二》讲述了刘知远不堪兄嫂折磨,与三娘别离,前往太原投军之事。上回说到刘知远不知是计,被李洪义支使去看桃园。李洪义趁夜偷袭不成,决定放火烧屋,幸亏天降甘霖浇灭了火焰。刘知远知是李洪义所为,但是无处申诉。第二天,刘知远牵牛做活,到日午,突然电闪雷鸣,急雨如注。受惊的牛驴挣脱绳索,跑得不知所终,刘知远寻而不得,恐遭洪义兄弟

---

① 朱平楚辑录校点:《全诸宫调》,兰州:甘肃人民出版社,1987年,第4页。

② 同上注,第13页。

责罚毒打，不敢归庄，思来想去，准备前去太原投军，但心里又舍不得李三娘。等到二更天后，潜入庄中，来别三娘。两人依依惜别时，兄嫂高喊着将二人围住，四人一拥而上，打伤了刘知远，扯开了李三娘。

知远临行，怒叫夫妻四口："异日得志，终不舍汝辈！"弟兄笑道："你发迹后，俺向鼻内呷三斗三升釅醋。"两个姒娌也道："俺吃三斗三升盐。"[①]

兄嫂四口扯着三娘回了庄，刘知远只身赴太原，投在司公岳金麾下。司公见刘知远武艺高强，气度不凡，想将女儿嫁给刘知远，便让节级李辛前去说亲，李辛以官职地位胁迫刘知远应下了亲事。

第三则《知远充军三娘剪发生少主第三》一则按标题应当是分别交代了刘知远和李三娘两条线索的发展方向，但现今所存文本并不完全，只讲到刘知远新婚之时，有两壮汉上门，原是沙佗村李四叔、沙三自言受三娘所托前来打探消息。面对二人的质问，刘知远以军法如此来替自己辩护。行文至此，戛然而止。

第十一则《知远探三娘与洪义厮打第十一》中，刘知远官拜九州安抚，府衙设在并州。他发迹后回到小李村寻三娘，途遇李洪义。李洪义不知刘知远身份今非昔比，用破罐残饭打发刘知远，知远怒从心头起，与他厮打在一处。李洪义一声呼哨，唤来洪信和二姒娌，围攻刘知远。五人缠斗之时，史弘肇、郭彦威前来助阵。

第十二则《君臣弟兄子母夫妇团圆第十二》里，刘知远得史、郭二人相助，打退了兄嫂四人，兄嫂扯着三娘回庄去了。刘知远回到府衙后正思量着如何带出三娘，忽然听到有人叫屈，定睛一看，来人是李家兄弟二人。刘知远使人制住洪义、洪信二人，想要带回三娘后，将兄嫂四人一同定罪。这时却有贼人劫掠小李村，掳走了李三娘。刘知远急传令，命人前去捉贼。双方酣战之时，刘知远亲自上阵，要求会见贼首，发现原来是兄弟慕容彦超、慕容彦进。解除误会后，众人摆酒设宴，恰在此时，有人来访，来者是刘知远的同胞亲兄弟，即后来的河东天子薛王刘崇。

太原是龙兴之地，自李唐由此发迹后，五代中的后唐、后晋、后汉以及十国中的北汉，皆兴起于此。中原文化与异族文化在此处既有冲突，摩擦频生，也

[①] 朱平楚辑录校点：《全诸宫调》，兰州：甘肃人民出版社，1987年，第22页。

通过商贸、婚配等方式互相交流、融合。特殊的地理位置和文化形态，使得从这里走出拥有鲜卑血统的李渊、李世民父子，拥有沙陀血统的后唐庄宗李存勖、后汉高祖刘知远、后晋石敬瑭、后周太祖郭威、北汉刘崇等帝王成为一种历史的必然，这些传奇帝王的生平事迹为后世文艺作品的创作提供了丰富素材。刘知远因其出身低微，在平民为主的受众中能唤起更广泛的共鸣，所以诸宫调艺人在创制表演所用底本的过程中选取他作为主人公，对其发迹之路进行了艺术化的演绎。民间艺人描绘的刘知远与史书典籍记载的后汉高祖生平有所出入。《刘知远诸宫调》中赋予了他神异的出身、强健的体魄、崇高的志向，言辞之间洋溢着推崇和喜爱之情。但是司马光在《资治通鉴》中评价刘知远"非仁""非信""非刑"，所以后汉只存在了短短四年。刘知远的异族血统和平民出身，造就了金代民间艺人和宋代文化精英对其截然相反的态度。

4.宋金说唱中的山西地方风物传说

（1）《董永遇仙传》

董永传说是中国四大民间传说之一。曹植《灵芝篇》中便对董永传说进行了记叙，其文本已具备了董永家贫、父无遗财、佣作还债、神女助织等重要情节。后来晋干宝的《搜神记》、敦煌写本中的《孝子传》中，都有与之相关的记录。敦煌写本《董永变文》里增加了织女生子、其子寻母的情节。《董永遇仙传》在先前诸多文本的基础上发展而来，其语言更加生动，人物更加丰满，情节更加曲折。

《董永遇仙传》说到，东汉中和年间，有一人，姓董名永，字延平，年二十五岁。董永幼年丧母，与父亲相依为命，家境贫寒，靠做工来供养年事已高的父亲。父亲死后，董永无钱下葬，于是卖身给傅长者，换了一千贯钱安葬亡父。董永在前往傅家的路上，于槐树下小憩，醒来时眼前出现一个貌美女子。女子表示自己愿与董永婚配，并通过织绸绫绵绢来替他还债。在众仙女的帮助下，仙女一月之间纺丝三百余匹，呈予长者。傅长者惊叹此女子定非凡人，在听过董永与妻子的相遇过程之后，认为这定是董永孝义感动上天所致，于是给了他十两黄金供其谋生。董永拜谢长者，和妻子一同踏上归途。行至二人当初相遇时的槐树之下，妻子表明身份：自己原是天上织女，因为天帝被董永的孝义感动，所以派遣下凡帮助董永还债，如今任务已经完成，必须返回天庭，如果日后诞下女儿便养在天宫，是男孩就送归董永养育。董永面对分离无计可施，大哭一场，回到父亲的坟茔前又哭一场，然后结下草庐定居，看守坟茔。傅长者将董永之事上奏给了朝廷，天子得知，龙颜大悦，封董永为兵部尚书，傅长者因进贡异样纻丝有功，亦获封金判之职。之后，董永与长者的女儿赛金娘子喜结连理。织女自与董永分开后，怀胎十月，生下一子，取名董仲舒，送到下界，交与董永抚养。仲舒长到十二岁，哭闹着要寻母亲，董永只得让他去寻找一个名叫严君平的算卦先生，询问找寻母亲织女的方法。先生感其孝心，指点他说，织女会同其他仙女在七月七日一起到太白山采药，第七位身着黄色衣服的女子便是织女。仲舒即日启程，于七月七日到达太白山，按照先生的指点找到了母亲。织女敦促仲舒速速离去，临别前赠予他两个葫芦。一个金葫芦，让仲舒转交严君平；一个银葫芦，内盛仙米，教他日服一粒，强身健体。仲舒回到长安后，先拜见了家人，然后给严先生送去金葫芦。先生打开葫芦盖，从内飞出一团火来，将他的藏书焚烧殆尽，并且熏瞎了他的眼睛。受惊回家后的仲舒一口气吃下七粒仙米后身体生长迅猛，一下子长高长胖了好多，吓得年迈多病的董永一命呜呼。仲舒哀痛不已，送父亲灵柩回乡安葬，守孝三年，不思饮食。忽然一天，仲舒对周围的人说，玉帝差人宣他上天为鹤神。话本结尾说到，董仲舒一直在太岁部下为鹤神。

关于董永传说的发源地，有江苏丹阳、江苏金坛、山东博兴、湖北孝感、山西万荣等多种说法。董大中在其著作《董永新论》中，通过对董姓起源、仙女原型、移民与传说的流布、河东地区婚俗与董永传说的关系等多角度分析，论证了董永籍贯是山西。山西省运城市万荣县小淮村一带留存有一系列与董永传说密切相关的风物，借债给董永的傅长者所在的离小淮村70余里的傅家庄；见证了董永和仙女结亲的石门桥、槐荫坡、土地庙位于三路里乡郭家岔村；小淮村曾修建有董氏祠堂，后毁于战火；在与小淮村相去不远的下窑村，董永墓的墓碑底座尚存。这些丰富而完整的风物遗存构建了一个完整的传说风物圈。不论董永传说具体起源于何时何地，历代以及各地流传的文本中所透露的劳动人民对美好生活的渴望、对孝义的肯定、对劳动的歌颂、对爱情的赞美是一致的。它蕴含的教化功能对建设社会主义精神文明和构建和谐社会的当代实践仍然具有现实意义和实用价值。

(2)《西厢记诸宫调》

董解元《西厢记诸宫调》又被称为《西厢记弹词》或《弦索西厢》，通称《董西厢》。作者生平已不可考，"解元"也并非他的本名，而是当时对读书人的统称，其人大约活动在金章宗时期。故事取材于唐代元稹《莺莺传》，在董解元之前，秦观、毛滂、赵德麟分别用不同的形式对《莺莺传》进行过改写，但是在内容上没有什么发展。《董西厢》改变了故事的主题，通过描写崔莺莺和张生为争取自由结合同封建势力的斗争，改变了原先视崔莺莺为"尤物"，认为张生"始乱终弃"是"善补过"的狭隘观点。在人物形象方面，作品塑造了莺莺、张生与老夫人、郑恒这两派对立人物，另花费笔墨对红娘、法聪等小人物进行了刻画。在情节方面，作品对张君瑞闹道场、崔张月下联吟等场景进行了拓展，另外增加了张生害相思、莺莺探病、长亭送别、出奔团圆等情节，极大地丰富了故事的情节内容。

据文中所言，崔张二人相遇于河中府普救寺。唐代开元年间，蒲州被升格为府，因为地处黄河中游，故名河中府，位于今山西省永济县蒲州镇。普救寺位于今山西省运城市永济市蒲州古城东3公里的峨嵋塬头上，其始建于唐代，原名西永清院，是一座佛教寺院。张生行至普救寺，对宿于寺中的崔莺莺一见钟情。为了能和崔莺莺有更多的接触机会，张生借温书之名，也寄宿在普救寺中。数日后，叛将孙飞虎带领部下围住普救寺，要求交出崔莺莺与他做压寨夫人。众人一筹莫展之际，张生自言有一友人，姓杜名确，人称"白马将军"，正好镇守蒲关，愿修书一封，请友人前来解围，老夫人许诺如可退敌，便将崔莺莺许配于张生。果然杜确收到书信，领兵前来，斩了孙飞虎的首级，其余贼人悉数散去。张生满心欢喜前去提亲，老夫人却变了说辞，让莺莺认张生为兄长。伤心不已的张生收拾行囊，准备前往京师应试。此时红娘建议张生以琴音表心迹，张生依言而行，操琴而歌《凤求凰》，莺莺虽未前来会面，但是心有所动。张生托红娘为莺莺带去自己写的诗，诗中暗示自己将在十五夜中去寻莺莺。按时前去的张生遭到了莺莺义正词严的拒绝。张生回到房中，怏怏不乐，相思成疾。他央求红娘将自己的处境转述给莺莺。老夫人携莺莺探病张生，问其原委，张生直言莺莺便是救治自己的良药。面对老夫人的当面拒绝，张生意欲自缢。幸好红娘前来传书，制止了他。张生读了莺莺的诗，顿时打起精神来，兴奋不已。从夜有所梦、思念成疾

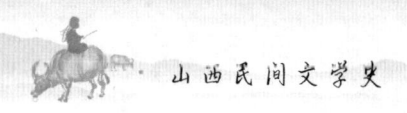

到被老夫人拒绝后急火攻心、哀痛欲绝,再到收到莺莺书信后打起精神、喜上眉梢,张生夸张的动作、直白的神态、起伏的心绪凸显出其为爱癫狂的情痴性格。

应莺莺诗中暗示,张生一番打扮后待月西厢。二人一番云雨,天光渐晓,方才分别。崔张如此这般私会,持续了半年有余。老夫人发觉异常,教训莺莺,红娘见瞒不住,连忙出言相劝。红娘一番话巧妙地将责任推脱给老夫人,指其悔婚的决定实属背信弃义,如果将张生送至官府,一来会输官司,二来传出去有损家门威严;并且盛言张生是"文章魁首",莺莺是"仕女班头",天生一对。红娘的一番言辞不仅熄灭了老夫人指责红娘时的怨气和怒气,更展现了红娘的沉着冷静、机智敏捷。身份低微的侍女此时仗义执言,足见其正义勇敢。《莺莺传》中的红娘是缺乏个性的普通婢女,到了《董西厢》中,红娘成为促成崔张结合的重要人物。

老夫人一番思量,备酒设宴邀张生赴宴,张生发愿,考取功名后正式向崔家提亲。长亭惜别后,莺莺相思成疾,香肌瘦损。第二年,张生殿试及第,赋诗一首,遣仆人带诗回蒲州莺莺处报喜。仆人将书信交付莺莺,莺莺也修书一封回复张生。张生在京师,虽授翰林学士,但因病未愈,依旧闲居,收到莺莺的书信,悲恸不已。郑恒从中作梗,谎称张君瑞已经另结新欢。莺莺听说张生另有婚配,心如刀绞。郑恒百般纠缠之际,张生及时赶到,拆穿了郑恒的谎言。但是老夫人却再次失信,又让二人以兄妹之礼相待。崔、张二人悬梁觅死,幸得普救寺中法聪和尚相救。法聪指点二人设法出逃,投奔已经官拜太守的杜确将军,以求他为自己做主。杜确招来郑恒审问,面对郑恒的满口胡言,杜确怒气冲冲,当着众人的面拆穿了他的谎言。郑恒假意寻死,不料没人阻拦,真的投阶而亡。崔、张二人之间再无人挑拨,遂结为眷侣,美满团圆。

故事自蒲州始,自蒲州终,山西成为故事展演的主要舞台,可以说这个故事与山西有着不解之缘。作者将三千字的《莺莺传》敷衍为五万余字的说唱文学作品,散韵兼用,文白相杂,情文相生,充分发挥了说唱文学的特长。虽然文本在情节设置时存在不甚匀齐的弱点,但是其故事情节之丰富、情感之充沛、语言之生动对中国戏曲史产生了深远影响。

第六章
元代山西民间文学

一、元代山西民间文学概述

（一）元代山西民间文学的文化环境

1. 百废待兴：山西民间文学兴起的背景

金元之际，蒙古、金、南宋等各方势力为了扩张版图发动战争。历经了四十年的蒙宋战争，蒙古最终在忽必烈的领导下，完成了全国统一。由于长期战乱，百姓流离失所，家破人亡，社会经济遭到严重的破坏，全国一片萧条，百废待兴。蒙古占领北方后，开始注重恢复地方生产，《陵川集》曾记载："河东表里山河，形胜之区，控引夷夏，瞰临中原，古称冀州天府，南面以莅天下，而上党号称天下之脊。"[①] 山西地处中部，地理位置较为特殊，是蒙古向南、向西扩张版图的跳板，因此统治者十分重视。行政辖属下设大同路（除了大同、朔州，还包括内蒙古呼和浩特、包头等地）、冀宁路、晋宁路。经济上采取各种措施发展山西地区的农业、手工业、商业。农业方面，统治者注重招抚流民，解放生产力，招降汉族世侯，委以重任，"允许他们在自己世袭的领地上，便宜行事。这些汉人世侯为了自己家族的利益，常常能爱护人民，收留散亡，涵养民力，发展经济，保护文化，繁荣艺术"。[②] 手工业方面，山西地区的煤炭业、纺织业、冶炼业、盐业等都在宋金时期的基础上有了进一步的发展，尤其是煤炭业开采非常兴盛，仅一个县就有十几处采煤点，大同地区早在元代时期就已经成为主要的煤炭产地。

---
① [元] 郝经：《陵川集》卷三二《河东罪言》，北京图书馆古籍珍本丛刊，第218页。
② 田同旭、刘树胜：《论元杂剧的兴盛与金元汉人世侯之关系》，《晋阳学刊》2003年第2期。

商业方面，山西亦呈现出蓬勃发展的景象。由于蒙古人以游牧为生，不从事农业生产，所以要依赖商业贸易来满足自己日常所需。山西被蒙古占领较早，有一定的商业基础，故在社会稳定后商业迅速复兴，太原、平阳、大同、河东等地都是当时商业较为发达的城市。马可波罗曾这样描述太原城的情形："自涿州首途，行此十日毕，抵一国，名太原府。所至之都城甚壮丽，与国同名，工商颇盛，盖君主军队必要之武装多在此城制造也。从此地输酒入契丹境内，缘契丹境内不酿酒也。只有此地出产葡萄酒，亦种桑养蚕，产丝甚多。"①

山西经济迅速恢复，出现了大量城市人口，形成了市民阶层。出于满足市民在闲暇时间对文艺娱乐的需要，大量的传说、故事、笑话、谜语等民间文学作品应运而生。而元代山西民间文学，最突出的内容是元杂剧之中的民间曲调与大量的民间传说故事，具有浓郁的民间文化色彩。

2.民族融合：多元会通的社会基础

元朝是一个由草原游牧民族建立的统一的多民族的封建王朝，疆域广阔，北到蒙古、西伯利亚，越过贝加尔湖，南到南海，西南包括现在的新疆、云南，西北至今新疆东部，东北至外兴安岭、鄂霍次克海，总面积超过1500万平方千米。元朝建立后，由于民族间的复杂关系，这个时期中国的文化呈现出一种特殊的状态。元朝统治者为了维护蒙古贵族的特权地位，保持自己对大量南人、汉人的统治，推行了残酷的民族压迫和阶级压迫政策，把蒙古人、色目人之外的汉人、南人列为三、四等。但是在"海宇混合，声教大同"的元代，一些蒙古、色目家族因征戍、宦游、经商等因素，迁居到中原，各民族逐渐融合。许多蒙古、色目族以及列入汉人的契丹、女真等民族，在长期与汉族混居与通婚的过程中，逐渐融入中华民族。清王士禛《池北偶谈》卷七曰：

> 元名臣文士，如移剌楚才，东丹王突欲孙也；廉希宪、贯云石，畏吾人也；赵世延、马祖常，雍古部人也；孛术鲁翀，女直人也；乃贤，葛逻禄人也；萨都剌，色目人也；郝天挺，朵鲁别族也；余阙，唐兀氏人也；颜宗道，哈剌鲁氏人也；瞻思，大食国人也；辛文房，西域人也。事功、节义、文章，彬彬极盛，虽齐、鲁、吴、越衣冠士胄，何以过之？②

---

① 〔法〕沙海昂：《马可波罗行纪》，冯承钧译，上海：上海书店出版社，2000年，第262页。
② 〔清〕王士禛：《池北偶谈》上册，北京：中华书局，1982年，第165页。

作为历史上民族融合的前沿地区,山西充分体现了元代文化的特点。一方面,这一地区有蒙古、色目人迁入,他们居汉地、行汉俗、事华学,与汉儒生活在同样的环境中,接受了同样的教育,虽然族属不同,但却有相同的文化素养和文化心理。如"方壶常君,居河右(今山西),才总角,飘飘然有凌云气,下笔惊人,如不食烟火之语。暨长,遨游四方,充之以学问,广之以见闻,于是其所著述,大篇短章,咸中矩度。铿锵韶濩,翕辟宫商"。"公之精神,老而弥健。文章学问,与年俱高。"[①]另一方面,蒙古、色目各民族中的很多人学习了中原文化,同时汉族也受到了这些民族文化的影响,出现蒙古化现象。[②]太原郝氏在这方面极具典型性,郝和尚拔都,太原人,"幼为蒙古兵所掠,在郡王迄忒麾下,长通译语,善骑射"[③]。他以伐宋立功,得以治理太原,深得元廷信任。郝和尚拔都的汉语名字已不可考,他留在历史上的名字带有浓重的蒙古特征。山西民间文学就是在多元融合的时代背景下,创造了大量与民众有密切关系的通俗文艺。许多作品真实地反映了当时的社会生活,记录了下层百姓的生活状况,表现出对承受压迫的下层民众深切的同情与怜悯之情。

3. 以俗为美:山西籍作家涌现

元朝是一个疆域广大、空前统一的帝国。它在形成统一局面之前经历了长期的分裂战乱。元人心理上积淀了太多社会动乱的阴影,乱世余生感或隐或显地徘徊在人们的心头,使他们格外珍惜生命、享受生活。在元代,那种舍生取义、精忠报国的献身精神减弱,士大夫的社会责任感淡泊,心理上和审美情趣上趋于平淡和世俗。于是化庄严为滑稽,以诙谐排遣内心的压抑,民间文学作为排解民众内心压抑的方式也随之趋于通俗化。除此之外,持续的动荡局势和战乱频发,使得社会成员的文化素质下降,在这种情况下,元代作家需要创作出一些浅显易懂、直白袒露的作品以适应社会的需要。元朝在这一时期对科举制度的终止,使得知识分子、文人失去了进入仕途的机会,他们对人生的态度在这一时期有了新的转变,对功名利禄有了新的认识,于是他们在文学艺术的创作方面不再像以前

---

① [元]胡行简:《樗隐集》卷五《方壶诗序》,景印文渊阁《四库全书》第1221册,台北:商务印书馆,第143页。
② 姚奠中主编:《元好问全集》,太原:山西人民出版社,1990年,第206页。
③ [明]宋濂撰:《元史》卷一五〇,北京:中华书局,1976年,第3553页。

那样要求庄重严肃，反而更加追求轻松舒畅的文风，加上元代政治的黑暗，吏治的腐败，统治集团内部的争斗，官员素质低劣，官场一片混乱，士人们失去了精神支柱，无道可导，无法可遵。

在这样的社会环境中，山西籍作家感叹人生短暂，富贵无常，他们挣脱了传统的道德精神规范、审美情趣、情感取向，逐渐趋于世俗化，利用民间文学素材创造了大量的文学作品。此外，作家文人的生活态度与市井社会的观念形态更为密切，精神气韵更为超逸洒脱。他们在广阔的民间，在市井生活中去实现自我价值，去享受世俗声乐之乐。以杂剧为例，元代山西曲家就有20位。钟嗣成《录鬼簿》共著录杂剧作家56人，贾仲明《录鬼簿续编》又有杂剧作家24人，不包括无名氏作家，元杂剧作家约有80人，其中山西籍的杂剧作家就有16人。从这些数字可以看出，山西籍杂剧作家的重要地位。因此，山西民间文学在大量的杂剧中得以传承。元代山西籍作家的文学作品较多地体现了下层人民的世俗生活情景，他们用通俗质朴的语言，任情率直地传达出市井生活的情趣。他们跻身于市井民间，主动了解下层人民的喜怒哀乐，注重展现市民的生活愿望和思想感情。无论是在内容上还是在艺术形式上，运用了大量山西民间传说、故事、谚语、歌谣素材，始终沿着大众化、市井化和通俗化的轨道发展，语言风格幽默谐趣，散发出新颖灵动的泥土气息。

（二）元代山西民间文学的内容特点

1.追求自由

元朝统治时期，传统的儒家思想被忽视，元代传统的文学形式，如诗歌、散文等呈衰落之势。与之相反，与下层民众有紧密联系的民间文学体裁如传说、故事、说唱、戏曲等则繁盛起来。尤其是传说、故事，在元代文坛上大放异彩，成为元代民间文学最活跃的文学样式，深受群众的喜爱。在元代统治者推行残酷的民族歧视和阶级压迫的社会背景下，广大下层民众倍感压抑，需要借助口头文学形式来吐露自己的心声，表达心中的愤懑。元代结束了南宋混乱纷争的局势，统一的格局为城市商品经济的快速发展和繁荣奠定了基础。都城随之成为贸易中心，大量城市人口的出现，便自然形成了市民阶层。出于满足市民在闲暇时间对文艺娱乐的需要，大量的传说、故事、笑话、谜语等民间文学作品便应运而生。从现存的材料看，绝大多数作品都是从现实生活中汲取题材，直接抒发民众的真实情感，客观地反映世俗人情。作品形式灵活多样，描写的对象更为具体广阔，几乎涵盖了社会生活的方方面面。元代市民们的社会生活以及民众们的所见所闻、所思所想都自由坦诚地表达其中，从不同的角度倾诉广大人民的辛劳、困苦、理想、愿望，在内容上更加自由鲜活。所以追求自由是元代山西民间文学在内容上的主要特点。

2. 道德劝诫

元代的山西民间文学体现了一种强烈的道德意识，它向人们展现了当时下层民众的生活态度和道德情感。其中体现出的道德准则和伦理观念是和谐的人际关系和社会祥和安宁的黏合剂。民间文学作品中呈现的道德规范和行为模式已不仅仅是一种外在的东西，它被人们内心所接受，内化为人的信念，道德劝诫成为内在信仰来约束、构建人们的社会生活。

一切以往的道德规范论归根结底都是当时社会经济状况的产物。元代社会经济日臻繁荣，商品种类丰富，流通领域扩大，人们的生产和生活资料相对富余。在民间文学作品中，就表现出人们对勤劳致富行为的赞美和损人利己思想的批判。民间文学作品中所体现的道德劝诫始终带有阶级性，元代的劳动人民在创作民间文学时，将带有阶级性的道德观念具体表现为惩恶扬善、因果报应、替天行道等内容。通过代表着善与恶两种道德的两方矛盾冲突及其不同的结局，表现出对善恶是非的态度。在传说、故事、谚语、歌谣等教育目的更为直接的作品中，更多的是通过善恶报应、美丑对比的手法，表达广大民众普遍认可的道德规范，从而发挥更为强烈的道德教育和道德劝诫的作用。以道德劝诫为目的的元代山西民间文学作品内容集中，影响较大。

3. 民族意识

民族意识突出是元代山西民间文学的又一特点。元代蒙古族入主中原，推翻了汉族人的统治政权，随之而来的民族歧视和阶级压迫政策使汉族人的社会地位急剧下降，这一时期下层民众的政治地位与经济生活同样非常低下。面对蒙古族的铁骑，汉族人自然无可奈何，他们无法客观冷静地审视游牧文明与农业文明的碰撞。文化撞击的印痕长久地烙刻在汉族人民的心灵上，使他们与蒙古族朝廷间产生了巨大的心理隔阂。汉族人对自身文化的优越感和认同感，更加激起了他们对蒙古彪悍民族的拒斥,所以这一时期的山西民间文学自我民族意识极强。改朝换代的绝望、善恶贤愚的颠倒、仕途宦海的风波以及对现实不平的激愤在现存的民间文学作品中时有表露。下层民众身份卑贱,人微言轻,他们的嬉笑怒骂、一腔愤懑,只能通过自己的文学作品予以表达。他们时而尖锐讽刺,时而痛苦反思,时而机智辩说,时而诙谐自嘲,传达出了汉族人民对所受歧视的嫉恨情愫和伦理道德被践踏的屈辱。积聚于作品本身的强烈的民族意识是元代山西民间文学区别于其他时期民间文学的独特之处。

二、元代山西民间传说

(一)人物传说

在元代山西民间传说中,人物传说处于重要地位,不仅数量丰富,且为大众所喜闻乐见。人物传说大多以历史上真实存在的人物为主要叙述对象,时有虚构,也是在历史事实的基础上加以改动、创造。人物传说讲述的是某一特定主人公在某一特定时期的行为,这一主人公是民众选择或创造出来的,他所取得的地位,并不全在于他本身功过的大小,然而这种集体创造基本符合历史背景和人物的本来面貌。那些偏离具体史实的情节,弥补了正史记载的偏见和不足,表达了民众对这些人物的评价,有赞赏、有同情、有憎恨、有讽刺,从而体现了民众的历史观、道德观,寄托了他们的愿望和理想。在元代山西人物传说中,流传颇广的是帝王将相传说、官吏断案传说、文人传说、能工巧匠传说、烈女传说和神仙传说。

1.帝王将相传说

元朝时期,有关帝王将相的传说在民间广为流传,此类传说有的长期在民众口头流传,有的经过文人创作整理,被载入典籍文献。民众真正感兴趣的是关于近世人物的传闻,尤其是对那些生活于深宫之中、一般人很难了解的帝王后妃的传说充满好奇心,这便是帝王将相传说比较丰富的一大原因。元代民间蕴藏着丰富的传说资源,其内容涉及帝王将相的逸闻逸事以及当时社会的民俗风情和历史生活,例如"看人下菜碟"这句俗语的来历就和元世祖忽必烈有关。

元世祖孛儿只斤·忽必烈身边有一位名医,是曲沃县的祖传医师许国祯,因这位名医曾救过他的母亲，就留在他身边做了太医，并被封为荣禄大夫。许国祯的母亲韩氏，善调味，做得一手好菜，但是喜欢巴结权贵。有一次，她给忽必烈做了一道菜，因为她知道太后和喇嘛要好一事，深为忽必烈所不满，就故意取名"喇嘛肉"来讨好忽必烈，果然得到了赏赐。忽必烈的正宫娘娘也请她做菜，韩氏知道正宫与西宫之间不和睦，就故意做了一道菜取名"炒肝尖"，来讨好正宫娘娘。后来西宫也让她做菜，她却取名"虎皮豆腐"来暗讽正宫，岂不知西宫的祖父叫虎皮朵儿，正好犯了讳。之后，忽必烈听信西宫的撺掇，竟剁了韩氏的双手。从此以后，人们便把对人不能一视同仁称作"看人下菜碟"，并且盛传"看人下菜碟别夸口，当心剁你两只手"的说法。① 帝王嫔妃久居深宫之中，平民百姓很难了解他们，民众更是对他们充满了好奇心。传说在流传的过程中，人们设计增加了一系列相关的细节，使传说内容更加丰满生动，借以满足人们的好奇心，有意无意地表达出对帝王及身边人物的嘲弄和戏谑。

此外，山西还流传着皇帝梦"猪"的民间故事。传说在元朝至正年间，残暴昏庸的元顺帝做了一个噩梦，梦见一群猪在他的金銮宝殿上乱拱，直拱得金銮殿摇摇欲坠。他惊醒后出了一身冷汗，慌忙把军师叫来圆梦。军师说："猪者，朱也。陛下可将姓朱的杀完，以绝后患。"顺帝听信了军师之言，便派心腹大臣出访姓朱的人。一天，一个心腹大臣从河津查访到万全县的沟北范村，发现该村住着五百多户人，清一色姓朱，大臣马上回朝秘奏。为了一网打尽，元顺帝派遣了一千多人马，趁此年除夕赶到沟北范村。正当村里各家各户鸣放鞭炮、敬神祭祖的时候，兵士们一起动手，把村里的两千多口人全部杀光，然后放火烧了村子。1975年范村农民修建大寨田时，在这里发现许多破砖和破瓦，证实这里确实是个村庄遗址。②

以帝王传说为中心，可以辐射到社会上的各色人等，比如朝中高官、文人义士等。此外一些典籍文献中也有对晋籍将相传说故事的记载，元代山西民间文学中流传至今的主要有李汾、任志等人的传说故事。

---

① 曲沃县民间文学"三套集成"编委会编：《曲沃县民间文学三套集成》，内部资料，1987年，第67—68页。

② 山西省万荣县志编纂委员会编：《万荣县志》，北京：海潮出版社，1995年，第777页。

李汾，字长源，太原平晋人。为人尚气，跌宕不羁。性褊躁，触之辄怒，以是多为人所恶。喜读史。工诗，雄健有法。避乱入关，京兆尹子容爱其材，招致门下。留二年去，之泾州，谒左丞张行信，一见即以上客礼之。元光间，游大梁，举进士不中，用荐为史馆书写。书写，特抄书小史耳，凡编修官得日录，纂述即定，以稿授书写，书写录洁本呈翰长。汾既为之，殊不自聊。时赵秉文为学士，雷渊、李献能皆在院，刊修之际，汾在旁正襟危坐，读太史公、左丘明一篇，或数百言，音吐洪畅，旁若无人。既毕，顾四坐漫为一语云"看"。秉笔诸人积不平，而雷、李尤切齿，乃以嫚骂官长讼于有司，然时论亦有不直雷、李者。寻罢入关。明年来京师，上书言时事，不合，去客唐、邓间。恒山公武仙署行尚书省讲议官。既而仙与参知政事完颜思烈相异同，颇谋自安，惧汾言论，欲除之。汾觉，遁泌阳，仙令总帅王德追获之，锁养马平，绝食而死，年未四十。①

　　任志，潞州人。岁戊寅，太师、国王木华黎略地至潞州，志首迎降，国王授以虎符，俾充元帅，收辑山寨。数与金兵战，比有功。金尝擒其长子如山以招之，曰："降则尔子得生，不降则死。"志曰："我为大朝之帅，岂爱一子！"亲射其子殪之。木华黎尝召诸将议事，志亦预征，道经武安，其县已反为金，志死之。国王闵之，令其子存袭。庚寅岁，金将武仙攻潞州，存战死。辛卯正月，有旨潞州元帅任存妻孥家属，令有司廪给，仍赐第以居之。十一月，以存父子死事，子立尚幼，先官其侄成为潞州长官，待立长而还授之。成卒，授立潞州长官，佩金符。后历泽州尹，迁陈州，卒。②

　　帝王将相传说中的主人公大多是历史上实有其人并颇具名望，像李汾、任志的传说就是主要叙述与评说他们的事迹和功过。但传说不同于史籍的记载，自有人民的褒贬态度。其形象具有多重性格，但又有其主导的一面。在塑造他们的形象时，又往往与解释某地的地名、物产、风物、风俗等来源相结合。如说因某帝王称呼过某物，因而定名并沿用至今等。元代山西民间文学中的帝王将相传说主要内容为蒙古君王妃嫔的逸闻趣事以及汉人官员在战争中拼死杀敌的叙事。

---

① [明]宋濂撰：《元史》卷一九三，北京：中华书局，1976年，第4381页。
② 同上。

2.官吏断案传说

在山西民间故事中存在着一类长期被遮蔽、被忽视的人物形象：官吏形象。元朝官吏形象蕴含着深厚的文化意蕴和独特的审美价值。对清官形象进行充分、系统的研究，有助于对元朝山西民间文学成就及其价值进行全面把握，同时对于从深层次上了解中华民族独特的心理结构、文化发展规律及中国古代司法文化、官吏制度的特点、本质也有很大帮助。清官形象的原型可追溯到上古神话传说中的皋陶，同时融合了长江流域的传说人物孟涂、治理洪水的鲧与禹等人物形象的特点。元朝山西民间文学中既有完美型清官，又有缺陷型清官。完美型清官忠君爱民孝亲、廉洁奉公、严格执法、正直无私、除暴安良等，他们身上具有完美性、理想性、传奇性的特征；缺陷型清官既具有清官的某些优点，又有贪官、庸吏的缺点，他们是人性中善与恶的混合体，既有现实性，又有超越性。比如山西广为流传的宣彦昭剖伞传说，就展现了山西清官的形象。

> 宣彦昭在元朝做平阳州的判官时，有一天下了大雨，一个老百姓和一个军人争夺一把雨伞，双方都说是自己的，闹到州府，由宣彦昭审理，他当机立断，命人把伞剖成两半，每人一半，赶下公堂，同时又指派衙役悄悄跟在后面，看他们的表现。只见军人忿忿不平，叫骂不停；那个百姓嬉皮笑脸地说："你自己丢了雨伞，与我何干。"衙役回堂禀报，宣彦昭把二人叫回，打了百姓一顿板子，并命他买一把新伞赔给军人。①

此外，受到民间官吏断案传说的影响，宋元公案话本小说、杂剧、野史笔记等出现了对清官的记载，文学作品对清官形象的重视达到新高度。清官断案的能力、水平、智慧、手段十分成熟，为后世文学作品中的清官形象描写提供了丰富的创作素材和无数的灵感。如中书左丞李忠宣公行状传说就描述了山西清官刚正不阿、智慧勇敢的故事。

> 中书左丞李忠宣公（德辉），字仲实，通州潞县人。至元七年庚午，公为户部尚书，岁旱蝗。世祖特命公录山西河东囚行至怀仁。民有魏氏，发得木偶，持告其妻挟左道厌胜谋杀己。经数狱，服词皆具，自以为不免。公烛

---

① 北京大学法律系法制史教研室编：《中国古代案例选》，太原：山西人民出版社，1981年，第190页。

其诬，召鞫魏妾。搒掠一加，服不移晷。盖妒其女君，谓独陷以是罪，可必杀之也。即直其妻而杖其夫之溺爱受欺，当妾罪死。观者神之，或咨赏泣下。①

此外，《北轩笔记》还记载了楚公子大公无私的民间传说故事。

楚公子微服过宋，门者难之。其仆操棰而骂曰："隶也不力。"门者出之。东坡谓事有倒行而逆施者，以仆为不爱公子则不可，以为事公子之法亦不可。晋文帝为琅琊王，至河津，为吏所止。从者宋典后来，鞭帝马而笑曰："舍长官，禁贵人，汝亦被拘耶？"吏乃听过。宋王廞讨王恭，败走。少子华，随沙门昙冰逃匿，使提衣袄从后。津吏疑之，冰骂华曰："奴之急，行不及我。"以杖捶之数十，由是得免。袁颙起兵襄阳，不成而死。子昂藏于沙门，将以出关。关吏疑非常人，沙门杖而语之，遂免。后周宇文泰与侯景战河上，马逸坠地。李穆见之，以策鞭泰背曰："陇东军士，尔曹主何在？尔独住此。"追者不疑为贵人。与之马俱还。是皆类于楚公子之仆者，乃知可以脱人于难，虽倒行而逆施之，未必非良计也。②

事实上，官吏断案传说的流传是一种集体焦虑和愿望的文学化表达，同时也是广大民众在中国古代特殊政治体制下必然产生的一种文化心态，是对社会现实的一种曲折反映。清官的真实存在与民间传说故事的虚构一实一虚地把清官形象推向新高度，市井民众急切渴望得到救赎，为自己讨回公道，改变不幸处境，抗争无情的命运。

3. 文人传说

元朝山西民间文学的文人传说中才子型的民间传说较为典型，此类传说中才子无疑是太阳般辐射四方的中心人物。郎才女貌一直是华夏民族对男女自身价值进行评估的重要标尺，才子自然成为男子中格外受到人们重视的对象。儒家文化熏陶下的人们信奉孔子"不学诗，无以言"的告诫，一直对诗歌非常重视，形成了绵延千年的诗歌传统。比如山西民间就流传着耶律楚材满腹经纶、才华横溢

---

① [元]陶宗仪：《南村辍耕录》卷五《平反》，北京：中华书局，1959年，第62页。
② [元]陈世隆撰：《北轩笔记》，上海：商务印书馆，1936年，第2页。

的传说。

> 中书湛然性禀英明，有天然之才，或吟哦数句，或挥扫百张，皆信手拈来，非积习而成之。盖出于胸中之颖悟，流于笔端之敏捷。味此言言语语，其温雅平淡，文以润金石，其飘逸雄挠，又以薄云天，如宝鉴无尘，寒水绝翳，其照物也莹然。向之所言贾、马丽则之赋，李、杜光焰之诗，词藻苏、黄，歌词吴、蔡，兼而有之，可谓得其全矣，厌人望矣。①

> 适有中省都事宗仲亨，最为门下之旧，收录公之余稿，纤悉无遗。今又增补杂文，诚好事之君子，举其全帙，付之于门下士高冲霄、李邦瑞协力前修，作新此本，以示学者，可谓兼善之用心。省丞相胡公喜君之文，揄扬溢美，勒成为书。中或有误者，更加厘正，命工刊行于世，益广其传，真得仁人之雅意。省寮王子卿、李君实、许进之、王君玉、薛正之皆欣然向应，共赞成之。二公承宗公之志，毕其能事，同诸君累求为序。仆以兵尘中来，旧学荒废，不敢应命。盖公之心术至赜，不能尽探之于文；公之文章高致，不能具陈之于序。虽其文皆公之寓言，筌蹄而忘象，是亦勋业之余蕴。公如不言，则人将何述焉。②

此外，山西流传着如郝经般仁人义士类型的文人民间传说故事，表现了他们博学多识、为国为民鞠躬尽瘁的高贵品格。

郝经，字伯常，祖籍泽州陵川（今山西陵川）。他生于金代，是金元之际著名的政治家和学者。郝经出身"儒素"之家，祖父郝天挺是金代著名学者、教育家。在元世祖登基后，为了巩固自己的统治，大量起用汉儒，共商"经国安民之道"。郝经纵论天下，谈古说今，显示了极强的政治才能，忽必烈非常赏识他，把他留在王府供职。郝经时常劝谏忽必烈注重德政，少用武力。在西蜀出师不利的情况下，他提出了自己的见解，之后在面对南宋的问题上又提出议和的主张，都被忽必烈采纳。郝经在朝廷内久负盛名，以至于引起他人的嫉妒，于是对议和问题加以阻挠，想杀掉他，可是当有人把这件事告诉他，让他辞掉此事时，郝经

---

① ［元］王邻：《序二·湛然居士文集》，北京：中华书局，1985年，第4页。
② ［元］孟攀鳞：《序一·湛然居士文集》，北京：中华书局，1985年，第2页。

却表示，为了百姓，自己的生死已经不重要，坚持完成了这件事。①

在山西还广为流传着众多文人雅士淡泊名利的传说故事。《续夷坚志》中记载：

> 董文甫，字国华，潞人，承安中进士。资淳质，泊于世味，人知重之，而不知其何所得也。子安仁，亦学道。闲居宝丰，父子闭户读书。朝夕不给，晏如也。先生历金昌府判官、礼部员外。正大中，以公事至杞县。自知死期，作书与家人及同官，又与杞县令佐诗，多至三十余首。书毕坐化。②

《北轩笔记》中也记载了谢瞻博闻广识、淡泊名利的传说故事。

> 宋台始建，谢瞻为中书侍郎，弟晦为右卫将军。时晦权遇已重，瞻见其宾客辐辏，谓曰："吾家素以恬退为业，不愿干预时事，交游不过亲朋。而汝今势倾朝野，岂家门之福邪？"乃以篱隔门庭，曰："吾不忍见此。"又谓宋公宜赐降黜，以保衰祚。晦或以朝廷密事语瞻，瞻故向亲旧陈说，用为嬉笑，以绝其言。及宋公即位，晦以佐命功，位任益隆，瞻愈忧惧。至是遇病不疗，临终遗晦书曰："吾得启体幸全，亦何所恨！弟思自勉励，为国为家。"谢瞻之于兄弟，刘镇之之于叔侄，颜延之之于父子，虽品格不同，而教戒俱有至理。居盛满者，不可不熟味其言。③

总的来说，元代山西文人传说是劳动人民把自己的理想，通通汇聚于一些为他们所喜爱的文人身上形成的集体无意识创作的产物。他们饱尝县太爷的板子，讼师的刀笔，自然渴望有为自己发声的文人；他们被封建纲常伦理、森严的等级制度压迫得透不过气来，渴望着个性的自由。文人传说中的"文人"作为一种新型文化的代表，体现了劳动人民的这种理想和愿望。

4.能工巧匠传说

工匠是民众生活中不可缺少的人物，他们来自民间，服务于民众。在农业社会中，他们掌握着某种特殊技能，常常令人刮目相看，其技能在传说中被渲染得神奇无比，所以民谚云"七十二行，行行出状元"。在民间信仰里，每个行当都

---

① 李之杰等：《山西名人》，太原：山西人民出版社，1985年，第352—356页。
② [金]元好问：《续夷坚志》卷一《董国华》，上海：商务印书馆，1939年，第11页。
③ [元]陈世隆撰：《北轩笔记》，上海：商务印书馆，1936年，第1页。

有祖师爷,如木匠、石匠、泥瓦匠祀鲁班,铁匠祀李老君,画匠祀吴道子,玉器匠祀丘处机,酿酒匠祀杜康,陶匠祀范蠡,染匠祀葛洪等,这些祖师爷多出自民间传说。元朝关于能工巧匠的传说表现了中华民族在物质层面上对技术和技巧的追求,并进一步传达了在工匠传说表层现象之下深藏的文化内涵,对中华民族优秀智慧的继承和对时代要求不断创新、不断进步的一种追求。山西民间流传的能工巧匠的传说虽然在数量上不多,但是很具有代表性,如孙威制铠甲。

孙威,元初浑源人,善制铠甲,是元代著名工匠。史书对孙威的评价很高:"幼沉鸷,有巧思。"孙威的青年时代,他的家乡还在金人统治下,三十岁时,他应招入伍,参加多次战争,以骁勇见称。孙威加入成吉思汗的队伍后,在云中守师处任义军千户,在攻打潞州的战斗中立下了战功。多年的军旅生活和战争实践给孙威研究和创制铠甲提供了极好的条件。他精心构思,反复设计,多次试验,终于创制出名为"蹄筋翎根铠"的铠甲,把它献给成吉思汗。成吉思汗接受了这副铠甲,亲手给孙威佩戴上金符,授予他顺天、安平、怀州、河南、平阳诸路的工匠总管,还给孙威赐以蒙古名字"也可兀兰"。[1]

此外,文献典籍中也记载着众多能工巧匠的传说,如平阳的田忠良、贾叟等。

> 田忠良,字正卿,其先平阳赵城人,金亡,徙中山。忠良好学,通儒家、杂家言。尝识太保刘秉忠于微时。秉忠荐于世祖,遣使召至,帝视其状貌步趋,顾谓侍臣曰:"是虽以阴阳家进,必将为国用。"俄指西序第二人谓忠良曰:"彼手中握何物?"忠良对曰:"鸡卵也。"果然。帝喜,又曰:"朕有事萦心,汝试占之。"对曰:"以臣术推之,当是一名僧病耳。"帝曰:"然,国师也。"遂遣左侍仪奉御也先乃送忠良司天台,给笔札,令秉忠试星历、遁甲诸书。秉忠奏曰:"所试皆通,司天诸生鲜有及者。"诏官之司天。帝曰:"朕用兵江南,困于襄樊,累年不决,奈何?"忠良对曰:"在酉年矣。"[2]

> 平阳贾叟,无目而能刻神像,人以待诏目之。交城县中寺一佛,是其所刻,仪相端严。僧说:贾初立木胎,先摸索之。意有所会,运斤如风。予因记赵州没眼僧,能噀墨作画,上布五彩亦噀之。毛提举家一虎,蹲大树下,

---

[1] 李之杰等:《山西名人》,太原:山西人民出版社,1985年,第346—348页。
[2] [明]宋濂撰:《元史》卷二〇三,上海:上海古籍出版社,2003年,第4542页。

旁卧一青彪，虎目烁烁如金，望之毛发森立。虽赵邈龊不是过。佛氏所谓六根互用者，殆从是而进耶？①

正所谓"时势造英雄"，能工巧匠的传说随着人类社会的进步而产生，随着人类社会的发展而发展，它和人类的社会生活保持着最为密切的联系，作为文化创造，它是民众集体劳动和智慧的结晶。历代民间流传的能工巧匠传说体现了中国人民崇尚智慧、崇尚精益求精的文化心理和精神追求，是中华民族优秀精神在特定历史人物身上集中而突出的体现，在我们民族文化园地中仍然散发着独特的光彩。能工巧匠的传说在崇尚科学技术、弘扬优秀文化、鼓励科技创新的今天，更有着积极的意义。

5. 烈女传说

自古以来，女性入史，颇为少见，她们的出现或是从属于自己的家族父兄，或是为了迎合彰显丈夫的功绩而存在，在正史和作家笔下，她们很难拥有一席之地去展现自己。但在包罗万象的民间文学中，女子有了自己独立表现的空间领域。烈女一般是指重义轻生，有节操、抗拒强暴或殉夫而死的女子。烈女传说是我国古代民间传说中比较特殊的传说类型，流传地域之广，延续时间之长，在中国历史上也是罕见的，并在封建社会后期有愈演愈烈的趋势。元朝民间流传的烈女传说虽说相对较少，但也是整个传说中重要的一环。山西的烈女传说大致可以分为三个类型，分别是才女传说、烈女受辱自尽传说和烈女不事二夫传说。

才女传说是元代山西烈女传说中最为独特的一类。这些传说中塑造的女性气质脱俗、才华出众，她们不为封建社会传统的伦理道德所羁绊，不仅长得美丽动人，文思才情上更是巾帼不让须眉。此类传说如：

  元遗山好问裕之，北方文雄，其妹为女冠，文而艳。张平章当揆欲娶之，使人嘱裕之，辞以"可否在妹，妹以为可则可"。张喜，自往访，觇其所向。至则方自手补天花板，辍而迎之。张询近日所作，应声答曰："补天手段暂施张，不许纤尘落画堂。寄语新来双燕子，移巢别处觅雕梁。"张悚

---

① ［金］元好问：《续夷坚志》卷二《贾叟刻木》，上海：商务印书馆，1939 年，第 28 页。

然而出。①

这个故事讲述了元好问的妹妹机智地以诗拒婚。她借用女娲补天的神话典故来比喻自己的补天花板劳动。最为巧妙的是诗的后两句语意双关,一般诗人多以双燕表达夫妻的柔情爱意,此处则以不容双燕栖息暗示拒婚之意,不落俗套,立意新颖。

第二种才女则是出身风尘的美艳女子,对这类女子的描写文人骚客从来不吝笔墨。这类女子虽出身烟花之地,却忠诚贞洁、痴情重义,她们琴棋书画样样精通,诗词歌赋莫不知晓。在民间流传的故事里,她们通常与文人才子交往密切。

> 寿阳歌妓梁梅,承安、泰和间,以才色名河东。张状元巨济过寿阳,引病后孤居,意不自聊。邑中士子有以梅为言者。时已落籍,私致之,待于尼寺。梅素妆而至。坐久干杯,唱《梅花》《水龙吟》。张微言:"六月唱梅词,寿阳地寒可知。"然以其音调员美,颇为改观。唱至"天教占了百花头上,和羹未晚",乃以酒属张,张大奇之。赠之乐府,有"谁知幽谷里,真有寿阳妆"之句。为留数日而行。②

金人灭北宋之后,入金的辽与北宋的乐署人员对金词的发展产生了重大影响。山西寿阳的梁梅是一位已经被取消乐籍的歌妓,在当时,状元张楫(巨济)因病孤居,心情欠佳,梁梅适时选唱了《梅花》《水龙吟》两首词,前一首中"元教占了百花头上,和羹未晚",是祝愿张楫像梅花一样居百花之上,经世致用;后一首《水龙吟》则是北宋词人晁端礼的代表作,此时,虽然晁已去世,但他的作品仍然在金国传唱。

贞操观念起源于原始社会的末期,发展至汉代,守节演变为婚俗之一。封建礼教倡导妇女"从一而终,一女不事二夫,夫死不得改嫁",不但要求在丈夫生前要守身如玉,在丈夫死后也终身不能改嫁,很多妇女受封建道德观念的影响,丈夫或未婚夫死后终身守节,孝敬公婆,抚育子女,直到死去。元明时期对妇女贞德要求更为严格,南宋朱熹曾说"饿死事小,失节事大"。男子娶寡妇为妻,

---

① [元] 蒋正子:《山房随笔》,《四库全书》第1032册子部346《吟诗拒婚》,上海:上海古籍出版社,2003年,第337页。
② [金] 元好问:《续夷坚志》卷四《梁梅》,上海:商务印书馆,1939年,第68页。

寡妇改嫁都被认为是一种失节行为，会遭世人唾弃。在丈夫死后，自杀殉夫，或在战乱中保节而死，此种殉节观念在元明时期得到统治阶级的鼓励。这类传说在元代较多，比如《元史·列传》第八十八"列女"所记《王履谦妻齐氏》：

> 王履谦妻齐氏，太原人。治家严肃，克守妇道。至正十八年，贼陷太原，齐氏与二妇萧氏、吕氏及二女避难于赵庄石岩。贼且至，度不能免，顾谓二女曰："汝家五世同居，号为清白，岂可亏节辱身以苟生哉！"长女曰："吾夫已死，今为未亡人，得死为幸。"吕氏曰："吾为中书左丞之孙，义不受辱。"齐氏大哭，乃与二妇二女及二孙女，俱投岩下以死。①

再如同书所记《大同华氏》：

> 有华氏者，大同张思孝妻，为貊高兵所执，以不受辱见杀。其妇刘氏，僵压姑尸，大骂不已，兵并杀之。后家人殓其尸，妇姑之手犹相持不舍。②

还有从一而终、不违誓言的《浑源雷氏》：

> 雷氏，浑源人，是西仲、南仲从姊妹行。年十七，嫁为应州丁倅妻。雷氏群从有不悦者，讦告服内成亲，婚遂听离。丁谓夫人言："绝婚固非我二人意。然夫人此去，再适人否？"雷曰："我若再嫁，当令两目瞎！"丁云："夫人果有此心，我亦当同此誓。"其后丁违前言，再娶，未几果丧明。雷氏十八寡居，九十七乃终。从孙希颜，常欲为文记之，竟不及也。③

从这几则传说中，可以看出元代女子对于忠贞以及殉节观念的重视，也从一个侧面反映了"从一而终"的封建礼教贞节观在元代愈演愈烈，夫权成为妇女的桎梏，对她们造成了极大的戕害。

6. 神仙传说

"神仙传说，其源甚古，早期记载多为只言片语，散见于诸子百家中。秦汉之际，方士迭出，宣扬神仙之说，秦皇汉武，深信寻求。于是神仙传说，遂累见于史传之中。道教兴起后，记述神仙故事的专著应运而生。《列仙传》启其端，《神仙传》继之，而《列仙传》宣传神仙之存在可学，正与道教追求长生成仙的

---

① [明]宋濂撰：《元史》卷二〇一，北京：中华书局，1976年，第4514页。
② 同上。
③ [金]元好问：《续夷坚志》卷三《雷氏节姑》，上海：商务印书馆，1939年，第45页。

思想相吻合，于是神仙传记历代迭出，踵事增华。"①先秦以来，关于神仙的传说不绝如缕，《庄子》《淮南子》等诸子散文虽有很多相关的描述和记载，但都只是服务于各家的说理目的，不是真正意义上的神仙传记。神仙传说在秦汉之际由于帝王的信从与提倡大盛。秦汉帝王大举求仙与方士方技迭出推动了神仙信仰的发展，到东汉出现了第一本真正意义上的神仙传记《列仙传》。神仙人物专著问世后，大多宣扬神仙长生不死、自由变化、形迹飘逸、行善灵验、济世助人等，以此来宣传扬神仙可信，凡人可学，修炼成仙，名列仙籍等。神仙事迹又常常转化为后世文人典故，为文学艺术所借用增饰。

纯阳真人吕洞宾可谓是八仙之中家喻户晓的人物，在八仙之中名气最大。吕洞宾，字洞宾，名岩，道号纯阳子，出生于唐德宗贞元十四年（798），是唐朝人吕渭的后代，祖籍河中永乐县（今山西芮城县）。芮城县旧有大纯阳万寿宫，即永乐宫。吕洞宾是个放浪形骸、弃儒学道、仗剑云游的仙人，他到处扶弱济贫，除暴安良。吕洞宾道号纯阳子，一方面跟他诞辰于唐代贞元十四年四月四日有关，因为古代四为阳数；另一个原因是传说他64岁得道成仙后被玉皇大帝册封为纯阳子。后来道教追封其为纯阳祖师，历代皇帝都对其大加追封，宋徽宗封其为妙通真人，元世祖封为纯阳演正警化真君，元武宗封其为孚佑帝君。随着地位名声的逐步提高，关于他的传说故事也不断增多。

《湖海新闻夷坚续志》中讲述了宋朝景定年间，发生在邵武军卫前殷家香纸店中的故事。殷家平日里经常烧香供奉"云水道人"——吕洞宾，每次供奉时都会进献三个铜钱，从来没有间断过。一日早晨，殷家主人开门做生意，吕洞宾正看到殷家的妇人因为别的事情迁怒于人，特别不高兴，连续将两枚铜钱掷在棕扇上，最后钱又落在地面上，又用脚踩踏后离去。殷家人准备捡铜钱时却发现铜钱已固定在砖缝之中，拿不出来。后来用锄头将砖撬出后，看到砖背上题诗一首曰："先生大愿度三千，直到如今不得缘。得得此来还有意，可怜殷氏骨难仙。"②

现今此石砌在当地城隍庙中，仍然可见吕洞宾的踪迹。故事里因为殷家妇人

---

① 中国大百科全书总编委会《宗教》编委会编：《中国大百科全书·宗教卷》，北京：中国大百科全书出版社，1988年，第57页。
② 无名氏撰，金心点校：《湖海新闻夷坚续志》，北京：中华书局，1986年，第129页。

生活中遇到不如意的事情经常会勃然变色，迁怒于人，这样的不良表现最终致使殷家每日行善积德和香火供奉的善行付诸流水。由于冲撞了吕洞宾，未能得到仙人的认可，从而使得殷家无缘得道成仙。这警示后人，凡人要想位列仙班就必须时时处处注重修养，不只是表面的行为就可成仙，而是要注意日常生活中的各种言行举止。

此外，山西还流传着大衣禅师的传说故事。元朝初年间，圆明惠信禅师住持玄中寺。惠信禅师很有学问，有徒弟七十多人，其中有一位高徒，法号叫广安。广安出生在玄中寺附近广兴村姓聂的人家，他家祖祖辈辈练武，广安从小跟着大人们耍拳弄棒。他父亲聂用常去玄中寺拜望圆明惠信禅师，有时带他一起去，可是他却时常拉着和尚问一些佛教的问题。后来，广安就恳求父母送他出家当了和尚。广安在京城跟着国师学大藏经，学通之后就想回玄中寺，振兴寺院。之后皇帝答应了广安的要求，并封广安做了太原路都僧录，掌管了一方佛教的事情，讲经布道，感化众生。后来他正式受了国师的戒，成了八思巴的徒弟，之后人们就尊称他为大衣禅师。[1]这些神仙传说内容尽管加入了大量幻想成分，但表达出了民众的善恶观念，并且融入了一定的宗教思想。

（二）地方风物传说

一般认为，地方风物传说是关于各地山川古迹、花鸟虫鱼、地方特产及风俗习惯的由来、命名或特征的解释性叙事作品。地方风物传说一般是以事物为出发点和归结点，对民间风物的名称、由来和特点做出解释。需要注意的是，这种解释不是客观科学的，而是主观艺术的，所以它反映的不是真实本质的事物，而是民间创作者的世界观、人生观、思想感情和道德理想等。

1.山川名胜传说

山西山川秀美，历史悠久，蕴含着深厚的文化底蕴，产生了丰富的民间文学作品。在这些创作中，民众感物爱乡，纵情山水之间，写景、言志、抒情，描绘了三晋大地的多彩风姿。

---

[1] 中国民间文学集成全国编辑委员会、《中国民间文学集成·山西卷》编辑委员会编：《中国民间故事集成·山西卷》，北京：中国ISBN中心，1999年，第84页。

众多风物传说旨在解释山川风物的名称由来，例如"龙泉"的由来是讲在长子慈林山下，丹河岸边有一个景色秀丽的村庄——龙泉。相传，元朝末年，顺帝昏庸无度，致使贪官横行霸道，百姓痛苦不堪。一日，皇帝做了一个使他很不愉快的梦。梦中他与爱妃携手游猎，忽然间，天低云暗，狂风大作，一岌岌可危的高崖在狂风中轰然倾倒。狂风过后，在高崖的土墟上，长出一棵枝凋叶蔽的孤树，树上悬挂着一把镰刀。顺帝惊奇诧异，醒来之后就召集文武群臣为其解梦。满朝文武不知如何是好，一老臣与众相悖，斗胆直言孤树乃"木"，上挂镰刀为"朱"，梦中倾倒之高崖与万岁实无异样，因此，天下必归朱氏后裔。谁知此话激怒了昏君顺帝，顺帝下令将老臣推出午门斩首。但老臣之言又时时使顺帝恐惧，为除祸患，顺帝又下令将怀孕在身的朱家之妇赶尽杀绝。当时安徽凤阳的一个朱家寡妇身怀六甲，背井离乡，流落到长子境内。不久，在长子南部的蛤蟆翁生了一个男儿，这就是后来参加元末农民起义，推翻元朝统治，建立明朝的洪武皇帝朱元璋。[1] 于是这个地方就改名为龙泉。

元朝山川风物传说的数量极其丰富，特别是一些闻名的风景胜地，都有奇异的说法。山川名胜传说常与历史人物相连，如永安寺的传说，就是为了纪念高大善人高永安而将释迦佛寺定名为永安寺。据说元朝延祐年间，浑源城内有一个人名叫高永安。这高永安家财万贯，吃斋念佛，常常扶危济困，人称高大善人。一年夏天，遭遇洪水，高永安见难民众多，就拿出钱财帮助他们。后来难民们就请他帮助除掉金龙口的恶龙。有一个和尚说只要出钱在金龙口对面建造一座释迦佛寺，百姓就会平安无事。可是仅凭高永安的钱财无法建起释迦佛寺，后来大家集资动工，一年后建起了寺庙。大同府有一位知府，听到高永安化缘集资建造释迦佛寺的事情后，就诬蔑他造反，想借机收受贿赂，可惜他没有如愿。后来知府上报皇上，也没有诬陷成功。原来浑源百姓闻得高大善人被大同知府诬陷，大伙协同建寺，雕塑出了全寺神佛，营救了高永安，罢免了这位赃官。后人为纪念高大善人，把这座释迦佛寺，定名为永安寺。[2]

---

[1] 长治市民间文学集成编委会编：《长治市民间故事集成》，内部资料，1988 年，第 999—1000 页。
[2] 中国民间文学集成全国编辑委员会，《中国民间文学集成·山西卷》编辑委员会编：《中国民间故事集成·山西卷》，北京：中国 ISBN 中心，1999 年，第 207—208 页。

此外还有关于糊涂神祠的传说。山西太谷县（今太古区）西南十五里白城村，有糊涂神祠，土人奉祀之甚严。云稍不敬，辄致风雹。然不知神何代人，亦不知何以得此号。后检通志，乃知为狐突祠，元中统三年（1262）敕建，本名应为狐突神庙。"狐""糊"同音；北人读入声皆似平声，故"突"转为"涂"也。①

山西的山川风物传说可谓是一步一奇景，景景有传说。如关于定襄八景之一沱水冰消的传说。据说滹沱河回环如带，每到春天就会上涨，直冲南岸，临南岸背阳之坚冰先融，冰消南岸，成一奇景。元末定襄大旱三年，县内空有滹沱河，每逢河阳冰消，水走河下，奔腾东流，不浇一分土地，县民束手无策。这年初春，县衙对面来了位算卦先生，很是灵验。一天，滹沱河神也来算卦，想知道何时暖阳融冰，先生当即卜卦说明天，河神却说如果明天不融，就要赶算卦先生出县城。冰融水行之事本就归河神管，按节令也还得三日，河神认为算卦人定输无疑，可是却突然接到圣旨，命他明日融冰。河神不愿认输，于是做了一些手脚，让十万亩干裂的良田一夜间喝了个足够，次日大早就去赶算卦先生，却不想算卦先生是定襄新任知县所扮，知县摸清河神的秉性，巧施计救黎民，不仅成就一番事业，而且留下了冰消南岸的奇景。②

除此之外，山川名胜传说也有以人物为主进行叙述的，其中有农民起义英雄、帝王将相、神仙等，他们的活动遗迹构成了这些山川名胜的特征由来。而且，历史人物的介入，也增加了这类传说的可信度。元代山西流传着木匠樊与元代戏楼、永乐宫的传说。随着山西旅游业的发展，新的旅游点的开发，山川名胜传说的数量呈现出不断递增的态势，为游客观赏优美景致增添了情趣。

2. 风俗特产传说

"风俗文化"是指广大民众集体创造、拥有和传承的文化现象，大致包括四个部分：一是物质风俗文化，包括饮食、服饰、居住、交通、生产、商贸、卫生保健等方面的风俗；二是社会风俗文化，包括社会组织风俗、社会制度风俗、岁时节日风俗、民间娱乐风俗等；三是精神风俗文化，包括民间信仰、民间哲学伦理观念、民间艺术等；四是语言风俗文化，包括民俗语言和民间文学两大部分。

---

① ［清］纪昀：《阅微草堂笔记》，北京：中国文联出版公司，1996年，第201页。
② 定襄县民间文学"三套集成"编委会编：《定襄县民间故事集成》，内部资料，1987年，第6—8页。

风俗文化在人类社会中是无处不在的,它不仅是未开化民族和乡下人的专利品,开化民族、城市居民乃至知识分子、官僚贵族等人群的生活中也总是伴随着风俗。当然,同一种类的风俗,如宴饮、祭祀等,在不同的社会阶层中的表现形式可能会有所不同,但它们无疑都属于风俗文化。可以说,社会中每个人都有自己的风俗文化库藏,正如美国民俗学家阿兰·邓迪斯所言:"所有的人群——无论其民族、宗教、职业如何,都可以构成一个独特的民间,并具有值得研究的相应民俗。"[①]

山西民间传说中还有解释各地风俗习惯形成过程和原因的传说,即风俗传说。如照壁的起因,元末明初,元顺帝在位时,北京城内有两位道行高超的人,一位是白云寺的住持白云禅师;另一位是邱真人。一僧一道两位高人备受元顺帝器重,顺帝经常向二位请教。一日,正值顺帝的妃子生产,两位就生男生女来打赌,生出来一看是个公主,被白云禅师猜中了。谁知,邱真人早已拘来送子娘娘进行更换。邱真人从白云禅师手上把公主接过来,送子娘娘用手一指,公主即变成太子。白云禅师的弟子们不服,建议白云禅师在对面盖座西风寺,让西风卷白云来镇妖。邱真人见此情景,就在白云观内修了照壁,以阻挡邪风。后来,凡盖庙宇,不论是什么方向,都少不了要修照壁。一来挡风,二来也显得壮观。再后来,不论官僚士绅、黎民百姓,凡修建宅院都要修照壁,并在照壁上装饰图案。如用砖雕一个"福"字,更多的是在照壁上供奉土地神,除了挡风、壮观外,又增添了让土地神看守宅院、保佑四方平安的意思。[②]

除此之外,山西流传着许多特产美食的传说。如"猫耳朵",山西面食有"一面百吃"的说法。面,对于山西人不仅仅是满足口腹之欲,往往还饱含着深厚的感情。元好问的"问世间情为何物,直教生死相许"打动过无数人,而演绎这经典名句的却是汾河上的一对大雁。大雁自古就有对爱情忠贞不渝的寓意,在两千多年中一直是男婚女嫁时相互赠送的吉祥物。1206年,元好问到太原参加考试,走到阳曲县时,正好看到一双大雁比翼双飞,结果其中一只被猎人射中,随后另一只大雁悲鸣着也投地而死。元好问看到这一幕,心中感伤,被大雁的深

[①] 〔美〕阿兰·邓迪斯编:《世界民俗学》,陈建宪、彭海斌译,上海:上海文艺出版社,1990年,第5页。
[②] 中国民间文学集成全国编辑委员会、《中国民间文学集成·山西卷》编辑委员会编:北京:中国ISBN中心,1999年,第358页。

情打动，于是向猎人买了双雁葬于汾水之滨，还搓了巧面做祭品，写出了千古传唱的《摸鱼儿·雁丘》。如今雁丘就静静地立于太原市汾河公园之内。当时，这种巧面流传于民间，被呼作"圪搓面"，制法是将面揪捏成小片，然后在面板上捻搓成形。圪搓面本是为祭雁而制，传至元代时，骑马射猎者把这种面作为捕获猎物之后吃的庆功面，叫"马乞"，还列入了御宴当中。明清时，圪搓面已在山西民间普遍食用，并传播到陕、冀、鲁、豫乃至江南一带。相传乾隆下江南时在一渔家吃过这种面食，乾隆觉得这种面的形状像猫耳，便起名叫"猫耳朵"。现在，丘为古迹，词亦流芳，圪搓面也因与双雁的关系，承载了人们对爱情的美好向往，成为传情之美食。

（三）民族征战传说

民族征战口头文本的形成，离不开战争叙事，战争是建构历史的重要内容。山西处于农耕与游牧民族的交汇地带，到了元代，蒙汉民族在山西北部或征战，或贸易，这里成为多民族交流、交战的场域空间，历史的征战痕迹烙刻出蕴含独特内涵与深邃意境的民族征战传说。

传说文本中的征战传说通过描写性语言来叙述战争，降低了读者阅读的难度，流畅自然。

> 国兵初西来，云中先下，后复纳辽天祚。国相怒其反复，攻城破，驱壮士无榆坡尽杀之。中有喉丝不断者，亦枕藉积尸中。得雨复苏，候暮夜欲逃。人定后，忽见吏卒群至，呼死者姓名，随呼皆应。独不呼此人。吏卒去，此人匍匐起，仅能至家。求医封药，疮口渐合。又数月平复。年七十余病终。同时曹氏小童，为军士驱逐。与群儿乱走，追及者皆以大棓击杀之。次第及曹，忽二犬突出，触军士仆地。军士怒逐犬入人家。比出，儿辈得散走，逃空室中。俄有执黄旗过者，大呼曰："国相军令，杀人者斩！"残民皆得活。曹氏儿后至节度。①

传说文本中没有宏大战争场面的细致描写，具有简约平淡的叙事风格，但文本中的人和事都笼罩在战争的阴影之下。

---

① ［金］元好问：《续夷坚志》卷四《边元恕所纪二事》，上海：商务印书馆，1939年，第64页。

《北轩笔记》中也有关于李靖大将骁勇善战的传说故事。李靖以劲骑三千，由马邑袭破定襄，颉利可汗遁碛北。他日，又以万骑，赍二十日粮，袭颉利于白道，于是斥地自阴山，北至大漠，功大而成速，开辟以来未之有也。又裴行俭，字守约，绛州闻喜（今闻喜县）人。他做安抚大使时，行至西州，诸蕃郊迎。行俭召豪杰千余人自随，扬言："大热，未可以进，宜驻军须秋。"都支觇知之，不设备。行俭徐召四镇酋长，伪约畋，于是子弟愿从者万人，乃阴勒部伍。数日，倍道而进，去都支帐十余里。先遣其所亲问安否，外若闲暇，非讨袭者。又使人趣召都支。都支仓促不知所出，率子弟五百余人诣营谒，遂擒之。行俭破大酋，不烦中国折矢，用其豪杰，进止如戏，此亦班定远后一人也。①

山西流传的民族征战传说塑造了众多民族英雄的形象，叙述着波澜壮阔的战争史实、风云变幻的战争态势、微妙奇谲的战争布局，反映出元代山西多元融合的社会文化环境。

三、元代山西民间故事

（一）生活故事

日常生活是民间文学表现的主要内容之一，它是以个人家庭、天然共同体等直接环境为基本寓所，旨在维持个体生存和再生产活动的总称，是一个以重复性思维和实践为基本存在方式，凭借传统、习惯、经验及血缘和天然感情等文化因素而加以维系的自在的类本质对象化领域。②民间文学运用口头语言叙述故事、展现生活、塑造形象、抒发情感，是广大民众日常生活的组成部分。一方面，它通过艺术形象来把握生活，是一种文艺现象，属文艺学范畴；另一方面，它的"民间"又不仅仅是作为文学而存在，而且也是一个民族民众传承的生活文化。元代山西的生活故事丰富多样，民众的口头叙事活动中心开始由幻想性情节向现实性情节转移。在这一时期的山西生活故事中，孝子故事、友情故事、道德故事、机智人物故事、神医故事等几个门类最为引人注目。

---

① ［元］陈世隆撰：《北轩笔记》，上海：商务印书馆，1936 年，第 19 页。
② 衣俊卿：《现代化与日常生活批判》，哈尔滨：黑龙江教育出版社，1994 年，第 31 页。

1. 孝子故事

孝作为中华民族传统的伦理道德，在其数千年的发展中，被赋予极其丰富的内涵。最基本的内涵是"亲亲"，就是善待父母。许慎在《说文解字》中说："孝，善待父母也，从老省，从子，子承父也。"①表现出家庭的人伦关系。孝有广义和狭义之分。狭义的孝即孝的本初含义，是指子代对父代与祖先的情感和相应的行为表现。这里的情感和行为是自发的、朴素的。广义的孝既是指作为家庭伦理的孝，也指被泛化到社会伦理和政治伦理中的孝。它具有亲戚性外延，即以孝敬父母为基点，要孝敬祖父母等所有亲属长辈；又具有社会性外延，即要以善心对待邻里以及天下的所有老人；还具有政治性外延，这是传统孝内涵的主要内容，即以孝为忠，以小孝为大忠，报效国家和民族。不但要在衣食住行等方面孝敬老人，还要尊重长辈的意志，为家族、乡里、民族、国家争得荣誉。

在山西民间广泛流传着孝顺父母的故事，如元陶宗仪《南村辍耕录》载：

> 赵孝子天爵，字伯廉，平阳解州夏县人。尝为吏，多平反，惇行孝弟，治家甚严，三子皆颀然玉立。母丧，庐墓三年。父继丧，又如之。惟蔬食菜羹，不饮酒食肉，不与妻妾见，有司以闻于朝，旌表其门闾，复其身。②

孝源于血缘关系的自然性，是子辈对父辈的敬爱侍奉。孝的本质是爱，是对父母之善的回报，自然也是对血缘家庭关系的维护，所以孝实际上可以被看成人类持续发展的自然性和社会性保障。在《论语·为政》中，孔子说："今之孝者，是谓能养，至于犬马皆能有养，不敬，何以别乎？"孝，这种家庭中自然的伦理道德，在与我国古代的以家族为本位的宗法制社会相结合时，就形成了独具特色的孝道。它不仅是家庭伦理道德，而且还是一种社会规范和政治伦理。

2. 道德故事

中国传统文化源远流长、博大精深，而中国的传统伦理道德是传统文化的精髓和本质特征。中国的传统文化是一种伦理型文化或德性文化，注重伦理道德是它的一个显著特征，因此传统文化蕴含着丰富的伦理思想和道德资源。中国传统文化中包含的伦理道德观念是中华民族祖先智慧的结晶和历史经验的积淀，其中

---

① 董希谦、张启焕主编：《许慎与〈说文解字〉研究》，开封：河南大学出版社，1988年，第87页。
② [元]陶宗仪：《南村辍耕录》卷二四《赵孝子》，北京：中华书局，1959年，第295页。

一些优秀的伦理道德传统至今仍然对社会发展具有积极的推动作用，如"仁爱"思想、"和为贵"的理念、"厚德载物"的宽容精神以及诚信为本的传统等。在中国古代社会里，伦理道德无处不在，它不仅为人们的日常生活提供伦理思想和道德规范，而且还为个人的道德修养和理想人格的塑造提供丰富的精神资源。

在元代，山西民间流传着一些道德故事，有着教化民智、净化社会风气的影响与作用。元好问《续夷坚志》记载了多则道德故事，有定襄魏仲仪信守诺言，朋友死后仍为友人设位的故事：

> 定襄魏仲仪，以经童出身，得辽阳警巡院判官。将复应词赋举，与同辈结夏课，十日一宴集。中一举子物故。他日旬会，诸人感叹存殁，仍于故人设位。少选，食至，诸人举匕筋，而设位者亦然，合坐哭皆失声，竟至罢食。①

有诚信买药的故事：

> 代州寿宁观，宋天圣中，一楸树老且枯矣。海蟾子过州卖不死药，三日不售。投药此树中。明年枯柯再茂，人目之为脱壳楸。白皜子西题诗云："一粒丹砂妙有神，能教枯木再生春。仙翁用意真难晓，只度枯楸不度人。"泰和中，王嘉言子告过寿宁，戏道判白生云："子西诗讥观中人，汝曹尚刻石耶？"白因掩覆此石。②

3. 机智人物故事

机智人物故事是生活故事的一个重要类型，这类故事多取材于现实社会生活，是指以某个机智人物为中心所展开的系列故事。机智人物作为主人公，往往是有名有姓的具体人物，如神童郭狗狗等。主人公具有"箭垛性"的特征，民众在真实故事情节的基础上，将各种流行故事附加在他们身上，相关的故事情节均滚雪球似的集中在一个人物身上，情节丰富，形成了关于某个机智人物的系列故事。同时，人物的性格具有聪明与狡猾、欺骗的双重特征，以花言巧语的狡猾与欺骗为手段，采用出奇制胜的战略为民众伸张正义，反映了人民的智慧与对封建统治阶级的反抗。机智人物故事类型，作为民间故事类型的一个组成部分，指依

---

① [金] 元好问：《续夷坚志》卷一《旬会之异》，上海：商务印书馆，1939年，第17页。
② [金] 元好问：《续夷坚志》卷三《脱壳楸》，上海：商务印书馆，1939年，第48页。

据故事情节分类归纳出的完整、独立的机智人物故事单位。凡情节大同小异的机智人物故事，均属同一个类型。机智人物故事一部分是机智人物故事特有的，一部分不是机智人物故事特有的，同时还包含着其他类别的故事，可称为以机智人物为核心的复合型故事。

在元代，民间广泛流传着神童的故事：

> 郭狗狗，平阳翼城人。父宁，为钦察先锋使首领官，戍大良平。宋将史太尉来攻，夜陷大良平，宁全家被俘。史将杀宁，狗狗年五岁，告史曰："勿杀我父，当杀我。"史惊问宁曰："是儿几岁耶？"宁曰："五岁。"史曰："五岁儿能为是言，吾当全汝家。"即以骑送宁等往合州。道遇国兵，骑惊散，宁家俱得还。御史以事闻。命旌之。[1]

故事中的主人公狗狗智谋过人、充满正义感，故事内容现实性较强，对故事的人物性格、情节进行了一定程度的虚构夸张描写，使故事内容更加丰富多彩。通过对狗狗这类神童的描写，赞扬了真善美，再现了人民群众积极乐观、奋斗进取的精神风貌。

山西民间流传着巧运皇粮的故事。相传"铁裹门"和"十八串"坐落在襄垣县城关镇的王家庄，它是元世祖忽必烈为一个功德无上、机智聪明的护国员外专门修筑的。如今七百多年过去了，"铁裹门"和"十八串"依然保持着原有的形状。故事的基本情节是：元初年间，为了平定战乱，统一北方，元世祖传旨，凡出生在山西、内蒙古一带的人，每人献出一两银子，用以军队制造兵器，襄垣百姓纷纷捐出银子。王家庄有个小伙子自告奋勇去押送银子，于是整日思索如何能把银子安全送到。一天，他忽然看见从房子上拆下来的大梁被虫蛀空，恍然大悟，于是将梁木挖空，来送银子。路上遇到匪盗也幸运地躲过了一劫，将银子安全送到了京城。后来元世祖知道这件事，念其忠心报国，就封他为护国员外，而且为他修了相互串联的十八座楼院，第一座楼门上还有元世祖亲笔写的"功臣之家"四个大字，在十八座楼院外，还有一个用水磨青石砌成的圆形街门，街门上方正中铸造着"铁裹门"三个字。[2]

---

[1] ［明］宋濂撰：《元史》卷一九七，上海：上海古籍出版社，2003年，第4442页。
[2] 长治市民间文学集成编委会编：《长治市民间故事集成》，内部资料，1988年，第1032页。

元代山西民间文学中机智人物故事中的机智手段主要反映了在特定的历史时期、特定生活矛盾或社会矛盾中，机智人物是如何利用自己的智慧为自己、为同伴或为弱者争得一份合理合法的生存权利。机智手段常常是出人意外的神来之笔。它们既是机智人物施展机智的具体方法，也往往是机智故事的高潮和转折点。同时，这些机智故事似乎给了广大平民百姓一个临时的港湾，让无望的人们得到精神的慰藉。事实上，机智人物故事始终抱有积极面世的姿态，它们大多以十足的自信、超人的智慧在生存和生活中赢得主动。

4. 神医故事

在科学、医疗技术水平还很不发达的元朝，医生在百姓中的地位无可取代，所以医治各种疑难杂症的神医故事也就广为流传。这些神医在为病人治病时，他们能够清楚地分辨这些疑难杂症到底是器官病变，还是由湿邪等所致，然后对症下药、药到病除。神医们都有自己的一项本领，有的擅药石，有的擅针灸，还有的擅望诊。如元朝山西民间流传的韩神医的故事是讲，洪洞韩昌，元末避兵于岳阳山中，遇一老僧授以医术。回乡后，医道大进，时称"神医"。韩诊病善于望诊，他"遥见人之颜色，即知祸福生死"。有一天，韩昌从门里望见女儿，觉得女儿不久将死，果然夜里女儿忽然心痛而亡。他有一个三岁的孙子，不小心把一根铁钉吞入腹中，眼看孩子的性命不保，韩昌却说孩子不会死，必须等到三年后，钉子才能出来，结果果然如韩昌所说，孩子没死，三年后顺利取出了钉子。[①]这无不体现出韩昌医术的高明。

在民众的全部生活里，生命是民间文学的原始母题。衣食住行构成了民众日常生活的主要内容，与之相关的生产生活类民间文学十分丰富，这促使民众加强了对身体、生命的关注，在代代相传的过程中，增添了时代的内容。人类从茹毛饮血到取火熟食，经历了从野蛮到文明的初步转化，加之医药学的出现，人类的生命长度被不断延长，而那些来自民间的传说、故事、民俗等都反映了民众对生命的关注，传承着他们世代延续的生存经验。

以卖医药为生的女性古已有之，"三姑六婆"这个概括性的词语则最早见于元代陶宗仪的《南村辍耕录》，元代已经存在"三姑六婆"，并多有记载，除了陶

---

① 贾跃胜、曹培林：《山西中医史话》，太原：山西人民出版社，2003年，第26—27页。

宗仪的《南村辍耕录》，徐元瑞《吏学指南》中同样有类似的记载：

> 官府，衙院，宅司，三姑六婆，往来出入，勾引厅角关节，搬挑奸淫，沮坏男女。三姑者，卦姑、尼姑、道姑；六婆者，媒婆、牙婆、钳婆、药婆、师婆、稳婆，斯名三刑六害之物也，近之为灾，远之为福，净宅之法也。犯之勿恕，风化自兴焉。①

其中的药婆和稳婆是从事医药服务的人员，尤其是稳婆，主要为妇女接生。元代名医朱震亨《丹溪先生胎产秘书》中有"当令产母仰卧，稳婆轻推而近上"以及"若儿头之后骨，偏在谷道，儿顶未正，当令稳婆热手"。②

在元朝，民间流传着韩医妇的故事。韩医妇医术精湛，常游行四方，在民间行医。孝义知县周佑之母患噎病，已七日汤勺不入口了，气奄奄垂尽之象。周佑听说韩医妇治噎有奇效，遂迎请而来。韩医妇以花椒煮水，让病人反复漱口后，拿出一根六棱形、一端尖长三寸多的白石，拴引一红线纳于患者口中，并令患者不断地咽下口中唾液，韩医妇则多次用手指摩揩患者咽喉部位。又外用一筷子在口中划探，令患者咳，终于咳出一肉片样物。这时病人顿觉轻快，随即便能进食面条了。三天后，病人起身而愈。周佑因感其为自己母亲治病奇验，刻石记其事迹。③

在古代，一些男性医者无法进入闺房，对于女性的生育以及妇科疾病等方面的查验是无法亲自医治的，所以女性医者的存在与这一现实的原因密不可分。

（二）幻想故事

幻想故事，又称"魔法故事"或"民间童话"，多通过幻想构成离奇的情节，表现善恶的矛盾和斗争，而结局总是恶人受到惩罚，善良人得到幸福。主要可分为动物报恩故事、因宝获福故事、怪孩子故事和异类婚配故事等。动物报恩故事中的主人公都为动物，它们具有神奇的力量，在主人遇难时刻，帮助主人化险为

---

① ［元］徐元瑞：《吏学指南》（外三种），杭州：浙江古籍出版社，1988年，第146页。
② ［元］朱震亨：《丹溪先生胎产秘书》卷中，《续修四库全书·子部·医家类》第1007册，上海：上海古籍出版社，2002年，第229页。
③ 贾跃胜、曹培林：《山西中医史话》，见李玉明主编：《山西历史文化丛书》（第八辑），太原：山西人民出版社，2003年，第27—28页。

夷，战胜邪恶。因宝获福故事常出现一件宝物，由魔法人物、动物赐给主人公，他们靠宝物的神奇效应，战胜邪恶，获得幸福。怪孩子故事多讲上天赐给一对老年夫妇一个怪孩子，怪孩子很聪明，帮助老年夫妇战胜各种邪恶力量。异类婚配故事又称变形故事，如蛇郎、龙女、天鹅姑娘、鱼姑娘、雁姑娘、田螺姑娘等均为此类故事中的主人公。在这里，将介绍元代山西发展较为成熟的幻想故事类型：转世复仇型、鬼狐精怪型、神助型。

1. 转世复仇型

佛教认为世间万物、生命个体由"五蕴"合成，五蕴即色、受、想、行、识，肉体消亡后，依存于肉体的灵魂便会因"善恶业力"，坠入轮回，生生死死无限循环。"业"即行为，是世人自己所做的善事与罪恶。善恶业力是众生因果相续的原因，是推动死生循环的动力。善恶业力不会自行消除，当生命将要结束之时，善恶业力所造就的因缘果报，决定了死亡之后的轮回。善恶业力不等，所得的报应便不同，死后便会进入不同的六道轮回中。

受中国古代鬼魂观念的影响，与佛教三世说融合，佛教认为，除今生外，人还有前生、后世，合称"三世"。每个生命个体都必须依循因果规律在"三世"和"六道"（天人道、人道、畜生道、阿修罗道、饿鬼道、地狱道）中轮回。一个生命死后，灵魂则可以发生迁移，按照因果报应的规律重新投胎，这就是转世。转世重生取决于因缘和业力，六道轮回、因果报应的观念打破了古人传统的功利的人生观念，开拓和丰富了民众的想象，与之相伴的是转世故事。山西民间就流传着《王生冤报》的故事。

> 定襄邱村王胡，以陶瓦为业。明昌辛亥岁歉，与其子王生者就食山东。一日，有强寇九人，为尉司跟捕急，避死无所，就此家藏匿，以情告云："我辈金贝不赀，但此身得免，愿与君父子平分之。"王因匿盗窑中，满实坯瓦。尉司兵随过，无所见而去。胡父子心不自安，且利其财，乘夜发火。不移时，熏九人死。即携金贝还乡。数年，殖产甚丰，出乡豪之上。[①]

这个故事讲述的是王胡、王生父子二人害死强寇九人，独吞金贝，成为乡间富豪。后来被害的九人转世为人，向他们复仇，最后王生被冤魂附体索命致死。

---

① [金]元好问：《续夷坚志》卷四《王生冤报》，上海：商务印书馆，1939年，第65页。

转世型故事具体来说是转世投胎（转世复仇）型故事，其核心是转世重生，有一定的道德判断。通常转世原则为"善有善报，恶有恶报"，表达了元代山西民众的道德评判。

阳曲北郑村中社铁李者也是山西流传的转世传说故事，他以捕狐为业。

> 大定末，一日张网沟北古墓中，系一鸽为饵，身在大树上伺之。二更后，群狐至，作人语云："铁李、铁李，汝以鸽赚我耶？汝家父子，驴群相似，不肯做庄农，只学杀生。俺内外六亲，都是此贼害却。今日天数到此，好好下树来。不然，锯倒别说话！"即闻有拽锯声，大呼擉镬煮油，当烹此贼！火亦随起。铁李惧，不知所为。顾腰惟有大斧，思树倒则乱斫之。须臾天晓，狐乃去。树无锯痕，旁有牛肋数枝而已。铁李知其变幻无实，其夜复往。未一更，狐至，泣骂俱有伦。李腰悬火罐，取卷爆潜爇之，掷树下。药火发，猛作大声，群狐乱走。为网所胃，瞑目待毙，不出一语。以斧椎杀之。①

《续夷坚志》中还记载了贾道士前身的故事。

> 宣德朝元观贾道士，鱼儿泊贾大夫之子，知其前身本潞州人义镇王秀才。贞祐之兵，为北骑所俘，乘骑他出，逃去。骑追及，枪中其额而死。死后性不昧。顾盼中有二人来扶之，使历观诸狱，不忍恐怖，复扶之出。过一石桥，见莲花盆子中，贮恶血汁，令饮之。觉腥，口不可近，不肯饮。二人不之强，但推堕水中。既而开目，知受生此家。三日洗儿，及满月，乡邻来贺，皆见，但语不出。六七岁说前事，即求出家。父母不得已许之。送朝元观作道童。一日，俘主来观中，人说前事。俘主亦了了能记，都不差。视其额角，疮瘢犹存。②

2. 鬼狐精怪型

"鬼魂"从原始先民的认识与原始宗教中发展而来，早期人类认为人有魂魄，死后魂消失，魄独立为鬼。鬼的种类并不仅限于人死之鬼，还包括各种有生命的动植物以及无生命的社会事物。一如人生活在人间，鬼亦有它们的生存空间——

---

① [金]元好问：《续夷坚志》卷二《狐锯树》，上海：商务印书馆，1939年，第19页。
② [金]元好问：《续夷坚志》卷一《贾道士前身》，上海：商务印书馆，1939年，第16页。

第六章　元代山西民间文学

阴间。如果它们的活动范围仅限于此，便还不足以体现它们作为异类的特征，鬼亦可游荡于人间。由于原始先民生产力水平低下，加之生存环境的恶劣，对未知的事物充满着畏惧与不安，因此认为鬼本性向恶，它们代表着祸患与灾难，常在人间为非作歹。山西流传着鬼妇人的传说：

> 太原庙学，旧有鬼妇人。是宋时一提刑妾，为正室妒，捶而死，倒埋学旁，其处有桑生焉。此鬼时入斋舍，与人戏语，然不为崇也。大定中，有数人夜宿时习斋。三更后，忽闻窗外履声，须臾入斋，以手遍扪睡者云："此人及第，此人不及第。"既而曰："休惊、休惊也。"及至后，皆如其言。学正马持正说。睡者赵文卿、段国华、郭及之。[①]

在这个故事里，"鬼妇人"生时悲惨，为人做妾，竟然还被正室虐待惨死。然而，她死后却不害人，进入书房，只与人说一些开玩笑的话，还安慰别人不要害怕，尤其是她预测人的前途准确无误。可见这个世界有人如恶鬼，有鬼似善人。

对鬼魂的信仰源于灵魂不灭观念，它普遍存在于世界各地早期人类的观念中。进入阶级社会后，鬼魂观念作为一种民间文化，深刻地影响着世人的民俗生活，如丧葬习俗、祭祀习俗等。同时它又被统治阶级所利用，作为劝诫教化民众的思想武器，作为法律约束与道德维持的补充。如元代山西流传蛟龙作祟传说：

> 崇宁五年，夏，解州有蛟在盐池作祟，布氛十余里，人畜在氛中者，辄皆嚼啖，伤人甚众。诏命嗣汉三十代天师张继先治之。不旬日间，蛟祟已平。继先入见，帝抚劳再三，且问曰："卿此剪除，是何妖魅？"继先答曰："昔轩辕斩蚩尤，后人立祠于池侧以祀焉。今其祠宇顿弊，故变为蛟，以妖是境，欲求祀典。臣赖盛威，幸已除灭。"帝曰："卿用何神，愿获一见，少劳神庥。"继先曰："神即当起居圣驾。"忽有二神现于殿庭：一神绛衣金甲，青巾美须髯；一神乃介胄之士。继先指示金甲者曰："此即蜀将关羽也。"又指介胄者曰："此乃信上自鸣山神石氏也。"言讫不见。帝遂褒加封赠，仍赐张继先为视秩大夫虚靖真人。[②]

精怪，亦称妖怪，在口头传说或文本记述中，"妖""精""怪"意义相近。

[①] ［金］元好问：《续夷坚志》卷一《玉儿当是其名》，上海：商务印书馆，1939年，第9页。
[②] ［元］无名氏：《宣和遗事》元集《盐池蛟祟》，北京：中国古典文学出版社，1954年，第13页。

373

精怪具有神力异能，灵善变化，是具有超自然灵异性的动物、植物、器物等。精怪形象的诞生与民众的信仰观念息息相关，这种意识层次的思想特质是原始宗教、人为宗教和民间知识的综合反映。《续夷坚志》就收录了泽州流针工遇鬼的故事。

　　一日人定后，方阅针次，闻人沿濠上来，喜笑曰："明日得替矣！"人问替者为谁？曰："一走卒自真定肩伞插书夹，来濠中浴，我得替矣。"针工出门望，无所见，知其为鬼。明日立门首待之。早食后，一疾卒留伞与书夹针工家，云欲往濠中浴。针工问之，则从真定来。因为卒言：城中有浴室，请以揩背钱相助。卒问其故，工具以昨所闻告，辞谢再三而去。其夕二更后，有掷瓦砾于门大骂曰："我辛苦得替，却为此贼坏却，我誓拽汝水中！"明旦，见瓦砾堆。数夕不罢。此人迁居避之。[①]

总而言之，山西流传的鬼狐精怪型幻想故事表现了民众对生命本身的探索，蕴含着元人对生存状态及生命意识的思考与想象。这种生命意识的思考就是对生死的感知及建立在生死意识之上的生存价值的思考。

3. 神助型

神助型故事的叙事结构是主人公有难，能力有限或者不知道如何应对事情，当灰心丧气之际，得到佛佑神助，从而解决困难。丁乃通《中国民间故事类型索引》将其列为AT500-559"神奇的帮助者"。[②]

其中一部分神助型故事就体现了科举考试与民间的关系。科举取士是普通民众步入仕途的重要途径，寒门学子寒窗苦读数十载，只为能在考试中取得理想的成绩，谋得一官半职，改变命运，实现人生理想。面对竞争激烈的科举取士，普通民众在努力备考的同时也常常幻想能够得到上天庇佑。

　　大安初，高子约、耿君嗣、阎子秀、王正之考试平阳，举子万人。主司有梦绯衣人来谢谒者。明旦试题下以语同官。俄，群鹤旋舞《至公楼》上，良久不去。主司命胥吏揭榜大书示众云："今场状元，出自河东。"当举府题

[①]〔金〕元好问：《续夷坚志》卷二《溺死鬼》，上海：商务印书馆，1939年，第25页。
[②]〔美〕丁乃通：《中国民间故事类型索引》，郑建成、李倞译，北京：中国民间文艺出版社，1986年，第157页。

《圣人有金城》，解魁宋可封、泽州；省《俭德化民家给之本》，省魁孙当时；御题《获承休德不遑康宁》，状元王纲，平阳。三元者果皆河东云。①

神助型幻想故事目前学界分为三类：一类是神奇宝物型，一类是神奇力量或知识型，还有一类是神奇动物故事。前两种类型的民间故事在山西广泛流传，不少被文人雅士收录至文学作品中。

关于神奇宝物的故事，在元代山西也有相关的记载：

> 太原王氏，上世业医，有阴德闻里中。至君玉之父，翁母皆敬神佛。一净室中安置经像，扃钥甚严，于洒扫母亦亲为之。一日晚，入室中焚诵，忽供几下一细小物跳跃而出，有光随之，须臾，作声如马嘶。母起立祝曰："古老传有金马驹，今真见之！果欲送福，来老妇衣襟中！"即以襟迎之，此物一跳而上，视之，金马也！君玉以天眷二年第，器玉、汝玉皇统元年相次科第。乡人荣之，号"三桂王氏"。府尹并以"三桂"名所居之坊。翁四子，三子登科，一子以荫补。至其孙仲泽，复为名进士，文章、政事、谈辨、字画，大为时辈所推。金马方广三寸，金作枣瓤色，项颈微高，尾上揭如艾炷，髀股圆滑。兵乱之后，予曾见之。浚州清卿房约为赋《金马辞》也。②

此外，《续夷坚志》收录了大量神奇力量或知识型故事：

> 忻州西城，半在九龙冈之上。置宣圣庙、铁佛寺、天庆观，为州之镇。天庆观老君殿尊像极高大，唐七帝列侍。父老云：是神人所塑。晋天福二年重修。每岁二月十五日，道家号"贞元节"，是日有鹤来会。多至数十，少亦不绝一二，翔舞坛殿之上，良久乃去。州人聚观，旁近城上。州刺史约：先见鹤者有赏。四远黄冠及游客，来者三日不绝。贞祐兵乱，殿废，鹤遂不至。③

这段故事叙述了神奇动物显灵的场景。元代受"万物有灵"思想和动物崇拜、图腾崇拜观念的影响，常常将动植物人格化，并赋予它们以某种超自然的神奇色彩。

---

① ［金］元好问：《续夷坚志》卷四《平阳贡院鹤》，上海：商务印书馆，1939年，第60页。
② ［金］元好问：《续夷坚志》卷一《王氏金马》，上海：商务印书馆，1939年，第9页。
③ ［金］元好问：《续夷坚志》卷一《天庆鹤降》，上海：商务印书馆，1939年，第8页。

四、元好问与山西民间文学

（一）元好问与山西民间故事

1. 生平传说

元好问，字裕之，太原秀容（今山西忻州）人。由于他在遗山（今山西定襄县城东北十八里）读过书，自号遗山山人。现在忻州市城南十里的韩岩村，保存着他的坟墓，在城南二十五里的元家山村，还有他的后裔。

元氏原系拓跋氏，自北魏孝文帝迁都洛阳，改姓为元。北魏灭亡后，他的一部分子孙，落籍在河南汝州。元好问的祖先，在五代以后，从汝州迁居山西平定。他的高祖谊，在北宋宣和年间，官忻州神武军使，到他的曾祖春，就从平定移家忻州，从此就成忻州人了。他的曾祖做过北宋的隧州团练使，祖父滋善，做过金朝的柔服丞。父亲德明，隐居不仕，长于作诗，著有《东岩集》。元好问出生后七个月，就过继给他叔父格。

据《金史》记载，元好问"七岁能诗，年十有四，从陵川郝晋卿学，不事举业，淹贯经传百家，六年而业成。下太行，渡大河，为《箕山》《琴台》等诗。礼部赵秉文见之，以为近代无此作也，于是名震京师。中兴定五年第，历内乡令。正大中，为南阳令。天兴初，擢尚书省掾，顷之，除左司都事，转行尚书省左司员外郎。金亡，不仕"[①]。从《金史》的记载可以看出，元好问是一个有真才实学的人，年幼时就聪颖过人。元好问一生科举之路坎坷，多次参加考试，却屡试不第，山西也有关于他去应试路上的传说。

金泰和五年（1205），元好问去并州应试，路上碰见一个捕雁的人说："今天捕到一只雁，已经杀了。它那逃走的伴侣，悲鸣不停，竟然故意投地而死。"元好问深受感动，便从他手里把死雁买过来，埋葬在汾河边，堆上石块做标志，起名为"雁丘"，并且还留下了一首传世之作，也就是后世著名的《摸鱼儿》。[②]元好问的这则传说不仅显示了他的善良多情，更赞颂了他的才华。

---

① [元]脱脱等撰：《金史》卷一二六《列传第六十四》，北京：中华书局，1975年，第2742—2745页。
② 温作君、李玉明主编：《山西历史文化丛书》第五辑《元好问》，太原：山西人民出版社，2001年，第29页。

元好问因为憎恨奸臣误国，痛心国家的灭亡，就以诗记史，收集金国历代官员君主所作诗歌，并将其汇编成册。元好问文学地位的奠定，在于他的诗词，特别是在金国灭亡之后所作的诗词。这些诗作广泛而深刻地反映了国破家亡的现实，具有诗史的意义。

2. 人物传说

除了文献收录的故事之外，还有大量的口传文本叙述着元好问的故事。在元代，山西忻州市流传着"东岩映月"的传说。相传，忻州城每月农历十四、十五的夜晚，只要是晴天，站在县衙大堂口，向东南方瞭望，就可看见金圆的月亮，比天上的月亮还圆。当地人传说它是元好问幼年时在福田寺读书时画的假月，后来竟成了真月。元好问从小聪颖好学，随父元德明前往福田寺读书时，每天都学习到深夜。有年夏天，天气十分燥热，元好问打开窗户读书，一只马蜂飞来影响他，元好问便把马蜂打死，扔入笔筒之中，慢慢地被打死的马蜂就装满了笔筒。一天晚上，他躺在床上默想诗句，忽见桌上的笔筒里闪射着金黄色的亮光，他忙将笔筒里的马蜂都倒了出来，发现每只都是金黄色的，元好问就把红肚马蜂一只一只地掐去头部，留下肚子，放至大碗里，捣成糊状，在福田寺后殿面对县衙门的雪白墙壁上，画了一个圆圆的月亮。后来，人们就把这叫作"东岩映月"，也叫"东岩望月"或"东岩夜月"，成为忻州八景之一。[①]

体现元好问从小就机智聪慧的传说还有不少，比如《元好问独闯县衙》。元好问小时候，曾跟继父元格在太原闲住。一天，他在太原府衙门街上玩耍，忽然见一个公人骑马而来，街上卖货的小摊贩都闪开一条路，但是有一个卖豆腐的老汉，没来得及躲闪，结果豆腐撒了一地，老汉也滚跌在一边。骑马的公人一怒，就打了老汉两巴掌，周围也没人敢说话。只有元好问拉住了公人让他赔老汉豆腐，可是却挨了一鞭。元好问挨了打却没有退缩，一直追到了府衙里面，大叫着让公人赔豆腐。叫喊声惊动了岢岚县巡抚王汤臣大人，巡抚见此情景，就叫了元好问来问话，了解事情始末之后，他让那个公人去道歉赔钱。后来一问才知道，原来这小娃娃就是元格的继子元好问，试了他的才学之后，逢人就夸："元格的

---

① 中国民间文学集成全国编辑委员会、《中国民间文学集成·山西卷》编辑委员会编：《中国民间故事集成·山西卷》，北京：中国 ISBN 中心，1999 年，第 86—87 页。

儿子，果然是神童！"①这个传说反映了元好问自小就聪颖过人，而且见义勇为，为受苦百姓打抱不平，说明杰出人物的优秀品质从小就显露出来了。

民间关于元好问的传说除了表现他年幼聪慧过人、生来不凡外，还有一些则主要赞扬他文采斐然的品质。金末遭乱，为了避祸，元好问行至一古庙处，打算歇息一晚，晚上的时候，忽然有声音从梁上传来，想和他探讨学问，二人探讨一番之后，那人称赞元好问果然文采过人，之后又告诫他少出户外。第二日，元好问打算离开，那人说先替他出去探一探前面的路况再说，结果元好问一直在此住了数日，一直到那人说可以走了才上路。后来才知道，那声音不是人，是神仙，因为外面一直有一只老虎盘桓，为了不让他遭难，所以来护着他。②

（二）《续夷坚志》与山西民间故事的搜集整理

《续夷坚志》是元好问创作的文言短篇志怪小说集，凡四卷，二百零七篇，书名承南宋洪迈《夷坚志》而来。夷坚之名，始见于《列子·汤问》，谓大禹治水时，有神怪珍禽异兽，大禹行而见之，伯益知而名之，夷坚闻而志之。洪迈的《夷坚志》记录了许多怪异事件，《续夷坚志》亦是如此，书中记叙了上下近七百年间的事，其中所记之事年代可考者，较早的一篇是《临淄道院》，记北齐后主高纬天统二年（566）所发生的事，最晚的一篇是《抱阳二龙》，记元宪宗蒙哥元年（1251）所发生的事。《续夷坚志》确切的成书年代尚不可考，只能确定是元好问晚年所作。在这部著作中，元好问记录了他感到奇异和稀少罕见的奇人异事、珍宝偏方，从不同角度反映金元之际的社会百态。"《续夷坚志》中有70多篇反映宗教的内容，占全书三分之一。这些作品各具特点，令人目不暇接，深入研究这类作品，对于了解金末元初宗教特点和人们深层心理，以及宗教对小说艺术的影响是大有裨益的。"③直接反映市民生活的有17篇。

元好问生在一个战乱的时代。《续夷坚志》中收录了众多战争传说故事，为研究金元社会历史情况留下了可参考的资料。如《神救甄帅军》描写蒙金交战的

---

① 中国民间文学集成全国编辑委员会、《中国民间文学集成·山西卷》编辑委员会：《中国民间故事集成·山西卷》，北京：中国ISBN中心，1999年，第85—86页。
② ［元］孔克齐：《至正直记》卷二《遗山奇虎》，上海：上海古籍出版社，1987年，第76页。
③ 李献芳：《元好问〈续夷坚志〉与金末元初宗教》，《中国文学研究》2002年第3期。

第六章　元代山西民间文学

复杂形势及金内部将帅闹内讧导致的悲剧。

己卯岁（1219），甄全为北兵所攻，求救于恒山军（武仙）。恒山军逗留不前，全逾城逃跑，为北兵所获，恒山军以为全叛己，诛杀外出运粮士兵，杀虏甚众。"是夜，砦上大青鬼现，眼如杯，赤红、有光焰。军士惊怖散走，甄众乃得脱。"武仙原为金将，兴定四年（1220）二月，金因山东、河北等地为蒙古所残破，乃在这些地区封授九公，以便收复失地。武仙封为恒山公。甄全为其侧佐。

这篇小说反映了人心的复杂，使本来纵横交错的战争形势更加扑朔迷离。小说揭示战争使人性扭曲的本质，呼唤人的真知和良心，制止残酷争战。[①]

关于《续夷坚志》的材料来源，元好问在记载奇闻异事之后，往往说明其获得的途径。从中可知，其材料来源包括两方面：一是得自传闻。如《张童入冥》讲张翁之子死而复生之事，作者在最后指出"赵长官亲见之"[②]，可见作者从赵长官处听闻得知。另一方面是自己亲身经历或亲眼所见，诸如开篇的《镇库宝》中所讲一枚赵王所炼后被称为"镇库宝"的丹药在战乱中的流转过程，作者"同户部主事刘彦卿往观之"[③]，接着详细记载丹药的保存情况，并在文章结束时强调"壬辰年亲见"。由此可见，《续夷坚志》中的素材大都来自于民间传说与民间故事。

元代虽然是由少数民族建立的，但汉人却占人口的大多数，因而中原地区的民风民俗继承了汉人的信仰观念，并形成了独特的风土人情。《续夷坚志》虽然是志怪小说，记录鬼神怪异之事，但故事背后也蕴藏着民间的价值取向和思维方式。元好问面对战乱中的血雨腥风，怀着一种真挚的情愫，记述中原百姓由恐惧、崇敬、祝祷等心理而形成的多种民间信仰，所以其中也有不少表现民间信仰的传说。

土地是百姓赖以生存的依托，与百姓关系最为亲近。民间的土地崇拜，很大程度上反映出人们对土地的依赖、敬畏和感激。比如《土禁二》写怀州有人掘地时发现了肉块，众人认为触怒了太岁，是凶邪之兆。但他不以为然，继续挖掘土

[①] 李献芳：《试说元好问的〈续夷坚志〉》，《中国典籍与文化》2002 年第 4 期。
[②] 姚奠中主编，李正民增订：《元好问全集》，太原：山西古籍出版社，2004 年，第 1123 页。
[③] 同上注，第 1117 页。

地，导致半年后发生了"死亡相踵，牛马皆尽"的惨剧。

> 乙巳春，怀州一花门生率仆掘地，得肉块一枚，其大三四升许。以刀割之，肉如羊，有肤膜。仆言："土中肉块，人言为太岁，见者当凶，不可掘。"生云："我宁知有太岁耶？"复令掘之，又得肉块二。不半年，死亡相踵，牛马皆尽。古人谓之"有凶祸而故犯之，是与神敌也！"申胡鲁邻居亲见之，为予言。①

百姓坚信"有凶祸而故犯之，是与神敌也"的定律，怀着敬畏之心对待神圣的土地。与此类似的还有《郑叟犯土禁》《土中血肉》等，都写了因为触犯太岁招致祸害的事件，人们把土地人格化，赋予其太岁的具体形象。太岁保佑人们、赐福天下，但是如果人们对太岁不敬，就会遭到报应。这是一种朴实的民间信仰，寄托百姓对土地的崇敬和对幸福生活的向往。

在普通百姓眼中，大自然通常是变幻莫测、充满神秘感的。人们享受大自然赐予的祥瑞，同时也对灾异现象感到恐惧。《瑞禾》叙述郝氏家中谷田丰收，预示着"郝氏统军万人，佩金虎符"将成就一番事业。《三秀轩》写李有之、高唐卿、赵廷玉在腊月看到罕见的桃花、金蝉、竹笋，预示着"三人皆登上第"，前途一片光明。又如《莲十三花》写刘轨家莲池里一茎开了十三朵莲花，预示着刘轨中第。这些都反映了民间的庶物崇拜，把自然物人格化、神化，寄托人们的美好意愿。与之相反，自然中的灾异现象也会不时地降临人间，带给人们苦难和恐惧，比如《暴雨落羊头》《陈守感应》《鬼拔树》等篇目记录了不祥之兆带来的灾难。一定程度上反映了人对大自然的敬畏、期许、亲善等复杂的情感。

此外，《续夷坚志》中还有不少记男女风情的传说。如《京娘墓》记王元老与杨京娘的鬼魂遇合，并为京娘所救的故事，颇有情韵；《天赐夫人》记金代名医梁肃娶大风飘来的女子为妾，人称"天赐夫人"事，颇有传奇色彩，流传较广。记百姓美德的传说，如《戴十妻梁氏》记戴十被蒙古人杀害后，其妻梁氏拒绝以钱抵命，要求凶手偿命，表现出无所畏惧的勇气；《盗谢王君和》记王君和与人赌鱼，赢后却还与其人，后遇盗，因盗中即有输鱼者而获免，赞扬了百姓不贪小利的高尚品德。记山水风情的传说，如《仙猫》记天坛中岩有仙猫洞，游人

---

① [金]元好问：《续夷坚志》卷一，上海：商务印书馆，1939年，第32页。

在洞前呼"仙哥",洞内就会有回应,表现了回音洞的趣味性和游人的情致;《明月泉》曰:"人至泉所,以纱帛障眼,下视泉水,或见月在水中,故泉以为号。"展现了明月泉之美和人们的盎然趣味;《潼山庄氏》记庄子后人在潼山地区居住,过着世外桃源般的生活,民风淳厚,岁岁安乐。这些丰富多彩的风土人情传说的记载,包罗万象,充分展现了中原人民的社会生活画卷。

五、元杂剧与山西民间文学

王国维在《宋元戏曲考》中说:"凡一代有一代之文学,楚之骚,汉之赋……元之曲,皆所谓一代之文学,而后世莫能继焉者也。"[1]元杂剧是元代的代表文学和彪炳文学史册的辉煌成果。戏曲从产生那一天起就是民间文学的重要形态。从口头传说故事被演绎成为表演、说唱艺术的文本,或口耳相传,或口传心授,这是民间文学存在与发展的特殊形式。鲁迅先生认为:"唐朝的'竹枝词'和'柳枝词'之类,原都是无名氏的创作,经文人的采录和润色之后,留传下来的。""偶有一点为文人所见,往往倒吃惊,吸入自己的作品,作为新的养料。旧文学衰颓时,因为摄取民间文学或外国文学而起一个新的转变,这例子是常见于文学史上的。"[2]因此,即使杂剧艺术成为文化产业,但其民间文学的意义与形式仍然得到保存。

在中国戏曲发展史上,宋、金、元是一个重要的历史阶段。我国古典戏曲的最初形式是宋杂剧、金院本及南戏,随后又出现了成熟的戏曲形式——元杂剧,进入我国戏曲史上的黄金时代。金、元北方统治,山西为其重要的经济、文化区域,文人众多,而且蒙古、元朝统治时期,科举考试长期废止,这就使这一地区的一大部分文人仕进无门,只好在民间文学、戏剧的创作中讨生活。因而,蒙古国时期及元初,山西境内出现了一大批剧作家。[3]元人周德清《中原音韵自序》中提及"乐府之盛、之备、之难,莫如今时……则自关、郑、白、马一新制作,韵共守自然之音,字能通天下之语,字畅语俊,韵促音调"[4]。明确表现了其对山

---

[1] [清]王国维:《王国维戏曲论文集》,北京:中国戏剧出版社,1984年,第3页。
[2] 鲁迅:《门外文谈》,北京:人民文学出版社,1974年,第34—35页。
[3] 刘泽民等主编:《山西通史·宋辽金元卷》,太原:山西人民出版社,2001年,第329页。
[4] 李修生主编:《古本戏曲剧目提要》,北京:中华书局,1997年,第29页。

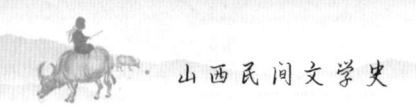

西籍曲家的赞赏。由此可见，元杂剧之所以能够成为一代文学之胜，晋籍曲家的艺术贡献不可小视。山西民间传说和民间故事对于晋籍作曲家创作作品有不可忽视的意义。

（一）元杂剧中的山西民间传说

山西民间文学是晋籍作曲家创作作品的源泉。元杂剧中以山西历史传说、山西人物传说为题材的剧目占据了很大比重。有关人物传说的，如山西将相传说，关汉卿《关大王独赴单刀会》、关汉卿《关张双赴西蜀梦》、无名氏《关云长千里独行》等作品主角都是关羽。高文秀《刘玄德独赴襄阳会》、郑光祖《虎牢关三战吕布》和无名氏《诸葛亮博望烧屯》等杂剧对关羽着墨很多。关羽的忠义神勇被历代君主推崇，在全国各地都有纪念关羽的寺庙，山西省运城市解州城西的关帝庙，是至今仍然完整保留的一座全国最大的关帝庙。其庙内楼台殿阁共达三百余间，是游览胜地之一，堪称天下第一关帝庙。关羽的故事，在民间长久传颂，并不断地在舞台上表演。

尚仲贤《尉迟恭三夺槊》、关汉卿《尉迟恭单鞭夺槊》和杨梓《功臣宴敬德不伏老》的杂剧都是以尉迟恭为主人公的剧作。张国宾《薛仁贵荣归故里》和无名氏《摩利支飞刀对箭》是以平民英雄薛仁贵为主人公的作品。薛仁贵故事在唐宋时期流传较广，在金元之际也是戏曲家较为关注的题材。值得一提的是，在张国宾《薛仁贵荣归故里》中，对山西农村风光的描写成为一大特色。剧中用大量篇幅描写农村风光习俗、农民生活情趣，如充满农村气息的人名薛驴哥、伴哥、禾旦，伴哥述说与薛仁贵儿时嬉游所唱曲，薛父参加乡邻婚礼遭受歧视，以及描写薛父生活艰难的几支曲等。《薛仁贵荣归故里》是元曲中一部以农村为主要舞台的剧作，对开拓元杂剧题材，丰富元杂剧人物做出了贡献。元杂剧中的薛仁贵虽出身平民，却英勇忠义，深受民众喜爱。剧中山西平民英雄的形象渗透着剧作家和老百姓的思想感情和审美标准。

在山西广泛流传着仙化传说故事，这些神仙或者有真实的历史人物作为其产生的依托背景，或者纯属子虚乌有，但是他们都与一定的风物相联系，传说故事与其他一些宗教传说一起构成元杂剧的重要内容。诸如马致远《吕洞宾三醉岳阳楼》、马致远《邯郸道省悟黄粱梦》、谷子敬《吕洞宾三度城南柳》、岳伯川《吕洞宾度铁拐李岳》和贾仲明《吕洞宾桃柳升仙梦》。吕洞宾神仙道化剧的传播与山西全真教的传播有极大的关系,山西地区是全真教文化宝库之一,很多全真教名人长期在山西地区活动,也留下了大量的全真教文物遗产。"丘处机的弟子宋德方,道号披云真人,是元太祖十五年随丘处机西游大雪山晋见成吉思汗的十八人之一。元太宗九年(1237)遵其师丘处机的遗志与嘱托,来到平阳(今山西临汾)玄都观,主持刊刻《玄都道藏》,他往返奔波于山西管州(今山西静乐)、上党、太原、晋南等地,搜集遗经,设局雕刻,历时近10年,刻成7800余卷,版藏于玄都观,称玄都宝藏。这是宋德方一生中最重要的业绩,是他对中国道教文化的杰出贡献,也是山西道教文化发展的光辉一页。"[1]山西道教名人吕洞宾家乡芮城县永乐镇修建的规模宏大的永乐宫,和北京的白云观、陕西终南山的重阳宫,并称为当时全真教的三大祖庭。全真教在山西的大量活动事迹,是山西道教文化发展的一个新的高峰。全真道的兴盛,使元曲中一大批神道剧出现,"写全真教五祖七真事迹的杂剧数量很多,流传至今的,除马致远的作品外,还有很多。这是由于元代北方全真教的影响较大,而杂剧重要作家又多是北方士人的缘故"[2]。吕洞宾作为山西道教名人,故事在各地流传甚广,广大晋籍作曲家熟悉,所以有关吕洞宾的杂剧数量多、影响大。山西神仙文化在元代的发展,显示出民间信仰在特定历史条件下又一种社会风俗生活现象存在状况。

山西历史悠久,从叔虞封唐,到晋文公称霸、三家分晋,再到李渊晋阳起兵、宋太宗火烧晋阳城,山西参与了历史中的许多重大事件,走过了一条辉煌而又坎坷之路。元代大多数山西杂剧作家都创作过以历史为题材的杂剧:如李寿卿的《说专诸伍员吹箫》,狄君厚的《晋文公火烧介子推》,孔文卿的《地藏王证东窗事犯》,郑光祖的《钟离春智勇定齐》《立成汤伊尹耕莘》《醉思乡王粲登楼》《辅成王周公摄政》《虎牢关三战吕布》《程咬金斧劈老君堂》。其中尤以郑光祖的创作最多,他现存的八部作品中,有六部是历史剧,这些历史剧的创作得益于山西深厚的历史文化传统,保存下众多民间历史传说故事。

纪君祥的《赵氏孤儿大报仇》、狄君厚的《晋文公火烧介子推》和杨梓的

---

[1] 李元庆:《三晋古文化源流》,太原:山西古籍出版社,1997年,第482页。

[2] 李修生等编:《元杂剧论集(下)》,天津:百花文艺出版社,1985年,第257页。

《忠义士豫让吞炭》，这三部作品都是叙述晋国历史。《赵氏孤儿大报仇》取材于《史记》中《晋世家》《赵世家》《韩世家》。传说晋灵公近臣屠岸贾，进谗言将忠良赵盾家族三百余口满门杀绝，仍不放过公主与附马赵朔所生赵氏孤儿。草泽医生程婴将赵氏孤儿带出宫门，投奔老臣公孙杵臼，用自己的儿子换了赵氏孤儿。屠岸贾收留程婴为门客，并将程婴假子真赵氏孤儿收为义子，取名屠成。二十年后赵氏孤儿长大，武艺超群，赵氏孤儿得知家仇，杀死屠岸贾，为赵氏报仇雪恨。屠成，谐音屠城，受蒙元的影响十分明显。此剧发生在山西盂县，在《史记·赵世家》中有"程婴卒与俱匿山中，居十五年"[1]。在山西阳泉有名山盂山，现如今已改为藏山。据传，此山就是程婴藏赵氏孤儿的地方。在藏山中，还有藏孤洞和祠堂。这部作品表现慷慨悲壮的英雄情怀，末世苍凉基色之上有着生命激情的艳异，被朱权赞为"雪里梅花"。赵氏孤儿传说是山西典型的民间传说故事，它发源于以襄汾为中心的晋南地区，随着赵氏家族政治中心的北移传播至忻州，在民间信仰的推动下辐射至盂县藏山等地，在晋地形成了三个各具特色的传说亚区，三地传说的差异性突出表现在主题的区别上。[2]

狄君厚《晋文公火烧介子推》本事出于《史记·晋世家》。传说晋献公宠信骊姬和国舅，把太子申生、重耳贬为民。重耳逃到介子推家，介子推陪重耳逃亡，途中亲割股肉让重耳充饥。后遇到楚大夫接重耳，介子推回家侍老母。重耳做了国君，介母劝介子推不要图名利，于是介子推背母到绵山。晋文公找不到介子推，用烧山的办法逼介子推出山，但介子推母子坚决不出而被烧死。此剧发生在山西绵山，楔子中说："遥望着翠巍巍绵山峻岭。"山西介休相传是春秋晋国绵上地，《左传·僖公二十四年》晋文公以绵上为介之推田，古人认为就是这里。《史记·晋世家》则说晋文公"环绵上山中而封之，以为介推田，号曰介山"[3]。介休即因介山而得名。介山即绵山，当地又名狐岐山、洪山。汉置界休县，晋改作介休，元初属太原路，后属汾州，明清隶汾阳府。今为晋中地区的一个县

---

[1] [汉] 司马迁撰：《史记》，北京：中华书局，2011 年，第 1605 页。
[2] 段友文、柴春椿：《祖先崇拜、家国意识、民间情怀——晋地赵氏孤儿传说的地域扩布与主题延展》，《山西大学学报》（哲学社会科学版）2018 年第 3 期。
[3] [汉] 司马迁撰：《史记》，北京：中华书局，2011 年，第 1506 页。

级市。①"《汉郡国志》：万泉县南十五里亦有介山，俗传以推隐得名。旧《通志》两存其说。按晋侯赏从亡者，介子推不言禄，禄亦弗及，遂隐而死。晋侯求之不获，以绵上为田，而旌其善。介休县旧名绵山，绵上即介休东南山也。南跨灵石，西跨沁源，盘踞深厚，是以求而弗获。若万泉者虽近于绛，周围仅十里，未必不获。盖其屹然孤立，故名为介。后遂傅会以为推隐之处。《蒲州志》已破其误。又曰：绵山在灵石县，有介子推墓，与沁水、介休相连，即介山也。"②介休和绵山与介子推的传说故事最初以口头传承的形式展演在民间，后有文人的介入使民间叙事走向文本化，逐渐从活态的口头文本固化为书面文字。由此可见，山西民间文学是元代杂剧的文化基础。

（二）元杂剧中的山西民间故事

在历史传说之外，元杂剧还有一些表现情爱纠葛的山西民间生活故事，或者实有其事，或者纯粹是民间百姓的幻想，在其流传中体现出下层民众的情爱观念和人生观、审美观、道德观。这类故事以言情为主要内容，被人喻为"风月"，在元杂剧中最为感人，可以称之为"风月戏"。这些情爱故事以"风月"的面目出现，表现出不同类型的情爱生活，是整个元杂剧中最能体现时代气息的内容。

早在晋国时，山西就提倡自由婚俗，青年男女会在三月三"上巳节"那天，在水边聚会、恋爱，十分自由。《诗经》中也有描绘，"唐风"《采苓》《葛生》《绸缪》和"魏风"《葛屦》《汾沮洳》等便是描写晋南青年男女在上巳节时的恋歌。山西曾经是北朝时期北魏的政治中心，也是五代十国时期北汉政权所在地，这些都促进了山西经济文化的发展，亦保持了山西"同姓不婚"和"自由婚"的文明婚制。此外，在长期与胡人杂居的过程中，山西吸收了少数民族的婚礼习俗及自由的爱情观，这样就和谐有效地把中华民族的优良传统与各族民众的优秀品质结合在一起，把传统意识与开放意识、时代精神与进取精神结合在一起，从而构成了河东三晋文化的基本特质、特殊魅力和文明婚俗婚制。山西的爱情文化不断得到发展，山西河东地区也渐渐成为很多爱情的发生地。元杂剧《西厢记》中

---

① 冯俊杰：《戏剧与考古》，北京：文化艺术出版社，2002年，第124页。
② [清] 储大文等纂修：《山西通志》卷二〇"汾州府山川"下，文渊阁《四库全书》本。

崔莺莺与张生相恋的地点正是在山西永济的普救寺。山西作家的很多元杂剧作品都涉及婚姻爱情题材。石君宝现存的三部作品《鲁大夫秋胡戏妻》《李亚仙花酒曲江池》《诸宫调风月紫云亭》，乔吉现存的所有作品《杜牧之诗酒扬州梦》《玉箫女两世姻缘》《李太白匹配金钱记》，郑光祖的《㑇梅香骗翰林风月》《迷青琐倩女离魂》以及关汉卿的《温太真玉镜台》均是风月戏。这些杂剧大多是旦本戏，描绘了一个个善良、泼辣、忠贞的女子形象，剧中重点展现了她们的性格、心理和爱情观。

以关汉卿的《温太真玉镜台》为例。此剧本出于《晋书·温峤传》。故事叙述了温峤为太原（今山西省祁县）人，才华横溢，功成名就，却中年丧妻。在姑母的介绍下，温峤以玉镜台为信物，欲娶年轻的倩英为妻。可倩英不同意，在洞房之夜，不准温峤进入。王府尹宴请温氏夫妻，言明学士作得好诗便罢，否则罚夫人。倩英无奈，求温峤帮助。温峤乘机以夫妻和好为条件，后终于成就了老夫少妻的婚姻，剧中温峤云："论长安富贵家，怕青春子弟稀，有多少千金娇艳为妻室。这厮每黄昏鸾凤成双宿，清晓鸳鸯各自飞。那里有半点儿真实意？把你似粪堆般看待，泥土般抛掷。……我都得知，都得知，你休执迷，休执迷；你若别寻得一个年少轻狂婿，恐不似我这般十分敬重你。"[①] 一个怜香惜玉、忠于爱情、敬重妻子的形象跃然纸上。自晋至清，"温太真玉镜台"故事主要以"骗婚与老少配"的文学内涵而存在，但经过历代文人的改编与再创作，文本体裁和文本内容都有了很大变化。文本体裁上，最初是魏晋时期的志人小说，唐宋时期多是吟颂婚姻爱情的诗词典故，到了元代演变成底层民众喜闻乐见的杂剧形式。文本内容上，《世说新语·假谲》简略叙温峤骗娶自己表妹；关剧则演变成老夫追少妻的风月爱情故事。《温太真玉镜台》剧中的温太真油滑、幽默、调侃的语言特色，受到底层市民语言风格的影响，女主人公的不拘小节、泼辣豪放显然是典型底层妇女的写照。关汉卿正是用这种接近底层市民的人物形象、人物语言和故事情节来构造风流老少配的故事，来迎合底层民众的需要。

《裴少俊墙头马上》也是一出以山西民间爱情故事为原型改编的风月戏。此剧出于唐代白居易《井底引银瓶》一诗，但在情节、人物上都发生了根本的变

---

① 刘新文：《元杂剧风采》，北京：人民教育出版社，1998年，第73页。

化。故事讲述了唐代京兆留守女儿李千金与裴尚书之子裴少俊，郊游时一见钟情。李千金在裴家花园生活了七年，生了一对儿女，终于被裴尚书发现。裴尚书威逼儿子休掉李千金，李千金被迫离开裴家，回到洛阳。裴少俊状元及第，授洛阳县令，想要重做夫妻，裴尚书得知李千金是京兆留守女儿，两家曾指腹为婚，也来认亲，皆遭李千金拒绝。最后一对儿女出面，裴李才得以团圆。《裴少俊墙头马上》作为元曲四大爱情剧之一，在其人物性格上浓郁的喜剧色彩与情节上悲喜交加的艺术氛围里，彰显着白朴本人对爱情与婚姻的取舍观念，这些观念的形成与元朝社会的普遍认知有一定关系，与白朴在山西的生活经历和个人性格更是关系密切。其间折射出作者的秉性和他的婚恋观，从中可以认识到元代蒙古族统治下文人的生存状态和他们内心纠结的出仕与归隐的矛盾。最美好的婚姻是起于两情相悦，终于媒妁之言，父母之命。这样的爱情理想在白朴的《裴少俊墙头马上》中体现得格外令人瞩目。

王实甫的《崔莺莺待月西厢记》被贾仲明称为天下夺魁。此剧本事出于唐代元稹传奇《莺莺传》，金代董解元《西厢记诸宫调》的艺术改编再创作，使其成为团圆的结局。《崔莺莺待月西厢记》的故事演变长达二百五十余年，不同时代的不同文化，都对该故事的演变与形成产生过不同程度的影响。该剧的基本情节是，前朝崔相国病逝，夫人郑氏携女莺莺和婢女红娘往故乡安葬，在河中府普救寺暂住。莺莺与路过此地的张生一见钟情，感情不断加深。此时孙飞虎听说莺莺貌美，兵围普救寺，要抢她为妻。老夫人为退兵，提出谁能退兵，愿将莺莺嫁他。张生请来好友白马将军退敌，但老夫人悔婚，在红娘的帮助下，二人私下结合，被老夫人发现之后，拷打红娘，反被红娘指出不是，迫使老夫人认了亲事。但老夫人让张生赴考，得官则婚成，最终张生、莺莺喜庆团圆。崔莺莺的爱情故事与山西的风物传说结合在一起。"蒲之东，十余里，有僧舍曰普救寺，张生寓焉。"[1] 普救寺位于山西省西南永济市蒲州古城东的峨嵋塬头。其中，普救寺的名称也是有来源的。五代时，河东节度使作乱，刘知远派出郭威征讨，但久攻不下，无奈他找西永清寺寺中的僧人商议。"僧善住河东普救寺，寺初名西永清院。汉乾祐元年，招讨使郭威督诸军讨李守贞。周岁城未下，召善问之。对曰：

---

[1] ［唐］元稹：《元稹集》卷六《莺莺传》，北京：中华书局，1982年，第677页。

'将军若发善心，城必克矣。'威折箭为誓，异日城破，不戮一人。遂易今名。"①至此，这座建于唐代的西永清院就更名为普救寺。普救寺，由于年代久远，很多寺中的古迹都毁于战火，但屹立在寺中的舍利塔，见证了这个爱情故事。它由于《崔莺莺待月西厢记》的声名，被世人改名为莺莺塔。它形质古朴，结构独特，更有明显的蟾音效应。当游人在塔侧以石扣击，塔上会发出清脆悦耳的"哇哇"的蛤蟆叫声，令游人赞叹不已，"普救蟾声"也成为永济八景之一。

这些扑朔迷离的爱情世界，或者是有情人终成眷属，或者是棒打鸳鸯散、劳燕两分飞，都以真情感染着人。总的来说，在元杂剧所包含的山西民间传说故事中，历史传说与情爱故事是两大亮点。究其原因，一是在民族歧视和民族压迫下，山西人民咀嚼反思地方历史，寻找人格尊严，来增强民族自信心；二是对黑暗、野蛮的专制制度的仇视与反抗，借情爱世界的众生相，唤起人们的道德感、责任感。作为历史传说部分的晋国风云与关羽故事，在元杂剧中被多处运用，显示了民众利用民间文学资源获得底层话语表达权的途径，暗含强烈的民族自尊心。同时山西流传的生活故事、情爱故事被广泛运用到元杂剧之中，许多情节如青年男女对两性情感话语的赤裸表白、家庭中分家析产等内部矛盾的叙述、知识分子对落魄现实的埋怨和对功名的渴望以及妓女从良的艰辛与期盼，等等，这些情节都成为元代山西民众生活以及民俗观念的隐形表达。晋籍作家密切关注底层人民的命运，吸取人民创造的口头文学的养分，成为"书会才人"，创造出许多经久传唱的元杂剧，彰显了山西民间文学的力量与意义。

---

① ［清］觉罗石麟等:《山西通志》卷一六〇，台北：商务印书馆，1977年，第536页。

第七章
明代山西民间文学

明代自太祖朱元璋洪武元年（1368）建国，至思宗朱由检崇祯十七年（1644）在煤山自缢，前后共历十七帝，二百七十七年。在经济、政治、社会等诸多因素的共同作用下，明代民间文学在历代民间文学发展的基础上取得了较大突破，在中国民间文学史上写下了浓墨重彩的一笔。新王朝的建立推动了英雄传说和征战故事的盛传，繁荣的商业经济带动了市民阶层的壮大，阳明心学的流行促进了个体意识的觉醒，接受对象的下层化、市民化倒逼文学更加面向民间。明代山西民间文学一方面受到外界文学环境的影响，数量繁多、类型丰富，在主题表达上呈现出强烈的时代烙印；另一方面，一方水土滋养一方文化，明代山西民间文学始终吐纳着这片山河独有的世风人情，形成了三晋大地上绚丽多彩的文化风景和别具一格的地域特征。

一、明代山西民间文学概述

明代山西民间文学承宋元而来，在与全国民间文学的交融及地域文学自身传承的合力作用下，又表现出了自身在文学精神、文学主题、审美风格等方面的新特征：传说、故事等文类蓬勃发展，成就卓越；谚语、歌谣受"童心说"的影响，呈现出"真"的审美特点；说唱文学中的鼓词和弹词相互影响、相互渗透，浸染出浓郁的地域风情。以独特的山川自然景观为背景，以特殊的风俗人情文化为填充，明代山西民间文学折射出当时当地民众的生活体验和情感体悟。

（一）明代山西民间文学的生成机制

"机制"一词，源于希腊文 mechane，原指机器的构造与动作原理。后来人们把"机制"一词引申到不同领域，也赋予其不同含义。现被广泛应用于自然现象和社会现象的"机制"一词，是指世界客观事物内部组织和运行变化的规律。生成机制，即指某一现象的发生路径与发生过程。世界是普遍联系的，钟响磬鸣、唇亡齿寒、音与政通、蝴蝶效应……任何事物都不是孤立存在的，其发生、发展也必然受到所处生态环境的制衡。明代山西民间文学的生成是其内部特质与外部制约因素综合作用的结果，是经济形态、民族关系、政治政策等多种元素的共同架构。

1. 日益繁荣的商品经济

经济基础决定上层建筑。经济形态和生产方式影响甚至决定着社会文化和文学样态，如井田制下的等级森严、小农经济下的封建保守、商品经济下的市场主导。作为精神文化的一种，民间文学的生成必然受到经济基础的影响。有明一代，经济发展更为迅猛，有学者指出："明代的经济发展超越了前朝，无论是在农业、商业还是手工业，各方面都达到了新的高度。"[1] 商品经济的发展，带来了社会形态、社会阶层、生活场景、城镇集市、文化交流等方方面面的变化，推动了明代民间文学的多元化。

明初延续了中国历史上传统的"重农抑商"治国思想。为恢复农业生产，明政府推行移民垦荒、鼓励种植、改良农具、开通运河等一系列政策。这些举措在促进农业发展的同时，也为商品交易提供了剩余劳动力和便捷的交通。至天顺、成化年间，山西经济得到发展，商品经济日益繁荣，南来北往，商贾辐辏，形成了数量众多的商品集散地，尤以黄河流域的晋西，汾河流域的晋中、晋南，沁河流域的晋东南，内外长城地带的晋北等地区最为密集。张瀚《松窗梦语》曾这样描述当时商贾贩夫追逐锱铢之利的情状："趋利欲，如众流赴壑，来往相续，日夜不休……虽敝精劳形，日夜驰骛，犹自以为不足也。"[2]

商品经济的发展，促进了新的读者群的形成和文学表达的下移，也为民间文学的繁荣提供了接受群体。农业的商品化、手工业的兴盛和城市商业的繁荣，使市民阶层迅速扩大。市民阶层数量多、人员杂、范围广，包括商人、作坊主、手

---

[1] 崔满红等：《商业文明演进与晋商转型研究》，北京：经济管理出版社，2008年，第2页。
[2] 张瀚撰，盛冬玲点校：《松窗梦语》卷四《商贾纪》，北京：中华书局，1985年，第80页。

工业工人、自由手工业者、艺人、妓女、隶役、各类城市平民和一般的文人士子等。每个阶层都有特定的渠道来满足或物质或精神的需求，发出或褒或贬或讽或赞的声音。相对于农民群体，市民阶层有了更多的时间和金钱，休闲需求高涨。这刺激文人在唐传奇、宋元话本的基础上，创作了大量笔记小说、鼓词、弹词等既反映社会现实，又能满足消遣之需的文学形态。这一时期，出现了大量的民间文学书目，如朱国祯《涌幢小品》、谢肇淛《五杂俎》、都穆《都公谈纂》、叶子奇《草木子》、郑晓《今言类编》、黄瑜《双槐岁钞》、王同轨《耳谈》、陆容《菽园杂记》、祝允明《语怪》、陆粲《庚巳编》、李中馥《原李耳载》等。在扩大市民阶层的同时，商品经济的繁荣也为民间文学的产生发展提供了场所。商品经济的发展促进了山西城镇、集市的发展，城镇的发展又为民间文学营造了良好的生态。明代，围绕太原、临汾等中心城市，农业和手工业得到快速发展，商贾流通贸易程度增强。持续不断的交易、四处汇集的货币、生活奢靡的商人，改变着商业城市、乡镇、集市的面貌。繁荣的经济形势衍生出兴盛的娱乐行业，酒楼、歌馆、茶肆等各种娱乐场所为说唱、戏剧等民间文艺形式的表演提供了必要的空间。明代山西商品经济的发展，扩大了市民阶层，推动了休闲需求，改变了城镇规模，提供了文化空间，促成了明代山西民间文学的多样性。

2. 亦战亦和的蒙汉民族关系

明代是中国主体民族汉族重新支配中央王朝的时代，也是民族融合继续发展的时代。民族的矛盾与冲突、交流与融合，始终影响着民间文学的发展，也影响着民间文学基本特色的形成。气候寒冷、战事不断的晋西北地区，历来是汉民族和游牧民族融合的大熔炉，是农耕文明与游牧文明频繁接触的中间地带。明代山西地区的民族关系，主要是蒙汉关系，因而蒙汉民族关系是明代山西民间文学的重要主题和主要内容。从民族征战的传说到和平贸易的故事，从大同、右玉至太原、汾阳，从杀虎口到败虎堡，或对峙或和解，亦战亦和的蒙汉民族关系都在民间文学的镜像中呈现出来。

山西群山耸立、关山险固、易守难攻，特殊的地理环境使山西北部成为"治世之重镇、乱世之强藩"。因在军事上处于战略要地，晋北地区常常是北方新起部族的根据地，历史上这里有占据雁门关以北地区并逐步南下的匈奴、踞于代县和大同的鲜卑拓跋部等，这些北方部族自殷周以来一直威胁着中原各个王朝。西汉讨匈奴、唐代征突厥、宋代抗辽国，晋北一直以来都是农耕民族与游牧民族冲突、交锋的前沿阵地。至明，由于退居漠北的残元势力经常南下侵扰，明朝政权受到严重威胁。为解除蒙古在北方的威胁，明朝政府曾多次出兵漠北；蒙古统治者也曾一再率兵"散掠内地"。据记载，仅嘉靖二十一年（1542）一次，俺答率骑兵由左卫吴家口入，掠马邑、朔州，经太原、汾阳、平阳，又掠平虏诸处，共掠十卫三十八州县，杀抢男女三十余万人，牛羊猪畜三百余万，衣服金钱无数，烧毁公私庐舍八万多件，踩踏田禾数十万顷，足足抢掠一个来月方出塞。[①] 频繁的抢掠和无尽的战争衍生出丰富的战争传说和抗敌故事，如"英宗失大同""血战右卫""三卫保边守口"等传说故事，其中以分布广、数量多、种类全的杀虎口传说最为典型。杀虎口传说主要反映民族之间的军事战争和当地军事建筑。在传说的展演中，人们有意或无意地简化战争过程、浓缩具体细节，着重刻画战争双方的心理和战术选择，折射出民众"以战止暴、以战平乱"的民间理想和渴望和平的文化品格。[②]

尽管明代蒙古地区的统治势力与明朝政府之间长期处于拉锯式状态，但蒙汉民族之间的贸易往来始终未曾间断，官市、民市、月市、小市等多种贸易形式共存，满足着人们的日常生活需要。至隆庆时，俺答同明朝和好。明朝封他为顺义王，后又封其妻三娘子为忠顺夫人，并在边境上设十三处马市，定期互市。此后，官市贸易规模逐渐扩大，宣府、大同、山西三镇官方购马数量逐渐增多。集聚在晋北地区的蒙汉贸易为山西民间文学提供了创作素材，形成了以三娘子开市为典型代表的民间故事。民族交融在相当程度上打破了边地的局限，为明代山西民间文学注入了活力。

明代山西民间文学中与蒙汉民族关系有关的作品数目众多，且涉及政治、军事、经济、日常生活等诸多领域，汇聚了山西人民的智慧、情感和意志，既有运筹帷幄、激昂慷慨的军事智慧，也有优柔懦弱、动摇背叛的人性展演，更充满了喜怒哀乐、悲欢离合的情感纠葛。战争厮杀与通贡互市并存、民族对峙与交融共

[①] 王春梅：《三娘子与明代的蒙汉关系》，《北京非政府组织妇女论坛中国论文选（下）》，北京：中国妇女出版社，1998年，第623页。

[②] 段友文、张鑫：《多元文化视阈下边关古镇保护模式研究——以山西右玉县右卫镇为例》，《西北民族研究》2013年第4期。

生的蒙汉民族关系，使山西民间文学具有了史诗性与全景性的特征，为山西民间文学的生成、生长提供了养分。

3. 长时间、大规模的移民运动

"移民"一词，最早出现于战国时期，《周礼·秋官·士师》称"士师"之职"掌士之八成……若邦凶荒，则以荒辩之法治之。令移民通财，纠守缓刑"。尽管中华民族安土重迁，但由于各种因素的影响，中国历史上的移民现象长期存在。毫不夸张地说，中国移民的历史是与中国历史同时开始的，并贯穿在中国历史全过程中。移民，即较大数量的、有组织的人口迁移。① 移民运动对中国历史发展的影响是全方位的、深刻的，对文学生态的影响也是举足轻重的。或为生存之需，或被外力所迫，人们背井离乡，踏上他乡之路。作为没有话语权和书写权的底层民众，将对故土的眷恋和对未知的迷惘寄托在传说、故事、歌谣、谚语等民间文学中，因而，一次一次的移民运动，丰富了民间文学的形式，加深了民间文学的内涵。中国历史的各个时期，大量内迁的少数民族和外来民族都以山西为中转或归宿。② 明代从建国之初的洪武移民到靖难之役后的永乐迁民，移民运动持续近百年之久，这一政治生态牵掣了山西民间文学的生成、生长、传播。

由于元末腐朽的统治、频繁的饥荒和长期战乱，明初全国人口锐减，土地荒芜，经济衰弱，"明朝是从元末农民战争的战乱中建立起来的政权，建国之初，面对的是一幅人民流离、田园荒芜的境况"③，这时的山西，却是另一番景象。由于表里山河、易守难攻的地理优势，山西境内受战争破坏较轻，加之灾情较少，风调雨顺，连年丰收，经济相对繁荣，人民生活较为安定，外省难民不断流入，据《明太祖实录》载：明洪武十四年（1381），山西有596240户，4030454人。④ 耕地是农业社会生产活动的基础，为恢复农业生产、稳定社会经济、巩固新生政权，明初的统治者实行以休养生息为主的政策，并采取"移民屯田，开垦荒地"的措施，组织人口从相对稠密的发达地区迁入人口稀疏的经济落后区，发展农业生产。山西是重点外移人口之地，从洪武六年（1373）到永乐十四年（1416）的

---

① 辞海编辑委员会：《辞海》，上海：上海辞书出版社，1999年，第4971页。
② 葛剑雄：《山西移民史·序》，安介生：《山西移民史》，太原：山西人民出版社，1999年，第2页。
③ 王毓铨主编：《中国经济通史·明代经济卷》，北京：经济日报出版社，2000年，第118页。
④ ［明］姚广孝等：《明太祖实录》卷一四〇，上海：上海三联书店，1984年，第90页。

43年间，山西共有12次大规模移民，每次动辄数千户，甚至达上万户。"迁山西泽、潞民于河北""徙山西、真定民屯凤阳"①，"汲县《申氏族谱》记载，其始祖于洪武四年由山西洪洞县迁居延津县"②，"吾滑氏聚族邙上。自明初洪武三年，由山西迁移而来，至今四百余年"③，大量的史料记载了山西移民运动的史实。

明朝长时间、大规模的移民运动中，当数洪洞大槐树移民最为典型。"问我祖先何处来，山西洪洞大槐树。问我老家在何处，大槐树下老鸹窝"，这四句盛传的民谚，便是移民后裔对故土的追思。大槐树移民使大批山西人离开祖祖辈辈繁衍生息的故土，开始颠沛流离的迁徙之路和举目无亲的异乡生活。移民多是社会底层民众，很难留下文字性的资料，便用口耳相传的方式讲述并记录着移民路上的艰辛困苦，表达着对故土家园永久的追思。"解手的由来""移民生活""小脚趾复形""折槐枝"等传说故事和民谣民谚，"堪称一部丰富真实、形象生动的移民口述史"④。

（二）明代山西民间文学的基本特征

1368年，曾出家为僧的朱元璋在南京建立明王朝，自此，元帝国崩溃，历史翻开了全新的一页。朱元璋批判性地吸收了历代王朝的经验教训，在政治、经济、文化等领域推行新政策，如设立监察机构在各地巡察民情，开展大规模移民运动，贯通南北大运河等，在一定程度上促进了农业生产的发展和城镇经济的繁荣，保证了明初政治经济秩序的良性运行。特定的政治生态和经济背景，与其他诸如明蒙交流冲突、王学左派的兴盛、宗教力量的发展、娱乐产业的繁荣、李自成起义等特定因素共同作用于明代山西民间文学，促进了审美观念的变化，使其呈现出与其他历史时期民间文学迥异的特点，即地域上从南到北的拓展性和内容上从史实性到文学性的转变。

1. 以史入文，因文生事

明代山西民间文学的创作深受史传文学的影响，英雄家族传说故事更是如

---

① [清]张廷玉等撰：《明史》卷七七《食货一》，北京：中华书局，1972年，第1208页。
② 任崇岳：《中原移民简史》，郑州：河南人民出版社，2006年，第162页。
③ 黄有泉：《洪洞大槐树移民》，太原：山西古籍出版社，1993年，第101页。
④ 段友文：《黄河中下游家族村落民俗与社会现代化》，北京：中华书局，2007年，第321页。

此。许多传说、故事都见于史书记载，经文人与民众选取、加工、改编、演绎，成为具有丰富情节、丰满形象的文本。因而，明代山西民间文学大都以史入文，兼具真实性与奇幻性。

　　史书、地方志等典籍文献与传说、故事等口头文献互为表里，为民间文学提供了人物原型、故事模板、语言指导等有利条件，在民间文学发展过程中发挥着重要的作用。史书方志勾勒历史事件，把环境、情节和人物描摹得淋漓尽致、生动具体，与民间文学有相通之处。如《明史》中记载的李自成事迹，以人物为中心，从纷繁的历史现象中选择典型的历史事例："出生身世""征战抗明""整肃军纪""战败归宿"，突出与李自成起兵相关的活动，浓墨重彩地刻画战争场景，匠心独运地提炼语言，通过对历史事实的描述表现人物性格，暗含史家褒贬。以《明史》等文献相关记载为蓝本，民众对李自成事迹进行整合、改编，将更多的生活场景与具体细节融入其中，将地方风物与李自成及其将士加以附会，将或褒或贬或惋惜或追念的心理情感寄托其中，以口耳相传的方式传播着李自成故事这一民间文学样式。

　　史实是史官对历史事实的客观描述，民间文学是民众对影响深远的人物、事实的"设幻语"。故而民间文学"因文生事"，它以史实为范本，选取题材和角度，自由抒写和点染，进行加工再创造。山西民间广为流传的朱厚照、常遇春等帝王将相的传说故事，都是对史实的选取和改编。历史上，常遇春的军事生涯并非一直如日中天，也有作战不力而屡次被贬的困顿。但在民间传说故事中，民众多选取英勇抗战的经历加以生发，选择出生的空白点进行渲染，避而不谈被贬或战败经历。如承继史书中关于常遇春征战南北的故事框架和东征北伐、西征陈友谅卓著战功的同时，虚构出了其母熊精赋予了他神力，于是他有驱魔除妖、独臂善射等奇幻性，使得故事兼具历史的真实与民众的幻想。取舍之间、点染之句，尽显民众情感倾向。

　　史书方志中对人物事迹的收录、奇闻异事的记载是民间文学脱胎的基础和模型。通过截取、移植、重新编码等方式，民众不断地丰富故事情节，使人物形象立体化、生活化、多面化，使历史典籍的真实性和民间文学的奇幻性共存于山西民间文学中，形成明代山西民间文学的独特表述。

2. 由南向北的地域延展性

文学地域，是指文学赖以发生发展的空间环境，由自然地理环境和人文社会环境两大方面构成。[①]地域与人相融合，造就独特的地域文化，繁衍养育带有地域特征的精神之子和艺术之花。民间文学所收摄的生活信息，总是与特定时空中具体的人或事相关联，而这种具体的人或事往往是在特定地域中演绎。因而，民间文学向"地域"中的生活索求素材、提炼题材、浓缩情感。特定的地域文化心理充当了一方水土和一方故事的联系中介，造就了民间文学的特征。明朝初建，蒙人北迁，中原文化的主体部分随着政权的北迁、大批文人的北上再度北移，另一部分随着残元的北归而流向北方。因而，明代山西民间文学表现出由南向北的地域拓展性。

唐宋以前，民间文学的中心主要在中原一带，山西大部分地区居于少数民族活动区域，民间文学极为寥落。东南、中南一带，原有楚文化做基础，随着晋室南渡、文学中心的南移，本土经济文化获得了大发展。岭南一带，随着一批批被贬官员的到来，汉文化水平也有所提高，而华北地区民间文学的发展却相当迟缓。北朝时，北方少数民族入主中原，混战不休，破坏了中原文化的同时，未能带动文学向北发展。不论是由南入北的庾信，还是号称"北地三才"的温子升、邢邵、魏收，都未能将文学的中心由中原向北拓展。至宋，北方文苑仍然荒凉，北方人引以为傲的仍只有《敕勒歌》等少数几首民歌。这种局面一直延续到明代，终于有了明显的改观。元朝统治者北迁入蒙，根深蒂固的生活方式、民俗文化、民间文学等精神之花也随之北迁。晋北地区与蒙古族所在区域紧密相邻，生活于其中的人们必然受到这一政治现象的影响，在交流、碰撞中形成新的民俗生活，产生新的民间文学。同时，随着明朝统一的完成，政治中心北移，大批的江南官僚士大夫北上至北京、山西等政治中心辐射圈。他们的到来，带来了新的文学样式和创作内容，带动了山西民间文学的繁荣与创新。与此同时，山西籍作家在明代文学中大笔挥毫，如"入明山西三老"——杜教、王翰、张昌；"河东三凤"——乔宇、王云凤和王琼；晋商家族中的王崇古和张四维等。文人世家的出现，对山西文化资源进行了发掘，也影响了民间文学的发展。总体来看，残元势

[①] 陈文忠主编：《文学理论》，合肥：安徽大学出版社，2012年，第338页。

力的北迁、文人士子的北移、本土文人的繁兴，使得明代山西民间文学的体裁和题材都有所变化，也使"由南向北的地域延展性"这一特征在明代山西民间文学中体现得尤为显著。

3.形式多样，成就卓越

明王朝长达277年的统治为山西民间文学的发生、发展提供了无限的可能。习俗变迁、新政推行、天灾人祸、忠贞烈女、明君贤臣、文臣武将、地方风物……无数的故事在这里展演，不尽的谣谚在这里生发。明代山西民间文学空前繁荣，形式多样，内容丰富，民间歌谣、民间戏曲、民间传说和民间故事等文类蓬勃发展，成就卓越。它们从不同角度折射出当时的生活图景和文化特色，具有鲜明的时代特点。

山西是华夏文明的重要发祥地之一，丰富多彩的民间文学资源经过千百年的磨砺，愈显其动人的光彩。明代山西民间传说、故事等文学体裁延续着山西乡土历史的文化脉络，是特定时期山西地域传统文化的真实写照。因下文将详细论述明代山西民间传说和民间故事，故此处以民间戏曲为侧重点展开论述。明代承袭宋元社会风尚，山西戏曲继续繁荣于民间各种娱乐场所，民众还不断重修、再建戏楼舞台。当时，从北部的大同、应州，到晋中、晋南、晋东南，广建掌人生死、佑人祸福的民间俗神庙宇。酬神需演戏，因此佛门庙宇多建戏台。就时间跨度而言，明初有洪武年间的，中期有宣德、正统、景泰、成化、弘治年间的，之后嘉靖、万历乃至崇祯年间都有明人修建戏台的遗迹。就地域分布而言，在人口集中、气候温和、地势平坦的山西南部有，在人烟稀少、气候严寒、地瘠民贫的雁北也有。这说明元亡之后，戏曲在山西广大城乡并未消亡，仍一直活动。[①]广设戏台，才能有戏曲演绎的舞台。明统治者严禁亵渎帝王圣贤的小歌和曲剧，大力宣扬忠孝节义、符合统治阶级思想的戏曲。"永乐九年七月初一日，该刑科署都给事中曹润等奏乞敕下法司，今后人民倡优扮杂剧，除依律神仙道扮义夫节妇孝子贤孙，劝人为善欢乐太平者不禁。"[②]明代的山西舞台上，除唱杂剧外，广泛流传的应是各地的土戏。元亡之后，元杂剧虽然慢慢走向衰落消亡，但是并没

---

① 柴国珍：《明代山西戏曲兴盛考论》，《太原师范学院学报》（社会科学版）2003年第1期。
② 王利器辑录：《元明清三代禁毁小说戏曲史料》，上海：上海古籍出版社，1981年，第14页。

有绝迹，在山西广阔的舞台上，仍时不时地做些点缀式的演出，万历四十八年（1620）洪洞县明应王庙东山墙外砌有石碣七方，记载该庙全年开支细目，其中有乐户杂剧、乐妇等参与庙内有关活动。

二、明代山西民间传说

传说是民众口头创作或传播的描述特定历史人物或历史事件、解释某种地方风物或习俗的传奇故事。[①] 传说凭借其令人倾倒的艺术魅力、引人入胜的故事情节、浪漫瑰丽的独特想象，至今仍活跃在中国民间文学的舞台上。千百年来，处于话语真空区的底层民众将自己对历史的态度、对生活的解释，或想象，或夸张，或附会成一个个美丽的传说，使其涵养日常生活，传承民间智慧。明代山西民间传说数量繁、种类多，主要保存在一些笔记著作和史书方志之中，如张廷玉《明史》、觉罗石麟《山西通志》、李贤《大明一统志》、赵彦复《沃史》、万历《沁源县志》、高汝行嘉靖《太原县志》、崇祯《山阴县志》、计六奇《明季北略》、李中馥《原李耳载》、陆粲《庚巳编》、周元暐《泾林续记》、王锜《寓圃杂记》、都穆《都公谈纂》、谈迁《枣林杂俎》、谢肇淛《五杂俎》、郎瑛《七修类稿》、朱国祯《涌幢小品》、徐应秋《玉芝堂谈荟》、朱孟震《汾上续谈一卷》、沈思孝《晋录》、谈迁《北游录》等。数量众多的明代山西民间传说，既有帝王将相的丰功伟绩，也有地方风物的奇趣解释，更有对历史事实的褒贬毁誉。这些故事立场鲜明、爱憎分明，寄托了人民的理想和希望，调节了民众的心理压力，沉淀了山西地区的文化记忆。根据讲述内容的不同，可将明代山西民间传说分为人物传说、史事传说和地方风物传说。

（一）人物传说

人物传说以人物为中心，叙述人物的事迹和遭遇，用生动奇异的情节刻画人物性格，渲染人物形象。主人公大都在历史上实有其人或在作品中被特地声明为历史上实有的人物，但不受历史上真人真事的限制。人物传说往往是民众依据自身的表达诉求选取或创造的特定人物，用民间话语讲述人物事迹，用民间价值观

[①] 黄涛编著：《中国民间文学概论》，北京：中国人民大学出版社，2013 年，第 143 页。

来评判其功绩。这种集体创造基本符合历史背景和人物的初貌,那些偏离具体史实的情节,弥补了正史记载的偏见和不足,表达了民众对传说人物的评价,有赞赏、有同情、有憎恨、有讽刺。明代山西民间传说中的人物传说尤为引人注目,它从一个侧面折射出民间的历史观、道德观,反映了明代社会的思想文化。明代山西人物传说,流传颇广的是帝王将相传说、李自成传说和烈女传说。

1.帝王将相传说

人们总是对陌生的领域、未知的群体充满了好奇,想要揭开面纱一窥究竟。封建社会,对于底层民众而言,帝王将相是只可耳闻、遥不可及,但又真实且切实影响生活的存在。没有话语权的民众,在借助帝王将相传说以满足自己好奇心理的同时,寄托着自己的历史观、道德观。从唐尧虞舜到文王周公,从秦皇汉武到唐宗宋祖,从李斯白起到张良韩信,历朝历代的民众都创造着属于自己的"口头史书"。明朝也是如此,对于历史上著名的帝王将相,明代社会给予了密切关注,并在传说中融入了自己的思考。明太祖朱元璋、明武宗朱厚照和文臣张润、武将常遇春,是明代山西帝王将相传说中的主要人物。老百姓兼用"正说"和"戏说"的叙事模式进行传说的构建,从而完成特定社会风貌或历史现象的输出。

正说多关注帝王将相的政治生活。正说叙事模式下的帝王将相传说尊重历史事实,内容以权力、政治为核心,时间跨度以帝王将相的政治生涯为主,以展示国家历史面貌为主题思想。真实性和艺术性的完美结合是帝王传说正说模式的关键,因而传说多追踪历史的真实面目,从中筛选历史资料,将符合时代背景、历史潮流、重大历史事件始终、历史民生民貌的各种细节纳入文本,构成情节单元。同时运用妙趣横生的语言、生动形象的描述将传说讲述得绘声绘色、煞有其事,实现真实性与艺术性的完美结合。作为明朝开国皇帝,朱元璋卑微的出身、艰辛的经历、美好的婚姻、矛盾的为政等都成为传说的主要内容。从贫农僧侣到义军首领,再到建立大明王朝,其英雄伟业令人心生敬佩。正说叙事模式下,朱元璋是一位心思缜密的帝王。他把徐达、汤和等一批将才笼络在自己身边,对李善长、刘伯温等文人礼遇有加;在鄱阳湖大水战中,他以少胜多,一举消灭劲敌陈友谅;随后,他"攻无不克,战无不胜,攻下了燕京,推翻元朝,建立大明^①。明朝建立后，他厉行改制，严惩贪官污吏，创造了诸多治国新法，使国家迅速恢复生机。在山西民间传说中，朱元璋除了是一位心思缜密、令行禁止的帝王外，还是一位为了朱家江山永固而大开杀戒的政治家。正说模式中，帝王主体不可动摇，一切素材的选用都是为了阐释、渲染帝王权力意志的符号形象。朱元璋一出场便与权力的腥风血雨、政治的阴谋诡计紧密相连，在传说的结尾，都会有类似的一句话，表现这一人物对权力意志的追求与获得："从此之后，朱元璋完全走到了政治舞台的中心，开始了大有作为的政治征程。"[2]

与帝王传说相辅相成的，是文臣武将传说。文臣传说中，多表现其温文儒雅、造福一方、造诣高深的美好德行。明代永乐年间的尚书张润的传说链中有"尚书出世""神灯伴读""戏弄土地""寒夜捉鬼""热爱乡邻""为民兴利"等几个亚传说。张尚书刚出生"天庭饱满，一副吉人天相"[3]；少年苦读，谦逊勤勉；为官期间，平易近人，热爱乡邻，体怜黎民，勤于政事。在民间传说中，民众选取关键时间点，渲染出张尚书从出生的与众不同到为官的造福黎民，满含褒扬之情的同时也表达出了对清官的祈盼。武将传说中，多突出其勇于征战、谋略得当、战无不胜、爱护人民的英雄气概。万世德（1547—1603），山西偏关人。据《山西通志》记载，万家寨位于县西北四十五里，"巨石崭崖下，临河岸昔人结寨其上"。相传，结寨者为万世德，因此人们称此地为"万家寨"。万世德是万历年间的大将，曾参与出兵朝鲜，平定倭患，民间流传着他"石灰灭水贼"的传说：

> 万世德日夜思索，谋划平倭良策。几天后，他终于想出了一条剿灭倭寇的计策。他传令所有沿海村民，每人烧制石灰一斗。于是，不论男女老幼，都纷纷忙碌，每天采石头、烧石灰。没过多少日子，海边烧出来的石灰堆得像小山一样，一垛接着一垛。望着这么多的石灰，万公内心有说不出的高兴。他传令将官士卒，每人砍一根三尺长的竹筒，里面装满石灰，并吩咐如此这般。九月天的海水，正宜泅渡，吃惯便宜的倭寇又在这时节偷偷地来了。他们登上岸，放肆作乱。早在这儿监视敌情的士卒，立即将消息禀报给

---

[1] 晋中市民间文学集成编委会编：《晋中民间故事集成》，内部资料，1990年，第71页。
[2] 中国民间文学集成全国编辑委员会、《中国民间文学集成·山西卷》编辑委员会：《中国民间故事集成·山西卷》，北京：中国ISBN中心，1999年，第87—88页。
[3] 临汾市民间文学集成编委会编：《临汾市民间故事集成》，内部资料，1989年，第37页。

巡抚大人。咚咚咚三声号炮过后,早已严阵以待的将士一齐出动,向倭寇杀去。追击的大明官兵看见倭寇潜入水中,大家便将竹筒内的石灰及时倒入海中。这成千百万的人齐往海里撂石灰,霎时,海水沸腾,蒸汽蔽日。跳水逃窜的水鬼有的被烧死,有的被蜇瞎眼,仅有少数人逃回。等雾气消散,海水平静后,只见水面上漂满了水鬼和鱼鳖虾蟹的尸体。军民雀跃欢腾,拍手称快。从此,水贼再也不敢轻易来犯了。[1]

盗贼作乱治住了,可是海水沸腾之后烧死了无数鱼鳖虾蟹,万世德为此忧心忡忡,连睡梦中都梦到这些海里生灵向他索讨性命,于是他向海里生灵许愿:"你们回去吧,我给你们修建一座庙宇,每十年举办一次万人大会,再请来五台山和尚念经,超度你们的亡灵升天。"于是,他上奏皇上,请求在老家偏关举行钦命盛会。皇帝准奏,定名为"敕旨龙华盛会",民间称之为"钦命万人会"。因为平倭那天是农历九月初九,就把"钦命万人会"定在这一天,每十年举办一次,每次十天,这就是远近闻名的"偏关万人会"。

正说模式下,不论是帝王还是将相,都是截取关键信息加以渲染,使主人公具有英雄般坚定的意志、敏锐的洞察力、超凡的行动力和至高无上的智慧。纵观正说模式中的帝王将相传说,多是用虚拟的空间去真实再现历史的风风雨雨。在虚拟空间中,只有一部分能够还原为真实的历史,而正是这部分素材让受众畅游在对历史的遐想之中,激发起追溯民族历史的情思。

戏说模式虽也是展现历史人物事迹,但它没有正说模式传说的严肃权威,而偏重于游戏和娱乐。在戏说模式下,历史人物、历史事件的原貌并不重要。故事通常是民间百姓在以娱乐为目的的旋律下,对历史人物和事件的臆测。明武宗朱厚照,民间称为"正德皇帝",明代山西民间传说与史书记载相比,对其评价态度截然相反。史书多将正德皇帝列为误国的罪人,他宠信太监刘瑾、江彬等人,皆赐其朱姓;喜好声色,建豹房以享乐;狂放不羁,喜弄兵,自称威武大将军;数次到宣府(今河北宣化)、塞北、江南等地巡游,致民间怨声载道。在正史评价中,明武宗朱厚照贪杯、好色、尚兵、无赖、荒淫暴戾、怪诞无耻,是少见的无道昏君。但戏说模式的传说对历史进行解构,仅保留其帝王身份而消解其

---

[1] 临汾市民间文学集成编委会编:《临汾市民间故事集成》,内部资料,1989年,第37页。

帝王属性，放大了他的聪明勇敢，把正德皇帝塑造成一个追求个性解放、多情善感的青年和明朝历史上极具个性色彩的皇帝。民间流传的正德皇帝的多面形象可以通过平息内乱、讽刺幽默和风流韵事这三类传说表达出来，典型作品有《正德与"下花园"》《皇帝欠屁股》《凤临阁》等。这三种类型的传说以轻松娱乐的基调化解了历史的厚重，消解了正说模式中的权力与威严，颠覆了史书的评价，在现实之上重建一个虚幻缥缈的世界，让民众摆脱了不快，听闻只觉酣畅淋漓，内心得到调整，心情得以愉悦。

2. 李自成传说

明末政治腐败，压迫剥削日益严重，国库空耗，民不聊生。天灾人祸、内忧外患，使大明朝处于风雨飘摇之中。在"三石皇粮，七斗入仓"的生存状态下，内地农民和士兵不断哗变举事。天启七年（1627），在陕西澄城发生的以王二为首的农民武装起义，揭开了以陕西为中心的明末大起义的序幕。也是在这时，号称"八大王"的张献忠和号称"闯将"的李自成率兵起义，所到之处，应者云集。《直隶绛州志》载："流寇之起于秦也，二年于兹矣。渡河而犯晋，自崇祯三年二月始也……始之寇晋者秦人也，今寇晋者半晋人矣。二三月间从贼者十之一，六七月间从贼者十之三，至今冬从贼者十之五六矣。"[①] 尽管史志撰写者站在统治阶级立场上称起义军为"寇""贼"，但从之者"十之五六"这一事实充分说明了起义军代表了广大农民的根本利益，发展才会势如破竹。作为李自成攻陷京师的必经之路，山西境内的李自成传说广为流传。从颇具类型性的李自成传说中，可勾连出李自成一生功绩与平生经历，了解民众的叙事方式与暗含的思想情感，把握英雄叙事的地域特征。围绕李自成传说，结合典籍文献和口头文本，按照战争的进行状态，可提炼出三种类型，每种类型都"包括一个较大的传说群，同一类型的传说文本在结构上有着较多的相似性，亚型则是从属于一个大类型之下的传说异文"[②]。

第一类起义前：英少神奇

神之所以为神，在于他拥有高于凡人的能力。同样，英雄之所以为英雄，在

[①] [明]王臣直：《存恤良民以辑流寇议》，《中国地方志集成·山西府县志辑59 光绪〈直隶绛州志〉》，南京：凤凰出版社，2005年，第295页。

[②] 段友文、刘丽丽：《李自成传说的英雄叙事》，《民俗研究》2009年第4期。

于他超众的能力与非凡的命运。为了凸显英雄的独特,民众用认知范畴之内的象征事物来发出自己的声音。在起义前的传说中,少年李自成被民众称作"紫微星""真龙","自成听后心里暗自吃惊,我真是紫微星下凡无疑了,我何不组织天下百姓推翻当今昏君,去谋天下大事?"①"村东十里村的房启星睡梦中恍惚看见西南堡大槐树上吊着一条龙,求他解救。"②紫微星、龙都是对帝王的称呼,民众把心目中的伟人、英雄想象成与紫微星一样璀璨的帝王星辰。在民众看来,李自成能从一乡村草莽之徒跃为真龙天子,是命中注定之事。少年落魄,不过是紫微星的暂时落难。"紫微星"这一象征物体现了民众对李自成身份地位的理解,也是民众社会理想的寄托和对自己力量的确证。

大凡英雄,必有过人的智慧和常人所没有的勇敢。巧斗地主型传说叙述了李自成生活在受压迫的时代,地主常常欺负长工,以各种理由为借口不给长工劳动报酬。李自成看在眼里,气在心里,于是想出种种妙计帮助受苦人民,如《小羊倌时期的李自成》《一只鸡换一只羊》《巧骂姬财主》《李自成救友》《帮老长工鸣冤屈》等。这一类型的传说既反映出李自成受民众拥护的原因,又从侧面反映出他能够打入北京的群众基础与民心所向。

第二类起义中:英勇征战

"十六日乙亥,李自成至忻州,官民迎降,进攻代州"③,"南踰太行,掠济源、清化、修武,围怀庆"④……尽管在正史记载中,李自成多以"贼""寇"之名出现,但其戎马倥偬的军事生涯却在山西民间传说中得到了保留。

山西境内流传的李自成征战传说,多描写闯王的善用谋略与英勇果敢,如《李闯王过黄河》《柴渡三军》《李闯王兵过应州》《整肃军纪》《闯王斩叔》《李自成大义灭亲信》《闯王在大同》《李闯王一箭定中黄》等。宁武关战役是李自成统率百万农民由西安直至北京途中,与明王朝展开的一场战役。宁武关位于管涔山麓,关城北居华盖山,南控凤凰山,恢河水自城南向东流去,关城两翼顺河而

---

① 永和县民间文学集成编委会编:《永和故事、民谚、歌谣选》,内部资料,1989年,第71—72页。
② 大宁县志编纂委员会编:《大宁县志》,北京:海潮出版社,1990年,第507—508页。
③ [清]计六奇撰,魏得良、任道斌点校:《明季北略》卷二〇《山西全陷》,北京:中华书局,1981年,第431页。
④ [清]张廷玉等撰:《明史》卷三〇九《流贼》,北京:中华书局,1974年,第7951页。

筑，战略地位十分重要。且宁武关位居三关之中，为控扼周围云、朔、马邑、忻等地的指挥中心，是三关镇守总兵驻所所在地。明崇祯十七年（1644），明朝骁将、镇守宁武的山西总兵周遇吉守代州。他凭城固守，设伏奋击，最终难以抗御，退守宁武关。①"二十余万农民军浩浩荡荡兵临关城，将凤城紧紧包围。周遇吉领明军数千守城顽抗。经过四天四夜激烈战斗，农民军以火炮轰毁城垣，杀入城内，经过激烈巷战，周遇吉全军覆没，其全家自焚。"②有关这一史事的传说还有很多，以《李自成倒取宁武关》最为典型。传说李自成带领士兵在宁武城攻打数日，宁武城变成一只凤凰飘飘悠悠地飞起来了。李自成一筹莫展，下令撤退。至轩岗附近时，闯王遇一倒骑牛的牧童，受到启发，"耍把戏，接口气，牧童能倒骑牛，我就不能倒取宁武关吗？"于是他率领起义军倒取宁武关，向北京进军。③

除战争传说外，山西境内还流传着与李自成相关的地名风物传说，这些大都是闯王征战所经之处发生的故事，如《锅底山的传说》《试刀石》《闯王槐》等。再如"侯马"名称的来源：传说李自成带领的起义军半夜到达一地，不忍打扰百姓，在城墙外马旁边蹲候着休息了一会，因此此地得名为"侯马"。④林林总总的风物传说，表现出了民众与官方不同的历史观，也表现了对闯王的敬仰和感恩之情。这些风物传说叙事为一地的风物注入了历史的逻辑力量，成为当地人"集体记忆"的历史资源，并作为文化记忆代代相传，为当地人的生活注入了生存环境的意义。

第三类战败后：归宿之谜

民间关于李自成战败归宿，众说纷纭。在山西民间传说中，李自成难免战败逃亡、被敌追击的结局。英雄败走太原、平阳等地，一路落难，没有反抗的机会。

> 我兵追之，与战，斩谷可成，左光先伤足，贼负而逃……自成中流矢创甚，西逾故关，入山西。会我兵东返，自成乃鸠合溃散，走平阳。⑤

---

① 段友文、刘丽丽：《李自成传说的英雄叙事》，《民俗研究》2009 年第 4 期。
② 王树森：《宁武县志》，太原：山西人民出版社，1985 年，第 596 页。
③ 范金荣编：《雁北民间故事集成》，内部资料，1988 年，第 47 页。
④ 段友文、刘丽丽：《李自成传说的英雄叙事》，《民俗研究》2009 年第 4 期。
⑤ ［清］张廷玉等撰：《明史》卷三〇九《流贼》，北京：中华书局，1974 年，第 7967 页。

五月二十九日庚申，文诏袭贼于偏店，贼尽南奔。诸将会兵逐之，夺马骡数千，贼自邯郸南走。①

李自成、张献忠等误入其中，山上居民下石击，或投以炬火，山口累石塞，路绝，无所得食，困甚，又大雨二旬，弓矢尽脱，马乏刍，死者过半。当是时，官军麾之可尽歼。自成等见事绌，用其党顾君恩谋以重宝赂奇瑜左右及诸将帅，伪请降。奇瑜无大计，遽许之，先后籍三万六千人，悉劳遣归农。②

3. 烈女传说

与中国古代男尊女卑的观念和一夫多妻的家庭制度相匹配，中国古代社会对女子的行为也提出了各种要求，诸如柔婉贞静、三从四德之类，而其中最重要的便是贞节观。对妇女的贞洁要求起源于原始社会末期。此后，随着儒家思想正统地位的确立，这一观念不断强化，宋儒甚至提出了"饿死事小，失节事大"的观点。至明代，社会对妇女德行有了更加严格的要求，出现了守节可以感天、不守节要遭受天谴的种种传说，给坚守贞节行为披上了一层迷信神秘色彩的外衣，坚守贞节逐渐成为一种宗教化的行为。对于很少受教育的妇女而言，这一影响更是深远。妇女守节逐渐从政府与社会对她们的道德要求变成了下意识的自觉行为，守节现象成为广为流传与仿效的社会现象，加入守节实践群体的妇女也日趋增多。依照品行，明代山西烈女传说可归纳为两大类，每一类可再分为不同的亚型：

第一类：丧夫守节

A 誓不改嫁

B 自杀殉夫

C 誓保清白

第二类：抚孤尽孝

A 抚养孤儿

B 侍奉公婆

---

① [清]计六奇撰，魏得良、任道斌点校：《明季北略》卷十《山西贼》，北京：中华书局，1981年，第146页。

② [清]觉罗石麟等：《山西通志》卷一八一《遗事二》，文渊阁《四库全书》第548册史部306地理类，台北：商务印书馆，1983年，第656页。

C 厚葬亲人

烈女的品行之一是守节，即在丈夫去世之后不再改嫁，为夫守节。节，是指有气节、操守的意思，意喻一个人能够坚守信念。"好马不配二鞍，好女不嫁二夫"是根深蒂固的观念。对女性来说，不失身、不改嫁，从一而终、为夫守节，是值得颂扬的德行。明代山西民间文学中，守节烈女主要包括三种。第一种是婚后丧夫，誓不改嫁。如潞州廪生卢清妻吴氏闻夫死讯，"乃寄幼孤于姊兄，鬻次女为资"，独自到临洺去寻找公婆尸骸，又冒暑到汴把丈夫尸骨带回，"三丧毕举，忍饿无他志"[1]；沁源"朱氏，王勇里人，生员宋朝之妻，氏适朝甫六年，朝卒，年方二十五岁，无子抚养儿女，誓不再醮，家贫纺织以自存活，乡人怜之，有富民谋欲娶者，氏指水为誓，具告有司给帖妆照，至八十余岁卒，绝无瑕玷未经"[2]。第二种是自杀殉夫，为夫守贞。如崇祯年间长治宋体道妻郭氏，"崇祯十五年，任国琦作乱，同居诸妇皆罢跪，呼郭不出，独匿堎垣。贼怒，诘其不跪，瞪目厉声对作乱之人高呼：'我跪亦死，不跪亦死，已安排不活矣。'贼加数刃，迄死骂不绝口"[3]。第三种是面对诱惑，洁身自好，如"周氏，年十六而归米祯，归二年而祯亡，及期产子名献可，时周年十九，美而艾，里中欲得之，自毁其容。自是人莫敢议。秉蔀四十余年，万历二年诏旌"[4]。"卫女好艾，性贞烈，年十三，恶少牵衣戏之，詈骂投井死。尸出怒目不瞑，睛裂出血，巡按勒碑其冢曰'卫烈女好艾之墓'。"[5]

烈女的品行之二是尽孝，主要表现为侍奉公婆和保留宗祠。孝道是中华民族传统美德的核心，是重要的道德伦理规范和做人的基本原则。《说文解字》对孝的解释是："善事父母者，从老省，从子，子承老也。"《孝经》有云："孝，德之

---

[1] [清]张廷玉等撰：《明史》卷三〇一《列女一》，北京：中华书局，1974年，第7694页。

[2] （万历）《沁源县志》，收入殷梦霞选编：《日本藏中国罕见地方志丛刊续编》第二册，北京：北京图书馆出版社，2003年，第607页。

[3] [清]张廷玉等撰：《明史》卷三〇三《列女三》，北京：中华书局，1974年，第7753页。

[4] [明]刘以守纂修：(崇祯)《山阴县志》，明崇祯三年（1630）刻，清重修本，《贞烈》。徐蜀主编，北京图书馆编：《地方志人物传记资料丛刊·华北卷》第四十四册，北京：北京图书馆出版社，2002年，第51页。

[5] [清]觉罗石麟等：《山西通志》卷一五〇《列女二》，文渊阁《四库全书》第547册史部306地理类，台北：商务印书馆，1983年，第239页。

本也。"①"夫孝，天之经也，地之义也，民之行也。"②孝也被认为是妇女德行之首。王节妇《女范捷录·孝行篇》云："夫孝者，百行之源，而尤为女德之首也。"③可见，在士大夫的观念中，"妇道"与"孝道"是紧密联系的。事实上，传统中国女教也大多以相夫事姑的为妇之道为主要内容，教育的目的在于使她们出嫁后成为贤妻顺妇，陈东原称之为"事夫主义教育"。④这与我国古代男权社会男尊女卑的社会政治现实有莫大联系。山西烈女传说中，主人公在丈夫去世后，几十年如一日地侍奉公婆如同自己的亲生父母，照顾起居、亲奉汤药，尽心尽力，未有怨言。如遇公婆生病，孝妇会做出超乎常人的孝行举动，如"大同前卫高清妻王氏，少寡。姑病目双瞽，氏以舌舐之，两目复明。舅姑卒，号泣毁形。士夫竞为孝德传，诗词以颂扬之"⑤；崞县李钦妻赵氏，"姑两目失明，氏祝天，日以舌舐之，左目复明"⑥；代州"王氏，姑齿落不能食，哺以食。姑疾，尝粪甘苦"⑦；怀仁魏正谊妻邓氏，"姑病，卧床，昼夜承事，粪秽手接，始终无二"⑧；宁乡"生员王甘妻靳氏，甘疾笃，氏割股无效，卒。姑武氏患疮，氏口吮之，复为割股。按院族其门曰：节孝"⑨。不论是日常的起居照料、嘘寒问暖，还是病时的端汤送药、割股舐目，她们就这样用自己愚昧而又执着的行为恪守着或合理或荒诞的传统孝道，并被彪炳史册、传颂千古，成为当时女性之榜样。我们无权评说这是否是对人性的摧残，却可从中窥探到一时的社会思想和民众的价值取向。

孝的内容不仅有"生之以养"和"死之以葬"，而且还有极为重要的一点，就是要保证祭祀先祖的延续。这种延续必然以后嗣的承继不绝为前提，如果没

---

① [宋] 邢昺：《孝经注疏》卷一《开宗明义章第一》，上海：世界书局，1935年，第2545页。
② [宋] 邢昺：《孝经注疏》卷三《三才章第七》，上海：世界书局，1935年，第2549页。
③ [清] 王相：《女四书集注》卷三《王节妇女范捷录》，清光绪戊戌年（1898）木刻本，第6页。
④ 陈东原：《中国的女子教育——过去的历史与现在的缺点》，见鲍家麟：《中国妇女史论集续集》，台北：稻乡出版社，1991年，第244页。
⑤ [清] 王轩等纂修：(光绪)《山西通志》卷一六四《列女录三》，光绪十八年（1892）刻本，第110页。
⑥ [清] 顾弸等纂修：(乾隆)《崞县志》卷八《列女》，南京：凤凰出版社，2005年，第297页。
⑦ [清] 王轩等纂修：(光绪)《山西通志》卷一六四《列女录三》，光绪十八年（1892）刻本，第25页。
⑧ 怀仁县志编纂委员编：(光绪)《怀仁县志》卷八《列女》，南京：凤凰出版社，2005年，第329页。
⑨ [清] 王轩等纂修：(光绪)《山西通志》卷一六三《列女录二》，光绪十八年（1892）刻本，第36页。

有后人，则意味着祭奉祖先的香火中断甚至消失。因而，除侍奉公婆外，抚养子女也是烈女的重要品行之一。《孟子·离娄上》云："不孝有三，无后为大，舜不告而娶，为无后也，君子以为犹告也。"《十三经注疏》中汉代经学家赵岐注云："不娶无子，绝先祖祀，三不孝也。"子嗣是传承家业、继承宗祠的重要主体，抚育幼孤不仅是个体独立的行为选择，更是家族赋予的责任使命。在中国传统思想文化中，烈女尽孝不仅可以延续宗祠，还可为子孙积德，从而门庭兴旺，香火绵延。阳曲郡库生王相妻武氏在丈夫驾鹤后忍死抚孤历五十余年，最终"子佐封河南道御史，孙立贤太仆寺卿，曾孙元雅遵化巡抚。子孙绳绳，门祚炽昌"[1]；沁源监生胡梦龙之妻李氏，二十七岁丈夫去世后，一直"抚育众孤，料理家事，茹苦遭艰，无□不至，教训众子，业儒极其严厉，见今长子养正、次子养大、季子养贤，俱在学蒙监院鲁，皆赐奖赏"[2]。抚孤传说的广为流传，更加感染了心地善良的妇女。她们宁愿自己忍受艰难困苦，也希望为本家族的长远发展贡献自己的微薄之力。正是这些烈女传说，与"妇顺而后内和理，内和理而后家可长久也"[3]的正统思想一起，影响着女性的取舍，塑造着传统女性"贞妇贵殉夫，舍生亦如此""一节自千古……朗朗如列眉"的价值观。

（二）史事传说

史事传说是以叙述重大历史事件为主题的民间口头作品。中华民族历史悠久，地域广袤，古往今来发生了不少重大历史事件。生活于其中的人们一直讲述着数千年的往事，形成了许多关于历史事件的传奇故事。虽然历史事件本身已如川上之水般消逝，但它们的传奇故事却通过代代相传长久地留在了后代人的心中，深远地影响着人们的社会生活，有时还会激发出新的促进社会发展和文化创造的力量。史事传说是源于历史真实、高于历史真实和美于历史真实的文学艺术遗产，它包含着人民大众对历史事件的评价，寄予了人民大众的社会愿望和社会

---

[1] （道光）《阳曲县志》卷十四《列女列传》，南京：凤凰出版社，2005年，第357页。

[2] （万历）《沁源县志》，收入殷梦霞选编：《日本藏中国罕见地方志丛刊续编》第二册，北京：北京图书馆出版社，2003年，第608页。

[3] ［清］伍炜、［清］王见川修纂，福建省地方志编纂委员会整理：（乾隆）《永定县志》，厦门：厦门大学出版社，2012年，第397页。

理想。明朝,蒙汉互市、大槐树移民、晋商崛起、农民起义等重大历史事件对山西的社会历史发展产生了巨大影响,在民间也产生了许多与它们有关的史事传说。明代山西的史事传说主要有民族征战传说和洪洞大槐树移民传说。

1. 民族征战传说

民族征战传说离不开战争叙事,战争是历史重构的要素之一,也是文化交流的重要方式之一。晋北地区处于农耕与游牧民族的交汇地带,素有"民族熔炉"之称。民族征战传说反映的主要内容,或以历史事件为主,着重反映战争的兴起与壮大过程;或以历史人物为主,着重讲述英雄的光辉事迹与英勇果敢;或以某一战役为主,着重描写将士机智、神勇与顽强不屈的战斗事迹;或突出一事一物,着重反映征战部队与群众的军民关系。作为群众口头艺术创作,民族征战传说不具有严格的科学史料性,但它是劳动人民用以反映历史的重要手段。通过同时代众多口述者的耳闻目睹和亲身感受,它们往往能够对历史做出较为公正的评价,并从不同生活侧面真实地反映当时的社会实质以及人民的苦难与期望。明代,蒙古族和汉族在山西北部或征战,或贸易。民族交流、交战的场域为民族征战传说的产生提供了广阔的空间,历史的征战痕迹烙刻出蕴含独特内涵与深邃意境的民族征战传说。波澜壮阔的战争史实、风云变幻的战争态势、叱咤风云的战争人物、微妙奇谲的战争布局都在民族征战传说中得以展现。明时,山西北部战火纷飞,民不聊生,民族征战传说成为隐现历史的坐标。

明代山西民族征战传说文本中较少出现对宏大战争的细致描写,而多以简约平淡的叙事风格来表现笼罩在战争阴影下的人物与生活。《三卫保边守口》中,只一句"血流成河,横尸遍野"[①]便将历史上的杀虎口保卫战一笔带过。仅寥寥数字,却折射出当时战争的惨烈与悲壮。《血战右卫》这则传说选取了人物面对战争的态度来表现和叙述右卫保卫战:"誓志励众,决一死战,城中军民见老将军带头杀敌,更加群情激奋,众志成城。闻听兵部尚书杨博、江东的增援部队陆续到来,俺答、宇来退出杀虎口,返回驻地。当兵部尚书带着增援部队进入右玉城时,城中军民欢呼震地,热泪盈眶。"[②] 有的征战传说通过语言描写来表现战争,

---

① 王德功:《杀虎口的传说》,太原:山西古籍出版社,2006年,第49页。
② 同上注,第54—55页。

如正统十四年（1449）的大同保卫战，文献典籍这样记载："定襄伯郭登镇大同，英宗驾在虏庭，犬羊悔过，送驾直至城下。登闭门不纳。英宗传旨曰：'朕与登有亲，何外朕如此？'登遣人奏曰：'臣奉朝廷命守城，不敢擅弃。'终不出见。虏复奉驾而去。"① 此处只是客观罗列交战双方的对话，没有详细描写具体的作战和退兵细节。虽然这些或人物，或语言，或情节的战争叙事只是零散的战争场景片段，但充分显示了历史不同阶段的特质，成为民族关系演进的清晰见证。如果将这些文本连缀起来，就是一部明代山西的民族史，它将明代山西一幕幕的战争情景真实地展现在读者面前。

在描绘战争场景的同时，民族征战传说也记录了那一时期山西军民悲壮与苦难的生活。大同和右卫等军事性城镇起到抵御少数民族入侵的作用，据《明史·兵三》记载，大同西路即杀虎口一带"逼临巨寇，险在外者，所谓极边……峻岭层冈，险在内者，所谓次边也。敌犯山西必自大同，入紫荆必自宣府，未有不经外边能入内边者"。这两地邻近蒙古，一旦失守，大同沦陷，直逼京畿，是山西北部最难守的要塞之一。因而战争频发，给民众带来了深重的灾难。在《血战右卫》《大同保卫战》《马邑之谋》等传说故事中，除静态描写战争过程外，还叙述了战争给边境造成的人间惨景："城中被围日久，城内军民没有粮吃就杀战马充饥；没有柴炭烧火做饭煮水，就拆了房屋生火做饭。"② 城中白骨累累，将士背井离乡，百姓朝不保夕，人民厌战思乡等都在传说中得以反映。作为民间情感宣泄的渠道，征战传说不仅是灾难叙事，更有民众在战争胜利之后的狂欢与兴奋，如上文提到的"城中军民欢呼震地，热泪盈眶"。可以说，以晋北地区为中心的明代山西民族征战传说保留了当时民众对那段历史的集体记忆，也保留了民众的情感心理，是一部生动的"口头史书"。

2. 洪洞大槐树移民传说

明代山西民众向外迁移是中国移民史上的一件大事，也是不争的事实。在《明实录》(《明太宗实录》)里可以找到具体记载，如洪武二十一年（1388）八

---

① [明]王锜撰，李剑雄校点：《寓圃杂记》卷三《郭登镇云中》，见上海古籍出版社编：《明代笔记小说大观》上，上海：上海古籍出版社，2005年，第308页。

② 王德功：《杀虎口的传说》，太原：山西古籍出版社，2006年，第54—55页。

月，"迁山西泽、潞二州民之无田者，往彰德、真定、临清、归德、太康诸处闲旷之地，令自便置屯耕种，免其赋役三年，仍户给钞二十锭，以备农具"①。永乐二年（1404）九月，"徙山西太原、平阳、泽、潞、辽、沁、汾民一万户实北平"②。永乐十五年（1417）五月，"山西平阳、大同、蔚州、广灵等府州申外山等诣阙上言：'本处地孬且窄，岁屡不登，衣食不给。乞分丁于北京、广平、清河、真定、冀州、南宫等闲宽之处，占籍为民，拨田耕种，依例输税，庶不失所'"③。除历史文献之外，明代山西移民的碑刻中也留下了具体记载。1958年在河南汲县（今卫辉市）发现明洪武二十四年（1391）八月的山西迁民碑上，详细记载了当年山西泽州建兴乡大阳都迁入汲县西城南社双兰屯居住的郭全等110户人家的姓名，以及入居后里甲编制的情形。民国初年，景大启等依据口承文本提出洪洞大槐树是明代迁民处，并且筹集资金重修古大槐树遗址，继之又编辑刊印《洪洞古大槐树志》《增广山西洪洞古大槐树志》，以广其传。古大槐树遗迹的恢复，将它与明代迁民之事联结在一起，使民间传播的大槐树移民说变成了有迹可循的遗迹。一棵普通的大槐树，最终承载了亿万移民后代的故园想象，这与其说是一种历史的巧合，不如说是对明初山西百万移民潮的一种集体追忆。大槐树移民传说的形成及传播并非是偶然孤立的，而是根植于中华民族寻根敬祖的传统之中。

作为明洪武与永乐年间规模最大的移民迁出区，山西流传着许多关于洪洞大槐树移民的故事。洪洞境内至今仍流传着"解手"的说法，这一民俗用语的产生便与移民运动有关：大迁徙中，移民双手被绑，在官兵的押送下上路，凡大小便，均要向解差报告："老爷，请解开手，我要小便。"长途跋涉，大小便次数多了，口干舌燥的移民，便将这种口头请求趋于简化。只要说声"老爷，解手"，彼此便心照不宣。于是，"解手"便成了大小便的同义语。④

---

① ［明］姚广孝等：《明太祖实录》卷一九三，台北："中央研究院"历史语言研究所，1962年，第2895页。
② ［明］姚广孝等：《明太祖实录》卷三四，台北："中央研究院"历史语言研究所，1962年，第604页。
③ ［明］姚广孝等：《明太祖实录》卷一〇六，台北："中央研究院"历史语言研究所，1962年，第2004页。
④ 李存葆：《祖槐》，见李玉明总主编：《山西历史文化丛书》（第三辑），太原：山西人民出版社，2001年，第22页。

除解释当地风俗习惯外，洪洞大槐树移民传说也记录下了当时的移民生活，充当着历史记录者的角色。人们被迫离开熟悉的故土，踏上艰辛的迁徙之路。离别的不舍与无奈、路上的颠簸与困顿、重新安家的矛盾与喜悦、对故土无限的追思与眷恋等，都在传说故事中得以呈现。如：

> 话说山西大槐树下有个李广清。明初他家被迫从山西迁往河南。迁移路上，他肩挑行李，扶着年迈的母亲，身后跟着妻子和一双十五六岁的孪生子。路途中只见田地荒芜，野草丛生，数十里杳无人烟，更看不到村舍。这一天走到嵩山脚下，眼前突然出现一片迎风翻滚的金黄麦浪，家人惊喜万分。有庄稼便有人家，麦浪中两个像仙女般漂亮的姑娘正在割麦子，因又热又累，姑娘的脸上淌着汗，红扑扑的，十分招人喜爱。李广清打量着麦田，发现这里麦子长得奇特，麦粒全长在麦叶上，一片叶子只长有一粒麦子，便吃惊地说："姑娘，这一亩地能收多少麦子啊？"一位姑娘回答说："不多，四石吧（1石=100斤）。"因当时生产力低下，一亩地一般收一两石麦子，广清老汉便以为她开玩笑，连连说："这不可能，不可能！"另一位姑娘笑着说："你不信就住下，我们给你几亩地的种子，你试试。"李广清高兴地回答："行啊，行啊。"于是全家人便在嵩山脚下安顿下，与这两位姑娘做了邻居。平日两位姑娘很照顾他们，不时帮他们的忙。一年过去了，经过全家人的辛勤劳作，庄稼长得出奇得好。收割后一算，可不，一亩地足足收了四石小麦，广清一家对两位姑娘非常感谢。日月如梭，光阴似箭，不几年，广清的两个孪生儿子长成壮实的小伙。一来二去的，他们与两位姑娘情投意合，结成百年之好。母慈子孝，夫妻和睦，一家老少三代过着幸福生活。两儿媳把家务料理得井井有条，而且帮广清安排生产。[①]

大槐树移民运动促成了晋豫两地民众的情感交流和民俗交融，使晋豫两地人缘相亲，习俗相近，对当今构建黄河流域的"跨省域社会文化共同体"奠定了历史基础。

（三）地方风物传说

地方风物传说指关于某一地区山川、风景等的解释性传说，其基本特点是通

---

① 高胜恩、楚刃著，李元庆主编：《洪洞大槐树寻根》，太原：山西古籍出版社，1999年，第33—34页。

过生动的故事情节，对特定的自然物或人工物的来历、特征、命名原因等，给予说明解释。它经常把风物介绍、故事、说明解释三种成分结合在一起。地方风物传说与其他传说的区别就在于它一般是以事物为出发点和归结点。这些事物有山川名胜、地名节日、土特产和动植物等民间的风俗风物。这类传说主要是对民间风物的名称、由来和特点做出解释。"解释的过程构成有头有尾的故事，有人物、有事件，而最后归结点仍是那个实物或实事。"[1]因而，这种解释并非是完全客观科学的，它带有主观艺术的成分，反映的不是真实本质的事物，而是民间创作者的世界观、人生观、思想感情和道德理想等。"左手一指太行山，右手一指是吕梁，站在那高处望上一望，你看那汾河的水呀，哗啦啦啦流过我的小村旁"，一曲《人说山西好风光》，道出了山西表里山河的秀丽风光。明代山西流传着许多关于名山大川、著名建筑、地方特产和风俗习惯的传说故事。根据表现对象的不同，可将明代山西地方风物传说分为山川名胜传说、地方特产传说、动植物传说和风俗传说四大类。

1. 山川名胜传说

山川名胜传说多是围绕某处自然山水、历史建筑、古代工程而发生。它以生动有趣的故事解释这些实物及其名称、特征的来历。山西地域广袤，有许多美不胜收的奇山秀水、名胜古迹，如大同的恒山、太原的晋祠、解州的盐池、盂县的藏孤洞等。围绕这些多姿多彩的景观，民众创造了优美动人的山川名胜传说。无论是一条绕村缓缓流过的小溪，或者是依靠村旁的山脉，都成为民众编织传说的素材。这些美丽的传说增添了大好河山的诗情画意，赋予明媚山川迷人的魅力。

每个人都有自己的姓名，自然环境中的山峰、河川、庙宇、悬崖等也有自己特定的称呼。虽然平凡普通，却都有各自的说法和由来。民间传说中经常运用奇妙的幻想、超自然的想象、神奇变化的手法对山水之名做解释。沁源灵空山的一孤峰为什么叫"唐王寨"？关于唐太子避乱至此，登顶叹息的传说就解开了这个疑问。[2]沁源县东琴泉山的"铁炉岭"，俗传窦建德造兵器于此山，故名。[3]在

---

[1] 程蔷：《中国民间传说》，杭州：浙江教育出版社，1989年，第106页。
[2] （万历）《沁源县志》，收入殷梦霞选编：《日本藏中国罕见地方志丛刊续编》第二册，北京：北京图书馆出版社，2003年，第633页。
[3] 同上注，第635页。

大同古城城东有一条河流，宛若一条碧玉带，滋养着山西北部的民众，这就是御河。御河原名叫"玉河"，后来为什么又叫御河呢？一个神奇的解释回答了这个疑问。

  传说在明初为了防御蒙古贵族势力南下，朱元璋改封十三子朱桂为代王，坐镇大同，统率八万四千精锐军队，护卫中原。代王府落成，又在府前修了讲究气派的照壁，甚至在壁前的龙池池底中心也镶嵌进了一颗偌大的玉珠。每当夜间，玉珠闪闪发光，映照得九龙神池明亮耀眼。当月圆之夜，照壁上的九条神龙便会出现在池水中嬉戏跳荡。后来，这一神奇的宝物被一个专门盗取各地珍宝的人知晓了，他就想把这颗夜明珠偷回南方去。待他偷到夜明珠准备逃跑时，大同的土地爷发现了，土地爷不断变幻出各种幻象拦截这个盗宝的人，终于把盗宝的人吓得摔到了御河里淹死了。夜明珠就被土地爷拿走了，从此，那条长河因为有了玉珠就被称为"玉河"。后来，传得远了，被称为"御河"了。①

山川名胜的命名往往与它的外部形状分不开。因此，这些传说在解释名称由来的同时，通过历史人物和神话人物的故事地方化、山川拟人化等手法来解释山川名胜特征形成的原因。例如，长治武乡南神山的《漳水回澜》传说，就解释了这一奇特景观的形成过程和名称由来。

  相传，明朝后期，南神山有一座南麓书院，有两位神童在这个书院读书，一个是魏云中，一个是程启南。这年盛夏的一天，骄阳似火，两人顺着小路去漳河戏水，忘了回家。突然开始下暴雨。可是奇怪，当洪水冲到南神脚下时，不知为什么波返浪转，洪峰迭起，再也不往下流，反而返回故县城围。这下城隍慌了，忙问河神为何放洪水入城。河神说南神山下有二位星宿挡道，不敢通过。城隍一听，一看，见河中果然有二个顽童戏水。一时无奈，只好去书院找老师。先生睡得正香，只见一位尊神让他赶紧去南神山请二位尊神让道，免全城百姓受苦。先生被惊醒，走出书院看到山下漳河水势漫天，洪峰迭起，只见自己的学生在水中戏水，想起梦中之事，马上向山下

---

① 大同市十大文艺集成办公室编：《大同民间故事集成》，太原：山西人民出版社，1989年，第310—311页。

呼唤。两个学生听到老师在喊，慌忙出水朝山下跑去。二人刚离开河床，只听洪水一声雷鸣。后来，程启南、魏云中双双考中进士，又双双官拜侍郎。据说，从那之后，漳河水就流到南神山下，总要回水一转，人们说这是河神在看望前面有无星宿挡道。由此，形成了武乡"漳河回澜"的胜景。①

山川风物传说的数量极其丰富。特别是一些闻名的风景胜地，几乎每一座山、每一块石、每一条小河、每一处庙宇，都有奇异的说法，可谓是"一步一奇景，景景有传说"。如北岳恒山的来历，有恒山爷道场、飞石下县、神灵寝于恒山等不同的说法；如关于河流的传说，有沁源县的《皇后水》、马邑镇的《金龙池》；关于山上的洞穴的传说，有太原银牛山的《白牛粪金》、沁源畲海洞的《洞寨》《舍身崖》、翼城县《瓜子缠》；关于钟的传说，有交城县《古钟声》；关于碑刻的传说，有应县佛宫寺的《透玲碑》、太原崇圣寺的《崇圣碑吼》……在数量丰富的山川名胜传说中，大多是与历史人物相勾连，或与神话人物相关联，或将山神水神拟人化为普通民众，他们的活动遗迹构成了这些山川名胜的特征由来。如《九龙壁的传说》的代王朱桂、《瓜子缠》的老子、《马圈坪》的窦建德，均是历史人物。高平羊头山风景区的传说，便与上古神话人物炎帝有关："泽州高平县之东北羊头山，旧传炎帝种五谷于此，至今山下有黍二畦，其南阴地黍白，其北阳地黍红。"② 大同通往云冈的路上有一处佛字湾的名胜便与李自成有关联：

> 传说在明朝时，有一个四太子去云冈览胜，在返途时夜经此地，隐隐听到有鼓乐之声，似乎是登基之乐，并见远处火光闪烁，心中蹊跷，派人搜寻。片刻士兵来报，此声光出自一古坟，阴森可怕，四太子一听非常奇怪，就问手下一位老成的官员，是凶是吉。这位官员说："此乃凶兆，想必此坟要出帝王将相，须设法镇之。"四太子非常吃惊，忙派人四下探问这是谁家祖坟，结果无人知晓。太子急返云冈，求镇法于住持，住持说："此乃妖孽作乱，依老僧愚见，可开山雕一佛字。"太子不悦，心想，他这是乘机在我面前卖弄佛法。住持看出太子心思忙解释，看这个字，像人们拿着一张弓上搭箭的姿势。住持一番话无非是想让太子下令雕刻佛字，以扬佛法。太子于

---

① 长治市民间文学集成编委会编：《长治市民间故事集成》，内部资料，1988年，第802页。
② ［明］谈迁撰，汪北平点校：《北游录·纪闻上》，北京：中华书局，1997年，第317页。

是下令开山,并亲笔写一佛字,心想,路经此地非一人,人人都向坟地射两箭,就是帝王之坟也让它不可翻身。经过九九八十一天,终于刻成。据说四太子这么闹腾以后,古坟还时有声光,直到爆发了李自成领导的农民起义。原来此坟乃李自成祖先之坟,李自成本是大同老家,因其祖父无法生计,带着儿子孙子离开大同往他乡逃荒并定居。李自成虽然做了皇帝,但仅仅在位八十多天。据说李自成的一只眼就是被"佛"上的一支箭射伤而失明的。但明王朝最终还是被李自成领导的农民军推翻了。①

2. 地方特产传说

地方特产传说指向当地的土特产,介绍土特产的来历、特征、名称的由来以及制作工艺,特别是各地久负盛名的衣、食、药、酒、茶等物产。地方物产的传说分布在山西的每一个角落,数量极其庞大。在这些传说中,地方特产的来历常常有神仙或者历史文化名人的活动,他们被说成是这些土特产的制造者或命名者。地方特产传说常常带有浓厚的乡土气息,是地方文化的组成部分,贯穿了民众淳朴的价值观念和思想感情。如"蒲州柿饼的来历"有这样的传说:

明时,蒲州城东边有一个老头,擅长种植柿树。一年,蒲州知府想借皇帝五十大寿,给皇帝送件礼物,好捞个加官进爵。于是命令老头一月之内,给他送一个二斤重的柿饼,若送不到,就要砍下老头的脑袋。老头把满树的柿子都捡过了,最重的才四两,做成柿饼,只能有二两重。眼看期限一天近似一天,老头急得哭起来。他怕自己死后,十岁的女儿秀芳无人照顾。秀芳见爹心情沉重,便关切地问:"爹,你老哭什么呀?"老头无奈,只好把知府要柿饼的事说了。秀芳虽只十岁,却像大人一样懂事。她一听,心情比爹还沉重。晚上,秀芳坐在门台上,愁眉苦脸地叹口气说:"嫦娥姐姐,我求求你,救救我爹吧!"突然,月里嫦娥说话了:"小妹妹,你如果真的想救你爹,那你可得受很大的苦。"秀芳坚决地说:"嫦娥姐姐,只要能救我爹,就是上刀山,下火海,粉身碎骨,我也心甘情愿。"嫦娥感动地说:"小妹妹,你真有精卫填海的决心。好吧,我给你说个办法。你拿一个柿子,把蒂去

---

① 大同市十大文艺集成办公室编:《大同民间故事集成》,太原:山西人民出版社,1989年,第546—547页。

掉,把你的舌尖割破,用血把柿饼染红。再拿些柿子,从柿蒂处往这个柿子里塞,这个柿子就会涨起来,塞够两斤就行了。"秀芳回到房,找到一把小刀,立时就割自己的舌尖。刚划破个口,疼得浑身打战,一下昏了过去。醒来时,舌尖只是疼,没有血,她又割了一下,急忙往柿饼上舔,只有一滴血迹。她咬咬牙,割一下,滴一滴,直割了五十下,滴了五十滴血,才把柿饼染红。接着,她拿来柿子,去掉蒂,朝这个柿子里塞,这个柿子便膨胀起来,直到二斤重了才停住。刚停住,秀芳就浑身哆嗦,像有几千根针,向她身上刺,她又疼得昏过去了。老头早晨醒来,见房里放着一个柿饼,像西瓜一样大。正惊奇,秀芳醒了,给爹说明真情。老头又疼又恨,紧紧抱着女儿,落下辛酸的热泪。当天,老头把柿饼送给蒲州知府。皇帝生日那天,知府把柿饼献给皇帝。皇帝一见,又惊又喜,立即用刀切开,只见柿饼一层一层的,像肉丝一样,咬了一口,从舌尖甜到心窝。皇帝高兴得让每个大臣都尝一口,大臣们一尝,都甜得浑身又酥又麻,赞不绝口。从此,蒲州柿饼就名扬天下,成为蒲州一宝。因为柿饼里染上了秀芳的舌血,所以,打这以后,蒲州的柿子不但吃着甜,能溶于水,还能治很多病。[①]

从中医角度推断,柿饼性甘湿无毒、润心肺、止咳化痰、清热解渴、健脾涩肠。民众将柿饼的特性与想要传达的教化相结合,编织了这一美丽而又悲情的传说来解释这一地方特产的特点和由来,进而宣扬善恶、德孝等传统道德伦理观,将情感体悟深藏其中,通过传说故事的传承流布以实现潜移默化的教化功能。

3. 动植物传说

动植物传说主要是以动植物的情状和形态为核心构成的民间叙事,它排除带有神性色彩的动植物神话,以及带有明显教育意义的动植物故事,包含活跃于自然界中的动植物性灵情状的解释性民间叙事。这类传说围绕动植物构建情节、表达思想,是一个独具特色的民间传说品类。

山西的动植物种类丰富而特色鲜明,名称也非常奇特,因而民众编织了许多奇妙的传说来加以解释。山西境内有"断影树""双离树""仙槐"等。为什么

---

① 杨焕育、王西兰、杜朝编:《永济传说》,香港:香港天马图书有限公司,1993年,第193—195页。

有这样的名字呢？其中各有奥妙。如"断影树"与汉文帝有关，传说"代州城西四十里断影树，汉文帝当迎立时，犹豫不决，逐日游移，卧于树下，日过树影不移。今树已朽。而其地建白杨庙，即此树也"①。

动植物原本就精致有趣，民众再对其特色进行艺术性的加工，其客观存在的习性在传说中更显奇妙绝伦。如大同山阴县辛寨南山麓龙王祠前的芍药，如果是其他用途，芍药花立即枯萎凋谢，而一旦移回佛像前就恢复原来的美好姿态，民众认为其灵验无比，专门用于礼佛，当地的芍药也因此闻名山西北部地区。"芍药一丛，每岁开花十五朵，色各不同。昔有一僧折其一，将以供佛，随萎，复至其处，则原茎复开一花如旧。人惊其神异，不敢攀折。虽无药栏，牛马不敢践。"②再如五台山有一种小虫，世间罕见。"五台山有虫，状如小鸡，四足，有肉翅，夏月，毛羽五色，其鸣若曰'凤凰不如我'。至冬，毛落而毸，忍寒而号，若曰'得过且过'。其粪如铁，状若凝脂，恒集一处，医家谓之五灵脂是也。"③这一小虫就是常见的"寒号鸟"，传说这种鸟与众鸟不同，它长着四只脚，两只光秃秃的肉翅膀，不会像一般的鸟那样飞行。夏天，寒号鸟全身长满了绚丽的羽毛，样子十分美丽。寒号鸟骄傲得不得了，觉得自己是天底下最漂亮的鸟了，连凤凰也不能同自己相比。于是它整天摇晃着羽毛，到处走来走去，还扬扬自得地唱着："凤凰不如我！凤凰不如我！"冬天来临了，鸟儿们都回到自己温暖的窝巢里。这时的寒号鸟，身上漂亮的羽毛都脱落了。夜间，它躲在石缝里，冻得浑身直哆嗦，不停地叫着："好冷啊，好冷啊，等到天亮了就造个窝啊！"等到天亮后，太阳出来了，温暖的阳光一照，寒号鸟又忘记了夜晚的寒冷，于是它又不停地唱着："得过且过！得过且过！太阳下面暖和！太阳下面暖和！"就这样一天天地混着，过一天是一天，一直没能给自己造个窝。最后，它没能混过寒冷的冬天，冻死在岩石缝里了。

民众将昆虫独特的叫声想象出具体内容，并对其外部形态和生活习性进行夸大，使传说听起来趣味盎然的同时也表达了对那些只顾眼前、得过且过、不愿

---

① ［明］谈迁：《枣林杂俎》，《笔记小说大观》第32册，扬州：广陵古籍刻印社，1983年，第140页。
② ［明］谈迁撰，汪北平点校：《北游录·纪闻上》，北京：中华书局，1997年，第315页。
③ ［明］谢肇淛撰，傅成校点：《五杂俎》卷九《物部一》，《明代笔记小说大观》，上海：上海古籍出版社，2005年，第1677页。

辛勤劳动的人的暗讽。动植物传说往往具有一定的教化意味，人们抓住具体实物的习性和特征，借助富有传奇性的艺术形式来完成自我感情的表达和道德评价的输出。

4.风俗传说

风俗传说是黏附于婚丧喜庆、岁时节日等民俗事项，解释各地风俗习惯形成过程和原因的叙事作品，它反映着人们的伦理道德和爱憎是非，记述着社会制度与时代风尚。明代山西的风俗传说中，节日习俗传说、婚嫁习俗传说、衣饰风俗传说、食俗传说、戏剧游艺传说等数量繁多。这里主要介绍较为典型的年节习俗传说和游艺习俗传说。

在山西众多的风俗中，年节习俗是一个重要组成部分。春节、端午、腊八等时间节点贯穿一年四季，指导着人们的生活实践。农历七月十五是三大"鬼节"之一，因其祭祖主题在传统节日中占有特殊地位，其节俗内容主要围绕超度鬼魂、陈设牲醴、普施恶鬼进行，有放河灯、祭祀扫墓、烧纸钱等。《七月十五挂纸幡》《七月十五捏面人的来历》等明代山西的七月十五节俗传说阐发的是它的形态特点，文本结合历史情况增加了捏面人和挂纸幡等习俗内容。再如端午节，传统端午节是每年五月初五，习俗活动有吃粽子、划龙舟、挂艾草、饮雄黄酒等，而关于这一年节的习俗由来的解释性传说是为了悼念常遇春的母亲。在山西大同、朔州、忻州等地传说常遇春的母亲是一头熊，母熊死后，为纪念母熊的养育之恩，每年五月初五，常遇春都要带着丰盛的供品到江边痛哭一场，吊唁母亲的亡灵。据说事后母熊托梦于常遇春："儿孝敬母亲的祭品被鱼虾蟹吃掉了，母亲不能受用。"常遇春梦中见到的母亲是那样慈祥、可亲，心中特感快慰。于是他想了一种方法：将芦苇叶包上黄米、蚕豆、江米、红枣，又用马莲叶扎成三角菱柱形的东西投入江中，这就叫粽子。这样鱼虾类嗅到粽叶味就远去了，母熊就可吃到自己儿子亲手包的粽子并感到宽慰。久而久之，包粽子已成为人们生活中的一种习惯。每年阴历五月初五家家户户都要包粽子。[①]这一说法解释了山西端午节包粽子习俗形成的由来，表示了民众对常遇春将军的赞扬和对孝文化的宣传。

游艺习俗传说是对山西民间各种文化娱乐游艺活动形成原因的传说。当地

[①] 定襄县民间文学"三套集成"编委会编：《定襄县民间故事集成》，内部资料，1987年，第34页。

民众通过夸张、偶然、巧合、超人间的想象来创建兴味盎然、引人入胜的传说故事，构建属于特定群体的地方历史，提供现实生活必要的历史记忆。游艺习俗不仅热闹有趣，与之相伴的传说也是别致动人。如大同的《鼓楼火龙》传说：

　　鼓楼建于明代。当时，盗匪猖獗，市民经常遭劫。店铺时常大白天闭门停业，闹市摊贩寥寥无几。白天总还好说，可每当夜幕降临，盗匪便更加猖狂，夜深人静时，往往是盗匪最猖獗的时候，民众对此怨声载道。正巧，大同府要求各地执行防盗严明措施，以安民心。根据通令，官府调集人马很快在大同府城南置一特大牛皮鼓。精选百名能工巧匠，经过三个月的精心施工和彩绘装饰，筑起一座宏伟建筑——四方通风的木结构哨所阁楼，并布置有专人看守，轮换时辰更鼓鸣安，一有盗贼来袭，便采用鼓点击打变化旋律达到报警之目的。许多贼人也不像先前那般大模大样地放肆了。但是，好景不长，贼人探到虚实，便开始选取相应对策了。相传，有回强人夜间偷袭，守夜的两个小伙子均已睡熟，深更夜静，他们这种粗心的举动被盗贼的探子查得一清二楚，为首的据说是个市井无赖，名叫王隆，此人无恶不作，大伙恨之入骨，但迫于他的威胁，都敢怒不敢言，因为他的舅舅在官府任职。那夜，王隆结伙十余名盗贼身着黑色夜行侠服轻手轻脚地袭击市民居所宅地，当盗贼靠近鼓楼城门时，忽然间，只见火舌从四面吞吐而来，一条惊人的火龙口吐烈焰从阁楼中爬了出来，走在前面的王隆当即被龙口吞进，紧随着的两个也被火舌烧成重伤，惨叫不止，其他所有强人吓得慌忙逃命。惨叫声惊醒酣睡的两位守卒，他们看到那条全身通红，宛如火轮的神龙，生吞了王隆之后便一头钻入阁楼底下，随着一道金光从天空划过，夜幕中的大同府又恢复了宁静，就像什么事也没有发生过。第二天，两位守卒便把此事讲给别人听，一传十，十传百，从此有神龙助阵，盗贼再不敢来袭击了。自那以后，每当更夫击鼓鸣安时，总是发出一阵阵"喔咯"之声，人们说那是王隆痛心疾首的忏悔之声，不知是真是假，但老辈人总是这么传。①

　　后来，一到重要节日，民众就开始模仿龙的形状，内里布满灯泡，夜晚灯

---

① 大同市十大文艺集成办公室编：《大同民间故事集成》，太原：山西人民出版社，1989年，第359—360页。

亮起，就像一条长长的火龙，威武热闹。传说以魔幻的形式满足了普通民众的愿望，使他们获得了情感的慰藉和精神的解脱。山西境内流传的拳法和戏剧也都有各自的传说文本，来解释它们的来历和发展过程，如《形意六合拳》《蒲剧的起源》等解释性传说。

三、明代山西民间故事

民间故事是一种历史悠久的文学体裁，指民众口头创作的、口头流传的，以奇异的语言和象征的形式来再现生活、阐发伦理的散文叙事作品。它以广大民众的现实生活为基石，以民众的接受心理为参照，在流传过程中不断调整。明代山西新产生和孕育了许多民间故事，它们有着浓郁的历史性、多彩的民族性和独特的地域性，展示着三晋大地的无限风姿。这些民间故事不仅是明代山西民间文学的精华，而且为这块土地增添了历史的纵深感和厚重感。这些情节曲折、生动感人的民间故事，展现了明代山西波澜壮阔、丰富多彩的社会生活场景，反映了人们的爱憎与悲喜、理想与追求。在汾河岸边，在田间地头，在长夜的油灯下，一代又一代山西儿女向他们的儿孙讲述着从祖辈那里听来的动人故事，在潜移默化中受到了是非观念的教育、坚强意志的培养、善良人格的熏陶，逐渐成长为社会群体中的合格一员。

数量丰富的明代山西民间故事主要保存在文人笔记小说和方志丛书中。笔记小说自宋代始在社会各个阶层普及，到明代达到繁盛。明代笔记小说自由灵活、内容广泛，无闻不录、无异不取，有叙述杂事的，有记录异闻的，有缀辑琐语的。民间故事是明代笔记小说的重要内容，其中既有对前代各时期民间作品的继承，又有鲜明的时代特色。诸如上文提到的徐应秋《玉芝堂谈荟》、谈迁《枣林杂俎》、李中馥《原李耳载》、谢肇淛《五杂俎》、朱国祯《涌幢小品》、陆粲《庚巳编》、王锜《寓圃杂记》、郎瑛《七修类稿》，以及王同轨《耳谈》、黄瑜《双槐岁钞》、郑晓《今言类编》、陆深《河汾燕闲录》、陆容《菽园杂记》、祝允明《语怪》、江盈科《雪涛谐史》等笔记小说，较为完整全面地保存了明代山西民间故事，并对其中一些故事做了艺术性加工，借以描述民间俗世的恩怨，展现人与人的关系。

明代山西民间故事除保存于笔记小说中，还有相当一部分记载于方志和故事集成中，其中尤为珍贵的是明代"天一阁藏明代方志"中的高汝行嘉靖《太原县志》、万历《沁源县志》、崇祯《山阴县志》和李贤的《大明一统志》。明代"天一阁藏明代方志"系列丛书中仅有山西太原的地方资料，"杂志"一卷中详细记载了"恶人恶果""黑青为妖""晋源异事""汾河水怪""借雷显灵"等民间奇闻异事。

作为一种集体创作，民间故事在情节、主题、人物等方面具有显著的类型化倾向。主题的类型化，即多个故事表达同样的主题，如表达生活变富或弱者获胜的愿望，对机智善变的赞扬，对愚蠢呆笨的讽刺等；人物的类型化，即许多故事的人物属于同一种形象类型，即在品格、行为等方面的主要特征是共同的，如孝子故事、侠客故事、机智人物故事等。许多活跃在明代山西的民间故事都在继承前朝传统的基础上有所发展，形成更为完备丰满的故事结构，其中，尤以数量众多、题材广泛、内容丰富的幻想故事和生活故事最为典型。

（一）幻想故事

"幻想是民间故事的生命"[①]，没有丰富的想象力，就不可能拥有艺术的创造力，幻想故事正是以现实生活为蓝本，借助丰富的想象力，将神奇因素引入创作，从而将对美好生活的憧憬、是非曲直的辨识淋漓尽致地表达出来。它是幻想与现实的巧妙结合，也是调节民众心理、丰富日常生活的重要途径。明代山西幻想故事发育成熟的主要故事类型有转世型、精怪型、神助型和宝物型。

1. 转世型故事

转世型故事，即主人公通过转世投胎的方式来达成或复仇或报恩等前世夙愿的民间故事，其核心母题是转世重生。丁乃通的《中国民间故事类型索引》将其列为AT960"阳光下真相大白"和AT990"似死又活"。[②]"转世"一词，带有很强的佛教意味。根据佛教的因果报应和生死轮回观，死亡并不意味着生命的彻底结束，而是由一种生命状态到另一种生命状态的转变。重生的生命形态，取决

[①] 李惠芳：《中国民间文学》，武汉：武汉大学出版社，1996年，第134页。

[②] 〔美〕丁乃通：《中国民间故事类型索引》，孟慧英、董晓萍等译，北京：中国民间文艺出版社，1986年，第307—312页。

于前世的善因,"欲知过去因者,见其现在果;欲知未来果者,见其现在因"①。前世的善恶业是现世的苦乐之因,现世的苦乐是前世的善恶业报,现世的善恶业又是来世的苦乐之因,来世的苦乐是现世的善恶业报。这种因果报应观打破了古人传统的功利的人生观念,是民众对社会不公现实所做的解释,也警醒世人要积德行善。生活中并非每个邪恶之人都能得到惩罚,也并非每个善人都有好的结局,于是人们创造了转世型故事,将现实中不可能的事情在故事中得以圆满,以满足"大团圆"的心理快感和精神慰藉。明代,转世型故事频繁地出现在山西的有关典籍文本中。如明王同轨《耳谈》中记载:

> 山西僧齐能,天顺初携百金诣京,请度牒于礼部。然费无几何而牒已得,别邸主人且归。邸主人已觊其囊饶,故以好留款,因鸩杀之。得其饶,埋尸炕床下。
>
> 妇适生子,渐长,常欲杀父。父讼于官,儿忽作僧语,曰:"我非渠子,乃僧齐能也。渠杀我如此如此。故度牒尚在某箱底,尸尚在炕床下。"发之,皆得。邸主人抵罪死,官即以故度牒名,向禅寺披剃儿为僧,名之曰"再能"。千僧鼓吹送之还乡,相距不出十余年耳。②

僧人被杀,后转世成为仇人的孩子,并报官找到自己被掩埋的尸首,为自己伸张正义、惩治恶人。这一类故事旨在解释和演绎因果报应。文本通过转世的方式来说明因果,劝善戒恶,唤起民众的道德自觉和自律意识。类似的故事又见于谈迁《枣林杂俎》:一书生因见财起意,害死了僧人。因前世种下恶业,书生死后坠入畜生道,来生变马,供人驱使,受尽折磨。第二次转世"出胎方浴,自喜为男子,舒手连声曰好,其家怪之,立溺死"。第三世"生郭家,念前死,九岁不言。偶读一寿文,父骇问,因详其故"。③该故事以书生三次转世都不得善终的情节来诠释业报轮回,宣扬因果报应,暗含是非善恶的价值判断,使民众得以警惕。转世投胎或复仇故事,往往有程序化、凝固化的叙事模式和强烈的佛家思想,隐含积德行善、切莫作恶的民间道德观,具有一定的教化功能。

---

① 濮文起主编:《民间宝卷》第十一册《因果经》,合肥:黄山书社,2005年,第227页。
② [明]王同轨:《耳谈》卷三《僧齐能》。又名《赏心粹语》,初刻为五卷,后增至十五卷,刻于万历丁酉,后又增益为《耳谈类增》五十四卷《千顷堂书目》作五十六卷)。
③ [明]谈迁:《枣林杂俎》,《笔记小说大观》第32册,扬州:广陵古籍刻印社,1983年,第603页。

2. 精怪型故事

"精"者，据《说文解字》释为"择米也"，又引申为生成万物的灵气。"怪"者，据唐释慧琳《一切经音义》卷二十七云："凡奇异非常皆曰怪。"[①]据此可知，一切反常的事物或出现未曾见过、不可思议的事物都可称作"怪"。所谓"精怪"，即人类自身以外的自然物借天地灵气，可化为人形，祸福人间；又可复现原形，得到藏匿。精怪型故事便是以精怪及其活动为描述对象的叙事作品。自汉魏六朝始创志怪小说一门，直至有清一代，延绵千余年，历代文人雅士，将流传于街巷市井的传说记录并加工，创作了大量的精怪小说。明代山西民间故事中精怪故事主题出现得异常频繁，这与明代社会神仙体系的充实完整有关。明万历二十八年的《列仙全传》卷一把"学道得仙之品"列为九等："一曰九天真皇，二曰三天真皇，三曰太上真人，四曰飞天真人，五曰灵仙，六曰真人，七曰灵人，八曰飞仙，九曰仙人。"神灵名目众多自然会产生各种相关的幻想故事。精怪型故事主要包括精怪现形母题和降妖除妖母题两种母题类型。

精怪现形母题，即变形主题，主要是形体上的变化，包括异类化人、人化异类和异类化异类三种类型。明代山西民间精怪故事中较为普遍的是异类化人的变形主题。异类化人，顾名思义就是指非人类的族类，如动物、植物、器物等变化成人，俗称精怪。这一母题根源于原始的"万物有灵"思想。原始先民往往从自身经验出发，认为神、动植物也和人类一样，把一切具有生长或活动现象的事物，皆当作具有灵魂、生命的东西，基于这种观念的推导，人们创造了那些充满荒诞怪异内容的传说故事。高汝行嘉靖《太原县志》中的《黑青为妖》，讲述了形状不明的"黑青"飞入普通人家的故事。据说这"黑青"是冤魂的冤气汇聚起来成为妖怪，"瓜破体□则黄水出，其形或如□，或如狗，黑气冢之。民间恐怖，夜击铜铁以自卫，通宵不寐，经十余日乃息"。[②]《晋源异事》记述了晋祠华塔寺神龙现身的情形："忽阴云四合，雷电交作，有龙从洞中出，见者谓如赤帜摇曳而上，人惊视之。"[③] 这两则都是描述不明精怪现身，百姓惊恐畏惧、无能为力

---

① [唐]释慧琳撰：大正藏版《一切经音义》第54册，第448页。
② [明]高汝行纂修：嘉靖《太原县志》卷三《黑青为妖》，《天一阁藏明代方志选刊》八，上海：上海古籍书店，1981年影印本，第5页。
③ 同上。

的场景。

民间百姓将无法理解的生活异事或自然现象理解为妖邪所为。异地留宿，夜闻风声，疑心为妖；人患病发癫，疑是妖孽；狐、犬出现频繁，疑是精怪作祟。当精怪现形，危害人间时，百姓并非只能瞠目结舌、不知所措，相反，具有主观意识的人类会采取一定的方法来除掉妖魔，保证生命无忧、生活稳定，这就是精怪型故事中的降妖除妖母题。明代笔记小说和方志中的除妖篇目不在少数，主要分为两类：一类是道士僧人施展法术除妖，这是后世降妖小说的模板；另一类是民间百姓在日常生活中遇到妖物，采取棒杀等最简单最原始的方法。这种说法多源于街头巷议，口耳相传。在形形色色的除妖故事中，尤其狐妖化人成危害，人除狐妖保平安的故事最为丰富。除妖人可以是道士、僧人等佛道中人，也可以是居士、官员等儒者；除妖方式有符杀和咒杀。谈迁的《枣林杂俎》收录了明代山西流传的两则除狐妖故事，其中一则为《关扬》：

> 大同公馆相传有祟，使客多寓外舍。县令关扬不信，夜列卒爇炬。迨夜分，一妇步月阶下，关叱曰："果冤乎哉？宜诉我。"妇忽自空入，缟衣领缘间，簇针如猬，炬顿灭，仅荧一蜡。妇逡巡欲前，遽麾之，即隐。关就寝，席为针刺，屡拂如故。起移床，而壁间纸动，揭之则复壁也。关引刀秉炬而入，有物相扑，刀举炬熄，旦见白狐死壁下。①

另一则是《丘志充》：

> 山西怀来道右布政诸城丘志充公署有楼多祟，闭久矣。丘特登之，积尘累寸，其妖冠进贤，服金绯，凡六七人，或排衙鼓吹，或宴乐，如此不一。尝简丘称都台，其墨淡，留数日字灭。丘计迫，纵射之，妖拍案笑，接其矢。乃纵猎犬，发铳毙数十人。冠绯者预焉。妖虽绝，而丘以通贿营开府，事泄下诏狱，弃市。②

3. 神助型故事

完整的故事、严谨的结构、巧妙的情节和鲜明的人物形象，使得神助型民间故事在民间广为流传。明代山西民间故事中，神助型故事寄托了民众的生活理

---

① ［明］谈迁：《枣林杂俎》，《笔记小说大观》第32册，扬州：广陵古籍刻印社，1983年，第530页。
② 同上注，第531页。

想，折射出当时的宗教信仰。

在漫长的封建社会里，广大劳苦大众生活于社会底层，在面对冤假错案、贪官横行、自然灾害等超出能力范围的飞来横祸时，往往没有抵御的能力。正如司马迁在《史记·屈原列传》中所云："人穷则反本，故劳苦倦极，未尝不呼天也；疾痛惨怛，未尝不呼父母也。"这时，人们选择寄希望于天地，祈求用神力来扬善弃恶、拯救黎民。文昌本星名，亦称文曲星，或文星，古时认为是主持文运功名的星宿。《文昌现像》故事记载了文昌帝君在一书生梦中现身，托梦向书生道喜高中的情节：

盂县赵怀旋延庆乙卯棘闱，过午，于旁舍中遇一绿衣人，软翅唐巾，貌端秀，向之拱手，言："用心作文。"赵归号，思闱中士子皆儒巾，若教官，纱帽去翅，衣非绒亦必青色，安得绿衣郎也？覆思其貌，大类文昌。作书义毕，将及经，烛甫至，火星飞喷，如炮炸声，腾焰二尺余。邻舍疑失火，惊视之，见烛光可异，齐贺云："此奎光也。"揭晓，果隽，北上聊捷。

附：余甲子卷与一卷较量去取，在发榜前一夕也。余梦至一处，如宫殿，进二门，见一神，两手左右按膝，面北坐，若守护状。余从旁上行，近阶，又见一神向下行，如巡徼状，与余相笑拱手，余登阶，同诸衣青者拜如礼。次日，开榜中式。由是观之，先正所云：闱中文昌主籍，神将围绕，信夫！①

对于封建社会的读书人而言，最大的理想便是科考中举，榜上有名。然而现实生活中并非每一个读书人都能实现这一理想，于是人们借用文昌帝君这一神灵形象，借助"托梦"这一带有奇幻色彩的情节，使憧憬得以成为现实。从某种程度上来讲，神助型民间故事是民众社会理想的虚幻满足。在明代山西民间故事中，不仅民众有困顿之时，就连九五之尊的帝王在危急之时也需神灵的帮助，如口传文本《白龙神传奇》：

明朝正统年间，皇帝御驾亲征，被困至沙漠之中，人无粮，马无草，连水也喝不上。皇帝饥渴交加，眼看奄奄一息。正在危急之时，有一老翁携带壶浆来至面前。小小一罐饭食竟能够皇帝及全军饱餐一顿。老翁又指点迷

---

① ［明］李中馥撰，凌毅点校：《原李耳载》卷下《文昌现像》，北京：中华书局，1987年，第138页。

津，使明军获胜脱险。将别之时，皇帝问道："君系何人？"老翁答曰："臣乃山西岚县白龙神。"皇帝既归，封白龙神为灵渊侯，赐春秋二祀，并拨款建灵渊祠于岚县城。①

神助型故事是人们在自我认知范畴、能力水平和美好祈愿之间的桥梁。借由这些大圆满的故事，人们的心理世界得到满足，现实压力也得以宣泄。可以说，它是世世代代生活在三晋大地的山西人民在长期的繁衍生息中，所创造的独具特色的文化。它构成了明代山西民间故事的深厚基础和广阔背景，积淀着广大民众的思想感情和价值观念。

4. 宝物型故事

宝物型故事，丁乃通《中国民间故事类型索引》将其列为AT560-649"神奇的宝物"。②这类故事涉及的宝物有珠、玉、石、金、镜、竹、草、盆等，种类繁多，其中以珠、盆出现的频率最高。这些宝物往往具有各种奇特的功效、用途和价值，治病疗伤，用之辄愈；生财聚金，使人致富；净化海水，让其甘洌；平息风浪，使之平静；驱散迷雾，令其晴朗……发现宝物、得宝行善、胡人识宝、宝物遭劫、因宝罹祸等故事内容丰富多彩，奇特多变，令读者、听众眼界大开。这些故事大多生动有趣，并且包含着一定的思绪意蕴和社会价值，发人深省。在明代山西宝物型故事中，聚宝盆、水宝、卦山柏、避火珠、避水珠等具有奇特功效的宝物都有许多想象奇特的故事。

明代山西宝物型故事描写优美缠绵，情节迂回曲折，它们不仅在语言表述、发生背景中体现出了独特的地域风情，在神奇、丰富的想象间也渗透着深刻的生活哲理。明陈洪谟《治世余闻》中收录了一则著名的宝物故事《水宝》：

> 弘治中有回回入贡，道山西某地。经行山下，见居民男女，竞汲山下一池，回回往行，谓伴者："吾欲买此泉，可往与居人商评。"伴者漫往语，民言："焉有此！买水何用？且何以携去？"回回言："汝毋计我事，第请言价。"民笑，漫言须千金，回回诺，即与之。众曰："戏耳，焉有卖理！"回回怒，

---

① 康茂生主编：《岚县志》，北京：中国科学技术出版社，1991年，第612页。
② 〔美〕丁乃通：《中国民间故事类型索引》，孟慧英、董晓萍等译，北京：中国民间文艺出版社，1986年，第195页。

将相击。

民惧，乃闻于县。县令亦绐之曰："是须三千金。"回回曰："诺。"即益之。令又反复言之，以至五千。回回亦益之。令亦惧，以白于府守。守、令语云："此直戏耳！"回回大怒，言："此岂戏事！汝官府皆许我，我以此逗留数日，今悉以贡物充价。汝尚拒我，我当与决战。"即挺兵相向，守不得已，许之。

回回即取斧凿，循泉破山入深冗，得泉源，乃天生一石。池水从中出，即异出将去。守、令问："事既成，无番变，试问此何物邪？"回回言："若等知天下宝有几？"众曰："不知。"回回曰："金贝珠玉万宝皆虚，天下惟二宝耳，水火是也。假令无二宝，人能活耶？二宝自有之，火宝犹易，惟水宝不可得，此是也。凡用汲者，竭而复盈，虽三军万众，城邑国都，只用以给，终无竭时。"语毕，欣持之以往。①

这一宝物故事又可概括为"回回识宝"型，反映出回回商人在鉴别宝物上的能力，刻画出回回为得到水宝不吝惜高价甚至不惜为之决战的急切心理，并借回回之口说出了它"凡用汲者，竭而复盈"的神奇再生功能。这一故事与历代同类故事一脉相承，最早见于《太平广记》卷四〇二《纪闻》中的一个水珠的故事，叙述的是大食国的胡人从长安安国寺僧人处花费四千万贯购买了一颗能使干涸的大地充满水源的水珠。故事虽然不长，却带有神秘色彩，引人入胜。由此可见，水宝和水珠都有着使水源用之不竭的奇效。"回回识宝"型故事之所以产生并传播开来源于汉族人对外来人的一种特殊观念：认为具有神秘身份的回回商人自身拥有超越常人的识宝能力。这种识宝异术掺有明显的道家方术特征，所以其形象远不只是对珠宝价值具备丰富知识的行家，而应当被看作具备高深道家修养的炼丹师或者掌控超自然能力的法师之类。②因而，回回识宝的故事本质是明代社会处处可见的人们对超自然神秘力量信奉的现象，展现了世人对于征服大自然、改善生活条件的美好愿望和追求。

除"回回识宝"型故事外，明代山西宝物型故事还有发现宝物、因宝罹祸

---

① ［明］陈洪谟：《治世余闻》，北京：中华书局，1985年，第50页。
② 钟焓：《"回回识宝"型故事试析——"他者"视角下回回形象的透视》，《西域研究》2009年第2期。

的内容，譬如聚宝盆故事。明代山西民间流传的"聚宝盆"故事的模式可归纳为"得宝——失宝——误用"，主要写正面人物宝贝丢失或被抢夺，酿成大错，给自身带来灾难。有些故事情节中，经过种种巧合之后，宝物失去功效，反面人物自食恶果。如《卦山柏与聚宝盆》，叙述常家兄弟因缘巧合获得一匹龙驹马和一个聚宝盆，结果因照顾不当，宝贝失去神效，又被朝廷强制上交，给常家兄弟带来一系列困难。① 关于明朝首富沈万三和聚宝盆的故事，也基本遵循这一模式展开叙事。这类故事往往借由从得宝到失宝的历程，或揭示为善者的胸襟，或揭露作恶者的嘴脸，以扬善惩恶，净化世风，教育世人。

（二）生活故事

生活故事是现实性较强、生活气息较浓的民间故事。生活故事的主角与普通民众距离亲近或者本来就是世俗百姓，他们不像神话中的诸神那样不食人间烟火，高高在上地统管人间，具有超人的力量；也不如传说中的人物那样卓尔不群，生发出崇高的美感或蕴含震撼人心的悲剧元素。但生活故事却能够通过简短的情节、日常的事情，阐述深刻的道理，耐人寻味。明代山西生活故事承接前朝而来，又融入了特定的时代特色，更加丰富多样。这些故事都是明代山西社会最真实的记录，是明代山西民间社会生活的口述史册。明代山西生活故事以孝子故事、侠义故事、机智人物故事三类最为引人注目。

1. 孝子故事

孝即事亲，《孝经·开宗明义章》："夫孝，始于事亲。"②《尔雅·释训》："善父母为孝。"③ 孝道是儒家重要的道德规范，反映的是在垂直血缘关系中的伦理关系，在中国传统社会中具有普遍意义。与孝文化相匹配的孝子故事历史悠久，《礼记》《孝经》规定了许多孝子事亲的行为规范。历代官人、隐士，甚至皇帝都热衷于收集孝子故事，编辑孝子传。明代山西民间故事以"孝"这一伦理道德为主旨的篇什更是数量庞大。这一类型的民间故事汇聚了山西民众对"孝道"的理解和思

---

① 中国民间文学集成全国编辑委员会、《中国民间文学集成·山西卷》编辑委员会编：《中国民间故事集成·山西卷》，北京：中国ISBN中心，1999年，第244—245页。

② [宋] 邢昺：《孝经注疏》，上海：上海古籍出版社，2014年，第5页。

③ [宋] 邢昺：《尔雅注疏》，[清] 阮元校刻：《十三经注疏》，北京：中华书局，1980年，第2591页。

考，是当时生活习俗、价值取向、伦理道德的承载体。明代山西的孝子故事主要有舍命救亲和弃官奉亲两种类型。

孝道是中华民族百德之首，"孝，德之本也，教之所由生也"①。明代山西流传着许多舍命救亲的故事。生活在蒙汉民族征战环境中的百姓，流离失所，饱受战争之苦。在携父母逃亡的路上遇到敌人时，他们甘冒生命危险来换取父母的安全，最终的结局甚为惨烈，主人公与父母俱亡：

嘉靖二十年，俺答犯石州，钧虑父遭难，自城中驰一骑号泣赴救，冠射中其肩，裹疮疾驰，至则父已被杀。钧陨绝，尽舐父血，水浆不入口三日，不胜悲痛而卒。②

（嘉靖二十二年十二月）张承相，（石）州学生也，少孤，奉母二十余年，最孝，人称之。虏至，负其母以逃，为虏得，承相抱母叩头号泣。虏怒，俱杀之，抱母首而死。③

永安，石州吏也，父为寇所逐，永安持梃追击之，伤二贼，趣父逸去，而身自后卫之，被数十创死。④

除典籍文献记载外，口传文本中也有许多舍命救亲的故事，如《路解元孝母丧命》。路朝成出生于正德年间，从小聪明过人，终于中了解元。在父亲去世后的第三年，母亲提出想到京城看看金銮宝殿。由于封建礼教的约束，路朝成左右为难：一是母亲有一双大脚板，走到京城怕丢人败兴；二是母亲年老，路途遥远，怕她受不了沿途辛苦……想来想去，最后想出了个主意，先请能工巧匠到京城看看金銮宝殿，然后在自己的庄园仿造一座，让老母观赏。修金銮宝殿的事情传到了京城，皇帝认为他要谋反篡位，便将路家满门抄斩。⑤不论是典籍文献还是口传文本，故事的主人公都是历史上真实存在之人。正是由于他们的孝行非常人所能，人们将其事迹记录、传颂，以求在社会上产生积极影响，进一步宣扬孝

---

① 《孝经》，北京：北京燕山出版社，2009年，第6页。
② [明] 张居正等：《明世宗实录》卷二八一，台北："中央研究院"历史语言研究所，1962年，第5476页。
③ 同上。
④ 同上。
⑤ 长治市民间文学集成编委会编：《长治市民间故事集成》，内部资料，1988年，第973页。

文化。可以说，孝子故事的广泛传播，是孝文化得以全面推行的重要帮手。

"孝道之人际传递、代际传承使社会人伦井然"[1]，在古代社会，人们将孝推举于最高位置，甚至不惜弃官奉亲："张钧，石州人，父敉，国子生，以二亲早亡，矢志不仕，隐居城北村。钧正德末举于乡，以亲老，亦不仕，读书养亲，远近皆称其孝。"[2] 孝子故事强调的是报答父母的养育之恩，反复论述着"孝"的人伦情感和伦理义务。不论是舍弃性命还是放弃既得社会地位，孝子都是以自我牺牲的行孝方式来完成对孝的践行。这种源于生活又高于生活的孝子故事、身世为凡人又超越凡人的孝子德行，使得这一类型的故事跨越时空，不断流传。

2. 侠客故事

侠者，"具有急人之难、舍己为人、伸张正义、自我牺牲精神的人就是侠。在大多数情况下，侠是替下层百姓解救困厄、铲除不平、伸张正义的社会力量"[3]。我国侠客文学历史悠久，《左传》《战国策》《国语》等先秦古籍直接记载了现实生活中的侠。勇挫秦王的唐雎，慷慨赴国难的荆轲，斡旋各国矛盾最终功成身退的仲连，无不给读者留下深刻的印象。至西汉，史学家司马迁第一次为侠客立传，"游侠列传"中指出："今游侠，其行虽不轨于正义，然其言必信，其行必果，已诺必诚，不爱其躯，赴士之困厄。既已存亡死生矣，而不矜其能，羞伐其德，盖亦有足多者焉。"[4] 司马迁高度颂扬了游侠扶危济困、信守诺言等方面的侠义行为。在中国侠文化发展过程中，侠的形象逐渐超越了某一阶层或职业，而成为"一种性格，一种精神风度和行为方式"[5]。不论是江湖夜雨刀光剑影、路见不平拔刀相助，还是劫富济贫正气凛然，侠客都是作为人间公平正义的象征出现的，即金庸笔下的"侠之大者，为国为民"，这在一定程度上"参与了传统道德规范和人格精神的建成"[6]。侠客耀人的光彩，体现在他们以自由不羁的精神、以

---

[1] 魏晓虹：《斜阳院落晚秋天：纪晓岚笔下的世情民俗》，北京：生活·读书·新知三联书店，2013年，第173页。

[2] [明] 张居正等：《明世宗实录》卷二八一，台北："中央研究院"历史语言研究所，1962年，第5476页。

[3] 郑春元：《侠客史》，上海：上海文艺出版社，1999年，第5页。

[4] [汉] 司马迁撰：《史记》，北京：中华书局，2011年，第2757页。

[5] 张志和、郑春元：《中国文史中的侠客》，北京：中国社会科学出版社，1994年，第205页。

[6] 汪涌豪、陈广宏：《侠的人格与世界》，上海：复旦大学出版社，2005年，第10页。

单纯的侠客身份所进行的惩恶扶危的侠义行为。明代山西侠客故事散见于各种笔记小说中，其中出现了侠客惩治恶霸权奸、抵抗倭寇、为国献身的内容。

如果说普通人可以凭自身能力在一定程度上救助孤贫困厄，那么与恶霸、权奸、盗贼、流贼短兵相接则需要一定的勇武、智慧与侠者之风。明江盈科《雪涛谐史》中记载了侠义僧人拯救被盗贼占领的寺庙的故事：

> 晋五台山佛教文殊氏弘法处也，迄隋唐末梵宇丽甚，某岁为巨贼所据，寺僧悉散去。嗣一行脚过此观之，怆然奋曰："斯吾祖师道场也，而忍没为贼房巢耶？"乃矢志为恢复谋。荷杖徒步走薄海内，拟结僧缘以千计许志者辄裂巾为盟而去。斯以某岁月日共至某所举事，至日，是千人者果毕至，无一后期者。爰出方略勠力驱杀贼众，遂复其地。粪除梵宇，居众僧已。延访僧腊中有德者，登坛说法其中，而巳首率诸僧执弟子礼受法云。[①]

李中馥《原李耳载》中记载了《义侠擒贼》的故事，侠客石镇宇与流贼抗争，义勇震撼贼寇：

> 石镇宇，名蕴咸，太谷固庄人也。少负气节，慷慨好施，遇人急难，捐躯赴之。流贼从沁源山口出，犯其地，镇宇被执。诸贼罗坐，拥镇宇前，贼曰："壮士也，能从我，解而缚。"镇宇曰："家世清白，不敢从。"又言："以五百金赎，则放还。"镇宇曰："家贫，安得此？"贼怒，拆屋椽烧红，向两肋炙之。自度不能生矣。有乡人陷贼中者，达至其家，以二百金往赎。贼见镇宇垂毙，可之。比赎归，下体已炙熟矣。镇宇豪壮，勉啖酒肉，竟得全，逾年，复故。擒贼之心，未尝一刻置也。纠山乡数百里诸村共侦之，遇有风声，各山头举火为号。越两载，贼复来犯，不知镇宇已有备也。贼中其伏，斩获千余，生擒五百余，以斩级十颗挂生擒者之项，解上报功。抚军宋公统殷叹曰："秦、晋、兖、豫诸要地，若得此义勇数辈，何忧流贼哉！"大奖赏之。自后贼不敢再经其地。[②]

谢肇淛《五杂俎》中一勇士以武力教训长期欺辱乡亲的恶霸，并为百姓除去伤人猛兽：

---

① ［明］江盈科：《雪涛谐史》第六辑《谐谑篇》，郑州：天一出版社，1985年，第75—76页。
② ［明］李中馥撰，凌毅点校：《原李耳载》卷上《义侠擒贼》，北京：中华书局，1987年，第123页。

太原民程十四者，勇冠一时，身长八尺，筋骨皮肉，殆非人类。祖本徽州军也，至歙收装，里恶少有力者，狎而侮之，程怒，奋拳挺之于墙，去地尺许，手足无所施。群少操而击之，至于铁尺挞其胫百数，程若不闻也，垂死乃放之。尝随人出猎，遇猎犬，皆贴耳依人，众恐有虎散归。程问故，大笑曰："虎何足畏！"独持一巨挺，入深林中伺之。日暝，虎不至，乃还。程尝自言："在其乡搏一虎，生挟之，欲归，又一虎突至。仓卒中以所挟虎击之，两碎其首焉。"斯亦卞庄、周处之俦与？此皆万历初人也。①

侠客是"急公好义、勇于牺牲、有原则、有正义感，能替天行道，纾解人间不平的人"②。他们惩治恶霸权奸的行为不但彰显了他们疾恶如仇、不畏强暴的精神，也展示了他们欲求自掌正义、以一己之力平尽天下不平以重塑世间公平与正义，还众生一个清平的政治世界及安定的生活环境的性格。"民间文学虽然来自历史深处，其本质却是一种当下的生活文化，是一种具有民族传统特色的公共生活。"③明代山西侠客故事之所以鲜活浓郁，就在于它们是民众生活诉求的表达。这类故事蕴含着底层民众对公正平等的社会环境的渴求，是普通民众的重要精神寄托。

3. 机智人物故事

机智人物故事，又被称为"聪明人的故事"，是有关某个特定机智人物趣闻、逸事、笑话的系列故事，故事主人公机灵聪明、积极乐观。中国机智人物故事的历史源远流长，"从现有文献记录看，它至少在两千多年前的春秋战国时代即已有萌芽"④。随着历史的演进，机智人物故事不断丰富发展。丁乃通的《中国民间故事类型索引》将其列为 AT1635A "虚惊"：

有个恶作剧的穷人，一天，他将他的雇主骗到河边后，他立即回到雇主家对他的妻子说，他的丈夫不幸掉入水中淹死了。雇主的妻子一听，哭着向

---

① [明]谢肇淛撰，傅成校点：《五杂俎》卷五《人部一》，《明代笔记小说大观》，上海：上海古籍出版社，2005年，第1583页。
② 汪涌豪、陈广宏：《侠的人格与世界》，上海：复旦大学出版社，2005年，第136页。
③ 刘守华、陈建宪主编：《民间文学教程》，武汉：华中师范大学出版社，2009年，第2页。
④ 齐涛主编，陈建宪著：《中国民俗通志·民间文学志》（上册），济南：山东教育出版社，2005年，第224页。

出事的地点赶去。这个恶作剧者又立即跑回河边，对他的雇主说，他家里的房子着了火。雇主一听哭着赶紧向家里跑。当这个雇主和他的妻子在半路上相遇时，才发现受骗了。①

明代山西机智人物故事中"宋家堡的宋丑子"最为典型。宋丑子故事是明末清初流传于山西忻州定襄、灵石、阳曲等大部分地区的智慧诙谐人物。故事中宋丑子是定襄县城南南邢村人。南邢村是宋氏家族的聚居地，现在还有条古老的宋家街。在这里，宋丑子的故事妇孺皆知，人人会讲。据说宋丑子的故事在产生之初，有生活原型，但当它成为民间故事艺术化了的人物之后，就成了历经数代民众创作而成的智慧人物的艺术化身。近年来，定襄县许多文人学士为搜集整理宋丑子故事做了大量工作，目前共整理出故事50多个。2006年12月18日，宋丑子的故事经山西省人民政府批准，进入第一批省级非物质文化遗产名录。

在宋丑子的故事里，他聪明机智、才气过人、有胆有识、扶危济困、惩恶扬善，是老百姓心目中的英雄。于是山西人民把他当作聪明智慧而又玩世不恭的"箭垛式"人物，将其他地区机智人物的故事都归于他的名下。在现存文本中，宋丑子故事主要叙述了两方面的内容：戏弄同乡和整治恶人。

宋丑子戏弄同乡，即"恶作剧"的故事，其特点是诙谐诡谲，宋丑子和自己的亲朋好友、老师逗趣。他以挖苦、捉弄对方自娱，让对方哭笑不得，如《戏父》《拔橛子》《偷鸡送师》②《宋丑子哭小姨子》③《宋丑子成亲》④《戏卖瓜老汉》《亲嘴》《宋丑子耍巧》等。故事中的宋丑子出身于富裕农家或开明绅士家庭，经常以"开玩笑"的方式为贫苦的劳动人民说话和打抱不平。他有强烈的自尊心，只要有人轻视他或欺负他，他都会采取"报复"行为，这种行为虽然不会让被报复者损伤半根毫毛，却让他哭笑不得，非得讨饶不可。如《宋丑子拔橛子》：

有一天，宋丑子因为没有背会书，又挨了先生的打，心里很不高兴，于

---

① 黄永林：《一个机智人物故事的原型与流传》，《华中师范大学学报》（人文社会科学版）2002年第3期。
② 侯廷亮主编：《灵石故事集成》，太原：山西人民出版社，2005年，第147—150页。
③ 忻州市民间文学集成编委会编：《忻州民间故事集成》，内部资料，1987年，第456页。
④ 中国民间文学集成全国编辑委员会、《中国民间文学集成·山西卷》编辑委员会：《中国民间故事集成·山西卷》，北京：中国ISBN中心，1999年，第756—757页。

是盘算了一番，要捉弄先生一次。下学后，宋丑子偷偷跑进茅房，把先生钉在墙上的扶手拔起来，又松松地插进去，临走还用黄土疙瘩在茅房墙上写了六个字：宋丑子拔橛子。过了一会儿，先生上茅房大便，便后刚抓住木橛往起站时，橛子脱了出来，一下把先生闪得坐在茅坑上。先生大怒，心想是谁干的？忽见墙上六个大字，原来是宋丑子。

第二天，先生把宋丑子叫到跟前大加训斥，并要狠狠惩罚他，可是宋丑子解释说："要是我干的，还肯写上自己的名字吗？肯定有人捉弄我，才写上我的名字的。"先生一想，倒也有道理，便免了打他。可是别的学生谁也不肯承认，先生没办法，只好每人各打十二下板子。[1]

宋丑子惩治恶人，即他善用自己的聪明才智讽刺和捉弄贪官污吏、土豪劣绅、地痞流氓以及形形色色的反动统治者和剥削者。宋丑子一方面"巧设圈套"使坏人上当，继而惩罚他们。如《宋丑子治掌柜》《闹店》《斗黄皮蝎子》等。[2] 同时在人物对峙中又"长于应对"，什么样的问题都难不倒他，他总是立于不败之地。如《坐席》[3]《借钱》[4]。机智人物是广大民众根据自己的思想、愿望和社会需求塑造出来的，是典型化了的本民族劳动人民群众，是他们智慧与力量的化身。劳动人民在旧时代无法实现的愿望、理想以至报复的心理和情绪等，都通过故事主人公一系列机智的言行得到精神的慰藉。

四、明代山西民间歌谣

歌谣通常是指流行于民间的民谣与民歌的总称。几千年来，先民们在生活生产中，创作了大量的歌谣。这些清新健朗、朴素自然的歌谣，或赞美劳动，或讴歌生活，或咏叹爱情，或针砭时政，或感恩自然，或礼赞神灵，无不表达了民众乐观向上、疾恶如仇、追求美好生活的精神风貌。歌谣作为民间文学的一种体裁，较为全面地反映了民众物质生产、社会生活和历史文化等方面的内容，也是

---

[1] 侯廷亮主编：《灵石故事集成》，太原：山西人民出版社，2005年，第147—150页。
[2] 忻州市民间文学集成编委会编：《忻州民间故事集成》，内部资料，1987年，第434页。
[3] 同上注，第435页。
[4] 中国民间文学集成全国编辑委员会、《中国民间文学集成·山西卷》编辑委员会编：《中国民间故事集成·山西卷》，北京：中国ISBN中心，1999年，第759—760页。

特定时代经济活动和社会活动的艺术再现，充满了鲜明的时代特点和浓厚的生活气息。由于时代的久远和记录的缺失，明代山西民间歌谣只有少数篇目得以存留。从现存歌谣来看，明代山西民间歌谣内容集中在反映历史人物性格命运、历史事件两个方面。因而，下文将从历史人物歌谣和历史事件歌谣两方面展开论述。

（一）历史人物歌谣

中国历来是一个史学传统发达的国家。从晋乘楚杌到秉笔直书，史书的存在给为君之人以震慑、给为臣之人以准则，可以说，史书制约着王侯将相的行为举止。然而，在正史评价系统之外，民间也有一部与正史价值取向截然不同的"无字的史书"。民众以口耳相传的歌谣对历史人物进行臧否，对其历史功绩进行评说，并通过代代传承的方式使其千古流传。明代山西历史人物歌谣中，以朱元璋、马皇后和李自成的歌谣最多。

1. 朱元璋

从家中赤贫的农民到九五之尊的帝王，从揭竿起义到建立大明，明太祖朱元璋在民间歌谣中或表现其英勇作战，或表现其不凡身世，或表现其苛政暴政。明代山西境内流传着预示朱元璋取代元朝，建立大明帝国的歌谣："家住安徽凤阳城，离城十里朱家村。我父名叫朱百万，我母是个行善人。三岁克死亲生母，七岁克死我父亲。丢下洪武没办法，讨饭讨在马家村。村中有个马员外，员外让我做牛君；到了白天把牛放，到了夜晚守牛棚。冻得洪武抖抖战，牛棚里边放光明。……有朝一日得了地，封你朝阳坐正宫。"[①]歌谣中提到的朱洪武就是朱元璋。歌谣从朱元璋贫苦的身世讲起，将其讨饭、放牛的经历贯穿其中，其中提到的"放光明"彰显了朱元璋身份的不平凡，"得了地""坐正宫"更是预示着朱元璋称帝的可能。这一歌谣其实是一种暗示，是朱元璋为取代元朝而制造的舆论，以为自己的造反行为披上天命的合法外衣。

2. 马皇后

明太祖朱元璋的皇后马氏，"有智鉴，好书史"。民间流传着马皇后仁慈善良、温柔敦厚、辅政有方、贤明智慧的传说。明代山西歌谣则展现了其慧眼识

---

① 大同市十大文艺集成办公室编：《大同民间歌谣集成》，太原：山西人民出版社，1989年，第191页。

珠的一面:"马秀英我在绣楼上,一看牛棚红更更,叫声丫鬟不好了,牛棚着火红更更。小心近前用目观,想必牛君是真人。牛君自幼得天分,我要到此讨封臣。……牛棚好比金銮殿,牛槽好比卧龙坑,筛子好比朝阳钟,铃铛好比警阳钟,鞭子好比斩杀剑,你要凭此把我封。"[①]朱元璋起义之前,在马皇后家做长工,得到马皇后的赏识与尊重。歌谣借马皇后之眼来说明朱元璋是"真人",进而为其取代元朝营造舆论氛围。

3. 李自成

晚明,山西的民间社会发生了急剧变化,为歌谣的产生提供了社会基础,歌谣成为文人和下层百姓间接参与政治的工具。明末,以陕西为中心爆发大规模农民起义,其中以李自成起义影响最为深远。在封建等级森严的社会中,起义是十恶不赦的死罪。因此,歌谣的出现从侧面表明了农民起义的正义性以及受到劳苦大众欢迎的情况。《迎闯王》《想闯王》,内容模式都有相似之处,都是直接赞颂以李自成为领导的农民起义军的正义行动。"盼闯王,迎闯王,闯王来了不纳粮,开仓放米发赈济,种田不用受饥荒。"[②]"盼闯王,迎闯王,闯王来了不纳粮,公买公卖好主张,人民喜洋洋。闯王兴,闯王胜,闯王来了有地种。打开官仓分粮银,过上好光景。你相迎,他相接,烧香挂彩好热烈,开了大门迎闯王,大小人儿都喜悦。"[③]这些歌谣描绘了李自成军队为民的赤诚之心,也歌颂了他们敢于与封建王朝做斗争的视死如归的英雄气概。民众还以"说明皇,道明皇,明皇昏庸赛闯王,黎民百姓多灾殃"来对比李自成率领的义军,表现了鲜明的爱憎感情。

(二)历史事件歌谣

民间歌谣是劳动人民创造出来的文化瑰宝,是地方历史文化的积淀和见证。生于斯、长于斯的山西人民不仅有物质生产与创造,也借助于民间文学来记录历史、记忆文化。明代山西重大历史事件在歌谣中也有所反映。

---

① 大同市十大文艺集成办公室编:《大同民间歌谣集成》,太原:山西人民出版社,1989年,第191页。
② 朔县民间文学集成编委会编:《朔县歌谣集成》,内部资料,1989年,第253页。
③ 临汾地区民间文学集成编委会编:《尧都歌谣》(下),内部资料,1988年,第397—398页。

1. 洪洞大槐树移民

"在中国移民史上辐射范围最广，影响最大的一个移民发源地，大概要算山西洪洞大槐树了。"① 明朝洪洞大槐树移民根深蒂固地存活于山西民众的记忆里。故乡是一个人的精神家园，被迫移民的人在歌谣中无数次地表达对故土的不舍与思念："山西的山，山西的水，山西古槐是乡里。槐树大，大槐树，大槐树下我们住。双小趾，手背后，远离山西娃娃哭。娃呀娃，你莫哭，山西有俺的大槐树。"② 文字简单却情感深切，字里行间流露出移民浓浓的不舍之情。洪洞县北门外广济寺旁"树身数围，荫遮数亩"，洪洞大槐树犹如一面旗帜，成为故土的代名词，也成为迁出民心中永久的精神圣地，至今仍具有强大的凝聚力。

2. 奇异现象

元朝末年，主昏臣佞，朝政浊乱，百姓涂炭，民怨沸腾。至正十一年（1351），黄河决堤，在兰考疏浚河道的民工挖出了一具雕刻的独眼石人，上面镌刻着"莫道石人一只眼，此物一出天下反"两行字。流传到山西境内，民众根据自己的理解将其扩充为："石头人，一只眼，挑动黄河天下反。莫道石人一只眼，此物一出天下反。"③ 歌谣中一只眼的石头人及其所镌刻的两行字，预示了政局不稳、天下大变的天意。民间歌谣是社会民众表达情感和参与政治的直接工具，它反映出当时的社会问题，蕴含着民众的心理情感。"石头人"的歌谣，便是民众借助"天"的神力来揭示统治者和民间百姓不可调和的尖锐矛盾。

民间歌谣是人民表达情感最为便利和快捷的歌唱传统，真实地反映着他们的生活状态，反映着他们的喜怒哀乐，反映着他们的憧憬和期望。明代山西民间歌谣反映了民众的心理诉求，揭示了当时的社会现象，蕴含着丰富内容和真实情感，并对社会产生了不同程度的影响。它们直接地斥责或委婉地讽刺统治阶级，为历代统治者敲响了警钟，是"水能载舟，亦能覆舟"的民间表达。

明代山西民间文学内容丰富，形式多样。鼓词是各种大鼓唱词的总称，又叫大鼓或大鼓书，一般指以鼓、板击节说唱的曲艺形式。这种说唱形式简单，却是

---

① 葛剑雄：《山西移民史·序》，安介生：《山西移民史》，太原：山西人民出版社，1999年，第1页。
② 黄泽岭：《大槐树寻根》，北京：当代中国出版社，2005年，第168页。
③ 李玉明总主编：《山西历史文化丛书》（第三辑），太原：山西人民出版社，2001年，第17页。

第七章　明代山西民间文学

民间百姓最喜欢的一种娱乐形式，主要由于它其中一些积德行善、忍受苦难的情节引起了民众的共鸣。明代山西鼓词中，可见的《全相说唱师官受妻刘都赛上元十五夜看灯传》[1]和《新出绘图说唱太原府闹花灯鼓词全传》[2]，两部鼓词都记述了明代山西上元夜闹花灯的热闹情形，是当时岁时节日风俗的民间呈现。在岁月的长河中，民众希望自己成为自己的精神导师，他们拒绝腐朽文人的说教，而是在自己的生活中寻找情趣，听说唱就成为他们宣泄情感的重要生活方式。

明代山西民间文学承接前代文学而来，表现出大发展、大繁荣的特征，形式的多样、内容的丰富、内涵的深远、地域的延展、历史性与文学性的具备等基本特征使明代山西民间文学绽放出独特的光彩。同其他文学样式一样，明代山西民间文学有其产生、发展的历史过程。不论是日益繁荣的商品经济，还是亦战亦和的民族关系，抑或是大规模的移民运动，都改变着民间文学的外部生态，影响着民间文学的生成与发展。各具特色的传说、多姿多彩的故事、短小精悍的歌谣等构成了明代山西民间文学的主要结构，它们是对历史现实的反映，也是民众智慧的留存。

钟敬文先生将中国传统文化分为上层社会文化、中层社会文化和底层（下层）社会文化三个干流。[3]作为底层社会文化的重要组成部分，明代山西民间文学是千百年来人民大众对历史的见证与记述，"是中国历史文化的'口述'版本"[4]，它伴随着战乱与和平产生，在漫长的历史中通过加工提炼，经历了风雨的沉淀与时间的冲刷，得以在三晋大地上口口相传，形成枝繁叶茂、鲜活浓郁的地方文学。尽管明代山西民间文学有着自身的局限性，但它对后世山西民间文学的发展势必产生巨大的影响。伴随着明末农民起义的炮火，历史翻开新的一页，明代山西民间文学也画上了句号，山西民间文学进入下一个全新的时代。

---

[1] 朱一玄校点：《明成化说唱词话丛刊》，郑州：中州古籍出版社，1997年，第264—288页。
[2] 李豫、李雪梅等：《中国鼓词总目》，太原：山西古籍出版社，2006年，第265—266页。
[3] 钟敬文：《话说民间文化》，北京：人民日报出版社，1990年，第3页。
[4] 高有鹏：《中国民间文学发展史》，北京：线装书局，2015年，第1977页。

第八章
清代山西民间文学

清代是中国历史上最后一个大一统的封建王朝，也是第二个由少数民族建立起来的统一国家。自公元1644年入关至1911年，这个延续了将近三百年的封建帝国，以其高度发达的经济带动了民间文学在封建历史上的最后一轮繁荣。

山西地处黄河流域的中下游，在清代版图中有着举足轻重的地位。其东有太行山矗立，西有吕梁山环绕，浩荡的黄河之水从中奔流而过，抚天下之背而扼其喉，自古便享有"表里山河"的美誉，是清代国都与地方相连的必经之地。从地理位置上来看，山西地处汉族文化与满蒙文化的交汇处，同时又是农耕区与游牧区的重要分界线。多重文化的碰撞，为民间文学的发展提供了优厚的条件。此外，随着清代商品经济的繁荣，市民阶层逐渐发展起来，出现了大量的市民娱乐场所，俗文学随之大量产生，出现了多姿多彩的民间文学样式，促进了清代山西民间文学的繁荣。

一、清代山西民间文学概述

清代的山西民间文学除传统的民间文学形式外，还出现了许多特殊背景下诞生的、反映当地民众生活的新的民间文学形式。在大量的清代笔记体小说、地方志、野史和歌谣等史料中，也收录了许多当时人们口头讲述的民间故事与传说，为清代山西民间文学保留了大量的文本资料。

（一）笔记体小说对山西民间文学的贡献

清代山西民间故事大多都保存在笔记体小说中，包括幻想故事、生活故事、机智人物故事等。笔记体小说丰富了山西民间故事资源，对山西民间文学的研究具有深远意义。《诺皋广志》《鸥陂渔话》《夜雨秋灯录》《妙香室丛话》《夜谭随录》《荟蕞编》《聊斋志异》《子不语》《墨余录》《归田琐记》《耳食录》《啸亭杂录》《北东园笔录》《南省公余录》《萤窗异草》《履园丛话》《尾蕉丛谈》《觚剩》《益智录》《咫闻录》《淞滨琐话》《道听途说》等著作中都有关于山西民间故事的记载。

动物报恩型故事是常见的民间故事类型，在清代文人笔记体小说中大量存在，这些故事在太原、高平、潞安等地区都有流传。故事中讲述的报恩动物大多是日常生活中与人类有着密切关系的动物，如我们所熟知的"狗耕田"型故事，表现出清代山西民众崇尚善良和忠义的美好品质。

许多外地文人，或在山西流寓，或到山西做官，或路过山西，或在交往中接触到山西民间故事，因此会在笔记中将这些故事记述下来。纪昀的《阅微草堂笔记》中就辑录了两篇关于晋商的故事，其中一篇叙述山西人在外经商之苦（见《滦阳续录（五）》），该文讲的是破镜重圆的故事，却渗透着纪昀对山西人在外经商辛酸的同情；另一篇在《滦阳消夏录（四）》中，描写了一个吝啬寡交、知恩不报的奸商形象。该故事表明，在乾隆年间，晋商群体内也不乏为富不仁之人，这很值得我们现代的晋商、企业家们引以为戒。

（二）方志中的山西民间文学

方志是记述地方情况的史志，中华人民共和国成立前，山西共修志书 825 种，约占全国方志总数的二十分之一，居全国各省、市、区第八位。清代的山西方志有 140 多种，包括《山西通志》《石楼县志》《忻州府志》等通志和地区志。这些成书于清代的方志资料，如今多被山西各地区的方志编纂委员会重新修订出版，大多都原封不动地将其转录下来，保存着清代山西民间文学的气息。

清代山西的民间文学资料多存在于方志中的民间故事或山川等大类中，其中，名山传说、名寺传说、地名传说等风物传说和官员传说、烈女传说等人物传说，以及史事传说是方志中记载较多的传说故事。成书于雍正十二年（1734），由觉罗石麟、储大文等编纂的《山西通志》，就辑录了《豫让桥》《误儿汇》《捧月堂》《沟上村》《郭真桥》《马跑泉》《鹿哭泉》《金龙池》《姜女石》《禅峰洞》等具有地方特色的风物传说，其篇幅通常较为短小，将风物特点和来源表现得淋漓尽致。

（三）文人笔下的清代山西民间歌谣

民间歌谣创作在这一时期出现了高潮。值得注意的是，这些具有山西特色的民间歌谣多出自文人之手，如人们耳熟能详的西厢故事和杨家将故事，都成为文人再度加工创作的题材。将歌谣穿插在演义、话本、戏剧、故事等不同的体裁中，以其朗朗上口的韵律增强听众对它的记忆，向读者传达出山西民间歌谣的风采和魅力。

二、清代山西民间传说

山西历史文化悠久，自古以来便是人杰地灵的风水宝地，诞生了许多文人名士。随着时间的发展，有许多知名人士的事迹被附上传奇色彩，成为民众日常生活中在街头巷尾闲谈的常见话题。清代大量地方名士的故事为民间文学增添了新的内容，成为清代山西民间文学中浓墨重彩的一笔。

（一）人物传说

人物传说，其主人公大多是历代颇有名气的著名人物，清代山西的人物传说涉及各个方面，主要分为傅山传说、晋商传说、宗教人物传说、帝王将相与名士传说、烈女传说和武侠传说等类型。

1. 傅山传说

傅山（1607—1684），初名鼎臣，字青竹，改字青主，又有真山、浊翁、石人等别名，山西太原人，明清之际的思想家、书法家。傅山于学无所不通，经史之外，兼通先秦诸子，又长于书画、医学，著有《霜红龛集》等。在一些武侠小说里，傅山还被描写为武侠高手。他是著名的学者，哲学、医学、儒学、佛学、诗歌、书法、绘画、金石、武术、考据等样样熟稔。他被认为是明末清初坚守民族气节的典范人物。傅青主与顾炎武、黄宗羲、王夫之、李颙、颜元被梁启超称为"清初六大师"。傅山在诗文书画上的造诣很高，现存很多傅山的书画作品，其书画方面的传说极多。在山西各地，尤其是晋中、晋北地区，流传着很多关于傅山的民间传说，传说的内容主要集中在傅山的文采、书法和医学方面。

傅山在医学上有很深的造诣，他著有《傅青主女科》《傅青主男科》等传世之作，当时在山西有"医圣"之名。《清朝野史大观》中载录的一则傅山故事体现了他的高超医术：

> 太原古晋阳城中，有傅先生卖药时立牌"卫生堂药铺"五字，乃先生书也。
>
> 青主善医而不耐俗，病家多不能致，然素喜看花。置病者于有花木寺观中，令善先生者诱致之；闻病人呻吟，僧即言羁旅无力延医耳。先生即为治剂，无不应手而愈。①

在山西大小街巷的清真饭店里都能找到一种备受百姓喜爱的、可作为早餐的特色清真小吃——头脑。在汤糊里放上大块肥羊肉、莲菜、山药，汤里的佐料有黄酒、酒糟和黄芪。其功能是益气调元，滋补虚损，活血健胃，具有抚寒喘和强壮身体的作用。头脑已有三百多年的历史，传说是傅山为了让母亲保养身体而发明的药膳，也给重视养生的山西人带来了福音。1999年版的《太原市北郊区志》中辑录了傅山发明头脑的一个故事，详细地介绍了头脑的来源：

> 相传，清朝雍正、乾隆年间，阳曲县回族人姓杂的一家，在太原南仓巷开设羊肉馆，专营山西地方风味小吃。那时，傅山先生也在太原三桥街开设医馆。傅先生从钻研医道中，研制出一种起名为"八珍汤"的食品。"八珍汤"即八样配料，有黄芪、莲根、羊肉、长山药、良姜、黄酒、煨面、外加腌韭作引子。傅山用此"八珍汤"供母食用，母亲身体逐渐强壮，至84岁而寿终。傅山把此汤推荐给杂家羊肉馆，教给其制作方法，把"八珍汤"改名为"头脑"，把羊杂碎取名为"杂割"，并建议将羊肉馆改名为"清和元"。傅山亲书牌匾"清和元头脑羊杂割"。傅山的这一命名，意思是要"头脑杂割清和元"，寄托他反对元朝、清朝统治的思想情感。傅山先生还给卖"头脑"的人出主意。让店铺门上挂灯笼，天不亮就卖"头脑"，促使人们早起打着灯笼来喝"头脑"。寓意是：不甘受外族统治，象征"天下明人欲明的决心"。②

俗话说，卤水点豆腐——一物降一物，这句俗语也来自傅山的经历。《偏关

---

① 小横香室主人编：《清朝野史大观》下，上海：上海科学技术文献出版社，2010年，第1260页。
② 太原市尖草坪区委史志馆编：《太原市北郊区志》，北京：中华书局，1999年，第892页。

民间文学集成》记载:

  傅山一次在忻州喝豆汁,不小心碰倒了锅台旁的酸菜缸,酸菜水流进了刚熬好的豆汁里。看豆汁都凝成了一块块的小疙瘩,傅山尝了尝,软软嫩嫩的,很好吃,就是有点酸。突然傅山有了主意,吩咐豆汁店主王二再煮些豆汁。他到路上撮了一碗亮晶晶的盐硝,用水过滤后,倒入豆汁,又经烧煮、挤压,终于做出一块白嫩嫩、软乎乎的东西来。王二对傅山先生格外敬重,就说将这东西叫"豆傅",傅山先生想了想,说应该叫"豆腐"。从此,王二的豆腐生意越来越好,在十里八乡都传开了。这天,王二卖完豆腐回家,见路上一团黑乎乎的东西,用脚一踢,原来是一个信鹅、一只猫、一条蛇,呈三角围在一起,跟僵死一样。王二想了想,明白了,原来这三种动物相生相克,互相牵制。他突然想起了和傅山先生做豆腐的事,感叹地说:"这真是卤水点豆腐——一物降一物啊。"从此这句话就传播开来,为广大民众耳熟能详。①

2.晋商传说

晋商通常指明清500多年间的山西商人,晋商最初以经营盐业、票号等商业为主。晋商不仅给中国留下了丰富的物质遗产,如著名的乔家大院、常家庄园、李家大院、王家大院、渠家大院、曹家三多堂等建筑,还成为中国文化的重要组成部分,为山西文化增添了不少浓郁的地方特色。

山西商人外出经商的历史十分久远,只是到了明清时期才出现了"晋商"的称号。明清山西商人的成功,在于他们是在一定的历史条件下自觉和不自觉地发扬了一种特殊精神,包括重义精神、进取精神、敬业精神、群体精神,我们可以把它归为"晋商精神"。这种精神也贯穿到晋商的经营意识、组织管理和心智素养之中,可谓晋商之魂。流传下来的关于晋商的传说,大多都是颂扬晋商精神的故事。《赵甲》②便记述了"重义轻财"的晋商精神,成为后代商人的表率。

关于晋商的传说,还有叙写晋商勇于开拓、勤奋能干的故事。《王廷相》《刘

---

① 偏关民间文学集成编委会编:《偏关民间文学集成》,内部资料,1987年,第19页。
② [清]宣鼎著,香一点校点:《夜雨秋灯录》,济南:齐鲁书社,1986年,第212—214页。

翁开矿》[1]均是辑录晋商凭借聪明强干的能力和正直诚信的品格取得了事业上成功的故事。《王廷相》记述的是咸丰年间代县王廷相从小伙计变成"大盛魁"大掌柜的跃升过程：

> 王廷相从小当伙计，因忠厚老实总被其他伙计欺负，粗活笨活都让王廷相一个人干。老掌柜怕他被别人欺负，便让王廷相独自看守后院库房。三年后，老掌柜准备驮贩绒毛，却因缺少骆驼鞍子而不能上路，老掌柜为此事愁眉不展。这时候，王廷相带老掌柜来到仓库，原本空荡荡的三间库房堆满了骆驼鞍子。原来，老掌柜有一千多头骆驼，每年换一茬毛，换下的骆驼毛丢掉可惜，王廷相便将骆驼毛整理起来，缝纳成骆驼鞍子，最后就攒下整整三间库房的骆驼鞍子，老掌柜因此赚了很大一笔钱。从此，老掌柜便将很多重要的事务都交给王廷相去完成。几年后，老掌柜在临终前让王廷相继任大掌柜的位置。在王廷相手里，"大盛魁"越做越大，王廷相也逐渐成为商界的传奇，被人称为"财神"和"福星"。[2]

王廷相的故事是晋商传奇的成功案例之一，其流传的版本也有很多种，均是反映晋商勤劳智慧的经商精神。

3. 其他人物传说

清代山西民间文学中的人物传说包括多个种类，这里将宗教人物传说、帝王将相传说、名士传说、烈女传说和武侠传说归纳为其他人物传说进行综述。

山西人杰地灵，许多有声望的人物均来自山西，如汾阳张瑛、阳城田阁老。田阁老的传说记述的是田阁老以阁老身份帮穷苦老百姓智斗官吏的故事。《田从典大街下棋》辑录了阳城县官欺负卖煎饼的老汉，以老汉挡道为由将其大打八十大板。田阁老正好从京城回来，听说老汉之事后，便拉老汉在县官必经的东关大道上下棋。县官正想撵走下棋人时，发现原来当街下棋的老人是田阁老，当时吓得屁滚尿流。为讨好田阁老，县官先后分三次总共给卖煎饼的老汉一百两银子，最后田阁老写了字条并让老汉还给县官二十两银子。字条上写：

---

[1] [清]张培仁撰：《妙香室丛语》，《笔记体小说大观》，扬州：江苏广陵古籍出版社，1983年，第129页。

[2] 代县地方志编纂委员会编：《代县志》，北京：书目文献出版社，1988年，第477页。

你来阳城做官，又凶又狼又贪。

老汉耳聋腿慢，挨你八十大板。

一板赔银一两，多了叫他退还。

鱼肉乡民父母，不如早些滚蛋。①

县官狼狈极了，第二天就辞职回家了。田阁老不费一兵一卒，不仅给卖煎饼的老汉讨回公道，还使剥削民脂民膏的贪官得到严惩。名士传说大都来自民间流传的名人故事，多收录在山西各地的方志和民间故事集成中。

在宗教人物传说中，最具有代表性的是记录在《潞安府志》中的魏文昌故事，讲述了身为农夫的魏文昌因偶然看到神祠梁端有书，"取视，则风云变色，持归，作地室习之"，最后习得隐形之术。山西地方风物中与帝王有关的传说主要有《顺治出家五台》《康熙私访选才》《康熙去忻州》《乾隆私访陵川》《乾隆柳林考进士》以及与帝王本身相关的故事，如《桑树长粗后为甚都憋破肚子》《台山铜殿》《小朝台的来历》等，均在山西各地广为流传。官员传说有祁贡挡驾的系列故事，杜庭珠巧戏钦差让河东父老不纳税的故事，河东刀笔李太昌戏弄财主、舌战乡霸、一箭三雕的故事，徐松龛智闯难关的故事等，以及流传在静乐的李銮宣、忻州的石浩、灵石的梁中靖、兴县的孙嘉淦等大量关于地方官员的传说。大部分官员传说表现的是地方父母官的聪明能干，但也有一部分民众调戏恶毒官员的传说，如《县官坐轿怕石头》辑录的就是高平百姓戏弄贪官的故事，表现了流传于百姓中的民间智慧。武侠传说主要有泽州人邢德、汾阳人韩铁棍、汾阳人王敏等武侠的故事，大都表现的是武侠演变的艰苦过程。

（二）史事与案例传说

清代山西民间故事中的史事与案例传说，是关于历史事件和典型案例的传说群，如历代农民起义传说、山西地方性事件传说、具有影响力的案例等传说。此类作品偏重于叙述事件始末，有的内容也是关于事件中特定人物的故事，与人物传说相互交叉。

---

① 中国民间文学集成全国编辑委员会、《中国民间文学集成·山西卷》编辑委员会编：《中国民间故事集成·山西卷》，北京：中国 ISBN 中心，1999 年，第 104—105 页。

第八章　清代山西民间文学

清代山西民间文学中的史事与案例传说，主要取材于清代笔记体小说和地方志资料。梁章钜《归田琐记》中的《刘关张》辑录的是著名的桃园三结义的故事。山西河东人关羽因其至忠、至勇、至诚、至信的正直精神和人格魅力为后人所崇敬，在民间逐渐形成了关帝信仰。《刘关张》记载了桃园三结义这一历史事实的缘由：

《关西故事》载：蒲州解梁关公本不姓关，少时力最猛，不可检束，父母怒而闭之后园空室。一夕，启窗越出，闻墙东有女子啼哭甚悲，有老人相向而哭。怪而排墙询之。老者诉云："我女已受聘，而本县舅爷闻女有色，欲娶为妾，我诉之尹，反受叱骂，以此相泣。"公闻大怒，仗剑径往县署，杀尹并其舅而逃。

至潼关，闻关门图形捕之甚急，伏于水旁，掬水洗面，自照其形，颜色变苍赤，不复认识，挺身至关，关主诘问，随口指"关"为姓，后遂不易。

东行至涿州，张翼德在州卖肉，其卖止于午，午后即将所存肉下悬井中，举五百斤大石掩其上，曰："能举此石者，与之肉。"公适至，举石轻如弹丸，携肉而行。

张追及，与之角力，相敌莫能解。而刘玄德卖草履亦至，从而御止。三人共谈，意气相投，遂结桃园之盟。①

案例传说，大致可分为民间纠纷和清官断案两大类，《太原狱》记录的是一则冤屈得雪的故事：太原有个婆媳皆寡的农家，婆婆不守妇道，与村中无赖有染，儿媳看不惯婆婆的行为，婆婆就想将其赶出去，便告官诬陷儿媳与人通奸。公堂之上，婆媳二人互相指责，不好定论。后来官员召来村中无赖，无赖承认与儿媳有奸情，于是昏官将儿媳押解起来。儿媳不服气，多次上告，但结果都如从前。这时，正赶上淄邑孙进士来到山西，他了解了该案子后，便命人准备了一堆石头、刀子和锥子，第二天升堂的时候，将当事人唤到堂前，让婆媳二人杀掉无赖。儿媳含恨已久，双手拿起巨石，恨不得马上打死无赖，婆婆只是拿着小石子打无赖的腿和臀部，儿媳使出全力击打，婆婆则犹豫不决。孙进士让婆媳停下来说："我已经知道淫妇是谁了。"于是，命令手下对婆婆严刑拷打，最终知道了实

---

① ［清］梁章钜撰：《归田琐记》，上海：上海古籍出版社，2012年，第92页。

情，遂鞭笞了无赖三十鞭子。此案就此了结。①

《太原狱》是山西民间广泛流传的典型案例传说，其意义不仅在于表现清官孙进士的智慧和清廉，更在于警醒世人，诬陷他人必然会受到应有的报应。清代山西的案例传说中，还有《书吏》《谢振宗》《孙文定公》《明道断案》《郝老爷断案》等流传于各地的篇目，这些多收录在《笔记体小说大观》《山西通志》等笔记体小说和方志中，数量较多，表现了清代山西朴素的民风和深厚的文化底蕴。

（三）神灵传说与风物传说

清代山西神灵传说与风物传说属于地方传说，是对古代山西境内出现的神灵形象的描述。山西有很多叙述特殊地名、寺院、名胜的传说，这些具有山西地方特色的神灵传说与风物传说向世人展现了山西悠久的历史文化特色。

《张老相公》辑录了山西人张老相公因为民除鼋怪而被后人奉为水神的故事：

张老相公，晋人。适将嫁女，携眷至江南，躬市奁妆。舟抵金山，张先渡江，嘱家人在舟，勿膻腥。盖江中有鼋怪，闻香辄出，坏舟吞行人，为害已久。张去，家人忘之，炙肉舟中。忽巨浪覆舟，妻女皆没。

张回棹，悼恨欲死。因登金山，谒寺僧，询鼋之异，将以仇鼋。僧闻之，骇言："吾侪日与习近，俱为祸殃，惟神明奉之；祈勿怒，时斩牲牢，投以半体，则跃吞而去。谁复能相仇哉！"张闻，顿思得计。便招铁工起炉山半，冶赤铁，重百余斤。审知所常伏处，使二三健男子，以大钳举投之。鼋跃起，疾吞而下。少时，波涌如山。顷之浪息，则鼋死已浮水上矣。

行旅寺僧并快之，建张老相公祠，肖像其中，以为水神，祷之辄应。②

张老相公为了给家人报仇，靠自己的聪明才智制服了危害多年的鼋怪，保护了百姓的安宁。另外，《蒲州盐枭》《肉身和尚》《神庙香火资》《柳氏坐瓮》《侯神仙》等故事也是当时流传于山西境内典型的神灵传说。

说到山西的地名传说，就不得不提及历史悠久的晋祠。晋祠，原为晋王祠（唐叔虞祠），是为纪念晋（汾）王及母后邑姜而建。位于山西省太原市西南悬瓮

---

① ［清］蒲松龄：《聊斋志异》，长沙：岳麓书社，2019年，第590页。

② 同上注，第59页。

448

山麓的晋水之滨，祠内有几十座古建筑，环境幽雅舒适，风景优美秀丽，素以雄伟的建筑群、高超的塑像艺术而闻名于世。它是唯一一座集中国古代祭祀建筑、园林、雕塑、壁画、碑刻艺术为一体的历史文化遗产，也是世界建筑、园林、雕刻艺术的中心。难老泉、侍女像、圣母像被誉为"晋祠三绝"。《柳氏坐瓮》的传说辑录了晋祠圣母柳氏的故事：

> 相传晋祠圣母柳氏，金胜村人。姑性严。汲水甚艰，道遇白衣乘马者，欲水饮马，柳不吝与之。乘马者授之以鞭，令置瓮底，曰："抽鞭则水自生。"
>
> 柳归母家。其姑误抽鞭，水遂奔流不可止，急呼柳至，坐于瓮上，水乃安流。今圣母座即瓮也。①

《侯神仙》辑录的是一则关于人偷食灵异之物升仙的故事：

> 侯神仙，虞乡人。从师道清观，资性笃实，人称憨子。师令汲水，见一异童，辄与戏，失期，被师答。侯以实告，师授以铁针、红线，令簪童顶。侯如命。童归，入葡萄架下。掘地获人参，形如童。
>
> 师烹于釜中，下山访友。侯闻异香，窃食之。尽弃余汁于犬。师归大怒，将予杖。侯与犬竟飞去。②

该故事类型源自我国神话原型"嫦娥奔月"，其故事情节为"凡人偶然遇到灵异之物——无意或故意将其吞食——凡人拥有特异功能——升天"，这类故事表达了人们的高层次需求。渴望成仙是老百姓自古以来的美好愿望，普通人依靠灵异之物的帮助变成神仙的故事在民间流传十分普遍，该类型传说表达了人们对美好事物的向往和追求。

清代山西民间文学中的风物传说主要分为名寺传说、名山传说、地名传说和名物传说。名寺传说主要有《介子推祠》③《狐突神祠》④；名山传说主要有《恒岳》《坠钟崖》；地名传说主要有《误儿汇》《豫让桥》《沟上村更名》《"捧月堂"的传说》《七个半"秀才"》《望景岗的来历》《来仁坡》《南浦村的由来》《城子为何叫"池子"》《南湾》《马战》《六亩地》；名物传说主要有《金龙池》《姜女石》

---

① ［清］储大文，［清］觉罗石麟：《山西通志》卷一七，清雍正十二年（1734），影印本，第16页。
② ［清］储大文，［清］觉罗石麟：《山西通志》卷一百六十，清雍正十二年（1734），影印本，第8页。
③ ［清］王士禛：《陇蜀馀闻》，济南：齐鲁书社，1995年，第166页。
④ ［清］纪昀：《阅微草堂笔记》，北京：中国文联出版公司，1996年，第201页。

《禅峰洞》《鹿哭泉》《马跑泉》《郭真桥》《风和土地神三绝之由来》《插飞·张口兽·天花板》等。风物传说表现了山西独特的历史文化特色，表达出山西独有的民间文化内涵和底蕴，形成了独特的山西民间文化体系。

三、清代山西民间故事

神话传说所表现的故事距离普通人的生活较为遥远，民间故事所讲述的大多具有娱乐性，是在日常生活的基础上融入虚构的成分。民间故事的特点是不以特定的人、地、事、物为对象，其叙述对象不论是事件还是人物，均具有不确定性，常常以"从前""某个地方""有这么一家人"等将故事中所讲述的人物、时间、地点等因素一带而过。故事中的人物一般都没有名字，或者虚拟一个当地常见的名字。在讲述的过程中，也不像传说那样营造故事的真实可信，而是有许多普遍性和虚构性成分在其中。因此，不少民族也将民间故事称为"瞎话"。

文人笔记体小说在清代发展到了顶峰，成就显著，囊括了丰富的民间故事素材。因此，清代山西民间故事并不像传统的"瞎话"故事那样使人、事、物、地等故事要素具有不确定的特点，它的故事要素比较清晰地表现在民间故事文本当中。

清代山西民间故事可分为幻想故事、生活故事和机智神异故事三大类。幻想故事按照其故事主题分为见财起意类、龙子报恩类、善恶有报类、孝顺父母类、神助类和扶乩类来表现民间故事的幻想色彩；生活故事可分为反映家庭生活矛盾的故事和机智人物故事；神异故事则主要有冥府延师型、异类婚型、精怪作祟型、鬼附体申冤型、怪异遭遇型和鬼报恩型故事。该类型故事将生活中发生的事情经过艺术化的处理写进民间故事中，在赋予其生活气息的同时增添了生活的乐趣和情趣，这也是民间故事之所以成为民众生活调节剂的原因。机智人物故事在清代山西民间故事中占据着重要地位，卢秉纯和解士美是其中的典型代表。山西自古就是个人杰地灵、人才辈出的风水宝地，两千多年来，在这块土地上涌现出了一批又一批著名的人物。他们之中，有著名的君主晋文公，我国唯一的女皇帝武则天，杰出的唯物主义思想家荀况，著名的政治家蔺相如、霍光、狄仁杰、毕士安、王琼、田呈瑞、杨深秀，著名的军事家和将领廉颇、卫青、霍去病、关羽、杨业、薛仁贵、狄青，著名的文学家、艺术家和学者王勃、王维、王之涣、王昌龄、柳宗元、白居易、司马光、米芾、白朴、关汉卿、郑光祖、罗贯中、傅山、阎若璩，地图学家裴秀，治黄专家贾鲁……他们的出现不仅为当时的社会带来积极的影响，同时也给后人留下了宝贵的文化财富。清代山西生活故事将在民间流传但未被记入史册的典型人物做一归纳和总结，这些"箭垛式"人物故事中含有民间故事固有的虚构性和不确定性，但同样能够表现出清代山西民间文化的特色和魅力。

（一）幻想故事

幻想故事也称神奇故事、魔法故事、民间童话，是民间故事中的重要体裁。它将神奇的幻想成分同现实生活交织在一起，或反映主人公生活境遇由匮乏到富足的变化，或表现他的冒险经历与奇遇等。

清代山西民间故事中的幻想故事按照其情节安排和主题内容可以分为以下几类。

1. 见财起意型故事

见财起意型故事反映的是当事人因一时贪图便宜或蓄意谋财而杀人，对他人的生命安全造成危害，最终在超自然力量的帮助下，作恶之人受到应有的惩罚。《城门鬼火》载录的便是山西高平地区发生的杀人越货的故事：

戊戌春，高平有二客，就宿城中旅店。次早，一客刃死于床，一不见。地方闻县，县拘店主，穷诘无他状。别遣隶四出捕贼，并茫然不知所向。

正闹间，有一少年意色仓皇，若有急者，寻窜入神庙中伏不出。众隶执之，则夜刃伤宿客者也。

鞫之，自言偶尔同伴，利其囊中十数金，遂杀之，非有他怨。问何以伏此？曰："早起到城门，门间各有狞鬼遮截不得出；又空中有火向身烧逼，处处皆是，无可避匿；最后过庙侧，闻庙中有呼其名者，因遂谩入，不意为众所觉。自知罪重，愿就死。"送县抵辟，毙狱中。[①]

该故事中的肇事者只因一时贪恋同伴的数十金财物便起了杀意，虽一时得逞，却抵挡不了狞鬼的骚扰，内心恐惧，最终投案伏法。此类民间故事运用幻想

[①] [清]徐芳撰：《诺皋广志》卷一，收入吴曾祺辑：《旧小说》，第4册，上海：上海书店，1985年，第143—144页。

手法，利用超自然的神力和虚构的真实，发挥其道德教化功能。

2.龙子报恩型故事

世界民间故事中有大量反映人与动物关系的故事，这些故事或表现人与动物的冲突，或表现人和动物的和睦，这些冲突与和睦的背后，寄寓着一定地域或民族的人们的文化心理、审美追求和生活理想。以中国民间故事中的龙子报恩型故事为例，清代山西民间故事中的《放鲤祠》就是这类故事的代表。

清代山西临县乡民庄麟，在河里洗澡时，发现一条百十斤重的鲤鱼被网住，看着鲤鱼挣扎得可怜模样就将它放了。晚上，庄麟梦到一个秀才，要将自己的妹妹许配给他。庄麟自知配不上他的妹妹，就断然拒绝了。这时秀才表明自己是被他所救的那条鲤鱼，希望可以报答庄麟的救命之恩。秀才见庄麟一直不肯答应，于是送他一颗水晶，告诉庄麟每当遇到干旱时，对着水晶祈祷，便可以带来丰收。果然这颗水晶十分灵验，庄麟每次祈祷都能天降甘露，带来丰收。最后，在庄麟临死前三天，又梦到了那个秀才，秀才对他说："你的气数快尽了，水晶也该还给我了。"庄麟从怀里拿出水晶，还给了秀才，不久便去世了。人们在河边建了祠堂，曰"放鲤"，塑了庄麟的肖像在祠中，相传此神祇十分灵验。[①]

这篇记录在李调元《尾蔗丛谈》中的故事讲述了具有灵气、懂得感恩的龙和他的恩人的故事，主人公庄麟因为善良和仁慈，得到了托梦而来的龙王三太子赠予他的礼物——水晶，他也用这颗神奇的宝物为乡亲们谋福利，换来了人们对他的敬意。故事的核心情节是龙王子报恩，它凸显了这一故事类型的基本主题，也表达了山西人善良仁厚、知恩图报的美德和追求幸福生活的美好理想。

3.善恶有报型故事

在山西传统文化中，"善有善报，恶有恶报"的道德信条被普遍信奉。儒家讲"积善之家必有余庆，积恶之家必有余殃"，相信"多行不义必自毙"；佛家讲"善有善报，恶有恶报，不是不报，时候未到"；道家讲"祸福无门，唯人自召。善恶之报，如影随形"。善恶有报在民间教化过程中占据重要地位。善恶有报型

[①] ［清］李调元：《尾蔗丛谈》，上海：商务印书馆，1915年，第35页。

故事在清代山西民间故事中占有很重的分量，主要有《山西商》[①]《瓢下贼》[②]《残忍》[③]。

《瓢下贼》是善恶有报型故事的典型，该故事讲述了狡猾的贼在造成命案后逃逸，最终在数年后得到报应：

> 晋人王某为余言：其邑中一积贼，则故偷儿中之黠者也。觊某村一妇，家小康而夫适他出，遂宵行以往，冀饱其囊。既至，径逾其垣，兼辟其牗，仡然入其室中，放手榻前而立。时妇犹清醒，灯故未熄，见贼乃大惊，强诘曰："若何为者？"答曰："予欲赀。"妇度不能禁，乃曰："由若取之，予家亦仅温饱者。"贼不胠箧，而易其可欺，复戏曰："予欲眠。"妇大恚，不应。贼出短刃，长尺许，雪色与狐檠相映，晃耀一室。妇大怖，方觳觫无能自免，而贼因枵腹适苦饥，忽谓妇曰："予欲食。汝为予炊，饱或即行。"妇大喜，顿得良策；以庖厨之在异室也，亟衣而起，且笑谓贼曰："饥者不能久俟，予藏斗酒，原以备不时之需。子姑自酌，予往执爨，不一时而腹可果矣。"贼闻有家酿，亦大悦，而虑妇叵测，携酒同往，就炊火酾而饮之。

> 妇揣其意，亦不遽发，殷勤为供具。及贼将食，突出扃其户，键以巨锁，且大号。邻有未寐，闻声咸惊起，竞持短梃，聚者十数人。妇启外户迎之入，众亟曰："盗安在？"妇指之笑曰："即在此中。方餔啜，予防其遁，业以葳蕤守之矣。"因贼无能遁，遂缕陈其状，意颇自矜。众视其室，黑暗都无所见。先以二人守户，防贼冲突，甫命妇取钥，排闼拥入。

> 乃贼闻妇号，初无惧色，亦不奔窜，尽以其食物匿之灶底，而熄其火，盖已得藏身之固矣。及众入室以炬烛之，室中物俱安堵，凡妇所云式饮式食者，举无迹象。惟瓮中一瓢，漂摇水面而已，众固疑不至此。而屋仅一楹，举目可见，亦无待于冥搜，因反以妇为举烽，相顾微哂，默然散去。

> 妇竟无以自明，众去乃大疑，曰："子岂梦耶？炊具犹温，所饮者亦安往耶？"语未终，瓮中震响，割然瓦解，见一人淋漓遍体，衣水而出，且谩

[①] [清] 纪昀：《阅微草堂笔记》，北京：中国文联出版公司，1996 年，第 60 页。
[②] [清] 长白浩歌子撰：《萤窗异草》，上海：上海古籍出版社，1989 年，第 485 页。
[③] [清] 钱泳：《履园丛话》，《笔记体小说大观》，扬州：江苏广陵古籍出版社，1983 年，第 133 页。

骂曰："予不汝戕，汝反戕予，真犬彘之不若矣。"众去时室复掌火，妇见贼大惊，口未见启，匕首早陷其胸，妇遂倒。贼复审视，径断其头，然后履其闺阃，席卷所有，并觅乃夫之衣，易其湿者，而后去。

平明，众知妇死，乃大骇。及见破瓮，始悟水面漂摇者，其下实即盗薮也。因以其状首之官，而贼究不获。

后数年，贼遂以他案被逮，方铐掠间，忽昏愦自供如此，亦妇之幽魄不散也夫！①

善恶有报型故事表达了山西人向善的精神。"众恶不作，众善奉行"，"不以善小而不为，不以恶小而为之"。除此之外，还有修桥补路、尊老爱幼、扶弱济贫、助人为乐、诚信不欺、宽容忍让等，这些小善筑构起了山西人的社会道德体系。

4. 孝顺父母型故事

自古以来，尊敬老人、孝顺父母就是中华民族的传统美德。顺治年间山西新绛人李毓秀精研《大学》《中庸》，根据传统对童蒙的要求，结合自己的教书实践，写成了《训蒙文》，也就是后来著名的启蒙之书《弟子规》。该书首句便对孝顺父母的美德做出诠释："父母呼，应勿缓；父母命，行勿懒；父母教，须敬听；父母责，须顺承。"清代山西民间故事中的孝顺父母型故事表现出山西人对真、善、美的追求和渴望。《周将军墓二事》中辑录了一则关于孝顺父母使得一家免遭灾难的故事：

山西宁武有周遇吉将军墓，乾隆四十五年的一天，天降暴雨，该地山洪袭来。有个姓周的将军族孙，在黑夜里背着母亲跑出来躲避山洪，全然不认识路，便在黑夜里乱窜。周某的母亲在儿子背上骂儿子："你有妻子有孩子，妻子可以生儿子，儿子可以传宗接代，你全都抛弃了，就单单背着我这个老态龙钟的老太婆，不是太愚蠢了吗？"儿子全然不顾，只是拼命地背着母亲逃跑。到了第二天天明，才知道自己原来是在将军墓上，土有一丈多高，水淹不到，虽然跑了一夜，却没有跑了三里路。回到家后，看到妻子和孩子都没事，只听妻子说："水来的时候，就好像有人扶着上了屋顶，所以全然没

---

① ［清］长白浩歌子撰：《萤窗异草》，上海：上海古籍出版社，1989年，第485页。

事。"而周围的邻居,却在那场山洪中无一幸存。①

这则故事与善恶有报型故事有相通之处,不仅表达了孝顺父母是每个人的责任,还表现出孝顺父母的善举会得到神灵的庇佑,从而保全一家人的性命,使得全家人在灾难来临时存活下来。另一则孝顺父母的故事《牛太初》②,讲的是泽州高平人牛调均因对自己的继母孝顺而闻名于世的故事,旨在宣扬孝顺父母的传统美德。

5. 神助型故事

神助型故事是传统民间故事中一种十分常见的类型,通常是说某人在遇到困难或者麻烦的时候,会有超自然的神奇力量帮助他走出困境。这一神奇力量,或出于神灵,或出于某一神奇的宝物,或出于神仙的点化等。在历史上,神助情节曾是宗教故事中的重要题材,经常作为一种十分灵活的情节单元被巧妙地组织进不同的故事中,成为那些故事的重要组成部分。此外,神助情节也可以成为一种独立的故事结构形式,在民间口耳相传。在全国各地都可以发现神助型故事的踪迹。《于保儿回家》的故事情节是:

> 洪武年间,山西解州下马村有个叫于保儿的人,娶了本村汪家的女儿为妻子,结婚不到三天,于保儿便戍守南海去了。妻子在家以纺织为生,竭尽全力去孝敬公婆,每顿饭妻子都会留下一勺子米,积累到月末的时候,换了香纸到武安王庙祷告,希望丈夫早日回家。日子过了很久,到了丁卯年三月二十三日,于保儿成了总戎牧。黄昏十分,一个神仙问于保儿:"你想家吗?"于保儿哭着说:"我离家万里远,有浩瀚的大海阻隔着,我怎么能回家啊?"神仙说:"我也是解州人,也是在此做官,今天准备回去,把你带上吧。"于是将于保儿带在马后。瞬间,于保儿便掉在了下马村东口,全身湿透,浑身疼痛。到了早晨,才爬到地头,问过下地干活的人,才知道到家了。见到父母妻子,全家抱头大哭。于保儿说明回家的经过,一家人才知道是武安王的帮助才让于保儿回到家,妻子感动不已。③

---

① [清]袁枚编撰:《子不语》,上海:上海古籍出版社,2012年,第270页。
② [清]俞樾:《荟蕞编》,收入《笔记小说大观》第二十六册,扬州:江苏广陵古籍出版社,1983年,第98页。
③ [清]储大文,[清]觉罗石麟:《山西通志》卷二百三十,清雍正十二年(1734),影印本,第48页。

455

这是一则讲述神仙帮助想家将士回家的故事，同时也是一则宗教故事，它在哲学意义上和世俗生活中孝顺父母及善恶有报型故事有着许多相通之处。这个故事的叙事模式比较常见，它之所以能够在民间广泛流传，不仅是因为它向人们宣传了积德行善、终得好报的思想，同时也宣扬了一心向佛、祈福禳灾的宗教理念。

6.扶乩型故事

扶乩是中国道教的一种占卜方法，又称扶箕、抬箕、扶鸾、挥鸾、降笔、请仙、卜紫姑、架乩等。在扶乩中，需要有人扮演被神明附身的角色，这种人被称为鸾生或乩身。神明会附身在鸾生身上，写出一些字迹，以传达神明的想法。信徒通过这种方式与神灵沟通，以了解神灵的旨意。扶乩的主要用途是举子问前程、文人卜学识，教人处世之道、用于官场斗争。总之，扶乩在古代人生活中，尤其是文人生活中占据着重要地位。

清代山西扶乩类故事中，有这么一则，叙述的是对穷酸书生的调戏：

> 阳曲王近光言：冀宁道赵公孙英有两幕友，一姓乔，一姓车，合雇一骡轿回籍。赵公戏以其姓作对曰："乔、车二幕友，各乘半轿而行。"恰皆轿之半字也。时署中召仙，即举以请对。乩判曰："此是实人实事，非可强凑而成。"越半载，又召仙，乩忽判曰："前对吾已得之矣：卢、马两书生，共引一驴而走。"又判曰："四日后，辰巳之间，往南门外候之。"至期遣役侦视，果有卢、马两书生，以一驴负新科墨卷，赴会城出售。赵公笑曰："巧则诚巧，然两生之受侮深矣。"此所谓箭在弦上，不得不发，虽仙人亦忍俊不禁也。①

卖弄文采是古代文人间常见的事情，利用所写诗文对他人进行讽刺挖苦，成为文人间相互调侃的娱乐项目。这则故事利用扶乩方式表达了文人间舞文弄墨的较量，这类作品之所以能流传下来，原因在于它不仅讽刺了文人固有的穷酸味道，也给世人带来了轻松和欢笑。

《孙公降坛诗》是借乩仙的方法表达了对误国之辈的谴责，旨在宣扬爱国主义精神：

---

① ［清］纪昀：《阅微草堂笔记》，北京：中国文联出版公司，1996 年，第 11 页。

太原折生遇兰言：其乡有扶乩者，降坛大书一诗曰："一代英雄付逝波，壮怀空握鲁阳戈。庙堂有策军书急，天地无情战骨多。故垒春滋新草木，游魂夜览旧山河。陈涛十郡良家子，杜老酸吟意若何？"署名曰"柿园败将"。皆悚然，知为白谷孙公也。柿园之役，败于中旨之促战，罪不在公。诗乃以房琯车战自比，引为己过。正人君子之用心，视王化贞辈偾辕误国，犹百计卸责于人者，真三光之于九泉矣。大同杜生宜滋，亦录有此诗，"空握"作"辜负"，"春滋"作"春添"，"意若何"作"竟若何"，凡四字不同。盖传写偶异，大旨则无殊也。①

该故事境界高深，与前则故事所表达的意思截然不同，体现了文人阶层的爱国之心，以及用笔杆子做武器、抒发心中不平的传统。

（二）生活故事

生活故事一般没有幻想故事中那些神奇的成分，主要依据现实生活虚构而成，这类故事"源自生活，高于生活"，又被称为"写实主义故事"。生活故事的情节安排多是由日常生活中常见的巧合、误会、夸张、对比、猜谜等手法构成，大多洋溢着欢乐的气氛。这其中，有的故事表现了人物聪明机智的性格；有的则反映了深刻的人生哲理和处世之道。生活故事题材广泛，涉及社会生活的方方面面，各种生产活动和劳动经验、勤俭持家、交友之道、经商学艺，以及市井小偷的狡猾、江湖好汉的绝技、问医卜卦的活动等，都在此类故事中有所反映。清代山西民间生活故事主要有以下两类：

1. 反映家庭内部矛盾的故事

中国关于兄弟纠葛的故事数量众多，流传甚广。"狗耕田"和"长鼻子"是常见的表现家庭内部矛盾问题的典型故事类型。自古清官难断家务事，在山西民间故事中，也有关于家庭内部兄弟纠纷的故事：

从孙树森言：晋人有以资产托其弟而行商于外者，客中纳妇，生一子。越十余年，妇病卒，乃携子归。弟恐其索还资产也，诬其子抱养异姓，不得承父业。纠纷不决，竟鸣于官。官故愦愦，不牒其商所问其赝，而依古法滴

---

① ［清］纪昀：《阅微草堂笔记》，北京：中国文联出版公司，1996年，第108页。

血试。幸血相合，乃笞逐其弟。

弟殊不信滴血事，自有一子，刺血验之果不合。遂执以上诉，谓县令所断不足据。

乡人恶其贪媚，无人理，佥曰："其妇夙与某私昵，子非其子，血宜不合。"众口分明，具有征验。卒证实奸状。拘妇所欢鞫之，亦俯首引伏。弟愧不自容，竟出妇逐子，窜身逃去，资产反尽归其兄。闻者快之。①

"长鼻子"和"狗耕田"这些反映家庭内部兄弟矛盾故事的梗概是：兄弟中的一个因受另一个欺负而进入深山野地，从神奇动物那里获得宝物而致富；他的兄弟为贪心所驱，便照猫画虎地偷偷使用宝物，却遭到这些神奇动物的惩罚。在《滴血纠纷》这则故事中包含了更多的信息量，将同情的对象由传统故事里的弟弟转换为哥哥，同时，故事构造将受惩罚的来源由神奇的动物变为社会化作用，反映了民众社会道德意识的提升。舆论的谴责，使得故事更具有生活化和真实性，也更具有教化意义。

2. 机智人物型故事

机智人物型故事多以"箭垛式"人物形式来表现聪明人的足智多谋，该类故事的典型是"长工和地主"。中国封建土地制度一直持续了几千年，对社会生活的方方面面产生了深刻影响。在民间口头文学中，表现长工同地主抗争的故事也就应运而生，普遍流传，可谓家喻户晓。在 20 世纪 80 年代编撰的《中国民间故事集成》中，机智人物故事在各省市分卷选编的生活故事中都占有很重要的地位，这些故事具有不容忽视的社会历史与美学价值。清代山西民间故事中的机智人物类型取自历史上的真实人物，其构成主要是以卢秉纯故事和解士美故事为代表。这些故事以真实人物为原型，运用"箭垛式"拓展出一系列具有浓厚民间色彩的人物故事，不仅表现了山西人的智慧，而且还借这些机智人物的事迹打击了封建官僚阶级，具有浓郁的文学美感和历史美感。

(1) 卢秉纯故事

卢秉纯，字性香，襄陵镇东关（现山西襄汾）人。其家道贫寒，父亲早丧，依赖母亲严教，学业有成，清雍正四年（1726）中举。卢秉纯才华横溢，幼年就

---

① [清] 纪昀：《阅微草堂笔记》，北京：中国文联出版公司，1996 年，第 203 页。

有神童之称，长大后又有才子之誉，后被称为"晋南才子"。关于卢秉纯的身世，有这样的传说：

> 雍正年间，襄陵西门外的莲花池来了凤凰，见到后的人说，那凤凰金头金尾金翅膀，浑身灿灿耀目，实在是千年难遇的吉兆。人们风传，襄陵城这下要出人物啦！
>
> 当时的清王朝，正疑神疑鬼，对密谋造反的人严加防范。襄陵知县听到人们的传言，咋能不害怕？他寻思：要让我的治下出了造反人物，哪还有我的身家性命？怎么办？干脆，把西城门堵死！莲花池里就是有灵气，也决不能让它窜进城里来。于是，一道命令往下传，派了些民夫，把西城门堵死了。
>
> 这一年，正值甲子，老鼠司年。老鼠王觉得襄陵知县做事有点逆理，便指示襄陵城的老鼠跟他作对。襄陵城的老鼠也挺凶险，他们正愁堵了西门没法到野地里寻粮食吃呢，便千方百计在城门上疏洞，硬是从厚厚的门墙上穿出一个大洞来。就这么个老鼠洞，后来竟出了个卢秉纯！
>
> 卢秉纯以后，人们还议论："才一个老鼠洞，就出了个卢秉纯，要把西城门打开，怕不出个闹翻大清天下的人物？"①

卢秉纯以其非凡的聪明才智赢得后人对其身世的传奇描述。卢秉纯故事主要有《一语惊座》《咏联骂衙役》《玩灯》《支应"门门伏"》《考解元》《下棋》等，其内容多是讲述卢秉纯凭借自己的聪明才智，戏谑嘲弄自以为是的乡绅地主和欺负老百姓的官宦。如《玩灯》记录的便是卢秉纯嘲讽官吏滥用职权欺负老百姓的故事：

> 在襄陵有个"火焰阁"，每年的正月十七是放焰火的日子，十七之前是百姓们玩灯的日子。这一年正月十五，百姓们都到街上玩灯，不料县太爷传令，今年十五不准玩灯，提前放焰火。百姓对此都十分不满，只能怨气满满地回家了。原来改放焰火是因为新上任的平阳知府带着妻子来到了襄陵，想看这里的焰火。县太爷为了讨好知府，就将放焰火的时间提前了。卢秉纯知道了这件事，就在灯笼上写下一副对联，"官愿放火便放火，令如山倒；民想玩灯难玩灯，怨似海翻"，继续在街上玩灯。大家看到对联的内容，人越

---

① 襄汾民间文学集成编委会编：《襄汾民间故事集成》，内部资料，1987年，第61页。

围越多。知府听闻此事十分生气，但碍于卢秉纯曾任太傅，只得悻悻离去。由于知府离去，当晚放焰火的事也告一段落，于是百姓们又可以在街上玩灯了。①

该故事将"只许州官放火，不许百姓点灯"的历史典故融入到卢秉纯智斗官吏的故事里，遵循了民间故事中"箭垛式"人物传播和发展的轨迹。有关卢秉纯的一系列机智人物故事均以"斗智"作为核心母题构成。此类故事具有极强的社会现实性，同时该类民间故事以真实的历史人物为原型，不仅将人物形象塑造得栩栩如生，而且还富有民间生活与艺术情趣，深受民众的喜爱。

（2）解士美故事

解士美故事同卢秉纯故事一样，同样是运用山西历史人物塑造民间故事中的典型人物形象。解士美故事在清代传播甚广，给处于社会底层的劳动人民以积极的鼓舞和启示，给予他们生活的希望和光明。

解士美故事与卢秉纯故事的相似之处是主人公并不是身处水深火热中的百姓，而是与百姓站在同一立场上的有识之士。他们凭借自己的聪明和睿智，智斗封建统治阶级的昏庸之辈，给势利之徒以警示和惩罚。《头戴柳罐巧对质》讲的就是解士美利用自己的铁齿铜牙般的口才，对付襄陵恶县令的故事：

> 监狱中有个专干打家劫舍的盗匪头子黄彪。县官为了陷害解士美，于是让黄彪做伪证，说他曾与解士美合伙明抢过人，并许诺事成之后，放他出监。黄彪为了出监，便按县官说的办，解士美也被传到公堂之上。公堂之上的解士美头戴柳罐，在场所有人都看不清他的面容。这时黄彪开始诬陷解士美与他共事多年，一起干过抢劫的勾当。解士美反问："既然我和你共事多年，那么你一定对我很熟悉。我脸上的麻子是黑的还是白的？鼻子是塌的还是拱的？眼皮是单的还是双的？嘴唇呢？是天包地，还是地包天？胡子呢？是长短三撮还是八楂一堆？快说！"黄彪顿时没了头绪，说不上来，县官也不知如何是好。最后，解士美凭借自己的聪明才智戳穿了县官的阴谋，得以

---

① 襄汾民间文学集成编委会编：《襄汾民间故事集成》，内部资料，1987年，第64—66页。

第八章　清代山西民间文学

全身而退。①

可恶的县令最终只能偷鸡不成反蚀把米。关于解士美故事还有解士美靠对谜语联获得"贡生"称号的《解士美"拾"了个生员》、急中生智弥补错乱的《演〈杀庙〉》、凭借聪明智慧救人性命的《巧救王县官》、出于善心帮助老农贩菜的《卖韭菜》、戏弄无赖的《巧断芦花鸡》、巧妙讲理的《韩城店里喻大理》、对联赢县官的《三副对联赢官司》等，这些故事表现了清代山西民众对机智人物的推崇，同时也表现了山西深厚的民间文化底蕴。

《卖韭菜》这个故事简单明了，表达了解士美对贫苦百姓的同情，内容如下：

有一回，解士美到古城集上去闲逛，见一个老头坐在菜担子旁直哭。一问，才知是老头的孩子病了，没钱医治，就借钱贩了点韭菜，想倒腾几个钱好看病。可是他没做过买卖，叫不会叫，卖不会卖，眼看快散集了，才卖了半担。脆生生的韭菜晒蔫啦，问都没人问啦。卖的那点钱，还不够还本钱哩。老头伤心得哭啦。解士美听了很同情他，就说："老人家，我给你招呼着卖会儿吧。"

解士美把韭菜拾掇了一下，把压在底下的鲜菜翻到上头说："菜卖一张皮，快了不洗泥。拾掇拾掇就是好菜，来，我抓秤，你收钱，保险一会儿就卖完。"只见他，左手抓把韭菜，右手把秤一掂，冲着人群，拖腔唱着吆喝开啦：

来来来，看看看，咱的韭菜卖得贱，分量一斤顶半斤。捏扁食，包包子，还能添锅烧臊子。今个就剩这点货，来的迟了挨不着。

他这里唱的还没落音，霎时围了一堆人，老婆婆问："多少钱一斤？"

"一斤只卖八个钱。"

"要买三斤呢？"

"三八一个二十三，我称菜来你掏钱——接着！"

旁边的人一听，嗨！这卖菜的不会算账呀？好！咱也买上三斤，总少掏点钱。当下你三斤，他三斤，人人都买三斤。解士美忙得把菜都称不及，老头忙得连钱也找不及，不大一会，半担子菜就卖得干打溜光。

---

① 中国民间文学集成全国编辑委员会、《中国民间文学集成·山西卷》编辑委员会编：《中国民间故事集成·山西卷》，北京：中国 ISBN 中心，1999 年，第 778 页。

461

人走光了，老头才问解士美："小兄弟，你咋算成二十三？"解士美唱着答道：

三八本是二十四，我偏说是二十三，不是咱家不识数，是咱故意装憨憨。憨憨不是胡装哩，有个道理在里面，韭菜今天不卖掉，等到明天一定烂。咱是为得出手快，买主为得少掏钱，利利落落早卖光，不怕剩下受熬煎。本钱你也可以还，利钱你能把病看。划一划，掂一掂，你看是报对了划着，还是报错了合算。

老头听了连连点头，夸他道："你这人真能，赛过当今的才子解士美！"

解士美紧了紧裤带，苦笑着说："他能个屁，到这时候了，晌午饭还没地方吃哩！"[1]

解士美心地善良，主动帮助贫苦的老农贩卖韭菜。该故事语言轻快简洁，让人过目难忘，为解士美的机敏和睿智而赞叹，最后的结语部分更是令人对解士美心生敬佩。

机智人物故事属于写实性的生活故事，故事里的情节均是从日常生活中提炼后，经过大胆的夸张和虚构，表达出民众强烈的爱憎情感。山西民间故事中的机智人物故事表现了民众对深受压迫欺凌的农民的同情，他们以自己的智慧战胜刻薄狠毒的地主官吏。这些故事多数是在戏谑嬉笑中，完成对剥削阶级的讽刺和挖苦，有效地维护了受压迫群众的生存权利，痛快淋漓地发泄出心中对压迫阶级的愤懑。这些普遍流传、深受民众喜爱的作品，其主人公机智勇敢、积极乐观的精神给旧中国的农民在困苦中以希望，鼓励他们在艰难的岁月中走了过来，给民众的生活带来愉悦和欣喜。

（三）神异故事

清代是笔记体小说繁盛的时期，以鬼狐精怪为小说题材的志怪小说也不断涌现，这类题材在山西民间文学资料中较为丰富，在此我们将其定义为神异故事。

---

[1] 中国民间文学集成全国编辑委员会、《中国民间文学集成·山西卷》编辑委员会编：《中国民间故事集成·山西卷》，北京：中国ISBN中心，1999年，第771页。

第八章 清代山西民间文学

清代山西民间故事中的神异故事主要集中在文人笔记体小说里,该类故事以鬼、狐、精、怪等异类为主角展开故事情节,融入山西地方独有的文化特质,自成类型。清代山西神异类民间故事,以丁乃通《中国民间故事类型索引》中的归类标准为依据,将不符合分类标准的故事按照其情节特点进行总结,以不同的类别构成清代山西神异故事的整体。这些神异故事大致分为以下几类。

1. 冥府延师型故事

冥府延师型故事的主要情节是冥府中人仰慕人间文人的学识,在梦中派人去请人间的文人到冥府教学,文人在不知情的情况下来到冥府,看到了许多人间看不到的事物。

冥府延师型故事是民间文学中常见的入冥故事的一种类型。《豫觚》中的《李通判》记录的是一则冥府延师故事:

> 汾州人李通判,前世是一个乡里学究,五十多岁时做梦被两个士卒邀请要到府里教学。在士卒的带领下,学究走过了很长一段路,看到了达官贵胄才住的重闱焕丽,曲槛纡回的豪宇,最后在书房里见到了两个锦衣玉貌的公子,从此便日夜讲起课来。学究在府里经常听到鞭挞的声音,却一直见不到主人,也不知道这是个什么官府,便请教二位公子,才见到了主人。学究向主人诉说思乡之苦,希望回家看看,没想到主人略带讥笑地告诉他,既然来到这里就不可能回去了。又过了一段时间,主人宴请宾客,邀请学究,在宴席过程中,"酒半,忽见一梯悬于堂檐,二僧出蹑之,冉冉而去。主人促学究从而上,攀援甚苦,倏然堕地,则已托生本州李氏矣"。学究重新投胎,结束了他在冥府的执教经历。①

冥府延师型故事和入冥故事的不同之处在于能否以自己的身份回到人间。冥府延师型故事中冥间的老学究以"死亡"的形式出现,他已经不可能以自己的身份回到人间,只能重新投胎,转世为人;入冥故事中的人往往能够在完成自己的使命之后重新回到人间,继续开始当世的生活。

2. 异类婚型故事

人与异类(动、植物,精灵等)之间的婚恋,是世界各地喜闻乐见的幻想故

---

① [清] 钮琇撰:《觚剩》,上海:上海古籍出版社,1986年,第85—86页。

事。天上飞禽、林中走兽、水里游鱼等都可以幻化为美丽善良的女子，她们与贫穷的普通小伙子结婚生子，组成幸福的家庭。中国民间文学中的异类婚型故事的数量极为丰富，《中国民间故事类型索引》将这类故事分为400-465型，包括"丈夫寻妻""女郎变花""仙侣失踪""画中女""田螺姑娘""其他动物变的妻子""三个橘仙""国王和女妖""妻子惠美，丈夫遭殃""鸟丈夫""蛇郎""神蛙丈夫"。这些丰富的资料，对研究女性民俗具有重要作用。

清代山西民间故事中异类婚型故事也占有很大的比例，其特征较为突出。我们熟知的民间故事《画皮》，记录的便是发生在山西的故事：

> 太原人王生，一日清早在路上遇见一个抱着包袱独自行走的女子，女子道明自己的惨痛身世，因不能忍受哥嫂的欺凌，决定远走他乡。王生将女子带到家中密室住下，很长时间不向第三人提及此事。后来，王生的妻子陈氏知道了这件事，对女子产生怀疑，劝王生将女子赶出去，王生不听妻子劝告。有一天，王生在集市遇到一个道士，道士见他被紫气缠绕，怀疑其家中有妖作祟，王生不以为意。回到家中，王生一日偶然发现女子在密室"面翠色，齿巉巉如锯。铺人皮于榻上，执彩笔而绘之"，虽大惊失色却无济于事，最终被画皮妖挖心而亡。①

异类婚型母题产生的根源，可以有这样的解释：长期的生活斗争给予人们丰富的生活经验，阶级的压迫和原始民俗信仰的遗留使现实中的苦难民众开始向往和追寻美好的理想。现实的残酷使人们产生了强烈的爱憎观念，随后，幻想把现实和理想连接起来，苦难中的人们在神灵的帮助下寻找到了幸福。这些美好的理想用民间语言艺术的形式表述出来便是神异故事。

《益智录》中记录的《瑞雪》②讲的是人与狐的婚恋故事。清代山西民间故事中的异类婚型故事是发生在具体的人身上的故事，其故事情节比较复杂曲折，故事结构不只局限于人与异类两大主人公，而是增加了多个主人公之外的人物形象。这体现了清代民间故事作为笔记体小说素材，在构思的过程中，融入了真实和虚构的成分，表现了文人创作与民间创作的有机融合。

---

① ［清］蒲松龄：《聊斋志异》，长沙：岳麓书社，2019年，第4页。
② ［清］解鉴：《益智录》，北京：人民文学出版社，1999年，第233—236页。

3. 精怪作祟型故事

精怪作祟型故事大多描述的是人们不喜欢或者恐惧的动物，它们为恶人所惑或自身幻化成人来祸害民众的故事。

《咫闻录》中记录的《巨鳝》，讲述的是巨鳝玷污河东刘家女儿后受到惩治的故事：

> 河东刘家，老而生女，钟爱异常。方及笄，忽有裙屐少年，卷帘而入，衣杏黄衫子，眉目清秀，笑曰："良夜寂寥，其如兀坐何？"女惊欲号，口不能言，任其轻薄而去。每夜，少年辄至，父母知之，不能驱逐，而女病奄奄。一日，有市糊脸姓朱者，遇雨求宿西廊，刘诺听宿。更许，将泥魂磊等物，横担膝上，手提面戴，燃灯烘之。突见一人来，惊跪曰："弟子不知鹤驾仙临，多有冒渎。"伏罪地下不起。朱以戏言嘲曰："汝孽已满，适从何来？"其人曰："弟子黄鳝化身也，居主人池中，百余年矣，修道将成，不合烝污刘女，祈仙超拔。"朱叱出。天明入谢，遂问："翁家有怪，奈何？"曰："然。"朱曰："我能驱之。"遂假作法事，书符诵咒。引翁至池边，用桔槔车水，水尽，见有黄鳝，粗如巨桶，睡于泥中。数人拽起，用斧斫成数段，蒸肉和血以进。翁命女啖之，病即霍然。刘谢朱，舆马以归。[①]

精怪作祟型故事中的精怪一般具有如下几个特点：一是自然属性使之然，这些精怪动物本身便能引起人们的恐惧。如《巨鳝》中的怪物因其庞大的躯体而为人们所疏远，《王度除蛇》[②]中的蛇因其长相怪异而使人感到害怕，《臭虫》[③]中的臭虫本身具有的气味也是为人们所厌恶的；二是人们赋予这些精怪以主观意志，使它们在人们的生活或文人创作中成为不可亵玩之物，如《少年不受妖诱》[④]中的狐，因其本身的灵异性被民间所流传，作为小说素材，文人们更愿意将其作为故事的主角来构思作品。

精怪作祟型故事中的精怪，作为动物本身是人们所厌恶的，当它们被人赋予

---

① [清]慵讷居士：《咫闻录》，重庆：重庆出版社，2005年，第96页。
② [清]储大文，[清]觉罗石麟：《山西通志》卷二百二十八，清雍正十二年（1734），影印本，第28—29页。
③ [清]慵讷居士：《咫闻录》，重庆：重庆出版社，2005年，第131页。
④ [清]纪昀：《阅微草堂笔记》，北京：中国文联出版公司，1996年，第338页。

465

主观想法的时候，往往是经过了过度的夸张描述和想象，最终变成非单纯动物的精怪，《臭虫》一文这样记录：

> 山西某驿，马号多怪，毙马甚多，驿丞以此罢职。一官新莅任。即讯圉人。屡年倒毙之故。答曰不知。驿丞疑与风水有碍，意将移厩别所，然此念一转，而此夜马毙，更甚于前。丞患之，遂与妻子别曰："朝廷置驿，所以速邮传而驰驱王事。今马多毙，予司邮政，咎其奚辞。今夜我与怪物战，胜则万幸，败则携予骸骨归里耳。"群相劝阻，丞不从。携衾带仆，操刀住宿。至三更许，初闻窸窸声，自空而下，马即蹄蹶，烛之，毫无所见。既灭烛安寝，耳中声渐紧如密雨。由东而至。厩马尽皆踶蹶嘶鸣。复燃火遍视，则白马尽成紫色矣，终不识是何怪。相顾错愕间，忽见地下一线，如蚁来往，约有亿万许，皆臭虫也，竟有大如棋子者。寻其归路，至厩东之古井而没。天既明，丞集薪焚之，臭闻数里，怪遂绝。①

精怪作祟型故事往往以精怪被铲除而结束，但它们在人们心目中的恐惧感却丝毫没有减退，这也是此类故事在民间广泛流传的原因，同时，人们的猎奇心理也是精怪作祟型故事得以长期流传的主要动力。

四、清代山西民间歌谣

清代山西民间歌谣主要集中在《明清民歌时调集》、民间歌谣集《霓裳续谱》和《白雪遗音》中，较为典型的是"西厢歌谣"和"杨家将歌谣"。另外，具有山西特色的"说老西儿"歌谣和赞叹唐朝著名将军"敬德"的歌谣等，在内容上融合了山西民风民俗及文化内涵，为山西民间文学积淀了浓厚的文化韵味。

西厢故事是流传于晋南地区脍炙人口的民间故事，关于西厢故事的流传主要有民间故事、戏曲、民间歌谣等几大形式，其中较为著名的王实甫《西厢记》便是元代记录西厢故事的经典之作。山西清代民间歌谣对西厢故事的表达则更具地方特色，其篇幅短小，语言精练，结构整齐，形式多样，表现了民间歌谣在阐述故事时的魅力。清代山西西厢歌谣主要收录在王廷绍的《霓裳续谱》和华广生的《白雪遗音》中，其故事内容丰富，主要由"张君瑞收拾琴剑书箱""崔

---

① [清]慵讷居士：《咫闻录》，重庆：重庆出版社，2005年，第131页。

第八章　清代山西民间文学

莺莺倒在牙床上""赶考的君瑞莺莺送""小红娘进绣房""兵马围了普救寺""莺莺沉吟""老夫人糊涂""莺莺腮含着笑""莺莺红娘""兵困普救""拷红""佳期""饯别""寄柬"几大曲目串联而成。这些曲目将西厢故事中的主要情节搭建在一起,构成西厢歌谣的完整体系。

歌谣中的"拷红"一段,红娘据理力争,勇敢地站在张生、莺莺这一方,支持他们自由热烈的恋情,表现出泼辣大胆的性格:

  我劝夫人你休打罢,言而无信怨不得人家。既不与他成婚配,不该留他在西厢下。慢说是张君瑞,就是我红娘也不怕。男爱文才女爱典雅,老夫人,你忘记了两廊之下说的是什么话?不如依我红娘说,叫他们二人成就了罢。①

歌谣中的《五更佳期》选段,描写了崔莺莺和张君瑞夜半约会的情形,其内容细致入微,表现出恋人之间的柔情蜜意和相会时内心的惶恐:

  听谯楼,一鼓敲,莺莺小姐把琴操。侍妾红娘来陪伴,紫金炉内把香烧。琴中操出相思怨,勾引张生墙上瞧。小姐吓,你看花又好来月又皎,采花须得在今宵。此言分明说与君瑞晓,叫他与小姐会良宵。大胆张生把墙跳,下面红娘把手招。小姐一见张生忙回避,被红娘一把就拖劳。小姐吓,张生何妨碍。况且是,园亭里面静悄悄。须念他,当初笔底功劳大。你们二人结为兄妹胜同胞。张生巧计,红娘那晓细根苗。红娘姐,你看柳荫下有个人儿影。吓人在那里,红娘转过柳枝梢。二人携手把房进,即把房门紧闭牢。双双同入销金帐,云雨巫山鸾凤交。

  听谯楼,五鼓咚,大雄宝殿撞金钟。暗暗犬吠鸡报晓,嫦娥紧闭广寒官。万国九州天明亮,扶桑现出太阳红。佳人才子把鸾衾下,开出房门见小红。三人同把园亭进,难舍难分别张生。临去又来重相约,约定佳期二次逢。红娘姐,叫声张相公,你的病体可觉松,只怕二次佳期要谢媒翁。②

西厢故事为山西民间文化增添了特色,也使晋南永济的普救寺成为著名的旅游文化胜地,为后世留下重要的历史遗迹。

---

① [清]华广生:《白雪遗音》,收录于《明清民歌时调集》,上海:上海古籍出版社,1987年,第499页。
② 同上注,第782—784页。

杨家将故事是一部英雄传奇系列故事，它对北宋前期杨家四代人戍守边疆、精忠报国的动人故事加以演绎。在清代，杨家将故事多以演义、话本、戏剧、歌谣、故事等形式在民间广为流传，如"七郎八虎""杨门女将""穆桂英挂帅"等，该系列故事发生在山西忻州、大同、太原一带，因此在山西民间文学中留存有许多关于杨家将的传说。此外，在山西代县城里，有一座颇有气势的钟楼，在它的正面和背面分别悬挂着"威震三关""声闻四达"两块巨大的牌匾，传说这是为纪念杨家军的不朽功绩而保留至今的一处珍贵遗迹。

清代山西民间故事中关于杨家将故事的记载虽然不多，但所记述的均是杨家将故事的典型事例，《穆阁寨》记录了巾帼英雄穆桂英的故事：

> 山东有个穆阁寨，紧靠泗水涯。有一个桂英小姐，甚是利害，女中英才。他把杨元帅，轻轻揣在鞍轿外，摔在地尘埃。多亏了，孟良焦赞救元帅，抢回营来。宗保出马，不见回来。大胆小狗才，他若回营来，细绑斩首辕门外，人头献上来。也是他不该死，桂英小姐，下的山来，进了宋营，走进帐来，跪在尘埃。手托降龙要救儿夫，苦苦哀告杨元帅，为夫前来。①

歌谣常以简单明了、通俗易懂的语言表现故事情节。杨家将故事除了《穆阁寨》外，代表作还有《辕门斩子》。杨家将故事在忻州代县一带为世人流传，同时杨家的后人也世代继承着杨门忠烈的传统。这些传统活动以动态的形式展现了人们对忠烈英雄的尊敬和崇拜，让人们永远记住了这些历史上为国捐躯的忠烈名门。

"老西儿"这个词对于常年居住在太原或土生土长的太原人来说是再熟悉不过了，"老西儿"也叫"老西"，是旧时华北及东北地区人们对太行山以西的晋语区（主要是山西省）人们的一种戏称或蔑称。该称呼最初可能并不具有歧视意义，因为晋语区与华北平原地区的文化、习俗差异很大。晋语对于华北平原的人来说很难听懂，饮食起居及生活习惯都不大相同，而且旧时山西人崇尚经商，明清乃至民国时代山西生意人的足迹遍及天下。山西商人给别人留下的印象是普遍抠门，不舍得花钱，故落得"老西"这样一个称呼。但实际上，这个别号与山西人做买卖有着密切的关系。

---

① ［清］华广生：《白雪遗音》，收录于《明清民歌时调集》，上海：上海古籍出版社，1987年，第502页。

"老西",准确来说应该叫"老醯儿"。"醯"是山西方言,本意是醋,与山西人擅酿醋、好吃醋的饮食习俗有关。《说老西儿》这一民间歌谣表现了"老西"这一称呼的悠久历史和山西人独有的"老西"精神:

> [西岔]说老西了,呀呀哟。说老西了道老西,可是可是道老西。你怎么认的我老山西?羊毛裹脚打的怪好的。百甚么活儿不会做,西南门外头脱土坯。土坯脱到三千整,西北干天下大雨,唧唔唔,刮搭搭,都成了一堆泥。老山西甚是着急,这个买卖作不的。大伙儿商量着,开了个河落铺,走堂的掌柜的都是老西。我问老西卖的是甚么货?无不是拉条面,酸辣面,豌豆包子,澄沙包子,攒馅包,还有一个韭韭菜的,还有个豆豆瓣蒜吃。①

该篇运用脍炙人口的语言将山西的地方特色、美食特色、气候特点等内容用简单的话语表现得淋漓尽致,展现了山西人独有的自豪感和自信心,这也是山西人,尤其是太原人对"老西儿"这一称呼所特有的自信和自豪感。

五、清代山西民间小戏

所谓民间小戏,指的是相对于大戏而言,于民间成长起来,流行于田间地头,为百姓所喜闻乐见的地方戏曲,是在民间歌曲、舞蹈、说唱等曲艺形式的基础上发展起来的综合艺术。与大戏相比,小戏有着更强的灵活性,它诞生于百姓当中,通过口耳相传的形式保存下来,是民众自发形成、用于表现当地群众生活的表演方式。

山西作为戏剧大省,除四大梆子外,地方小戏同样丰富多彩,有秧歌、花鼓、二人台、小花戏等。宋元以来,随着城市娱乐场所的兴建与市民阶层的兴起,我国的戏剧达到空前繁荣,尤其是清代"花雅之争"的出现,使得民间小戏突破了长期以来在夹缝中生存的局面,以其固有的生命力迅速发展起来。

(一)祁太秧歌

秧歌又名"阳歌",是一种主要流行于北方地区的舞蹈形式。在传统民间信

---

① [清]王廷绍:《霓裳续谱》,收录于《明清民歌时调集》,上海:上海古籍出版社,1987年,第409页。

仰中，人间为阳，地府为阴，神为阳，鬼为阴，娱鬼的歌为"阴歌"，而祭神和娱人时所唱的便是"阳歌"。北方大多数地区都有闹社火的习俗，这些"阳歌"便是在民间闹社火时所特有的表演形式。在陕西的《葭县志》和山西的《临县志》中，关于秧歌的记载便都为"阳歌"。秧歌常在农村节日社火或农闲时演出，其特点是化装表演，重舞不重唱，动作幅度较大，在表现民俗风情方面有着重要的意义，比较重要的有陕北秧歌、河北定县秧歌、山西祁太秧歌等。

祁太秧歌作为在晋中地区广为流传的一种小戏，有着鲜明的地域色彩。它以农村生活故事、民间习俗、传闻逸事等为题材，以优美的曲调和表演形式，真实反映当地人民的生活，深受广大民众的喜爱。

明清时期，随着市民阶层的兴起，普通百姓所喜爱的俗文学大量产生，到明崇祯年间，民间兴起了一阵小曲传播的热潮。这些由民间艺人传唱的小曲流传到山西晋中一带，经当地艺人的改编，形成了反映晋中百姓生活的民间小曲，对后期秧歌的形成，在内容和形式上都产生了很大影响。

祁太秧歌的原型为"小歌舞"，而关于小歌舞的描述，最早的是集中在安徽一带。清雍正时期，安徽的小歌舞传入山西，晋中人在当地原有民歌的基础上，于表现形式方面吸收了该表演形式的成分，最终形成了独具地方特色的祁太秧歌。

山西地处黄河中下游的黄土高原东部，从地形上来看，有着较为稳定的生存环境。故长期以来，特别是明清时期，迫于饥荒、战乱等自然、人为因素的影响，山西成为周边河南、河北、安徽等地的难民避难所，安徽的小歌舞便是在那个时候由逃难的安徽人带入山西的。

移民现象的发生，带来的不仅仅是人员地域空间上的迁徙，更多的是异地文化之间的交流。从历史发展的进程来看，"一种文化对他者文化的吸收总是在自己的文化眼光和文化框架中进行的，也就是要经过自身文化的过滤，通常不会全盘吸收"[①]。同样，一种文化对他者文化的接受也不会原封不动地按照原有文化的轨迹发展，而是在与当地文化的结合过程中，产生出新的，甚至是优于前两者的第三种文化。祁太秧歌的诞生便是对这种文化融合轨迹最好的证明。

俗文学的兴盛、外来移民文化的注入、当地社火习俗的兴盛，为祁太秧歌的

---

① 乐黛云：《跨文化方法论初探》，北京：中国大百科全书出版社，2016年，第7页。

发展提供了良好的民间土壤和平台。而其之所以能走向鼎盛，还与延续清代三百年、横跨蒙汉两族文化的走西口移民运动有着密切关联。

"走西口"是我国历史上移民运动的一个重要组成部分，指的是"清朝以及民国年间山西、陕西等地的大量民众经长城西段张家口、独石口、杀虎口等关口出关，徙居长城以北的内蒙古地区，从事农耕与商业经营等活动的移民运动"。[①]清代是中国人口发展史上的一个重要时期，人口的迅猛增长，带来的是人地矛盾的极度紧张，在这种情形下，大批的穷苦农民迫于生存压力，开启了"走西口""闯关东"等人口迁徙活动，形成了近代中国人口的移民浪潮。到清嘉靖年间，晋商发展空前繁荣，推动了祁太秧歌的发展步伐。晋商为祁太秧歌提供了大量的资金支持，商人投资创设剧目，请戏班，修戏园，使得在晋中地区普遍出现表演祁太秧歌的"自乐班"组织。这是祁太秧歌由歌舞到小戏发展过程中由渐变到突变的一个里程碑，使得祁太秧歌的发展一度达到鼎盛。

"走西口"是当时晋中一带社会史上的"大事件"，且祁太秧歌的发展与晋商有着密切关联，故在祁太秧歌的唱本中，有着大量反映商人生活题材的作品，如《上包头》中描写了商人离家时对妻子的嘱咐，《下河南》中描写了妻儿对商人丈夫离家的不舍之情；有些作品则是借商人妇的形象，通过写男人外出后，女人操持家务，侍奉老小的不易，反映出妇女生活的艰辛，代表作品有《想亲亲》《放风筝》《看秧歌》等。

据不完全统计，在祁太秧歌中，有40%是反映商人生活的作品。这一方面说明，与晋商密切关联的"走西口"运动对祁太秧歌的发展产生了重要的影响；另一方面，这些作品又是那个年代晋商奋斗史的再现，也是晋商辉煌史的鲜活见证。

(二) 河曲二人台

同样受到"走西口"运动影响的另一朵民间文艺奇葩是河曲的二人台。"二人台"是起源于河曲、保德、偏关三县，流传于山西北部、内蒙古西部、陕西北部、河北张家口等地的地方小戏。

二人台最初是在河曲民歌山曲的基础上发展起来的。当地历来以农耕为本，

[①] 段友文：《黄河中下游家族村落民俗与社会现代化》，北京：中华书局，2007年，第327页。

历史上，这里十年九旱，外加交通闭塞，继而形成了传统民俗民间文化生长和传承的特殊地理环境，外加"走西口"移民运动的影响，遂逐渐形成颇具地方特色的民间小曲。这些小曲反映的内容，主要是在"走西口"运动中有感而发，对于人间离苦、别绪、思念之情的咏叹，当地人把这些民间小曲称之为"山曲"。

到明朝末期，逢年过节，群众们便在闹社火时聚在一处，他们中有些会唱山曲的人，便在屋内、院落、村头等地不自觉地哼唱起这些山曲小调，这种娱乐形式被叫作"打坐腔"。到清咸丰年间，"打坐腔"这一曲艺形式，在吸收了同类型的秧歌、高跷、旱船等表演形式的基础上发展为一种有着舞蹈动作、由旦丑两角一进一退展开表演的形式，至此，"二人台"艺术初具规模。

"二人台"艺术常伴随着民间祭祀活动进行，其反映的内容常与民众的生活密切相关。在逢年过节时，观看的群众围坐在旺火的四周，表演者和乐队在场内表演，这样的表演方式俗称"转火龙"。"火"与"龙"都是民间有着美好寄寓的意象，预示着新的一年红红火火、步步高升，故这种表演在当地受到民众的普遍欢迎。

后来，随着"走西口"移民运动的发展，河曲二人台于清同治年间被带到了口外，在吸收融化了内蒙古与陕西民歌因素的基础上，这种表演形式有了新的发展，成为融农耕、黄河、边塞文化于一体，独具特色的地方小戏的优秀代表。

河曲二人台以其反映的内容真实而闻名，其中包含的细腻的生活细节、传神的表演、浓郁的唱腔，往往能感人肺腑，催人泪下。经典剧目有《走西口》《探病》《挂红灯》等。

（三）左权小花戏

左权县位于山西省东部边缘，古称辽州、辽县，1942年为纪念牺牲在此的抗日名将左权将军改为现名。小花戏是形成、流布于左权县的地方小戏。之所以称它为"小花戏"，是因为它有着"一小二花三有戏"的显著特点。说它"小"，一方面指的是剧本精小、剧情简单，通常五到二十分钟便是一出剧目；另一方面指的是表演的场地小，最初的小花戏常在街头火盘、院落人家演出。说它"花"是指它舞姿多变，扇法花哨，彩扇上下飞舞，使得整场表演犹如百花盛开。而所谓的"有戏"，指的是它的故事情节生动，引人入胜。简单的三个词，概括出小花戏表演形式的显著特点。

小花戏的前身为辽州社火的"文社火",起源于明初或宋元之间,形成于清代,在清末盛行于辽县境内。旧《辽州志》载:每逢元宵佳节,街巷门首均张灯垒火;晚上,村中男女在"社火"的引领下,集队而行,走遍大街小巷,俗称"游百病",有消灾祈福之意。关于社火的形成,经历了一个相当漫长的演变过程,其由来已久,最晚应不晚于明初,甚至是更早的宋元时期。清代末年,左权小花戏在吸收大量民间小调的基础上,加入了简单的故事情节,人物由原来的第三人称发生改变,逐渐发展为由生、旦、丑等行当组成的第一人称叙述形式,逐渐形成边歌边舞的地方小戏。

小花戏遵循用唱表现人物,用舞表情达意,将歌舞两种形式完美地结合在一起,要求唱得响亮,扭得灵活,演得精彩。扇子是小花戏表演中的灵魂道具,场上无论是男女老少、生旦净末,手上都必须至少有一把扇子,以至于当地流传着这样一句谚语:"左权一大怪,冬天扇子卖得快。"扇子在小花戏中一方面起到了装饰作用;另一方面充当道具功能,能够有效补充由于动作的缺失所导致的人物空白,并通过运用扇子的花式扇动手法,完成人物性格的塑造。

左权小花戏有着完整的故事情节和人物个性,有一定的矛盾冲突。演员根据唱词的内容,配以象征性的舞蹈动作,歌中有舞,舞中有戏,将歌、舞、戏三者紧密结合在一起。其内容多反映百姓日常生活,代表曲目有《卖扁食》《放风筝》《打樱桃》等。

这些民间小戏,占据了中国80%的欣赏人口,深刻反映了人民的生活,记录着百姓的喜怒哀乐,积淀着深厚的民族心理,是我们探寻特定时期民众生产生活状况的活化石。它诞生于群众当中,本身有着深厚的群众基础,在遇到俗文学蓬勃兴起、"花雅之争"后,人们对戏曲的"雅""俗"有了重新认识。这些来自民众、反映民众生活的小戏,便如雨后春笋般发展起来。它们以其自身最为淳朴的方式,反映了民众最为朴素的价值观;用乐观向上的表现方式,对真善美予以褒扬,对假丑恶无情抨击,是民众内心想法的真实写照,有着简便性、群众性、灵活性等特点。

六、清代山西民间文学特征

清代山西民间文学以山西悠久的文化根底和历史,构建起了完整而庞大的山西民间文化体系。清代山西民间文学在前代发展的基础上，在总结和归纳中呈创新的态势，其内容复杂、数量众多、形式多样、类型丰富。清代山西民间文学运用艺术思维和口头传承的方式创作和流传，在传承过程中日趋体系化和精美化，形成了魅力十足的山西文化特色。

民间文化的传承性，是指民俗文化在时间上的连续性，即历时的纵向延续性，同时也是指民俗文化的一种传递方式。作为一种通过传递的文化现象，民间文化的传承主要体现在它的功能上，这一功能系统主要体现为教化的职能，传承只不过是一种形式和手段。

清代山西民间文学的类型丰富多彩，除传统的民间传说、民间故事、民间歌谣、民间小戏等形式一应俱全外，在清代全面兴盛而起的笔记体小说、方志和文人著作中也存在大量关于民间文学的记载。在民间传说中，除过去一直兴盛的帝王将相传说、武侠传说外，还有许多故事，将视角转向普通大众，歌颂了流传在民众当中的智慧，赞美了为百姓伸张正义的地方名士形象。这个时期还出现了许多属于那个时代的独特民间文学现象。随着资本主义萌芽的兴起，民众的日常生活丰富起来，出现了许多在当时特殊时代背景下诞生的新的文艺形式，如祁太秧歌、二人台等。

清代山西民间文学作为山西民间文化的重要组成部分，不同于物质文化所具有的具象性和直观性，其非物质性所表现出的人文特色更具内涵。清代山西民间文学的类型主要有民间传说、民间故事、民间歌谣等，其中民间传说包括人物传说、风物传说、史事与案例传说；民间故事主要有幻想故事、生活故事和神异故事；民间歌谣则主要以西厢故事歌谣和杨家将歌谣等具有地方历史意蕴和价值的经典故事为主；民间小戏则以祁太秧歌和河曲二人台为其典型代表。清代山西民间文学承载着整个山西的历史积淀和文化底蕴，不仅表现了民间文学本应具有的教化作用和道德尺度，而且在对山西人文精神的表现和传承方面发挥着极为重要的作用，同时也扮演着举足轻重的人文角色，为后世的民间文学提供了大量的创作题材，反映了民众的审美观和价值观，是山西人，尤其是山西劳苦大众生活态度最直观的体现。

第九章
近现代山西民间文学

一、近现代山西民间文学概述

中国近代史始于 1840 年中英鸦片战争爆发，止于 1949 年南京国民党政权覆亡，历经清王朝晚期、中华民国临时政府时期、北洋军阀时期和国民政府时期，是中国社会的巨变期，也是中华民族经历的百年屈辱史与反抗史。1840 年以鸦片战争的开始为标志，中国由独立自主的封建国家开始逐步沦为半殖民地半封建社会；1901 年八国联军侵华，《辛丑条约》签订，中国完全沦为半殖民地半封建社会；1911 年，辛亥革命推翻了清王朝，结束了两千多年的封建帝制，但并没有改变中国半殖民地半封建的社会性质和人民的悲惨境遇；1919 年"五四"运动爆发，中国结束了旧民主主义革命时期，步入了新民主主义革命时期。从 1931 年九一八事变到 1945 年日本无条件投降，抗日战争取得了完全彻底的胜利，中国人民一百多年来第一次取得反对外来侵略斗争的胜利。紧接着，中国经历了解放战争，一直到 1949 年中华人民共和国成立，中国进入了新民主主义社会。在百余年的历史里，中国一直是一个半殖民地半封建社会的国家。一方面，帝国主义勾结中国封建势力，一步深入一步地把中国变为半殖民地半封建社会；另一方面，中国人民反对帝国主义及其走狗，一步提高一步地进行着民族革命和民主革命。处于大时代洪流中的山西与中国共进退，一方面在社会巨变下求生存，另一方面在斗争反抗中求独立。

中国文学的近现代嬗变，从 1840 年鸦片战争就已经开始，到 1949 年中华人民共和国成立还没有完全结束。但毫无疑问，在 1840 至 1949 这一百多年的近现代史里，中国文学经历了由传统向现代转变的历史进程，是近现代转型期文学中

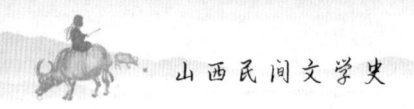

的重要时段。这一时期的中国文学处于中西文化交流与碰撞的背景下，是中国文学因内源性和外源性的发展而汇入"世界文学"总体格局的一个文化交流进程，是中国文学与外部政治、经济、社会、文化等诸多思潮相互激荡的文化渗透进程，是文学创作主体、文学思想、文学观念、艺术形式、审美取向、语言模式以及传播方式等全面嬗变的文学转型进程。这一时期，山西民间文学主要呈现出两种发展理路，一条是在社会巨变下走向转型与发展，另一条是在战火硝烟中向觉醒与反抗行进。

（一）社会巨变下山西民间文学的转型与发展

中国独处远东大陆，总体上看，晚清以前是一个相对稳定的农业大国。但是自18世纪中叶英国工业革命后，欧洲诸国的现代科技获得了飞速发展，随之而来的是西方列强的向外扩张。翻开中国近代史，我们看到的是一幅幅两大文明兵戈相向的血腥画面和华夏文明惨淡交困的屈辱图景。鸦片战争、甲午战争等相继爆发，在民族危难面前，中华儿女抗强敌、反腐败、图改革。虎门销烟、太平天国起义、洋务运动、甲午海战、戊戌变法、义和团运动、辛亥革命等，是中华儿女进行的一次又一次壮怀激烈的救亡图存运动。

鸦片战争前夕，山西的封建统治和全国其他地区一样腐败落后，土地及其他社会财富逐渐集中到官僚、豪绅、富商和地主手里。康熙年间，临汾的亢时鼎拥有百万亩土地，人称"亢百万"；阳曲的大商人王绳中，家中金银山积，为报效乾隆皇帝，一次就从家里拿出了一百万两白银，被人称为"百万绳中"。与此同时，官府的赋税征收和徭役摊派也越来越重。封建统治的腐败，进一步激化了阶级矛盾，农民抗租、抗粮、反苛政的运动此起彼伏。1835年，赵城县爆发了曹顺领导的先天教民起义，虽仅七天就被镇压下去，但在山西历史上留下了深远的影响。在封建统治日趋腐败，走向衰落的时候，外国侵略者的触角也伸到了山西，使得山西的社会面貌发生了深刻变化。此时，山西民间文学出现了大量揭露封建社会统治者顽固、腐朽、奢靡、鱼肉百姓的作品。这一时期对封建统治者进行深刻鞭挞的民间文学作品数量空前庞大，是文学史上前所未有之转变。

自明朝到清末，晋商一直十分活跃，山西票号在当时可谓是中国金融业之鼻祖。晋商的兴盛为近代山西民间文艺的传播和流布做出了重要贡献，许多诞生于

第九章　近现代山西民间文学

明末的山西民间文艺随着晋商的足迹开始向省外流播的同时也吸纳了他地的艺术手法，成为近代山西民间文学地域文化特色形成、传承、流布的重要背景。但鸦片战争后，外国侵略者强行把中国纳入世界市场并使其成为商品倾销地和原料供给地，从而使得许多传统手工业破产，自然经济解体。19世纪60年代，英国洋行势力侵入山西；此后，英、德、日、美、法、荷等多国53家洋行陆续入晋倾销洋货、收购原料，致使威震海内外的晋商出现颓势，山西商贸开始下滑。

再者，外国侵略者偷运到中国的鸦片开始流入山西。不仅唯利是图的商人偷售鸦片，一些地区甚至开始种植罂粟，熬制土烟，烟毒在山西蔓延开来，给山西人民带来了巨大的灾难。山西巡抚阿勒清阿积极执行禁烟旨令，"断绝外来兴贩之路"，把打击重点指向鸦片的贩卖者。阿勒清阿的禁烟活动受到了山西人民的欢迎和支持，但由于清政府专制统治的极端腐败和官商鸦片走私集团的干扰破坏，最终未能阻止鸦片在山西的继续泛滥。一些山西籍的文学家拿起笔来，或抒发民族忧患意识，或主张禁烟抗英，或进行民主启蒙。在近现代山西民间文学史上，各地也流传着许多关于反鸦片题材的歌谣。

此外，国外传教士的进入，打破了中国固有的文化形态，裂变出新的文化内容与形式。1620年天主教传入山西后，传教士开始穿梭于城乡，宣讲福音。逐渐地，一座座尖尖的教堂耸立在黄土高原上，成千上万的教徒走进教堂。从此，异质文化契入山西，山西社会中多了一种信仰，出现了一群拥有不同信仰的群体。西方传教士深入中国的乡村，兴办教育事业，清末山西近代教育制度大多肇始于教会学校。山西政府也新建了一些新式专门学堂。新的"学堂乐歌"以及西洋的风琴、钢琴、提琴、铜管和木管等乐器陆续传入山西，太原、大同、临汾、长治等城镇的学堂也开设了"乐歌"课，教唱新的歌曲，传授简谱或五线谱等新的音乐知识。当时在山西学堂流行的歌曲有《中国男儿》《何日醒》《革命歌》以及《苏武牧羊》《木兰辞》等。这些学堂不仅培养了许多优秀的人才，同时也促进了近代山西民间文学的搜集与整理。

中国进入半殖民地半封建社会以后，山西的经济、文化发展遭到严重破坏。但是在遭受苦难的同时，也有不少仁人志士着力于改革，力图挽救山西经济。张之洞、胡聘之在出任山西巡抚时，重视通商惠工，开启了山西近代工业发展的大门。近代山西的现代化进程不仅推动着山西经济的发展，同时也影响着民众的日常生活，近代山西民间文学对此有着详细的记录。

近代山西民间文学被时代赋予了新的内容，反帝反封建与救亡图存是近代山西文学史的主旋律。许多宣传进步、反对落后，追求人民民主、抨击封建独裁，讴歌民族独立、反对外国侵略和投降主义的传说、故事、歌谣广为流传。

(二)战火硝烟中山西民间文学的觉醒与反抗

自九一八事变起，到卢沟桥事变，再到1945年反法西斯战争胜利，中国人民经历了包括局部抗战在内的十四年反抗日本帝国主义侵略的斗争。艰苦卓绝的八年全面抗日战争之后，解放战争相继爆发。在这场波澜壮阔的人民解放战争中，黄土高原上的爱国儿女抛头颅，洒热血，奋勇抗战，为山西的胜利解放做出了巨大的贡献，迎来了中华人民共和国的成立。在抗日战争和解放战争的大环境下，涌现出了许多可歌可泣的英雄，山西民间文学记录了他们为山西的反帝反封建做出的巨大贡献。

山西是抗日战争的主战场，晋察冀、晋冀豫、晋绥是三个最大的抗日根据地。自山西成立抗日根据地以来，一大批文艺工作者也来到山西开展民间文艺运动，利用各种文艺形式大力宣传革命思想，动员群众，为抗日呐喊助威，配合八路军作战。1939年初，中华全国戏剧界抗敌协会晋东南分会即宣告成立，不久，中华全国文艺界抗敌协会晋东南分会也在武乡成立，此后，晋察冀、晋绥的文协组织也相继成立。阎锡山驻防的晋西南也成立了第二战区文化抗敌协会，统一领导那里的抗战文化工作。山西各地的文协组织是隶属中华全国文艺界抗敌协会的分支机构，它作为文艺界的统一战线组织，在团结文艺界共同抗战，促进前方和后方的文艺交流方面做了大量的工作。[①]山西抗日根据地的戏剧运动在西北战地服务团、延安鲁艺、太行山剧团、抗敌剧社等专业性文艺团体的帮助下蓬勃开展起来。这些剧团和文工团随时随地进行演出，或进行战地动员，或宣传拥军支前，被人们称为"游击战""散兵战"。演出的形式多种多样，街头剧、活报剧、广场剧、秧歌、话剧、曲艺、各种地方剧应有尽有。戏剧工作者不辞劳苦，最大限度地发挥了戏剧的宣传教育作用。

---

① 屈毓秀等:《山西抗战文学史》，太原：北岳文艺出版社，1988年，第52页。

第九章 近现代山西民间文学

正是在山西这块土地上，抗日军民创造了平型关大捷、忻口大捷、百团大战等战争史上的奇迹；正是在这块土地上，抗日军民发明了麻雀战、地雷战、窑洞保卫战等前所未有的战术；也正是在伟大的抗日战争中，山西开始发生历史性的、翻天覆地的变化。抗战时期，山西抗战文学应运而生，及时且真实生动地展示了在这片土地上所进行的伟大的反帝国主义侵略战争和民族解放战争，表现了这片土地上中华儿女的觉醒与不屈的斗争。山西抗战文学运动是包括街头诗、诗朗诵、群众戏剧、征文等多种活动在内的群众性文艺运动[①]，是全国抗战文学运动的重要组成部分，是以反帝反封建为基本主题的新民主主义文学的一部分，带有浓郁的山西地方色彩和生活气息。太行山上、黄河岸边聚集着一群最优秀的中华儿女，抗日战争的胜利是他们用鲜血和生命换来的。

激烈的八年全面抗战硝烟刚刚消散，又迎来国内解放战争的风云。国民党蒋介石为了积极准备内战，假意与共产党进行重庆谈判，暗地里却又命令他所管辖的部队向共产党领导的解放区发动猛烈的进攻。山西解放战争在全国解放战争史上占有重要地位，太行民众掀起的上党战役吹响了推翻蒋介石反动派统治第一战的号角，整个战役持续时间达一个多月之久，最终粉碎了国民党的进攻。1946年，蒋介石大举围攻中原解放区，全面内战由此爆发。山西在整个解放战争中处于华北战场的中心，以山西为中心的晋冀鲁豫解放区、晋绥解放区和晋察冀解放区及穿插其间的平汉铁路、同蒲铁路、正太铁路和平绥铁路成了国民党反动派进攻的重点地区。在中国共产党的领导下，山西自卫反击战取得了胜利。1947年6月起，中国的政治局势开始发生了历史性的转折，以刘伯承、邓小平指挥的晋冀鲁豫野战军主力强渡黄河、挺进中原为标志，拉开了人民解放军向国民党军战略进攻的序幕。留在山西的人民解放军在徐向前的指挥下，向国民党阎锡山部发起战略进攻，连续发动了临汾战役、晋中战役、太原战役、运城战役，推翻了阎锡山的反动政权，摧毁了国民党在山西的统治，解放了山西全境。伴随着人民解放战争的隆隆炮声，山西各解放区开展了声势浩大的土地改革运动。经过土地改革，山西各解放区的生产力和民众革命积极性大大提高，许多老百姓无私奉献，送自己的儿女上前线支援解放战争。老百姓从人力、物力和财力等方面为共产党

---

① 刘锡诚：《抗日战争和解放战争时期的民间文学运动》，《新文学史料》1992年第3期。

解放区战争的胜利做出了巨大的贡献。在解放战争期间，山西省总共有五六百万民众参军入伍，有一百多万民众随军远征。这一时期，关于"土皇帝"阎锡山的民间文学作品，是民众口头书写的形象生动的区域社会史；关于军民一家亲的故事、歌谣，是民众对共产党由衷的赞扬，也是他们向往美好生活的体现。

战火连绵下的抗日战争时期与解放战争时期是山西民间文学的觉醒期，民众积极反抗，为独立与解放而战。在共御外侮、万众一心的抗战氛围下，山西的民间抗日文学创作运动得到了迅速发展。在三晋大地上，无数英雄儿女抛头颅，洒热血，谱写了一首首奋勇抗战的赞歌。山西抗战民间文学史真实而生动地记录了这场由中国共产党领导，黄土高原儿女和太行山革命老区群众共同参与的伟大抗战壮举。经受了战争与硝烟的洗礼之后，山西和全国人民一起最终迎来了抗日战争与解放战争的胜利，迎接崭新的未来。

二、近代山西民间传说故事

近代山西民间文学反映了山西近代社会的发展、转型特点，主要有传说、故事、歌谣三大类。传说包括人物故事传说和地方风物、风俗传说；故事包括幻想故事和笑话故事；民间歌谣主要是关于现实生活的几大类。近代山西民间文学所囊括的内容不仅有传统民间文学的体裁和内容，还新增了因社会巨变而出现的反帝反封建的时代内容，在思想内容、艺术手法上都呈现出鲜明的时代、地域特点。以下选取这一时期具有代表性的民间文学体裁进行细致分析。

（一）慈禧传说

八国联军进北京，两宫御辇出京城。1900 年 8 月 15 日凌晨，在八国联军的枪炮声中，慈禧偕同光绪慌慌张张逃离北京，在 8 月 27 日进入山西天镇县境内，一路由北向西南途经大同、忻州、太原、清徐、祁县、平遥、永济等地向西安方向前进。[①] 庚子事变期间，慈禧、光绪在外流亡共一年零四个月，其中有 53 天的时间在山西境内度过。这期间，山西民间留下许多有关慈禧西逃的传说故事。这些故事按内容主要分为两类：一是对地方官宦、富商迎驾布置的描述；二是对慈

---

① 陕劲松：《慈禧西溃，晋商得利》，《文史月刊》2010 年第 5 期。

禧出身、性格、行为方式的叙述。

虽说慈禧一行人是落荒逃跑，但仍少不了前呼后拥陪伴着的王公大臣，车舆銮驾，威风凛凛。早有陕西巡抚岑春煊先赴西安，筹备行宫，晓谕沿途，安排迎驾，扰得地方鸡犬不宁。对于山西的官宦来说，慈禧的到来让他们胆战心惊，如何安排迎驾是关乎性命的大问题。有关风光迎驾的场面在许多民间故事中都有描写，从地方富商的接驾布置上也可窥见晋商的雄厚财力。

当慈禧太后一行人马这一日来到永济县下高市，当时叫下高寺。早有地方臣民，清水洒街，黄土垫道，伏地相迎，叩首谢恩。慈禧太后只得在驿路牌楼前停轿，打起轿帘，接受臣民们的三拜九叩首。因下高市明末出了一个征仕郎张希夏曾任礼科给事中，崇祯皇帝敕赠在家修建了一个气魄宏大，能进八抬大轿的"中臣门"，臣门前有店铺、酒肆、茶房、客栈，供过往行人旅途食宿方便。虽不及城镇繁华，却也热闹非凡。加之为了迎接皇差，又布置一新，与沿途因当年旱灾影响的穷乡僻壤相比，更显得非同一般。①

屈家为慈禧接驾做足了准备，为了让慈禧太后足不染尘，用红绸铺地、黄缎裱墙，连茅坑也盖上了绸缎，甚至在自家门前壁上绘制了一幅大型壁画"海水朝阳图"。在对慈禧的饮食上更是小心翼翼，这类故事多以体现地方百姓的聪明智慧为主。

呼延州官派人四处购买山珍海味，稀奇佐料，以备杨师傅烹调所用。杨师傅来者不拒，一概接下。而杨师傅只端着了一样菜肴，皇帝随从都替他们捏了一把汗。呼延州官魂不附体，杨师傅则平心静气，泰然自若，在门外静候。

一路上的轿马颠簸，加之盛夏酷暑，已使慈禧太后筋疲力尽，头晕脑涨。正歪倚在卧榻上小憩，见献上来只有一个菜，心中先有七分不悦，她懒洋洋地用筷子夹了一口这金朗朗、黄灿灿的菜肴，品尝后顿觉得香甜可口、凉润肺腑。她立刻精神一振，招呼光绪皇帝和皇后过来用膳。大家都赞不绝口。于是，她又传口谕，同样上了两道菜，才心满意足。当时就命令对厨师、州官给予嘉奖。②

---

① 杨焕育、王西兰、杜朝编：《永济传说》，香港：香港天马图书有限公司，1993年，第165页。
② 王振湖编选：《尧都传说》，北京：中国文联出版公司，1989年，第165—167页。

人们知道对于每餐都有一百零八道菜的慈禧太后而言，对山珍海味早已厌烦。因此，当地官员多用具有地方特色的农家饭招待慈禧，并且取得了很好的效果。霍州州官呼延亲眼看到过慈禧太后的奢侈生活，也曾听说沿途地方官员因供给不周而被撤职查办的事情，加之自己有"维新"之嫌，深知若在饮食上招待不周，恐怕自身性命难保。于是他找到了霍州城厨师杨再福，杨师傅自幼学厨，学得一手精湛的烹调技艺，并且侠肝义胆，在同行中享有盛誉。杨师傅推测慈禧太后尝遍山珍海味，对美味厌倦了，加之时值酷暑，长途跋涉，内火中烧，必想清凉香甜的菜肴，于是用金瓜瓤子，取其色金黄、性滋润，加少许白糖和佐料配制成香甜爽口的小食，深得慈禧太后喜欢，避免了杀身之祸。

关于各地招待慈禧饮食的民间故事还有很多，这类故事还向人们展示了地方特色美食、土特产，如民间广为流传的慈禧在灵石吃裹垒、喝和和饭的趣闻。"肉心裹垒"（也写作颗累或圪累）是当地的一种面菜混合食物。把豆角或别的蔬菜切成小块（或用礤子擦成丝），加入适量的水和佐料，与面粉裹拌成不规则的颗粒块状，然后上笼蒸，熟后即可吃，用油炒后，味更佳，同时配食"和和饭"之类，慈禧十分喜欢。相传慈禧返回紫禁城以后，经常让厨师给她做裹垒与和和饭吃。还有永济的砂子饼、黏米甑糕和麻食，祁县的煮疙瘩，慈禧都曾一一品尝过。这类饮食故事与地方人物紧密相连，尤其是地方名厨，他们不仅有精湛的厨艺，还有高尚的品行。

慈禧西逃的故事，不仅有地方官宦迎接慈禧的内容，还有突出慈禧心狠手辣性格特点的故事。在永济，地方官吏偕同李莲英等人把西太后接驾到上高寺西堡子富户屈兴元的家中歇息，轿过车门巷时，一个卖瓜的慌忙下跪，竟忘记放下手中的切瓜刀，被大将军董福祥所带的亲兵砍掉了脑袋，吓得众百姓战战兢兢，跪在地上，用手绢掩面，再也不敢抬头正视太后。此时，恰好有一担水的民夫路过，吓得愣在那里，忘了下跪，亲兵大喊："为何不给老佛爷下跪。"民夫失口答应道："我给老佛爷担的是一统江山。"错把水说成江山，不想又犯了慈禧太后的忌讳，结果又吃了亲兵一刀，死于路旁。慈禧太后则端坐轿内，轿帘高挑，一双大脚踏在轿槛，面若冰霜，盛气凌人，视之令人胆战心惊。而光绪皇帝却闷闷不乐，两臂无力地抓住扶手，勉强支持着虚弱的身体。①

关于慈禧的传说故事有一则比较独特，就是关于慈禧身世的故事。相传，慈禧太后是潞安府人。大清咸丰元年（1851），潞安府多知府家里屋外富丽堂皇，老爷太太都需人侍候，使唤着许多丫鬟使女。慈禧太后在少年时候，曾做过伺候多老爷太太的小丫鬟，但是她聪明伶俐、人才出众、善于奉承，并且办事得力，深得老爷太太喜欢。

有一天，小丫鬟给太太洗脚，太太为了显耀自己，故意向小丫鬟说："你小心，不要碰着我脚心这个'小猴子'"，并夸耀说，"你老爷居官全凭着我脚心里这个小猴子哩！"这个小丫鬟，由于太太最爱她，她有什么话都敢和太太说，于是信口说道"我两只脚心里有两个猴子"。太太听了惊奇，当时没有细说，但将此事记在心上。有一天，太太把此事告诉多老爷，他想这个女子脚下踩着双狮子，将来必有大富大贵，因此，收她为干女。不久皇上选妃，知府带着女儿向朝廷进妃，被咸丰皇上看中，把多姑娘纳为西宫当上了娘娘，这就是后来的慈禧太后。

到了光绪三年（1877年）潞安府遭了特大灾荒，田里寸草不收，贫苦百姓饥寒交迫，扶老牵幼，背井离乡，沿街乞讨，食人惨事到处可见。慈禧得悉潞安受灾，虽居皇宫也有思乡怀亲之情，大发慈悲，开仓解库，给潞安灾民拨下好多粮、款，让地方官员救济饥民。②

在山西，有关慈禧身世的故事只在《长治市民间故事集成》中出现过。在口耳相传的过程中，民众将慈禧的身世与朝廷开仓解救潞安饥荒的历史事件联系起来，增加了故事的可信度和真实性。

清朝末年，特别是慈禧垂帘听政后，朝廷腐败日渐严重。关于慈禧的民间故事不仅有她西逃途中的趣闻，而且反映时代特征的内容也越来越多。例如，因为潞安人民并没得到缓解潞城灾害的救济款，慈禧太后登上大殿时左手拿着一个元宝，右手拿着一文治钱（皮小钱），让文武百官猜解。人们不解其意，太后气愤

---

① 杨焕育、王西兰、杜朝编：《永济传说》，香港：香港天马图书有限公司，1993年，第165页。
② 长治市民间文学集成编委会编：《长治市民间故事集成》，内部资料，1988年，第124页。

地说:"我拿出一锭元宝来救济百姓,可是百姓连一文钱都没得到,苦啊!"①

在叙事手法上,慈禧故事多用夹叙夹议的方式,即在事件讲述中,借人物之口展现时代环境,表达民众情感。在《西太后驾幸普救寺》的故事中,因在北京的庆亲王奕劻来电,谓只有严惩罪魁,洋人才有议和可言。于是西太后把已革去爵职的端亲王、庄亲王的罪责再行加重,谕:"端亲王载漪,庄亲王载勋毋庸随扈,即着锡良(山西巡抚)就近于蒲州将该革王等,派员管束。"并派署左都御史葛宝华前往蒲州监视。庄亲王得知后愤愤地说:"自尽耳,我早知必死,恐老佛爷亦不能久活!"这时正在街上带着幼子玩耍的庄亲王小妾闻讯赶回,夫妻、父子抱头痛哭。庄亲王对儿子说:"尔必为国尽力,不要将祖宗江山送给洋人!"说毕挺身而起,入房见帛已高悬,回头对葛宝华怒目而斥道:"钦差办事,真周到,真爽快!"仰天哈哈大笑,遂引颈悬帛于上,庄亲王就这样被卖国求荣的西太后赐死在蒲州城里。②这则故事通过描写仁人义士的言行反衬慈禧挥霍无度、卖国求荣的恶行。

(二)县官传说

自秦汉以来,地方州县官就成为一个重要的群体,他们都是官场的小人物。像明代的海瑞,清代的于成龙、汪辉祖、郑燮那些名垂千古,并有专门研究专著出版的清官故事只占少数,更多的地方官则是湮没无闻,他们的事迹以口耳相传的方式流传在民众的生活中。1840—1937年这个历史时段内,关于山西县官的故事内容十分丰富。有些是关于"好县长"足智多谋、断案如神,并且为官清正、为民申冤的故事,如光绪年间襄武知县顾步周很受百姓爱戴,一上任就严惩豪绅恶棍,使得做恶之人胆战心惊。也有部分是关于出了名的大贪官的故事,他们倚仗家中权财,放荡不羁,买官卖官,闹出很多笑话。如清朝末年有一个叫顾东的人,其父是当时的侍郎,颇有家产,便花钱替他买官,做了解州"父母官"。但他年少放荡,肚里没有几滴墨水,对官场的言辞规矩一窍不通,发生了许多啼笑皆非的故事。

---

① 长治市民间文学集成编委会编:《长治市民间故事集成》,内部资料,1988年,第124—125页。
② 杨焕育、王西兰、杜朝编:《永济传说》,香港:香港天马图书有限公司,1993年,第168页。

第九章　近现代山西民间文学

清末民初，地方官员是当时政治危机、经济衰败、灾荒连连的亲历者，通过对这些人物的考察，不仅可以深入地了解当时社会，还可从这些地方官的视角了解清末的一些重大事件。这一时期的县官故事多以讲述他们勤政爱民、兴利除弊的事件为主。故事内容主要集中在机智断案、解救灾民、惩治贪官等方面，尤以断案故事为主。顾步周审淘筛的故事在上党地区广为流传：他管辖区域内有一个被大家叫作三只手的人，这个人每到一处总要拿些东西，大的偷不走，葱蒜也得抓一把，该故事就讲述了知县机智断案的经过。

一天，有人到衙门告状，说今天早上他老婆亲眼所见一个叫三只手的人溜进他家小店，偷走一只淘筛。这三只手卖枣糕，状告人卖面粉，生意门对门，买卖各做各。顾步周听后，琢磨了一番，乔装打扮后出了衙门。过了一个时辰，他领着一个背淘筛的人走向衙门，刚一进门背淘筛的人就被绑了起来，众衙役任凭他挣扎喊冤，径直将他拉进县衙。顾步周换装升堂，问背淘筛的人可知罪时，他矢口否认。卖面人看他死不认账就吵了起来。顾步周惊堂木一拍，让他们住口，他让衙役们把两只淘筛反扣过来道："好只淘筛，今天主人在此争执，你却一言不发，我要你当堂说话，给我各打四十！"衙役们打完之后，顾步周离案走下，翻开淘筛，发现左边的淘筛是黄米，右边的是麦子。顾步周对卖糕人喝道："你家卖糕不卖面，你的淘筛就该全吐黄米，为何吐出麦子来？事到如今，你还有什么话讲？"卖糕人见露了馅儿再也不敢抵赖，承认自己偷了淘筛。①

县官传说故事里断案的对象不只是普通老百姓，更多的则是为富不仁的地方恶霸。他们欺辱劳苦民众，于是就发生了许多作为父母官的知县老爷为民申冤、与地方恶霸斗争的故事。清代州县官大都是科举出身，其知识储备、思维习惯决定了他们依照"情理"断案的必然性②，这些官员体谅百姓的艰难处境，一方面给百姓还债、赔钱；另一方面又与恶霸斗智斗勇，从而表现出地方官员与穷苦百姓之间的鱼水深情。

山西民间故事里不只有为政清廉的好官，也有一少部分是百姓深恶痛恨的

---

① 长治市民间文学集成编委会编：《长治市民间故事集成》，内部资料，1988年，第1764—1766页。
② 王静：《清代州县官的民事审判——一个法律文化视角的考察》，吉林大学博士学位论文，2005年。

贪官污吏。辛亥革命前夕，孙中山领导的革命席卷中国，清王朝大厦将倾，宫廷内外大小官员惶惶不可终日，都在为自己做打算，谋求出路。李耀祖是黎城县长宁村出了名的大贪官，他眼看清王朝气数将尽，便着急上书要告老还乡，并暗地里着手回乡的各项事宜。

  1910年老奸巨猾的李耀祖获准还乡，于是他选了十几个精悍家丁，扮成商贩模样，金银细软等都由他亲自押运，不到半个月，就回到了乡里。李耀祖刁钻奸猾，一路上怕树大招风。所以，回到家里，为掩人耳目，他把银子全放在了只有他才能进得去的院子——积善堂院内。这个堂子豪华无比，名义上是专为供奉祖先使用。

  李耀祖看到堂子里一只老鼠咬着一块馍钻进老鼠洞里，他想到十万两银子到底应该放在哪儿。他在穷人中选了两名身体强壮的人，在家里倒锁门院，秘密挖了两个地洞，用砖石浆砌，然后把银子全部放了进去，为了不走漏风声，狠心的李耀祖在把银子全部放进去之后，让两个穷人去数数共放了多少，当时一个男子身子下了半截，忽然有所悟，预感不妙时，李耀祖用砖头将其打进洞里，两个人就这样遭到残害。为了记住埋银子的地方，李耀祖在洞子上面栽了一株荆树。

  1911年11月，辛亥革命爆发了，清王朝被推翻，吓得李耀祖一病不起，但他还有一桩心事未了。有一天他把小儿子单独叫到床前，说："孩子，我是快不行了，有一件事也该告诉你了，你要谨记在心，南荆和北荆，银子两大瓮，在……"话还没有说完，就断气了。李耀祖死后，他儿子想找这两大瓮银子，但是他把南荆和北荆听成了南京和北京，相距几千里，没法找。他召集全家人在几个院子里挖了几处也没找到，渐渐的也只好死心。后来人们根据南荆到北荆在积善堂挖了个遍，也没找到。十万雪花银至今仍然是个谜。[①]

  这则故事不仅刻画了一个老奸巨猾的大贪官形象，而且还将人物故事与地方风物故事联系起来，增加了许多神秘色彩，使民间故事带有传说的性质。

  从艺术手法上看，这一时期的县官传说故事常常在开头用简短的话语介绍人物生平，增加故事的真实性和可信度。最后以民间俗语或民间谣谚结束，具

[①] 长治市民间文学集成编委会编：《长治市民间故事集成》，内部资料，1988年，第1713—1714页。

有警示后人的效果。同时较多地运用方言俗语，如在襄垣等上党地区将山里山气的、没进过县城的人们叫作"山汉"。在故事中间穿插独具特色的民风民俗以及县官创作的诗词、谜语、戏文等，丰富故事内容，多角度刻画人物。在纪县长智擒赌博鬼故事中，用《张连卖布》两段唱词暗喻西薛庄大赌博鬼张如意，他把家业都败光了，每当他妻子问他时，他就像戏中的张连一样，强词夺理、胡拉八扯、颠倒是非，村里人送了他外号"张连"。还有他到三官峪告别洪水渠时，慨叹地吟诗道："天官地官暨水官，但愿官官往下传。峪内储有五谷宝，莫误洪水灌农田。"他到永固滩看了新开的稻田，又吟诗言志："展望稻田思万千，后人勿轻永固滩。为民做主非难事，须知民以食为天。"

其次，出现了系列性的人物传说故事。这类故事以县长为主人公，通常以简单的生平介绍开始，以其在任期间的具有代表性的故事为主题部分，最后用告老还乡、荣归故里的故事结束。有关某一位人物的系列性故事通常在某一地区盛行，体现主人公的丰功伟绩和民众的赞美怀念之情。襄汾县长纪泽蒲的故事就是由十则小故事组成的。他名家坛，字泽蒲，号文苑，别号顽石。1868年生于山东省即墨县（现崂山区）仲村，自幼家贫好学，博闻强识。1909年，他以优异的成绩考取优贡后，分配到山西任职，历任山西省蒲县、汾城、代县、朔县以及河北涞源县县长，绥察禁烟善后总局局长等职。在1917年至1923年任汾城县长时，被人们亲切地称为"纪老汉""好县长"。[①] 山西省襄汾县民间广泛地流传着他的故事。他的故事由乱石滩舍、灾民赴宴、查神脚、智擒赌博鬼、过河背人、火烧大烟馆、巧断苜蓿案、巧断死猪案、萝卜田、荣归故里这十则故事组成，讲述了他遏制认干爹、缠小脚、赌博、抽大烟等歪风邪气，抑强扶弱，缓解饥荒的故事。

再者，这一时期的县官传说故事充满了神秘色彩，具有传奇性。民国初年，久旱不雨，夏粮无收，饥民遍地。传说五月端五那一天，汾城县长纪泽蒲在"明伦堂"前的柏树院里打死了一只癞蛤蟆，并下令焚烧了善男信女悬挂的数百块"有求必应"的红布匾。不知是事有凑巧还是纪县长的一身浩然正气感动了老天爷，他刚走出柏树院，猛听得晴空里一声炸雷，刹那间，大雨如注，平地成河。

---

① 襄汾民间文学集成编委会编：《襄汾民间故事集成》，内部资料，1987年，第97—127页。

最后，县官传说故事与时代有着密切的联系。作为地方官，他们是把地方资源和政治关系整合起来的关键或枢纽，通过他们，向上可以观察当时的省级政治，甚至中央政治，向下可以观察地方社会、百姓生活。通过其形成的交往网络，可以深入地了解社会政治、经济、文化。[①]纪县长火烧大烟馆的故事，在民间流传着"前有林则徐，后有纪泽蒲，为救愚民苦，火烧洋烟毒"的谣谚。

（三）革命起义人物故事

1840—1937年的中国民众面临着清政府、西方列强和军阀派系的盘剥，反抗斗争的故事也多围绕这三方势力展开，革命起义故事在这一时期是独具时代特色的民间叙事作品。

这一时期的山西革命起义人物故事来源有多种，有清朝末年反抗清政府剥削民众的民间起义，有反抗西方列强压迫的义和团运动，也有反抗人称"山西土皇帝"阎锡山的反抗运动。此外，还包括一小部分来源于反抗日本侵略者的运动。革命起义人物故事的内容十分丰富，其中有些是讲起义军组织斗争的过程，表现人民反抗封建统治，争取自由独立的坚定意志；有些是讲民间反抗压迫的勇士，赞扬他们不屈的斗争意志；有些是讲民间制作的精良武器，展示民众的创造智慧。

有关清末民间自发组织的起义军的故事是最能反映时代特色的。当时清政府为维持统治，增添了许多赋税，如抗牛捐、人畜路费（也叫路税）等，随之产生的是规模宏大、影响范围深广的起义运动。

1926年春，处在太行山东麓的河南省林县爆发了以东油村石匠韩欲明为首的"天门大会"（简称"天门会"）武装起义，战斗勇猛，发展迅速，官府豪绅闻之丧胆，穷苦百姓拍手称快。消息很快传上了太行山，在晋东南一带盛极一时。阎锡山虽对天门会的起义运动震怒，但当时大军在北边布防，伺机向绥远扩张，无暇顾及后方之事，只是下令县政府严守城池，待后平息。天门会以杏黄旗为标识，身背大刀，手持七尺红缨标子，以废除各村的"村本政治"政权为主要

[①] 李关勇：《文人·官员·社会变革——一个晚清地方官的生命史研究》，山东大学博士学位论文，2011年。

任务，同时罢免村长，号召穷苦百姓起来向官府和土豪劣绅抗争，过平等的日子。同时，明确规定保护工商业和开明绅士。以"杏黄旗，天上来，文帝上神避枪来。刀劈斧砍都不怕，炮打枪扎身上法……杀！杀！杀！"为口号，进行了驱邪恶怒斩地头蛇、血战肖军岭抗击晋军，以及"平大户"等运动。土豪劣绅称天门会起义军是土匪、响马，劳苦百姓则称赞他们："猴山坳，地脉灵，出了个官全小'朝廷'，劫富济贫人人敬，百姓过上了好光景。"他们对待土豪劣绅不只是一味采用武力打击的粗暴办法，有时还会软硬兼施。天门大会起义后，打造刀枪所用的热铁大多来自壶关县的百尺镇，百尺镇一带资源丰富，是壶关县的煤铁之乡，不少大户除经营煤窑、铁矿、磺矿外，还经营着小方炉、铁匠铺、熬硝坊、铁货店等铺面。可是这些经营大户只想着挣钱发财，很少资助天门大会。在天门大会控制此处之后，他们还不断把好铁运到外地卖高价，不肯以平价销给"香坛"。有的还隐瞒收入，抗着不交"香坛"派下的粮钱。对于这些大户，李官全本想以暴治暴，但他自1927年春在河南"香坛"受了共产党代表杨先生和马先生的教化后，就不再用扣人、放火、威吓等简单粗暴的方法，而是用巧妙的智慧法子来制服这些大户。

经过一番计议，天门大会选择了个吉日，由文会徒书写了几十张告示，贴到了各村，又写了几十张请帖，送到了各大户家中，说明某天天门大会在铁瓦岭开场演武，请众乡亲前往助兴，请大户赴宴观看。消息传开，众人皆喜。

到了预定的这一天，铁瓦岭人山人海，如逢庙会，看着天门大会的武术表演，无不拍手叫好。大户主们被请在几张八仙桌后，边吃酒边观看，满面春风。原来他们都怕天门大会，如今天门大会把他们待若上宾，上菜歌酒，边吃喝边看演武，真有些受宠若惊，心中禁不住佩服天门大会仁雄义气。可是，当演出结束，众人散去之后，桌子的四周却突然围过来一队身穿灰军装，右手掂快枪的精悍会队。户主们吓得目瞪口呆，浑身哆嗦。这时，李官全却向他们笑嘻嘻地讲起了天下大势。大户主们听着，心中暗暗叫苦："哎呀呀，上了天门大会'鸿门宴'的当了，人家明里是讲说天下大势，其实是惩治咱们呢。没办法，该外运的货拉倒吧，该交的粮钱快交吧。不许这份子，这休想走。"于是，大户主们一个个强作笑颜，表示一定要老老实实按天门大会的规矩办事，若有不忠之举，甘愿接受惩罚……

打这以后，天门大会所派的粮钱很快就起齐了，这里的生熟铁、土硝等制造枪炮子弹的材料源源不断地运往了天门大会的后方。①

天门大会是清末最具地方特色的农民起义军之一，具有一定的典型性和代表性。除此之外，山西还存在义和团、干草会等。民间起义军多利用迷信组织发展起来，民众对这类故事中的迷信部分深信不疑。在天门大会起义的系列故事中有一段关于入会仪式的详细描写，充满迷信色彩。

李官全对参加天门大会的会员要求非常严格。在举行入会仪式时，首先要向神位焚香礼拜，接着便亲自在入会者赤裸的肚子上连砍三刀，以试其胆量，然后还得念咒发誓，念"不守法规，浓血化身，临阵逃脱，五雷轰顶……"等语以表忠勇之心，其会规也是相当严格的，如"不许吸洋烟、鸦片、金丹，不许贪财好色，不许欺压良善，不许私入民宅，公买公卖，不循私情，不分亲疏，违者枪挑……"，等等。这支农民武装一律以红缨枪和红穗大刀装备，开战前全部脱光上身，挽起裤腿，先念一阵"天皇皇，地皇皇，四大金刚来避枪，天灵灵，地灵灵，刀枪不入弟子身"等咒语，而后点燃画了朱砂符号的黄表纸沿脖子、腰身、两腿各绕一圈后，将纸灰吃进口中，再以水冲咽下肚，继而猛跺一脚，吹一口气，即冲锋陷阵。②

再如义和团，原名义和拳，是以农民为主的中国人民反抗帝国主义侵略和封建统治阶级压迫与剥削的革命组织，创造了光辉的反帝反封建的历史业绩。它是农民起义运动中许多秘密结社的一种，代表着当时广大人民反帝、反封建统治的强烈要求。它在"扶清灭洋"的旗帜下，从秘密结合发展到普遍设立拳场的公开活动，例如此时乡宁县的义和团也由秘密转为公开。

先在城附近各村设场练拳，逐步遍及全县。每村十数人或数十人不等，设为一团，团有团首，基层组织叫"坛"，立坛之始，有愿投坛者，须有保人，且向坛宣誓。有不愿意者，也不勉强。团内有许多戒条，如"毋贪财，毋好色，毋违父母命"、"杀洋人，杀贪官"等，团员们绝对不敢违犯戒条。因为违犯戒条，就符咒不灵，神不附体，"不能避免枪炮"，所以都能严守纪

---

① 长治市民间文学集成编委会编：《长治市民间故事集成》，内部资料，1988年，第643—644页。
② 同上注，第640页。

第九章　近现代山西民间文学

律。义和团利用拳术进行宣传，在农民中威信日益提高，信仰的群众愈来愈多。城里城外的年轻人，差不多都参加了义和团，并设坛练拳。还将城内基督教会的传教师、洋鬼子和教徒二毛子阎满屯作为义和团的革命对象。农历七月初七，义和团的人们从四面八方蜂拥城里，一个个头裹红巾，腰缠红布，持大刀或长矛，集结在关帝庙（今文化馆住地）扎下大营。①

中国历史上很多的农民起义运动是与宗教迷信结合的，封建社会的宗教迷信得以存在和发展的社会根源，在于人们受到来自社会各方的异己力量控制而无法摆脱，在于劳动者对剥削制度造成的巨大苦难的恐惧和绝望。②宗教的迷信观念容易为民众所接受，起义农民的领袖利用宗教进行动员，很少受到民众的阻挠和抵制，能使农民群众迅速加入到起义队伍中来。清朝政府常常强迫农民缴纳繁重的租赋贡税，从事无偿的劳役和兵役，人民遭受着惨无人道的剥削和压迫。一些农民起义运动的组织在宗教的旗帜下发展壮大，民众渐渐了解，甚至产生了共同的信仰。一旦爆发农民起义和战争，他们便能迅速集结成一股强大力量，投入到反封建压迫的战争中去。

这一时期优秀的革命起义人物都有突出的个性，如抗日女英雄梁奔前，为表革命决心将原来的名字梁奔前改为梁竟一。还有乡宁县抗牛捐斗争中的领袖崖下乡寺头村农民杨晋亮，从小喜留长辫子，热衷练习武艺，爱打抱不平，人称"爱管事的小辫"。他的辫子一直留到1967年（85岁）逝世。因此，崖下一带，至今还流传着这样一首歌谣：

没有寺头杨晋亮，抗拒牛捐胆不壮。

小辫如果不出头，人和驮畜没路走。

辫子一直留到死，没有虎胆留不住。③

民间故事中不仅有活动于民间的人物，还有活跃在上层政坛的地方人物，李庆芳就是其中一位。李庆芳留学日本后，对日本的"文明"甚为崇拜，抗日前夕，他曾著《世界大势一席话》一书，计十余万言，以问答的形式发表拯救中国

---

① 郭居明主编：《乡宁民间文学集》，太原：北岳文艺出版社，1997年，第220—221页。
② 范达人：《农民战争"宗教色彩"的比较研究》，《北京大学学报》（哲学社会科学版）1983年第6期。
③ 郭居明主编：《乡宁民间文学集》，太原：北岳文艺出版社，1997年，第275—276页。

的政见，号召国人既要自爱勤奋，又要学日本的建国方略。然而，卢沟桥事变后，他开始反思自己主张学习日本的思想。

另外，为对抗装备精良的清政府和西方列强，民间起义军不得不制造自己的武器，因此就产生了一些关于民间武器的故事，体现了民众的智慧。如清末浮山县人陈彩章率领的一部分义军驻扎在襄汾塔儿山上，高竖"反清灭洋"的大旗，创造出"榆木喷"的武器，轰击敢于来犯的清兵和洋鬼子。

榆木喷，是一种用榆木为炮筒，外套铁箍的简陋武器。用时，内装火药与铁渣、石子，用火点药捻，引着火药，便将筒内的铁渣、石子喷射而出，以杀伤敌人。它虽然不如现在的大炮那样威武，但在当时比起大刀长矛来，还算是新式武器。陈彩章占据了塔儿山，清廷几次派兵围剿，但都被陈彩章的榆木喷喷得血流成河。现在，处在塔儿山半腰的"红土崖"，土红如血染，据传说，那就是被"榆木喷"杀死的清兵的血染成的。在附近的山谷里，盛产人头大小的"马圪泡"（药名马勃），夏秋之交，人立在山崖往下一看，一颗颗白秃秃的"马圪泡"，真像清兵的骷髅瓢，还在那里滚着呢。[①]

在民间故事的讲述中，这一类型民间故事的艺术特点是民众充分利用方言、俗语、俚语，将故事内容改编成具有韵律的歌谣形式，表达民众情感。从叙事手法上看，用朗朗上口的歌谣、顺口溜讲述故事，使故事能够在更长时间、更广范围内流传。如《小十里闹粮》故事的结尾就有两首歌谣概括故事的缘起、过程、结局，表达人们的赞美之情。

其一：

咸丰皇帝发了疯，苛捐杂税数不清。
新安乡里齐出动，百姓聚兵消军岭。
闹得皇帝心跳动，苛捐杂税全免清。

其二：

西七里王抓勾赛过咸丰，对百姓苛刻称能。
百姓们抗粮不奉，消军岭雾气腾腾。
聚人马成千上万，当中有无数英雄。

[①] 临汾市民间文学集成编委会编：《尧都故事》，内部资料，1989年，第182页。

神机妙算李三太（东七里人），龙根关飞檐走壁真行（龙镇村人）。

千斤余力牛满圈（不兰岩村人），个个都是英雄。[①]

革命起义人物故事不仅通过外貌、个性、行为等描写人物，还将人物放置在起义运动中来刻画人物的行为、智慧。在《大联产血战消军岭》故事中不是通过战争描摹直接表现天门会起义军的神武，而是通过刻画白营长的武艺高强但最终失守来反衬天门会的威武。肖军岭是壶关、平顺两县来往的要隘，古代属于壶关辖地，两边的百姓历来结亲联友，相亲相爱。天门大会起事以来，此地的会徒更是团结一心，携手行事。这道大岭连绵起伏，十分雄伟，岭脊通道之处建有一座牌楼，牌楼下是一孔砖石砌就的拱形洞门，洞门上镶有青石匾额，上刻楷书"消军岭"三字。行人车辆非经洞门则不能来往，堪称咽喉。天门大会就选中了这个地方设了伏兵，等晋军一到，即刻开战厮杀。

这白营长可真不含糊，子弹打完，就把双盒子一扔，从小腿上抽出鞭子拔翻身边的红樱标子。鞭被打掉了，就使出"白手分枪"的招数，面对几十根戳过来的标枪，他先用小臂一挡，再反手一抓，往膝下一挟，急踹马肚，猛地一个大转身，只听"嘎巴巴"一阵响，数十根七尺长的红樱标子就断了。这样坚持了一阵，勒马钻进门洞，朝平顺县飞马逃奔。谁知刚出洞口，就又被一伙赤背汉子截住，龙镇的大汉刘来香，飞身挺枪而来，"噌"地一下就刺进了他的胸口。紧接着，几十根标子一齐刺来，白营长和他的坐下马再也动弹不得，旋即被扎成了一堆烂肉。[②]

清末起义军与革命运动的发展壮大，使得清王朝的封建专制文化体系受到强烈冲击，新旧势力之间的分野越来越严重。在清末社会危机总爆发前夕，起义军与革命党人的影响开始在清末社会迅速传播，其中诞生了许多重要人物，对这一时期的政局、社会发展、民众思想以及日常生活都产生了重大影响。

（四）民间艺人传说故事

民间艺人的传说故事涉及多个领域的艺人精英，如雕塑家毋福成、吹奏名家

---

① 长治市民间文学集成编委会编：《长治市民间故事集成》，内部资料，1988年，第650—651页。
② 同上注，第645页。

郭海兰等，但更多的是民间戏曲名家。山西地方戏曲种类多样，在晋南与晋东南地区尤其突出。当时社会对戏曲家的职业还不认可，把他们看成下九流，蔑称为"戏子"，尤其是唱旦的男人，因男扮女装更被人瞧不起。有些村落甚至会在他们生前开除族籍，死后都不准入祖坟。① 在这样的社会风气中，晋南仍然流传着很多关于蒲剧名角的民间故事来称赞他们精湛的表演技艺。

民间艺人故事与当时的时代背景紧密结合。清末政府腐败，在屯留城里有一个监生贪财好利、争产夺地，在官场上捞钱、捞官。他的劣行惹怒了当地戏曲艺人姚根道，他把唱戏挣下的钱用来为百姓告状。县官有意偏袒监生，但姚根道将税官的罪行编成唱词唱了起来，把大堂上的两班衙役逗得啼笑皆非。县官只好撤销监生官职，免去给老百姓增加的税款。② 众所周知，鸦片战争中民众深受其害，戏曲艺人将民众吸食烟片的害人场景改编成唱词，揭露了当时社会的黑暗状况。永济韩阳的"彦子红"在陕西潼关河坝古会的戏台上，把脸涂黑，用碎麦秸往头上一撒，倒穿了鞋，敞开衣襟，手提烟枪，出台唱了一出自编的《烟鬼显魂》，把抽洋烟的害处告诉人们。这样的剧目在当时属于现代戏，形式新鲜又贴合民众生活，所以一下子把观众吸引了过来。③ 民间艺人不仅参与对腐败官场的斗争，还吸纳先进思想，义务向百姓宣传。

一九三五年清明节，万金子回到大柴村，住在朋友家里。迫于乡俗族规的压力，他不敢明着上坟，准备在全族的人上完以后，趁黑夜去偷偷了却心事。他在外接受了不少新思想，回来后难免要露个口风，说"红军是共产党毛主席领导的军队，是为穷人打天下的"等。这下可闯了大祸。大柴村有个财主说："咱族里出了败类了。王八戏子回来搞赤化，应该把他抓起来砍了，油点天灯头祭祖，以洗列祖之耻！"当时的阵势也真玄乎，要不是好人出头"挡驾"，真保不住要出什么事。④

"五四"运动之后，马克思主义传入中国。这时，代表无产阶级利益的中国共产党逐渐为民众所接受。戏曲艺人常年在外，四处演出，其生活经历和思维方

---

① 襄汾民间文学集成编委会编：《襄汾民间故事集成》，内部资料，1987年，第13—18页。
② 长治市民间文学集成编委会编：《长治市民间故事集成》，内部资料，1988年，第346页。
③ 杨焕育、王西兰、杜朝编：《永济传说》，香港：香港天马图书有限公司，1993年，第178页。
④ 襄汾民间文学集成编委会编：《襄汾民间故事集成》，内部资料，1987年，第13—18页。

式使他们最易接受新思想。因此,产生了"戏子"斗县官、"戏子"传播革命思想的故事。

这些戏剧名角的精湛表演也是平时刻苦练习的结果,他们走路唱、干活唱、吃饭唱,表现出对戏剧的热爱和痴迷。甚至在向前辈虚心讨教未果后,为了能提高技艺,便偷偷学习。在民间艺人的传说故事中就有一大部分内容是讲述他们平时勤奋钻研的故事。

王存才在艺术上精益求精,从不满足。在跷功上也是不断苦练,不断创新。据说,他演《天门走雪》中的曹玉莲,对在雪地挣扎行走的表演总感觉不满意,整天细心观察,精心摸索,用心苦练。正巧,母亲生日那天,天降大雪。姐姐手提礼物前来拜寿,他灵机一动,把姐姐拦在门外,埋怨姐姐拜寿来迟,大发脾气。姐姐冒雪而来,反受一场委屈,又气又伤心,便放下礼物,痛哭流涕,扭身返回,在雪地上挣扎行走。他忙踩上跷子,悄悄跟在姐姐身后,模仿小脚妇女在雪地上如何行走,一直学到姐姐家门口,才实言相告,向姐姐赔礼道歉。后来他的走雪表演动作形象逼真,非常精彩。[1]

这些人物不仅技艺高超,品德也十分高尚。如清朝末年,太平县(今山西襄汾县汾城镇)的万金子在成名之后也不忘周济穷苦人家,对他们大义相助。在外演出时,碰到没钱看戏的人,他就破例请到台下,分文不取。有人称他是"及时雨",有人叫他"小孟尝"。他同情地唱着回答:"天下的受苦人本是一家,为什么我有钱你不能花?"后来,有人干脆把"雪里送炭君子少"的俗语改为"雪里送炭万金子"了。[2]

在讲述有关民间艺人生平的传说故事中,也会穿插民间谚语、俗语,流露出民众对这些艺人的情感态度。如王存才的蒲剧表演深受民众喜爱,民间流传着"宁看存才《挂画》,不坐民国天下""宁看存才《杀狗》,银圆掉了也不瞅"等美誉。[3]在两班蒲剧唱对台戏的故事中,就代唱这一事件当地流传着这样的顺口溜:"屎巴牛(石八牛的谐音),滚蛋子,气死六六盖彦子。"[4]

---

[1] 杨焕育、王西兰、杜朝编:《永济传说》,香港:香港天马图书有限公司,1993年,第171页。
[2] 襄汾民间文学集成编委会编:《襄汾民间故事集成》,内部资料,1987年,第13—18页。
[3] 杨焕育、王西兰、杜朝编:《永济传说》,香港:香港天马图书有限公司,1993年,第171页。
[4] 同上注,第178页。

在山西境内流传的民间艺人传说故事并非单纯是对艺人生平经历的铺叙、崇高品德的歌颂,还与清末民初社会动乱、民众困苦的时代环境相联系,具有一定的社会、文化价值。

(五)绿林好汉故事

清朝末年,政治腐败,社会动荡,民不聊生,革命斗争频繁。在民间,一批身怀绝技的英雄好汉发挥了重要作用,因此,绿林好汉成为民间文学中重要的一类民间英雄形象,民众对他们的英雄故事津津乐道。在封建社会,除农民起义进行的暴力革命外,在通常情况下,民众总是寄希望于圣明天子、清官和侠义人物。他们盼望尚义任侠的豪杰能路见不平,拔刀相助,除暴安良,拯救民众自己。这种愿望在民间文学中表现得比比皆是,因此产生了很多带有传奇色彩的侠义人物故事。[1]

有关绿林好汉的民间故事多流传于晋东南、晋中、忻州等地。平遥乃是当时卧虎藏龙的武术之乡[2],有号称"华北武林三杰"的平遥王正卿、文水左二把、祁县戴二驴。[3] 这些绿林好汉有开武馆的拳师,也有隐姓埋名的客商,还有为豪商大贾护送财货的镖头,但更多的是身份普通的农民、长工,甚至是流浪汉,他们多数从小练习武术,身怀绝技。

有关绿林好汉的民间故事内容大致可以分为三类:一是用自身武艺为民除害、劫富济贫的英雄。这类故事所占比例最多,除害的对象有贪官污吏、响马劫匪等,还有饿狼猛兽。无论是智斗还是武斗,都在描写过程中展现了他们的高超武艺。二是以比武形式,惩处武德恶劣的武师。这种故事是武林好汉特有的内容,在帮派林立的武林中争斗不断,或是云游四海的个人为了寻找到真正的武林高手一较高下,因此这类故事中关于武打场面的描写十分精彩。三是组织、参加起义军或革命,反对腐败统治,但最终失败的故事。这类故事是特定时代的产物,1840年鸦片战争爆发,清朝统治者与洋人勾结,日趋腐败。连年的旱灾、风

---

[1] 刘永濂:《试论侠义小说》,《安庆师范学院学报》(社会科学版)1985年第1期。
[2] 平遥民间文学集成编委会编:《平遥民间故事集成》,内部资料,1988年,第196—200页。
[3] 同上注,第193—196页。

灾、雹灾，再加上官府的横征暴敛，贪官污吏的敲诈勒索，广大农民食不果腹，衣不蔽体，实在无法生存。在这种情况下，人民不堪忍受，频频爆发起义。武林好汉结成同盟，或组织起义军，或参加起义，纷纷投入到对抗清政府的行列中来。1911年辛亥革命的爆发，使深怀绝技的武师们看到了新的希望，他们积极投身于革命斗争，由此产生的民间故事也在民众中口口相传。

　　除了上述三类绿林好汉的故事外，还有一些有关他们生活状态的故事，比如武术大师王正卿，为教力气惊人但不思进取的儿子王树茂认真习武的故事。[①]还有贾尚先感遇绿林知音，共同宴饮，畅叙平生，同心训武育人的故事。绿林好汉故事，不仅突出他们超群的武艺、高尚的武德，还会表现这些武林中人的文采与智慧。在《踏石镇帮会》中科孩为阻止两大帮会厮杀伤及百姓，就写信劝阻，他写了两封信送往两家帮会，大意是：悉闻两贵帮要在吾村决一雌雄，岂不知这样会危害四邻八村，有失民意，特奉劝诸位莫动刀兵，以免城门失火，殃及池鱼。如不听劝，请于四月十二，在吾门前相会。[②]这两封信不仅表现了科孩爱护百姓的品德，还改善了人们对武林人"一介莽夫"的印象。此外，在绿林好汉人物故事的讲述模式中，我们常常可以听到一个全知叙述者的画外音，用一些俚语、谣谚等句子引起读者、听众的思考，发人深省。比如平遥当地的歇后语："捉戴登海——刚赶洪善村。"[③]它表现出官府、财主惧怕戴登海的情形。又如《刘拳师战胜"响马"》一篇的评述："这真是从来害人是害己，恶棍终究归无趣，拳师为民惩邪恶，浮人至今称拳奇。"[④]仿佛回到古代勾栏瓦舍听故事的场景中。此外，绿林好汉类的民间故事还在讲述人物故事的同时介绍山西的武林世界，如平遥流传的关于山西武林传承人的顺口溜："王龙王伟王太元、郭二先生梁国选、八趟信拳庞永康、鞭把大王曹体元……"[⑤]还有对拳法来源的介绍，如："李家拳源于少林派的洪拳，但又集众家之长，攻击性很强，变化莫测，人称'绝世拳'。此拳

[①] 平遥民间文学集成编委会编：《平遥民间故事集成》，内部资料，1988年，第193—196页。
[②] 潞城县"三套集成"编委会编：《潞城民间故事集成》，内部资料，1988年，第164—165页。
[③] 平遥民间文学集成编委会编：《平遥民间故事集成》，内部资料，1988年，第201—205页。
[④] 浮山民间文学集成编委会编：《浮山民间故事集成》，内部资料，1987年，第334—336页。
[⑤] 平遥民间文学集成编委会编：《平遥民间故事集成》，内部资料，1988年，第196—200页。

形似洪拳，大弓大马，而实际细腻甚微，千变万化。"①这些叙述一方面作为故事的背景而成为故事内容的一部分；另一方面增加了故事的可信性，使故事更加深入人心。

在艺术表现上，绿林好汉的人物塑造更显传奇色彩。这些武林好汉多数擅长用拳，民众为他们起像"活赵云"霍召荣、"赛武松"刘光殿、"半挂车"齐壮成、"飞毛腿"孙二圣等夸张的昵称。他们常有自己特有的武器和招式，像神秘客商的"牛筋扁担"、二来则闻名的招式"美女挂画"、芦亥宇的铁穗子鞭等，可谓五花八门。作品中多用形象的比喻来描写武术招式，通过描述精彩、宏大的比武场面，一个个武技超群、仗义豪侠的绿林英雄形象跃然纸上。宋时鹏自恃武艺高强，挂起"天下第一拳场"的牌匾，一位神秘客商路经此地，奉劝其摘取牌匾，宋自以为是要求比试，于是上演了一场精彩的比武场面。

客商语音未落，宋时鹏便气势汹汹地举刀劈来，客商只得用扁担架住。他俩斗了将近一个时辰，那客商故意卖个破绽，后退几步，纵身向后一跳，来了个"美人挂画"，整个身体悬空"贴"到墙上。宋时鹏正在得胜之时，哪里肯让半步，一个"白虎出洞"，飞扑上去，正要一朴刀刺入那客商的胸膛，只见那客商不慌不忙，顺手将两头扁担梢儿弯回，如同一轮满月，只待宋时鹏近前，客商替出右手，握住扁担中心。那扁担梢儿轻轻向外一翘，将宋时鹏弹出两三丈远，宋时鹏如同一条面布袋，"扑"地摔在地上，半天动弹不得。②

在描写比武场面时，少不了用景物描写来烘托紧张的气氛。在李六兄弟决心铲除平顺、潞城一带地痞流氓的当天凌晨，故事对当时的场景这样描写："万籁俱寂，月亮在黑乎乎的云层中泛着昏黄的光，土丘与树冠在夜幕上隐现着各种更可怕的魔影。笞蓝岩黑黑悠悠的，笼罩着恐怖和神秘，令人毛骨悚然，突然，几条黑影掠过土岗，急若鹰隼直扑笞蓝岩。"③人们用黑影、微光、树冠等景物营造了紧张的气氛。

---

① 长治市民间文学集成编委会编：《长治市民间故事集成》，内部资料，1988年，第389—392页。
② 朔县民间文学集成编委会编：《朔县民间故事集成》，内部资料，1986年，第514—515页。
③ 长治市民间文学集成编委会编：《长治市民间故事集成》，内部资料，1988年，第389—392页。

另一种是不直接描写比武场面，而是通过描写周围事物的变化从侧面来表现绿林好汉高超的武艺。沁县张万福为了营救被土匪掳走的戏班，乔装成班主的马夫。经过时面不改色拴马，搬走四百多斤的石头槽，走路踩断脚下石台阶，徒手抓木炭点烟然后将木炭放在膝盖上，冷静咬住射向自己的利刃等，使几个响马瞠目结舌，连称"师傅"并亲自派车辆将钱物送还戏班。[①]这种侧面烘托的艺术手法，不直接描写高超的武艺，却通过细节描写武生的一举一动，显示出其武功内力之深厚，给读者、听众留下无限的遐想。

政治黑暗，社会动乱，国家处于四分五裂的状态时，在统治阶级的中下层出现了一些有才能有抱负的人士，形成"英雄造时势，时势造英雄"的社会思潮。还有一些时彦俊才，不甘心与统治者同流合污，隐姓埋名于市井、山野之间，他们往往同情人民，与统治集团持对立态度，在侠义作品中就展现了其替民除害、舍己为人、扶弱济困、见义勇为的豪侠风度。在对日常生活的描写中，通过真善美与假恶丑的较量，赞扬了笃信谊、重友情、不为利诱、不为威屈、临难不苟、临危不惧、宁死不屈的高尚品质和情操。这类侠义故事反映了农民和市民的生活愿望与理想，实质上是群众理想化了的英雄人物及其事迹。[②]

（六）机智人物故事

机智人物故事的主人公可分为两种，一是普通民众的生活故事，如《挑女婿》的故事：

> 清光绪年间，赵家庄赵老头有个美貌出众的女儿——赵巧英，刚到十八岁提亲说媒的人就很多，赵老头在这些人中分别选了书生、绳匠、弓箭手、邮差各一人。约定同天到他家为闺女挑称心如意的女婿。
>
> 这一天四个小伙子陆续来到赵家。巧英根据他们各自的手艺为每人安排了一种活计，谁干得最好最快就选谁当她的丈夫。书生是在安静的房间里做文章，绳匠用准备好的猪毛打一条光溜溜的猪毛绳，弓箭手在她家大门外打掉一棵杨树上的叶子，邮差要到千里之外的鸿雁梁去送信。可是到第二天

---

① 长治市民间文学集成编委会编：《长治市民间故事集成》，内部资料，1988年，第396—399页。
② 刘永濂：《试论侠义小说》，《安庆师范学院学报》（社会科学版）1985年第1期。

晚上，绳匠和弓箭手就灰心了，猪毛绳不光溜、树上的叶子也还有很多；而书生打完草稿，认定邮差明天一定回不来，觉得他赢定了，于是再也不修改文章了。

第二天早上，三个人都还没起床，邮差便拿着收条汗流浃背地回来了。巧英见到收条，高兴地认定了这个踏实能干的人就是她的丈夫！赵老头当众宣布邮差是他的女婿后，绳匠伤心地说："猪毛绳子难打光"；弓箭手紧接着说："叶净还需一场霜"；邮差乐呵呵地说："有缘千里来相会"；书生两眼一瞪："无缘对面不成双"。[①]

从这则故事里，我们可以看出百姓看重的是踏实能干的品质。故事结尾的设计十分有趣，每个人用一句话说明自己的失败与成功，连成一首类似打油诗的故事梗概，引人深思。民众在创作民间文学的同时，常用民间谣谚、俚语等俗语引起听者思考。

另一种机智人物故事是与社会现状联系紧密的惩治贪官污吏的故事。鸦片是晚清社会腐败、民不聊生的重要因素，即便在民国初年，洋烟也屡禁不止。《王茂召智斗贪官》就是一段跟查禁洋烟有关的故事。

民国初年，屯留县官以查禁洋烟为名，在沁水、屯留交接处设下关卡搜刮民财，许多正经客商和穷苦百姓都被县官敲了竹杠，而一些真正的毒贩子却向县官行贿，畅通无阻。一生才华出众，机智过人的沁水人王茂召决心整治这个贪官。

这一天，他在包裹里放了些和洋烟一个模样的油圪垫，骑着毛驴直奔屯留县境内。远远看见有人检查就装作十分害怕的样子，磨磨蹭蹭不敢往前走。有官员见状立马跑出来，夺过包裹，一阵乱翻，大叫"有洋烟"，随即把他带到了衙门。

县官听说发现了洋烟，觉得又是一个发财的好机会，决定亲自审问王茂召，他装腔作势让把赃物拿上来，王茂召哈哈一笑，这是油圪垫，县官一听傻了眼，发现抓错了人，大声喊道："把这个刁民赶出去。"没料到王茂召冷笑一声大骂贪官。县官大怒，王茂召不慌不忙地说县官用油圪垫换了自

[①] 阳泉市民间文学集成编委会编：《阳泉市故事集成》，内部资料，1989 年，第 456—457 页。

己的洋烟，要去上告他。贪官吃了哑巴亏，只好用大洋二百块堵住王茂召的嘴，打发他上路。他一出衙门，就把大洋分给众人。①

这则故事，便是在鸦片流入山西的时代背景下发生的，这类机智人物多是惩处贪官、为百姓着想的人物。他们的故事与时代、社会联系最紧密，在他们与上层腐败官僚斗智斗勇的过程中，一方面民众将心中惩恶的希望寄托在这些机智人物身上；另一方面民众的怨恨得到暂时的缓解，对光明幸福充满一线希望。

产生于阶级社会的机智人物故事是以特定人物的活动内容为主线，展现机智、幽默、风趣等特色的生活故事。它在思想内容上或是突出统治阶级及邪恶者的凶狠、贪婪，表达以机智人物为代表的劳动人民的机智、勇敢；或是与民俗紧密结合，从中体现民众的生活智慧，展示了民众本真、质朴而诚实的道德风尚，给人以深刻的真善美教育。在艺术形式上，机智人物故事善于运用虚构、夸张、对比等表现手法，风趣地表述机智人物巧妙的"智斗"过程，从而造成扣人心弦的喜剧式的艺术效果。②

总之，机智人物故事中的主人公是广大劳动人民中的一员，都处于旧社会的最底层，甚至经常缺吃少穿，但是他们聪明能干，大胆有为，富于正义感，热心扶助乡亲，深受劳动人民喜爱。③机智人物故事是民间智慧与民众观念的体现，民众将这些智慧和勇气集中在几个人物身上，体现出民间文化中蕴含的价值观念、斗争智慧。

（七）地方名医传说

医药学是历代劳动人民和医学家同疾病做斗争的智慧结晶，那些所谓医祖、药王，往往就是古代劳动人民的化身。从战国的扁鹊，汉末的张仲景、华陀，隋唐的孙思邈，直至金元的刘守真、朱震亨等，历史上出现了许多神医。④在科

---

① 长治市民间文学集成编委会编：《长治市民间故事集成》，内部资料，1988年，第1774—1775页。
② 林忠亮：《人民的心声　斗争的智慧——机智故事与机智人物故事比较》，《西南民族学院学报》（哲学社会科学版）2003年第1期。
③ 同上。
④ 窦昌荣、吕洪年：《谈名医传说和它的民俗学意义》，《上海师范大学学报》（哲学社会科学版）1986年第2期。

学、医疗技术尚不发达的清朝末年，医生在百姓心中的重要地位无可取代，有些人甚至把能够妙手回春的神医称为"神仙爷爷"。能够医治各种疑难杂症的神医故事也就广为流传，大致可分为侧重表现其高超医术的传说和赞扬其高尚医德的传说。

神医们都有自己的一项本领，像人称"万病一针"的平遥名医裴寒轩，只用一根针就能医治百病，还有"一味灵"顾尚之以一味药便能治好杂症。这些神医在为病人治病时，能够清楚地分辨这些疑难杂症，分清到底是身体生病了，还是心病所致，然后对症下药，药到病除。如沁州名医温建，作为刘医生最小的徒弟，也不被师傅看重，可是在师傅因家里九个儿子争房产之事得了重病、卧床不起，其他师兄都无可奈何时，温建将一剂妇女分娩后使用的药方交给师傅，不出几日，师傅气色大改，才恍然大悟，自己患的是心病，温建的药方正是为他宽心所开。可见，神医高超的医术就是首先能分辨清楚患者得的是哪种病。

在军阀混战、民不聊生的年代，神医故事还和时代有着紧密的联系，不仅普通百姓需要他们，上层官员生了病也要请他们医治，这就有了许多赞颂神医不畏权贵的传说故事。例如下面这一则传说：

袁世凯篡权称帝，激起全国人民的愤慨，讨袁活动风起云涌，袁世凯愁怕交加，惶惶不可终日，不久患了头风病。他头痛严重，总也治不好，宫廷内外乱作一团。这时有人举荐了平遥万病一针的裴夯（裴寒轩自嘲为裴夯），袁世凯赶忙命人去请。但裴夯一口回绝，拒不进京。但是看到使臣们低声下气恳求的可怜相，裴夯动心了，提出三个条件。第一进京期间，为他接待各地前来医治的患者，赔偿他们一切开销花费。第二进京只给袁世凯一个医疾，不得借故刁难挽留。第三与袁世凯只是大夫病人关系，要直呼其名。使臣们对此一一照议。

这天，裴夯来到袁世凯的病榻前说："袁世凯，你病啦？"袁世凯暂压怒火、强装笑容频频颔首。裴夯调呼吸，切寸口，观气色，听声音，然后慢条斯理地为袁分析了一番，一针之后，果然病痛顿失，袁世凯直呼名不虚传。裴夯又开一药方，要求明天午时再展，才可药到病除。第二天下午，袁世凯遵嘱展开药方，只见上写：袁军头痛非难，古传良心药最良，凯歌只向英雄唱，贼风不息疆土伤。他气得咬牙切齿，遥指山西骂不绝口，唤来心腹要追杀裴夯。话毕,往后一仰,头痛病又患了,只好改口请裴夯前来医治。但是此时裴夯早已进入山林,不知去向了。①

将医病与医心、救人与救国紧密结合起来,体现了那个动荡时代民间文学的创作特点。神医故事的创作摆脱了单一的描述医术的故事叙述手法,将民众智慧、价值观等穿插其中,在医生救治病人的过程中,也将传统道德观、价值观等缓缓道出,警醒世人。

地方名医传说具有历史人物传说的特征,所写的人物大都是实有的,但又常加入虚构情节。他们大都出自寒门,长期在民间行医,对劳动人民有着深厚的感情。他们对穷苦人往往施医舍药,甚至帮助他们解决生活困难,成全终身大事。同时,他们又往往不事权贵,不为功名利禄所动。

地方名医传说是民众长期同疾病做斗争的智慧结晶,它们不仅是民众口口相传的民间故事,还反映了许多不为人知的医疗经验,如针对病者的心理状态进行辨证施治的心理疗法。这些疗法,大都源自民间,具有一定的科学性,有的在上古即已萌芽。②

(八)地方风物与风俗传说

山西的地方风物与风俗传说,多是对某物或某风俗的名字由来、形成过程的讲述。地方风物传说多涉及庙宇、墓地、碑刻,还有菜名的来历等。有关风物来历的传说与当时的社会、时代有着很大的联系,且多与历史人物相结合,是风物与人物的叠合故事。

一些风物故事与民众日常生活联系密切。清末民初,蒲州城南的韩阳镇有座神奇宏伟的古庙,三间正殿供的不是天神王、地藏王,却是唐明皇李隆基;东西殿供的不是菩萨、罗汉,却是关帝、财神;庙内一没和尚,二没道士,却是活跃的艺人管理庙务;花钱盖庙的一非官府,二非豪绅,却是当地活跃在蒲剧舞台上的生旦净丑。这就是全国少见的,蒲剧发源地独有的"合味庙"。"合味"

---

① 平遥民间文学集成编委会编:《平遥民间故事集成》,内部资料,1988年,第177—179页。
② 窦昌荣、吕洪年:《谈名医传说和它的民俗学意义》,《上海师范大学学报》(哲学社会科学版)1986年第2期。

是晋南、渭南、豫西一带对唱戏艺人的尊称，意思是唱得好，唱得地道，合人们的口味。①

还有一部分风物故事，体现着当时民众的日常生活、情感态度、价值观念。如表现向往自由爱情的《流血碑的故事》②。

在交城县洪相村的北山坡上，有一棵粗大的千年古槐，古槐旁立着一通奇特的石碑。每逢下雨天，碑上便有一条自上而下纵贯碑体的裂痕不断地渗着红色的液体，所以被称为"流血碑"。流血碑有一段带血的故事。

相传，光绪年间一个夏天，一位浪迹天涯的年轻石匠救下了到石壁寺游览名胜的石壁沟千金小姐香云，两人私定终身。可千金的父亲不同意两人的婚事，在他们私奔时石匠被打死。石匠死后，村里的穷百姓念他平素的恩德，可世道昏庸，又不敢与老财主打官司作对。只好悄悄用草席将石匠卷了，埋在北山那棵老槐树下，还打了一块顶好的石碑，因不知他姓名，也不识字，便什么也没镌刻。

当天夜里，香云逃出家门爬在石匠坟前，哭得黑地昏天。星光灿烂的天空一时阴云四合，大雨滂沱。待追赶她的人走近，她一跃而起，一头撞在了石碑上。"咔嚓"一声那石碑随即崩出一条裂痕，自上而下，斜刺里纵贯碑身，有丈把长，裂痕里流溢着红色的液体，源源不断。香云死后，每到下雨天，石匠的碑上那丈把长的裂痕便血流不止。风水先生说：那是石匠和香云的魂儿在一起哭哩！他们活着被分身，死了被分尸，只有靠魂儿聚会了。

清末年间，人们的思想得到了一定的解放，打破等级、追求自由的婚姻观念也开始被民众所接受，因此在清朝末年的山西民间文学中也出现了一批表现民众新思想的传说故事。在新观念渗入民众生活的同时，一些传统观念也在民众心中得到延续与继承，如孝子传说等。这些风物传说不是某处事物的简单介绍，它们是人们自身情感态度、价值观念的寄托物，从一个侧面反映出特定时代的社会现实、民众生活、价值导向等。

---

① 运城地区民间文学"三套集成"办公室编：《河东民间故事集成》，内部资料，1987年，第168—173页。

② 华颖编：《山洼洼的野故事》，太原：北岳文艺出版社，1993年，第103—105页。

这一时期山西有关风俗的传说数量较少,有农民起义时留下的风俗,也有封建社会愚昧信仰习俗的延续。中条山西端龙头上的长旺村,有一个奇特的民间风俗:每年春节,不管天多冷、风多大,青年们总要裸胸露背、负冰一块,敲锣打鼓、游街串巷。民间把这叫"亮膘",文人们称作"铁骨"。这是因为清末太平天国起义在攻打蒲津渡时,被清军火墙阻挡,寸步难行。长旺人相福录就想出了妙计:一人背一桶冰,背冰攻城,以冰灭火,大获全胜,福录因此被称为"铁骨勇士"。从那时起,每逢春节,青年人都裸胸露背地背冰游行,个别不敢背冰的人会被大家视为软骨头,受到全村人的嘲笑。① 除了依据当时社会形成的风俗习惯外,还有一些前代延续下来的陋俗,如熔化厂开业要找童男童女祭炉的风俗,实际上是原始社会"人祭"习俗的延续。在当时还有这样的谣谚:"耕地要春牛,开店要打灯笼,开灶要贴红对,开炉要祭童!"② 这些风俗传说不仅是当时民众生活的直接反映,还展现了当时的社会现实,具有一定的历史意义。

山西地方风物与风俗故事是山西劳动人民对于地方风物、风俗的集体审美评判,反映了特定历史时期下形成的生产生活方式、风俗习惯和性格情感、文化心态等,展示了晋文化的风采,具有不可忽视的文化史价值。

(九)幻想故事

民间幻想故事以瑰丽神奇的想象、富有诗意和哲理的情节、高尚而睿智的思想,给民众以愉悦、启迪和滋养。1840—1937年的幻想故事数量较少,且多集中在清末民初之际。根据情节内容的特点主要有常人特异型故事和鬼怪故事两类。

常人特异型故事的主人公是现实生活中平常的人,但他们通常有特异功能和令人吃惊的本领。流传在朔州地区的古城大汉故事就是这类型的代表:

> 古城大汉从小与母亲相依为命,日子很苦。二十来岁时,其他小伙伴欺负他个子最低,看不起他。一些懒人见他好欺负,抢走他的货,临走还打一顿。
>
> 这天,他来到父亲坟前,放声大哭,突然从远处走来一位白胡子老汉,

---

① 杨焕育、王西兰、杜朝编:《永济传说》,香港:香港天马图书有限公司,1993年,第187页。
② 阳泉市民间文学集成编委会编:《阳泉市故事集成》,内部资料,1989年,第102—103页。

问他哭啥，他将个子不高受人欺负的事告诉了老汉。老汉听后笑呵呵地说："你多做善事，长高个子，人们就不敢欺负你了。"说完，从怀里掏出一个药葫芦，倒出一颗仙丹让他吃了，然后一甩袖子没影儿了。他见老人走了跪在地下磕了一个响头，起身往家走，走着走着，觉得身上不停地跳，个子在一点一点地长，回到家里，他的个子已经快要挨着屋顶了，这下可把他妈吓坏了，拿起一把扫帚说："娃娃，可再不能长了。"说着在身上拍了一下，他的个子就再不长了。

从此以后，他的买卖好做了，因为他的个子高，人们进了城总想要去看看他，再也不欺负他了。他的人缘好，总是想方设法周济穷人，给这家送吃的，给那家送零花钱，人们称他是"大个子菩萨"。古城大汉死后，因为他做好事，玉皇大帝把他封为一方之神，他看到哪里有疾苦，就到哪里做好事。他个子太高，白天不愿意露面，只有黑夜才出来。[1]

古城大汉的故事是百姓针对日常生活，让具有神奇变化和巨大力量的精怪、神圣和仙人等进入人世，创造出始料未及的奇迹，从而反映出民间社会对神奇故事的喜爱。千百年来，劳动人民总是受剥削和压迫，他们世世代代进行斗争，尽管斗争的结果是悲剧性的，但他们从不屈服。民众以集体的才智和惊人的艺术想象力与创造力，按照自己的美学理想，创造出具有特异功能和非凡本领的群像，每次斗争都取得胜利，生动而深刻地表现了劳动人民强烈的反抗精神和团结起来进行斗争的伟大力量。[2]

鬼怪幻想故事反映了民众的"万物有灵"等原始思维，他们对鬼怪的存在深信不疑。流传于夏县的两篇鬼怪故事刻画了民众面对鬼怪时畏惧与无畏的两种态度。有的人通过在鬼怪经常出没的地方取锄、倒走、抹捞饭三个环节来试探胆量；有的人则通过扮演鬼怪使人改邪归正；有些地区还有"送鬼习俗"，制服鬼怪也有专业的工具，如朱砂大笔、黑驴蹄儿、桃木柄、粗麻辫子等。

山西民间鬼怪故事数量不多，但体现了民众强烈的主观感情。"鬼、怪"本

---

[1] 朔县民间文学集成编委会编：《朔县民间故事集成》，内部资料，1986年，第166—167页。
[2] 王建章：《论民间幻想故事的型式和艺术特征——兼论故事中保存的原始观念》，《湘潭大学学报》（社会科学版）1994年第4期。

身是一种虚无缥缈的、不能用现实逻辑证实的存在物，它不符合事物的客观存在方式、生存规律。鬼有着异于常人的诸多特征：呼风唤雨、化为青烟、没有重量、不能见光等；怪则能延寿数千年、吃人、幻化为人、腾云驾雾等。如此种种现象，都呈现出违反自然规律和社会秩序的特点，是对当下现实的背离。[①] 鬼怪故事就是通过对妖、怪、鬼及其神力、异能、妖术的演说，折射出社会生活众生相的故事。山西鬼怪故事集中体现在讽喻功能上，不仅宣泄了民众对人生遭遇的不幸和生存必需的缺失，更凸显了社会责任感的稀有、社会现实的黑暗、官场政治的腐败，发人深省。

　　幻想故事一般拥有完整的结构，有着较定型的人物性格和情节安排。无论是单一的或复合的，无论故事主人公是普通人或是精灵，结构都很完整，都具有开头、发展和结局的"完型故事"结构。幻想故事作为表现观念形态的文艺作品，必然积淀了历史上出现过的种种社会现象，反映出民族文化心理的形成过程。山西地域内流传的优秀幻想故事散发着生动感人的艺术魅力，一方面源于故事中神奇的幻想。这些幻想既是天马行空的想象，也有它坚实的生活基础。在生产力低下的远古时代，民众的幻想还是相对原始的；幻想故事经过世代流传，情节内容得到扩充，灵魂、魔法、咒语、宝物等情节的加入使它们在一定程度上发生了变异；随着封建制度的完善，社会生活变得愈加丰富，民众的思想观念也愈加复杂，幻想、想象的手法在民间故事中弥漫开来。另一方面是因作品中极度夸张的艺术。幻想故事善于运用夸张的手法，其描述对象既包括幻想人物的外貌形象、形体动作、语言性格等方面，同时还包括人物具有的各式神奇法力，以及获得法力的奇妙过程，有的夸张还涉及人物所处的社会环境和自然环境。在幻想故事的创作中，民众为了表达内心强烈的感情，有意将事物乃至整个事件予以或扩大，或缩小，或超前的艺术处理，达到"语出惊人""扣人心弦"的效果和感染力。

三、近代山西民间歌谣

　　民歌是劳动人民集体的口头诗歌创作，属于民间文学的一种形式，可以歌唱或吟诵，多为韵文。民歌内容丰富，种类繁多，按内容可以分为六类，即劳动

[①] 陈智慧：《中国古代鬼怪小说审丑意义研究》，广西师范大学硕士学位论文，2007年。

歌、时政歌、仪式歌、情歌、儿歌、生活歌。中国是一个歌谣繁衍盛行的国家，自华夏文明开始以来，就有了歌谣的创作和流传。顾颉刚曾说过："研究歌谣不单在歌谣的本身，歌谣以上有戏剧、乐歌、故事，歌谣以下有方音、方言、谚语、谜语，造成歌谣背景的有风俗、地文、生计、交通诸项。"① 事实上，从歌谣中还可以挖掘出诸如政治、经济、军事的多方面内容。对1840—1937年流行于山西境内的民间歌谣进行分析，可以透视出那个时期民众现实生活的方方面面。

（一）讽刺歌与生活歌

讽刺歌从属于时政歌，是人民有感于切身的政治状况而创作的歌谣。它反映了劳动人民对某些政治事变、政治措施、政治人物以及与此有关的政治局势的认识和态度，表现了劳动人民的政治理想和为理想而斗争的精神。在旧社会，劳动人民生活在社会的底层，经济上受到重重压迫，政治上受到残酷剥削。他们不满于现状，于是把自己对当时的政治见解，用形象的语言编成歌谣，借以表达愤懑之情和对统治者的抗议。

这一时期的讽刺歌谣较少，主要是针对地方官吏的歌谣。清朝末年，政治腐败，国库亏空，统治者为筹集经费，维护摇摇欲坠的统治，实行了"捐官"制度。于是，很多不学无术的纨绔子弟用钱财捐到了官职。老百姓作打油诗讽刺道：

县太爷进文庙，

孔夫子吓一跳：

"你是我的学生，

我怎么不知道？"

财神爷一旁笑：

"他通我的窍，

你怎么能知道？"②

民间讽刺歌与文人讽刺诗虽然都是对当时社会现实的反映，但在创作目的上存在着变革现状与"补察时政"的差异性。这种创作主旨上的差异性受各种客

---

① 北京大学《歌谣周刊》第38号，1923年12月23日。
② 娄烦民间传奇故事编纂委员会编：《娄烦民间传奇故事》，内部资料，2009年，第21页。

观因素的制约,但作者的阶级地位及因此形成的世界观、创作观才是决定性的因素。当然,文人讽刺诗的雏形阶段或原始阶段就是指文字尚未形成的诗、歌、口头创作的民间歌谣。

讽刺歌谣一般篇幅短小,句数和字数都比较自由,没有固定的格式,政治指向的鲜明性是其主要特点。民间讽刺歌谣表明,广大劳动人民已认识到用讽刺歌谣干预社会政治生活的重要性。他们企图通过怨刺现实,嘲讽时政来表现对统治阶级的反抗;他们讽刺时政的根本目的在于变革不合理的社会政治现状。民间讽刺诗中有些似乎仅仅是抒怨排哀之作,但这种哀怨是无数辛酸的集中爆发,它不但包含着浓厚的反抗色彩,还包含着一触即发的反抗态势。[①]

生活歌的范围相当广泛。1840—1937年的生活歌主要以表现人民社会生活状态为主,尤以清末民初发生的几次严重的蝗灾、旱灾为主。这些灾害给人们带来了沉重的伤痛,民众生活的真实现状通过生活歌谣得以反映。生活歌谣不仅具有反映社会的功能,同时也表达出人们对生活中重大事件或事物的看法和意见,还能抒发内心的情感。

>民国十三年,蝗虫飞满天,
>庄稼全吃光,树皮全啃完,
>留下个女子该咋办,寻给人家换碗饭。[②]

又如:

>春风头一天,光绪熬三年,
>不下雨,刮大风,刮坏了好房舍。
>半年无滴雨,粮食无颗粒。
>老百姓,去逃荒,灾泥遍大地,眼红似珠丹。
>地无半棵苗,遍地旱烟冒,野菜吃光了,树皮吃无儿,
>吃坩泥,搅麦糌,难吃又难咽。
>东西吃光了,人数饿死半,

[①] 陈华:《创作主旨的"补察时政"与"变革现实"——关于中国古代讽刺诗的探索》,《渤海学刊》1989年第2期。
[②] 运城地区民间文学"三套集成"办公室编:《河东民间歌谣集成》,内部资料,1987年,第39页。

人吃人，母食子，年荒年，过去了，人数剩无几。①

这两首生活歌谣将民众遭受旱灾、颗粒无收的生活状态淋漓尽致地表现出来。还有一部分歌谣将民众遭受的天灾与腐败政治结合起来，起到了讽喻时政的效果。

光绪登基坐清廷，慈禧太后来听政，
老天气得把眼瞪，大旱三年无收成。
禾苗死绝草不生，家家户户灶火停，
树皮草根都吃净，又挖干泥把饥充。
亲戚朋友不来往，村民不敢出门行，
强人持刀杀弱人，父亲就把儿女吞。
十成人儿剩三成，遍地都是恸哭声，
人吃人来犬吃犬，尸骨成堆惹苍鹰。②

此外，对近代山西民间文学的研究，不仅包括流传于山西各地的民间文学作品，还应包括这一历史时期对山西民间文学的搜集整理。1922年12月由北京大学歌谣研究会主办的《歌谣周刊》是中国第一个民间文学刊物；1925年6月它并入《国学门周刊》，共出版97期及周年增刊一册；1927年，中山大学恢复原北京大学的《歌谣周刊》，将刊名改成了《民间文艺》，刊印12期；1928年3月，又改名为《民俗周刊》，同时成立"中山大学民俗学会"。从《歌谣周刊》到《民俗周刊》，体现着学者们研究视野的扩大，为山西民间文学史的研究提供了非常宝贵的材料。如《歌谣》（二卷三十期）搜集了一首山西中部的秧歌唱词《上包头》，这首秧歌的唱词描写的是男人要动身去包头做买卖，夫妻两人离别时的情况。

（妻唱）听说丈夫要起身，
　　　　不由得两眼泪儿流。
　　　　丈夫丈夫你别忙，
　　　　再住几日也不迟。
（夫唱）今年生意大兴隆，

---

① 长治市民间文学集成编委会编：《长治市民间歌谣集成》，内部资料，1988年，第721—722页。
② 临汾地区民间文学集成编委会编：《尧都歌谣》（下），内部资料，1988年，第165页。

四路码头缺少人；

叫声妻儿你别哭，

丈夫有话对你说。①

清代以来，山西、陕西、河北等地大量人口通过"走西口"迁入内蒙古中西部地区。他们以从事农业劳动为主，还有一部分人经商或从事手工业、畜牧业、采药业。随着内蒙古工矿业的发展，也有部分移民前往做雇工或矿工。②为了生存，他们不得不与亲人分别，远走他乡，由此产生了"走西口"民歌。"走西口"民歌产生于因迫于生活、背井离乡前往内蒙古谋生的社会背景，蒙上了生活困窘的苦难色彩，它是民众生活的真实反映。

生活歌在表现手法上采用了平铺直叙的叙事手法；句子短小，节奏感强；用严肃、沉重的叙事风格将民众悲惨苦难的生活展现在人们面前，给人以强烈的冲击力。

(二) 洋烟歌与妇女解放歌

在近代中国的政治制度下，清王朝的鸦片政策走过了两个阶段。第一个阶段从禁烟到鸦片自由买卖，也就是从1729年清王朝颁布中国历史上第一个禁烟令到第二次鸦片战争鸦片贸易合法化；第二个阶段是再一次的禁烟运动，从1874年实行的"弛禁政策"到1906年实行全面禁烟。清末灾荒不断、苛捐杂税沉重，为了维持生计，就必须使有限的土地发挥最大限度的价值，从而获取最大的收益，以弥补生计的不足。加之适宜的自然条件和社会环境，罂粟的种植便在山西部分地区开展起来，出现了"口里口外种洋烟"的景象。一时之间，全国各地，无论是大江南北、黄河上下，还是长城内外、漠北滇南，罂粟花到处开放，摇曳生姿。③

清末民初，山西有大量关于鸦片题材的歌谣，从种鸦片、割鸦片，到贩卖鸦片、吸鸦片，再到戒鸦片、禁鸦片等，关于鸦片题材的歌谣在各地广为流传。

---

① 北大研究院文科研究所歌谣研究会：《歌谣》，北京：中国民间文艺出版社，1925年，第5页。
② 王来刚：《走"西口"简析》，《忻州师范学院学报》2004年第1期。
③ 郭夏云、苏泽龙：《罂粟种植与清末山西农民生计问题——以"文交事件"为中心的区域经济社会考察》，《社会科学战线·区域历史与文化》2011年第12期。

咸丰登基十一年，口里口外种洋烟，

洋烟本是外国进，进到中华国里害黎民。

三十亩水地三十亩田，留下十亩种洋烟。

打罢春来阳气翻，家家户户种洋烟。

不盼秋来不盼夏，单盼洋烟开了花。①

吸食鸦片的现象在山西部分地区也十分普遍。临汾地区就流传着"男男女女同吃烟，老老少少吸鸦片；若有亲朋来相看，不让茶饭先让烟"②的景象。腐朽的鸦片文化就在这样的社会环境土壤里迅速成长起来。流传在晋中地区的《十二月吃料料》描写了一年十二个月吸食鸦片的情景：

正月里过大年，吃料料搅上洋旱烟，翻穿皮袄套坎肩，脚上蹬的金山鞋。

二月里龙抬头，吃料料的人儿发了愁，浑身没有一分钱，卖上咱的烂坎肩。

三月里是春天，米没米来面没面，吃料料的人儿没地点，哪儿躺下哪儿睡。

四月里人养种，料料发的不能动，身上没了二两力，手儿拿不动根烂茭棍。

五月里天气长，吃料料的人儿爬了长，隔壁的守住王二娘，喝了两碗甜面汤。

六月里来天气热，喝不上稀粥料料发，左思右想该卖甚，卖了老婆打光棍。

七月里，闲月的，瓜儿山药玉茭的，一夜偷下两篮的，不为吃来换料的。

八月里忙月的，人家割谷咱歇的，一夜偷下两个谷，换下料子有熏的。

九月里上了场，娃娃老婆一起忙，吃料料的人儿偷高粱，教人抓住打了半前晌。

十月里天气冷，吃料料的人儿受冷冻，拾不来柴来生不着火，差些些冻死我。

十一月数上九，料料发得不能走，又冻又饿又发瘾，走起路来发疯疯。

十二月是新春，吃料料家里卖了个穷，身上裹片洋灰纸，腰里缠条烂草绳，没啦几天就要命。③

---

① 长治市民间文学集成编委会编：《长治市民间歌谣集成》，内部资料，1988年，第723—724页。

② 临汾地区民间文学集成编委会编：《尧都歌谣》（下），内部资料，1988年，第166页。

③ 晋中市民间文学集成编委会编：《晋中歌谣集成》，内部资料，1990年，第409—411页。

这首歌谣描写了一个吸食鸦片的人一年间从家境富裕的健康人一步步走向家破人亡的人生变化。许多人染上烟瘾,直接影响到自身的身体素质。有些人甚至因吸食鸦片导致倾家荡产、卖儿卖女,沦为乞丐或铤而走险进行偷窃、抢劫、讹诈。烟民为了满足自己的烟瘾,已经沦落到丧失人性的程度。

农民大量种植罂粟,水田几乎尽其所占,重大的天灾过后,民众开始在粮食与罂粟种植之间重新选择。罂粟的种植、鸦片的吸食与贩卖不仅影响民众的身体健康,还破坏了社会稳定,对社会道德、伦理产生了强烈冲击,因此出现了反映官民通力合作禁止种植、贩卖、吸食鸦片的歌谣。

  永康镇出了三个大料贩,范天宝、范金牛,老乡呀,还有个刘长保。
  贩毒品害人民罪恶如山,只害得咱百姓,老乡呀,倾家又荡产!
  区政府抓了这三个大料贩,搬掉了咱心上,老乡呀,一座座山![①]

人民的觉醒和强烈的禁烟热情,成为清政府禁烟的强劲推动力。面对这种来自人民的、正义的、强烈的禁烟呼声,明智的政府必然会顺从民意,至少要在名义上、形式上满足人民的愿望。

鸦片歌谣在艺术表现上多采用对比手法,将民众吸食鸦片前后的身体状况、精神状态进行对比;将鸦片泛滥前后的民间社会进行对比;将官与民对待鸦片态度的变化进行对比。这些变化反映了社会现状,表达了民众的内在情感。

在中国近代化的进程中,女性自主意识的觉醒是不可或缺的重要环节。"没有妇女的酵素就不可能有伟大的社会变革","妇女解放的程度是衡量普遍解放的天然标准"。[②]戊戌维新和辛亥革命拉开了中国近代意义上妇女解放的序幕,妇女解放歌谣应运而生。

"五四"时期妇女解放思潮趋于成熟和正规,并以不可抗拒的力量席卷了整个社会。从整体上看,"五四"妇女解放思潮有其演变过程。山西妇女解放歌谣这一时期集中于生活习惯的改造,解放双脚的歌谣尤其丰富。民国政府的政策中还明确规定禁止妇女缠足。

  民国这坐了五六年,省里下来了两个委员,

---

① 晋中市民间文学集成编委会编:《晋中歌谣集成》,内部资料,1990年,第403页。
② 陈文联:《五四时期妇女解放思潮研究》,湖南师范大学博士学位论文,2002年。

一个不叫留辫子，一个不叫缠小脚，一张这告示贴街前。
　　十七八闺女大街走，可遇见查脚可查住，
　　查住要往衙门送，村副闾长说不清，她娘在那发了愣。①

民国政府组织专人进行查脚，将小脚的弊端编成歌谣在民众间口耳相传，如：

　　我为中国小学生，我今当有爱国心，因为缠足这件事，苦劝妇女费点神。
　　婶子大娘和诸嫂，姑姨姐妹一齐听，女子缠足成废物，更如枷锁戴一生。
　　天生两足本有用，你要缠它是何因？伤筋动骨寿不长，腰也痛来腿也疼。
　　从前足大难成婚，如今足大才光荣，我说此话你不信，全省妇女一律禁。
　　五月放足六月查，谁家不放罚谁家。七月以后不再问，过期抗令受捉拿。
　　莫怨村长与知县，他若庇护罪同加。娘家父母要知晓，女人还是原足好。
　　过去缠足真无道，是卖风流是卖俏？以后小足大街走，这个蔑视那个笑。
　　如若提起婚姻来，我们学生都不要。要她废物干什么，家中事务不能靠。
　　凡人家道欲兴隆，休教妇女做闲人，天足自然能动作，蚕桑纺织利无穷。②

辛亥革命推翻了封建统治，使得民主观念深入人心。在革命形势的推动下，新文化运动在思想领域重新掀起了反封建的浪潮。陈独秀、李大钊、鲁迅等人猛烈抨击"三纲五常"的封建礼教，大力宣传资产阶级民主思想，号召人们勇敢挣脱封建枷锁获得自由解放，这些对深受压迫、歧视和剥削的妇女产生了深刻的影响。缠脚是封建社会留下的陋习，这是新政府要绝对禁止的。

"五四"运动既是伟大的反帝爱国运动，也是现代启蒙的思想解放运动。积蕴良久的妇女问题大讨论在此时被推向了历史的最高峰，各种引领妇女向现代化方向变迁的新思潮相互激荡、促进。

　　不缠脚，不作难，不受疼痛不花钱，
　　立也稳，坐也稳，走起路来真方便，
　　没有苦，身也健，吃点喝点也香甜。
　　说啥女，道啥男，女人也能做高官。

---

① 晋中市民间文学集成编委会编：《晋中歌谣集成》，内部资料，1990年，第408页。
② 同上注，第409—410页。

明道理，听规劝，贵贱不要把脚缠。
　　大脚板，真是好，身体强，痛苦少，
　　又能跳，又能跑，啥活都能干得了，
　　理家务，好操劳，生儿育女好照料。
　　讲博爱，论平等，女子也能上学校，
　　上学堂，把书念，读书习字真是好。①

这首流传于曲沃地区的妇女解放歌谣，除了倡导在生活习惯上的健康向上，还在精神思想上唤醒女性，从教育、生活等方面要求真正的男女平等，这与"五四"时期引入的生物进化思想相一致。

在新思想的冲击下，山西妇女解放歌谣起初多由文人创作，采取自上而下的方式流传于民间，因此，较之其他歌谣，语言较规范。后期，随着民众的自觉解放意识的苏醒，渐渐产生了自下而上的妇女解放歌谣，出现了夹有俗语、俚语，较为口语化的歌谣，如《妇女翻身谣》：

　　旧社会妇女难着哩，十个脚趾头八个卷着哩；
　　剩下两个卷着哩，还用布带卷着哩。
　　新社会妇女解放啦，脚和男人一样啦，
　　家里地里难挡啦，山南海北敢逛啦。②

与此同时，民众还经常运用讲故事的方式来讲述妇女解放的重要性和必要性。"五四"时期妇女解放思潮趋于成熟，并以不可抗拒的力量席卷了整个社会。从歌谣中看，山西妇女解放思潮经历了由被动到主动的演变过程。

（三）农民起义歌

在漫长的封建社会中，封建统治阶级与被压迫被剥削的广大群众存在着不可调和的阶级矛盾。统治者为了维护其既得的政治、经济权益，制定了森严的律令，使他们的剥削压迫行为合法化、合理化。每当社会发生动乱，如天灾的侵

---

① 曲沃县民间文学"三套集成"编委会编：《曲沃县民间文学三套集成》，内部资料，1987年，第152—153页。
② 运城地区民间文学"三套集成"办公室编：《河东民间歌谣集成》，内部资料，1987年，第36页。

袭、战争的破坏，百姓就会饥寒交迫、流离失所。所以，希望安居乐业，避免家破人亡、妻离子散的惨祸，改变受奴役、受掠夺的地位，就成为广大群众最基本，也是最强烈的愿望。"官逼民反"可以说是一条普遍的规律。

清朝末年的腐败统治，加之鸦片战争的爆发，使得从太平天国到白莲教，再到义和团等农民起义频发。很多农民起义有着广泛的群众基础，流传于民间的农民起义歌谣，是民众心声的传达。发生在山西的农民起义运动主要是义和团和白莲教运动，且多集中在山西南部地区。

这些歌谣有的表达出民众对起义军到来的期盼与喜悦之情：自花开，两鬓拗，半天起了"红灯照"。[1]歌谣中寄托了民众对起义军为民做主的期望。还有很多农民受到起义军的鼓舞，加入到起义队伍中来：

　　一更里呀，好不了伤惨。

　　白莲教呀，大反河南谋坐江山。

　　河北三府呀，三府一样一齐子乱。[2]

有些歌谣韵律性较强。在不同地区搜集到了内容相同的歌谣，它们的产生时间、基本内容大致相同，但是在音乐性的强弱上略有不同。如上面关于白莲教的这首歌谣，在长治别的地区流传就有较强的韵律感，更像是一首可以哼唱的小曲："一更里呀，叫人好喜欢。白莲教呀，大反河南呀么夺江山。河北三府呀，三府一样一齐子乱呦，嚎嚎嚎嚎。"[3]还有一些歌谣赞美、歌颂了起义军英勇抗敌的精神：

　　八国联军坏东西，平白无故把咱欺。

　　义和团传消息，报仇就在今夜里。

　　洋人盖起洋教堂，借着传教发野逛。

　　义和团，真刚强，赶走洋人烧教堂，

　　打得洋人着了慌，急急忙忙放洋枪。

---

[1] 晋中市民间文学集成编委会编：《晋中歌谣集成》，内部资料，1990年，第400页。红灯照：清末义和团运动中未婚少女的战斗组织，该组织以穿红衣，提红灯为标志，积极参加了反帝斗争。

[2] 沁源县民间文学集成编委会编：《沁源歌谣集成》，内部资料，1988年，第350页。

[3] 长治市民间文学集成编委会编：《长治市民间歌谣集成》，内部资料，1988年，第725—726页。

义和团往前闯，刀矛戳进洋胸膛。[1]

流传于山西的这些农民起义歌谣是民众在腐败统治、民族危难面前一次次抗击强敌、反对腐败，渴望过上幸福生活的真实反映。最后，歌谣在农民起义中有着不可忽视的宣传作用。农民起义在发动阶段，总有一个制造舆论、号召群众的过程，而歌谣就是农民起义军用来制造舆论的重要武器。[2]

由于清朝末年的山西并未发生过大规模的农民起义运动，这些运动大多在后来的发展中传播到山西，因此，流传于山西的农民起义歌谣，反映的多是起义运动的中期或末期。通过这些歌谣，我们可以看到那个时代的缩影。歌谣凝聚着民众强烈的阶级爱憎观，深刻地反映了社会变革时代的特点和农民起义运动惊天动地的英雄业绩，表达了民众对革命的坚信与不屈不挠的斗争精神，是民众对起义运动的真情流露。

（四）反帝歌与反压迫歌

随着鸦片战争的爆发，外国侵略者开始大举入侵中国，中国民众举起了反帝反封建的大旗。清末时期的反压迫运动有着反对封建王朝与帝国主义侵略的双重任务，在歌谣中，反映农民受到残酷剥削和压迫的内容俯拾皆是。当时的腐败统治使百姓民不聊生："光绪三年荒年成，朝廷发财饿百姓。"[3]人们痛恨凶恶的帝国主义侵略者："通商开门引洋人，洋人比那虎狼狠。吃人肉来吸人血，骨瘦如柴老百姓。"[4]随着帝国主义对中国政治、经济侵略的深入，外国传教士的活动越来越猖狂。到19世纪末，欧美天主教、耶稣教、沙俄东正教等在中国的传教士已有330多人，入教的中国教徒达80多万人。1840年，山西全省只有天主教徒七八千人，1900年即发展到31000人，遍及93个州县。外国传教士以不平等条约做护身符，配合本国政府进行经济、文化的侵略。他们还收租放债、包揽词讼、私设牢房、敲诈勒索、鱼肉百姓。一些土豪劣绅、地痞流氓也争相入教，充当教会爪牙，倚仗教会势力欺压人民；地方官吏也总是借"扶教抑民"袒护教会

---

[1] 临汾地区民间文学集成编委会编：《尧都歌谣》（下），内部资料，1988年，第166页。
[2] 雷群明：《歌谣与农民起义》，《天津师范大学学报》（社会科学版）1986年第2期。
[3] 晋中市民间文学集成编委会编：《晋中歌谣集成》，内部资料，1990年，第400页。
[4] 程英编：《中国近代反帝反封建历史歌谣选》，北京：中华书局，1962年，第422页。

和教徒。因此，各地反教会斗争此起彼伏。帝国主义利用宗教信仰麻痹民众、屠杀百姓的伪善本质已经暴露出来："信什么圣母娘，进什么天主堂！外国人，胡来闯，鹞子充鸡没个好心肠！"①

面对这种情况，经历过无数次惨痛的教训之后，中国人民开始觉醒，只有坚决拿起刀枪消灭帝国主义和封建主义，才能获得自由和幸福："反正是个死，不能这样完！先抢粮，后造反，杀洋人，砍贪官。打开官家米粮囤，逮着官洋个个斩。"②1899年，山西终于爆发了大规模的反对帝国主义的义和团运动，并且很快发展到黄河以北的广大地区。③这一时期的反帝歌谣与农民起义有着十分密切的关系。义和团提出了"灭洋教"的战斗口号，有一则歌谣中就提道："义和团，红灯照，一心要灭天主教。"在义和团这场伟大的反帝爱国斗争中，出现了大量的反帝歌谣，在山西广泛流传：

　　天助拳，义和团，

　　只因鬼子闹中原。

　　劝奉教，乃霸天，不教神佛忘祖先。④

它们生动地表达出中国人民对帝国主义及其走狗的无比仇恨，具体地记录了义和团以大无畏的英雄气概同帝国主义侵略军进行的殊死搏斗，留下了极其珍贵的历史前进的足迹。⑤

虽然1911年封建王朝灭亡，但反压迫运动却还未停止，民国时期的山西反压迫运动主要是针对阎锡山的专权统治。人民对阎锡山的统治深恶痛绝：

　　"成仁"的好，

　　"顶球"的赖，

　　阎锡山不死就是山西的害。⑥

阎锡山为扩大统治，乱抓百姓充军，更是让百姓民不聊生。在风雨飘摇的近代

---

① 程英编：《中国近代反帝反封建历史歌谣选》，北京：中华书局，1962年，第422页。
② 同上。
③ 陈媛：《山西义和团斗争重大事件》，《沧桑》1995年第2期。
④ 长治市民间文学集成编委会编：《长治市民间歌谣集成》，内部资料，1988年，第726页。
⑤ 何迈：《义和团反帝斗争的壮丽战歌》，《吉林师大学报》1975年第4期。
⑥ 晋中市民间文学集成编委会编：《晋中歌谣集成》，内部资料，1990年，第35—36页。

山西历史中，民众生活困苦，但仍心存希冀，不向命运低头，进行着顽强的斗争。

山西近代民间文学内容非常丰富，除了传说、故事、歌谣等民间文学形式外，还包括流传于民间口耳相传的戏文、鼓词。山西晋东南地区至今仍流行着晋城鼓书、潞安大鼓、上党鼓书、襄垣鼓儿词等鼓词类地方曲种以及各地的三弦书。清初以来，晋东南地区一直存在着一个庞大的盲艺人说唱鼓书的组织，即"三皇会"。据各地新县志记载，晋东南地区的盲艺人在清朝、民国时期均参加过三皇会组织。①

1840—1937 年，是中国由半殖民地半封建社会努力向一个独立自主的现代民族国家奋进的阶段。外来国家的入侵不仅使得中国社会浸淫在前所未有的腥风血雨之中，也使得长期闭关锁国的古老帝国飘摇在异域文明的疾风之中。这一时期的山西民间文学正反映着"山河破碎、民生维艰"的生存环境，中国民众举起反抗的大旗，这些流行于民间的民间文学正是时代、社会、现实生活的真实反映。

（五）祈雨歌

山西地处华北西部，黄土高原东部，为大陆性半干旱气候区，地势偏高，尽管距海不远，由于受山脉屏障，海洋季风影响由东南向西北递减，所以干旱少雨，年降雨量少，且分布不均，与农作物需求期常不一致，尤其是春秋农作物正需要雨水时，老天爷故意作对，极易形成旱情。在山西，干旱问题不是一时一地的现象，而是一种较为恒久的、几乎每年每月无处不在的天象，普遍性的干旱是千百年来山西民众躲不开的自然灾害。在山西乡村，大都建有龙王庙，延续着旱时求雨的习俗，仅在祁县境内就有"北谷丰十三善人赴麓台山求雨""贾岭镇四善人赴狐突神庙求雨""南团柏村的抬龙王求雨"，以及"晒土地求雨""寡妇洗罗汉求雨"等求雨方式。②

祈雨歌，又称祈雨谣辞，是祈雨仪式中吟诵的韵文体祷辞，它与道家的祈雨经、官员文人所作的祈雨文，成为研究祈雨习俗的重要文献。比较而言，祈雨歌更具有地方特色与民间生活气息。在山西灵石流传着一首《祈雨歌》：

---

① 李雪梅等：《中国鼓词文学发展史》，上海：上海人民出版社，2012 年，第 263—266 页。
② 段友文：《避不过的旱象——山西祁县求雨习俗调查》，《民俗曲艺》2000 年第 127 期。

一拜天，二拜地，

　　三拜龙王请土地，

　　天黄啦，地干啦，

　　豌豆麦子晒干啦，

　　有钱家的人馍馍疙瘩填煞啦，

　　没钱家的人清水米汤灌煞啦，

　　放羊小子滚坡啦，

　　盘头女子跪下一堆一院啦，

　　守寡老婆子没人奉养啦，

　　土地爷上天禀告雨司爷，

　　搬倒水瓶洒下些，

　　下大雨，献大盘，

　　下小雨，献小盘，

　　扑淋淋雨下上三天三夜三早上。①

　　在这类祈雨歌谣里，我们看到祈雨的行为主体大都是放羊汉、未出嫁的女子、老寡妇等，他们处在社会最底层，是当时社会中的弱势群体。每逢天旱时，灵石各村就会自发地组织年迈的老太太和未婚男女，头戴柳帽，带上供品，敲锣打鼓地到龙王庙里求雨，这首祈雨歌就是在跪拜时齐声吟唱的。他们诚挚的祷告最容易得到龙王爷的同情与怜悯，于是甘霖普降，万物滋润。

　　河曲岱岳殿村龙王庙、朔州肖西河村龙王庙，至今保存着求雨壁画，形象地记录了传统社会乡村民众的生产生活史。在河曲流传着一套完整的《叫雨歌》，包括"开龙道""过街牌""评说歌"三个部分，如"开龙道"吟诵道：

　　甲：天龙爷爷开了恩，

　　　　清风细雨救万民。

　　乙：清风细雨救万民，

　　　　开锣出马庆天功。

　　甲：开锣出马庆天功，

---

① 灵石民间文学集成编委会编：《灵石歌谣集成》，太原：山西人民出版社，2005年，第54—55页。

　　　　龙行旧道上路程。
　　乙：坪泉出马走鬼家村，
　　　　一溜大街到柏沟营。
　　甲：柏沟营到张太爷坟，
　　　　唐家会中午卧神龙。
　　乙：出马三天大路程，
　　　　烧香摆供一路迎。
　　甲：谁敢慢待挡神龙，
　　　　水官牢头拿铁绳捆。[①]

　　这是河曲坪泉村祈雨仪仗队伍临行前唱的歌，歌中一一列出了沿途经过的村子，强调了求雨仪式的神圣性。在传统农业社会里，求雨作为一种"经验"代代相传，它可以使农民们在严重的旱灾面前缓解心理压力，增强战胜旱灾的信心。然而，它毕竟是落后生产力的产物，随着社会的进步，这种习俗已趋于消失，只是在边远落后的地方还能看到，因此，祈雨歌成为研究乡村社会变迁的珍贵资料。

四、现代山西民间传说故事

　　山西在抗日战争与解放战争时期爆发了许多战役，因此在民间也流传下来许多有关战争题材的传说故事，这些传说故事对于我们了解当时山西抗日战争与解放战争的整体情况意义重大。在战争时期，山西作为重要的革命阵地，涌现出许多可歌可泣的英雄人物，他们为了抗战的胜利抛头颅、洒热血，用自己的智慧和生命为战争的胜利做出了巨大的贡献；同时老一辈革命家在战争期间，深入到一线指挥作战，他们与老百姓共同生活，俭朴的生活作风和与人民同甘共苦的精神深深打动着人民群众的心灵，于是创作、流传下来一大批与抗日战争和解放战争有关的传说故事。

[①] 武焕生吟唱，张存亮记录：《叫雨歌》，见忻州市民间文学集成编委会编：《忻州歌谣集成》，内部资料，1987年，第393—396页。

（一）革命领袖的传说故事

抗日战争与解放战争时期，多位革命领袖曾经来到山西指挥作战，因此留下了许多为人民称颂的传说故事。毛泽东是伟大的无产阶级革命家，是领导中国人民解放新中国的重要人物，他曾几次在山西留下足迹。1936年，红军东征进入山西，当时，张学良、杨虎城、阎锡山和国民党的代表都曾同中共代表秘密接触。毛泽东和中共中央一再阐明建立抗日民族统一战线的主张，同张学良、杨虎城的谈判取得了积极成果。阎锡山看出蒋介石进军山西是引狼入室，密电中共中央请红军撤回陕北，他好让蒋军离开山西。毛泽东亲自接见了被俘的阎军团长郭登瀛，让他捎信给阎锡山：停止内战，共同抗日。《毛主席当年为啥住在上退干》讲述了毛主席住在那里是为了作战撤退，退得干净利索。①《东征纪念馆内魁星楼顶柏树的传说》讲述了1936年4月30日，毛主席率领的中国工农红军完成东征任务后住在上退干村旁的一座关帝庙内。当年秋天，在毛主席住的西配殿对面的魁星楼顶上长出一棵小柏树，毛主席逝世后，小柏树从此也叶子发黄，渐渐枯萎。②《当年的房东认出了毛主席》讲述了1936年4月初，永和县赵家沟来了红军部队，他们从不惊扰老百姓，在村里空闲的窑洞里住着，据说是毛主席率领的东征红军的一支先头部队来这里侦察地形，为大部队寻找住宿地。毛大娘当时只有十九岁，是过门不久的小媳妇，有天她们家的东窑洞里住进一个大官，往后就经常有人给她家送米送面。她经常能听到大官在房间里开会，有时一开就是一天一夜。后来1949年全国解放后，赵家沟村挂起了毛主席的像，毛大娘从照片上认出来当年住在东窑洞的大官就是毛主席！③

（二）抗战英雄的传说故事

战争时期涌现出一大批抗日英雄，他们不仅拥有直面强敌、临死不屈的牺牲精神，而且聪明机智，擅于作战。这些抗战英雄作为抗日民众的杰出代表，激

---

① 侯廷亮主编：《灵石故事集成》，太原：山西人民出版社，2005年，第14—19页。

② 同上注，第28—30页。

③ 同上注，第6—9页。

励着大众英勇抗战,关于他们的故事广为流传。如《杀敌英雄赵亨德》,赵亨德1921年出生于平定内城姑姑寺,1937年他毅然参加了八路军,1938年5月加入中国共产党,历任战士、通讯员、班长、连长、营长、团参谋长等职务。多次荣立战功,在太行群英会上获全区子弟兵一等杀敌英雄的称号。1947年5月,在解放平定的战争中不幸牺牲,年仅26岁。1942年,赵亨德由连队调到太行第二军分区司令部,任敌后干事。这年冬天,赵亨德率领四个队员向正太铁路沿线敌占区出发,经过一整夜的急行军,他和战友们飞奔到了芹泉铁路对面的山顶上,足足一百三十里路,安排完队员休息后,自己打扮成老百姓的模样,开始战地侦察,通过他的计谋和乔装打扮,铁路沿线的情况已被我军掌握。1943年夏天,赵亨德率领一支三十人左右的侦察队昼夜出没在正太铁路和南同蒲交叉的三角地带,这里是交通要道,日寇为了维护铁路安全运行层层设防,戒备森严。夜里他率领两个侦察队员出发,潜伏到敌后拿着麻袋装回了十三支三八步枪,收获颇丰。① 《李光润宁死不屈》,李光润是山西人,从小喜欢进步文学和书籍,抗日战争爆发后便参加了抗日。1943年春天,他担任抗日政府四区区长,正在杜村开会时被汉奸告密,展开遭遇战,李光润不幸被捕。他在狱中宁死不屈,任凭敌宪兵软硬兼施,他仍然铁骨铮铮,毫不畏惧。他对劝降的汉奸说道:"我是共产党员,要杀要剐随便,要我认贼作父,没门!"敌人无计可施,把他枪杀在南门的外井里。就义前,他站在井口高呼:"中国共产党万岁!把日本侵略军赶出中国!"李光润被日军抓住后宁死不屈,其不畏惧、不妥协的精神令人敬佩。②

长治市武乡县在抗战时期涌现出了众多的革命英雄,他们为了民族大义抛头颅、洒热血,凭着一腔热血在战场上冲锋陷阵,为抗战胜利做出了巨大贡献。武乡盘龙镇关家垴村流传着一个"神枪武状元"关二如的故事:

> 关二如在1940年冬天的关家垴战斗时,他跟着大人们从山上背回三个彩号。1942年参加民兵,村里给他发了一支步枪,被他视为宝贝。平素他刻苦练枪,每次战斗总是冲锋在前。在围困蟠龙的战斗中,他亲手打死20多个敌人。1944年襄武民兵大会上,射击手比赛打靶,关二如得了头名。

---

① 沁源县民间文学集成编委会编:《沁源歌谣集成》,内部资料,1988年,第98页。
② 杨焕育、王西兰、杜朝编:《永济传说》,香港:香港天马图书有限公司,1993年,第81—83页。

边区精英会上，他又得了个头把交椅。一二九师政委邓小平、太行军区李达司令员高兴地拍手称赞，在场观众没有一个不佩服这位杀敌的青年射击手。1943年8月，他和民兵副班长到河不凌寻找敌人，看到几个鬼子在树上吃桃子。二如说："狗日的！该死了！"说罢连发4枪，干倒4个鬼子。抗战结束后，关二如又投身到伟大的解放战争中，不幸在淮海战役中以身殉国，年仅21岁。①

在武乡县马家庄村，还有一位"飞行射击爆炸"英雄，他坚贞不屈的高尚气节和英勇顽强的斗争精神为太行军民所敬仰：

> 马应元出生在贫农家庭，1940年参加抗日游击小组，配合八路军反围攻，1943年夏季敌人占领蟠龙后，马应元领导民兵飞行爆破组，在实践中创造特殊战法，屡次创造奇迹。1943年7月的一天，马应元的飞行爆破组通过布地雷，鸣枪诱敌踏雷，毙伤日伪军91人，缴获步枪11支，子弹500多发。他在对敌斗争中曾先后3次负伤不下火线，荣获太行三分区"飞行射击爆炸英雄"的称号。1944年，他光荣出席了太行区首届群英大会，被选为晋冀鲁豫边区腹地民兵一等杀敌英雄。1944年农历腊月，他在本村突围战斗中落入敌手，日寇宪兵队对他使尽酷刑，但他几经拷打，坚强不屈。1945年农历正月初九深夜，他被敌人秘密杀害后投入水井中，年仅24岁。1946年在长治市召开的太行区二届群英大会上特追认马应元同志为特等杀敌英雄。②

武乡抗日民兵们热烈参军上前线，在前方奋勇拼杀，还有许多民众也在中国共产党的领导下，积极踊跃地参加支前活动。他们负责后勤工作，提供军需，为前方战场上的战士提供各种帮助。这些战勤人员经过战火的考验，提高了阶级觉悟，坚定了跟着共产党走的决心，成为后来革命和建设工作的带头人。武乡县洪水镇窑湾柳树烟村有一位名叫胡春花的拥军模范，在抗战开始后她积极参加抗日工作，组织广大妇女成立部队接待站，给八路军烧水做饭，她的热情服务得到了县委的多次表彰。

---

① 魏春洲：《红色之旅》，太原：山西人民出版社，2006年，第139页。
② 武乡县政协文史资料委员会编：《武乡革命斗争回忆录》，内部资料，2010年，第201页。

武乡窑湾村成为根据地的大后方后,胡春花担起了招待部队的任务。一次,她正在井上担水,有个送信的八路军通信员路过,向胡春花要水喝。春花急忙让他到她家喝水。无奈通信员时间紧迫,喝了几口冷水就赶路了。春花心里很内疚,于是筹办了一个接待站。从此部队经过这里,再也不会遇到喝冷水的情况了。她积极工作,得到了群众的拥护和爱戴,被选为窑湾编村妇救会秘书。一次,日寇进犯,民兵上前线了,后勤任务落在了妇女身上。胡春花组织妇女担架队,负责运送伤员。她和队员们一起抬着伤兵往回走,为了不让伤员受罪,她们在羊肠小路上相互配合,上山时甚至跪着走。到了医院,她又当起了编外医护人员,看护伤员,帮助换药,给重伤员喂汤喂药,端屎端尿,精心护理着每位伤员。她为了抗日拥军支前,忘我工作,受到了八路军和老百姓的赞扬,她的事迹在太行军民中传颂。[①]

后方民众的大力支援,是抗战取得胜利的可靠保证。还有许多像胡春花一样拥军支前的民众,他们在"一切为了前线,全力支援前线"的口号下,尽最大努力集中人力、物力、财力,不畏艰难险阻,不怕流血牺牲,为抗日战争的胜利做出了不可磨灭的贡献。他们虽是身在大后方的民兵,却也是为革命做出贡献的英雄,对国家、对军队、对民众利益的重视已不是传统狭隘的个人道德意义上的救危扶困,而是要为一个阶级谋取利益,带着先进的阶级道德力量,具有强烈的人民性特征。的确,无产阶级政党先进性的表征之一就是它的人民性,革命历史的实践已充分证明了这一切,英雄所表现出来的人民性是对历史事实的真实反映,其背后的缘由来自于革命英雄话语的规范作用。

"国家兴亡,匹夫有责",在民族危亡的特殊时期,抗击日本侵略者、保家卫国是每一个中国人的责任,战场不再是男性的专属,太行区的民众中涌现出许多热血报国的女性,她们在与敌人的斗争中展现出了机智勇敢的大无畏精神,有"巾帼不让须眉"之势。武乡县故城镇有一位叫李馥兰的女民兵,被当地人称为"女英雄"。

李馥兰出生在山交沟村的贫农家庭。1945担任故城女民兵分队长,9月14日夜,李馥兰带着女民兵爆破员匍匐到磨里南端桥下,将炸药包塞进桥

---

① 魏春洲:《走进老区》,太原:山西人民出版社,2006年,第193页。

缝里。随着火车声由远而近，火车全部进入桥身时，车头被炸翻，车厢翻滚在桥下，李馥兰让区委会截击桥下的匪兵，夺去弹药和武器。此事让李馥兰成了匪兵的眼中钉。1946年5月，李馥兰领导着民兵队秘密撤离故城镇，行踪被汉奸告密，为掩护男女老少突围，李馥兰落到敌人手中。在敌人的牢房，各种刑具轮番上阵，李馥兰昏了过去，醒来时仍对敌人骂不绝口。匪徒用尽严刑拷打却逼不出口供，决定杀害她。次日上午，李馥兰昂首挺胸走进刑场，在最后关头高喊出"共产党万岁！毛主席万岁！"优秀的共产主义战士李馥兰同志，为祖国和革命献出自己年仅25岁的宝贵生命。[①]

面对穷凶极恶的敌人，李馥兰镇定自若，无所畏惧，在严刑拷打前依然目光似剑，以泰山压顶之势，骂得敌人步步后退，惊恐万状，表现出大无畏的革命精神和英雄气概！周扬曾指出："英雄人物的光辉灿烂的人格主要表现在对敌人及一切落后现象决不妥协，对人民无限忠诚的那种高尚品质上，他之所以能打动千百万群众，成为他们学习和效仿的榜样，也就在于他所表现的那种先进阶级的道德的力量。"[②]为了民族的独立和解放，无数的先烈们抛头颅、洒热血，艰苦奋斗，无私奉献。特别是那些战斗女英雄们，她们在战火纷飞的年代，牺牲了如花的容貌和美丽的青春，用自己的青春热血捍卫着祖国的尊严，为中国人民的解放事业浴血奋战。在抗日战争最艰苦的年代，武乡的民众中有一些家庭动员全家都加入了抗战事业。在日寇碉堡林立、天天"清剿"屠杀抗日军民的白色恐怖下，他们冒着极大的危险，为革命队伍站岗、放哨、送情报、传信息，掩护抗日干部，这些抗日家庭对革命的贡献是巨大的。

当人们走进武乡革命纪念馆观看母子杀敌的感人画面和那两把锈迹斑斑的菜刀时，便禁不住想要奔往窑里村，亲睹这对母子杀敌的英雄风采。

王贵女的丈夫被日寇抓去修城墙，后染风寒而死。她掩埋了丈夫的尸体后送儿子段满青参加了民兵。1944年农历正月，段村据点警卫偷袭窑里村，满青掩护群众转移后准备脱身时与离群追来发洋财的伪警备队长相遇

---

① 武乡县政协文史资料委员会编：《武乡革命斗争回忆录》，内部资料，2010年，第320页。
② 周扬：《为创造更多的优秀的文学艺术作品而奋斗》，1951年9月24日在中国文学艺术工作者第二次代表大会上的报告。

了。段满青想着干脆就把他引进暗沟里干掉。他看到前面的乡亲中，走在最后的正是他的母亲贵女，她的篮子里藏着一把菜刀以防身之用。伪警备头子问满青哪里有藏粮洞，满青向峡谷一指，那家伙相信了他的话，沿着山路向峡谷走去。满青给他娘递了个眼色，贵女把菜刀给了他，他一个箭步上去把那家伙的枪夺去，举枪对准了他的脑袋。满青开了一枪没打中，又拉下毛巾狠劲塞住他的嘴，不料被那家伙咬住了手指头，紧要关头，贵女拿过菜刀向他的头上砍去。王贵女、段满青母子杀敌的故事，在军民中迅速传播开了，他们在1944年晋冀鲁豫边区召开的首届群英会上，被授予"母子杀敌英雄"称号。[①]

这对母子可歌可泣的英雄事迹在三晋大地上流传，无数革命前辈在这片神奇的土地上演绎了一部波澜壮阔的抗日画卷，革命家庭作为抗日斗争的不熄烽火，为中国革命和民族解放事业绘出气贯长虹的底色。

根据地的民间文学是把塑造工农兵英雄作为其重要任务和发展方向："我们在抗战，我们的文艺反映抗战中民众的英勇光辉的斗争，来鼓舞最大的民族战斗热情，来争取胜利。"我们"需要推动群众做英勇的斗争，需要集体的英雄主义"。解放区作家孙犁"大声疾呼要创造'战时的英雄文学'，塑造农民的战士的英雄形象"。强调工农兵英雄的形象塑造，其实质是突出英雄的阶级性，英雄形象的阶级性内涵又孕育出英雄的革命性本质，其革命性是阶级性合乎逻辑的发展，而这一切均是民族、国家这一"巨型话语"的必然衍生物。民族战争的文化氛围，必然催生英雄的爱国主义、集体主义精神品质，它们共同塑造出典型的抗战英雄形象。

（三）生产建设的传说故事

抗战时期，山西各根据地在党的领导下对乡村进行了一系列的社会建设，同时还积极帮助其他的抗日根据地发展壮大，为全国抗日战争的胜利做出了重要贡献。根据地的生产建设主要是农业经济，大力发展农业生产是经济建设中头等重要的任务。在根据地的生产事业遭到严重破坏、大批农村青壮年参加红军、耕

[①] 魏春洲：《红色之旅》，太原：山西人民出版社，2006年，第198页。

牛又十分缺乏的情况下，共产党积极动员和组织群众开展互助合作运动，以便有组织、有计划地调节劳动力的使用。同时，革命领袖们也与普通群众一起共同进行生产劳动。《抗日瓜》讲述的是，1938年春天八路军到达潞城县北村后召开会议，朱总司令动员战士们开展生产自救运动，减轻人民负担，共同抗日。总司令亲自到南坡上翻土种南瓜、铲草、浇水、施肥、捉虫，在总司令的带动下，各直属部门积极开荒种庄稼和蔬菜，在秋收季节获得了大丰收，北村群众特意给朱总司令送去一个重27斤的大南瓜，取名为"抗日瓜"。[①] 从这个故事中，我们感受到了革命领袖与人民大众同甘共苦的精神。麻田隶属左权县，是当时根据地生产建设的典型代表，中共革命领袖也曾经在那里亲自参与劳动建设。《彭副总司令垒坝》讲述了麻田村大片土地年年受旱，1942年彭总司令到达那里了解情况后，找到当地领导研究合修军民渠，在上游安装水车，并在安水车的地方筑起两道水坝。一天彭副总司令来到坝上二话没说，挽起袖子来和他们一起垒。[②] 彭德怀总司令作为抗战时期的重要领导干部，没有一点官架子，与人民群众共同修建堤坝的精神令人感动。《刘政委割谷》讲述了1942年农历九月初七，延安新四军政委刘少奇同志询问情况并同大家一起割谷，歇息时谈论减租减息的问题，给大伙讲解根据地减租减息的经验，启发大家齐心协力同恶势力做斗争就一定能胜利的事情。[③] 八路军总部在砖壁村驻扎期间也发生了许多重大事件，在军、政、财等方面都有重大建树。战斗间隙，指导员积极宣传发动群众参战，广泛发展开荒种地、植树造林、兴修水利等生产自救运动，八路军将士和砖壁人民互敬互爱，谱写了军爱民、民拥军的光辉篇章。现在村中仍然保留着一些风物和场景，它们成了当时军民一家、鱼水交融的历史印记。

砖壁村有一口著名的"抗日井"，当年参与打井的81岁村民李志宽讲起了这口井的来历。

1939年的三伏天久旱无雨，村民们常赶着骡马到山下柳沟一带饮水。一天，朱总司令带领部队指战员们在小松山新开垦荒地里劳动，发现许多老

---

① 永和县民间文学集成编委会编：《永和故事集萃》，内部资料，1999年，第87—90页。
② 临汾市民间文学集成编委会编：《临汾市民间故事集成》，内部资料，1989年，第147—151页。
③ 同上注，第186—189页。

乡挑着水桶、牵着牛羊到山外担水饮牲口，他心里为老百姓缺水的事焦急起来。他和几个老乡攀谈起来。他问老乡村庄是否自古以来就是靠天吃饭，老乡们说天不下雨就干锅，还唱起了古人传下的歌谣："干砖壁、砖壁干，正月吃光土窖水，二月担水三十里。要想找到活泉水，熬到日头朝西起。"总司令回到住处考虑后，决定依靠群众找到活泉水。次日，总司令约了几个老农到小松山艰辛找水，终于在山洼子里找到一股饮羊小泉。经过研究，朱总司令确定了打井事宜。军民的劳动热情高涨，不到半个月就挖好了一眼13丈的活水井。砖壁人民为了使子孙后代不忘八路军的恩情，给这口井起了个名字"抗日井"。①

想起当年打井的场面，李志宽激动地说："朱德总司令、彭德怀副总司令、左权副参谋长带领着将士热火朝天地干，八路军可真是为咱砖壁人谋利益的队伍。"讲到动情处，李志宽深情地唱起了民歌："抗日井啊抗日井，红砂甜水清凌凌；吃水不忘八路军啊，日夜想念朱总司令。"朱总司令住房的窗户后，安着一盘样貌普通的大石碾，它见证了朱总司令访贫问苦，发动民众参加抗日的往事：

  一天后晌，朱总司令出去找老乡谈心。看见一个老头在窗后的碾子上碾谷面，赶忙过去帮老人推，边推边与老人交谈。老人叫杨满五，赤贫农，是砖壁大庙里的守庙人，原本给地主当长工，后来被地主赶出门后无路可走，只得靠到砖壁守庙糊口。朱总司令问杨老汉是否知道为啥一辈子穷苦，杨老汉抱怨命运不好。朱总司令耐心启发杨老汉是剥削制度导致的，地主将粮食都装进他的口袋，只给长工一点，这就是剥削。接着又说，日本鬼子侵略中国，要团结一切力量抗日，对地主老财进行减租减息，增加长工工资。要拧成一股劲，和敌人开展游击战。从此，杨满五总喜欢用总司令屋后的碾子，盼望多听他讲些抗日救国的道理。后来，村里的人都知道经常和杨满五拉家常的人就是敬爱的朱总司令，于是都来听总司令讲抗日了。②

"砂石碾，嘟噜噜转，朱老总帮咱推碾杆；碾米压面讲抗战，贴心话儿推下

---

① 访谈对象：李志宽，1933 年生，武乡县砖壁村人。访谈者：段友文、刘金蕾、闫咚婉。访谈时间：2014 年 8 月 10 日。
② 访谈对象：赵守富，1935 年生，武乡县砖壁村人。访谈者：段友文、刘金蕾、闫咚婉。访谈时间：2014 年 8 月 10 日。

一碾盘。手把碾杆望延安,太行山连着宝塔山。八路军和咱心连心,朱老总恩情唱不完。"这首动人的歌谣流传至今,寄托着砖壁民众对朱总司令的敬爱、思念之情。

武乡八路军总部砖壁旧址大院内,有一棵高大挺拔的榆树,人们都叫它"彭总榆",说起这棵榆树还有更感人的故事。

1940年,太行根据地遭遇大旱,老百姓生活十分困难。砖壁村有许多榆树,村里的群众把榆树当食物,总部官兵用野菜充饥,战士们经常忍饥挨饿。一日,一名战士爬到榆树半腰捋榆钱被彭总看见。彭总训斥战士不应该上树,说榆钱是留给老百姓的。这件事后,彭总多次在会上强调,让战士们到方圆10公里以外的山上挖野菜,把榆树留给老百姓。由于长期营养不良,彭总得了胃溃疡,于是后勤科长将彭总的伙食中加了玉米面补充营养,但被彭总发现后受到了严厉的训斥,说玉米面是给伤病员吃的,不能给他搞特殊。榆树可以渡荒救人,彭总让战士们寻找小榆树苗并将一棵榆树苗亲手栽在总部院内,如今这棵榆树高大挺拔,象征着"彭大将军"威震敌胆的高大形象,留下他一心一意为人民的历史印迹。[①]

这些故事均展现了抗日战争时期八路军将士与砖壁人的鱼水深情,除了上述提到的场景,武乡其他地方如王家峪村的红星杨、左会村的圣人泉、上北漳村的德怀坝、石泉村的饮马坡、监漳镇的胜天渠等,它们都是军民一心的见证,联结着八路军和武乡人民的鱼水深情,充分体现了党对人民的无限深情和热情关怀,也表明了太行儿女永远向往着党的光辉。

(四)控诉日军罪行的传说故事

日军侵华战争期间,在军事行动中实施惨绝人寰的屠杀、掠夺、放火的"三光政策",在山西设立侵略机构与伪政权,对山西的工业、农林牧副产品、商贸金融进行控制与掠夺,对三晋文化进行侵略。日本还对晋北十三县进行了残酷统治,在山西实施"治安强化运动"、细菌战、毒气战、"慰安妇"制度等,日本侵略者在侵占山西期间犯下了滔天罪行。面对敌人惨无人道的烧杀抢掠,山西军

---

① 访谈对象:孙旭林,1937年生,武乡县砖壁村人。访谈者:刘金蕾。访谈时间:2014年8月10日。

民前仆后继，奋勇杀敌，顽强地坚持持久抗战，进行了史无前例的、艰苦卓绝的伟大斗争，大批抗日勇士血洒疆场，献出了宝贵的生命。《日本鬼子进永和》这则故事讲述了在1938年3月31日，日军飞机出现在永和上空，飞机扔下一枚枚炸弹，县城大街上浓烟滚滚，一片狼藉。群众你哭我喊，有大难临头之感。日机轰炸时，国民党军队逃往东西两边的山沟，第二天以"开会"为借口逃得无影无踪。4月2日，石楼方向开过来一支日军，他们见房子就烧，见人就杀，到居民家抢了米面油盐和牲口，饱餐一顿后又向午城出发。有人说进入永和的日军总共不到二十人，假如国民党可以团结抗战，二十个日本鬼子有何惧？[①]这个故事就讲述了日本鬼子占领山西之后烧杀抢掠的情况，但是由于当时国民党政府的软弱无能，采取了逃跑的战略，使广大山西民众处于水深火热之中。

（五）支援抗战的传说故事

在抗日战争时期，山西各地人民自发参加抗日救国，他们拥护八路军，帮助八路军做掩护、挖地道，跟侵略者打游击战。他们一边生产，一边战斗，誓把日本人赶出中国去。山西民众不怕牺牲，勇于奉献，积极支援前线战斗，参军入伍的故事广为流传。"母亲叫儿打东洋，妻子送郎上战场"，成千上万的青壮年涌入了抗日部队，特别是各抗日根据地的腹心县，参军的人数都在几千人，有的甚至达到数万人，源源不断地补充了部队的兵员，壮大了八路军和地方武装力量。抗战期间，广大人民群众积极支援前线，不但供应了战争所需要的粮食、被服及各种军需用品，承担了庞大的战争费用，而且担负了繁重的战勤任务，如抬担架、运物资、带路、送信、抢救伤兵、看护伤病员等，使八路军和地方武装的军需供应、战勤服务得到了可靠的保证。

在这些英雄人物故事中，有些是围绕一个人物的事迹写成的，每个故事之间情节相互关联又彼此独立，整个系列既成一体也不影响单个故事阅读。如梁奔前系列故事：

《梁奔前改名》：抗日英雄梁奔前的原名叫梁竟一。一九三七年，卢沟桥事变后，刚学会唱"义勇军进行曲"的梁竟一，一天到晚哼着这首歌，忽然

---

① 永和县民间文学集成编委会编：《永和故事集萃》，内部资料，1999年，第78—80页。

会意地笑了，找到父亲非要改名，竟一说，眼下日寇侵犯我们中华民族的国土，国难当头，我们要奋起抗日。素有爱国之情的父亲，当下就同意了女儿的建议，从此，梁竟一就改名梁奔前了。①

《梁奔前巧计护战友》：一天傍晚，八路军两名抗日干部下山到敌区执行任务，中途被敌人尾随。二人躲到奔前家，奔前领着二人到后院，翻过一道墙，猫腰钻进一个僻静转角处的大坑里，二人即藏在此处。奔前刚回了家，日伪军就冲进她家搜查，但一无所获。敌人走后，二人夸奔前有办法，奔前说早就留心过，村里还有几个能藏人的地方。②

《奔前当八路》：奔前快十五岁时找到父亲说她要当八路军，父亲不答应，劝她说，参军打日本，要翻山越岭，她身体吃不消。奔前觉得父亲说的有道理，因此每天早晨跑步，锻炼身体。一年后，奔前又吵着要父亲答应她参加八路军，父亲还不答应，奔前便把父亲拉到院子里，让他眼看着自己跑了二十多圈。父亲终于答应了她参军。③

《奔前拒婚》：1943年夏天，在抗日政府工作的奔前回家看望父母。一天，奔前的姨夫来给奔前说媒，说有个小伙子的父亲是皇军面前的红人，嫁过去衣食无忧。奔前说："给日本人做事是汉奸。"姨夫说："这个不愿意的话，还有一个家业大，本人做买卖的。"奔前一笑："国难当头，只顾自己发财，有也不行。要找也得找抗日救国的！"④

从梁奔前系列故事中可以看出，国家兴亡对个人婚姻、理想乃至前途产生的重大影响，采用系列故事的表现手法既有利于完整地表现出一个人一生为国奋斗的轨迹，又能跳出整体欣赏单个故事的局限。此外，还有朱总司令系列、"景疯子"系列、李光润系列等，它们都从个人角度表达了当时中国人民以报国为己任的理想和追求。故事以小见大，突出体现了抗日救亡的时代主题。

山西抗日战场在全民族的抗日战争中有着突出的历史地位和重大作用。在抗日战争的整个历史阶段中，山西抗日战场上所发生的每一个重大事件，都与全

---

① 张中伟、张中儒：《抗战女英雄梁奔前》，太原：山西春秋电子音像出版社，2007年，第28—29页。
② 同上注，第19—20页。
③ 同上注，第23—24页。
④ 同上注，第20—21页。

国抗战全局密切相连；山西抗日战场上所取得的每一个重大胜利，都推动和影响着全国抗战胜利的历史进程。山西人民在抗日民族解放战争中的丰功伟绩，将永远彪炳史册。

五、现代山西民间歌谣与戏剧

歌谣是普通劳动人民在长期的生产与实践过程中所创作的一种歌曲演唱形式，它是人民集体智慧的结晶，是劳苦大众真实生活的写照。山西的民间歌谣题材广泛，内容多样，具有浓郁的乡土特色，而且饱含了民众的心理、情感、意志与愿望。抗日战争和解放战争时期产生的反映人民革命斗争的民间歌谣别具特色。在抗日战争中，由于特殊的地理位置、军事和政治地位以及经济条件，山西处于全国抗战的战略重心地位，是华北抗战的战略支点和中共抗战的立足点，也是日本侵略军争夺的主战场。山西作为敌后抗战的战略支点，支持了整个华北的抗日战争；作为华北敌后抗战的主战场，消灭了大量日、伪军；作为战略基地，在人力、物力、财力上支援了伟大的抗日战争。在整个抗战过程中，许多影响抗战全局的重大历史事件都发生在山西。山西是领导和指挥华北抗战的中共中央北方局和八路军总部的所在地，是中共领导的敌后抗日游击战和抗日根据地的策源地，是中共实行抗日民族统一战线的成功典范，也是中共主张实行全面抗战的支撑点和出发地。正是由于山西特殊的历史地位与文化，于是在这种背景下产生了许多书写抗日战争与解放战争的民间歌谣。当年流传在太行山、吕梁山、恒山和汾河两岸的抗日歌谣，从一个侧面真实地反映了那段血与火的历史。山西根据地人民用自己的智慧创作了一大批内容新颖、情感真挚的民间歌谣，讴歌了山西民众的斗争生活。

（一）抗日战争、解放战争时期民间歌谣的主题内容

在那个硝烟四起、战火弥漫的岁月里，人民大众承受了深重的灾难，中国人民在日军的铁蹄之下，遭受了残酷的磨难。人民群众为了有效地支持抗战，创作出许多有着鲜明的政治倾向性与强烈的战斗号召性的民间歌谣。有的控诉日寇的滔天罪行，揭露汉奸野蛮的暴行；有的颂扬将士英勇杀敌，讴歌中华抗战精神；有的号召全民抗战一心，增进民族和谐团结；有的歌唱工农努力生产，劳军募捐

援助前线；有的称赞军民一家亲，齐心协力共同建设……这些歌谣构成了一幅抗日战争中山西人民坚韧不拔、气壮山河的恢弘图景，民间歌谣比标语口号更受大众欢迎，对民众起到了宣传的作用。

1. 反映人民苦难的歌谣

抗战时期，日寇铁蹄蹂躏祖国大地，所到之处，哀鸿遍野，赤地千里。抗战歌谣对日寇侵华的滔天罪行进行了深刻的揭露。这类歌谣有些表达了广大人民群众悲怆、哀怨以至悲愤的情感，强烈地控诉着日寇惨绝人寰的罪行。此类作品有《见日军》《愁歌》《山沟生活歌》《望延安》《二年半》《逃难歌》和《小日本进了村》等，《日本鬼子进了村》里写道："日本鬼子进了村，一脚踢开百姓的门，欺负妇女抓民工，撵鸡拉牛牵羊群，临走放火烧房屋，害苦了咱们老百姓。"[①] 歌谣中的内容控诉了日本侵略者在中国大地上所犯下的滔天罪行。整首歌谣韵脚和谐，传唱起来朗朗上口。《百姓苦难》："天见日军，日月不明；地见日军，寸草不生；人见日军，九死一生。"[②] 真实地揭露出日寇穷凶极恶、惨无人道的滔天罪行。《谈谈知心话》："叫大娘听我把话讲，日本鬼子来在咱中央，大娘呀。来在咱中央，杀人又放火，烧了这村又烧那庄，大娘呀。烧了这村又烧那庄，烧的人们逃离家乡，大娘呀。"[③] 一位八路军战士通过向农村老大娘倾诉的方式，不仅述说了自己以及身边人所亲身经历的日军暴行，同时也从侧面赞扬了共产党八路军的体察民心。

2. 歌颂共产党的歌谣

中国共产党好比"灯塔""舵手"，领导着中国抗战取得胜利。中国共产党关心人民、爱护人民，深得民众拥护。《共产党来了咱返家乡》："家住平顺县，二区消军岭。日本鬼子进中国，不能到家中。男人担一担，女人汇一篮。自今日逃出去，啥时往回返。"[④] 描写了在日军的铁蹄之下，平顺县人民承受了深重的灾难，但是自从有了中国共产党，面貌就焕然一新，共产党带领人民群众取得了抗战胜利。《想起八路共产党》这首歌谣中写道："襄垣县高粱红，谷子黄，蒸中干粮甜

---

① 灵石民间文学集成编委会编：《灵石歌谣集成》，太原：山西人民出版社，2005年，第78页。
② 临汾地区民间文学集成编委会编：《尧都歌谣》（上），内部资料，1988年，第56页。
③ 潞城县"三套集成"编委会编：《潞城民间歌谣集成》，内部资料，1991年，第13页。
④ 长治市民间文学集成编委会编：《长治市歌谣集成》，内部资料，1988年，第106页。

又香；拿起来，尝一尝，想起八路共产党。"① 就是通过比拟的手法由高粱、谷子和干粮等食物联想到共产党八路军带领人民生产战斗，最终赢得了抗战胜利，让人民过上了幸福生活。

3. 揭露汉奸、宣传反蒋的歌谣

许多歌谣对汉奸、伪警察、国民党亲日派与投降派等卖国势力进行了讽刺与批判。其中，这类歌谣对汉奸卖国贼"代言人"汪精卫的抨击颇具代表性。如《骂汪》："抗战走上了二阶段，出了个大汉奸。汪精卫，卖国贼，该死的王八蛋，哎呦呦，该死的王八蛋。"②《杀汉奸》："猴头狗脸，贼眉鼠眼，吃的中国饭，围着鬼子转，愤怒的刀亮闪闪，同仇敌忾杀汉奸。"③ 这首歌谣比较全面地刻画了汉奸的卖国贼嘴脸，揭露了他们卖国求荣的罪恶行为，表现出人民群众对他们的仇恨之情。《汉奸常见有》《扫汉奸》《杀汉奸》和《汉奸赖》等歌谣都淋漓尽致地宣泄了人们对汉奸与卖国贼的丑恶行为的无比愤恨。另外还有一部分歌谣是谴责蒋介石反动派的，如《蒋介石是个坏东西》《骂蒋介石》《蒋介石罪恶歌》和《骂阎锡山歌》。《蒋介石是个坏东西》："蒋介石，你个坏东西，八年来抗日战争你不出来，从东北到华北退在深山里。解放区军民抗战打胜仗，你也来打内战进攻解放区。"④ 用通俗流畅的语言叙述了蒋介石八年全面抗战中没有与人民一起来共同抵御外敌的罪行。

4. 描写战斗武器的歌谣

在中国共产党的领导下，抗日军民与日军展开了游击战。他们埋地雷、挖地道、炸道路、割电线，对敌军造成了很大的威胁。在作战过程中，战斗武器是必不可少的，有些歌谣就表达了对战斗武器的颂扬。《红缨枪》："红缨枪，丈八长，放起哨来多雄壮，鬼子看见心胆寒，叫你一枪见阎王。"⑤ 写了八路军用红缨枪站岗放哨，打杀日本鬼子的场景。《手榴弹歌》："手榴弹花开真好看，四面八方都

---

① 潞城县"三套集成"编委会编：《潞城民间歌谣集成》，内部资料，1991年，第124页。
② 祁县歌谣集成编委会编：《祁县歌谣集成》，内部资料，1990年，第78页。
③ 长治市民间文学集成编委会编：《长治市歌谣集成》，内部资料，1988年，第19页。
④ 阳泉市民间文学集成编委会编：《阳泉市民间歌谣集成》，内部资料，1989年，第62页。
⑤ 同上注，第34页。

炸遍。对准目标投出去，敌人一死一大片。"①描写了用手榴弹来轰炸敌人的情景。这首歌谣韵脚和谐，字里行间透露出对敌人的憎恨之情。《石雷歌》："一颗石头蛋呀，中间钻眼眼，先装上四两药，再把那木塞子安，爆发管装中间呀，又方便来又简单。大家起来干呀，敌人又要来'扫荡'，咱兵分四路一起上，听从号令把石雷放，打死鬼子兵呀，得了他的炮弹和机枪。"②地雷战是当时人民主要的作战方式，由于敌人众多，在敌人"扫荡"的时候，只能在地下埋地雷偷袭鬼子。这些赞颂武器的歌谣虽然表面上是对武器的描写，但是其中所蕴含的是对抗日战争的支持。

5.人民群众参军支援抗战的歌谣

七七事变后，抗日民族统一战线正式形成，中华民族上下一心，众志成城，共御外侮。前方将士奋勇杀敌，后方广大民众也不甘落后，这种激情反映到抗战歌谣作品中，就产生了大量歌唱民众生产劳作、劳军募捐的歌谣。其中山西根据地人民自发组织起来，站岗放哨，参军支前。如《送郎参军》："送我哥哥去参军，努力上前打日本，不要留恋我一人，要和鬼子把命拼。"③就写了小妹妹送哥哥参军的故事，虽然两人的爱情难以割舍，但是为了取得抗战胜利，他们愿意牺牲自己的个人幸福。抗日战争时期，产生了许多像《送丈夫去参军》《参加八路军》和《送情郎参军》这样的民间歌谣，从侧面反映了人民群众对抗日的支持。同时也涌现出大批反映社会各个阶层的民众通过各种形式积极募捐劳军、支援前线抗战的歌谣。如《支援八路打胜仗》："手摇纺车吱扭扭响，千万妇女纺线忙，做军鞋裁军衣，支援八路打胜仗。"④描写了妇女做军鞋、服装支援八路军抗战的事迹。有些抗战歌谣中表现出军民一家亲，共御外侮的鱼水深情。以八路军为主力的抗日游击战争，一开始就和人民融为一体，得到了群众的拥护和支持，奠定了抗日游击战争赖以生存和发展的基础。民歌《军民团结一条心》《拥护八路军》反映了抗日游击战争时期八路军各部队对发动群众工作的高度重视与和谐融洽的军民关系。

---

① 太谷县民间文学集成编委会编：《太谷民间歌谣集成》，内部资料，1990年，第65页。
② 灵石民间文学集成编委会编：《灵石歌谣集成》，太原：山西人民出版社，2005年，第18页。
③ 长治市民间文学集成编委会编：《长治市歌谣集成》，内部资料，1988年，第73页。
④ 同上注，第76页。

第九章 近现代山西民间文学

漳河流水清又清,军队人民心连心,双双军鞋送亲人,亲人穿上打日本,哎嗨哟哎嗨哟,亲人穿上打日本。

军爱民来民拥军,军民亲如一家人,军民团结一条心,抗战胜利有保证,哎嗨哟哎嗨哟,抗战胜利有保证。①

青天呀兰天青格兰兰的天,这是什么人的队伍上了前线?

叫声呀老乡听分明,这就是那坚决抗战的八路军。

八路军来爱护老百姓,老百姓也帮助八路军。

军民呀合作大家一条心,赶走那个日本鬼子享太平。②

1941年春,敌人修筑红都炮台,扩编伪军,收买汉奸,组织特务奔袭包围,抓捕杀害我抗日军民,实施蚕食政策。《打红都炮台》描述了八路军英勇战斗的情形,民兵、妇女甚至儿童都热情支援前线,表现了左权县人民敢于抗击,万众一心、前仆后继的不屈精神。

红都呀炮台修哩牢,四围呀围墙同炮呀两丈多高。

英勇的八路军坚决往前冲,架云梯过围墙攻在炮台根。

军号响机枪扫炸弹响连声,打得那鬼子兵藏在三层洞。

民兵同志把炸药往上运,轰隆隆把地洞炸了个碎粉粉。

妇女呀儿童齐出动,挑饭菜担茶水前线去慰问。

六月二十四天明六点半,红都呀炮台完了蛋。③

随着战争的深入,日本帝国主义逐渐确立了以"反共"为主的方针,集中主要兵力对付共产党领导创建的敌后抗日根据地,发动了连续的"扫荡"。加之国民党掀起反共高潮,自然灾害接踵而来,敌后抗日根据地出现了极其严重的困难局面。在中国共产党的英明领导下,根据地军民克服重重困难,奋力抗争,当时创作的《四季生产》反映了民众为了克服财政经济困难,开展大生产运动的积极性。

春天里来雨水稠,哥哥赶出两头黄牛,爸爸呀摇耧我牵牲口,种高粱带小豆,玉茭溜在地里头,小妹妹地堰边栽上绿豆。哎嗨哟,哎嗨哟,小妹妹

---

① 左权人民文化馆编:《左权民间歌曲选》,内部资料,1980年,第144页。
② 左权民间文学集成编委会编:《左权歌谣集成》,内部资料,1990年,第122页。
③ 左权人民文化馆编:《左权民间歌曲选》,内部资料,1980年,第150页。

地堰边栽上绿豆。

夏天里来太阳红，小锄大锄锄哩勤，麦子呀熟哩黄菱菱，割了麦施上粪，然后再把秋菜种，俺还去庄稼地里捕害虫。哎嗨哟，哎嗨哟，俺还去庄稼地里捕害虫。

秋天里来谷穗黄，玉茭结哩肥又胖，老百姓秋收实在忙，割的割扛的扛，军队民兵都来帮，打下呀粮食山里藏。哎嗨哟，哎嗨哟，打下呀粮食山里藏。

冬天里来北风吹，家家户户都积肥，张老三拾粪忘了瞌睡，左一堆右一堆，拾上骨头烧骨灰，只有呀多上粪才不吃亏。哎嗨哟，哎嗨哟，只有呀多上粪才不吃亏。[1]

《四季生产》这首歌描述了春耕、夏种、秋收、冬施这一年四季的农耕活动。面对自然灾害，民众全家齐上阵开展大生产，体现了左权民众敢于直面困难，奋力拼搏的精神。《送情报》《打断联络》等则直接描绘了根据地人民群众不屈不挠的斗争。

我老汉从地回天色不早，忽听得又要我去送情报，这事情害得我心惊胆战好急躁，愁得我一晚上没啦睡觉。

我老汉清早起喝过稀饭，不管俺忙闲叫俺送情报，上个坡拐个弯，不觉来到哨棚边，看见那大洋狗吓得俺直打战。

低下头进哨棚去见伪军，吓得俺几乎丢了魂，先是打后是骂，洋狗来了没招架，咬得俺活疼煞不敢拨拉。

咬得俺地流平昏迷不醒，有两个小恶鬼来要我的命，又挨打又受骂，打死返活要东西，硬给俺五块钱要买一斗米。

送情报这事情实在倒霉，维持村老百姓真是活受罪，这一回送情报九死一生返回来，永辈哩忘不了汉奸狼吃鬼。[2]

打断联络脱了难，不给敌人出粮款，不当民夫不走差啊，下定决心把身翻。
空室清野很重要，粮食东西都藏好，敌人来了找不到啊，就把敌人困死了。

---

[1] 左权民间文学集成编委会编：《左权歌谣集成》，内部资料，1990年，第17—18页。
[2] 左权人民文化馆编：《左权民间歌曲选》，内部资料，1980年，第161—162页。

岗哨情报要搞好，敌人出发咱知道，退却转移有组织呀，开展游击把家保。[1]

6. 倡导妇女解放的歌谣

山西妇女在抗战中也被迫卷入了战争，她们既是战争的受害者，也是抗战的主力军。不论是知识女性还是劳动妇女，不论在前线还是在后方，不论组织宣传还是生产劳动，她们都发挥了巨大的作用，这种作用的发挥与妇女自身的觉醒和党的正确领导有关。妇女在抗战工作中取得了解放与自由，如《放脚歌》《受罪又难看》《脚展了》《大脚板真勇敢》《走路不困难》《劝妇女》和《婚姻自主歌》，这些歌谣反映了妇女获得了最重要的两项代表性权利，其一是妇女的双脚挣脱了束缚，以后不用继续裹脚。《放脚歌》："小脚女人，真正不好看，鬼子过来你就无法办。走也走不动，跑也跑不快，支援前线人人要搞生产，快快把脚展，妇女要做贡献。"[2]描写了共产党来了之后鼓励妇女不再裹脚，裹脚不仅不利于生产，而且对妇女的身心健康也造成了危害。另一个就是取得了婚姻自主的权利，在《婚姻自主歌》中反映了妇女获得了婚姻自主的权利，摧毁了"父母之命，媒妁之言"的包办婚姻，可以自由找对象。"妇女同志们，婚姻头一宗，找不下一个好对象啊，一辈子不如心。一不靠爹娘，二不靠媒人，婚姻本是自己的事，为啥要靠人！父母包办了，二人都苦恼，三日吵来两日闹，光景过不好。结婚好多年，经常要闹腾，你不理来他不问，实在别扭人。妇女要翻身，婚姻同一宗，砸碎封建铁锁链，去做自由人。"[3]

7. 赞扬抗日英雄的歌谣

这类歌谣颂扬了将士英勇杀敌，讴歌了山西抗日英雄坚强不屈、勇于牺牲的精神。面对日寇铁蹄的踩躏，为了挽救中华民族，为了保卫自己的国家和家园独立，维护民族尊严，山西的英雄儿女毅然挺身而出，挥戈跃马，发出震天的吼声。如《学习李小婉》《学习李向阳》《追悼先烈众英雄》《英雄汉李大胖》《抗日英雄武克鲁》《就义歌》等。在抗战期间还有许多无名英雄应该被人民所铭记与

---

[1] 左权民间文学集成编委会编：《左权歌谣集成》，内部资料，1990年，第51页。
[2] 长治市民间文学集成编委会编：《长治市歌谣集成》，内部资料，1988年，第56页。
[3] 灵石民间文学集成编委会编：《灵石歌谣集成》，太原：山西人民出版社，2005年，第13页。

称赞。如《追悼先烈众英雄》:"纪念七一党生日,追悼先烈众英雄,浴血奋战七年多,牺牲十万七千名。水有源头树有根,翻身不忘先烈恩,你们流尽自身血,为咱换来好时光。"①描写了在党的生日之际,追忆曾经为了祖国的独立付出生命的英雄儿女们。

悼念先烈,追忆他们的英雄业迹,赞颂他们的奉献精神是左权民歌的重要主题。《华山十二烈士》记述了百团大战中青年抗日先锋队的十二位烈士在华山英勇抗敌的事迹。

> 百团大战胜利大开展,老百姓去参战,青抗先起模范,寒王镇打一仗,杀死大汉奸。
>
> 九月八日到华山,基干队青抗先,对敌大交战,打了多半天,鬼子死一半。
>
> 这一仗打得凶,十二位烈士为国牺牲,纪念碑上留英名,烈士真光荣。
>
> 十二位烈士中华好子孙,英勇精神我们要继承,宣誓杀敌人,为烈士报仇恨。②

八路军副参谋长左权同志,在1942年夏季的反"扫荡"战斗中不幸牺牲于麻田十字岭,噩耗传来万众垂泪,人民用歌声表达了对左权的思念之情,《十字岭之歌》《左权将军之歌》《左权将军追悼挽歌》《为左权将军报仇》等民歌久久回荡在太行山上。人民用自己的口头文学为烈士竖起了一座巍峨的纪念碑,同时这些歌声极大地鼓舞了士气,成为激励人们走向战场,勇敢杀敌的号角。

> 日本鬼子五月"扫荡"咱路东,左权将军麻田附近光荣牺牲,老乡们,左权将军麻田附近光荣牺牲。左权将军牺牲为的是老百姓,咱们辽县老百姓为他报仇恨,老乡们,咱们辽县老百姓为他报仇恨。③
>
> 辽县成立义务兵营,起名就叫"左权独立营"。咳,听说是个好消息,倒叫俺心里好高兴。左权将军牺牲为着老百姓,咱要为他报仇恨,年轻人们快行动,快去参加"左权独立营"。你拿长矛我拿枪,青纱帐里打游击,不管日寇怎么凶,坚决把他来消灭,打一个鬼子够了本,打两个鬼子有了利

---

① 长治市民间文学集成编委会编:《长治市歌谣集成》,内部资料,1988年,第157页。
② 左权民间文学集成编委会编:《左权歌谣集成》,内部资料,1990年,第78—79页。
③ 同上注,第49页。

润，只要咱们团结紧，定要给左权将军报仇恨。①

8. 记述解放战争的歌谣

解放战争时期的革命歌谣一个重要的主题是反映战斗生活和颂扬革命精神。解放战争时期，普通大众把革命歌谣作为教育战士、鼓舞士气的有力武器。他们紧紧结合解放战争这一主题，用民族的语言、高昂的旋律、真挚的感情，创造出朴实、亲切、自然，充满浓郁的生活气息和鲜明的山西地方特色的曲调，颂扬了人民军队在作战、训练、生产中的优异表现，并且从不同角度真实地反映了广大指战员的革命英雄主义和革命乐观主义精神。这一时期产生的革命歌谣具有鲜明的部队特点——强烈的战斗性、思想性、民族风格和人民军队的英雄气魄。如《志愿军队打老蒋》《解放全中国》《劳军歌》《咱给部队踩高跷》和《受苦的百姓得解放》。同时创作出许多揭露蒋介石和军阀阎锡山罪行的歌谣，《骂阎锡山》："阎锡山你说你是爱人民，看看你外两个露水军，刁了白洋刁白面，碰见青年就抓壮丁。"②详尽地描述了阎锡山的虚假面目，揭露其压迫山西人民的罪行。另外还有许多歌谣反映出解放战争胜利之后山西人民的喜悦之情，如《咱给部队踩高跷》："穿新衣，戴新帽，咱给部队踩高跷。踩到部队营房来，先问同志们个好。下平原，过铁道，根据地区扩大了，南征北战为百姓，再问同志们个好。"③反映了山西人民用自己特有的踩高跷的形式庆祝抗战的胜利。《受苦的百姓得解放》："打开旧社会阎王殿，受苦的百姓见青天。铲除老蒋反动派，前方后方一起来。个个都要加油干，建设祖国万万年。"④叙述了山西人民推翻了蒋介石国民党反动派的压迫之后，终于迎来解放战争的胜利，过上了老百姓当家做主的自由生活。

9. 介绍儿童抗战的歌谣

抗日战争时期为了有效地支援战斗，还产生了许多儿童抗战的歌谣，最著名的有《小兵张嘎》《鸡毛信》和《潘冬子》等，歌颂与反映儿童运用自己的智慧配合作战的故事。在山西的抗战过程中，人民群众也创作出了一批赞扬机智儿童参与抗战活动的歌谣，如《儿童团》《儿童团歌》《儿童团长王小保》和《儿童

---

① 左权民间文学集成编委会编：《左权歌谣集成》，内部资料，1990年，第50页。
② 定襄县民间文学集成编委会编：《定襄县民间歌谣集成》，内部资料，1987年，第12页。
③ 长治市民间文学集成编委会编：《长治市歌谣集成》，内部资料，1988年，第33页。
④ 太谷县民间文学集成编委会编：《太谷民间歌谣集成》，内部资料，1990年，第67页。

团放哨歌》。《儿童团歌》:"我是儿童团,年纪小,心灵巧,读书又放哨,日本人,我仇人,汉奸真可恨,站岗时要小心,查路条要认真,哪里来哪里去,都要仔细问。"①叙写了儿童们为了抗日战争的胜利,承担起送情报、散传单、动员群众抗战的重任。他们虽然年龄小,却十分聪明机智。同时也有歌颂优秀儿童代表事迹的歌谣,《儿童团长王小保》:"儿童团长王小保,洋铁桶里放鞭炮,鬼子当成正规军,轻重武器瞎喊叫。铁壁合围往上冲,才是一个洋铁桶,气得鬼子用脚蹬,踢响子母地雷群,轰隆隆,轰隆隆,鬼子乱成一窝蜂,八格牙路喊不成,血肉飞到半天空,王小保,在树梢,一边拍手一边笑,骂着鬼子大草包,唱着沁源秧歌调。"②描写了儿童团团长王小保埋地雷和骂鬼子的事迹,整首歌谣音调和谐,运用许多动词把人物形象展现得淋漓尽致。

10.庆祝抗战胜利的歌谣

抗日战争时期,山西人民经历了艰苦卓绝的战争,多少英雄儿女为了抗战的胜利献出了自己宝贵的生命,终于迎来了抗战的胜利,我们今天的幸福生活来之不易。例如《才算打败日本兵》《南庆陈祝土地回家歌》《庆胜利》《解放潞城》和《庆祝抗战大胜利》等歌谣。《解放潞城》:"抗战胜利整八年,开始才打潞城县。民兵担架齐参战,一同打进潞城县,打到十三大天明,才把敌人消灭净。"③叙写了全面抗战的八年之中,潞城县人民群众在共产党的带领下,民兵共同配合战胜日军和国民党反动派,迎来抗战胜利的情形。《庆祝抗战大胜利》:"拉哥哥,拽弟弟,走呀走呀进城里,城楼上,飘红旗,那是叔叔插上的,敲锣鼓,好欢喜,庆祝抗战大胜利。"④运用民间歌谣的形式,讲述了在抗战胜利那天敲锣打鼓、欢天喜地的场面,表达了人民的喜悦心情。

(二)山西民间抗战歌谣的文化意蕴

山西抗战歌谣作为一种特殊时代的政治文化现象,是马列主义与中国抗战歌谣相结合的产物。它是在中华民族抗日战争的语境下,由中国共产党倡导与鼓

---

① 沁源县民间文学集成编委会编:《沁源歌谣集成》,内部资料,1988年,第29页。
② 同上注,第34页。
③ 潞城县"三套集成"编委会编:《潞城民间歌谣集成》,内部资料,1991年,第76页。
④ 长治市民间文学集成编委会编:《长治市歌谣集成》,内部资料,1988年,第77页。

励,并在传统民众歌谣的孕育下产生的。无产阶级革命理论和波澜壮阔的抗日革命斗争为传统民众歌谣提供了新的题材、新的内容、新的语言、新的思想内涵,并赋予它新的艺术形式,促使中国传统民众歌谣进入革命性的转型时期,推动各地民众歌谣的形式与内容、审美特质与思想情感的质的飞跃,逐渐实现解放区民众歌谣的革命性转变,并发展出一大批新鲜活泼的、为中国老百姓所喜闻乐见的、具有中国作风和中国气派的抗战歌谣。

  首先,从山西抗战歌谣产生的文化背景看,山西抗战歌谣体现了山西抗战文化的特色。山西抗战歌谣是在继承山西古代歌谣优良传统的基础上,融合抗战时期全国各地进步文化而形成的新歌谣。山西人民生活在这片土地上,形成了比较有特色的地方文化,宗教、艺术、风俗、习惯等都具有黄土高原的鲜明特色。就歌谣创作来说,抗战前就产生了为数众多的民歌民谣,如阶级斗争歌、时政歌、劳动歌、仪式歌、情歌、生活歌、历史传说歌、事物歌等。这些歌谣都是用黄土高原质朴的地方语言、山西百姓熟悉的曲调,来写唱山西人民日常的生活和感受。抗日战争爆发后,随着抗战形势的发展,特别是随着共产党抗日队伍来到太行山区,从全国各地甚至海外会聚而来的文化青年,迅速融入山西抗战文化的海洋之中,和山西土生土长的民间歌手、诗人一道承担起创作歌谣、宣传抗战的历史重任。歌谣中充满了鲜明强烈的政治色彩和昂扬向上的抗战激情。歌谣宣传了中国共产党的抗战政策,揭露了日伪顽匪残害人民的罪行,歌颂了山西军民浴血奋战的事迹。

  其次,从歌谣体现的文化情怀看,山西抗战歌谣表现了鲜明强烈的太行精神。这种精神是古老的山西文化在抗战时期呈现出的新形态,它不仅是山西优秀历史文化长期积淀的结果,更是山西人民在可歌可泣的抗战时代用鲜血和生命凝铸而成的情结,这种情结在山西抗战歌谣中得到了淋漓尽致的展现。山西抗战歌谣表现了山西人民英勇奋斗、不怕牺牲的精神。抗战期间,黄土高原地区的人民和中外敌人的残酷镇压、血腥统治进行了殊死的抗争。山西抗战歌谣表现了山西人民立场坚定、爱党爱军的革命情怀,反映出山西人民憨厚朴实、本分善良、真诚待人的美好品格。这是黄土高原的品格,是山西人民生命的底色,它构成了山西精神的基础。山西抗战歌谣表现了山西人民艰苦抗战、无私奉献的精神。山西人民世世代代生活在黄土高原,贫瘠的土地、恶劣的自然环境、落后的生产方式，千百年来给人们带来的是灾荒、贫穷、饥饿、战争，但同时也培养了人们吃苦耐劳、勇于艰苦创业的优秀品德和无私奉献的胸襟。

最后，从歌谣传播的目的、方式看，山西抗战歌谣与山西古代歌谣相比，体现出鲜明的时代性和社会性。山西抗战歌谣的传播有着明确的革命目的，是为宣传而歌，即为揭露黑暗、歌颂光明、动员人民革命而歌，这使歌谣真正体现了"以诗言志"的诗理道德。在传播方式上，当时从部队到地方，从田间到课堂，从城镇到山村，从战士到群众，都在传唱抗战歌曲，形成了你教我，我教你，互教互学，到处都有唱歌竞赛的生动场面。形成这种局面的原因，一是歌曲在内容上贴近人民的抗战生活，表达了他们的喜怒哀乐；二是歌谣的作者多用黄土高原地区旧的曲调来填词，在曲调上深受山西百姓的喜爱，易于教、学、唱；三是利用歌曲来发动群众，具有迅速、及时、便捷、鼓动性强的特点，得到了我党我军和地方抗日民主政府的高度重视。这一切促使山西抗战时期的歌谣传播形成了轰轰烈烈、史无前例的壮观局面。

山西抗战歌谣是在中国共产党领导的中华民族抗击日本侵略的历史语境下，经过广大文艺工作者与劳动人民群众广泛的演绎传唱而发展繁荣起来的革命史诗。这些歌谣是抗日战争时期军民战斗生活的真实写照，它生动地记录了军民革命斗争的辉煌历程，为人们展示了一幅波澜壮阔、气势恢宏的全民抗战的历史画卷。山西抗战汇聚了中华民族精神的精华，演绎了中国人民风雨同舟、同仇敌忾的抗战精神，蕴含着中华民族不畏强暴的英勇气魄，真实地展现了中华民族优秀传统文化和革命文化传统精神，在中华民族近现代革命史和中国现代化进程中书写下了光辉灿烂的篇章，并成为中华民族精神家园的重要文化遗产。街头诗是抗战歌谣的主要表现形式。

在全民抗日救亡的艰难时刻，诗歌作为时代的号角吹遍了山西大地。街头诗又称墙头诗、岩头诗，这些诗创作出来后，或写在墙上、岩石上，或张贴在街头、村口。在华北各抗日根据地里，晋察冀边区是街头诗运动开展得较早较好的地区。晋察冀边区的街头诗，诗体短小，多取材于具体的战争和政治事件，易懂易记，主题鲜明，战斗性强，艺术上浅显生动、口语化，具有浓郁的民间风味，人们易于接受和掌握。街头诗运动首先由柯仲平、田间等人在延安发起，很快由田间引入山西抗日根据地。诗人们每到一地便把自己创作的诗歌写在墙头、石壁，有时则印成传单，到处散发，鼓舞人们抗战、支前。当年写街头诗的诗人们回忆说，只要是诗人们走过的地方，随便哪一个偏僻的村庄里都可以看到墙头上贴着诗或者写着诗。

1. 街头诗运动的兴起与发展

1938年10月，延安组成的抗战文艺工作团到达晋察冀抗日根据地，其中团员高敏夫是延安街头诗运动的发起者之一，他于1938年进入晋西北，后到达晋察冀、晋东南等地。他热衷于街头诗的写作和宣传，在7个月里途经37个县，将街头诗的种子播向敌后根据地。随后立即得到边区文艺宣传工作者和知识青年的响应，在《抗敌报》和少数地区的墙壁上便出现了提倡街头诗的文章和张贴的街头诗，这是晋察冀边区街头诗运动的初步兴起。1938年底，西北战地服务团到达边区，他们对晋察冀抗日根据地的街头诗运动起了推动作用。该团所属的"战地社"是延安街头诗发起团体之一，社员田间、史轮、邵子南、力军、曼晴等，既是街头诗的发起者，又是写街头诗的能手。[①] 到了晋察冀后，他们成了街头诗运动最热心的倡导者和积极的实践者。从延安出发，行军一路，写诗一路，无数的墙头、岩石、树干上留下了他们的诗句。到边区后，他们立即投入战斗，成为全边区街头诗创作的实践者。短时间内，他们的足迹踏遍了冀西的四个分区，并派人去了平西，街头诗随着他们的脚步，广泛传播。在他们的影响下，一分区钱丹辉、魏巍等组成的文艺团体"铁流社"，成了街头诗运动的第二个中心。

1939年1月，田间、邵子南、史轮、曼晴以及铁流社的几位诗人，联合组织发起了晋察冀边区街头诗运动。他们首先带头编写了大量的街头诗，用红绿纸写好，贴到晋察冀军区司令部所在地蛟潭庄。之后又在报刊上大量刊登街头诗和相关的介绍文章，还出版了街头诗集，如《战士万岁》《粮食》《街头》等。1939年的上半年，街头诗便在全边区风行起来，除在平原村镇和山沟小道写着街头诗外，《诗建设》《诗战线》《诗》等刊物中，街头诗占有相当大的比重，各种报纸和综合性刊物也不断发表优秀的街头诗作；油印出版的街头诗集，如《粮食》（田间、邵子南、力军、石群）、《战士万岁》（田间）、《文化的民众》（邵子南）、《在晋察冀》（力军）、《街头》（曼晴）、《给自卫军》（赵景中、钱丹辉、

---

① 商燕虹：《抗战时期晋察冀边区的诗歌运动》，《史学月刊》1990年第2期。

魏巍)、《力量》(邵子南、钱丹辉、魏巍、荒冰、沙漠)等，流行于各地。1939年3月间，一分区战线剧社美术组把短小精悍的抗战诗歌用大字写在驻地一带的高墙上。田间著名的街头诗《假如我们不去打仗》写在了南北娄山。专区剧社在易县松山村一带的高墙上也写了田间的街头诗，还写了魏巍的《滹沱河》和其他诗人的短诗。这些诗都以火一样的字句，激起了人们奋起抗战的爱国热情。1939年8月，街头诗在晋察冀抗日根据地风行起来，村镇的大街小巷和山间小道的岩石上，写满了街头诗。"这里没有数字，因为每个村庄墙头上都有了街头诗。如果要数字，那就是边区全部的村庄、全部的墙壁。"①作家魏巍曾回忆自己当时写街头诗的情形："那时我每到一个新的村庄，就要仔细观察，哪些墙壁适于写诗，就利用老百姓锅底刮下来的锅灰制成土墨汁。用麻刷子，登在高凳上忘情地写起来。我还记得我和周奋同志一直写到日落黄昏的时光，才停下笔来。"②

为使街头诗在边区得到更广泛的普及和提高，西战团在1940年街头诗运动两周年的时候，撰写了《关于街头诗》的文章，刊登在《诗建设》丛刊第10期上。文章提出了普及提高街头诗的四点要求：第一，要组织乡村文艺小组，深入开展街头诗的写作；第二，各报刊的文艺栏都要辟出一块街头诗园地；第三，要展开街头诗理论的研究，发扬优点，纠正缺点；第四，要特别注意对初学写作者的培养。由于街头诗的形式具有通俗易懂、篇幅短小的特点，很快在边区成为教育组织群众、普及科学文化知识的好方式。无论是部队的战士，文救会、妇救会的干部，还是农会会员、儿童团员，都积极学习写街头诗，一时间晋察冀边区成了诗的世界。西北战地服务团还曾举办"乡村文艺训练班"，街头诗的创作被作为主要的训练内容。

1941年7月3日，晋察冀边区诗会成立，以田间为主席，邵子南、魏巍、陈辉为执委，决定出版诗刊《诗》。8月7日，在街头诗运动三周年纪念日之际，诗会号召宣传工作者、诗友、报馆出版事业家"大量创作与发行街头诗；把街头诗写在墙头上、幕布上、街头上以及一切公开的地方；出版各种街头诗小册子；朗诵街头诗；检阅街头诗"。

---

① 孙犁：《1940年边区文艺活动琐忆》，《晋察冀日报》，1941年4月26日。
② 戈焰：《重读邵子南》，北京：文化艺术出版社，2011年，第327页。

抗战末，解放战争初，街头诗又被发展为一种枪杆诗。这种诗有的刻在战士的枪柄上，有的则写在纸上，因为它们表现着战士的生活和意志，并且极为短小精悍，所以俱称为枪杆诗。[1]农民可以利用墙头，战士便可利用枪杆，战士们受街头诗的启发而创作出枪杆诗，当然战士也写街头诗。诗传单、诗配画、枪杆诗的产生，丰富了街头诗的阵容，使文艺工作者、战士和老百姓能够在更广泛的领域和多种多样的场合，以诗为武器参加战斗和建设。这说明，街头诗在与人民相结合上，做到了见缝插针，凡是群众斗争需要的地方，它便无条件地登上战斗的舞台。

2.街头诗诗人及诗作分析

街头诗运动在山西的开展，首先应提到的诗人是田间。田间在延安发起街头诗，后于1938年初参加西北战地服务团，将街头诗引入山西抗日革命根据地。他的街头诗名作《假使我们不去打仗》发表在沁县出版的《新华日报》上。[2]这首诗通俗易懂、鼓动性强。他的《垦荒团》《种子》等诗，动员群众参加生产，支援抗战。

诗人高敏夫把街头诗写在墙壁上、门板上、石头上；或油印散发，举办街头诗运动宣传日，成立街头诗社，使战争年代成为街头诗的年代。他创作了大量街头诗，如《抗战进行曲》《我们是无敌的游击队》《要打得日本强盗回东京》《西北战地服务团进行曲》《献给八路军出征将士》等都被谱成歌曲。[3]

此外，邵子南、史轮、曼晴、张克夫、魏巍、徐明等人也在晋察冀边区创作了一系列街头诗。晋东南根据地较有影响力的街头诗有史轮的《儿歌》、巩廓如的《少年先锋队》《香姑娘》、林火的《老乡你过来》等。[4]晋西北街头诗的创作也十分活跃，仅岢岚县就有摇梧的《给代表同志》、亚苏的《晋西北的田庄》、燕丁的《秋天曲》、田野的组诗《抗战军人家属》等诗流传。街头诗运动在山西诗歌史以及山西民间文学史上都占有重要的地位。如果按诗的创作内容划分，可将街头诗分为以下五种类型：

---

[1] 耿殿龙：《抗战时期晋察冀边区诗歌运动情况概述》，《中北大学学报》（社会科学版）2013年第2期。
[2] 屈毓秀等：《山西抗战文学史》，太原：北岳文艺出版社，1988年，第212页。
[3] 申春：《诗人高敏夫抗战日记辑录》，《新文学史料》2012年第2期。
[4] 屈毓秀等：《山西抗战文学史》，太原：北岳文艺出版社，1988年，第273页。

第一类是在反投降、反奸细运动中发出格言式的尖锐警告，它将道理传递给人们，由人们自主来做选择。

如《假使我们不去打仗》：

假使我们不去打仗，敌人用刺刀，杀死了我们，还要用手指着我们的头骨说，看，这是奴隶！①

作者田间在这首诗中用一种虚拟呈现的方式诉说了假如我们不去打仗的后果，揭示了敌人的残暴行为，激起了中国人民的反抗精神。如《奸细》：

奸细，像火灾的引媒，你要不管他，就会把我们的成绩、光荣、希望，什么都烧成一片黑！②

作者史轮在诗中揭露了奸细的本质以及危害性，以此起到警诫人民的效果。如《死也不做奴隶》：

死，也不做奴隶。奴隶啊，像马，像牛，像狗。③

作者采用比喻的手法告诉人们向日本人投降，成为奴隶的下场。奴隶如同牲畜一样，是没有尊严的，以此来告诫中国人宁可失去生命，也不能丢掉尊严。如《准备投降的家伙》：

准备投降的家伙，是傻东西。侵略者浑身都是毒牙，你一靠近它，你就会倒霉。抗战的老百姓呢？却要把你当成敌人。④

这首诗与《死也不做奴隶》一诗有着相同的思想内涵。它揭露了侵略者的丑恶嘴脸，作者邵子南告诉人们，投降者是最愚蠢的，如果投降，就会成为人民的公敌，而且在侵略者那里也不会得到好下场。因此应该紧紧团结在抗战群众的周围，万众一心，给侵略者以最严厉的打击。

第二类控诉了敌人血淋淋的暴行，激起了人们对侵略者强烈的仇恨。如《一个老乡的被杀》：

敌人已经来了，而墨斗店的一个老乡没有跑及。明晃晃的长刺刀，噗嗤一声刺进老乡的肚子。脊梁背边，露出了红色的刺刀尖，抽回的刺刀，又带

---

① 丹辉：《晋察冀诗话》，《新文学史料》1983年第1期。
② 同上。
③ 同上。
④ 同上。

出了肠子半段。擦着刀，敌人狠狠地说：我今天可刺死了一个中国人。①

作者魏巍在这首诗中把一个老乡被日本侵略者杀害的过程描写得十分详细，将敌人的残忍行径刻画得淋漓尽致。这样的描写触动着每一个中国人的心，最后一句"擦着刀，敌人狠狠地说：我今天可刺死了一个中国人"，这样的语句表达点燃了民众抗争的怒火。如《是谁杀死了妈妈》：

血，流在地上。妈妈的眼睛闭上了，永远闭上了。孩子，谁杀死了妈妈？②

作者张克夫用极其简短的诗句将一个母亲的离去过程描写出来。最后一句诗人问："孩子，谁杀死了妈妈？"谁都知道是侵略者将妈妈残忍杀害的，在这里，诗人采用疑问句的方式，在引起人们深刻思索的同时更加坚定了人们奋起抵抗侵略者，为母亲报仇的决心。

第三类是根据边区的现实而发出的直白召唤：要妇女做军鞋支援前线，要民兵伏击敌人保卫夏收，要农民组织开荒团增加生产。如《开荒》：

多种一亩地，就多一份财产；多撒一粒谷，就多一颗子弹；没有种子，到政府去商量看；没有人力，大伙组织开荒团！③

作者石群在这首诗中强调了农民组织开荒团发展生产的重要性，号召群众大力加强生产，为前线提供物质保障和后勤支援。如《鞋子》：

回去，告诉你的女人：要大家，来做鞋子。像战士脚上穿的，结实而大。好翻山啊，好打仗啊。

作者田间利用这首诗来号召妇女为英勇作战的战士提供鞋子，支援前线，体现了妇女在抗战中起到的积极作用。如《好生活》：

好生活，是藏在黑暗的日子里，它不会像阳光一样，自己落在地上。咱们要它来到，就得和黑暗战斗！要自己去动手。④

作者力君在这首诗中告诉人们美好的生活得来不易，必须与侵略者战斗，在反抗中赢得尊严和家园。呼吁民众自己动手开荒生产，创造美好的明天。如《农具》：

---

① 《晋绥日报》（抗战日报），1945年5月22日，第4版。
② 阮章竞编：《中国解放区文学书系·诗歌编一》，重庆：重庆出版社，1992年，第744页。
③ 同上注，第280页。
④ 同上注，第20页。

农民的武器，农具呀！农民同志，赶快打造农具，叫日本强盗，在我们的农具下，哭泣，在我们熟收的土地上，哭泣。①

作者白水在这首诗中将农民使用的农具比作战斗的武器，农具的打造有助于加强生产，取得大丰收，这对侵略者来说无疑是一个沉重的打击。如《保卫夏收》：

敌人不怀好意地从城里出来了，拉着大车。他想抢劫我们的麦子呵，藏在半路上，给他一个袭击吧，把他打回去！②

作者曼晴描写了人民与日本侵略者斗智斗勇的过程，体现了人民群众的智勇精神。如《穷人会》：

穷人一条心，泥土变黄金。穷人一分手，黄牛变死狗。快快手拉手，抱全迈步走。报名穷人会，日子过得美。③

作者朱子奇在这首诗里强调了中国农民团结一致，积极开展生产的重要性。只有国内各阶层人民团结起来，组成抗日民族统一战线，才能最大限度地集中人力、物力、财力，共同打败日本帝国主义。

第四类描绘了老百姓对子弟兵的爱护，他们以实际行动表达着对子弟兵的深厚感情。如《像太阳一样》：

三岔口，黄土岭的大胜利啊，像太阳一样，照亮了民众的心房。民众呀，再帮助，咱们八路军，多打大胜仗。④

作者沙漠在这首诗中描写了军民同心，共同迎接三岔口、黄土岭战役的大胜利场景。民众团结一致，支援前线，在战斗中起到了积极促进作用。再如徐明的《慰劳》：

子弟兵受了伤，痛在老百姓身上。大伙来慰劳，捧出核桃、大红枣。要战士心里甜，要战士脸微笑。

第五类表明了和鬼子抗击到底的坚强决心。例如远千里的《拆城》：

鬼子们要来进攻，妄想占据咱县城。咱们赶快来拆城，叫他占了不安生！咱们打的是游击战，准备长期来做斗争。鬼子要的是城墙，咱要的是老

---

① 田间：《抗战诗抄》，上海：新华书店，1950年，第12页。
② 丹辉：《晋察冀诗话》，《新文学史料》1983年第2期。
③ 《新华日报》（华北版），1940年7月5日，第4版。
④ 山西省文学艺术界联合会编：《山西诗歌选》，太原：山西人民出版社，1978年，第48页。

百姓。

再如荒冰的《轰炸吧》：

轰炸吧，强盗们！我们有的是，不慌不忙，我们的脚跟站得很稳。连断砖，也流出血水，牢记这仇恨！①

这两首诗写出了日本侵略者的疯狂进攻不仅没有扑灭中国人民抗日的火焰，反而激起了中华民族同仇敌忾、团结一致、抗战到底的决心。

3. 街头诗的形式及作用

街头诗是诗歌服务抗战的有效途径，也是创造大众诗歌的可贵实践。如袁勃所说："街头诗写在了农村的墙头，传单诗散布在集会的人群，这些诗在各个战斗场合里，显示出了一种目的：当冲锋号未吹起时，它就要准备冲锋，号召冲锋；当肉搏快开始时，它就要准备肉搏，号召肉搏；并直接参加在战斗的过程中。"②街头诗是诗人们"用自己的手，用自己的口，把自己写出来的诗歌，直接地、迅速地写在街头，写在庙宇的墙壁上，写在多数人通过的大道旁边，在大会上朗诵，成为诗歌工作者最新最快发表自己诗歌的方法"。关于街头诗的形式，现在公认的看法是，田间、邵子南、力军、曼晴等人的诗作具有自己的独特性，又产生得最早，因此是正统的街头诗。③街头诗的特定表现形式是：第一，不超过十行的短小篇幅；第二，参差错落的句式和排列；第三，基本上不押韵脚；第四，凝练精警的语言表达。1939年以后，街头诗的形式在边区也逐渐发生变化，首先是押韵脚的街头诗多起来了；其次是在结构方面，句式整齐、排列一致的街头诗多起来了，街头诗的形式开始向民歌、民谣靠拢，它自己形式上本来具有的特点慢慢模糊了。进入抗战后期和解放战争时期，这时的街头诗的形式已经迥然不同于正统的街头诗了，首首都是简短整齐的"顺口溜"，与一般的民歌、民谣没有任何区别。

街头诗适应抗战需要而产生，受到了晋察冀边区人民群众的喜爱，在他们当中得到了普及，为推翻三座大山和建设民主根据地发挥了积极作用，获得了巨大

---

① 阮章竞编：《中国解放区文学书系·诗歌编一》，重庆：重庆出版社，1992年，第1018页。
② 袁勃：《诗歌的道路》，见《山西革命根据地文艺资料》（上），内部资料，第23页。
③ 熊辉：《抗战诗歌的几种特殊传播方式》，《长沙理工大学学报》（社会科学版）2013年第5期。

成绩，使许多人至今难以忘怀。这种在一定历史条件下的产物，随着历史条件的改变而不断发展变化，直到为新的宣传形式所取代，但它的历史功绩和在新诗发展史上的地位将永远为世人瞩目而载入史册。

（三）山西谚语和对联

抗日战争时期，日本侵略者的隆隆炮声把中华民族推向了灾难的深渊，也燃起了全中国抗日的火焰。全民抗战的巨大狂澜猛烈地冲击着原有的凝滞迟缓的社会结构与人们曾经平和淡泊的心理态势，民众的生存观念、情感世界发生了急剧的变化，中国的新文学重新选择着自己的位置和流向。这一时期，山西民间文学与时代的突变相伴随，其中，由人民大众创作的谚语和抗战对联简明扼要地记录了人民的呐喊，展现了血与火交织的悲壮画面，是抗日民主根据地军民团结御侮、争取民族解放的现实生活的艺术再现。

按民间谚语的创作内容划分，可将谚语分为以下三种类型：

第一类是关注国家兴亡，热爱祖国的方言谚语：

（1）国家兴亡，匹夫有责。[①]

（2）没有国，哪有家。[②]

（3）亡国奴不如丧家犬。[③]

（4）家不和该穷，国不和该亡。

（5）家贫出孝子，国乱显忠臣。

（6）国清才子贵，家富小儿娇。

（7）国难当头，不记私仇。

（8）国难当头，一致对外。

（9）爱国不分先后，报国就是一家。

（10）天塌下来大家顶；国家有难，大家承担；国事家事一个理。[④]

第一、二、三例强调国家与家庭、国家与个人的主从关系，自觉地把家庭与

[①] 阳泉市民间文学集成编委会编：《阳泉市民间谚语集成》，内部资料，1987年，第165页。
[②] 长治市民间文学集成编委会编：《长治市谚语集成》，内部资料，1988年，第19页。
[③] 阳泉市民间文学集成编委会编：《阳泉市民间谚语集成》，内部资料，1987年，第165页。
[④] 灵石民间文学集成编委会编：《灵石谚语集成》，内部资料，1989年，第2页。

个人的利益置于国家民族的利益之下,承载了心忧天下大事的爱国主义思想。第四例"家不和该穷,国不和该亡"是一条警诫性的方言谚语,道出的却是具有普遍意义的真理:家庭不和该穷该离散,国家不和(君臣不和、将相不和、皇室内讧)则活该败亡。第五例前面的"家贫出孝子"只是个铺垫或者导引,关键是要引出后边的"国乱显忠臣",这也是几千年历史经验的凝练和高度概括:家庭富足的时候子女似乎个个都孝顺,国家太平的时候朝臣也好像个个是忠良,可一旦穷了乱了就不是那么一回事了,南宋危难时没有几个文天祥,南明覆亡时也没有几个史可法。谚语告诫人们不要做随波逐流的庸碌之辈,要学习那些在危难时刻敢于挺身而出的至圣先贤。第六例前半句是说政治清明、国泰民安时讲求文治,这时候才子们就有了用武之地;后半句的"家富小儿娇"放在这里也并非贬义。全句的意思是说,要国家富强了才子才能够得到重视并派上用场,家庭富裕了孩子们才能够过上幸福生活。所以,国家兴亡,匹夫有责;国家兴亡,绝不只是几个人的事,而是一个民族的事。第七、八、九、十例的意义在根本上相同,产生于抗日战争爆发后的第二次国共合作时期,都因我党建立抗日民族统一战线的口号为大众熟知并广泛运用所致。第九例受"国难"这个非常时期的局限,至今仍因其带有普遍意义而被广泛应用,甚至成为我党团结海内外赤子的一个重要口号。

第二类是反映敌我关系的方言谚语:

(1)对敌人要狠,对朋友要亲。对敌人要拿出刀来,对朋友要拿出心来。恶狗怕斗,恶人怕揍。

(2)要想江山稳,必须常除奸。[①]

(3)燎盘盘,火圈圈,打的鬼子死下一圈圈。

(4)金镖带花,日本人回家。

第一例阐述了对敌对友的两种截然相反的态度。对日本侵略者不能心慈手软,要彻底歼灭,对亲人、朋友要真心诚意、用心对待。第二例表明了对奸细的态度。奸细的存在对人民抗日造成了严重危害,要赢得战争的胜利,彻底把日本侵略者打败,就必须除掉奸细,斩草除根。第三例体现了人民战士打鬼子的决心。无论来多少侵略者,我们都不惧怕,来多少消灭多少,直到把日本鬼子赶出

---

① 阳泉市民间文学集成编委会编:《阳泉市民间谚语集成》,内部资料,1987年,第67页。

中国。第四例描写了抗战胜利的情形。我们的战士在战场上英勇无畏，消灭日本鬼子，成为国家和人民的英雄，日本侵略者被打败，垂头丧气地滚出了中国。

第三类是反映阶级斗争的谚语：

（1）诉不完穷人苦，打不完毯上土。①

（2）亲不亲，阶级分。②

第一例描述了旧社会劳动人民穷苦心酸的生活情景。地主阶级雇用农工，剥削农工的劳动力，只给极少的生活物资，没有土地权的农民只能忍受剥削，为其劳作，苦不堪言。第二例阐述了阶级斗争中区别亲人和敌人的标准，就是阶级。劳动人民一家亲，剥削阶级是人民的敌人，打倒剥削阶级才能给广大劳动人民以幸福的生活。

与这一时期的民间谚语相比，抗战对联的主题主要体现在英勇抗日上。一副"孝义县各界抗日运动会讲演"的佚名对联，联文为：

上联：国难当前非娱乐，现身说法，洵为化装讲演觉沉迷；

下联：时事日急意徘徊，军民联合，以作破釜沉舟共济心。③

从联意看，此联当作于1937年下半年七七事变以后。因为第二年年初，孝义县城即已沦陷。此联语虽平淡，但其时国难当头，同舟共济、破釜沉舟的爱国御侮的壮志豪情却跃然纸上，催人奋起。

另一副抗战对联，即时任第二战区司令长官的阎锡山题吉县"克难坡"望河亭联：

裹带偶登临，看黄流澎湃，直下龙门，走石扬波，淘不尽千古英雄人物；

风云莽辽阔，正胡马纵横，欲窥壶口，抽刀断水，誓收复万里破碎河山。

此联为石刻联，末署："阎锡山题，民国三十一年十月二十九日。"

这副对联引经据典，糅合时局，豪情奔放，相信确曾起到过激励人心的作用。可惜此公言行不一，将此联的豪言壮语同其抗战中与日方"安平会议"妥协投降的丑行相对照，徒留千古笑柄。

---

① 长治市民间文学集成编委会编：《长治市谚语集成》，内部资料，1988年，第199页。
② 同上注，第198页。
③ 孝义民间文学集成编委会编：《孝义民间谚语集成》，内部资料，1987年，第16页。

临县地方志资料中,至今还保存着一副奇联:

　　保我众生,必先驱逐日寇;

　　慈航普度,最后独留汉奸。①

作者为贺三多,其人生平不详,但无疑是一位坚决抗战的爱国人士。国难当头,有民族败类并不奇怪,但大多数国民党人还是爱国的。在国民党的军队中亦不乏坚持抗战、为国捐躯的爱国将士。

此外,《山西文史资料》中有两副吉县人祖山烈士碑联。其一为抗战期间风行一时的"养天地正气,法古今完人",系孙中山先生所撰;其二为:"树国家独立基础,建民族自由精神。"在晋西北吉县崇山峻岭间与日军激战,终至全部壮烈牺牲,这悲壮的一幕发生在抗战初期。进入战略相持阶段,在山西境内又有一名国民政府军高级将领武士敏在战场上壮烈殉国。武士敏将军时任第九十七军中将军长,驻防于中条山一带,与我八路军关系密切。太行山根据地党政军民特为其举行了追悼大会,八路军副总参谋长左权将军敬献挽联,表达痛失战友的哀悼之情:

　　尽忠于民族国家,努力求团结进步,磊落奇才,一世如君有几;

　　坚持在敌后抗战,英勇至杀身成仁,感怀将略,数年知己情深。②

然而仅隔半年,左权将军也壮烈牺牲,长眠在辽县麻田的十字岭上。延安各界举行抗日战争五周年纪念并追悼阵亡将士的大会,会场悬挂着无数挽联、挽幛,表达了对左权将军的尊敬、怀念和对其丰功伟绩的赞颂之情。第十八集团军总政治部的挽联是:

　　苦战一生,立下多少功劳,不幸为国捐躯,万民悲恸哭名将;

　　敌后五载,消灭无数日寇,孰料今成永别,全军挥泪吊太行。③

"左权将军纪念亭"在十字岭左权将军殉国处建成,亭柱上铭刻着这样一副联语:"伟烈丰功卓著,集民族正气贯古今;忠肝义胆长存,铭华夏英雄的后人。"在抗战中做出巨大牺牲的革命先辈必将永垂史册,鼓舞着后辈为中华民族的伟大复兴而前仆后继,英勇奋斗!

---

① 临县县志编委会编:《临县县志》,太原:山西人民出版社,1995年,第289页。
② 展华:《抗战对联难忘怀》,《龙门阵》2005年第8期。
③ 赵克诚:《山西抗战对联拾零》,《文史月刊》2002年第5期。

民间谚语与抗战对联是抗日战争与解放战争时期民众鼓舞士气、满足精神需求的一种艺术体现。当社会发生剧烈震荡的时候，它从内容到形式也顺应着时势发生裂变，实现新的选择与重构。其结果表现出浓厚的民族情感与群体意识。尤其是抗战对联，它植根于民间艺术的肥沃土壤之上，在整个抗日战争和抗战文艺运动的链条中起到了无法替代的作用。

（四）现代山西民间戏剧

1937—1949年期间，在边区政府的领导下，山西各抗日根据地开展了声势浩大的戏剧运动。通过戏剧运动，根据地政府将戏剧这种民间文艺形式纳入到革命宣传的话语体系内，实现了对根据地民众的动员和改造，密切了党与根据地群众的关系。[①]山西抗日革命根据地的戏剧运动在中国共产党和边区政府的领导下，坚持马克思主义、毛泽东思想的文艺观，坚持正确的舆论宣传和导向作用，适应形势的发展，积极配合党和人民的抗日活动，对我们党的成长、壮大，对人民政权的建立、巩固，对人民和军队的团结及最终夺取抗战的胜利，起到了不容忽视的作用。

1. 民间剧团的成立与改造

抗战时期山西革命根据地的农村文艺运动极其活跃。其中，以戏剧的成就最大。由于戏剧运动在红军时期就有着光荣的传统，所以在抗日战争中，部队就首先成为组织和领导地方剧团的中心，军队剧团也成为根据地剧运的拓荒队。其次是军队和地方游击队的宣传队，他们的主要工作是演戏，故又名剧社。除演剧以外，还担任部队的宣传教育，以及战时作战和民运工作。在军队剧团和游击队宣传队的组织影响下，根据地的学校、机关团体也都把爱好戏剧的人组织在一起，成立了业余的宣传队。

为了形成剧运中的统一战线，当时对旧剧团的团结改造是一项十分重要的工作。抗战爆发前，山西乡村的民间班社主要是以自乐班的形式存在。革命根据地建立后，这些传统的民间戏班不能满足革命工作宣传和动员的要求，因此改造民间班社成为根据地戏剧运动的首要任务。抗日根据地的剧团最早以部队的剧

[①] 王冬：《抗日战争时期延安秧歌剧研究》，南京艺术学院博士学位论文，2010年。

社、剧团为主。随着戏剧运动的开展，根据地政府将部队剧团的经验运用到对民间戏班的改造中，将这些民间戏剧表演组织变成了革命的宣传队伍。[①]1938年开始的太行区农村戏剧运动，在1940年以后逐渐形成规模。随着农村戏剧运动中群众运动的深入，逐渐发展成为农村文化运动中的一股巨流。1938年，襄垣县四区抗日政府召集原有民间艺人成立襄垣抗日农村剧团。该剧团不仅废除了班主制，实行民主管理，而且取消了包份制，代之以评分计酬。全团人人平等相待，互称同志。下乡演出不计酬，改为募捐，和群众打成一片。与襄垣抗日农村剧团一样，沁源绿茵剧团也是在改造旧戏班基础上成立的，剧团在建制上仿效部队剧团，设有团长和政治指导员，在行政上建立了两个分队和一个总务股。[②]

据1945年4月太行区文教大会统计，全区有职业剧团11个，有农村剧团605个，仅三分区左权县就有农村剧团59个，花秧歌81班社火（包括高跷、旱船等）。这一时期山西各根据地成立的革命剧团还有太行胜利剧团、黎城黎明剧团等。在建立剧团、改造旧戏班的同时，根据地政府也利用了一些新的宣传和组织形式来加强对乡村剧团的领导。有些县在基层农村设置了文化娱乐员这一新的职务，负责接收和传达政府关于农村文化宣传方面的指令。在戏剧运动中也出现了组织剧团座谈会这一新的形式。此外，根据地还经常在剧团之间组织比赛会演，提高了剧团的业务水平，吸引了广大群众，增强了抗日宣传的影响力。通过设置文化娱乐员、组织座谈会、建立戏剧协会等方式，根据地政府不仅完成了对传统戏剧班社内部的改造，而且实现了对民间演出团体的统一领导。

据1939年到1940年的统计显示，晋冀豫根据地以太行区为主，建立了26个剧团，即：大众剧社（传统剧）、生力剧团（话剧）、新人剧团（话剧）、平定剧团（传统剧为主）、武乡儿童剧团（话剧）、阳城火焰剧团（话剧）、屯留前进剧团（话剧）、襄垣剧团（传统剧）、政先剧团（话剧）、锋剧团（话剧）、前哨剧团（话剧）、开路先锋剧团（话剧）、新中剧团（话剧）、长城剧团（话剧）、民族革命实验剧团（歌剧）、修武巡回宣传队（话剧）、太行山剧团（话剧）、浮山剧团、潞城剧团、雷电剧团、阳城大众剧团、阳城儿童剧团、陵川剧团（话剧）、

---

① 曹源源：《晋西北抗日根据地戏剧运动研究》，山西师范大学硕士学位论文，2010年。
② 智联忠：《抗日战争时期华北解放区戏曲研究》，中国艺术研究院硕士学位论文，2012年。

解放剧团（话剧）、怒涛剧团（话剧）、怒吼剧团（话剧）。晋西北的剧团有13个，即：战火剧社、战力剧社、战胜宣传队、长城剧社、战斗平剧团（京剧）、儿童演剧队、七月剧社、战斗剧社、吕梁剧社、雁门剧社、二中剧社、战胜剧社和战声剧社。农村剧团是群众自己组织起来的业余文化娱乐组织，他们自创、自编、自导、自演创作的《招待所》《斗争李子才》《大翻身》《自由结婚》《上冬学》《捉懒汉》《互助好》《破除迷信》《刘老夫妻》等现代题材剧目，为人民大众所喜闻乐见，这些作品真实地反映了当时农村的斗争生活，极大地鼓舞了广大农民的抗战热情。

2. 民间剧团艺人的政治化改造

根据地政府成立革命剧团之初，也加强了对剧团里旧艺人的改造。乡村剧团的主要成员是从前村里唱秧歌或小戏的艺人，旧艺人身上或多或少从旧社会沾染了一些不良习气。针对剧团中的这一情况，根据地政府提出了团结与教育并重的原则，团结旧艺人，要求他们品行要端正，思想要正确，并对他们进行了思想教育。[①]1938年襄垣农村剧团成立后，在县政府的直接领导下，开始着手整顿团员中的不良行为。在纠正陋习的同时，积极建立剧团内部的平等关系，剧团通过账务公开、民主讨论的办法废除了传统班社内的等级制，在艺人之间建立起一种相对平等的同志关系。1943年5月，应根据地政府的要求，襄垣农村剧团的老艺人撕碎了徒弟的卖身契，剧团里传统的师徒关系得到了彻底的解除，改变了艺人之间的不平等关系，从心理上逐渐接受了身份的转换。

1944年12月到1945年1月，晋绥三分区政府组织了戏剧研究班，对旧艺人进行改造，使他们在思想上发生了很大转变。在剧团内组织短期整训，整训期间通过讨论，讲解剧情，撰写新剧本，让他们了解抗日战争、了解共产党，从政治上提高他们的觉悟，用实际事例说明他们也是新社会的主人。根据地对旧艺人的改造，主要是通过读剧词、抄剧词的方式来提高他们的文化水平。与此同时，剧团还规定了专门的政治学习时间，讲解政策法令，上政治课。不仅如此，根据地政府还经常把旧艺人召集起来，以研究班、讨论会的形式对他们进行专门的政治

---

① 韩晓莉：《被改造的民间戏曲——以20世纪山西秧歌小戏为中心的社会史考察》，北京：北京大学出版社，2012年，第165页。

教育。正是通过这种自上而下、逐步深入、既团结又教育的革命改造，大多数艺人的生活观念和思想观念都发生了根本性的转变，他们开始有了"革命的文艺工作者"的自觉性，在演出过程中主动承担起了革命宣传的任务，不仅在演剧中主动宣传革命政策，而且在日常生活中也形成了主人翁意识，开始自觉地维护根据地政权。

3. 战争背景下的民间剧团

抗日战争爆发后，襄垣第四区的牺牲救国同盟会召集"富乐意班""悦意班"流散的三十多名艺人成立了襄垣第四区抗日农村剧团，后改名为襄垣县抗日农村剧团。他们为了宣传抗日、教育群众，上演了大量的传统秧歌戏，编排了许多反映时代特色的现代戏。1938年秋，中共襄垣县工委为了加强敌后抗战宣传工作，组建了一个以表演话剧、歌舞为主的新型剧团——抗战剧团，次年改名为襄垣县抗日救亡宣传队。1940年与襄垣县抗日救亡宣传队、襄垣县抗日农村剧团合并，改称为群众剧团。剧团运用和发扬了秧歌的优势，并虚心吸取了歌剧、话剧以及兄弟剧种上党梆子、上党落子、晋南眉户的精华，使襄垣秧歌在唱腔、表演、剧目等方面都有了很大的改变。剧团又吸收了一批名艺人和新学员，扩大了剧团的阵营。所上演的剧目除襄垣县抗日农村剧团的老剧目外，又编排了百余部新剧目，其中现代戏《小二黑结婚》成为襄垣秧歌现代剧目的代表作之一。群众剧团的演出范围涉及晋冀鲁豫边区所属的各市、县，受到边区军民的赞扬和欢迎。当时《新华日报》对襄垣秧歌给予了"内容新鲜生动，并有政治意义，适应群众，演出技巧成功"的高度评价。1943年，群众剧团改名为农村剧团。农村剧团在抗日战争中积极配合党的中心工作，编排了大量的现代戏，使群众受到深刻的教育，受到上级领导的重视和支持，剧团的发展日新月异。《新华日报》再次发表文章肯定了农村剧团的工作，时任边区党委书记的薄一波为剧团亲笔题词"农村剧团的旗帜"，剧团在太行山地区开始有了较大的影响力。

1945年冬，晋冀鲁豫军区后勤政治部将农村剧团改编为晋冀鲁豫军区后勤政治部人民剧团。另外，县政府组织人员招收流散在农村的秧歌艺人成立了新的农村剧团。两个剧团相互学习，相互援助，并肩作战。晋冀鲁豫军区后勤政治部人民剧团随军赴前线演出，新农村剧团在根据地为军民演出。1947年，晋冀鲁豫军区后勤政治部人民剧团移交太行行署，改名太行人民剧团。《人民日报》多次表扬了太行人民剧团的工作。1948年与太行光明剧团（原武乡县光明剧团）合并组成太行文艺工作团。1949年进驻太原，改名为山西省文工二团，后改编为山西省乡村文化工作队。一部分人回来成立了农村剧团，壮大了县剧团的力量。1949年，农村剧团改名为"大众剧团"。除继续上演农村剧团的剧目外，还新编、移植了大量新作。这个时期剧团力量雄厚、阵容强大。[1]

1939年，沁源城关镇镇长胡凤之组织了一批秧歌爱好者，利用文娱号召民众。1942年，县委再次组织会唱秧歌的群众组成宣传队，这支宣传队成立之初被称为"难民剧团"，后经过整顿改编，定名为"绿茵剧团"。[2]剧团成立之初，演员与逃难群众同吃同住，怀着对日寇的仇恨，绿茵剧团化悲痛为力量，积极排练节目，演出的第一个节目就是《山沟生活》。围绕反映人民苦难、揭露日寇罪行、鼓舞民众反抗等主题，连续演出了《出城》《抢粮》等节目。由于演员亲身经历过类似的内容，又为群众所熟悉，因而引起了强烈的反响。1943年沁源县委正式命名绿茵剧团为沁源县剧团，1944年，沁源县剧团紧密配合抗战，及时编演了《参军》《锻石雷》《抬担架》《光荣抗属》《杀敌英雄杨学孟》《民兵英雄李德昌》等剧目，同样产生了巨大的反响。1945年8月，日寇无条件投降。太岳军区和岳北地委命沁源县剧团、三民高小演出队和太岳军区政治部文工团组成联合演出大队，赴晋中各县演出三个月。剧团演出的剧目反映了抗日军民八年全面抗战赶走日寇的功绩，揭露了国民党反动派卖国投降、挑起内战妄图窃取胜利果实的丑恶嘴脸。1946年初，随着解放区的不断扩大，沁源县剧团响应号召四处演出。在灵石县，沁源县剧团演出了《挖穷根》《狗小翻身》《虎孩翻身》《难过年》《血泪仇》等剧目，极大地促进了土改运动。1946年7月，国民党发动全面内战。沁源县剧团遵照指示，积极配合演出，动员群众，鼓舞部队南下作战。1949年沁源县剧团由刘开基（汾阳地委书记）带往汾阳地委，1950年更名为"汾阳军区宣传队"。

4. 革命话语下的民间戏剧创作

在文艺为政治服务的要求下，旧式的戏曲班社和艺人被改造，并被赋予特殊

---

[1] 毛巧晖：《新秧歌运动：民间文学进入主流的一次尝试》，《晋阳学刊》2007年第5期。
[2] 武敏：《沁源秧歌调查与研究》，山西师范大学硕士学位论文，2013年。

第九章　近现代山西民间文学

的政治身份；传统的才子佳人戏、婚姻家庭戏以及忠孝节义戏等因不具有宣传革命的意义而被禁演；那些宣传抗日、生产、冬学、劳动英雄的现代新戏作为政治任务，成为各剧团排演的主要内容。按照思想内容表达的不同，可将此时期的民间小戏分成四种类型：

一是革命题材秧歌戏：根据地时期新创作的革命题材秧歌剧，既有反映战争的战争戏，也有体现乡村阶级斗争的斗争戏。这类剧目表现了人民群众被迫转移至大山深处之后的苦难生活、在党和政府的领导下反击日寇、在抗日前线的英雄为祖国做出重大牺牲、土改时期宣扬方针政策等题材，创作出许多具有代表性的剧目。比如忻县（今忻州市）蒲阁寨民兵演剧队编排的《围困蒲阁寨》是当时颇有影响的革命戏，这是一出根据当地斗争故事改编的七幕戏，表现了一场军民团结、攻破敌人据点的战斗。[①] 小戏从1942年日本侵略者在蒲阁寨推行特务政策开始，第一幕是当地汉奸巴虎科勾结敌人，暗害村里干部，抢劫村里的财物。后来，民兵将巴捉住，彻底粉碎了敌人的特务政策。第二幕是高家庄群众反"维持"斗争，敌人在"维持"政策失败后，对村民施以残忍的军事屠杀，激起了群众更大的斗争热情。第三幕是高家庄群众为反"维持"胜利召开全村大会，军民合作抢种了碉堡周围的庄稼。第四幕是敌人的特务政策、"维持"企图失败后，对蒲阁寨的群众残暴地施行压迫，蒲阁寨和周围村庄的群众感到这样的日子再也没法过下去了。第五幕是蒲阁寨村子激烈的"搬家斗争"。第六幕是表现了军民被敌人围困四十天的场面，为了把敌人很快赶走，民兵们大雪天爬山埋地雷。第七幕是热烈的劳军大会。《围困蒲阁寨》是当时创作的一部场次较多、内容复杂、人物丰富的长剧，由于故事是乡民的亲身经历，演员又是村里的民兵，再加上是以忻县的地方语言演出，所以演出在当地获得了很大成功。

又如《冤仇恨》：

　　山村少男少女王根柱与崔玲玲两家深受恶霸村长张福昌的迫害，张福昌害死崔玲玲父亲后要强占崔玲玲家的二亩地，后又利用利滚利硬要崔玲玲嫁与他，张福昌还企图害死与崔玲玲青梅竹马的王根柱，最后在穷人们团

[①] 中国作家协会山西分会编：《晋冀鲁豫革命根据地文艺作品选（太行太岳部分）》，太原：山西人民出版社，1982年，第460—490页。

结一致的反抗下，杀了恶霸张福昌，青年男女获得了自由的故事。[①]

这个故事首先在一定程度上反映了当时青年男女相对自由的婚恋观，更重要的是反映了农民反抗意识的觉醒。此剧的上演告诉广大农民，人没有贵贱之分，穷人不能把压迫当成命运，命运是掌握在自己手里的，要奋起反抗才能改变生活。这样的剧目在当时产生了巨大的影响。

二是表现根据地生产运动的秧歌剧：作为根据地中心工作之一的生产劳动也是新秧歌剧表现较多的内容。绿茵剧团沁源秧歌所演内容与人民生活贴近，在群众中产生了巨大共鸣，激励人民自发抗日并生产自救，同时沁源秧歌在宣传党和政府的政策方面发挥了重要作用。例如《山沟生活》讲述了1942年，范老头、三小、董老人三家人转移到了沁源城西乌木山上所发生的事情：

> 三家人刚刚准备将那剩余不多的糠做了吃饭，此时，日本鬼子上山搜刮，三家人立马收拾完东西、背上老人就跑，还是迟一步遇上了敌人，日本鬼子因一根皮带硬说董老人的儿媳粉英是八路太太，遂将其打死了，余下一个11岁的儿子与董老人相依为命。同时三小躲在山里的老娘也被鬼子拿刺刀刺死了，正当三小也要挨枪子之时民兵出现救了三小，大家悲痛之余都决定去当兵，此时镇干部组织大家夜里抢粮，大家推举三小为他们的队长，新一轮的斗争就此要展开了。[②]

剧中唱词不多，但句句唱进了人民的心中，例如三小的一段唱词："日本鬼子的大炮轰炸了我的家，打死了我的爸爸，又杀死我亲爱的妈妈。叫爸爸已不答应，叫妈妈也不闻。单单剩下我难民无处安身。吃不能够吃饱，衣裳也遮不住风。山沟里挤满了我们这群可怜的难民。梦里梦的是亲人，想也想的是亲人。没有了亲人，我们怎能不恨那日本人。哭哭啼啼有什么用，赶快参加抗日军，赶走了日本鬼子才有难民的路。"这段唱词诉了悲愤，抒了真情，引起大家的共鸣。剧中宣扬的抗日思想在这样的情景中发挥得淋漓尽致，人民群众感同身受，激起了强烈的爱国热情。

《众志成城》是以沁源围困战为背景创作而成的。1942年的秋收时节，日寇

[①] 龙青山：《沁源历史文化丛书·戏剧曲艺》，北京：北京燕山出版社，2008年，第100—142页。
[②] 同上注，第143—156页。

杀人放火霸占沁源城，老百姓被迫上山，日寇不仅实行"三光"政策，而且采取频繁搜山的方法和政治诱降来笼络人心，沁源人宁死不受胁迫，在粮食与交通都受到阻隔的情况下仍然顽强地与日寇展开围困战。在谈到针对日寇的政策时，沁源县山城镇支部书记岳华唱道："日本鬼子似虎狼，张牙舞爪又把人伤。再不能死打硬拼瞎莽撞，谋良方才能够以弱胜强。"面对老百姓断食断水的困境，岳华决定采用调虎离山计，从背后偷袭敌人：

> 调虎离山搞偷袭，潜入空城劫粮食。破坏交通断供给，鬼子肚饥咱不饥。从长计议，开荒种地。敌人"扫荡"一月半，搜查"清剿"常进山。坚持长期围困战，你需要吃颗定心丸。眼下山里有困难，缺吃短住少衣穿。咱要做中华儿女顶天立地英雄汉，决不回城当汉奸！有多少财产被抢占，有多少良田变荒原，有多少壮丁饮枪弹，有多少妇女遭摧残。八路军与咱们浴血奋战，党中央毛主席运筹帷幄在延安。咱自力更生开荒抢种闹生产，还会有四面八方来支援。切不可老鼠眼光一寸短，只看到眼皮底下鼻子尖。只要咱坚持围困战，定叫他有来无还！①

沁源民众坚持围困战，在困境中发挥聪明才智与敌人斗争的同时，还自力更生，开荒抢种闹生产。日寇在沁源城吃光喝光用光也没有抓到一个共产党，于是决定再次搜山，岳华不幸被捕，誓死与日寇抗衡，她在英勇就义前唱道：

> 日本鬼烧杀抢掠心毒歹，撒满人间祸与灾。国仇家恨深似海，乾坤倒转天地哀。憾只憾我不能亲除祸害，坚信斩豺狼自有后来。沁源人民英雄的军队，定能把日本强盗彻底葬埋。笑看那山城红旗摆，幸福的花儿遍地开。

这歌声响彻山谷，成为指引胜利的一道曙光，民兵最终将八路军带上山，日寇死伤惨重，沁源人民众志成城，赢得了这场战斗的最终胜利。

《张秋林》是以晋绥区特等纺织英雄张秋林为原型编写的剧本，这一剧本在塑造劳动英雄的同时，将抗战和生产两个革命主题融合起来进行宣传。② 全剧分为三部分，第一部分表现了旧社会农村的阶级斗争，地主车老三逼债收租，秋林

---

① 龙青山：《沁源历史文化丛书·戏剧曲艺》，北京：北京燕山出版社，2008年，第352页。
② 中国作家协会山西分会编：《晋冀鲁豫革命根据地文艺作品选（太行太岳部分）》，太原：山西人民出版社，1982年，第312—326页。

家度日艰难。第二部分反映了根据地生产运动，秋林在丈夫参军抗日后，勤劳纺织，生活有所改善，并在村里组成"妇女纺织合作社"，带头开展纺织运动。第三部分是对敌斗争。日寇"扫荡"，秋林幼子被敌人杀害，丈夫所在的八路军某部打退敌人，取得反"扫荡"的胜利。这个剧目一直是部队剧团漱水剧社的保留剧目。1944年漱水剧社还编演了《标准布》，主要内容是讲临县干部刘万山在当地开展纺织运动中，虚心向妻子学习织布，并动员一家三口，为完成纺织标准布的任务而共同努力。该剧也是根据当地的真人真事改编而成。《十二把镰刀》是从延安移植来的秧歌剧，剧情大意为：老解放区军民开展大生产运动，秋收季节急用镰刀。八路军某部约铁匠王二连夜打十二把镰刀，王二动员妻子边学边打，夫妻俩愉快地劳动，一夜间完成了打镰刀的任务。

三是鼓励拥军支前的秧歌剧："拥军支前"也是根据地时期山西各地新秧歌剧表现较多的主题，其中由武乡光明剧团创作的《改造旧作风》是此类的代表作品。

1944年春耕时期，武乡光明剧团的张万一根据当时乡村干部沾染的旧作风，以及这种旧作风对根据地抗战和生产造成的影响，编成了秧歌剧。在这个剧中，村长陈茂林过去是一个各项工作走在前头、受到群众拥护的好干部，但后来由于私心膨胀逐渐腐化起来。他不仅好吃懒做，不参加劳动，对群众态度生硬，工作上不讲民主，生活上腐化，乱搞男女关系，并且犯了贪污救济粮、分配贷款不公平等错误。村长的腐化堕落严重挫伤了群众的生产积极性，干群之间产生了隔阂。民主运动中，经过上级同志的热心帮助，陈茂林终于醒悟过来，检讨改正了自己的错误，重新取得了群众的信任。[①]

四是反映婚姻家庭内容的秧歌剧：男女情爱与婚姻家庭是传统秧歌小戏表现最多的内容。根据地时期，反映婚姻家庭内容的秧歌剧就数量来说并不多，在内容上也以宣传婚姻自由为主。赵树理小说《小二黑结婚》就曾被襄垣群众剧团改编为秧歌剧演出。1944年冬，襄垣群众剧团携《小二黑结婚》剧目到黎城南委泉村，为太行地区召开的群英大会和百团大战战利品展览会演出。该剧不仅在战争年代歌颂了根据地农民中先进思想对愚昧、落后、迷信思想的斗争以及对封建

---

① 中国作家协会山西分会编：《晋冀鲁豫革命根据地文艺作品选（太行太岳部分）》，太原：山西人民出版社，1982年，第272—293页。

反动势力斗争的胜利,而且起到了教育人民、打击敌人的作用,更以其生动丰满的人物形象、淳朴浓郁的乡土气息、诙谐幽默的表演风格深受观众的喜爱。

门搭开花搏来来,甚风乱张你来来,

柿子树,软枣根,三仙姑抓住我的心……

许多精彩对白和民间俚语成为经典流行语而被津津乐道。这一时期的婚姻家庭剧中,男女之间的情感交流和矛盾冲突并不是演出的重点,小戏侧重表现的是年轻人冲破传统势力,追求婚姻自由的抗争,抗争才是剧情发展的主线。男女之间在表达爱慕时,也一改过去对容貌长相的看重,开始强调彼此生产劳动方面的突出表现。此外,《王贵与李香香》《李来成家庭》《进步家庭》《夫妻识字》也是同一类型的剧作。

通过边区政府的乡村戏剧运动,民间戏剧中娱乐功能的主导地位被政治教化功能所取代,小戏成为抗战时期教育和动员民众的主要舆论宣传工具。在抗日战争和解放战争期间,山西革命根据地的戏剧运动在中国共产党的组织发动下,呈现出繁荣的景象。山西抗日根据地戏剧运动的开展,对中国共产党抗日民主政权的巩固、民众社会文化生活的变迁以及抗日战争的最终胜利,都有着深刻的影响。

六、近现代山西民间文学的特点

近现代中国民间文学的兴起有其特定的时代背景,同时也是文人们自觉、主动学习、倡导的结果。清朝末年,一向标榜自己只注重内容的革新、不注重形式运用的梁启超,在"诗界革命"中,为了启蒙新民的要求,提出诗乐结合、雅俗共赏的主张。在近代,中国古典诗歌的发展趋势是去雅变俗,把古典诗歌在长期发展过程中贯注的才学从文中剥离,为更广大的老百姓所接受。如黄遵宪的《出军歌》之类的诗歌,之所以被梁启超激赏为"诗界革命之能事至斯而极矣",不仅仅是因为它颂扬了爱国、尚武等精神,更重要的是,它代表了中国近现代诗歌发展的方向,真正做到了雅俗共赏,老百姓看得懂、听得懂。除此之外,这一时期他们还重视对民间的学习,在"五四"前后成为一种潮流。像胡适、陈独秀、周作人、钱玄同、刘半农等,都对民间文学与民俗有着浓厚的兴趣,并进行了深入的研究。陈独秀"高举'文学革命'的大旗",提出"三大主义",其一曰"推倒雕琢的阿谀的贵族文学，建设平易的抒情的国民文学"，直接为民间文学张目。周作人不仅广泛收集中外（英国和日本）歌谣、民歌、船歌和儿歌，而且展开了深入的研究。他说"民歌是原始社会的诗"，"在中国民歌中可以寻到一点真的诗"，"歌谣是民族的文学。这是一民族之非意识的而是全心的表现，但是非到个人意识与民族意识同样发达的时代不能得着完全的理解与尊重"。[1]

1840—1949年的山西民间文学就是在这样的社会环境和文化潮流中蓬勃发展，各种体裁的文本有着鲜明的时代特点和地域特色。

（一）反映社会转型期的时代特征

近现代，中国经历了封建制度逐渐瓦解，民主主义日趋萌生的过程，中国社会经历了前所未有的蜕变和转型。中国文学的发展也是如此，摆脱了几千年的古典形态，开始向现代形态转变。梁启超推崇功利文学观，推动着以小说为代表的民间文学形态从边缘走向中心。民间文学的价值开始受到肯定，尤其是民间歌谣的价值。同时，出于社会运动的目的，民间文学的动力也被重新审视，晚清时期的学者们希望以民间文学为手段达到启蒙大众的目的。因为民间文学是老百姓情感的一种直接抒发，人们希望通过宣扬民间文学的手段来激发读者的爱国情怀。山西东有巍巍太行山作为天然屏障，西有滔滔黄河为天堑，北抵绵绵长城脚下，是北方沿海地区与内陆地区的交接处。在1840年到1949年间，山西也遭受了战争的洗礼。近代山西民间文学的研究，首先要注意在社会转型过程中文化、艺术、宗教、政治、经济等因素之间的相互影响，即中国近代民间文学的发生首先是社会发展的产物。[2] 相比作家文学，山西民间文学间接地反映着这一时期的历史。民间文学源于民众自己的创作，是直接贴近现实生活的，因此，大都能够真实地、广泛地反映出比较有普遍性的世态人情和社会现象，而较少歪曲和粉饰。正如钟敬文所说："口传文学的内容价值，不但在于广泛地并且正确地反映了社会的、生活的真相，尤其在于忠实地表现出人民健康的进步的种种思想、见解。"[3]

---

[1] 李红波：《试论近代民间文学的兴起》，《宁夏社会科学》2008年第1期。
[2] 李欣：《中国近代民间文学研究概述》，《许昌学院学报》2009年第6期。
[3] 钟敬文：《民间文艺学及其历史》，济南：山东教育出版社，1998年，第55页。

这一时期，无论是人物故事、幻想故事，还是歌谣、戏剧等民间文艺形式，我们都能够从中窥视到那个年代的血雨腥风。对清末外来战争、封建王朝灭亡等历史事件，在山西的故事、歌谣中都有反映。山西流传着许多有关慈禧的人物传说故事，充满戏谑、讽刺的意味。而对那些反抗暴政、救济穷人的主人公，百姓们则流露出崇敬、感激的态度。民国期间启蒙思想波及山西后，山西歌谣中产生了大量的反映民众变革世界的思想，诸如妇女解放歌等相关民间文学作品。总之，我们可以透过山西民间文学认识到清末民国期间的山西乃至整个中国的社会状况和民众心理。

（二）民间英雄人物的塑造

这个时期的山西民间文学内容有很多是表现民众对美好愿望的抒发、对黑暗现实的发泄，通过民间故事表达自己的情感和态度，将内心的愿望和期盼寄托在故事中的主人公身上。因此这一时期的山西民间文学有一个重要的特点，那就是英雄人物的塑造。

这些英雄人物或出现在人物故事中，或是在歌谣戏剧中；他们可以是战争、起义的英雄，可以是救济百姓的武林中人，也可以是医者仁心的名医，甚至是那些能巧妙处理生活琐事的机智人物。这些英雄人物都出自民间，所以能够深刻体会到民众的疾苦，又因他们在智力或体力方面都有着过人之处，故而能除暴安良、救济百姓，成为民众心目中的英雄。

这些描写英雄人物事件的民间文学直接表达了民众的情感，完全是"我口歌我心"，民众率真的感情、大胆的追求都得到淋漓尽致的展现。因此，从民间文学中，我们可以看到民众内心的真情流露。民间文学作品在不断传播的过程中被反复修改，往往成为民众最贴心的语言表达。而另一方面，民间文学作为一种以艺术为媒介的社会交流形式，不同于其他任何说话和做手势的形式。它用民众熟悉的口头语言进行表达，并经过众人反复锤炼，歌谣生动自然，明白晓畅；谚语凝练概括，富有哲理；故事生动形象，诙谐有趣，体现了民众的口头语言特色和表达能力。[①]

[①] 徐赣丽：《再论民间文学的价值和功能——与作家文学相比较》，《民间文化论坛》2013年第2期。

（三）大量反压迫作品的出现

近现代民间文学的主题是反抗、抗争。在内容形式上，典型地继承了传统民间文学与黑暗力量抗争的重要精神。[①] 这一时期，人们受到封建统治者和外来侵略者的双重压迫，民不聊生。1840 年鸦片战争爆发，洋烟流入山西，山西百姓深受其害。起义反抗运动此起彼伏，人们通过口口相传的民间文学形式来表现抵制资本主义、帝国主义侵略，不畏强暴，奋勇抵抗英军入侵的决心，表达着民众心中忧郁愤懑之情。民众以此来反抗黑暗的社会现象，揭露、抨击反面事物。无论是这个时期的革命起义故事、绿林好汉故事、地方精英故事，还是时政歌谣，它们一方面满足了民众受压抑想表达的欲望；另一方面也为民众的反抗运动起着宣传、动员的作用。"无论何处出现了不公正和压迫行为，可以肯定，受害者们会在民俗中寻求慰藉。通过笑话、歌曲、谚语，人们将对那些令人惧怕、势力强大的个人或集团的愤懑之情发泄出来。"[②]

这一时期反压迫的山西民间文学作品有两种表达方式，一种情况是直接对反压迫运动的描述。通过对起义革命运动过程的描述和革命英雄的赞美来表达百姓心中对革命的支持；另一种情况是人们畏惧权贵，受现实影响，将心中的愤懑委婉含蓄地讲述给听众，或讽刺，或出于告诫的目的把自己平日听到的事情编创成合乎情理的故事来表达自己的情感或暗示对方。这些传说故事、时政歌谣等民间文学都是民众自己的创作，甚至对一些正统文献忽略或者认识有失偏颇的历史人物和事件，往往需要借助民间文学资料加以比照或补充，才能让我们更加完整和清晰地认识历史。其中，地方故事、时政歌谣等尤其包含有价值的信息，有利于人们认识地方社会或历史现象。[③] 山西近现代民间文学继承了我国优秀的历史民间文化传统，真实地表达了这一历史时期人民大众的感情和愿望，获得人民的喜爱，所以在广大群众中广为流传。

民间文学反映着民众独特的认识世界的方式和观念。民间文学中反映的人

[①] 李欣：《中国近代民间文学研究概述》，《许昌学院学报》2009 年第 6 期。

[②] 王伯台：《作为政治指南的民歌》，见〔美〕阿兰·邓迪斯编：《世界民俗学》，陈建宪、彭海斌译，上海：上海文艺出版社，1990 年，第 430 页。

[③] 徐赣丽：《再论民间文学的价值和功能——与作家文学相比较》，《民间文化论坛》2013 年第 2 期。

间百态、社会现象，可以帮助我们认识不同时间、空间中民众眼里的自然现象、社会生活和人的内心生活。许多民间文学作品描述了特定时期民众社会生活状态的全方位场景，这些内容在官方的史书和文化精英的文字记录中常常不被记录，或语焉不详，或被歪曲。[①]

1840年到1949年的山西民间文学通过生动的叙事、具体的形象塑造和灵活的语言真实地反映了山西普通民众的思想情感和生活图景，呈现出这一特定历史时期的社会生活和经济发展状况，传达了民众的思想观念和道德准则，体现了底层民众的生活世界，显示出其独特的自然观、人生观、价值观和世界观。在这些民间文学作品中，有的作品在思想性与艺术性上达到了完美的统一，堪称文艺杰作。山西近现代民间文学的历史存在与社会发展中的传承、传播及其记述表现问题，即近现代山西民间文学传说故事以及歌谣突出地表现出反抗与叛逆主题，与同时代的其他文学样式一样，是近代文化的宝贵财富。[②]它们是山西民众在实践过程中形成的对现实生活认识的描述，它汇总了民众在生活中掌握的各方面知识，真实地反映了那个时期人民的精神面貌以及生产生活等方面的情况，就如一座未经提炼的富矿，是研究社会历史、自然科学的宝贵资料。[③]

[①] 徐赣丽：《再论民间文学的价值和功能——与作家文学相比较》，《民间文化论坛》2013年第2期。
[②] 李欣：《中国近代民间文学研究概述》，《许昌学院学报》2009年第6期。
[③] 徐赣丽：《再论民间文学的价值和功能——与作家文学相比较》，《民间文化论坛》2013年第2期。

第十章

当代山西民间文学

一、20世纪50、60年代的山西民间文学

民间文学是劳动人民思想、感情、愿望和幻想的表达媒介，有别于其他阶级或阶层的代言和体会。任何一种文学，包括民间文学在内，都根植于它所处时代的社会背景，与当时的政治、经济、文化有着密不可分的关系。20世纪50、60年代是中国历史上一个比较特殊的时期，抗美援朝、土地改革、"大跃进"运动、人民公社化运动等重大政治历史事件串联成国家的政治轨道，国家主流意识形态作为支配力量在全国范围内得到确立。在这种背景下，散发着乡土气息的民间文学既保留了民间本色，又不自觉地将主流意识形态及相应的文化政策内化到文学创作中，使民间文学由私人话语转变为国家权力话语。战争时期山西革命根据地的建立开创了华北抗战的新局面，这使得山西省在中华人民共和国成立之后的国家建设中仍然具有重要地位。民间文艺是劳动人民智慧的结晶，其创作主体本应是底层民众，在"打破"知识分子对文学创作行为的垄断，大力推进"工农兵创作"[①]的政策影响下，一部分文人作家积极响应号召，开始关注民间世界里"萌芽状态的文学"。

（一）50、60年代山西民间文学的政治文化背景

"政治文化"是一项专门性的研究课题，始于美国著名政治学家加布里埃尔·阿尔蒙德。在服务论文学观的规定下，20世纪50、60年代的民间文学与政

[①] 李洁非、杨劼：《共和国文学生产方式》，北京：社会科学文献出版社，2011年，第92页。

治有着紧密联系,政治态度、信仰和感情全面影响着民间文学的发展。在特定的政治文化背景下,山西作为红色革命根据地首当其冲地受到感染,并诞生出一批特色鲜明的民间文学作品。因此对这一历程的描述,需充分还原20世纪50、60年代山西民间文学的历史面目。这一时期的山西政治文化发展可以概括为以下几个阶段:

1. 恢复生产阶段:炮火中的复工建设

根据党"一面接管,一面复工,一面清查,一面生产"[1]的方针,解放后的山西立即开展艰巨的复工生产,翻身后的工人们犹如重获新生,满怀欣喜地响应党的号召。随后的1950年11月,朝鲜战争爆发,山西各阶层人民全身心投入到保家卫国的运动中。工人阶级把劳动生产和抗美援朝战争紧密联系起来,响亮地提出"工厂就是战场,机器就是武器"的口号,展开了一场轰轰烈烈的爱国主义竞赛。工人们通过民间歌谣、民间故事诉说自己的热忱,"誓用生产守家园"的爱国豪情充盈于这一时期的山西民间文学。抗美援朝战争中还涌现出无数英勇的山西将士,他们的感人事迹被山西广大民众口耳相传,有很多成为民间文学作品流传至今。这一阶段的复工建设随着"三反""五反"运动的发展而逐渐深入,1952年,全国范围内的大规模增产节约运动开始,国家对山西太原进行了投资重建,"太原钢铁厂景观扩建后,生产能力迅速提高,1952年和1950年相比,铁产量提高1.5倍,钢材产量提高1.15倍"[2]。因此,这一时期的山西民间文学以反映如火如荼的生产场面为主要内容,以赞颂伟大的时代为文学创作的主旋律。

2. 五年计划阶段:双百方针的贯彻落实

从1953年开始,我国开始实行发展国民经济的第一个五年计划。根据国家和山西省的安排,第一个五年计划期间要在山西兴建规模巨大的、技术先进的重工业。此外,农业合作化运动的蓬勃开展也为山西的经济发展带来一定的影响。1955年9月至12月,毛泽东为《中国农村的社会主义高潮》一书作序。山西有16篇文章入选该书,毛泽东为其中的9篇文章写了按语,赞扬山西农民走合作化道路的积极性和努力进行生产建设、改变山区面貌的创造精神。

---

[1] 郝小军、王建设:《龙城太原:古都腾飞》,太原:山西人民出版社,2009年,第19页。

[2] 同上注,第20页。

经济水平的提高是文化繁荣的动力引擎，1956年"双百"方针的提出以五年计划的顺利进行为背景，为山西民间文学的发展提供了前所未有的机遇。紧接着山西省第二次文学艺术工作者代表大会在太原召开。出席大会的代表共598人，马烽致闭幕词，省委宣传部部长黄志刚讲话，他指出：贯彻执行的"双百"方针必须打破各种清规戒律，广泛展开自由争论，充分发挥文艺工作者的积极性和创造性，为创作出更好的文艺作品而努力。"双百"方针指导下的山西省第二次文代会将社会主义与现实主义确立为创作原则，但这也在另一个层面上夸大了政治对文艺的制约作用。于是政治挂帅的现象、现实主义的创作原则构成这一阶段山西民间文学的总体精神背景。

3."大跃进"阶段：文学"大跃进"的肇端

20世纪50、60年代的山西文学运动是随着全国文学思潮的流向而起伏变化的，是和革命的政治思潮联系在一起的，民间文学也不例外。因此，民间文学的创作也开始强调文学为政治服务的观念，文学思潮"左"的倾向愈演愈烈。

1958年至1960年，中国共产党在全国范围内开展极"左"路线的运动，即"大跃进"运动，这是在错误批判1956年"反冒进"的基础上发动起来的。1958年，山西进入"大跃进"时期，群众以如火般的热情投入到这场过分追求高速度的运动中，仅短短一个月内，从山谷到平川，从农村到市区，机关学校、厂矿企业、街头巷尾、庭院空地，到处都建起土炼铁炉，一时火光冲天、浓烟蔽日，人民群众也带着蚂蚁啃骨头般的拼搏精神展开了"大跃进"计划。这一时期的文学创作是为"大跃进"服务的工具，是"大跃进"的附属物，它随着"大跃进"运动的发展由兴而盛而衰。值得一提的是，这一时期的民歌创作也成为文学"大跃进"的肇端。1958年，毛泽东在成都会议上提出开展搜集民歌的工作，"我们来搞可能找到几百万成千万首民歌，这不费很多力气，比看杜甫、李白的诗舒服一些"[1]。后来他又多次提出由各个省创作民歌，"民歌各地都要搜集一些，新民歌要，老民歌要，革命的要，一般社会上流行的也要"[2]。

于是这一阶段涌现出大量歌颂"大跃进"、赞扬工农精神的民间文学作品。

---

[1] 引自罗平汉：《"大跃进"中的文艺界》，《共产党员》2008年第8期。
[2] 引自陈正平：《毛泽东与中国民间文艺》，《毛泽东思想研究》2002年第3期。

它们具有鲜明的时代特色，内容上以表现个人崇拜、歌颂人民群众改天斗地的决心和"三面红旗"为主；作品中的人物也出现了类型化的特征，结构公式化，以空洞说教代替了形象思维。尽管文学"大跃进"时期的民间文学难以避免地陷入到个人崇拜的局限中，但仍有不少作品流露出20世纪50、60年代底层人民真挚、质朴的情感。

4."文化大革命"阶段：行走在曲折道路上的民间文艺

从1966年到1976年的"文化大革命"时期，是山西经济建设，包括工业生产停滞倒退的十年。这十年使"调整、巩固、充实、提高"方针下出现的蓬勃生机的场面陷入混乱，在长达十多年的时间里，山西民间文艺始终在曲折的道路上颠簸。

1966年5月3日，中共山西省委根据中央指示决定成立"学术批判小组"，并发出《关于开展学术批判运动的通知》，随后中共山西省委决定以"文化革命办公室"代替"学术批判领导小组"。同年6月1日，《人民日报》刊登北京大学聂元梓大字报，并发表《横扫一切牛鬼蛇神》的社论。7月，中共山西省委以湖滨会堂为主会场召开"文化大革命"动员大会，自此，山西历史进入"文化大革命"时期。自湖滨会堂的"文化大革命"动员大会后，山西省部分党政机关在本单位内也随即展开"文化大革命"运动，以期达到彻底批判资产阶级"反动权威"的目的。当时的山西省副省长王中青同志、作家赵树理以及太原工学院院长赵宗复等人都遭到了公开批判，山西省成为"文化大革命"的重灾区，经济建设及文化发展在这十年中承受了严重的损失。

1968年，"三突出原则"成为"文化大革命"期间的文艺指导理论之一。它指的是在所有人物中突出正面人物，在正面人物中突出英雄人物，在英雄人物中塑造主要英雄人物。而在华北地区文艺调演期间，山西调演剧目晋剧《三上桃峰》因抵制了上述所谓的"三突出原则"，受到了江青等人的批判，太原也随即召开三万人的批判大会，编剧和有关人员均遭到批判。

"文化大革命"时期的文化专制将作家文学创作推入深渊，却意外拉动了民间文学的发展，这主要还得归功于民间文学的口头性。在激烈的阶级斗争中，民间文学的口头性使它应时而生，随风而去，来无影去无踪，从而成为斗争的工具。这个时期的山西民间文学作品主要有民间传说、民间歌谣、民间戏剧等，它们与这场政治运动紧密关联，集中地体现了当时广大民众普遍的心声，是这一时期独特的民间历史记忆。然而，民间文学虽然从表面上看与当时的"三突出原则"相去甚远，但实质上仍旧难以摆脱意识形态的影响。

综上所述，从1949年到1978年十一届三中全会召开之际，20世纪50、60年代的山西民间文学受到当时各种政治运动及政治思想的影响，在内容、创作方法上都具有一定的模式化特征，但是从另一个角度来说，由广大民众创造出来的文学作品是他们真情实感的自然流露，其特有的"艺术形象的说服力和感染力"反映出在民间土壤中不断滋生的反叛意识的萌芽。因此"文学的政治化"成为这一时期山西民间文学最显著的特点。以政治为纲的时代特色反映到民间文学的创作中，使山西民间文学敏感地构拟着一个个波动方式和变化特色，成为山西政治变化的晴雨表。

（二）50、60年代山西民间文学的发展

1949年12月3日至16日，山西省第一次文学艺术工作者代表大会在太原召开，参加会议的代表共289人。这次大会是在中华人民共和国成立后的伟大时期召开的，是毛泽东文艺思想在全省范围内贯彻执行的开始，是对全省文学艺术工作者富有历史意义的空前团结的大会。大会由高沐鸿致开幕词，省委副书记赖若愚做政治报告，报告指出，由于人民解放战争的胜利和中华人民共和国的诞生，我们已经进入了一个新的历史时期。文艺是为工农兵服务的，文艺工作者必须懂得当前的政治任务。战争时期山西出现了很多好作品，较多的是写战争、土改等，揭露了敌人，鼓舞了群众，为广大群众所喜欢；但旧形式有局限，不能充分表现新的内容，所以现在要在运用新形式的同时，改造旧的形式。报告分析了文艺战线的复杂形势后指出，文艺工作要坚持文艺统一战线，既要团结，又要斗争，要求文艺战线上的共产党员要学习马列主义、毛泽东思想，要在毛泽东思想的基础上求得统一战线的巩固。报告中认为，当前主要任务是文艺普及，要做到在提高的观点上普及，普及的基础上提高。要发扬民间文学的优长，努力培养新作家。报告最后指出，马克思主义文艺工作者是写实主义者，但不是客观主义者，不仅要描写群众，还要积极影响和指导群众，要走在群众前面，写出有灵魂、有思想内容的作品。因此必须学习马列主义毛泽东思想，掌握政策，到群众中去，用文艺的方法描写群众生活中的典型人物和活动，以推进历史前进。

大会期间，由高沐鸿做了题为《我们的几点历史经验与今后任务》的总结报告。报告共分三部分，第一部分介绍和总结了自毛泽东同志发表《在延安文艺座谈会上的讲话》以来，山西境内各个解放区的文艺运动的概况与成绩。第二部分总结了五点历史经验：一、文艺必须与人民斗争紧密结合才有其前途，从抗日战争到解放战争，从土改到生产，文艺运动完全证明了这一点；二、要想文学为人民所喜闻乐见，必须注重运用与改造民间固有的地方形式，并以赵树理等人为成功范例；三、文艺工作者必须学习理论与政策，同时还要向实际学习；四、必须重视群众自己的文艺生活；五、新旧文艺工作者必须紧密团结、互相学习。报告的第三部分指出，今后的任务首先要全省文艺工作者团结起来，建立统一与联合的组织，巩固文艺界的统一战线，和人民大众相结合，全力开展山西的人民文学运动。

大会由力群传达了全国文代大会召开的盛况，并向毛泽东主席、朱德总司令发出致敬电。经过讨论，大会最后通过了《山西省文学艺术工作者第一次代表大会宣言》《山西省第一届文学艺术工作者代表大会决议》《山西省文联章程》，成立了山西省文学艺术联合会，选举高沐鸿为主任，力群、卢梦为副主任，随后代表们分别集会，经选举，省美协、剧协、音协、文协正式成立。王玉堂任文协主任，束为、郑笃任副主任。大会由卢梦致闭幕词。

这次大会标志着全省文艺工作者的团结和统一，是革命根据地和阎统区、农村和城市的文艺工作者集中在毛泽东主席的胜利旗帜之下的大会师，同时确立了全省文艺总方针、新任务，确定了"为工农兵服务"的总方向，使全省文艺工作者统一了思想和步伐，在山西新文学史上具有承前启后的历史意义。

第一次文代会后，山西广大文艺工作者沿着毛泽东《在延安文艺座谈会上的讲话》指出的方向，积极投身到新生活的激流中，以饱满的革命热情歌颂工农兵的斗争生活，谱写了人民时代的新篇章。全省作家加强与生活和人民群众的联系，反映波澜壮阔的现实生活，表现时代的风云变幻，歌唱伟大时代成为文学创作的主旋律，决心为工农兵大众而写作。1950年创刊的《山西文艺》等报刊，推动了山西新闻学向前发展。1953年1月，山西省文联决定在全省文艺界开展整风学习运动。作家们经过学习，进一步划清了无产阶级文艺思想与资产阶级文艺思想的界限，认识到脱离政治、脱离群众、脱离实际的危害，从而改造了思想，提高了觉悟。在整风学习的基础上，组织开展文艺创作问题的讨论，帮助作家提高艺术水平和美学修养。同时组织一批作家下厂下乡，从现实生活中获取创作源泉。在作家队伍建设中，最引人注目的是来自基层的青年作者，他们如雨后春笋，破土而出，给我们的文学带来了新的声音，注入了新的血液。

中华人民共和国成立后，山西继续推广在根据地兴起的新秧歌剧。1949 年太原解放后，各单位普遍成立秧歌队，太原市委宣传部召开了秧歌工作会议，作家们也不断创作出反映新生活的秧歌剧本，如孙谦的《红手帕》、易风的《细水长流》等。在此基础上还产生了不少新歌剧和神话历史剧，如三幕歌剧《刘胡兰》和第一个神话历史剧《乞巧图》。

1953 年山西省政府发出有关戏曲改革的指示，要求各级文化干部认真学习戏改政策，学会领导文艺工作，并要求业余剧团应当运用短小精悍、生动活泼的民间艺术形式进行活动。山西戏剧界根据中央和省政府关于加强戏曲传统剧目的挖掘整理工作的精神，积极进行戏曲改革，对 50 余种剧目进行了分析讨论和修改。1954 年，全省举行了首届戏曲观摩演出大会，田汉、郭汉城等戏剧家应邀出席并讲话，对山西挖掘整理传统剧目的工作以及剧本创作和改编提出了重要意见，这次大会有力地促进了山西的戏曲改革工作。至 1957 年，全省发掘传统剧目共计 3200 个，涉及 44 个剧种。如贾克、寒声分别创作改编了《彩练明珠》《双锁山》（与丁子合作）等剧作；张一然改编的《玉堂春》；邢乐贤执笔，晋南蒲剧院集体整理改编的蒲剧《窦娥冤》；杜波改编的《周仁献嫂》；寒声、张焕、王易风、张万一改编的《打金枝》；武承仁改编的《金水桥》《王宝钏》；赵树理改编的《三关排宴》；墨遗萍创作的《石人泪》；许石青创作的《下河东》；丁毅、田川创作的《一个志愿军的未婚妻》等。此外还有《港口驿》《白沟河》《洛阳宫》《杨七娘》《访白袍》《含嫣》《杀宫》等剧目，这些剧目的排练上演，为山西戏剧舞台带来兴盛局面，也表明这一时期戏曲改革工作取得了重要成绩。

与此同时，山西民间音乐的个性特色也引起了国内各界的关注。中国音乐研究所向山西各地派出采访队。1954 年 10 月，文化部观摩代表团赴山西太原，撰写了《山西第一届戏曲观摩演出大会几种剧种的访问报告》，并于 1955 年发表。其中有蒋咏荷的上党梆子采访报告、长治专区代表演出"茶瓶计"、郭瑛的晋南鄜户访问报告、张淑珍的北路梆子访问报告和张悦的中央文化部观摩代表团音乐组对山西省第一届戏曲会演音乐会改革方面的意见总结。

1953年9月至12月，中国音乐研究所组织了"山西河曲民歌采访"活动。这次采访取得了丰硕的成果。研究所将采访的视野聚焦于民歌与人民生活的关系，对民间文学的研究具有重要的意义。由采访队队长晓星执笔的《河曲民歌采集调查工作报告》就包括采访工作的概况及其经验总结、了解民歌与人民生活的关系两大部分。民歌是民间文艺的重要文体，是表现人民思想感情的艺术形式，要想了解山西民间文学，民歌是必不可少的。

1958年，《山西民间故事选》创刊。1959年1月，山西省民间文学研究会筹委会成立。1963年，山西省民间文学研究会筹委会与山西省作家协会合并，更名为山西民间文学研究组。

山西省第三次文代会于1963年11月在太原召开，出席大会的代表共637人。大会期间，代表们听取了题为《高举毛泽东思想旗帜，为繁荣我省社会主义新文艺而努力》的工作报告，各协会分别召开了代表大会，并选出新的领导机构。《山西日报》发表了题为《立志做一个彻底革命的文艺战士》的社论。这次大会落实党的八届十中全会精神，并提出贯彻党的"双百"方针和"推陈出新"的方针。

二、20世纪50、60年代的山西民间文学史料采录

中华人民共和国成立后，民间文学事业蓬勃发展。20世纪50、60年代，山西民间文学的搜集整理工作顺利开展。

（一）搜集整理

1953年冬，中国艺术研究院音乐研究所到山西河曲采录民歌，他们对这一地区的民歌进行了较深入的发掘、采集、调查工作，了解民歌与人民生活的关系，研究民歌怎样反映人民的生活情绪。在短短三个月时间内，搜集整理工作者们记录了1500多首唱词和150多种曲调，随后出版了《河曲民歌采访专集》。"我们这次整理的主要目的，是尝试更好地实现河曲民歌所揭露的历史真实，更好地实现河曲民歌所反映的劳动人民的生活情绪，故将所收集的资料依据河曲解放前和解放后的社会生活现象分为四辑，每辑又分为若干类，以突现各种不同的

生活情绪。全书共分两部分——民歌部分与文字部分，现在一并出版，供研究河曲民歌者参考。"①

在搜集整理的过程中，工作者们坚持"去芜取菁""去伪存真""宁缺毋滥"的原则。凡是思想性、艺术性不高的民歌一律不收，先将3000首左右的歌词进行分类，然后根据河曲的实际生活挑选编排。编选的标准是：一、在原有基础上加以整理，首先符合生活的真实；二、每首民歌的主题思想必须鲜明突出；三、生活情绪必须统一连贯；四、词曲必须严格结合，做到自然和谐。编选过程中，除了对个别词意不明或文句欠顺的字句稍做修改和加工外，全部歌词皆保留民间原来的面貌，仅在次序和结构上做了些编排，曲调方面不做任何改动，音高、速度完全保持原来的样子。随后在1955年，河曲的王玉秀参加了全国首届民间艺术会演，第一次使河曲民歌登上舞台，在全国产生了很大的影响。从那以后，河曲民歌受到越来越多的专业人士的关注，一些歌唱家开始在舞台上演唱河曲民歌，河曲民歌的曲调还被一些作曲家或演奏家作为素材创作成音乐作品。

1958年，全国民间文学工作者第一次代表大会在北京召开，会上确定了"全面搜集、重点整理、大力推广、加强研究"的工作方针。同年，经过毛泽东的倡导，在全国范围内兴起了一场声势浩大的搜集民歌的运动。但由于当时处在"大跃进"运动的背景下，这种搜集和创作受到浮夸风的影响。但不能否认，还是有一些优秀的作品表达了民众的真情实感，是特定时代国情民风的写照。随着"大跃进"的掀起，各地也产生了大量的新民歌。为了配合"大跃进"，上级指示各地搞"诗山、诗海"，中共山西宣传部安排文化馆又搜集了一次民歌。这次搜集的只有少量属于真正的民歌，如《卖鸡公》《石工号子》等，其余大量的是群众创作出的新民歌（顺口溜）。

（二）创办民间文学相关刊物

此外，民间文学相关刊物的创办也推动了山西民间文学史料的采录。1950年3月29日，中国民间文艺研究会成立，并于同年冬天创办《民间文艺集刊》，到次年出至第3期停刊。1955年4月创办《民间文学》杂志，成为中国民间文学

---

① 中央音乐学院民族音乐研究所编：《河曲民歌采访专集》，北京：音乐出版社，1956年，第3页。

活动的主要阵地。1966 年停刊，共出版 107 期，1979 年 1 月复刊，到 1997 年底出至 323 期。《民间文学》刊物主要刊载中国各个民族、各个地方的民间文学作品，针对民间故事搜集整理的实际情况，民间文学界展开了大讨论，部分发言刊发在《民间文学》杂志上，后来结集出版。

这一时期搜集成果最丰富的是由新民主主义向社会主义过渡的政治歌谣、传说，比如关于"三反""五反"的歌谣，再者是搜集整理了大量民间文学资料。但是，一场声势浩大、旷日持久的"文化大革命"运动将民间文学活动整整打压了十年，许多珍贵的资料被直接送进了造纸厂，民间文学被视为低级、下流的东西，禁止搜集、出版。民歌不准唱、民间故事不准讲，就连许多民间故事的讲述者，民间史诗、叙事诗、民歌的讲唱者也受到了不同程度的迫害和摧残。民间文学的搜集者、整理者也难逃厄运，以致在新时期重新采录民间故事时他们仍然心有余悸。

三、20 世纪 50、60 年代山西民间文学的各类体裁分析

德国著名学者曼德姆曾指出："一定的观点和一定的一组概念由于与某种社会现实密切相关并产生于这一现实，便能够通过与这一现实的密切联系提供更多的揭示它们含义的机会。"[①] 产生于 20 世纪 50、60 年代的山西民间文学无疑受到当时社会环境的影响，呈现出一定的政治性，加上毛泽东文艺思想的核心是文艺为政治服务，这一服务论的文学观对山西民间文学的创作产生了一定影响。《在延安文艺座谈会上的讲话》成为新中国文艺的指导方针，毛泽东指出："至于对人民群众，对人民的劳动和斗争，对人民的军队，人民的政党，我们当然应该赞扬。"[②] 这就将民间文学的文艺地位原地拔高，创作者们更是将无限的热情投入到民间文学的创作中去。这一时期民间文学的体裁主要分为民间歌谣、民间故事、民间谚语、相声以及新戏剧等。

（一）民间歌谣

20 世纪 50、60 年代山西民间歌谣的保存基本上有三种情况：一是《河曲民

[①] 〔德〕卡尔·曼德姆：《意识形态与乌托邦》，北京：商务印书馆，2000 年，第 82 页。
[②] 中共中央文献编辑委员会编：《毛泽东著作选读》（下），北京：人民出版社，1986 年，第 525 页。

歌采访专集》的保存；二是中国民间文学"三套集成"中的山西民间歌谣；三是其他文史资料及相关文献中零散保存的民间歌谣，例如各地的地方志、《尧都歌谣》及《山西曲艺故事选》等。为了集中论述这一时期的民间歌谣概况，这里先从时政歌、生活歌及劳动歌三个方面管窥其全貌。

1. 时政歌

民间歌谣作为民间文学的重要组成部分，在民众间口耳相传，因而最能体现底层民众的思想情感和生活状态。在 20 世纪 50、60 年代这个特殊时期，时政歌在山西民间歌谣中占据着重要的地位，记录史实、针砭时弊、反映民意是其最重要特征。时政歌是 1949 年后山西民间歌谣中保存相对完整的部分，依其类型可分为赞颂类、讽刺类、诅咒类和纪事类等。时政歌记录了山西民众政治生活的诸多方面，绘制出一条山西社会历史发展的轨迹。朱自清先生在《中国歌谣》一书中，依据表现内容的不同将时政歌分为占验类、颂美类、讽刺类、怨诅类和纪事类五类。根据 20 世纪 50、60 年代山西民间文学史的具体情况，参考朱自清先生对时政歌谣的具体分类，现拟将山西民间歌谣中的时政歌分为纪事类、赞颂类、讽刺诅咒类三类。

(1) 纪事类时政歌

纪事类时政歌谣往往通过普通民众之口诉说重大历史事件或重要政令措施对其生产方式或生活方式的影响。新中国历经抗美援朝、"大跃进"运动、人民公社化运动以及"文化大革命"等几次重大的历史事件，其中还夹杂着一些标志性的政策措施：如象征着新时期妇女解放的《婚姻法》的颁布；1958 年 2 月 12 日，中共中央、国务院颁布的《关于除四害讲卫生的指示》；以及扫盲运动等。上述历史事件及政策法令不仅推动了山西省的经济文化建设，也折射在山西民间文学的创作中，尤为突出地表现在时政歌中。

这一时期的纪事类时政歌主要有以下几个主题：首先是对参军带来的离别之苦的诉说。其创作主体颇为复杂，有士兵，有妇人，也有父母，但是其中的孤独和悲苦大多掺杂着他们对战争胜利的向往。如《抗美援朝保祖国》，就是通过直白的对话式叙述表达了志愿军在参军前既惦念意中人，又心系祖国安危的复杂心理：

走呀走呀真走呀，撂下小妹妹你怎做呀？

管我怎做不怎做，抗美援朝是要紧的。

妹妹妹妹你不要哭，哥哥只能这样做。

打败美帝保祖国，光景才能过幸福。①

这首民歌仅寥寥数语就将一个"柔情铁汉"的形象呈现在读者面前。在战争的紧要关头，他不得不为祖国远赴他乡，临走前面对意中人的眼泪，他只得屈身安慰道："妹妹妹妹你不要哭"。舍小家保大家是20世纪50、60年代国家主流意识形态的集中体现，在特定的历史背景下，时政歌时刻与主流文化碰撞并与之形成水乳交融的态势。

此外，还有一部分纪事类时政歌反映了当时的政策措施对人民生活的影响。由于广大民众长期生活在特定的政治背景下，他们身体力行、备尝甘苦，对各种政策法令均有敏锐的洞察力，这些政策措施反过来也规约、影响着民众的生活。因此民众作为最直接的体验者，常常借助时政歌表达他们对政治措施、法令的认识和评价。《自由结婚》就是记述一位姓崔的姑娘响应自由结婚的政策，自主选择结婚对象的故事：

姑娘本姓崔，年整十六岁，张妈妈来说媒，我和她反了对。

自由结婚好，年龄正相当，自己事情自己管，别人管不了。

姐姐年纪小，父母主婚早，三日闹来两日吵，光景过不好。

东庄一娃娃，年长十七八，小伙子顶呱呱，我要嫁给他。

闲暇无事干，大街去游转，我和小伙谈一谈，小伙子也情愿。

我俩都情愿，再去央别人，县政府批准了，我俩再结婚。②

1950年5月1日，党中央颁布《中华人民共和国婚姻法》，这是中华人民共和国成立后颁布的第一部法律，它开宗明义：废除包办强迫、男尊女卑的婚姻制度，实行男女婚姻自由、一夫一妻、男女权利平等的婚姻制度。《婚姻法》打破了中国封建社会数千年来妇女备受压迫的坚冰，以法律形式赋予她们婚姻自主的权利。上述产生于山西夏县的歌谣以第一人称的口吻记录了《婚姻法》中婚姻自由的观念在民众生活中的影响。虽然这一类型的纪事类时政歌是从民众日常生活

---

① 阳泉市民间文学集成编委会编：《阳泉市歌谣集成》，内部资料，1989年，第73页。
② 夏县民间文学"三套集成"编委会编：《夏县民间文学集成》，内部资料，1987年，第460页。

的角度展开的，但是不可否认，它仍旧作为一种"特殊的史料"，记录了最真实的历史事件。歌谣中"县政府批准了，我俩再结婚"，反映出了青年们对《婚姻法》的理解。

与之相似的纪事类山西时政歌还有《纺线》：

> 公鸡叫三遍，
> 婆婆把媳妇唤，
> 东方亮，天明了，
> 起来咱纺线。①

以及《支前忙》：

> 一把镢头五尺长，大哥上山去开荒。
> 胳膊粗，力气壮，山前山后开荒忙。
> 嗨哟嗨，嗨哟嗨，支援前方多打粮。
> 纺花车儿嗡嗡响，大嫂纺线日夜忙。
> 手儿摇，车儿转，纺线纺到三更天。
> 嗡嗡响，嗡嗡响，前方战士要衣裳。②

上述两首时政类民间歌谣有一个共同特点：以朴实的语言记录了日常生活的点滴，"公鸡""镢头""纺线""开荒"等具有民间色彩的词语遍布其间；但另一方面，这类民间歌谣又与中国及山西当时的政治环境相契合，它们的创作意图是要表达民众对抗美援朝战争中前线士兵的支持。这类歌谣带有一定的主观感情色彩，从底层民众的角度或贬或褒地记录了20世纪50、60年代期间山西地域范围内的一些重大历史事件。

除了抗美援朝及《婚姻法》的颁布，其他的历史事件及政策法令也被记录于山西民间歌谣中。相比"大跃进"时期及人民公社化运动来说，"文化大革命"时期的民间歌谣是山西民间文学发展史上较为奇特的。这一时期的纪事类时政歌谣最多，搜集整理的工作却相对不易。这一方面由于"文化大革命"作为一个政治敏感话题受到全社会的主动规避，关于它的民间歌谣往往残存散布于民间，因

---

① 临汾地区民间文学集成编委会编：《尧都歌谣》（上），内部资料，1988年，第56页。
② 同上注，第50页。

此即使最大规模的民间文学"三套集成"在全国搜集整理出版时，因为编选标准等原因，这类作品也没有得到应有的重视。另一方面，也正是得益于这类民间歌谣口耳相传，没有被转换为文字形式的记录，才具有更加惊人的传播速度。较具代表性的山西民间歌谣有《文革歌谣九首》《动乱中》等。这些歌谣是最真诚的声音，它不仅表现出人民群众的审美情趣，更重要的是表现出对时局的预见性。

(2) 赞颂类时政歌

民歌是中华民族传统文化中最具代表性、最有鲜活感的艺术形式之一，它与其他文艺活动一样，都是与社会环境密切相连并随着社会的变化而发生变化的。时政歌往往在浅吟低唱间表达了底层劳动人民最真切的情感，对重要历史时期的关键历史人物和事件的褒奖和颂扬是赞颂类时政歌的重要特征之一。

劳动人民对恩人毛主席和共产党心怀感激，因此民间歌谣中关于毛主席和共产党的颂歌不仅数量多，而且篇幅长，造就了历史上罕见的领袖崇拜神话。"毛主席来恩情深，万首山歌唱不尽"，歌颂毛主席成为20世纪50、60年代民间歌谣创作的主色调和主旋律，湖北、湖南、陕西、广东等地都涌现出关于毛主席的颂歌。山西省作为抗日战争时期的晋察冀、晋绥、太行、太岳革命根据地和解放战争时期的解放区，见证了民族民主斗争的光辉历史，因此这一时期的赞颂类时政歌谣也很多。收录于《浮山歌谣集成》中的民间歌谣《感谢毛主席》，就饱含深情地诉说了人民群众对毛主席的爱戴之情。

> 七月一日日子好，喜鹊枝头喳喳叫，捎了信给毛主席，祝他福寿比天高，咳呀海棠花，咳呀茉莉花，祝他福寿比天高。
>
> 树有根来水有源，毛主席叫咱把身翻，人民当家做了主，眼睛笑成一条线，咳呀海棠花，咳呀茉莉花，眼睛笑成一条线。
>
> 万里无云晴天亮，毛主席领导向前方，汾河修好田重重，永远不再闹灾荒，咳呀海棠花，咳呀茉莉花，永远不再闹灾荒。
>
> 汾河两岸好地方，人人劳动身体壮，修好汾河人欢畅，日夜都把山歌唱，咳呀海棠花，咳呀茉莉花，日夜都把山歌唱。
>
> 向日葵向太阳，人人都向共产党，共产党呀为人民，毛主席当家国兴旺，咳呀海棠花，咳呀茉莉花，毛主席当家国兴旺。
>
> 除去水患兴水利，汾河两岸好风光，谷子长得绿油油，新砌房子亮堂

堂，咳呀海棠花，咳呀茉莉花，新砌房子亮堂堂。

　　孩子不忘亲爹娘，共产党恩情似海洋，汾河人爱汾河地，人人更爱共产党，咳呀海棠花，咳呀茉莉花，人人更爱共产党。①

《感谢毛主席》这首浮山民间歌谣句式整齐，列举了众多富有生活气息的歌谣意象，如"茉莉花""海棠花""喜鹊""向日葵"，这些象征着美好与光明的民歌意象几乎不加修饰，体现出民间歌谣素朴自然的风格。整首歌谣反映出劳动人民跟随毛主席建造美好家园的激动心情，其中"咳呀海棠花，咳呀茉莉花"叠音句的运用使得整首歌谣语言节奏感强、音韵和谐，增加了吟唱时的韵律，形成声音的参差错落之美。从这首民间歌谣的内容看，它先是歌颂了毛主席带领劳动人民治理汾河、修葺新房的卓越功绩，之后的叠句"红旗飘飘排成队""幸福日子万年长"又表达了他们对美好生活的憧憬和向往。

重章叠句是赞颂类时政歌的主要特点之一。回环往复的歌咏中融注了创作者浓浓的赞颂之情，这种淳朴、自然的结构形式能起到反复、强调的作用，传达出别样的韵味。运用重章叠句营造语言参差错落之美的技巧还体现在山西人民对共产党的歌颂中，如《十唱共产党》：

一唱共产党，好比那红太阳，农村一片新气象，人人都欢唱。
二唱共产党，村村有学堂，看书读报柳荫旁，水笔别胸膛。
三唱共产党，绿化咱家乡，村前村后花果香，绿苗满山岗。
四唱共产党，引水上山岗，山顶水磨哗哗响，高山水流长。
五唱共产党，干部下了乡，同吃同住同劳动，群众齐夸奖。
六唱共产党，牧民心花放，千里草原好风光，养肥马又壮。
七唱共产党，山庄变了样，树上喇叭哇哇响，电灯明又亮。
八唱共产党，卫生人人讲，身体健康力气壮，个个喜洋洋。
九唱共产党，公路赛蛛网，乡乡村村汽车跑，拖拉机进了庄。
十唱共产党，勤劳致富忙，家家米粮堆满仓，阵阵扑鼻香。②

---

① 浮山歌谣集成编委会编：《浮山歌谣集成》，内部资料，1987年，第194—195页。
② 灵丘民间文学集成编委会编：《灵丘民间故事歌谣谚语集成》，太原：北岳文艺出版社，1991年，第595页。

第十章　当代山西民间文学

这首歌谣运用同字押韵的形式为共产党唱了十首赞歌，从建造学堂到绿化家乡，从干部下乡到现代化建设……共产党带领劳动人民走上致富之路，层层递进的排比句式将其连为一个整体，从中我们不难体会出老百姓翻身做主人后的喜悦之情。这份直抒胸臆的感情并未经过字斟句酌，读来却朗朗上口，具有浓郁的感染力。衣、食、住、行历来是广大人民最关心的事情，当然也是这一时期民间歌谣反映的主要内容。这也是民歌民谣贴近时代脉搏、反映人民心声的具体表现之一。

20世纪50、60年代的民间歌谣大多反映人民群众的生活变化及他们对毛主席和共产党的感激与爱戴。对于他们来说，毛主席和共产党就像白日的太阳、夜晚的明星，驱走黑暗，带来光明。因此，在歌颂毛泽东的民间歌谣中，"太阳"和"星星"成了精神领袖的象征，它们也是这一时期山西民间歌谣最具代表性的意象。"一唱毛主席，东方的启明星，带领红军到陕北，领导咱打日本。二唱共产党，明亮的北斗星，全心全意为百姓，解放咱穷苦人"[1]；"葵花开花向太阳，翻身不忘共产党"[2]；"五谷杂粮靠太阳，心心向着共产党。葵花靠着太阳长，人民靠党是方向"[3]；"铺上新褥扫扫炕，俩口子穿上新衣裳，对住太阳放声唱，俺要歌唱共产党"[4]。

"一首民歌总是透过有声音乐符号和词语句法层面烘托出具象化的对象，包孕着创作主体的生命感悟与艺术真诚，中国民歌意象的选取有着鲜明的特征。"[5]"太阳"意象是这一时代特有的产物，带有很强的意识形态痕迹。在文学史上，"月亮"意象一直是文人骚客笔下的重要意象，多于"太阳"意象。但是50、60年代特殊的政治语境把太阳崇拜推向了极致，"太阳"几乎是毛主席或共产党的代称，"月亮"意象甚少运用。山西民间歌谣，尤其是赞颂类时政歌中的太阳和星星意象并不仅仅是"光明"和"温暖"的象征，它们还与当时的时代密切相关，具有明显的政治化色彩。

---

[1] 灵丘民间文学集成编委会编：《灵丘民间故事歌谣谚语集成》，太原：北岳文艺出版社，1991年，第592—593页。
[2] 忻州市民间文学集成编委会编：《忻州歌谣集成》，内部资料，1987年，第234页。
[3] 康茂生主编：《岚县志》，北京：中国科学技术出版社，1991年，第603页。
[4] 太谷县民间文学集成编委会编：《太谷民间歌谣集成》，内部资料，1990年，第12页。
[5] 段友文：《民歌的审美意象》，《文艺研究》1998年第3期。

此外，还有一部分赞颂类时政歌是以第一人称叙事的口吻表达自己对毛主席的感激之情的，如《跟着救星毛泽东》：

我老婆子真高兴，毛主席领导翻了身，有吃有穿有地种，全家过上好光景。

牛羊儿成了群，孩子都是办公人，大家选我劳动英雄，你看我老婆多光荣。

翻身不能忘了本，吃水不忘挖井人，全家和好一条心，紧跟救星毛泽东。①

还有《翻身乐》：

我老汉名字叫刘福祥，从小时候动不动饿得眼睛兰，现在把身翻，我要把过去的事儿和我老伴谈一谈。

咱俩个老脑筋好讲迷信，咱以为讨吃二松都是命运，些也不估算，共产党领导咱们，发财发福的整个有钱。

咱俩个都活了六十四五，没见过神和鬼把咱保护，些也靠不住，咱们还是靠咱们，解放军队人民的政府。

翻了身遂了心应当还口愿，自由幸福的日子永远享不尽，你好好来估算，感谢咱伟大的英明领袖毛泽东。②

这类民间歌谣的基本特征有以下几点：一是情感基调积极欢快。它们大都以第一人称的视角讲述了劳动人民当家做主后的喜悦之情，与此同时，将时代的精神、气质、面貌以及思想愿望也一同表达出来，这类时政歌是人民"情感生活"在特定时间和空间里的反映。透过第一首民间歌谣，我们可以隐约看到一位容光焕发的老妪坐在门前向众人讲述自己生活的变化，开头一句"我老婆子真高兴"便奠定了整首民歌欢快的情感基调。后一首《翻身乐》则是通过对比的形式表达了演述人喜悦的心情。二是贴近底层劳动人民的生活。这类赞颂类时政歌相较其他民间歌谣来说，更贴近寻常百姓的日常生活，在夹叙夹议的过程中表达了他们内心的情感。在《翻身乐》中，老汉刘福祥不仅交代了自己的全名，还将他解放前挨饿受穷的生活状态演述出来，即"从小时候动不动饿得眼睛兰"。对于这一时期的乡村民众来说，过去梦魇般的经历是他们时时挂在心头的记忆，也正是在这种对比间体现出他们对毛主席和共产党由衷的感激，对日常生活的重述也是表

---

① 临汾地区民间文学集成编委会编：《尧都歌谣》（上），内部资料，1988年，第83页。
② 定襄县民间文学集成编委会编：《定襄县民间歌谣集成》，内部资料，1987年，第138—139页。

达赞美和感激之情的一种方式。

值得一提的是，有很多学者认为20世纪50、60年代的民间歌谣，尤其是《红旗歌谣》及赞颂类时政歌谣引入过多的政治语汇，已经不具备民间歌谣"民间性"的特点，因此缺少"对社会问题的深层追问和对生命的终极关怀"。[1] 然而无法否认的是，在特殊的时代背景下，披上政治化色彩外衣的山西民间歌谣仍然在一定程度上反映出那个时期山西人民的精神状态。

(3) 讽刺诅咒类时政歌

在中国古代封建社会，劳动人民深受剥削和压迫，统治者征收繁重的苛捐杂税，地方官员贪污腐化，老百姓苦不堪言。生活的悲苦加之话语权的缺失，使下层民众转而通过民间歌谣抒发自己内心的愤懑和压抑，因此反映百姓生活悲惨不幸以及对旧社会制度无比憎恨的民间歌谣大量出现。这类歌谣像匕首，似投枪，让历代统治者避讳和惧怕。这一类歌谣是最富表现力的部分，反映出民间歌谣对现实社会不良现象的讽喻和鞭挞。

中华人民共和国成立初期，由于社会主义制度的不完善，社会上存在很多不尽如人意的地方，这时的时政歌谣则像带刺的玫瑰，体现出人民大众善意的规劝。例如，"大跃进"时期浮夸风盛行，老百姓唱道："豆子放了炮，棉花吊了孝；麦子睡了觉，玉米上了吊；山药尿了尿，芝麻咧嘴叫。"三年困难时期，很多人难得温饱，可也有些农村干部却享有特权，于是有了"惹下队长，打发你到蔡庄（水库）；惹下保管，秤头上扣砍"和"宁嫁事务长，不嫁烂县长"的民谣。"文革"中，农民的日子更加艰难："自留地，种点菜，到处撵得不让卖。七也斗，八也斗，斗得猪羊不长肉。"

相比纪事类和赞颂类时政歌谣来说，这一时期的讽刺类和诅咒类歌谣更具有时代特点，山西也有很多此类型的民间歌谣，它们以"大跃进"运动、人民公社运动、"文化大革命"等重大历史事件为发展脉络，揭露出时政的弊端，反映出人民的向背，具有一定的预见性。比如流传于乡宁县的讽刺类时政歌《老十分》："一天三出勤，记工老十分，秋后一样分。你歇着，我坐着，打不下粮食都饿着。"这首歌之所以在山西范围内广泛流传，就在于它把"民以食为天"描绘

---

[1] 肖来青：《"红旗歌谣"：虚假的民间发声》，《群文天地》2011年第1期。

得很实在，并且能够让百姓把心中的酸楚一吐为快，在集体化时期具有普遍意义。同样是"大跃进"时期的民间歌谣，时政歌《指手忽啦不动弹》则讽刺了当时社会不公的现状："别看支书闲圪串，口袋里的票票花不完。自从有了大锅饭，指手忽啦不动弹。"这首民歌从某个侧面反映了一定的社会现实和民众心态。作为主流话语外的民间表达，讽刺类时政歌谣已成为民意的一种宣泄渠道，它传达出关于"大跃进"的争议以及"大跃进"在山西民众心目中所引发的思维混乱，因此最具概括意义和典型性。

公共食堂是1958年"大跃进"和农村人民公社化运动的产物，是曾一度轰轰烈烈地改变中国农民传统生活方式的"新生事物"，从1958年到1961年的四年中，公共食堂经历了从发展、维持到解散的艰难历程。"大跃进"开始后，公共食堂如海啸般席卷三晋大地。在产生之初，不少报刊媒体给予其广泛称赞，中央领导人也充分肯定公共食堂存在的必要性，这很大程度上源于在"大跃进"这一社会背景的驱使下，山西民众对共产主义的迫切向往和对新生活的强烈好奇。然而这种坐吃山空的形式体现和滋长了小生产者狭隘的平均主义思想，有一部分山西民间歌谣揭露出公共食堂的弊端。比如《公共食堂歌》："饭勒稀，肚勒饥，蔓菁化成一团皮，煞搁的两根豆面荏，吃的倒唤他娘的×。"[①]虽然公共食堂的建立是随着人民公社的诞生而出现的，但并不代表它具有持久的生命力。从内容上看，这首《公共食堂歌》出现在公共食堂勉强维持甚至难以为继的阶段。这一时期，公共食堂的种种弊端开始显现，山西民众以"饭稀""肚饥"等简单直白的词语表达出他们对公共食堂的讽刺和不满。

公共食堂的出现大大地挫伤了劳动人民的积极性，它所暴露出来的是人民公社制度的主要问题，即"平均主义"产生的弊端。在人民公社兴建之初，民间歌谣对以"吃饭不要钱"为主要内容的"平均主义"大唱赞歌，与此同时，对于一部分从"平均主义"中得到好处的人来说，他们对集体产生了严重的依赖思想；而那些劳多得少的农民明显地感到自己吃亏，觉得干多了也是给别人干，积极性受挫。于是人民公社成立后不久，在全国各地普遍出现了"四多四少"的现

---

① 中国民间文学集成全国编辑委员会、《中国歌谣集成·山西卷》编辑委员会编：《中国歌谣集成·山西卷》，北京：中国ISBN中心，2009年，第116页。

象：一、吃饭的人多，出勤的人少；二、装病的人多，吃药的人少；三、学懒的人多，学勤的人少；四、读书的人多，劳动的人少。在得与失的较量中，人类社会狭隘的自然欲求性战胜了集体意识，人性的贪婪和脆弱得到淋漓尽致的展现。《社员出工》就以五字一句的民间歌谣形式讽刺了当时的社会现状："上地一窝蜂，劳动磨洋工，休息打冲锋，收工一溜风。"①

社会的公平体现着民众对自由和权利的尊重，"大跃进"时期的"平均主义"是一种在小生产基础上产生的绝对平均的思想，其具体表现为对待个人消费品的分配，不分劳动多少、技术高低、贡献大小，要求享受同样待遇，这从某种意义上来说正是一种不公平。下面两首讽刺时政歌就体现出了这种隐匿于"公平"之下的不公平现象。

第一首名为《四两粮》：

> 干部吃的四两粮，又娶媳妇又盖房；车倌吃的四两粮，挣的旅费下食堂；放羊的吃的四两粮，圪夹上毡子卖余粮；赤脚医生四两粮，衫子裤子的确良；社员群众四两粮，拄着棍子靠着墙。②

还有《惹下书记没出路》：

> 惹下书记没出路，惹下队长紧的受，惹下会计紧的扣，惹下保管吃不够。③

这两首民间歌谣都有一个共同特征，即体现出"大跃进"时期人的阶级性。第一首民间歌谣《四两粮》中，同样是"吃的四两粮"，干部却可以"又娶媳妇又盖房"，社员只能"拄着棍子靠着墙"。第二首《惹下书记没出路》诉说了普通民众的辛酸，书记、队长、会计及保管都掌握着"特权"，分配规则出现不公平现象。可以说，这两首民间歌谣不仅是山西范围内民众对"大跃进"时期的讽刺和揭示，也坦露出全国人民的心声。时政歌谣是关于国家政治情况的民间文学，是普通老百姓及广大民众基于自身的利益立场上对国家的政治状况所做出的一种当下的反映和判断。这种反映和判断的形式是多种多样的，更多的是鞭挞、讽刺和批判，因而在过去被视为是劳动人民进行阶级斗争的精神武器，这是时政歌与

---

① 定襄县民间文学集成编委会编：《定襄县民间歌谣集成》，内部资料，1987年，第149页。
② 同上注，第148页。
③ 同上注，第149页。

生活歌和劳动歌的本质区别。

2. 生活歌

民间歌谣以口耳相传的形式和口语化的描述，反映了底层百姓的真实生活，其中的生活歌是反映人民群众社会生活和家庭生活的民间歌谣。20世纪50、60年代，山西生活歌的最大特色是在贴近生活实际的同时也一定程度上反映出时代的整体风貌。社会生活和家庭生活、国家与个人两者紧密交织，渗透于这一时期生活歌谣的字里行间。这一时期生活歌的主要内容有以下几个方面：

（1）甜——山西百姓的富足康乐之歌

中华人民共和国成立之后的生活歌谣不只是描写私人感情生活，而是融于整个社会语境之中。新生活带来的喜悦与甜蜜成为反映国家政策的一面镜子，山西百姓在歌谣中将新生活给自己带来的幸福无限放大，体现出劳动人民对丰衣足食生活的满足。比如《挂彩灯》："千家万户挂彩灯，政策带来好光景。农家五业大发展，富裕生活火样红。"[①] 在千篇一律的粉饰太平中，传统民歌贴近人民大众生活的特点几近消失，顺应国家政治话语成为生活歌谣新的特点。

在太谷民歌《八问为什么》中，这种转变趋势得到更明显的体现。

一问什么黑如墨，地主心肝黑如墨。
二问什么白似雪，国民党恐怖白似雪。
三问什么似黄连，旧社会生活似黄连。
四问什么硬如铁，红军纪律硬如铁。
五问什么红如血，党的旗帜红如血。
六问什么大如天，工农利益大如天。
七问什么甜如蜜，分田分地甜如蜜。
八问什么软如棉，自由结婚软如棉。[②]

这首民歌运用了比喻和对比的手法，使山西人民的喜悦之情跃然纸上。比喻本来就是一种增加语言形象性的手段，但20世纪50、60年代山西民间歌谣中的喻体似乎与当时的社会生活有着更为密切的联系。它们大都来自生活，如上述民

---

① 永和县民间文学集成编委会编：《永和故事、民谚、歌谣选》，内部资料，1989年，第214页。
② 太谷县民间文学集成编委会编：《太谷民间歌谣集成》，内部资料，1990年，第16页。

歌中的"墨""雪""黄连""铁""血""天""蜜"和"棉",这些喻体不仅与本体有较大的相似点,而且更能引起劳动人民的共鸣。如果说歌声是毫无掩饰和保留地抒发内心的媒介,那这歌声所表达的感情必定是真诚的、饱含深情的,让听者为之心动。民间歌谣《三代人》通过对比的手法将祖孙三代的生活状态表现出来:"爷爷奶奶烂板箱,烂衣烂裤烂家当。俺爹俺妈对儿箱,灯芯绒就是好衣裳。如今俺摆上组合柜,毛料呢子绸缎装。"① 时间的对比使意象的对比更加鲜明,从"爷爷奶奶"到"俺爹俺妈"再到"俺",衣柜和衣料都发生了变化,从"烂板箱""对儿箱""组合柜"的变化中就足以揣测出"俺"内心对现实生活的满足。运用对比手法展现出现实生活美好的生活歌谣在这一时期很多,通过这些歌谣,山西劳动人民既控诉了旧社会带给他们的重重苦难,也歌颂了党和政府的新政策为他们生活带来的生机。又如《耕地歌》:

旧社会,手舞镢头背朝天,

一亩刨得七八天;

如今拖拉机冒烟烟,

五十亩地耕一天。

祖祖辈辈老旱地,

一亩只打二斗米。

如今成了水浇地,

一亩八百不让你。②

《耕地歌》赞颂了科学技术的发展为农民带来的实惠与便利:与旧社会传统的农耕方式相比,拖拉机和水浇地的出现为他们获得大丰收提供了基础。1956年1月,根据毛泽东提议,党中央在北京召开关于知识分子问题的会议,并发出了"向科学进军"的号召。摆脱了封建旧社会压迫的新中国在科技方面得到飞速发展,这种变革,尤其是科技在农业方面的贡献对劳动人民来说犹如一道阳光,这在中华人民共和国成立初期的山西民间歌谣中也有较多体现,太谷民间歌谣

---

① 太谷县民间文学集成编委会编:《太谷民间歌谣集成》,内部资料,1990年,第17页。

② 同上注,第18页。

《不靠天，不靠地》就具有代表性："一套单杆喷雾器，自动的能粗也能细；不装'六六六'，自带'低低涕'。不靠天不靠地，科学把虫治。"①

（2）美——三晋儿女的喜悦向往之歌

20 世纪 50、60 年代的生活歌谣内容丰富，包罗万象，涉及山西社会生活的各个方面。从抽象的思维方式、伦理观念、社会观和世界观到具象的家庭生活、社会生活和社会斗争，都在山西的生活歌谣中尽显，并反映出山西的物质生活和精神生活民俗。生活歌谣中渗透着民众的苦乐观，它们从不同角度反映了山西百姓的生活情景，传达出了劳动人民对美好生活的向往。流传于山西晋中昔阳一带的民间歌谣《剪发展脚》，以第一人称叙述的方式表达自己对妇女解放后不缠脚、不留发、下地劳动的向往："小奴生哩灵，十六岁长成人，家住在西固壁哩九家坪，那是个顽固村。娘呀你是听，孩儿对你明，为什么把我这脚绞下三寸？那还有什么用！根据地妇女们，展脚一时行，展了脚，剪了发，上地闹养种，走路多得劲。"②透过这首短歌像是看到了一个年轻女子与母亲低头倾诉的画面，以朴素的语言娓娓道出了"我"对缠脚续发的不情愿。

又如《绣荷包》：

月儿弯弯挂树梢，二嫂在灯下绣荷包，不绣山来不绣水，不绣月儿挂树梢，绣一绣人民公社牛羊兴旺庄稼好。

再绣青年突击队员，唱着歌儿下了田，白天下地去劳动，晚上要上识字班，做一个公社的好社员，做一个好青年。

左绣一台拖拉机，右绣一台抽水机，机声响来歌声飞，人间更比天堂美，这就是咱们的人民公社幸福天梯。③

这首忻州民间歌谣用这一时期的民歌创作回避了"月亮"意象阴柔感伤的一面，只选取其明朗积极的部分。柔情的语言描述了二嫂在灯下绣荷包的生活画面，天马行空式的想象将二嫂所绣的荷包与人民公社联系起来：从牛羊兴旺庄稼好到青年突击队员的劳动场面，从拖拉机到抽水机……劳动人民在创作民间歌

---

① 太谷县民间文学集成编委会编：《太谷民间歌谣集成》，内部资料，1990 年，第 14—15 页。
② 晋中市民间文学集成编委会编：《晋中歌谣集成》，内部资料，1990 年，第 191 页。
③ 忻州市民间文学集成编委会编：《忻州民间歌谣谚语集成》，内部资料，1986 年，第 73 页。

谣时，善于从眼前的生活中采撷各种富有生活气息的场景，虽然无法与文人精雕细琢的诗赋相比，但在淳朴的生活的熏陶下，他们也能够将自己的情感巧妙地镶嵌于民歌中。

除了从事农业生产活动外，从事手工业生产和简单的商品买卖成为人们谋生的主要手段。山西民间歌谣中这一类歌谣所占比重也较多。比如《卖钢针》：

买的买来捎的捎，两毛大洋买一包，你看这公道不公道？

小小钢针不可夸，打火吸烟试一下。

虽说不是无价宝，家家户户离不了。

冬做棉衣夏缝单，二八月做的夹衣穿。

把我的钢针买回家，婆婆笑，媳妇夸，说你个老头会当家。

当家人就置这当家货，花钱少来用途多。①

衣、食、住、行历来是广大人民最关心的事情，也是生活歌谣反映的主要内容。在旧时的乡村，简单商品交换的内容颇为丰富，从吃的麻花、扁食、鱼，到日常用到的钢针、轧花、年画等，一应俱全。这些简单的交换满足了人们日常生活的必需，也丰富了人们的生活。由于生活歌谣反映的是与人民生活息息相关的各种问题，也最能直观地反映该地区人民的思想情感以及历史处境问题，所以更具有现实价值。

总之，这一时期生活歌谣最主要的特点就是情感基调积极欢快。在封建社会，劳动人民饱受剥削压迫，出现大量苦歌，深刻地反映了劳动人民生活的悲惨不幸以及对旧社会制度的憎恨。在抗日战争时期和解放战争时期则出现了大批像《唱支山歌给党听》《歌唱二小放牛郎》《南泥湾》《翻身道情》这类激励人们进行抗日救国、抒发对党无比热爱的歌曲。而在20世纪50、60年代出现的民间歌谣《北京金山上》《翻身农奴把歌唱》体现了当时劳动人民翻身做主的喜悦和感激之情，这一点在山西民间歌谣中也很突出。自我国进入改革开放以来，山西发生了巨大的变化，从物质到精神上都极为丰富。社会在前进，文明在进步，人们的生活大大改善，山西人民着实地感受到了生活的变化。面对这样的变化，他们的喜悦之情不言而喻。正是这样的喜悦和满足，在山西民间歌谣中，尤其是生活歌谣中所表

---

① 襄汾民间文学集成编委会编：《襄汾歌谣谚语集成》，内部资料，1988年，第300页。

现的情感少了苦难与辛酸，多了欢乐与喜悦，歌谣的情感基调转为积极欢快。

3. 劳动歌

劳动是歌谣产生的源泉，在漫长的劳动生活过程中，勤劳朴实的山西人民创造了大量的劳动歌谣，其丰富的内容、质朴的语言，真实地反映了山西百姓的风俗习惯和生活信仰，传达出独特的地域文化信息。1958年，山西省进入"大跃进"时期，这场在"反冒进"基础上发动起来的极"左"路线运动促使群众以如火般的热情投入其中，比如山西临汾浮山县民间歌谣《干劲冲破天》：

> 公鸡叫三遍，星儿布满天，
> 民工起了床，修渠上了山，
> 铁锤叮当响，劈石钻石眼，
> 铁锹齐飞舞，尘沙飞满天，
> 手破不说疼，休息不肯闲，
> 天热不叫苦，晚上加夜班，
> 起早又搭黑，干劲冲破天。①

在"大跃进"时期，山西人民对劳动的痴迷已经达到了米歇尔·福柯所描述的疯癫状态："人们开始变得'好动而欢乐'。"②对于这一时期的民歌而言，政治意识形态的渗透不是隐秘的、无形的，而是通过模式化的语言进行外在鼓动，甚至将劳动人民的工农业生产活动描述成为一个具有狂欢性质的仪式，"到处是红旗招展、歌声嘹亮，群众个个满面春风、精神焕发，人们从心坎里发出对党对总路线的歌颂：'总路线来放光芒，农村一片新气象，人换思想地换装，到处粮食堆满仓'"③。

此外，《纺车不停地纺》这首灵石民间歌谣记录了人民群众如火如荼地开展农工建设的场面：

> 纺车不停地纺，
> 车轮不停地响，

---

① 临汾地区民间文学集成编委会编：《尧都歌谣》（上），内部资料，1988年，第88页。
② 〔法〕米歇尔·福柯：《疯癫与文明》，刘北成、杨远婴译，北京：生活·读书·新知三联书店，2007年，第21页。
③ 高啸平：《大跃进中的兴化》，北京：人民出版社，1958年，第1页。

第十章　当代山西民间文学

> 载走木料和粮食，
> 运去开掘的宝矿藏，
> 多装多跑，快跑多装，
> 我们的力量移山倒海！
> 劳动的热情无比高涨！
> 多装快跑，快跑多装，
> 把原料送进工厂，
> 把机器带给农庄。①

20世纪50、60年代的民间歌谣颇为丰富，这首民间歌谣表面上看是创作者记述纺线、掘矿、农业及工业生产的景象，其实它所包含的是一个时代民众的精神世界以及他们从"民间的角度"观望"大跃进"运动的体现。这首民间歌谣用语简练、夸张，"纺车""木料""车轮"都是当地乡村常见的事物，看似信手拈来，却反映出一个时代的精神风貌。总之，"大跃进"时期，在自上而下的政治热情鼓动和国家意识形态宣传下，山西劳动歌谣出现在田间地头、工厂、矿山、会场、食堂，与之相似的民间歌谣还包括收录于《山西曲艺故事选》中的《铁旋风》、《大同民间歌谣集成》中的《一步跨它一座山》以及《干劲冲破天》等。

贾芝在《大跃进时代的新民歌》一文中将民间歌谣的内容分为两类："一类是歌颂和赞美，能够鼓舞干劲的，不管作者是否明确地意识到这一点，其目的是鼓励人们为建设和平、幸福的美好生活而加倍努力；另一类是打击敌人，讽刺落后，目的就是要无情地摧灭旧世界。"② 其中，第一类作品在这一时期山西民间文学中占据较大部分，许多民歌都真实地表达了山西民众希冀通过劳动改造自然、创造幸福生活的决心："早出星满头，晚归月当头。抡起大镢头，汗水流满头。哪来这劲头，社会主义有奔头。"③ 这首万荣民间歌谣以排韵的修辞方式渲染出民众对劳动的狂热。在"大跃进"时代，田地和工厂堪比战场，在这种社会氛围下

---

① 灵石民间文学集成编委会编：《灵石歌谣集成》，太原：山西人民出版社，2005年，第35页。
② 贾芝：《民间文学论集》，北京：作家出版社，1963年，第256页。
③ 山西省万荣县志编纂委员会编：《万荣县志》，北京：海潮出版社，1995年，第763页。

创造出的民间歌谣却没有丝毫表露出劳动的艰辛，相反，它铿锵有力地赞颂了集体主义劳动的威力，原因恰恰在于权力话语的引导和规制。

在社会主义建设初期，山西乃至全国人民都处于物质极度匮乏的阶段，一个富强的共产主义乌托邦即将到来的许诺无疑对民众的心理产生极大刺激，于是"社会主义有奔头"的心理愿望转化为"抡起大镢头，汗水流满头"的实际行动。在山西省和顺县境内也流传着一首《社会主义有奔头》的民间歌谣："电灯不用油，耕地不用牛，吃水自来流，社会主义有奔头。"① 不难发现，现代社会看来十分普遍的生活现象在当时民众眼中如同能开启宝藏的金钥匙一般神奇，甚至充盈着些许民间文学独有的浪漫主义色彩，人们可以坐着"飞毯"在空中飞行，穿着"飞靴"走路。总之，在那种生活里，有一种自由的、无畏的力量在活动着，幻想着更美好的生活。这部分劳动歌谣真实地反映了山西民众的心理愿望："再不用跑口外刮野鬼，好日子碗里有糖水"，政治意识形态将民众追求幸福的理想和幻想推升到极致，纳入社会主义建设的话语体系中，出现了"干劲真是大，碰天天要破，跺地地要塌，海洋能驯服，大山能搬家"②的"劳动神话"。

中华人民共和国成立后，山西省委将土地改革和互助组的发展结合起来，大力推广农业生产活动中积累的优良经验，也由此产生了很多反映劳动习俗的民间歌谣。这类民歌语言质朴，具有一定的应用性，也展露出三晋儿女在数千年历史发展过程中保留的农耕文化形态。

秋风已过天气凉，庄稼长得壮又黄，
保护庄稼不受伤，防备白露把霜降。

实刮啦青天没浮云，黄昏觉得实在冷，
黎明起了西北风，赶快点火把烟熏。③

熏烟防霜是我国古代劳动人民在长期的农业生产实践中总结的防灾经验，《齐民要术》中就记述了北魏时期果农熏烟防霜的方法："天雨新晴，北风寒切，

---

① 晋中市民间文学集成编委会编：《晋中歌谣集成》，内部资料，1990 年，第 217 页。
② 大同市十大文艺集成办公室编：《大同民间歌谣集成》，太原：山西人民出版社，1989 年，第 19 页。
③ 晋中市民间文学集成编委会编：《晋中歌谣集成》，内部资料，1990 年，第 38 页。

是夜必霜。此时放火作煜，少得烟气，则免于霜矣。"① 从这首民间歌谣中可以看出，中华人民共和国成立后的山西仍旧保留着"熏烟防霜"的古老农业习俗。山西省在每年十月中下旬左右出现初霜，这时山西百姓会就地取材，把杂草点燃形成烟幕。日常生产生活是劳动人民创作民间歌谣的源泉，他们善于采撷相关知识经验和民俗事象，并将自己的情感巧妙地镶嵌其中，虽然和文人精雕细琢的诗歌相比显得简单、粗糙，但这些歌谣是山西劳动人民在千百年的劳动实践中得出的宝贵财富。

除了农业生产习俗以外，这一时期的山西民歌中还蕴含着丰富的农具使用习俗，比如"置好犁铧拴好绳，组织起来把地耕""新社会，好年头，耕地赶着大牛头；拿镰头，扛锄头，粮食打到囤里头"等。"作为一种物质层面的生产用具，农具的出现及使用是与一定的自然生态环境及生产状况直接相关的。作为民众肢体功能的延伸，农具更是农民适应生存环境的生存智慧与生存策略的重要表现。"② 政治意识形态的规制并没有完全改变这一时期山西民间歌谣的创作源泉，但是它所叙述的农具使用习俗与当时的社会氛围密不可分。"犁铧""绳""耕牛""镰头""锄头"等农具的陈列似乎构成了一个"大跃进"博物馆，它象征着中华人民共和国成立后山西人民在沸腾忘我的气氛中注入了真挚的情感，表达了劳动人民希望通过劳动改变现状、依靠生产创造幸福的雄心壮志。

劳动过后的丰收与意识形态的关系更加紧密。《好日子全靠毛泽东》是一首颇能凸显饮食民俗的忻州民间歌谣："葵花开花向太阳，翻身不忘共产党。热格腾腾的油糕白格生生的粉，好日子全靠毛泽东。"③ 油糕是晋北忻州的特色小吃，即以软黍米面为皮，糖料、豆沙、枣泥为馅儿油炸而成的食品，一般只有在重大的节日仪式如寿诞、婚嫁时人们才一起享用。这首民间歌谣以"热格腾腾的油糕白格生生的粉"暗喻忻州百姓的幸福生活，"热格腾腾"和"白格生生"等方言口语的运用使民间歌谣的生活气息愈加浓郁。最后以"好日子全靠毛泽东"作结，追溯了丰衣足食生活的来源，表达了对毛主席的感激与崇拜。

---

① ［北魏］贾思勰原著，缪启愉校释：《齐民要术校释》，北京：中国农业出版社，1998 年，第 257 页。
② 詹娜：《农具：肢体功能的延伸与象征意义的衍化》，《民俗研究》2006 年第 3 期。
③ 忻州市民间文学集成编委会编：《忻州歌谣集成》，内部资料，1987 年，第 234 页。

社会的纷繁复杂、人生世态的炎凉，使民众品尝到了人间的酸甜苦辣，这就使得他们不得不时时总结生活经验，以免在社会生活中碰壁，所以在对待生活中的人和事上面民众有着自己独到的哲学处世方法。收录于《晋中歌谣集成》中的榆社小调《捉懒汉歌》就是一首较为典型的劝诫歌谣，反映出中华人民共和国成立初期山西民众朴素的社会价值观念：劳动才能创造幸福生活，劳动才是最光荣的：

春二三月里，杏花满村开。人人呀齐生产，你为甚当懒汉？
懒汉真讨厌，人人不爱见。饿死也无人管，谁叫你不动弹。
太阳三竿高，睡着不起床。像一头老母猪，懒肉懒骨头。
叫声懒汉听，快快回转心，动弹呀有吃穿，劳动最光荣。①

《捉懒汉歌》适应了当时山西乃至全中国的社会背景，民众利用歌谣这个载体将他们所掌握的生活经验和处世方法传达给世人，以达到教化世人的目的。值得关注的是，在生产劳动过程中，山西人原本敦厚平稳的性格变得焦躁起来，如果有人逃避劳动，就会被贴上"不道德"的标签。比如《人人说她脏》："头发梳得光，脸上擦得香。只因不劳动，人人说她脏。"②中华人民共和国成立后，社会对个人的外部评价已经剔除了感官上的判断，劳动成为评价美与丑的重要标准，新型道德评价体系在集体主义思想影响下不断被炮制，甚至对个人主义的消解已经达到畸形扭曲的地步，只要出现与集体主义不相一致的声音，就会遭到道德品质方面的批判："轻轻渠水日夜流，地里的庄稼绿油油。谁敢说粮食不丰收，谷穗砸烂他的头！"③政治意识形态的引导不仅催生出大量以生产劳动为主题的民间歌谣，也创造了一个无条件献身、对改造世界充满自豪感的社会群体，这一时期的山西民间歌谣中贯彻着这样一种信念：劳动是创造幸福生活的唯一出路。民间文学被拔高至意识形态层次，无产阶级能够直接进行文艺创作，并将其活化的氛围已经形成。

---

① 晋中市民间文学集成编委会编：《晋中歌谣集成》，内部资料，1990年，第193页。
② 康茂生主编：《岚县志》，北京，中国科学技术出版社，1991年，第603页。
③ 太谷县民间文学集成编委会编：《太谷民间歌谣集成》，内部资料，1990年，第12页。

（二）民间故事

每个特定的群体，必然有着受制于客观物质生活而形成的内在的和外在的特点，这些特点反映在观念领域，综合化、物态化于民间故事中，就使民间故事具有了鲜明的群体性。具体表现在：第一，从民间故事的创作过程来说，它不同于作家书面创作，而是在人类的生产、生活、斗争实践中，特定的群体基于共性的群体意识，共同创作并逐步完善的，是群众集体智慧的结晶，是群众共同的精神财富。第二，从民间故事的思想内容来说，民间故事是民族精神、群体心态的具体表征体系，它体现了民族大群体之下的各个小群体的不尽相同的物质生活和精神生活。在这个基础上，民间故事的时代性也得到一定程度的体现。它们反映了时代的风貌，包括社会主体、社会主要活动以及社会前进的主流意识。因此20世纪50、60年代的民间故事犹如一面镜子，映射出那个时代民众的现实生活。

1. 赞扬与讽刺并行的人物故事

1949年后，中国步入了由新民主主义社会向社会主义社会过渡的阶段。从抗美援朝战争到"三反""五反"运动，从"大跃进"运动到"文化大革命"，各个政治运动犹如几个串联起来的点，推动着当时社会的发展。这其间有一些山西籍的著名将领或领导成为下层民众关注的对象，他们克己奉公的感人事迹也流传至今。罗马尼亚的著名宗教史家米尔恰·伊利亚德指出："那些选择了探求的人，也选择了通往世界中道路的人，必须抛弃所有类型的家庭和社会，即是抛弃任何的巢，使自己能够全力地投入于对最高真理的追求中去。"[①]

彭真是山西省临汾市曲沃县垤上村人，民间流传着很多关于他的故事：

> 彭真同志的老母亲一直住在垤上村。中共曲沃县委几位领导人，曾去看望彭妈妈，见彭妈妈依然住着三孔旧窑洞，就打算协助彭真同志为老母亲盖几间新房。彭真同志拒绝了，说："冬暖夏天凉，不用木料盖成房，窑洞就很好嘛！"

> 六十年代初期，彭真同志回到故乡拜访了家乡的父老姐妹，中共曲沃

---

① 〔罗马尼亚〕米尔恰·伊利亚德：《神圣与世俗》，王建光译，北京：华夏出版社，2002年，第106页。

县委为彭真同志准备了丰盛的饭食，彭真同志婉言谢绝，专门要吃家乡的红薯和萝卜拌面蒸成的"菇蕾"（卜烂子）。他说："要吃还是吃家常饭，家常饭香啊！"①

探究人的生存价值和存在意义是人类思考的永恒命题，在漫长的历史进程中，它往往以文学的形式出现。在上述两则山西民间故事中，彭真同志先是拒绝了县委几位领导为母亲盖新房的提议，最后谢绝了县委为自己准备饭食的好意，从中可以看出当时人民群众普遍的价值选择以及他们对彭真的爱戴与敬佩之情。好领导生活在人民之中，他们与人民血肉相连。在最后一则故事中，彭真同志提议吃家乡的"家常饭"——"菇蕾"（卜烂子），正是他回归人民、回归家乡的体现。

20世纪50、60年代山西民间故事中构筑的乌托邦伦理世界，无私奉献精神是人生价值最重要的体现。"孝"曾在中国儒家思想中占据着重要的地位，"孔孟儒家理想的道德世界落实到社会上来，便是以孝为基础的伦理世界"②。因此，"卧冰求鲤"等二十四孝故事至今仍不绝于耳。彭真同志拒绝县委几位领导为母亲建造新房并非不孝，而是民间故事有意将其刻画为一个一心为公、毫无私念的理想化的人物。在当时那个"互助合作"的时代，在与"私"的较量中，"公"总能获得道德合法性。山西民间故事以"大公无私"为标准塑造了一大批属于那个时代那个地域的英雄形象。

在山西民间故事中，除了颂扬彭真的故事以外，还有公私分明的黄克诚，在《黄克诚打牙祭》③这则民间故事中，讲述了黄克诚用自己的工资和警卫员"打牙祭"的故事。在20世纪60年代左右，当时任山西省副省长的黄克诚到高平下乡，不住招待所，就住在县委机关大院内三间简陋的小平房里，吃在机关大灶上，和大家一起排队打饭，一块蹲在操场上吃饭，拉家常，时间有半年之久。在通信员小郭提出要"和厨房说一声，免费加菜"时，受到了黄克诚的反对，警卫员告诉厨房，在黄克诚那里，公就是公，私就是私。民间故事在讲述人物经历的

---

① 曲沃县民间文学"三套集成"编委会编：《曲沃县民间文学三套集成》，内部资料，1987年，第34页。
② 金耀基：《从传统到现代》，北京：中国人民大学出版社，1999年，第26页。
③ 高平县志编委会：《高平县志》，北京：中国地图出版社，1992年，第521—522页。

同时，渗透了民众的价值判断，因此还有一部分民间故事从另一个侧面反映了当时的社会背景。

此外，《第一回》《三茬炮》《安义的故事》等从恪尽职守、爱岗敬业、奉献群众等主流价值观方面讲述了一个又一个的人物故事。赞扬与讽刺并行是这一时期人物故事的主要特点。20世纪50、60年代的山西民间文学史在对人物高尚品德进行赞扬的同时，还从"机智人物"的视角呈现出这一时期人民群众积极乐观的精神面貌。

平定解放初期，共产党领导穷人进行土地改革，斗地主，分田地，人民群众从此翻身，开始幸福生活。

有一天，郝富根在县城街头献艺，说评说，讲笑话，唱小调，观众聚集在他的周围，密匝匝水泄不通。他说得有点累了，想结束这场表演，但是观众留念难舍，不愿散去。郝富根见实在无法推辞，眉头一皱，当即编了一篇叫《翻身》的小段：

<blockquote>
我这人有认识，
还老实、诚实，
多少有点知识，
从来不瞅合适。
调查我的衣食，
给了我点果实。
</blockquote>

说完，一位相识的老观众同他打趣开玩笑，说道："老郝啊，如今都地主老财，闹土改，翻了身，你这富根的名字嘛，不合时令了！应该改一改！"

郝富根听了，开初有点纳闷儿，可是眼珠转转一思谋，不紧不慢顶呛道："这可不能改啊，共产党领导咱穷人搞土改，闹翻身，为得甚？还不是为得拔了穷根栽富根！我这名字嘛，正合时令！"话音刚落，把全场人逗得捧腹大笑。[①]

民间文学描绘了底层老百姓的生活全景，其涉及的领域和范围之广是同时代的作家文学无法比拟的。机智人物故事是一个在世界范围内广为流传的传统故

---

① 阳泉市民间文学集成编委会编：《阳泉市民间故事集成》，内部资料，1989年，第165页。

事类型，它是以某个机智人物为中心编织而成的系列故事或故事群。山西民间流传着数量众多、类型多样的机智人物故事，他们大多有名有姓，少数人物虽然无迹可查，但却深深地扎根于民间，成为民众心中的偶像，其中评说艺人郗富根就是其中之一。郗富根是阳泉评说的奠基人，当地民众曾以"拉洋车的腿，郗富根的嘴"来评价他评说记忆的卓绝。在上面这则民间故事中，面对观众的"刁难"，郗富根妙语连珠，并和当时的政策结合起来，一句"拔了穷根栽富根"把全场观众逗得捧腹大笑。

除了对正面英雄人物和机智人物进行赞扬以外，这一时期的山西民间故事中还通过描画意蕴丰富的反面人物来表现时代特征，并在直白的叙述中表现出最大的鄙夷，与当时的国家主流意识形态相迎合的同时，显示出讽刺诙谐的格调。在民间故事《你就没有念"而奋斗"吗》①中记述某位领导听报告的情节：这个只知道吸烟、喝茶、睡大觉的领导干部，每次讲话都由秘书替他写稿子。每次秘书写完了稿，他又懒得自己看，总是让秘书念给他听，大多时间都是边听边睡。有一次，换了一个秘书，念完了讲稿，他硬说没有念完，便生气地教训：为什么没有念"而奋斗"三个字？

这个民间故事将一个好吃懒做、思想僵化的领导刻画得十分生动，这类故事在这一时期的全国范围内都比较常见。在日常生活中，这种带有批判意识的人物故事之所以受到民众的喜爱而流传广泛，是因为它们从一个侧面反映了当时的社会状况。人民群众借此抒发自己对上层领导的不满与不屑。比如下面这则民间故事《没学好大寨》：

  十年浩劫，有一个大字不识一箩凭飞扬跋扈上来的公社革委主任，路过一所学校，听到老师正在提问学生说："巴黎公社失败的原因是什么？"学生因几天的劳动没有复习，回答不出来。这时这位主任一下推门进来说："怎么你们连这也不懂呢！巴黎公社失败的原因就是没有学好大寨！"学生听了哄堂大笑。②

政治运动不仅渗透在民众的日常生活中，也影响着他们的思维方式和思想

---

① 汾西民间文学集成编委会编：《汾西民间故事集成》，内部资料，1988年，第341页。
② 阳泉市民间文学集成编委会编：《阳泉市民间故事集成》，内部资料，1989年，第676页。

观念。那些不懂装懂的主任故意摆出一副高高在上的姿态，试图用头脑里仅有的词组解决一切问题，最后竟沦为众人的笑柄。可以说，这则山西民间故事是"文化大革命"时期社会生活的象征和艺术缩影，它敏锐地抓住人物的缺点，巧妙地将这个公社革委主任荒诞的行为同时代背景结合起来，滑稽可笑的背后却能引发人们的思考，令人忍俊不禁。还有一则民间故事《大部分人都上地了》也借用讽刺的表现手法描述生产队长用收放机催促社员上地劳动的可笑行径：

在十年动乱时期，上地一窝蜂，动身听打钟，有个生产队长用队里的钱买了一个"三用收放机"安在家里，用收放机叫人上地。

有一年冬天，他睡在被窝里用收放机习惯性地喊，第一遍说："喂！社员同志们，上地吧，天已不早了。"第二遍说："喂！大部分社员都上地了，还有少数人没有走。"第三遍说："喂！基本上全上地了，还有个别人没有走，请你们注意，否则就是破坏农业学大寨……"正说得有劲，他老婆从外面回来把他推了一把说："你不要睡在被窝里想当然了，老天下了一尺厚的雪，社员都没上地，你尽出洋相哩。"①

生产队长本是发挥带头作用、组织社员、带领社员劳动的楷模。然而在这则山西汾西民间故事中，这位生产队长一面一本正经地用收放机催促社员劳动，一面又躺在自家被窝里享福，甚至不知道外面飘起鹅毛大雪。这是将人物的语言与行为、身份与举止相观照，使两者产生巨大反差，从而形成讽刺效果。讽刺的力量在于撕破虚伪而现出真实，再用真实去嘲弄虚伪。从这个层面上来说，由民众口耳相传的民间故事更真实地描述了20世纪50、60年代具体人物的行为特点，透过活生生的人物使读者把握了现实社会的血肉和精神文化深层的灵魂，因而具有永久的生命力。

2. 趣味与教化并存的生活故事

生活故事是狭义的民间故事，它主要是以"日常生活为题材，以现实中的人物为主角的民间故事"。和传说不同，它的故事和人物不一定与历史史实有联系，情节多属虚构，人物大多无名。生活故事是对来自底层民众思想和观念的一种形象化表述。生活故事按照生活的实际反映了生活的本质，其反映的理想趋势和现

---

① 汾西民间文学集成编委会编：《汾西民间故事集成》，内部资料，1988年，第342页。

实是一致的，但它毕竟是民间文学的一种，是将真实性和典型性结合在一起的。这一时期的生活故事具有一定的趣味性和讽刺意味。

在《山西曲艺故事选》中辑录了大量关于农村题材的生活故事，在《葫芦院里的喜剧》[①]中，葫芦湾村只有胡家有一棵杏树，胡大娘清早就爬到院里的杏树上摘了满满一篮黄杏，叫老伴去庙会上把杏儿卖了。胡大爷却将这篮"又黄又大又甜又脆"的大黄杏分给了社员们解渴，惹得胡大娘"又拍手又跺脚，小眼睛急得通红"。《葫芦院里的喜剧》通过讲述葫芦湾村胡姓一家四口人的故事，说明大公无私精神在20世纪50、60年代的山西农村已经成为一种主流趋势。随着农业合作化的推行，小生产者的私有观念不得不被集体主义所代替，这一思想转变现在看来似乎极为平常，然而在当时，整个社会道德体系的建立都带有一定的强制性，对于受传统观念影响较深的小生产者来说，接受集体主义观念的过程无疑充满曲折和艰辛。

透过《葫芦院里的喜剧》中对胡大娘的描写，可以看出这一时期有关农村题材的山西民间故事总透露出一种充满民间情意的"趣"。《盖大锹》《常喜老两口》等民间故事也以20世纪50、60年代的山西农村为创作背景，讲述了农村生活的酸甜苦辣。

与传统的民间故事相比，20世纪50、60年代山西民间故事，尤其是生活故事，开始对事件发生的自然和环境进行渲染，不再仅是密密匝匝地讲故事。《葫芦院里的喜剧》有这样一段景物描述："葫芦湾的村前有座山，胡大娘家的自留地，就在山根根底下，种的是南瓜山药蛋。这块自留地的地塄上面，是社里的豆子地，地下边，就是荒沙沟沟了。"通过空间的转移，故事将农村常见的景象和盘托出：山根根下种着的南瓜山药蛋、地塄塄上面的豆子地，还有地下边的荒沙沟沟，笔触自然真实，色彩浓淡相间，营造了一幅宁静的农村风光图。

3. 民众视角下的生产建设故事

山西省煤炭资源丰富，中华人民共和国成立后的十余年时间里，国家对山西煤矿资源进行了大规模的投资，不断建设矿井。尤其是在1958—1960年三年时间里，山西农业在工农业物资平衡总值中的比重下降了30%，而重工业则上升了

[①] 山西省文学艺术界联合会编：《山西曲艺故事选》，太原：山西人民出版社，1978年，第396页。

27%。这一时期,山西民间文学对山西省当时的工业建设、煤矿开采等历史都有所反映,因此相比我国其他省市来说,关于"大跃进"时期工业建设的民间故事山西数量最多。

民间故事《三茬炮》主要讲述了1958年至1960年,山西矿区两个掘进队——赵大虎青年掘进队和高德林快速掘进队的一场挖掘比赛,在这个比速度、抢时间的比赛过程中,两个掘进队斗智斗勇,各打三百米岩石巷道,最终使新矿井提前两个月投入生产:

> 打这以后,赵大虎队和高德林队,真是比翼齐飞,两个队的进度真是不相上下。到十二月三十日早班,当第三茬炮拉响后,一〇一五大巷被打通了!高德林队和赵大虎队的工人,在工作面上胜利会师了!赵大虎跑上去抱住高德林,两人你盯着我,我看着你,激动得谁也说不出话来。两队的工人,更是高兴得跳了起来。①

在20世纪50、60年代的文学中,"我"是集体的一员,个人在社会建设的洪流中处于绝对的从属地位,只有集体获得成就,个体才能获取前进的力量。《三茬炮》中的两个山西挖掘队历尽各种艰辛,最终圆满地完成了任务。这也证明了"十七年"山西民间文学中的社会主义建设记忆经过了政治网筛的过滤,所叙内容做出了符合"大跃进"主流政治需要的时代阐释。因此相比历史现实题材的山西民间故事来说,社会主义生产建设题材的作品充斥着脱离现实的虚夸。

早在20世纪50年代初期,基于中国革命的具体实践,当时的中央领导集体就在解放区建立了一套行之有效而又影响深远的"一元化"领导体制,即通过在各级派出机关与各级政府以及群众团体建立党委或党的组织并实行统一的组织与行政领导的方式,从组织体制上保证了党对一切领域的绝对行政领导权,从而使党的思想与政治领导有了组织体制的保障。尽管这一体制今天看来是有待总结与反思的,但是由于历史的有效性,这一体制在随后的社会主义改造与社会主义建设时期作为党领导革命事业的成功经验,不仅没有减弱,相反却得到进一步的加强。

因此,社会主义建设题材的作品是这一时期山西民间文学对民间精神风貌

---

① 山西省文学艺术界联合会编:《山西曲艺故事选》,太原:山西人民出版社,1978年,第425—435页。

的直接展示，这一题材民间故事的创作常常摇摆在社会政策宣传与民间艺术创作之间。关于农业学大寨的山西民间故事集中体现了政治风潮下大寨英雄们的建设故事，比如《"英雄八连"三上大寨的故事》，它采取了艺术的曲折表达技巧，让自上而下的政治运动在民间日常生活的舞台上演出，讲述了解放军连队进驻大寨的故事："八连在大寨期间，每天随着司号员的军号声起床、出操、集合、上山，嘹亮的军号声不时在山村里回荡。战士们和大寨人一道劈山造田、平整土地、植树造林，和民兵一道训练，休息时一道联欢。战士们走到哪里，就把'一二三四'的口号声和歌声带到哪里……"大寨曾是山西省昔阳县一个人穷地穷的小山村，那里"山高坡陡土层薄，十年九旱灾情多"，生产条件和生态环境十分恶劣。从1952年到1958年，大寨百姓的社会生活不断改善，在关于大寨建设的报告集和民间故事中，大寨英雄们都有一种共同的精神素质：在革命理想的照耀下敢于同自然奋战，有着坚韧不拔的战斗风格。以打石著名的老英雄贾进才，为了同自然战斗迎难而上，奋战七天，终于打开了石窝；接着他又修白鸵沟，又修底沟……在这种敢于同自然开战，不断革命，不断胜利的思想指导下扎扎实实地劳动着。

20世纪50、60年代山西民间故事中的工人形象既不是现代文学中的普通工人形象，也不是西方文学中的工人形象，它是这一特定历史时期山西本土化的工人英雄形象。《金链环》塑造了红星煤矿老瓦斯员霍全新师傅的英雄形象。故事讲述了"我"中学毕业后被分配到红星煤炭当工人，一见到这十里煤乡便跃跃欲试地想大展身手。然而意料之外的是，"我"没有被分到采煤第一线，而是成为一个"辅助工种"——瓦斯员，并由此认识了老瓦斯员霍师傅。在"我"眼里，霍师傅是"高身板，宽脸膛，目光从眼里射出来，亮闪闪，热乎乎"，他永远干劲十足，成天乐呵呵的，一提起瓦斯灯，"不知哪儿来的那股高兴劲儿"，而此时的"我"已经感觉到瓦斯员的工作太平凡，太单调。"我"的态度是从红星煤矿秦书记那儿听到霍师傅的经历后开始发生转变的：

> 四十多年前，这儿来了一个十二岁的男孩儿，瘦得皮包骨头……他是从河南滑县讨饭来的，家里死了娘和妹妹，到这里寻他父亲的。一打听，他父亲早在三年前，就让瓦斯烧死了，连骨头都没捡出来。
>
> 他身单力薄，背上驮着八九十斤重的煤框子，手脚挨着地，一天在井下

要爬几十个来回。他二十岁那年,井下又发生了瓦斯爆炸。狠心的窑主不许进去救人硬是封了井,阶级仇恨烧人心哪!他从一条旧巷道里爬了出来。当天夜里,他闯进狗窑主的家,一根铁棍一腔怒,打了它个稀巴烂,最后,他被投进了县大狱。"七·七"事变后,在党的营救下,他随着一批"政治犯"出了狱。他在狱中入了党,心中亮起一盏灯,从此一心为矿工办事,给革命出力。临解放前,他这个护矿队长,在与敌人格斗中身负重伤,永远失去了左肺……再后来,解放了,他在红星矿,当了一名瓦斯员。[①]

老瓦斯员霍师傅是一个典型的工人英雄形象,其辛酸的成长经历经由别人的口中讲出,更具有榜样的力量。亲人的相继离世、年少的惨痛记忆、失去左肺的无怨无悔——一字一句都充满着对旧社会的控诉和对党的感激。霍师傅的经历对于"我"这个年轻的小瓦斯员来说,无疑是醍醐灌顶,自此"我"明白了瓦斯员的不易与艰辛,决心做个像霍师傅一样心系煤炭事业的工作者。

(三)民间小戏

1. 人物形象的塑造

山西是戏曲的故乡,民间小戏种类繁多,异彩纷呈。20世纪50、60年代戏曲改革的主要指导方针即"百花齐放,推陈出新",其中"推陈出新"是这一时期山西民间小戏的特点,它同时也是传统小戏进行改编的原则和促进力量,这种力量催生出新时期的特定任务形象,其中新社会的妇女形象在这一时期山西民间小戏的改编和重创过程中得到了有力的彰显。

20世纪50年代初期,山西省组织了民间文艺会演,被改编后的新祁太秧歌《打冻漓》即出现于那一时期。《打冻漓》取材于山西省晋中太谷县真实发生的故事,塑造了一个敢于追求婚姻自由的女性形象杨叶子。太谷花庄儿村姑娘杨叶子幼年时双亲去世,长兄将其包办给本县侯城村的戴寿。在14岁那一年,杨叶子在打冻漓时偶然遇见自己的未婚夫,却因其相貌丑陋坚决要求退掉亲事,并发出"割了得脑的(头),身子也不去"的誓言。这部在民国年间出现的祁太秧歌剧在这一时期几经删改,成为一部反映青年女性勇敢追求婚姻自由的新秧歌剧。

---

① 山西省文学艺术界联合会编:《山西曲艺故事选》,太原:山西人民出版社,1978年,第436—443页。

乡村民众的审美观念随着时代的发展不断变化，因此不同时期的民间文艺具有不同的审美期待。在传统社会，柔美、顺从被定义为女性的美好品德，端坐在闺阁里刺绣缝衣的女子被不少文人骚客镀上了一层圣洁的光芒。然而这一时期的文学崇尚的是一种力度美，一种无私美，这也是山西民间小戏接连塑造粗犷坚实的"铁姑娘"形象的原因。除了《打冻漓》中的杨叶子以外，还有祁太秧歌《送樱桃》中的刘月香，她们敢于冲破传统世俗的目光，勇于僭越男权社会的规范，在女性意识萌发的最初阶段便无所畏惧地走出闺房，唱道："咱二人至死心不变，志同道合一条心，白头到老意重情深。"

此外，1953年武乡县大众剧团韩松林根据小说改编的秧歌剧《李三娘》刻画了一位不畏强暴、坚持斗争的女性形象。王书明根据小说《白玉楼》改编的中型秧歌剧《白氏传奇》反映了年轻女子白秀英勇敢冲破家庭束缚，追求幸福，努力实践自身价值的故事。除此之外，这一时期的山西民间小戏始终在人物的精神取向和价值指导上表现出对苦难与现实的勇敢面对，积极向上始终是人物精神世界的主流。这一时期的民间小戏中主要呈现了农民形象系列和英雄形象系列两大突出典型。祁太秧歌改编剧《偷南瓜》①以农村独特的生育习俗为题材，塑造了一个无私奉献的看瓜人形象：一怀孕的少妇想吃南瓜，但丈夫却出工在外，家中缺米少柴，生计艰难，于是她亲自到王老汉的瓜地偷瓜，引起了一场小小的风波。最后心地善良的王老汉同情少妇，以瓜相赠，小戏以欢乐的气氛收尾："南瓜虽小情意重，吃瓜不忘种瓜人。"在这部民间小戏中，王老汉显然成为一位具有正直无私品质的劳动者。在之后的创作实践中，新文艺工作者以传统唱腔为基础，不断加以丰富和发展，并采用多种乐器和配器结合的手段，在表达人物个性、塑造人物形象、烘托舞台气氛等方面都取得了可喜的成果。

2. 家庭关系的展演

寻常老百姓的婚姻生活、日常琐事是民间小戏的主要内容之一，1949年后，反映民众家庭生活仍然是小戏的一个主题，但是发生了一定的变化：家庭关系演变为一种受到权力话语制约的新型关系，甚至其中最亲密、最基础的夫妻关系的展演也发生了变化。比如首演于1954年的山西中路梆子《一个志愿军的未婚妻》

---

① 徐秉梅：《山西民间小戏》，太原：三晋出版社，2010年，第191页。

就以新型家庭关系为展演视域,诉说了一位朝鲜志愿军未婚妻的内心独白:"咱俩是一对鸳鸯展翅飞,我不能落在你后面。"这出有着中路梆子现代戏音乐改革坐标之称的剧目讲述了赵淑华和郑永刚二人在朝鲜战争时期的分离与重聚。与传统的民间小戏不同的是,它改编自丁毅、田川的同名歌剧,由李守祯进行音乐设计,冀萍、任玉珍等主演。专职音乐工作者的创作使得这出戏显示出了异于"传统戏"唱腔的新的特质,给当时的观众耳目一新之感。[①]中路梆子又称晋剧,是山西主要剧种之一,除了《一个志愿军的未婚妻》以外,这一时期还排演了《阳春姐妹》《三上桃峰》等反映新时代家庭与邻里关系的剧目。[②]

有学者将戏曲中的婚姻展演分为"功利型""情性型""伦理型"和"政治型"四种类型,它表明民间生活中的婚姻远远超越"两情相悦"的理想范畴,而是将社会世俗生活都容纳其中。可见在传统的乡土社会,恋爱婚姻中的甜蜜和欢愉并不是家庭关系中的主要内容,婚姻关系对于普通民众来说更多地意味着夫妻双方为了繁衍子嗣、共同抵御生活挑战所采取的缔约形式。因此婚姻遭遇波折时,原因并不在于婚姻双方的情感取向,更多地是与社会现实、伦理秩序之间发生的纠葛与冲突。

1949年后改编的传统秧歌剧《算账》描述了一个晋商之家的主妇柳英环勤俭持家的故事:丈夫张三在外经商,一走八年未曾回家,只是期间给家中捎回些银两。有天张三终于回家了,一进门,妻子柳英环就给他挑帘、打座,又赶去厨房为他烧开水冲茶。因家里平时未曾购买煤炭,此时也只好用烂柴火烧水,一时来迟,丈夫张三怒气冲冲,与妻子柳英环发生了争吵。妻子向他诉说由于用柴火烧水,火不好,所以来迟;丈夫质问,我给家里也曾捎回银两,究竟干了什么,于是要拿算盘与妻算账。妻子英环详细给他交代了每一笔开支,算得是清清楚楚,还剩几两,放在家里的柜板板上。张三听罢,不仅心服口服,还深赞妻子是个精打细算、勤俭持家的好媳妇,赶忙要给妻子跪拜道歉。改编后的《算账》将原剧中丈夫再三赔情讨好的过程予以简化,呈现出一部宣扬家庭和睦的新秧歌剧,剧中张三轻施一礼就化解了妻子的怒气,夫妻大团圆的结局也由"情性型"

---

① 侯桂林:《山西省晋剧院院志(1953—1992)》,内部资料,1994年,第109页。
② 山西省文化局戏剧工作研究室编:《山西剧种概说》,内部资料,1984年,第56页。

婚姻转向"伦理型",甚至"政治型"婚姻。比如《满院生辉》,这部由张万一1956年创作的秧歌剧讲述了思想先进的儿媳妇如何巧妙地化解婆婆和邻居的矛盾,促进农业生产的故事。《满院生辉》没有复杂的人物和剧情,1957年在《小剧本》杂志上发表后,不少县剧团纷纷排演,流传甚广。

这类民间小戏传达了1949年后乡村民众对家庭关系的看法:每个家庭都会有矛盾,在新社会新时期,家庭中的每一个成员都应该维护家庭和睦,而改编后的民间小戏,往往能将一场看似平常的家庭冲突上升为政治思想方面的觉醒,或者是对新型家庭伦理的宣扬。

3. 政治意识的宣扬

洪长泰说过:"按照《讲话》的精神,共产党首次把利用民间文艺的策略与党建理论结合起来,提出了放弃模仿外来形式、继承民族形式的观点,对文化政策做了较大的调整。"[①] 文艺策略与党建理论的结合集中体现在民间小戏内容对政治政策的宣传上。在1958年前后,偏关县的40多个二人台戏班一方面改编传统戏剧,如《打樱桃》《探病》等。一方面"旧瓶装新酒",创作演出了反映新生活的政治宣传剧目,比较具有代表性的是由偏关县马次梁村的二人台班演唱的《欢庆高级社》,1956年参加忻县专区第一次民间艺术观摩调演大会并获得一等奖;另一个反映政治意识形态的二人台剧目《送丈夫服兵役》也于1959年参加晋北师专民间艺术调演,获得演出奖。

值得注意的是,城市知识分子也加入到民间小戏的改编与创作中来。张万一与寒声合著的现代秧歌剧《漳河湾》是以1955年春末夏初的太行区漳河湾为背景,讲的是抗美援朝回来的复原军人刘旭东带领全村人和反动派做斗争,建设合作社的故事。这部秧歌剧将建设合作社、斗争反动分子和发扬党员带头作用等几大主题融合在一起,树立了一个不畏困难、敢于担当的共产党员的形象。剧中主人公教育村干部曹重九时唱道:

斗争中对群众你态度和气,和群众心相印性命相依。办社后这成绩来之不易,论态度你确实不如往昔。你能够带群众战天斗地,漳河湾才插下这杆红旗。红旗下更应当努力进取,红旗下更应当谨慎谦虚。

---

① 董晓萍:《田野民俗志》,北京:北京师范大学出版社,2003年,第148页。

虽然这种口号式的唱词在新秧歌剧中随处可见，但是知识阶层创作的小剧本还是突出了戏曲表演中重要的情节内容和矛盾冲突。从接受主体的角度来讲，张万一、王世荣等知识分子创作的小戏虽然政治意味浓厚，但却具有更强的观赏性。

1951年1月底，《山西日报》连续刊登了两个专为民间剧团春节演出创作的剧本，一个是由兴县专区文宣队创作的、反映地方支持抗美援朝的《喜报》；一个是鼓励生产的秧歌剧《夫妻新春定计划》。可以看出，当政治高压的阀门被打开后，山西民间小戏的创作内容马上向政治意识形态靠拢，政治层面的因素作为伦理观念形成的外部条件，成为整个社会的主导伦理资源。这一时期改编的秧歌剧《新割莜麦》已经完全没有了传统秧歌《割莜麦》的内容，从剧情上看，既没有家长里短的矛盾冲突，也不见情感交流，更像是多首革命歌曲的集合："吃水不忘挖井的人，共产党毛主席是咱们的救星，解放了咱中国人人欢乐，可恨美帝国主义又来侵略……"

总之，20世纪50、60年代的山西民间小戏改革主要表现为两个方面：一是对传统民间小戏本身的改造，包括剧本内容和实际舞台表演；二是在国家意识形态全面介入文艺创作时，围绕民间小戏而形成的独特的阐释。这些戏曲改编、评论与阐释的主要任务就是要处理好戏曲所反映的社会生活及残留的封建伦理道德与国家意识形态之间的关系，即用党的政治意识形态来改造旧戏，将民众的审美趣味置于统一的主流意识形态话语体系下，重塑民众的社会生活秩序和伦理道德观念，进而塑造出新时代所需要的"人民"主体。[①] 这一时期是一个政治与伦理道德高度互化的时代，与以往任何一个时期的民间文学相比，其所承载的时代使命都显得过于艰巨和沉重，它必须兼顾政治宣传和整合民间伦理资源的双重社会责任。在这一时期，山西民间小戏的政治教化功能和道德教化功能合二为一，从而形成伦理建构与政治建构一体化的特点。

（四）民间谚语

谚语是熟语的一种，是流传于民间的、言简意赅地反映劳动人民生活实践经

[①] 张炼红：《从民间性到"人民性"：戏曲改编的政治意识形态化》，《当代作家评论》2002年第1期。

验的话语，多是用口头形式交流传播的通俗易懂的短句或韵语。谚语类似成语，但口语性强，通俗易懂，而且一般都表达一个完整的意思，形式上差不多都是一两个短句。谚语内容极广，有的是农用谚语，如"清明前后，栽瓜种豆"；有的是事理谚语，如"种瓜得瓜，种豆得豆"；有的属于生活中各方面的常识谚语，如"饭后百步走，活到九十九"。类别繁多，不胜枚举。谚语跟成语一样，都是语言词汇整体中的一部分，可以增加语言的鲜明性和生动性。

谚语是民间集体创造、广为流传、言简意赅并较为定性的艺术语句，是民众的丰富智慧和普遍经验的规律性总结。恰当地运用谚语可使语言活泼风趣，增强文章的表现力，如"棒打狍子瓢舀鱼，野鸡飞到饭锅里"。谚语反映的内容涉及社会生活的各个方面。从内容上来分，大体有：人们在长期的生产实践中，依据观察气象的经验总结的气象谚语，如：蚂蚁搬家蛇过道，大雨不久就来到；日落胭脂红，无雨也有风；朝霞不出门，晚霞行千里；久雨刮南风，天气将转晴；天上钩钩云，地下水淋淋等。农民在生产实践中总结出来的农事经验的农业谚语，如：枣芽发，种棉花；今冬麦盖三层被，来年枕着馒头睡；庄稼一枝花，全靠粪当家；春雷响，万物长等。人们根据卫生保健知识概括而成的卫生谚语，如：冬吃萝卜夏吃姜，不用医生开药方；饭后百步走，活到九十九；食能以时，身必无疾；要想人长寿，多吃豆腐少吃肉；伤筋动骨一百天等。有关为人处世、接物待人、治家治国等的社会谚语，如：量小非君子，无毒不丈夫；人不可貌相，海水不可斗量；若要人不知，除非己莫为；良药苦口利于病，忠言逆耳利于行；狭路相逢勇者胜；笑一笑，十年少；愁一愁，白了头；擒贼先擒王；路遥知马力，日久见人心；女人嫁汉，穿衣吃饭；王气垫，气垫王，为卖气垫到处忙等。对学习经验的总结，激励人们发奋学习的学习谚语，如：蜂采百花酿甜蜜，人读群书明真理；刀不磨要生锈，人不学要落后；世上无难事，只怕有心人；学如逆水行舟，不进则退等。

20 世纪 50、60 年代的谚语随时代变化也发生了性质上的变化，虽然大多数谚语没有脱离生活实际，但其具体内容更具有时代性。所以，本部分将谚语按时间分为中华人民共和国成立初期的谚语、"大跃进"时期的谚语、学大寨时期的谚语、"文化大革命"时期的谚语四类。其中收录中华人民共和国成立初期的谚语 11 条，"大跃进"时期的谚语 7 条，学大寨时期的谚语 11 条，"文化大革命"

时期的谚语5条。谚语是一种极具民族文化色彩的语言表达形式,"话多不甜,胶多不黏"是对谚语最形象的概括,正如培根所总结的:"一个民族的天才、机智和精神,都可以从这个民族的谚语中找到。"这些内容不同的谚语同时蕴含着政治、经济、道德意识与群体的规范和价值取向。由于20世纪50、60年代山西谚语的时代特征尤为明显,所以,这一时期谚语的收集整理,为后人研究历史发展和文学发展导向都有重要意义。

20世纪50、60年代的谚语短小精悍、句式整齐匀称,如:宁找个队长,不找个县长;不怕一年不劳动,单怕秋上不出动;人才美貌的,自带米票的等。这些谚语不论字数多少,都非常注意结构的对称整齐,读起来掷地有声,折射出山西老百姓的生活智慧。语言上不仅形象生动,而且通俗易懂,音韵和谐,适合山西方言土语的传播,如"腿辫儿嘀铃铃,身上圪棱棱"形象地表现出山西农民那种洋气里透着点朴实的形象;再如"菱子窝窝豆馓馓,翻身不忘共产党",朴实地道出老百姓对共产党的深厚感情。艺术表现手法上,体现了山西民间特有的文学性和艺术性,如"高粱站了哨,玉菱子上了吊,棉花挂了孝,谷子睡了觉,豆子放了炮,山药红薯尿了尿"[①],不经意间用山西人民广为熟悉的山西话不露痕迹地浓缩山西特有的生活元素,将民众的观察思考展示于人,耐人寻味。诚如陈卫星在《传播的观念》一书中指出的:"最古老的传播技术是修辞学,是通过话语来征服受众心理的。"[②] 足见话语的艺术化、文学化是赢得受众的重要因素,也是文化传播中不能忽视的问题。

20世纪50、60年代的山西民间谚语是顺应当时山西广大民众审美心理的结果,其简短的字句中既有对历史生活的高度概括,也有对山西方言俚语运用的深厚功力,更有对政治民生发展的精辟独到的见解,包含着巨大的审美张力。

四、20世纪50、60年代山西民间文学的史料特点

(一)文学政治化:政治意识形态话语体系下的民间文学

随着中华人民共和国的成立,全国上下的政治意识逐步得到统一,政治建设

---

① 忻州市民间文学集成编委会编:《忻州民间歌谣谚语集成》,内部资料,1986年,第155页。
② 陈卫星:《传播的观念》,北京:人民出版社,2004年,第199页。

被放在非常重要的位置上。思想的统一成为改变新中国落后面貌、谋求经济发展的重要保证。与此相对应，这一时期文学作品的作用主要是为政治服务。既然民间文学是人们用来交流和沟通的有效方式，那么它理所应当成为国家宣传政策、灌输统一意识话语的快捷途径。因此民间文学创作时，语言形式和故事内容发生改变，不断政治化、阶级化，政治与文学的联系、个人与集体的联系愈来愈紧密。山西是战争时期重要的革命根据地，经历过很多战争，无数革命先烈在此奋斗过，这里的人民群众自然而然受到革命鼓舞，紧随时代主流，将自己对社会主义制度的赞美投入民间文学的创作中，创作了很多反映社会主义政治、经济建设工作，响应国家政策的作品。这些作品的主题基本以歌颂新中国、憧憬新生活为主，并在民间迅速传播，在最短的时间内传递出时代变化的讯息，积极宣传党的意识形态话语。

1949年3月七届二中全会制订了"由落后的农业国变成先进的工业国"的计划，为新中国明确了首要的发展目标。中华人民共和国成立后，以毛泽东为核心的中国共产党为了稳固新生政权，集中力量搞生产，制定了一系列的政策，并突出体现在意识形态层面的强化统一。[1]1949年4月太原解放，山西省迅速开展政治、经济、文化等方面的恢复工作，齐心协力恢复生产，整改企业。朝鲜战争爆发后，山西人民也积极投入保家卫国的运动中，他们将自己的爱国主义、对生产劳动的热情和对保家护国英雄的赞美转化为文学作品，大力传颂。20世纪50、60年代是新中国文艺创作指导政策的建构时期，1956年"双百"方针提出，山西省召开了第二次文学艺术工作者代表大会，会议指出："贯彻执行的'双百'方针必须打破各种清规戒律，广泛展开自由争论，充分发挥文艺工作者的积极性和创造性，为创作出更好的文艺作品而努力。"[2]会议还确定了社会主义和现实主义的文艺创作原则，因此这一时期的山西民间文学呈现出政治性与民间性并存的特点。具体来说，政治性体现在民间文学作品的语言风格、人物形象、主题内容中，从这些作品中也能折射出当时社会的种种变化。这些作品虽然政治色彩浓厚，毕竟还是民众根据自己生产、生活所作，一定程度上反映的是他们自己的思

---

[1] 齐慧洋：《"十七年"文学批评的政治话语规范》，齐齐哈尔大学硕士学位论文，2015年。
[2] 崔洪勋等：《二十世纪山西文学史》，北京：中国文联出版公司，1997年，第155页。

想感情。总体而言，这个时期的山西民间文学多通过表现人民的生产、生活，表达对毛主席的拥护，对社会主义的赞美以及对美好生活的憧憬。这些作品在创作中不断经过政治意识形态的浸染，成为人们共同的价值取向和心理沉淀，最终以一种和谐的、集体无意识的方式呈现出来。比如：

毛主席好比那高山红灯，领导咱老百姓翻呀翻了身，给咱们过上好呀光景。

咱边区好比那地上天堂，享幸福多亏了共呀共产党，家家户户喜呀喜洋洋。①

唱的是人们对毛主席和共产党的感激；

要发财要和平只要生产，我们要反对那流氓懒汉。

起五更睡半夜打柴拉粪，男和女老和少不吃闲饭……

要过得好日子全靠打算，不吃烟不浪费不乱花钱……②

表现了人们对热爱劳动、积极生产的推崇和以勤俭节约为荣的价值观。

1958年"大跃进"和人民公社化运动开始，山西省的运动也开展得如火如荼。此时政治意识形态对山西民间文学创作的引导已上升到树立群众集体意志的思想领域③，"干劲真是大，碰天天要破，跺地地要塌，海洋能驯服，大山能搬家。天塌社员补，地裂社员纳，党的好领导，集体力量大"。人的主观能动性可以突破客观规律的制约，即只要人们勤劳努力，克服困难，就能"驯海""搬山"，"天可以破""地可以塌"。极"左"的政治路线提高了人们的生产热情，增加了人们的自信。此类作品还有"社员来了三百六，架起梯子来收豆。早也收，晚也收，收了三天没收透；若问豆角有多大，三尺口袋冒两头"④"上地摇哩，干活熬哩，下地跑哩，吃饭捞哩"⑤等体现的是"吃大锅饭"，集体劳动的"共产风"和突破客观规律的"浮夸风"的特点，劳动成为衡量一个人品格最重要的标尺。统一的政治意识形态渗透到人们生产、生活的各个层面，流传下来的民间文学正是这个时期文学政治化的记录。粗野质朴的民间文学受到主流文学的影响，在搜集、

---

① 晋中市民间文学集成编委会编：《晋中歌谣集成》，内部资料，1990年，第188页。
② 临汾地区民间文学集成编委会编：《尧都歌谣》（上），内部资料，1988年，第72页。
③ 乐晶：《政治意识形态规约下的"十七年"山西民间文艺研究》，山西大学硕士学位论文，2015年。
④ 大同市十大文艺集成办公室编：《大同民间歌谣集成》，太原：山西人民出版社，1989年，第20页。
⑤ 山西省万荣县志编纂委员会编：《万荣县志》，北京：海潮出版社，1995年，第763页。

整理、创作中脱离了文学自身的顾虑，不断向政治靠拢，尤其到了 20 世纪 60 年代，这种文艺思潮达到极致，表现得最为原生态也最随主流，文学与国家意志联系在一起，山西民间文学以其表现形式、审美原则，突出了新的国家理念政策。

（二）雅俗交流：民间文学与作家文学的相互影响

这一时期山西民间文学的特点还表现为民间文学的雅化和作家文学的俗化，创作主体界限模糊，即民间创作者与文人作家并存，语言风格、表现手法、人物形象等趋近，雅俗共流。1949 年后社会主义制度确立，人民成为国家的主人，在党的领导下共同参与国家治理，表现在文学创作上，劳动人民需要宣传国家方针政策，文人作家需要响应国家号召，深入群众生活，联系人民群众。因此这段时期在国家政策的影响下，创作者开始以政治为话语，用民间文学宣传国家政策，这种变化不仅包括广大民众对民间文学的建构，也包括文人作家的创作。知识分子不断民间化，民间文学创作者逐渐文人化，双方交流加深，共同致力于新时代的文学创作。

1. 民间文学文人化

意识形态对各阶层的全面渗透使得政治话语进入到群众的日常生活舞台，进而影响到民间文学的创作主体。搜集整理出的民间文学作品多是基于人民日常生活中的见闻与感受，遵从他们自己的创作规则而来，民间文学的质朴、天然含于其中。民间文学创作主体的外延不断扩大，普通民众也可以通过创作表达自己对社会主义建设成绩的自豪、感激。1950 年，有计划地培养"工农兵作者"成为一项制度，普通民众的文学创作受到政治意识形态的影响，语言、思想内容渐趋统一、规范，权力话语控制了民间文学的内容和表述方式，同时也帮助民间艺人进行文艺创作。[1] 这一时期在"大力推进工农兵创作"政策的影响下，文学创作不再是文人作家的专利，普通民众成为新的创作者，并成为山西民间文学创作的主要力量。在创作中，他们一方面以民间文学的乡土性、原生态为最大特征；一方面受到改造，脱离文盲状态，语言表达能力增强，文学素养提高，创作出来的作品逐渐雅化，成为政府政策宣传的有力帮手。

---

[1] 乐晶：《政治意识形态规约下的"十七年"山西民间文艺研究》，山西大学硕士学位论文，2015 年。

2. 作家文学民间化

文人作家通过改变自己的创作风格,联系群众,扎根民间来融入新时代的主流文学。响应党的号召,是这一时期山西民间文学实践过程中的一个明显特征。文人作家对民间文学的改编和创作在展现他们自身创作能力的同时,吸收融合了民间文学的乡土元素,这与他们深入农村的经历密不可分。农村扎实的实践工作使他们潜移默化地接受了所接触到的民间文学的很多元素,并转化为自己的创作素材,主动运用到作品中去。他们逐渐改变了以往创作中的语言风格和叙事模式,消解了作家的高傲姿态,使作品呈现出雅俗共赏的效果。

国家意识形态话语要从政治家阶层传递到知识分子阶层,更要传递给广大工农兵阶层,他们才是建设新中国的中坚力量;而工农兵阶层在战争时期受到三座大山的压迫,生存艰难,基本上没有受过正规的学校教育,所以多数人文化水平不高,甚至不识字。因此,专业作家的创作自然而然承担起传播党的方针政策的重大使命。他们的创作灵感来源于文化底蕴深厚的山西农村,积极搜集整理山西民间文学作品的同时,作家们也在山西农村开展实践,用自己手中的笔杆以人民群众喜闻乐见的形式,描绘农村生活,创作新的文学作品,对这一时期山西民间文学的发展起到积极作用。这些作品大都是现实主义风格,主人公多是党的领导人、新时代人民、英雄模范等。作家们以丰富的创作实践宣传了党的大政方针,强化了政治意识形态话语对文学创作的规范。中央宣传部1958年发布了《关于作家下乡下厂问题的报告》,报告指出30岁以下的作家必须要去乡村、工厂等基层组织进行工作实践。[①] 很多文人作家积极相应国家号召,转向关注民间社会,如山药蛋派作家赵树理、马烽、西戎等人,他们扎根山西农村,观察人民生活,关注农村政治运动和社会变革的现实,不断借鉴民间文学的表述方式和主题内容,创作出独特的、文人式的山西民间文学。

(三)体裁解放:民间文学形式的多元化

体裁指一切艺术作品的种类和样式,其艺术结构在历史上具有某种稳定的形式,这种形式是随着艺术反映现实的多样性以及艺术家在作品中所提出的审美

---

① 乐晶:《政治意识形态规约下的"十七年"山西民间文艺研究》,山西大学硕士学位论文,2015年。

任务而发展起来的。体裁体现了时代特征、人们的生活方式和行为特征。每个时代都有属于自己时代的体裁，而各种体裁的总和则反映了时代的总体艺术风貌。体裁的门类众多，一般文学上的体裁包括文章体裁，如：记叙文、说明文、议论文、应用文、诗歌、散文、小说、戏剧、相声等。20世纪50、60年代，囿于国家政策的导向，山西民间文学虽然一度噤声，但也有缓和，而且开辟出新的体裁，其中具有代表性的是相声的出现和新编戏剧的增多。

1. 相声的出现

赵景深曾在《相声史杂谈·序》里提道："解放前我在编《俗文学》和《通俗文学》时，所收到的稿件，涉及相声史的几乎没有。尽管有同道研究弹词、大鼓、子弟书、宝卷、单弦、连厢以及古代的说话、说经、说参请、陶真、合生、诸宫调、鼓子曲、俗曲等，我自己写过《转踏与子母调》，后来更有专书研究大鼓、弹词，但是，没有一个人，一篇文章是研究相声的。只有陈汝衡教授谈优语，算是沾了一点边。"[①] 可见相声在1949年前就有了，但那时还并不那么畅行于民众间，也没有引起众多学者的关注。

1949年后的情况就大不同了。相声成为全国性曲种，成为最有影响、扶摇直上的艺术，是现知300多种曲种中最受欢迎的一种。它精湛多彩的表演突破了语言的限制，连外国人都叹为观止。它是民间的，它借鉴过的某些技艺如杂嘲、合生、隐语、打令、致词、口号等，虽然出入过大雅之堂，但也是来源于民间。山西20世纪50、60年代的相声因追随国家政策而焕发生命力。如红宝书，广义地说，所有毛泽东著作都是红宝书；狭义地说，它是特指《毛主席语录》，《毛主席语录》是毛泽东著作中名言警句的选编本，因为最流行的版本用红色封面包装，又是红色领袖的经典言论，所以被普遍称为"红宝书"。

相声《红宝书》："抓革命，打先锋。促生产，当标兵，加强战备劲不松。让我们紧跟着领袖华国锋，为实现共产主义而斗争！"其语言、气势，都有明显的政治主义色彩，是政治文化影响下的产物。从时代需要的角度来看，这样的相声适应了当时文化政策、政治政策宣传的需要，对当时的群众思想也起到有力的导向作用，但山西这一时期类似这样的相声只能存活于这一时代，现在来看，它只

[①] 金名：《相声史杂谈》，福州：福建人民出版社，1984年，第1页。

有历史研究价值，而不具有普遍长远的社会意义。

另一则相声《重要问题》[①]则主要是针对国家百年大计"计划生育"政策和群众间普遍存在的"重男轻女"的思想而编的相声，语言形象生动，引人入胜。语言中"'四宝户'大老彭、'花铺掌'二老冯、'不死心'和'胡乱生'"，这些人怎么就有了这样的绰号，再往下听："有大宝、二宝、三宝、四宝，四个宝贝，'四宝户'……他给谎报年龄，弄虚作假，没领结婚证儿，就想典礼办喜事儿。大宝下边还有仨宝呢，不受受教育行吗？""我们村二老冯，生了一串闺女，大的叫梅花，二的叫杏花，三的梨花，四的桃花，五的荷花，六的兰花……二老冯不关心政治学习，封建思想浓厚，嫁闺女要彩礼，讲排场图私利，搞了买卖婚姻，这不教育行吗？""这个掌柜的是该好好批评。'不死心'呢……'男儿是条根，闺女是外人，养女不养子，没有顶门人。'他是不见男孩不死心，你说该不该对他进行教育？"听到此，听众恍然大悟，在娱乐身心的同时受到教育，这类型的相声是具有普遍长远的社会意义的。

山西 20 世纪 50、60 年代的相声以歌颂祖国，配合政府方针、政策为主要内容。相对传统相声而言，这一时期的相声失去了它应有的娱乐性，更多地承载政治任务，略显低俗。

2.新编戏剧、歌舞剧的出现

当代第一次戏曲改革发生在 1949—1957 年，主要内容和成就是传统剧目的"推陈出新"，即"改戏"。在剧目上，把宣扬封建迷信思想和封建伦理道德清出了舞台，纯洁和净化了戏曲舞台；对一些戏剧的思想进行改造，激浊扬清。甚至一批话剧改造者加盟戏曲队伍，新的戏剧理念的传播，提高了传统戏曲的艺术水准，出现了如京剧《白蛇传》、越剧《梁山伯与祝英台》、昆曲《十五贯》等。第二次戏曲改革发生在 1958—1966 年，这次改革的主要成就是京剧现代戏的重大突破，使京剧现代戏成为一种新样式而得到观众的认可。它主要吸收融合了话剧的写实观念，采用写实布景，打破了"随意赋形"的传统舞美体制，把话剧的分场、分幕用于戏曲，戏曲的情节更为集中；使戏曲的时空不固定原则发生了改变；打破了京剧的脸谱化，依照生活真实地刻画人物。出现了《红灯记》《沙家

[①] 山西省文学艺术界联合会编：《山西曲艺故事选》，太原：山西人民出版社，1978 年，第 187—198 页。

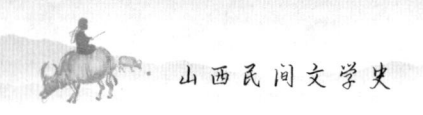

浜》《智取威虎山》《奇袭白虎团》等京剧现代戏。

　　山西20世纪50、60年代的戏曲根据上述两个阶段对戏曲改革的总体要求，也开始本着写实的原则改编符合山西民间艺术特色的戏曲。《刘胡兰》就是这一时期山西戏曲改革的突出代表。

　　歌舞剧是将音乐（声乐与器乐）、戏剧（剧本与表演）、文学（诗歌）、舞蹈（民间舞与芭蕾）、舞台美术等融为一体的综合性艺术，通常由咏叹调、宣叙调、重唱、合唱、序曲、间奏曲、舞蹈场面等组成（有时也用说白和朗诵）。《哑姑娘》[①]这部歌舞剧以山西运城盐池一带流传的民间故事为素材，集中展现了坚决反抗旧势力、舍己为人、无私奉献的精神。这是一场欢乐的歌舞表演，故事鲜活生动，富有现代生活气息。《哑姑娘》歌舞剧以歌舞乐、戏剧形式集中展现，运用民族民间风俗再现和现代艺术的表现手段，将运城市盐湖区人民无水晒盐、无水可喝的艰难，妖魔伤害百姓的恶行以及人民英勇抗争、力争权利的形象都以歌舞的形式综合展现出来，画面整体效果大气恢弘且跌宕起伏。《哑姑娘》这部歌舞剧的改编，生动地呈现出群众翻身做主人的信心，有利于推动国家建设，实现民族共同富裕和民族团结，也推动了山西舞台剧的发展。

　　歌舞剧的立体性与整体性决定了剧本、音乐和舞蹈只是它的基础。它讲究的是"多维戏脉"："戏剧的剧诗""戏剧的音乐""戏剧的舞蹈""戏剧的节奏""戏剧的声线"以及由此整合导出的独特的戏剧审美品味。所以戏剧集中体现在剧本上，只有立足于一个好的剧本、一个好的故事，歌舞剧的立体叙事才能有机地整合，完美地展开。成功的音乐剧作品不仅应该是剧本、剧诗、音乐、舞蹈与舞美的有机整合，也是新与老的有机结合：老，即传统剧种风格和传统歌舞神韵的根；新，即音乐剧作品所固有的方法呈现和审美诉求。《哑姑娘》以民间故事为"核"，随着文化发展的需要，传承传统歌舞剧的优势并对其进行改编，不仅为山西人民乃至全国人民提供精神生活大餐，更丰富了山西20世纪50、60年代的民间文学体裁。

---

① 中国歌剧史编委会编：《中国歌剧史》（上），北京：文化艺术出版社，2001年，第409页。

（四）褒贬分立：革命历史与农民生活的塑造

时代的特殊性决定了文学体裁的大解放，这在上一节已做过分析。其次，中国 20 世纪 50、60 年代的历史特性也决定了这一时期文学的特殊性。

20 世纪 50、60 年代是中国现代文学开始和奠基的阶段，这一时期文学的基本特征是：从文学革命向革命文学发展，即由文学形式的外在改革逐渐转向思想内涵的深刻变化。20 世纪 20 年代，中国处于一个特殊的社会时期。一方面，整个社会仍旧残存着封建思想，人民大众依然愚昧落后；另一方面，中国知识分子们呐喊着"我以我血荐轩辕"，在黑暗中高擎着前进的明灯。任何文学样式产生并能长足地存在下去，需要自身适合当时的年代和经济条件以及社会的发展，所以 20 世纪 50、60 年代，山西民间文学的改革应运而生，文学内容的针砭时弊，直指封建蒙昧主义与专制主义；反映革命历史的发展，书写这一时期农民的农村生活，并且整体趋势上有明显褒贬分立的倾向。

20 世纪 50、60 年代，山西之所以形成以革命历史和农民生活为主要内容的民间文学，是时代召唤的结果，也是文艺为政治服务的产物；是解放区文学传统延续的结果，也是民间文学创作者对生活体验的反映。从中华人民共和国成立到"文革"前的十七年，战争点燃的精神圣火被高高擎起，以反映战争为主要内容的革命历史民间文学创作成为山西这一时期民间文学创作的主要话题，并形成了一股热潮。单就民歌而论，这一时期山西民间文学中出现的民歌达 200 首左右，而描写革命历史题材的民歌是其中的主要部分。

山西这一时期革命历史题材民间文学创作热的形成，并非是偶然出现的现象，它是特定文学观念与时代力量整合的结果，也是文学自身规律与文坛现象相互影响的结果。首先是时代的要求。1949 年 10 月 1 日，在隆隆的礼炮声中，新中国结束了百年屈辱史，中国人民站起来了，从此走上了独立自主的发展道路。在举国欢腾的日子里，在胜利的喜悦中，人们自然地产生一种翻身感、解放感和自豪感，发自内心地感谢共产党，感谢毛主席，感谢人民军队。革命的英雄主义和乐观主义成为普遍心态的可贵色调，舍己为人、大公无私的精神被奉为时代的理想精神和伦理道德典范。在这种时代情绪影响下，民众这一独特而数量占多数的群体被深深感染。为了表现伟大的时代、壮丽的生活，中华人民共和国成立之初民间文学领域产生了一次颂歌浪潮，新华颂、英雄颂、劳动颂等成为颂歌的基本主题。早在1949年7月6日第一次文代会上，周恩来同志就深刻论述了文艺为工农兵服务的问题，要求文艺工作者深入部队，表现这个伟大时代的伟大的人民军队；深入农村，学习农民，表现他们的斗争业绩；深入工厂，向工人阶级学习。然而由于中华人民共和国刚刚成立，百废待兴，伟大的中国革命斗争历史的受邀体验者就是老百姓，过去的艰苦岁月和前辈的卓越功勋被深深缅怀。在战争岁月中成长起来的老百姓便顺理成章地成了这次颂歌浪潮的主体，他们抑制不住内心激动的情感，决心写出歌颂英雄、歌颂时代、具有史诗意义的革命颂歌。正如《保卫延安》的作者杜鹏程所说，他要写出一部"对得起死者和生者的艺术作品"。因此在20世纪50年代中期到60年代初，山西出现了《抗美援朝保祖国》《妇女解放》《歌颂毛主席》《幸福全靠毛主席》《翻身》《毛主席亲共产党好》《翻身乐》《吃水不忘挖井人》《怀念周总理》《歌唱焦裕禄》《穷人翻身见太阳》《苦去甜来喜在怀》《感谢共产党》《赞政策》等一大批反映革命历史的民歌。这些民歌着重表现"吃水不忘挖井人""饮水思源"，要让子孙后代都知道当年先辈们是如何取得革命战争的胜利成果的，是怎样对待工作和生活、个人和集体的，要为新社会提供思想道德的规范准则，对人们进行革命传统教育。

  20世纪50、60年代，由于政治对文学控制过严，大多数情况下，文学批评已不是对作品的欣赏和解读，而是体现政治意图的一种手段。时代要求文学首先做出政治选择，一旦文学服从于时代要求，政治的功利性必然要排斥艺术的纯正性。当某一作品不符合政治的要求时，对它们的批评就会成为大规模的文艺批判运动，这集中体现在50年代文艺界三大批判运动上。首先是对电影《武训传》的批判。电影《武训传》是导演孙瑜根据清末民初武训"行乞兴办学校"的生平事迹改编而成的，1950年12月上映以来，赞扬声一片。当时党中央认为电影涉及如何运用正确的观点评价历史和历史人物，进而如何看待中国人民的根本道路问题，因此发出通告，要求开展对电影《武训传》的讨论。1951年5月21日毛泽东在《人民日报》上发表了《应当重视电影〈武训传〉的批判》的社论，对《武训传》提出了尖锐批评，紧接着《人民日报》发表短评号召大家积极斗争，全国范围的批判运动随即展开，一直到当年8月才结束。这场运动对刚成立的新中国确保政权的巩固和革命事业的发展起到了积极的作用，但也产生了消极影响，开启了用政治解决文艺问题的先河，是对知识分子小资产阶级思想的强行纠偏。自此文艺工作者在创作实践中小心翼翼，不求有功但求无过。接着1954年一场对俞平伯"红学"研究和胡适唯心主义思想的政治批判又轰轰烈烈开展起来。俞平伯作为"红学"专家，属于胡适开创的考证派，当有人对俞平伯"红学"研究提出批评时，得到了毛泽东的支持，矛头直指以胡适为代表的资产阶级唯心论，开创了中华人民共和国成立以来在学术领域以政治性批判解决学术问题的恶劣先例。1956年对胡风文艺思想的批判，更是把内部矛盾上升为现实的革命与反革命之间的政治斗争。胡风文艺思想主要是提倡主观战斗精神，然而这场批判运动却以政治斗争代替文艺争鸣，作家自觉、自由的创造精神在这次批判中受到摧残。这一时期，在一系列文艺批判运动中，思想问题、学术问题、文艺问题被当作政治问题进行批判，强化了文艺为政治服务的意识，使得一部分老、中、青作家受到不公正的对待，他们或入狱，或下放，被剥夺了写作的权利。由于只能写颂歌，不能暴露生活阴暗面，写"那些资产阶级、小资产阶级知识分子的故事，将被视为不合潮流"，呈现在我们眼前的大多是政治色彩浓厚的革命历史题材和社会政治斗争题材作品，文学的创作很自然地受命于时代的命题和政治的约束。也正由于现实生活存在的严重问题影响到民众对现实的把握，创作民间文学时采取了回避现实的态度，更多地趋向于回忆过去、歌颂革命人物，大唱颂歌。

总之，在特定历史条件下多次的文学批判运动强化了山西民间文学的政治意识，制约了当时山西民间文学的创作。同时，也由于作家过分的政治崇拜、盲目的政治热情，使得文学创作不再是复杂的审美创造和审美体验，而变成对现实生活的机械反映和对政治概念的简单阐释，从而使得文学创作逐渐走入一条狭小的路径。

这一时期文坛所呈现的大量的革命历史题材作品也是解放区文学传统的延续。从文学观念来看，决定解放区文学面貌，影响着一个时代及后来的中国文学发展历史的是毛泽东的文学思想，其核心内容就是《在延安文艺座谈会上的讲话》。毛泽东同志分别于1942年5月2日、5月13日在延安文艺座谈会上做了重要讲话，在《讲话》中，要求文艺工作者必须"深入工农兵群众，深入实际斗争"；必须主要写工农兵生活，注重塑造先进人物和英雄典型；必须写生活的"光明面"，"以颂歌为主"。在文艺与政治的关系中，强调政治标准第一，艺术标准第二。文学的社会政治效用，是毛泽东文学思想的核心问题。解放区文学最主要的特征就是体现在服务时代、为政治服务的功利性上。在抗战和解放战争期间，人民的首要任务是与各种敌对势力进行艰苦而复杂的斗争，宣传、鼓动和教育人民成为文艺的基本任务。

从文学创作来看，文艺工作者有着一致的创作追求，那就是深入群众，深入生活，服务时代，表现伟大的人民，作品洋溢着英雄主义、集体主义、乐观主义精神。《讲话》以后，文学创作在面向工农兵方针的指引下，有了很大发展。这一时期除农村题材外，以表现部队生活的军事题材作品成就较显著。如民歌《联产承包好》《又治贫穷又治懒》《军民团结守大桥》《感谢毛主席》《普通乘客》《歌唱尹灵芝》等；民间故事《彭真的故事》《拔了穷根栽富根》《黄克诚打牙祭》等。这些民间文学大多格调高昂，色彩明朗，无论是写人写事，都能激发民众积极向上，具有鼓舞人心的力量。

（五）政治审美化："大跃进"歌谣的突出

由于特定时代环境的影响，20世纪50、60年代以来极端化政治美学趋向对文学创作的渗透，山西民间文艺的创作在政治意识形态的熏陶下，从主题到内容都具有政治审美化的色彩，尤其是新民歌的创造，曾被当作共产主义文艺的代表和发展方向，而掀起了一场轰轰烈烈的新民歌运动。

新民歌不同于旧民歌的地方，就是它与劳动生产和政治斗争的结合更加紧密，具有强烈的政治性。与传统民歌的"山无棱，天地合，乃敢与君绝"相比，这一时期山西民间歌谣所表达的爱情缺少了一些值得玩味的朦胧美，也少有野性张扬的热烈情感，显得平淡无味。流传于山西省安泽县和襄汾县的两首民间歌谣《新婚姻法赞》和《自由结婚歌》甚至众口一词地唱道："不披红来不插花，不穿龙凤裙"[①]"不披红来不插花，你戴军帽我剪发"[②]。婚姻是维系人类自身繁衍和社会延续的最基本的制度和活动，早在原始社会时期，原始民族中间就存在着一套决定两性间相互关系的复杂的规矩。我国古代社会也尤为注重婚姻礼仪，曾有

---

① 临汾地区民间文学集成编委会编：《尧都歌谣》（上），内部资料，1988年，第58页。
② 襄汾民间文学集成编委会编：《襄汾歌谣谚语集成》，内部资料，1988年，第67页。

"六礼"之说。然而1949年后,繁冗复杂的礼仪程序为了配合当时的政治,逐渐简化,甚至遭受厌弃,凤冠霞帔、十里红妆被定义为老旧古板的婚姻形式,而"你戴军帽我剪发"才是人人喜闻乐见的,可见政治意识形态对山西民众生活方式产生的巨大影响。"不少新民歌在纯粹政治话语的基础上嫁接了民间爱情歌谣的叙事模式,抽空了生命的'原发'质感。"[①]因此,这一时期的民间歌谣也不再以描写两性间的爱情为主,而是要突出集体使命感,情侣关系演变为劳动伙伴关系:"社会进步了,男女平等好,自己的对象自己找,爹娘管不了。情人一对对,快乐一辈辈,同学习来同进步,幸福生活把人醉。"[②]同学习、同进步一方面固化了20世纪50、60年代青年男女的婚姻关系,即由传统的"夫唱妇随"演变为"志同道合";一方面也体现了女性的家庭地位得到调整,她们不再依附于男性而存在。

从山西传统民间歌谣向新民歌转变的过程中,可以看出政治理念对山西民间文学的模塑作用:具有权威性的意识形态进入民间话语的核心,决定其言说内容和叙述方式,引导话语走向。此外,"大跃进"民歌中还出现了大量中国政治美学的代表性意象,比如红旗。对于中国人民来说,红旗意象具有独特的文化内涵和审美价值,它是民族记忆的贮存装置,是民族精神的物化表达,也是民族历史的现代呈现。红旗意象常常与无产阶级革命英雄联系在一起:"啊,邓小平,一面鲜艳的红旗蓝天飘扬","马克思、恩格斯、列宁、斯大林——劳动人民的四颗伟大的心脏,人类解放的四面神圣的旗子"。山西民间歌谣中红旗意象的象征意义主要有以下几种情况:一是象征新社会的到来,表达山西民众喜悦欢快的心情:"五星红旗飘,人人都欢笑";二是象征带领人民取得革命胜利的领袖毛主席:"庆祝七一开大会,毛主席万岁万万岁,人人歌唱东方红,红旗飘飘排成队""毛主席亲手树红旗,天红地红人心红";三是象征中国共产党及党的路线政策,表明歌唱者爱党敬党的决心:"胜利红旗飘四方,人人跟着共产党"。这些政治意象的使用将个体心绪融入到时代血脉中,真实地反映出这一时期山西的社会历史环境。

浮山民间歌谣《一杆杆红旗》用随风飘扬的红旗意象礼赞中国领袖毛主席和

[①] 吴晓、胡苏珍:《论〈红旗歌谣〉的抒情主体性问题》,《海南师范大学学报》(社会科学版)2008年第12期。
[②] 灵石民间文学集成编委会编:《灵石歌谣集成》,太原:山西人民出版社,2005年,第32页。

中国共产党，表现出特定历史阶段的时代精神：

　　一杆杆红旗迎风飘扬，党的总路线放呀放光芒，
　　它比那灯塔还要亮，指引着我们前进的方向。
　　一杆杆红旗大家来扛，毛主席赛过亲爹娘，
　　领导得我们思想解放，力争上游敢做敢想。
　　一杆杆红旗红似太阳，我们要永远跟着共产党，
　　多快好省地建设城和乡，社会主义的道路宽又长。①

　　这首民间歌谣于1958年采录于浮山县东腰村，"一杆杆红旗"寓意着东腰村百姓对毛主席、共产党及过渡时期总路线的支持与崇赞，这首民歌不仅神化了领袖毛泽东，还激发了群众狂热的政治理想："我们要永远跟着共产党"，可以说是新民歌运动影响下的"泛化"产物。

　　综上所述，山西20世纪50、60年代民间文学创作热潮的形成，无疑是多方面因素造成的，它既是特定时代政治革命的产物，也是时代召唤人民的产物；它既是解放区文学传统的延续，也是老百姓对当时生活的体验和反映。然而当政治对民众生活干涉过多时，民歌、言语、民间故事便成为图解政治的一种手段和工具，创作热情变成了盲目的政治狂热，这一创作热潮就显得单一，艺术特质就会变得越来越弱，这也是令人遗憾的。

五、20世纪80、90年代山西民间文学的文化背景

　　改革开放以来，全国上下拨乱反正，山西的民间文学事业迎来了又一个春天。在地方政府的推动下，山西各项文化工作都取得了一定的进步，在小说创作、歌舞艺术、广播影视等领域都出现了新的面貌，形成了"百花齐放，推陈出新"的文化大环境。

（一）"晋军崛起"：山西作家文学的发展

　　20世纪80年代，山西的文学创作进入了高速发展时期。作家们在继承和发扬"山药蛋派"文学现实主义传统的基础上，不断借鉴外来文学的先进经验，进

---

① 浮山歌谣集成编委会编：《浮山歌谣集成》，内部资料，1987年，第44页。

行着新的艺术探索，取得了丰硕的成果。1985年春，大型文学刊物《当代》集中刊发了成一、李锐等山西作家的一组文章，同时在专栏介绍中提到"晋军崛起"现象，"晋军崛起"一词自此横空出世，随即传遍文坛，进而享誉全国，成为山西文学最形象的写照和最佳代名词，它标志着山西的小说创作已经从"山药蛋派"的时代进入了一个崭新的时代。

晋军崛起中涌现出一批作家，可谓百花齐放，群星璀璨。他们大致可以分为两个群体，一部分是土生土长的山西人，如郑义、张平等；一部分是上山下乡到山西的城市青年，如李锐、柯云路等。文学总是根植于包括地域文化在内的传统文化当中，质朴厚重是山西文学的基本特色，它作为一条主线，起伏显现，贯穿于整个山西文学史中。无论这些作家来自哪里，都深深地植根于脚下的这片土地，满怀热情地讴歌这片土地，打上了挥之不去的山西烙印。李锐是"晋军崛起"中较为年轻的作家，但无疑也是主力之一。他创作的起步、发展均处于80年代文艺创作大胆探索、追求新异的时期，却很少运用时髦的意识流、感觉流、象征、荒诞等手法，相反，在他的小说作品中更多是从传统的技法中去寻求新的表现力。如他的系列短篇小说《厚土》在写作方式上既有古典文学作品的凝练，又有鲁迅小说的严谨，还有"山药蛋派"常用的白描，更为重要的是，在内容上多选取常见的生活场景，包含着丰富的社会容量，给人以无穷的思索和无限回味的余地。

这些作家的创作带有丰富的乡土民情、浓厚的乡土氛围和强烈的现实主义色彩，既具有山西文学的传统特征，又给山西文学传统带来了新的气息。正如中国作协主席铁凝所说："深入生活，扎根人民是山西作家所珍视的传统。"因而，作家文学的这一传统也在一定程度上促进了民间文学的繁荣发展，在时代的变迁中不断产生出新的作品。

（二）蜚声中外：地域文化品牌的打造

2009年6月《山西省文化产业发展规划纲要》中的"文化品牌打造工程"分设"华夏之根""黄河之魂""佛教圣地""晋商家园""古建瑰宝""边塞风情""关公故里""抗战文化"八章，这是山西打造文化大省的重要举措。早在20世纪80年代，山西打造文化品牌的理念已在不知不觉地形成着。产生于这一时期的"黄河三部曲"是一组反映特定时期山西劳动人民生活状况的优秀舞蹈作品,它不仅记录了改革开放之初黄土地上人们的生存状态,也反映着当时人们的所思所想所感所悟。"黄河三部曲"包括《黄河儿女情》《黄河一方土》《黄河水长流》三部作品,由山西省歌舞剧院创作,其流派属"黄河歌舞艺术",作品在充分展示民俗风情的同时,注重突出"土美、怪美、丑美"三个特点,将山西人最朴实、最可爱的生存状态及对人生的期许和拼搏展现无余。

一是"黄河三部曲"与山西民生紧密结合。所谓民生,即百姓的日常生活事项。"黄河三部曲"几乎融合了普通山西劳动人民一天的所有琐事。在这部作品中,你可以看到山坡上拉犁的汉子,河边洗衣的姑娘,圪梁上放羊的娃娃,烛光下纺织的媳妇,磨盘边磨面的大娘,还有城里赶集看秧歌的人群,村口闲聊的妇女,等等。这些看似大俗的日常琐事,却在创作者和表演者的共同演绎下,生动活泼,画面感十足。作者不仅对这种大俗毫不避讳,反而借助夸张的表演将其放大,最终呈现的舞蹈不光不"土",反而有一种"土美"。这是一种有品位、被艺术修饰的"土",更接地气,更合民意,更加与众不同,让人看后印象深刻,更加引起人们的深思:我们的一生也不过是重复着每一天的琐事,这有什么俗的呢?所谓大俗即大雅,我们能从舞蹈的每一个动作,每一个细节中看到劳动人民对生活的热爱,对未来的憧憬,这也正是作者想让我们看到的东西。

二是"黄河三部曲"完美呈现出独具特色的山西民俗。"黄河三部曲"包含有民歌、剪纸、皮影、社火、锣鼓等多种民俗文化元素。每逢正月十五元宵节,富有特色的民间舞蹈集中于山西各地的大街小巷,其中秧歌受条件限制较少,互动性强,趣味十足,深受老百姓喜爱,成为社火的主要表演形式之一。对于农村的劳动者来说,一台秧歌往往会引发万人空巷的场景。"黄河三部曲"中的看秧歌描绘的就是这样一种场景,少女们在看秧歌时精彩绝妙的种种情态给观众留下深刻的记忆,用"喜看""惊看""羞看""悲看"等形态将一群天真烂漫、活泼可爱的山村少女看秧歌时如痴如醉的神态表现得淋漓尽致;以捧腹大笑、噘嘴撒娇、娇嗔痴嗲的动作神态表露出山西十六七岁姑娘们身上的"野味";通过扭身留头、塌腰翘臀、耸肩提胯、拧身挽手、勾脚拐脚、屈膝吸腿等夸张的动作又传达出了一种"土味"。用这种独特的艺术手法构成舞蹈风格的幽默与诙谐,形成舞蹈独特的"丑美";以别出心裁、独具匠心的语言特色,给人以美的享受;以夸张变形、化丑为美的风格特色，把山西姑娘活泼可爱、纯真童稚的性格特征呈现得出神入化。

三是"黄河三部曲"集中反映了质朴厚重的山西民风。为人处世的性格特点、所喜所恶的价值观，都体现着一个地域独特的民风。在"黄河三部曲"中的每一个细节中都能看到这些元素的存在，如在《山岭》中可以看到庄稼汉的阳刚，在《婆姨》中能看到纺织妇女的柔美，而《桃花红杏花白》则是表现一对情侣在桃花林中幸福相会的场景。

黄河是黄河艺术的生命母体。从艺术家的创作活动看是如此，黄河崇拜产生了黄河艺术；而从观赏者的接受活动来看也是如此，观众崇拜黄河，从而承认了黄河艺术，从这一程度上讲，精湛的表演退居二线。从《黄河儿女情》《黄河一方土》到《黄河水长流》，使山西的民间歌舞创作进入了一个全面繁荣和成就卓越的时期。山西歌舞强大的生命力和异乎寻常的魅力掀起了民族风情舞的创作热潮，引领了20世纪80年代中期以后一段时间内中国歌舞艺术发展的方向。正如1995年2月赵国政在《人民日报》上发表的文章《情在黄土，魂系黄河》中指出："源自黄河水，根植黄土地，似乎是山西艺术家抱有的创作宗旨。……《黄河儿女情》和《黄河一方土》在民间舞创作上开一代新风，使一向了无生息的山西舞蹈红极一时，乃至令全国不仅羡慕山西出煤，也景仰它的歌繁舞茂，一时间形成一个持续多年的全国性风情舞蹈热。"

此外，这一时期对"三晋文化"的打造还表现在对山西历史文化的传承保护上。1988年，改革开放进入第10个年头，党中央提出物质文明建设和精神文明建设"两手都要抓，两手都要硬"。当时在思想文化界出现了否定中国历史文化的民族历史虚无主义言论。历史文化遗产所具有的不可再生性，让山西省委原第一书记王谦提出保护山西历史文化的倡议。倡议提出后，一群三晋文化爱好者立即响应。1988年8月16日，三晋文化研究会应运而生。当时提出的办会宗旨是：团结和组织有志于研究三晋文化的人士，积极开展三晋文化的学术研究和交流活动。对山西丰富多彩的历史文化遗产进行全面的梳理、搜集、整理、研究、出版，旨在"研究三晋之文明，创立未来之新风"。自此，一项专家与群众相结合的，具有广泛社会性的历史文化研究活动在山西蓬勃开展起来，并迅速产生了一批研究成果：校勘出版清光绪版《山西通志》，全书共22册，1020万字，这是

1949 年后全国出版的第一部旧省志点校本。出版 500 余万字的《傅山全集》和《傅山全集补编》，比清代出版的 30 余万字的傅山著作《霜红龛集》多出 17 倍。组织省内长期从事民间艺术的 250 多位作者，编纂出版"黄河乡土文化"系列作品《山西民间艺术》《山西民俗》《山西民歌》《山西锣鼓》等。著名民俗学家钟敬文先生评价说，这样"对一个地方民俗进行系统的整理和介绍，在全国还属首次，为民俗界开了个先河"。

六、20 世纪 80、90 年代山西民间文学的各类体裁分析

（一）民间歌谣

在改革开放后的十余年里，浩如烟海、绚丽多姿的山西民歌在搜集、整理和传承、发展上都取得了丰硕的成果，其中《山西民歌集成》集三晋民歌之大成，被称为"文化史上的千秋大业"。与此同时，新时期的民歌为适应社会变迁，在继承传统精神内核的基础上也做出了相应的调整。以下主要选取三首代表性的民歌改编曲，以窥探这一时期的民歌新面貌。

1. 河曲"山曲"民歌改编曲《想亲亲想在心眼眼上》

《想亲亲想在心眼眼上》是一首颇具特色的河曲民歌，属于山曲体裁。它的原始曲调只有上下两句，当地的民间歌手演唱时速度比较缓慢，唱得深情而优美，但是因为一曲多词，多次反复难免使人感到单调。1980 年歌唱家鞠秀芳改编并演唱了这首民歌，在原始民歌的基础上，加快了速度，变深情为热烈欢快的情绪；同时又以另一首民歌为素材，夹在前后两段中间变成华彩乐段，增加了前奏与过口，把原来的单段体分节歌的形式发展成较完整的三段体，使它成为既有原来民歌的风格情调，又有一定声乐技巧和艺术深度的花腔女高音独唱曲。

歌曲《想亲亲想在心眼眼上》本是山西河曲地区的民歌，但由于河曲县在山西省西北的黄河角，西望陕西，北接内蒙古，所以其也受到了陕北"信天游"和内蒙古"爬山调"的影响。为了更深刻地理解这首民歌所表达的内涵和情感，这里首先选择传唱较广的阿宝演唱版本的歌词进行分析，如下所示：

蜜（啦）蜂呀（那个）落在（呀）那窗眼眼（那个）上
想（啦）亲亲（那个）想在（呀）这心眼眼（那个）上

稻（啦）秫呀（那个）开花（呀）这顶顶（那个）上
操（啦）了心心（那个）操在（呀）这你身（那个）上

从歌词的字里行间可以清晰地感受到一个青春正好的山西青年在山坡上漫步，因看到山间的景物而睹物思人，想念在家乡等待自己的妙龄少女，信口唱起了这首山歌。歌曲表达了青年男女之间相互的思念和爱恋，赞美了人类永远美好的高尚情操。在遣词方面体现出鲜明的地域特色，其中多次出现的"胡燕"和"稻秫"就是河曲方言，指的是"燕子"和"高粱"。歌曲还大量使用了衬字，如歌词的每一句都存在"啦、那个、呀、那个"的衬字运用，从而使得整首歌曲在没有旋律和伴奏的情况下，仅歌词就极具节奏感，传达出轻松愉快的心情。另外，叠字的使用也能够起到强化节奏感、强调语意的作用，如反复出现的"心眼眼上""窗眼眼上"，还有每一段单独出现的"操了心心""一桩桩""一对对"等。

《想亲亲想在心眼眼上》的鞠秀芳版本，出于演唱的需要，对歌词也做了细微的修改。首先，因为这首民歌原本是一首少年对少女倾诉的歌曲，为了能够适应鞠秀芳自身的演唱，歌词的表达角度从少年转变为少女，从歌曲结尾的"单想那个你"变成了"单想那个他"就可以看出，这样不仅点明了少女思念的对象，而且含蓄地使用了"他"，少女娇羞妩媚的姿态跃然曲上。其次，出于能够更为中国广大听众所接受的目的，鞠秀芳将许多具有河曲地方特色的歌词修正，使其更容易被接受，比如将"稻秫"换成了"白鸽"，将"胡燕"换成了"野雀"，将"窗眼眼"换成了"窗棂棂"等，这都使得歌词更容易被理解，且保留了乡土风味。同时，鞠秀芳依然保留了原版中比兴、排比的段落手法，叠字、衬字的文字运用，从而创作出了这首广受大众欢迎的花腔女高音独唱曲《想亲亲想在心眼眼上》。

2. 左权"开花调"民歌改编曲《桃花红杏花白》

民歌改编曲《桃花红杏花白》是由词作家刘麟、曲作家王志信在 20 世纪 90 年代中后期改编创作而成的。《桃花红杏花白》是一首具有典型山西风格的经典女高音独唱曲目，由山西左权地区两首"开花调"[①]《桃花红杏花白》和《会哥哥》作为音乐素材改编而成。其中将《桃花红杏花白》作为歌曲的第一和第三部分，以上下句的分节歌形式，曲调流畅优美，节奏平稳，描述了青年男女之间纯真的爱情。第二部分则采用了左权另一首开花调《会哥哥》，曲调活泼、富于动感，内容以歌颂爱情为主。王志信运用当代歌曲的创作技法将这两首开花调完美融合，打造出了经典民歌的改编曲目《桃花红杏花白》。

改编后的歌曲《桃花红杏花白》在内容上围绕山乡小阿妹与情哥哥的爱情展开，讲述了男女青年对爱情的憧憬和对美好生活的向往，表现了农村的新面貌以及成功塑造出山乡小阿妹可爱的形象，使音乐主题有了很大的发展。在歌词的创作上也独具匠心，多用叠词、虚词，如"窗前前""山坡坡""山花花""呀呀呆"以及"啊个呀呀呆""亲呀亲呀个呆呀个呆"的运用，巧妙地表现出山西民歌浓郁的韵味儿，把那种无法用言语表达的情感发挥得淋漓尽致，从而表现出了男女间的细腻情感。在艺术风格上，一方面继承了左权开花调的独特形式，上句以"什么"开花为起兴，下句点明主题，情感递进，感情直白；另一方面吸收借鉴了现代新的演唱方法，即在保留"原汁原味"的基础上，拓展了音域，旋律的幅度也有所扩展，对演唱者提出了更高的演唱要求，也更适合舞台表演的需要。

3.河曲"二人台"民歌改编曲《送情郎》

《送情郎》是一首由河曲"二人台"民歌改编的女声独唱曲，1986年作曲家刘德增在原民歌的基础上改编并配钢琴伴奏，后来这首歌曲还被编入大型歌舞《黄河女儿情》中，先后在国内外演出。河曲民歌的类型主要分为山曲和被称为"二人台"的地方小戏，由男女二人共同表演。这里的民歌高亢、明朗、健康、朴实，与陕北民歌相互影响，不少乐曲与陕北"信天游"近似。

《送情郎》本来有五段歌词，改编时删减为三段。改编后的歌词简明质朴，既描绘了"花红柳绿"的山村风光美景，又展现了小妹妹送情郎哥外出时千叮咛万嘱咐，恋恋不舍的惜别心情。特别是该曲最有特色的衬词部分更将妹妹的

[①] "开花调"是20世纪30年代前后从左权民歌小调中派生出来的一种独特的山歌形式。一般由上下两个乐句构成，旋律以级进为主，间或出现大跳音型，音乐简洁直白，情感亲切质朴，内容多以反映爱情为主。

内心世界表现得淋漓尽致,把一对青年人纯真朴实的爱情镶嵌在一幅色彩斑斓的田园风景画之中。如第五小节的衬词"哪似咿呀嘿"随着旋律的拉开上扬,在加强气息的支撑上,把声音由弱渐强,有控制地唱出来,从而可看出小妹妹的炽热激情。

(二)民间小戏

1. 祁太秧歌

祁太秧歌,又称"晋中秧歌",是深受人民群众喜爱的舞台表演艺术。它以农村生活故事、民间生活逸事为题材,具有较强的娱乐与教育功能。早期表演类型是元宵节闹红火中的踩街秧歌,是由俊扮和丑扮两个公子相配,手持折扇领头,带领身背花鼓的女角色和拍小镲、敲小锣的男角色共二三十人,分两行沿街行进表演。走至迎接的户主门口,由领队公子咏颂,完毕后两三个演员进入场地中央,边舞边唱小曲,表演歌舞小戏。之后继续前进,直至踩遍各街为止。所表演的节目,有第一人称的歌舞小戏,也有第三人称横排式的歌舞节目,他们唱见闻、数典故、叙景致、表古人,故事情节均较简单。

祁太秧歌现收集的剧目有 300 多个,大多反映劳动人民生活,基本分为歌舞小戏、生活小戏、秧歌剧三类。在艺术手法上,一是运用浪漫主义的表现手法把现实生活中不合理的东西寄予理想化的完美结局。如祁太秧歌中《老少换妻》一剧,就是很好的例证,它描写了一对老夫少妻和一对少夫老妻之间发生的故事。封建社会存在这样一种婚姻怪胎,即有钱人娶三妻四妾,无钱人只好娶个老寡妇,这样的婚姻仅仅是一种纯表象的夫妻维系,根本不是建立在男女相爱的基础上。秧歌创作者们为了揭露并控诉这种现象,达到理想化、合理化的目的,硬性制造了一个在当时的社会环境下几乎不可能发生的结局。这对老夫少妻和那对少夫老妻竟在路上不期而遇,经相互商量,最终交换而成了一对老夫老妻和一对少夫少妻。二是具有浓郁的乡土语言特色,即以通俗易懂的生活化语言编唱词、写感情,形象生动,诙谐幽默,泥土气息浓厚。如《踢银灯》中的"拆东墙补西墙越拆越大,平地里挖圪洞越挖越深""不管轻重是份礼,长短总是一条棍"等从生活中提炼出来的语言,兼具哲理性与朴实性。

改革开放以来的祁太秧歌进入了新的发展阶段,不仅受到民众的广泛欢迎,

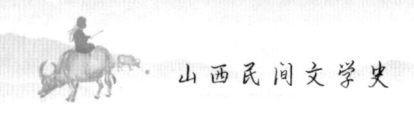

更被列入国家级非物质文化遗产名录，成为地方名片之一。

2. 左权小花戏

小花戏产生于山西省太行山巅的左权县，通过长期的演变发展，已经形成一个相对完整的体系，有代表性的剧目、人物，2014年入选国家级非物质文化遗产保护名录。

自20世纪80年代以来，随着各项文化事业的开展，左权小花戏的发展进入了辉煌时期，主要体现在以下几点：

一是左权县委、县政府在小花戏的传承和保护上做了大量工作。如组织举办了有首都、省、市、县有关领导、专家参加的"左权民歌花戏创新与发展研讨会"，组建"左权县开花调艺术团"，成立"左权县非物质文化遗产保护中心"和"小花戏、民歌研讨协会"，每年6月定为"文化活动月"。小花戏、民歌进课堂，经常举办小花戏、民歌比赛。编辑出版花戏、民歌书籍和VCD光盘，制订了《左权县保护、传承、振兴、发展民歌小花戏的规划》，积极提交左权民歌、小花戏国家非物质文化遗产申报书。坚持继承与创新相结合，传统与现代相结合，打造出一批精品剧目，享誉全国。如新编花戏《开花调》选用了《四季生产》和《有了心思慢慢来》两首左权小调，改编以后成为有变奏性的大三段体曲式，再配以独具地方特色的演唱，创造性地运用了象征人们耕地时的"犁步"以及下种、锄田、收割等舞蹈动作。伴随着打击乐的节奏点和优美舒展的旋律，演员表演着不同方位的"撒扇""蝴蝶扇""三颠步"，并配以大幅度的前仰后合等，将太行山区劳动人民从春到秋的生产过程和男女青年之间的真挚爱情表现得生动、具体，而且充满情趣，鲜明的地方风格和现代气息融为一体。此作品于1992年11月获全国第二届民间音乐舞蹈大赛一等奖和第二届"群新奖"金奖。随后，《筑路哥哥》获得全国第六届"群星奖"金奖。《洗衣裳》和《老井人》分别获全国第十届、第十三届"群星奖"优秀节目奖。

二是表演形式有了新的突破，歌舞类的小花戏发展到了中型剧目。如反映革命历史题材的《太行颂》，由"巍巍太行""苦难太行""保卫太行""情系太行""英雄太行"五个章节组成。该节目从总体构思、词曲编写、舞蹈编排、乐队配器、演唱演奏等方面都给人以耳目一新的感觉。1992年5月荣获山西省"纪念5·23群众文艺优秀节目邀请赛"大奖。大型舞队继《百花迎春》之后，又编排了《春潮》《丰收颂》等。歌舞剧类的小花戏发展到了大型剧目，如反映革命战争年代军民鱼水情深的四幕左权花戏歌舞剧《太行奶娘》，2012年12月27日在榆次文化中心首演，获得了巨大成功。之后在山西大剧院、国家大剧院、北京军区大礼堂以及全国各地巡演，先后获得了山西省"五个一工程奖"、山西省第十四届杏花奖"特别奖"。目前，国家艺术基金大型舞台剧滚动资助项目通过网上投票，《太行奶娘》名列榜首。

其三，理论研究方面有了新的进展。20世纪90年代《山西民间舞蹈：左权小花戏》一书出版，该书论述了小花戏的艺术特色，包括表现形式、舞蹈风格、音乐、脚本与唱词等，总结出小花戏颤、颠、跳、蹬、扭、摆、甩、颠簸、拧转、晃首、手臂画圆、转肩扭、三道弯等舞蹈风格韵律。

由于左权县的群众文化活动活跃繁荣，加之小花戏、民歌以其独特的风格在国家级比赛中屡屡获奖，在社会上产生了极其深远的影响。被列为国家艺术科研重点项目的文艺集成志书《中国民族民间舞蹈集成·山西卷》和《中国戏曲音乐集成·山西卷》均收编了左权小花戏。

3. 道情戏

山西道情戏是与山西地理环境、宗教文化、戏曲文化密切相关的具有地方特色的戏曲剧种。

（1）晋北道情

晋北道情，俗称"咳咳腔"，在其流传发展的过程中，形成了右玉道情、神池道情、繁峙道情等不同的地域种类。在1962年，山西省戏剧工作研究室审定后将其统称为"晋北道情"。它是山西道情戏中成戏最早的，始见于河曲县五花城乡大念焉村"龙王庙"戏台后墙一侧的题壁，上书："同治八年七月二十三日，庙会大吉，阳哥（歌）盛事，风搅雪，日唱小寡妇上坟，夜唱打经堂，五云堂玩艺班敬演。"[①]其中《打经堂》是道情剧目。"五云堂玩艺班"是清朝同治年间的班社，它的表演主要以道情为主，同时兼表演二人台，在当时的晋北已经享有名气。晋北道情也是由本地说唱道情发展而成，主要流行于山西北部地区、内蒙古的中南部、河北省的西北部一带地区。在1985年，张献出家里珍藏了好几辈的

---

① 张燕丽：《清中晚期晋北道情剧目研究》，《山西大学学报》（哲学社会科学版）2014年第4期。

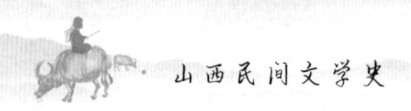

四个手抄剧本，其中有两个是道情本，分别为《韩湘子出家全图》和《三死何文秀》，剧本内多处记有时间，"光绪十年十月一门二十八""光绪十年六十三"，可见晋北道情的成戏应早于此。

（2）临县道情

临县道情是吕梁山上土生土长的地方剧种，是当地老百姓茶余饭后的主要文化娱乐方式，堪称"吕梁山上一枝花"，并在2006年入选首批国家级非物质文化遗产名录。主要盛行于临县，分布于离石、方山、柳林及陕北的吴堡、佳县、米脂等地，地方戏的研究学者将以临县为中心的具有地方特色的小戏种称为"临县道情"。临县道情之所以一直在本地流传并生存的主要原因有三点：其一，临县曾经是道教十分盛行的地方，现在留存下来的有随处可见的"真武庙""老君庙"。其二，临县地处吕梁偏僻的山区，道情成为老百姓仅有的娱乐活动。外来文化不易流入，使道情艺术一直保留着最原始的形式。其三，在每年正月闹红火时，以临县的"伞头秧歌"牵头，结合道情表演，"伞头秧歌"的表演队伍庞大，大约一二百人，而后进行道情戏表演。这使临县道情有着深厚的群众基础，深受当地老百姓的喜爱。

（3）洪洞道情

洪洞县处于临汾地区，临汾历史上曾是古帝王尧的都城，是山西古老文化的发祥地之一，也是道教的发展基地。在这个人杰地灵的古都，孕育了山西道情戏的又一剧种——洪洞道情。洪洞道情在当地被称为"道腔"，起源于当地的说唱音乐，是吸收民间小调发展起来的，主要流传在洪洞县及晋南一带。在清咸丰年间，洪洞道情成立了第一个班社，创建人为洪洞尹壁村的尉广甲。这个人颇喜欢诗文，并且爱好道情，因功名未就，就回乡开始罗集艺人，排演了《郭巨埋儿》《龙虎山》等五大戏，同时还有小戏《小姑贤》《打灶君》等。相传这个道情班社仅存在了短短的十多年，但是它为洪洞道情的发展奠定了良好的基础。后来由于社会的动乱，道情戏的发展受到了阻碍。在党的十一届三中全会后，洪洞道情在当地政府的支持下，于1980年又恢复演出活动。2000年，洪洞县文化馆成立道情剧团，恢复抢救了这一传统剧种。

（4）永济道情

永济道情又称为"河东道情"，源于运城市盐湖区，是永济市的一种古老的民间说唱曲艺形式，清乾隆、嘉庆年间在当地民歌小曲的基础上发展而成，以班社为组织进行演出。河东道情在说唱阶段分两路：流行于永济县城东部曾家营村一带的叫"东路道情"，文武场齐备，行道俱全；流行在永济县城西部韩阳镇一带的称"西路道情"，不带鼓板和铜器，以三才板击拍为主。1981年，永济县文化馆综合了两路道情的特点，以东路道情打击乐为基础，保留了西路道情的优美唱腔，排演了有小生、小旦、青衣和老生四个行当的传统道情小戏《小姑贤》，使说唱道情成为戏曲道情，并组建了永济道情剧团。之后，永济道情剧团又先后排演了传统戏《隔门贤》《审鸡》《四盆》《恩与仇》《双锁匠》和现代戏《开园时节》《岭南新风》等剧目。2006年，被列为山西省非物质文化遗产名录。

七、20世纪80、90年代山西民间文学的搜集整理

民间文学的调查、采录、整理是民间文学保护、传承和研究的基础工作。1949年10月1日中华人民共和国成立，1950年3月29日成立了中国民间文艺研究会，并逐步在各省设立分会或类似组织。随后，全国范围内的民间文艺采录工作陆续展开。1980年4月8日，在山西省第四届文代会上成立中国民间文艺研究会山西分会，6月，山西民间文艺研究会在山西日报社和山西农民报社工作的会员组织成立了"民间文学研究小组"，开始在全省范围内征集民间文学作品。到1989年，钟敬文总结说，通过三十多年四个阶段的民间文学调查采录工作，在社会上已经产生了一些广泛性的效应[①]，一方面是搜集整理了大批文学作品；另一方面是涌现出一些杰出的民间文艺采录、整理工作者，如张余、范金荣、刘润恩、申双鱼等。

（一）山西民间文艺家协会的民间文学工作

1. 山西民间文学"三套集成"的编撰问世

中国民间文学"三套集成"（包括《中国民间故事集成》《中国歌谣集成》《中国谚语集成》）是我国有史以来规模最大、涉及面最广、成果收获最多、经历

---

① 钟敬文：《三十年来我国民间文学调查采录工作的历程、方式、方法及成果》，《社会科学辑刊》1989年第2、3期。

时间最长、参与人数最多的民间文学抢救项目,它以省为单位分别立卷,三套共 90 个省卷本(也即国家卷),合计约 1.5 亿字。中国民间文学"三套集成"的编纂出版,直接促进了我国民间文艺学科体系的建设和发展,极大地促进了我国的社会科学研究。曾任中国民间文艺家协会秘书长的向云驹在介绍这项工作时曾说:"搜集整理、编辑出版中国民间文学'三套集成',是 20 世纪八九十年代中国文化建设的一件大事,是造福后人的千秋大业。"民间文学集成项目收集到的大量珍贵的资料,为中国特色社会主义文化建设提供了不可替代的文化资源。中国民间文学"三套集成"在 2010 年开始出版县卷本,县卷本篇幅达 6 亿字,是一笔非常庞大而宝贵的文化财富。[①]

"山西民间文学集成"是由山西民间文艺研究会主持并组建工作小组专门负责的重点文化项目,是对山西各地流传的传说、故事、歌谣、谚语等民间文学的搜集辑录,有着极高的考古价值与人文价值。"中国民间文学集成"的编写经验对"山西民间文学集成"的编纂工作具有直接的指导意义。首先在民间文学的编写原则上,以科学性、全面性、代表性的原则对民间文学作品进行甄别与选编,力求保证集成的质量。其次,普查是编纂"三套集成"的基础。各地必须以县为单位认真展开普查工作,严格按照科学要求,进行广泛的搜集。在普查中必须坚持"全面搜集、忠实记录、慎重整理、适当加工"的原则,记录一定要保持民间口头文学的原貌。有条件的尽可能录音,特别是对于本地区有特点的重要作品,应尽量录音。笔录和整理时,不应任意增删或改变其情节,并尽量保持讲述者口头语言的风格,绝对禁止任意编造。最后,在编辑体例上,积极参考借鉴"中国民间文学集成"的相关要求,针对各卷内容多少的问题,应以各市普查作品的实际数量而定,不强求一律,但总编委会将从总体出发,做适当的平衡与调整。

自中国民间文艺研究会山西分会成立以来,"山西民间文学集成"的编纂工作便在其指导和推动下有序进行。1980 年 7 月,由山西民间文艺研究会牵头组成的"民间文学研究小组"在《山西农民报》上发布"征集民间故事启示",面向全省征集民间文学作品,开启了民间文学搜集工作的序幕。这则启示引起了地方民间文学爱好者的重视,他们积极地搜集、整理,踊跃投稿,积累了具有地方

[①] 张志勇:《中国民间文学三套集成将出版县卷本》,《中国艺术报》,2010 年 1 月 8 日。

特色的 2959 篇民间文学作品。1981 年 7 月，山西分会迅速与七个区、市和八十个县的基层文化机构建立了联系，有力地促进了山西民间文学搜集整理工作的深入发展。山西分会一方面依靠各地文化组织的力量，广泛开展普查、搜集和整理民间文学作品的活动；另一方面有重点地到民间文学蕴藏量较丰富的地区进行采集调查。1984 年，配合全国民间文学"三套集成"工作，山西各地市、县的民间文艺普查、采录工作有组织地开展起来。同年，又刊发了陶阳的《整理民间文学作品要注意科学性》[①]、"山西民间文学集成"编辑办公室的《民间文学集成问答》[②]等文章，用以指导民间文学的采录工作。这些活动规范了采录工作者的工作方法，普遍地提高了他们的理论素养和工作能力。在实践的过程中，山西民间文学采录工作者普遍接受了"十六字方针"，在长期的工作中还进行了富有个性的实践工作，几十年的工作积累促成了他们的文化身份由民间文艺的采录者转变为地方民间文艺的传承人。

《中国民间文学集成·山西卷》编辑委员会由刘琦任主编，张余任常务副主编。张余任编辑部主任，同时担任《中国民间故事集成·山西卷》主编，他致力于民间文学的搜集整理与研究工作，为山西民间文学的发展做出了突出贡献，专著有《民间文学与民俗学基础》[③]《山西民间故事情节类型索引》[④]。经过近十年的搜集采录工作，20 世纪 90 年代山西民间文学"三套集成"地区卷本、县卷本大部分均整理成册出版。按区域划分，山西可分为晋北、晋中、晋南、晋西、晋东南五大区域，其中晋北地区共搜集出版 31 册，晋中地区 21 册，晋西地区 13 册，晋南地区 31 册，晋东南地区 24 册。山西民间文学"三套集成"为后人留下了大量的珍贵资料，为从民俗学、历史学、美学、民族学、语言学、宗教学等多学科角度研究和了解民众生活史、心灵史提供了基本素材。

刘魁立在提到民间文学的价值时指出："民间文学不仅为后人提供了信息，更重要的是它能够启发人的智慧和想象力，进行新的文化创造。"[⑤]尽管包括民间

---

① 陶阳：《整理民间文学作品要注意科学性》，《山西民间文学》1984 年第 4、5 期合刊。
② 山西民间文学集成编辑办公室编：《民间文学集成问答》，《山西民间文学》1984 年第 4、5 期合刊。
③ 张余：《民间文学与民俗学基础》，太原：山西高校联合出版社，1994 年。
④ 张余、范金荣：《山西民间故事情节类型索引》，北京：商务印书馆，2019 年。
⑤ 张志勇：《中国民间文学三套集成将出版县卷本》，《中国艺术报》，2010 年 1 月 8 日。

文化和精英文化在内的中国文化普遍受到了时代变迁和外来文化带来的冲击，但专家认为，民间文学是与生活息息相关的一种文学样式，它的产生基础相当广泛，在一定意义上可以说与人类语言共始终，在不同的时代条件下都有作品在继续产生。如一些在农村里广泛流传的反腐歌谣和故事，都属于新的民间文学，民间文学将充溢着巨大的生命活力。

2. 《山西民间文学》刊物的编辑发行

进入20世纪80年代，全国文化迅速发展，1987年开展的"五讲"（讲文明、讲礼貌、讲卫生、讲秩序、讲道德），"四美"（心灵美、语言美、行为美、环境美），"三热爱"（热爱祖国、热爱社会主义、热爱中国共产党）活动是改革开放新时期群众性的社会主义精神文明建设的开端。在这样的时代背景下，山西一批新期刊乘势而上，其中《山西民间文学》尤为突出。山西作为历史悠久的中华民族重要发祥地，民间文学的蕴藏极其丰富。《山西民间文学》积极承担起了对民间文学的搜集、整理、刊行工作，不仅为民间文学的采录、发表提供了阵地，而且以此团结、培养了一批民间文学业余爱好者。1980年4月中国民间文艺研究会山西分会成立之初，在缺少资金、办公条件差的情况下，刘琦同志在省文联党组书记李束为与省文联常务副主席郑笃的支持下，同年秋，筹措8000元经费创办了《山西民间文学》杂志。当时编辑人员紧缺，从组稿、编稿到排版、校对、宣传，都由刘琦一人经办，在多方的帮助与支持下，1980年底《山西民间文学》创刊号刊印1.4万册，上市后反响热烈，很快销售一空。

《山西民间文学》内容丰富，包含了山西民间传说、民间故事、民歌、谚语以及国外民间故事和民间文学评论。作为山西省民协会主办的会刊，《山西民间文学》的期刊内容始终保持着地域化、口语化的特点，刊登了许多具有山西地域特色的传说故事，如山西文化历史名人傅山的传说《写中堂》《奇方》《嫁妆》等，生动地表现了傅山高洁的品格、潇洒的风度以及他在书法、医学上的杰出成就；还有山西雁北山阴县采录的杨家将传说《杨六郎的神箭》等，展现了晋北风情和山西地方传说的魅力，韵味十足的方言俚语体现了鲜明的地域特色。在延续民间文学传统的同时，《山西民间文学》还注意联系现实生活，用民间故事宣传社会主义精神文明。从1981年第3期起刊物陆续开辟了"精神文明传统故事""革命领袖礼貌故事""文明风尚故事"等专栏，将群众中流传的褒善贬恶、代表民族道德风尚的传说故事整理发表，得到了读者的广泛认可。1995年，《山西民间文学》更名为《民间传奇故事》，刊物改版后开创了新的题材，但始终坚持"收集、整理、挖掘、抢救、改编民间文学作品，推进本省乃至全国的民间文艺事业，繁荣社会主义文化市场"的办刊宗旨。

《山西民间文学》自创办以来获得了诸多荣誉，为推进民间文学事业，收集、抢救民间文学作品，繁荣文化市场做出了贡献，在民间文艺产业化道路的探索中起到了积极的引领作用。

（二）山西著名民间文学搜集整理家的活动与成就

1. 范金荣与朔县民间文学

（1）范金荣的民间故事采录

范金荣，1952年生，山西朔州人。20世纪70年代末，范金荣是朔县组织部的一名干部，常利用下乡调查、写材料的机会，采录民间故事、笑话等。1980年7月，范金荣看到"民间故事征集启示"后开始搜集、整理民间文学作品的活动，1981年他搜集整理的作品《咕咕鸠》和《狐狸、兔子、马》发表在《山西民间文学》的创刊号上。随后，他加入了民研会山西分会，作为晋北代表经常参加民研会的工作会议。1984年，他积极投身于山西朔州民间文学"三套集成"工作，主要负责民间故事集成的搜集、采录和整理工作，同时成立朔县民间文艺研究小组并担任主席一职。在民间文学集成普查工作中，范金荣系统地学习了民间文学搜集、采录的方法和理论，亲自深入乡村采集第一手资料，发动全县广大民间文学爱好者进行"地毯式"的搜集工作，编辑完成了《朔县民间文学集成》。在这个过程中，他受到裴永镇搜集整理《金德顺故事集》的启示，开始着力发掘本地故事家。1987年前后，成功采录、整理了故事家尹泽的157则故事和一些歌谣，先后出版了《尹泽故事歌谣集》和《真假巡按》，成为80年代山西民间故事采录工作中的佼佼者。1989年冬天，山西省民间文学集成办公室组织编纂山西省民间故事卷、民间歌谣卷、民间谚语卷，范金荣因为编纂了《朔县民间文学集成》成绩突出，被聘为"故事卷"的编辑，历时八年半，到1998年5月，校对完最后一稿，完成了《中国民间故事集成·山西卷》的编纂工作。

除了采录整理民间文学作品外，范金荣还深入钻研民间文学基础理论、故事学、民俗学等理论,撰写民俗调查报告、民间文学学术论文40多篇,有20多篇在全国大型理论研讨会上宣读或在书刊上发表。1990年度荣立山西省社会主义劳动竞赛二等功;1991年5月获全国自学成才优秀人物;1999年3月被授予"中国民间文艺家协会德艺双馨会员"称号,其主要事迹收入《中国现代民间文学家辞典》等辞书。

(2)"故事篓子"尹泽的发现

20世纪80年代初,我国已有金德顺和刘德培的故事专集出版,受其启发,范金荣通过朋友认识了马邑村的"故事篓子"尹泽老人,并把其当作搜集民间故事的主要对象。

尹泽,乳名二白,1916年出生于山西省朔县马邑村一个贫苦的农民家庭,2岁时母亲去世,从小放羊,终生孤身一人,最大的嗜好就是讲故事,唱民歌。一生大部分时间是靠放羊度日,活动范围就是附近的村寨,如刘家湾、水磨头、石杜庄、太窑等,去过最远的地方是他姐姐家——与朔县比邻的平鲁县莺房沟村。与那些不断地走出去旅行的故事家相比,尹泽虽然见识不算广,知道的信息不算多,然而,就民间故事的传承来说,则显得更加原始质朴。在故事的内容、讲述风格以及讲述者对故事的评论方面,都有其特殊性。尹泽13岁给人当了小羊倌,从那时候起,他常常跟着大人们哼小曲、唱民歌,每当节日盛会时,就和同伴们一起看秧歌、混玩意儿、逛庙会,逐渐产生了对民间文艺的喜爱。他经常爬在窗根底听秧歌房的演员演唱,听得时间长了,虽然断断续续唱不准台词,但也能别别扭扭哼上几段曲调。在他21岁时,左眼不幸患了白内障,但对民间文艺的热情却丝毫未减。尹家某天来了两个灵丘人,一个算卦,一个看坟,住了40多天。尹泽放羊回来,听到两人"道西游"便被深深吸引,有时甚至忘记了撵羊。他二哥说:"二白,放羊去哇!二哥给你记下,等你回来,二哥再给你道。"就这样,他每天回来听二哥道,出了坡都要思谋着背下来,故事中哪些情节没记清,回来再问他二哥。从此,他和故事、民歌结下了不解之缘。每逢天阴下雨空闲时间,他就把从二哥那里听来的故事讲给别人听,也从别人那里获得了更多的故事。由于马邑南来北往的人很多,再加上接触了一些念书人,尹泽民歌、故事的储量也越来越多。

尹泽讲故事备受民众喜欢,除了源于自身对民间文学的喜爱外,更重要的是地域特色鲜明，讲述形象生动，形成了自己的风格。以《路遥知马壮》为例：

  路遥是山西人，马壮是山东人，两人结下生死弟兄，亲如同胞。马壮在路遥家念书哩。念，念，弟兄俩大了，先给路遥娶过媳妇。

  这天，路遥对马壮说："兄弟，你也该成家了。"

  "俺出门在外，你对我好，就够意思了，娶啥媳妇哩。"

  "你不用说这话，哥得给你成家口哩。"

  路遥就给查考哩。查考，查考，说成一门亲事。娶回来，拜了天地，入洞房时，路遥说："哥先和新娘圆房哇！"

  马壮心里不愿意，嘴上说："你想去去哇。"

  路遥搬着桌子，掌着灯，拿着书，往后炕一放，坐在那里看书哩。

  后半夜闹洞房的人走了，新娘扭过头看"女婿"，看了几遍，理也没理。明了，路遥怕客人们知道，把桌子一搬，走了。

  马壮一夜没睡着，第二天早早起来，进了书馆，见了哥哥问："哥，你起来了？"

  "嗯。"

  说完，打来洗脸水，晾得温温说："哥，你洗哇。"

  "哥洗呀，你看你媳妇去哇。"

  第二天黑夜，马壮说："哥，你今天黑夜再去哇。"

  "哥和你说的就是一黑夜，不去了。"

  马壮来到新房，囫囵衣裳睡下了。新娘说："那人，头一天，你看了一黑夜书，眼皮也没撩，是人不对，还是配搭亲友，你说！"

  这样一说，马壮明白了，两人好了，成了夫妻。

  娶过小婶，光景一年不如一年，穷了。这一年，西京长安开了科，马壮说："哥哥，京城里开了科，你考去哇。"①

  从这则故事来看，尹泽讲述的故事首先在语言上诙谐生动，很大程度上增添了故事的生动性。其次，在动词的运用和心理描写等方面同样十分出色。讲到路遥代入洞房却一直看书不理新人，便说他"眼皮也没撩"。"撩"字既是乡

---

① 尹泽讲述，范金荣采录：《真假巡按》，太原：山西古籍出版社，1998年，第101—102页。

音土语，又用得十分恰当，读来惹人发笑；婚礼当晚，马壮怨路遥代替他入洞房，"一夜没睡着"，生动地道出了马壮辗转反侧、夜不能寐的场景。最后，"路遥知马力"作为常用俗语在民间有大量故事用来解说其由来，可以称其为"俗语故事"，尹泽的这一篇《路遥知马壮》便属于其中的洞房误会型。故事以"代入洞房"为核心母题，以朋友间相互考验的玩笑戏剧性地展现了真挚的友情，洋溢着浓郁的世俗与人情气息，同时蕴含着广大民众在社交中对理想友情的心理期待。

由于尹泽出色的故事讲述能力和丰富的故事储备量，1986年范金荣开始了以尹泽为主要对象的持续两年（1986—1987）的民间故事采录工作。在前后共计十次的采录中，范金荣与尹泽老人同吃同住，建立了亲密的关系。同时，他还无微不至地照顾着尹泽老人的生活起居，每次去马邑的时候，都会给老人家买些面包、奶粉、饼子一类的食品；遇到老人家头疼脑热、感冒发烧，就为他买药治病；因老人腿脚不利索，便到东关帮助挑水，每次离开时都会把水瓮添满。就这样，范金荣和尹泽老人家相处相知，在炕头上暖了老人的心，集中采录了尹泽讲述的故事150余篇，演唱的歌谣120首。这些故事、歌谣具有浓郁的地方色彩，反映了丰富的人情世故和民情风俗，具有很高的文学欣赏价值和科学研究价值，极大地丰富了《朔县民间文学集成》的内容。除此以外，《雁北民间故事集成》《山西民间文学》《山西民间文学集成通讯》《民间文学》《民间故事选刊》《中国民间故事精选》《中国民间故事集成·山西卷》等书刊中都选载了尹泽讲述的优秀故事。

尹泽故事面世后，越来越受到民间文学界的重视，得到了钟敬文、冯骥才、刘守华、杨利慧、千野明日香、陈益源等国内外50多位专家、学者的肯定。刘守华的《中国民间故事史》将尹泽列为全国知名的故事家，并把尹泽视为"一位可与湖北刘德培相媲美的大故事家，是将自己的情感、智慧、心血全部融注在故事里的口头语言艺术大师"。冯骥才在提到范金荣将尹泽故事采录成集时，同样给予了极高的评价："尹氏的故事很大气、爽朗、幽默和机智！倘若没有您（指范金荣）长期而默默的工作，不就从地球上消亡了吗？当然，您的文字功力也很好，这就使这些口头故事能够保持住鲜活的原生态。您为民间文学抢救下一笔很重要的遗产。"与此同时，尹泽还被载入张炯主编的《新中国文学五十年》，高占祥、李准主编的《新时期文学艺术成就总论》等书中。

2. 刘润恩与襄汾民间文学

（1）刘润恩的民间故事采录

刘润恩，1944年生，山西省襄汾县京安人，从小听着民间故事长大，对家乡流传的"智""呆"故事产生了浓厚兴趣。在人们的口口相传中，解士美聪明智慧、仗义正直的性格，憨态可掬、执着幽默的形象，逐渐烙刻在他的记忆深处。17岁那年，刘润恩在中学老师的影响下，开始搜集民间故事，从此这成了他一辈子的事业与追求。

为了搜集民间故事，刘润恩用尽了"智"气和"呆"劲。京安村有个陈老汉，他肚子里故事很多，于是刘润恩上门拜访，陈老汉不屑地说："谁有工夫陪你闲扯淡。"刘润恩碰了一鼻子灰，但他不气恼不灰心，三番五次去上门，又递烟又送酒，还帮陈老汉干杂活，他的真诚终于打动了陈老汉。当他第7次进门时，陈老汉就说："你坐到炉窝里烤火着，我给你讲咱村解士美的故事……"离京安村不远处的刘庄村流传着"七十二呆"的笑话。早些年，刘庄村人外出时常被乡邻调侃作"刘呆"，因此以"呆"为耻，认为"呆"故事是在寒碜、作践刘庄人，甚至忌讳外人提及这一字眼。但刘润恩一心搜集"呆"故事，不少刘庄人对他十分反感，甚至扬言要找他算账。后来刘润恩的《七十二呆》一书出版后，刘庄村名声大噪，"呆呆"作为襄汾民间文学的瑰宝成为一张地方文化名片，刘庄村人方才明白世代流传的民间故事竟然有这么大的魅力。为了获得更多的故事资料，刘润恩在农家院里举办了"故事会"，请来擅长讲故事的老人现场示范、抛砖引玉，想方设法打开更多农民的话匣子，从而挖掘出更多的民间文学。

刘润恩曾在文化站工作，当时仅靠每月30元的收入养活一家8口人，而这30元的收入中经常有一大部分被用在了搜集整理民间故事的花费上，最困难的时候，甚至连醋都买不起。不仅如此，为了搜集民间故事，他经常在下班后把背包扔到家里就不见了人影，夜里回到家，还要点灯耗油写稿子，为此，经常遭到家人的埋怨。在市场经济的大潮中，许多人忙着做生意、跑运输，走上了发家致富的道路，执着搜集民间故事的刘润恩却一直过着清贫的日子。

50多年来坚持搜集民间故事，刘润恩因"呆"而受贫受苦，但也因"呆"而得福。在热心人的资助下，"呆"人刘润恩的事业红火了起来，成立了呆呆文化工作室，编辑出版了民间文学刊物《呆呆》，让更多的人了解"呆"文化。近年来，襄汾县把打造"文化强县"作为施政目标，而刘润恩收集的民间故事则成为"文化强县"的两张名片之一。

(2)"七十二呆"与"解士美故事"

山西省襄汾县流传有机智人物解士美的故事，又有叫"七十二呆"的系列笑话，是全国范围内挖掘口头文学的富地。机智与呆，是正反相衬的两种形象、两种表现。襄汾县既有无所不能的解士美的故事，又有令人忍俊不禁、捧腹大笑的"七十二呆"笑话。两种典型人物形象在口头流传中都从不同角度、不同侧面给人以启迪，使人受到教育。"呆"的笑话，闪耀出智慧之光，正是广大劳动人民聪明才智的体现，并富有浓郁的乡土气息。因而，这一"智"一"呆"堪称襄汾县民间文学遗产中的瑰宝。

"七十二呆"笑话，相传出自襄汾县原襄陵县城南边的刘庄村。"呆"与愚、蠢、笨、傻、憨、痴、愣等字相似，而"呆"的特色尤为突出。故事的主角"呆呆"，是群众描绘和创造的一个可爱、可亲、可笑而又可敬、可佩的人物。他虽形貌呆傻，但却是一个勤劳淳朴、憨厚爽直、执着认真、急人所急、乐于助人而又疾恶如仇的正义人物。书末的"千年冤案刘庄的呆"中，七十二个刘庄人不下关东，不走西口，而相约进京城经商，要挣皇帝老爷身边的钱，这恰恰说明刘庄人不因循守旧，不随波逐流，有胆魄，有卓识。勇于开拓创新的个性，也是刘庄人大聪明、高智商的体现。他们各干一行，或卖"仁义豆腐"，或拾金不昧，或不挣昧心钱，他们的无私奉献精神彰显了中国传统文化中具有经典意义的"仁义道德"的美德，又说明他们深谙经营之道。尽管刘庄人的仁义之举遭到了奸商的妒忌、诽谤，诬其"仁义之举"是"呆气"，让刘庄人背上了"呆"的黑锅，但是，这种大智若愚的民间智慧也让刘庄人远近闻名。

解士美的机智故事也是山西民间文学的经典之作。襄汾县在1949年之后由原来的襄陵、汾城两县合并而成，解士美是襄陵县京安村人，正如故事中所说的：下了古城北门坡，京安能人比星多。解士美，奶名小娃子，据京安虎威庙乾隆四十六年（1781）和四十九年（1784）两通碑刻记载，他在修庙内戏台时任管老，并曾捐银捐饭。此外，在县志史书中从无记载，但解士美的故事，却在襄陵一带广为流传，妇孺皆知。传说故事中的解士美，是一个"眼尖嘴快好插事"的人物，遇事非他不能解，非他难以回答。一切难题，只要他一出面，便迎刃而解；他的解决办法也总是出乎人们意料。他勇于反抗官绅豪强、地主老财以至奸商、小贩、店主，侠肝义胆，疾恶如仇，同情弱者，是正义的象征。民众塑造的这一机智人物形象是对真善美的颂扬。

目前，"七十二呆"和"解士美故事"已被正式列入山西省非物质文化遗产名录，成为地方文化标识。民间文化植根于民间，是中华文化中极其珍贵的一部分。在当前这个急剧变革的时代，口口传承的民间文化正面临前所未有的生存危机。但也有像刘润恩这样的逆行者，将民间文学视为生命的一部分，为其传承和发展而不懈努力。

3. 申双鱼与上党民间文学

（1）申双鱼的民间文艺情结

上党地区位于山西省东南部，因地势高险而得名，东依太行山，西依太岳山和中条山，是一个环山的盆地。上党自古便是兵家必争的战略要地，历史悠久，文化积淀深厚，其核心地区是今天的长治市。申双鱼，1933年生于山西潞城，数十年如一日地关注和热爱上党地区流传的民间故事和歌谣，为该地民间文学的搜集整理做出了突出贡献。申双鱼从事民间文艺工作30多年，参与收集编纂了《太行山里的传说》《上党故事选》等作品，其中他和吴天昌、戴玉刚三人在2006年主编的《上党故事选》，达210余万字，10分册[1]，采录了上党地区600多名讲述者的千余则故事，立体、全面地展示了上党地区的民间文学面貌。

申双鱼对于民间文艺有着特殊的感情。他在欢庆解放的锣鼓声中度过了童年时期，后来曾在书中提到这段经历："一记事就喜欢敲锣打鼓，刚10岁就学会了锣鼓曲牌'打斤秤'。10岁在村上进戏房，专爱为戏房叫人。接着便跑龙套，扮演家人、丫鬟等小角色。后来又在《小二黑结婚》《二流子转变》等新戏里当配角。"[2]村里唱戏，他还给编快板词，总之"一听锣鼓响，心里就发痒"。他1944年读高小，1947年高小毕业后成为潞城县小学教员。在迎接全国解放的日子里，

---

[1] 十分册为：《神话故事》《八路军故事》《抗战故事》《古人故事》《能人故事》《生活故事》《地名故事》《名山与特产故事》《幻想故事》《寓言与笑话故事》。

[2] 申双鱼：《晚秋》，北京：作家出版社，2008年，第42页。

他积极加入街头文艺宣传队，经常自编自排文艺节目，如1948年创作的上党落子小戏《上冬学》、1954年的对口快板《征集补充兵员》等，并带领学生上街宣传。年轻时代的申双鱼在欢庆胜利、宣传革命的民间文艺活动中成长起来，正是由于这样的经历，让他一步步地走进民间文艺的园地。

申双鱼投身民间文艺还受到了赵树理的感召。赵树理的祖籍是上党梆子之乡山西沁水尉迟村，从小酷爱曲艺，唱作俱佳，是当之无愧的上党梆子传承人。申双鱼和赵树理是同乡，他曾在文章中提到自己从小就十分喜爱赵树理的小说，在1944年刚上高小的时候就接触到了《小二黑结婚》和《李有才板话》，接着又在课文里、报纸上开始阅读赵树理的其他作品。"赵树理的作品通俗易懂，最适合我们这些高小学生看。那时候，我们学校的老师、学生都爱看赵树理的作品，我们看得简直是上了瘾，入了迷。"[1]申双鱼不仅迷恋赵树理的作品，对艰苦朴素、平易近人，又会打鼓板、吹笛子的赵树理本人也十分崇敬。1959年时任长治市委宣传部文艺科干事的申双鱼，与经常回长治的赵树理在工作中结识，并逐渐建立了亲密的师徒关系。在他的自传体散文集《晚秋》中曾写道："我是赵树理的学生。七年面授，终生学习。经过下功夫学习赵树理及其作品，走上了大众文学道路。"[2]赵树理的文学创作直接影响了申双鱼的民间文艺观，即在内容取材上，关注普通群众的文艺作品，采录收集了大量的民间文学材料；在艺术风格上，具有极强的现实主义风格，用朴实通俗的语言讲普通群众的故事。申双鱼"与群众同呼吸共命运"的理念，不仅滋养了他个人的文学创作，实现了民间文学与作家文学的融合，更重要的是对民间文学的保护传承做出了积极的贡献。

（2）《太行山里的传说》

申双鱼曾经是一名小学教员，有很好的文学素养，先后在《山西日报》《山西农民报》《山西青年报》《壶关小报》上发表文章，遂崭露头角。1957年他把壶关人的抗战故事《窑洞保卫战》诉诸笔端，发表于《新观察》[3]。时隔一年，《窑洞保卫战》在补充修改后被山西人民出版社出版，成为壶关第一部革命故事集，很

---

[1] 申双鱼：《晚秋》，北京：作家出版社，2008年，第259页。

[2] 同上。

[3] 《新观察》，1950年创刊，是中国面向知识界的综合性期刊，于1989年停刊。

快便得到有关人士的广泛关注。1980年春，作为山西省民研会理事的申双鱼开始挖掘民间故事资源，用三年时间搜集了千余篇民间故事，与冀光明合作编成了《太行山里的传说》。

《太行山里的传说》收录了太行山一带的传说、神话、童话故事85则，申双鱼在《太行山花红烂漫——〈太行山里的传说〉序》中将这些故事分为抗日战争时期传说（10则），历史名人传说（19则），历史战争传说（2则），民间故事（12则），当地风物传说（14则），童话、神话（20则），其他（8则），共计7大类。[①] 其中抗日战争时期传说和历史战争传说有着鲜明的上党区域文化特色。太行山是"龙争虎斗的山"，自古战事频发，在抗日战争和解放战争时期是重要的革命根据地，流传有许多关于战争和英雄人物的传说。书中收录的无产阶级革命家的民间传说有10篇之多，涉及的人物有朱德、彭德怀、刘伯承、邓小平、聂荣臻、左权、陈赓等革命前辈，内容表现了革命家遵守纪律、艰苦奋斗的优良品质。该书收集的传说故事呈现出以下三个特点。

第一，结构的相似性。太行山的抗战传说不仅内容上相似，在结构上也存在明显的类同性。在故事的开头一般会交代具体的时间、地点、背景和人物，例如：

一九三八年春天的一日，朱德总司令去北村开会。下山时候，在山脚下碰见一个小伙子正在插榆树条。（《朱总榆》）

一九四〇年腊月里的一天，一大队八路军路经襄垣到武乡王家峪去。尽管天寒地冻，遍地白雪，又刮着冷飕飕的西北风，但身背行李、肩扛武器的战士们却个个兴致勃勃，人人疾走如飞，行军速度很快。（《聂荣臻路过赵庄湾》）

这样具体的叙述一般不会大量出现在口头文学中，《太行山里的传说》中出现这样的情况，原因有两个：一是故事出现在抗战时期或抗战之后，距离收集故事的时间不过40年左右，叙述人这样表述可以显示传说的真实性，增加传说的可信度；二是为了使传说更符合历史背景和逻辑，收集人对故事进行了艺术化的

[①] 韩文洲：《太行山花红烂漫——〈太行山里的传说〉序》，《太行山里的传说》，北京：中国文联出版公司，1986年，第1—3页。

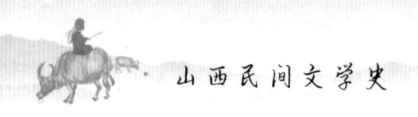

处理。

第二，书面化的语言处理。由于申双鱼没有接受过专业的民俗学、民间文学的理论指导，在处理收集到的故事时可能进行了文学化的处理，一些故事没能保留其原有的口头表达方式，比如《圣人泉》：

> 巍峨的太行山巅，英雄的黄洞旁，一道又清又甜的山泉，沿蓄茂密的苍松翠柏，流经战痕累累的壕堑，穿过那昔日保卫黄崖洞的烈士陵墓，倒映着红光闪闪的纪念碑，像一条凌空飞舞的银龙，直奔下秀丽的山村——左会。

这一段描写明显不是出自讲述人之口，而是编辑处理后的书面语言。可见作家出身的申双鱼重视民间文学，将民间文学看成是作家文学创作的灵感来源和当地文化宣传的最佳名片。但是民间文学本身作为一种独立的文学形式，其口头性并没有得到申双鱼足够的重视。

第三，复合型传说。太行山抗战时期的传说中出现了传统题材与时代相结合的复合型传说，说明这些抗战传说确实是从太行山的土地上生长出来的，带有太行山独有的气息。以《圣人泉》为例，其内容明显分为风物传说和抗战传说两个部分。前一部分讲述黄崖山下左会村龙王庙的来历，以左会村为中心的传说圈内混杂了和抗战英雄有关的内容，于是产生了包含双重内容的复合型传说：

> 抗战时期，抗日烽火燃烧在太行山上。左权将军为保卫黄崖洞，整年整月地奔走在这千峰万涧之间……

> 人们一来到这泉水边，便情不自禁地怀念起那战火纷飞的岁月，这嘹亮的军号声依然回旋在耳边，那"黄崖洞保卫战"的壮烈图景仍然历历在目，不由得就会唱起"向前！向前！向前！"

抗战传说是《太行山里的传说》中最具有时代特征和地域特色的类型，从这些传说的内容中可以看到太行革命根据地文艺宣传工作的印记，而这些传说之所以能够广泛流传、深入人心，是因为结合了当地风物、历史传说，适应了当地的文化土壤。抗战传说在20世纪80年代依然可以被找到，说明它们依然发挥着重要的历史作用，作为一个时代的记忆被当地人认可并传承。

八、山西高等院校民间文学的教学与人才培养

山西地处黄河中游，是华夏文明的重要发祥地，有着数千年的文化积淀。从

文化特质来看，是农耕文化、商业文化、边塞文化等多种文化的汇聚区域；从文化分布划分，有晋北佛教文化区、晋中商业文化区、晋南根祖文化区、晋东南神话传说区、晋西道教文化区五大文化亚区，具有独特的人文地理环境和丰厚的民俗文化资源。山西各高等院校依托丰厚的山西历史文化资源相继设立地方文化研究机构并开设相关课程，培养了一批又一批的专业人才。其中最具有代表性的是设立于山西师范大学的黄河民俗文化研究所和设立于山西大学的民俗文化与俗文学研究所。自20世纪80年代以来，山西高等院校民间文学的教学科研工作走上了稳步发展的快车道，大致经历了三个重要阶段。

（一）20世纪80年代至本世纪初：山西师范大学民间文学学科建设

1. 黄河民俗文化研究所

1992年7月，在段友文的努力下，经山西师范大学批准，成立了黄河民俗文化研究室，该研究室以中文系教师为主体，联合兄弟系、所共同攻关，确立了"黄河民俗研究""家族村落民俗研究""戏曲民俗研究""晋南民俗与方言研究""民俗艺术研究"等课题，取得了可喜的成果。经过几年的积累，1998年正式批准成立"黄河民俗文化研究所"。2000年经国务院学位委员会批准，获得了民俗学（含：中国民间文学）硕士学位授予权，2001年，正式招收民俗学专业的硕士研究生，成为山西省第一个民俗文化专门人才培养基地。

黄河民俗文化研究所与中文系（2001年改为文学院）实行系（院）所合一，段友文担任研究所所长，同时兼任文学院副院长，在他的积极推动下，形成了本科教学、研究生教学、科研项目攻关三位一体的体系。在本科阶段开设了民间文学专业必修课和中国民俗学、神话学、戏曲民俗研究、语言民俗学等系列选修课，每年暑期组成"大学生民间文学采访组"，赴全省各地分专题进行民间文学、民俗学调查。民俗学硕士点设有区域民俗学、民间文艺学、民俗文物学、文艺民俗学等方向。专业方向的设置综合了大区域文化资源优势、汉语言文学学科优势、地方社会发展的多方面因素，在国内本专业硕士点建设中形成了自己的特色。黄河民俗文化研究与三晋文化研究、戏曲文物研究并列成为山西师范大学本科教学评估中的三个特色专业。该研究所发挥群体合作的优势，力争建设成为山西民间文学、民俗学研究的学术龙头。①毛巧晖为黄河民俗文化研究所第二任所长，她致力于民间文学学术史研究，学术专著有《涵化与归化——论延安时期解放区的"民间文学"》②，《二十世纪下半叶中国民间文艺学思想史论》③。2013年她获得国家社科基金项目"国家话语与民间文学的理论建构（1949—1966）"，为民间文学的全面、深入研究做出了贡献。高忠严作为该研究所首届民俗学硕士研究生，留校工作之后，又考取北京师范大学民俗学博士研究生，获得民俗学博士学位，主要研究方向为民俗学史、区域民俗学，2016年他获得国家社科基金项目"社会变迁中的山西古村镇公共空间记忆和文化传承研究"。山西师范大学由于远离省城，学科建设受到限制，民间文学的发展举步维艰，毛巧晖、高忠严依靠该专业学术团队克服重重困难，坚定学术信念，使山西师范大学民间文学、民俗学专业得到延续，为山西省及国内各高校、研究部门输送了大量专业人才。

2.山西师范大学民间文学教学安排与实施

在黄河民俗文化研究所的带动下，山西师范大学大力开展本科与研究生民俗文化教育，并将民间文学、民俗学纳入学校教学科研发展规划内，设置了系列性专业课程。1998年黄河民俗文化研究所成立之后，民间文学被列入汉语言文学教学计划，由选修课成为专业必修课，在大学二年级开设，教学时数由原来的每学期36课时增加到72课时，为学生系统地掌握民间文学理论知识奠定了基础。与此同时，民俗学作为专业选修课在本科三年级开设。山西师范大学为民俗学（含：中国民间文学）研究生开设的专业必修课主要有：民俗学原理、民间文艺学研究、文化人类学、民俗调查理论与方法、中国民俗学史、非遗与民俗学等。选修课主要有：戏曲民俗研究、神话研究、民间传说研究等。山西师范大学高度重视大学生社会实践，每年暑假都组织大学生民间采风小组到民间文学资源丰富、特色鲜明的地区进行调研。大学生收集、整理的民间文学作品多次发表在《山西民间文学》期刊上。在实地调查中，倡导学生做到"五个一"：会说一句方言、会唱一首民歌、会讲一篇当地的民间故事、写出一篇与当地社会历史相关的

---

① 段友文：《山西师范大学黄河民俗文化研究所简介》，《民俗研究》2002年第2期。
② 毛巧晖：《涵化与归化——论延安时期解放区的"民间文学"》，上海：上海辞书出版社，2006年。
③ 毛巧晖：《二十世纪下半叶中国民间文艺学思想史论》，上海：上海文化出版社，2010年。

文化散文、写出一篇与当地民俗文化相关的学术调查报告。这"五个一"一直鞭策着学生们在学术上不断地进步与提高。

（二）2005至今：山西大学民间文学、民俗学的学科建设

1.山西大学中国民间文学、民俗学学科的设置

山西大学作为百年老校，有着深厚的学术积累，汉语言文学专业的传统学科古代文学、语言学实力雄厚，在国内有良好的声誉。民间文学、民俗学虽然在人文社会科学领域被视为小学科、边缘学科，但是，它紧密联系着民众的生存与生活，是历代民众集体创造的智慧，在社会现代化进程中，对于助推文化复兴、促进区域文化建设有不可替代的作用，是有温度、接地气、充满生命力的学科。为了将传统学科与新兴学科相互激荡，培育特色学科，加强综合实力，山西大学2004年引进段友文教授作为中国民间文学、民俗学的学科带头人。

2005年，山西大学获得了民俗学（含：中国民间文学）硕士学位授予权。同年，开始招收民俗学硕士研究生。2007年批准成立民俗文化与俗文学研究所，段友文任所长。民俗学专业设置有区域民俗文化研究、民间文学研究、俗文学与民俗文献研究三个方向，开设的专业必修课主要有：民俗学原理、民间文艺学研究、文化人类学、民俗田野调查理论与方法、中国民俗学史、非物质文化遗产与民俗学等。民俗学硕士点始终坚持民间文学、民俗学两个学科并行发展，相互促进，即使在民间文学归属于民俗学二级学科之下，学界普遍认同民间文学"文学化"的背景下，仍然保持清醒的头脑，坚持民间文学与民俗学既相互联系，又有自己独立的学科体系，是特殊的文艺学这一学术理念，牢牢抓住民间文艺的主要体裁神话学、传说学、故事学、歌谣学不放松，为民间文学的学科独立奠定了牢固的基础。2017年，经学校批准、教育部备案获得了"中国民间文学"二级学科博士点、硕士点，2019年开始同时招收博士研究生、硕士研究生，这在山西高校乃至国内民间文学发展史上都有着特殊的意义。

山西大学民俗文化与俗文学研究所为本科二年级开设了"中国民间文学"必修课，为三年级开设了民俗学、神话传说研究、中西童话比较等选修课，尤其是为全校大学生开设的通识课"印象山西·发现民俗之美"，2019年被评为省级精品课程，深受师生们好评。该所立足于用科研成果服务地方社会，把本科生教

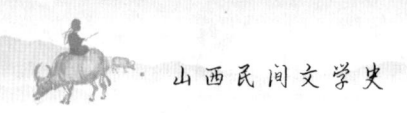

学、研究生培养、学术研究三者有机结合起来，为现代社会发展输送有用人才，成为山西省民间文学、民俗文化高层次专业人才的培养基地。

2. 山西大学民俗文化与俗文学研究所的项目成果

山西大学民俗文化与俗文学研究所在做好本科生、硕士生、博士生各个层级研究生教学工作的同时，高度重视科学研究，密切关注民间文学、民俗学学科的前沿动态，力争创造出最新的科研成果与学术界形成对话，努力跻身国内学术前沿。经过多年的努力，已经形成了一支职称高、学历高、年龄结构合理的学术团队，该学术团队主要成员有段友文、魏晓虹、卫才华、尚丽新、侯姝慧、郭永平、李雪梅、王旭、郭俊红等。他们先后主持并完成了一大批国家级人文社会科学研究项目，形成了依托本土文化资源、关注学科前沿动态、服务社会现实的研究特色。

民俗文化与俗文学研究所承担的国家级科研项目统计表

序号	项目、课题名称	来源	批准时间	主持人
1	黄河中下游家族村落民俗与社会现代化	国家社科基金项目	2000 年	段友文
2	古村镇文化景观整体保护与扶贫策略研究	国家社科基金项目	2010 年	段友文
3	山陕豫黄河金三角区域神话传说文化意蕴与当代表述研究	国家社科基金项目（重点）	2015 年	段友文
4	走西口移民运动与蒙汉民族民俗融合实证研究	教育部人文社科研究项目	2009 年	段友文
5	二十世纪文学的民俗文化研究	教育部哲学社会科学研究后期资助项目	2019 年	段友文
6	中国节日志·春节（山西卷）	文化部国家社会科学基金重大委托项目"中国节日志"子课题	2012 年	段友文 卫才华

续表

序号	项目、课题名称	来源	批准时间	主持人
7	中国节日志·关帝庙会志	文化部国家社会科学基金重大委托项目"中国节日志"子课题	2014年	段友文 卫才华
8	山陕豫民间文化资源谱系与创新性发展的实证研究	国家社科基金重大项目	2019年	段友文
9	社会变迁的民俗记忆：以近代山西移入民村落为中心的考察	国家社科基金青年项目	2007年	卫才华
10	太行山说书人的生活史与礼俗社会互动研究	国家社科基金项目	2015年	卫才华
11	山西宝卷研究	国家社科基金青年项目	2006年	尚丽新
12	北方民间宝卷研究	国家社科基金项目	2007年	尚丽新
13	新故事刊物生存机制变迁与社会意识形态的建构	教育部人文社科青年基金项目	2012年	侯姝慧
14	中国鼓词研究	教育部人文社科研究青年项目	2005年	李雪梅
15	民国北京坤书馆鼓姬现象研究	国家社科基金青年项目	2009年	李雪梅
16	以山西历史人物传说为中心的民间传说资源与新时代乡村现代化	国家社科基金青年项目	2017年	王旭
17	集体化时代山西省太行山区的减贫研究	国家社科基金项目	2018年	郭永平

山西大学民间文学、民俗学学术团队成员主持的各类国家级项目，其共同特点就是紧紧追随新时代社会发展的脚步，将理论与实践相结合，为当下的文化发展诊脉发声，提供有价值的咨询。他们与省内各高校、科研部门的科研人员联合攻关，在长期合作、多次圆满完成国家级、省级的纵向、横向项目过程中，做到了"合得起，用得上，靠得住"，凝聚成了"团结互助、坚韧不拔、勇

于吃苦、乐于奉献、敢于创新"的团队精神[①]，这被称为学术团队协作攻关的"山西经验"。

（三）中国民间文学学科走向内涵式、整体化发展

2015年，民俗文化与俗文学研究所段友文获得国家社科基金重点项目"山陕豫黄河金三角区域神话传说文化意蕴与当代表述研究"，卫才华获得国家社科基金项目"太行山说书人的生活史与礼俗社会互动研究"，这显示了民间文学学科的综合实力，也标志着山西大学民间文学学科由之前偏重民俗学、社会学的研究，转向民间文艺学各重要领域和分支学科的探索，为"中国民间文学"学科的独立发展投石探路，做好准备。

2017年，在学校和文学院的大力支持下，经过严格的评审论证，山西大学中国民间文学专业得到国内同行专家高度评价，经校学术委员会批准、教育部备案，正式设置了"中国民间文学"二级学科，在"中国语言文学"一级学科里同时招收博士研究生和硕士研究生。这样，博士生招生由之前在古代文学二级学科里的"中国神话传说研究"方向，转变为中国民间文学的独立二级学科，设立了民间文学研究、民俗学研究、民间文化与创意产业研究等多个研究方向，为中国民间文学的研究搭建了更高更好的学术平台，民间文学高层次人才培养纳入了国家高等教育的体制计划之内，民间文学的学科建设跻身于国内高校前列。

2019年段友文作为首席专家，获得国家社科基金重大项目"山陕豫民间文化资源谱系与创新性发展的实证研究"（项目编号19ZDA185）。该项目以山陕豫三省民间文化资源为研究对象，探索民间文化资源创新发展之路，构建文化建设与经济发展的"跨省域社会文化共同体"，力图用扎扎实实的研究成果，响应习近平总书记2019年9月《在黄河流域生态保护和高质量发展座谈会上的讲话》精神，促进黄河中游山陕豫社会良性运行与经济的协调发展，以标志性学术研究成果为支撑，奏响新时代乡村振兴的"黄河大合唱"。大项目带来大跨越，山西大学民间文学学科秉持以国家级科研项目为引领，将学科建设、学术研究与国家

---

① 段友文：《方志编撰中的民俗学参与——兼谈〈中国节日志·春节卷〉的山西经验》，《节日研究》2014年第1期。

和区域社会的重大需求相结合,用科研成果回报社会的宗旨,以培养高质量、高层次民间文学人才为目标,正在全面加强内涵建设,努力打造特色,落实整体化发展。尽管征途慢慢,曲折蜿蜒,他们也将信念如磐,砥砺前行。

参考文献

一、"三套集成"

中国民间文学集成全国编辑委员会、《中国民间文学集成·山西卷》编辑委员会编:《中国民间故事集成·山西卷》,北京:中国ISBN中心,1999年。

中国民间文学集成全国编辑委员会、《中国歌谣集成·山西卷》编辑委员会编:《中国歌谣集成·山西卷》,北京:中国ISBN中心,2009年。

中国民间文学集成全国编辑委员会、《中国谚语集成·山西卷》编辑委员会编:《中国谚语集成·山西卷》,北京:中国ISBN中心,1997年。

马烽、李束为编:《山西民间文学作品选(1979—1989)》,太原:北岳文艺出版社,1991年。

太原民间文学集成编委会编:《太原民间故事》,内部资料,1990年。

娄烦民间传奇故事编纂委员会编:《娄烦民间传奇故事》,内部资料,2009年。

大同市十大文艺集成办公室编:《大同民间故事集成》,太原:山西人民出版社,1989年。

大同市十大文艺集成办公室编:《大同民间歌谣集成》,太原:山西人民出版社,1989年。

范金荣编:《雁北民间故事集成》,内部资料,1988年。

灵丘民间文学集成编委会编:《灵丘民间故事歌谣谚语集成》,太原:北岳文艺出版社,1991年。

朔县民间文学集成编委会编:《朔县民间故事集成》,内部资料,1986年。

朔县民间文学集成编委会编:《朔县歌谣集成》,内部资料,1989年。

尹泽讲述演唱,范金荣采集:《尹泽故事歌谣集》,内部资料,1993年。

参考文献

忻州市民间文学集成编委会编:《忻州民间故事集成》,内部资料,1987年。

忻州市民间文学集成编委会编:《忻州民间歌谣谚语集成》,内部资料,1986年。

定襄县民间文学"三套集成"编委会编:《定襄县民间故事集成》,内部资料,1987年。

定襄县民间文学集成编委会编:《定襄县民间歌谣集成》,内部资料,1987年。

晋中市民间文学集成编委会编:《晋中民间故事集成》,内部资料,1990年。

晋中市民间文学集成编委会编:《晋中歌谣集成》,内部资料,1990年。

榆次民间文学集成编委会编:《榆次民间故事集成》,内部资料,1990年。

侯廷亮主编:《灵石故事集成》,太原:山西人民出版社,2005年。

灵石民间文学集成编委会编:《灵石歌谣集成》,太原:山西人民出版社,2005年。

平遥民间文学集成编委会编:《平遥民间故事集成》,内部资料,1988年。

祁县歌谣集成编委会编:《祁县歌谣集成》,内部资料,1990年。

太谷县民间文学集成编委会编:《太谷民间歌谣集成》,内部资料,1990年。

左权民间文学集成编委会编:《左权歌谣集成》,内部资料,1990年。

左权人民文化馆编:《左权民间歌曲选》,内部资料,1980年。

刘锡仁编:《汾阳采风集》,内部资料,1987年。

孝义民间文学集成编委会编:《孝义民间谚语集成》,内部资料,1987年。

阳泉市民间文学集成编委会编:《阳泉市民间故事集成》,内部资料,1989年。

阳泉市民间文学集成编委会编:《阳泉市民间歌谣集成》,内部资料,1989年。

长治市民间文学集成编委会编:《长治市民间故事集成》,内部资料,1988年。

长治市民间文学集成编委会编:《长治市民间歌谣集成》,内部资料,1988年。

潞城县"三套集成"编委会编:《潞城民间故事集成》,内部资料,1988年。

潞城县"三套集成"编委会编:《潞城民间歌谣集成》,内部资料,1991年。

沁源县民间文学集成编委会编:《沁源歌谣集成》,内部资料,1988年。

临汾市民间文学集成编委会编:《临汾市民间故事集成》,内部资料,1989年。

临汾市民间文学集成编委会编:《临汾市民间歌谣集成》,内部资料,1990年。

襄汾民间文学集成编委会编:《襄汾民间故事集成》,内部资料,1987年。

襄汾民间文学集成编委会编:《襄汾歌谣谚语集成》,内部资料,1988年。

宁闷虎等搜集整理:《盘道民间文学》,北京:中国文史出版社,2010年。

曲沃县民间文学"三套集成"编委会编:《曲沃县民间文学三套集成》,内部资料,1987年。

汾西民间文学集成编委会编:《汾西民间故事集成》,内部资料,1988年。

永和县民间文学集成编委会编:《永和故事、民谚、歌谣选》,内部资料,1989年。

永和县民间文学集成编委会编:《永和故事集萃》,内部资料,1999年。

浮山民间文学集成编委会编:《浮山民间故事集成》,内部资料,1987年。

浮山歌谣集成编委会编:《浮山歌谣集成》,内部资料,1987年。

郭居明主编:《乡宁民间文学集》,太原:北岳文艺出版社,1997年。

运城地区民间文学"三套集成"办公室编:《河东民间故事集成》,内部资料,1987年。

运城地区民间文学"三套集成"办公室编:《河东民间歌谣集成》,内部资料,1987年。

山西运城行署文化局编:《河东民间故事》,内部资料,1983年。

夏县民间文学"三套集成"编委会编:《夏县民间文学集成》,内部资料,1987年。

韩文洲:《太行山里的传说》,北京:中国文联出版公司,1986年。

杨焕育、王西兰、杜朝编:《永济传说》,香港:香港天马图书有限公司,1993年。

王振湖编选:《尧都传说》,北京:中国文联出版公司,1989年。

华颖编:《山洼洼的野故事》,太原:北岳文艺出版社,1993年。

杜萍、陈玉广、南郭笙:《张良的传说》,香港:华夏文化艺术出版社,2010年。

王德功:《杀虎口的传说》,太原:山西古籍出版社,2006年。

二、地方方志

山西省左云县志编纂委员会编:《左云县志》,北京:中华书局,1999年。

怀仁县志编纂委员会编:《怀仁县志》,南京:凤凰出版社,2005年。

山西省偏关县志编纂委员会编:《偏关县志》,太原:山西经济出版社,1994年。

参考文献

王树森:《宁武县志》,太原:山西人民出版社,1985年。

代县地方志编纂委员会编:《代县志》,北京:书目文献出版社,1988年。

山西省忻州市忻府区人民政府编:《中国程婴故里文化之乡申报书》,内部资料,2011年。

定襄县志编纂委员会编:《定襄县志》,北京:中国青年出版社,1993年。

太原市地方志编纂委员会编:《太原府志集全》,太原:山西人民出版社,2005年。

太原市尖草坪区委史志馆编:《太原市北郊区志》,北京:中华书局,1999年。

李国成:《娄烦史话》,北京:文物出版社,2008年。

傅中和主编:《可爱的古交》,太原:山西人民出版社,2005年。

李孟存、张之中等:《平阳史话》,太原:山西人民出版社,1987年。

李孟存、常金仓:《晋国史纲要》,太原:山西人民出版社,1988年。

康茂生主编:《岚县志》,北京:中国科学技术出版社,1991年。

临县县志编委会编:《临县县志》,太原:山西人民出版社,1995年。

山西省灵石县志编纂委员会编:《灵石县志》,北京:中国社会出版社,1992年。

大宁县志编纂委员会编:《大宁县志》,北京:海潮出版社,1990年。

蒲县志编纂委员会编:《蒲县志》,北京:中国科学技术出版社,1992年。

黎城县志编纂委员会编:《黎城县志》,北京:中华书局,1994年。

侯马市志编纂委员会编:《侯马市志》,北京:长城出版社,2005年。

山西省万荣县志编纂委员会编:《万荣县志》,北京:海潮出版社,1995年。

闻喜县志编纂委员会编:《闻喜县志》,北京:中国地图出版社,1993年。

垣曲县志编纂委员会编:《垣曲县志》,太原:山西人民出版社,1993年。

平陆县志编纂委员会编:《平陆县志》,北京:中国地图出版社,1992年。

武乡县政协文史资料委员会编:《武乡革命斗争回忆录》,内部资料,2010年。

屯留县志编纂委员会编:《屯留县志》,西安:陕西人民出版社,1995年。

长治市地方志编纂委员会编:《长治市志》,北京:海潮出版社,1995年。

长治市地方志办公室整理:《潞安府志》,台北:学生书局,1968年。

高平市志编纂委员会编:《高平市志》,北京:中华书局,2009年。

高平市文史资料委员会编:《高平炎帝陵》,内部资料,2000年。

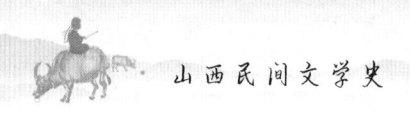

高平县志编委会：《高平县志》，北京：中国地图出版社，1992年。

晋城市地方志丛书编委会编著：《晋城金石志》，北京：海潮出版社，1995年。

山西省文学艺术界联合会编：《山西曲艺故事选》，太原：山西人民出版社，1978年。

山西省文化局戏剧工作研究室编：《山西剧种概说》，内部资料，1984年。

侯桂林：《山西省晋剧院院志（1953—1992）》，内部资料，1994年。

赵森、申建华、于瑞亮编：《晋国都绛资料汇编》，内部资料，2002年。

三、典籍文献

袁珂：《山海经校译》，上海：上海古籍出版社，1985年。

杨任之：《诗经今译今注》，天津：天津古籍出版社，1986年。

王云五主编，屈万里注译：《尚书今注今译》，台北：商务印书馆，1976年。

南怀瑾、徐芹庭注译：《周易今注今译》，天津：天津古籍出版社，1987年。

《十三经注疏》整理委员会整理：《周礼注疏》，北京：北京大学出版社，2000年。

杨伯峻编著：《春秋左传注》，北京：中华书局，1981年。

方诗铭、王修龄：《古本竹书纪年辑证》，上海：上海古籍出版社，1981年。

何建章：《战国策注释》，北京：中华书局，1990年。

黄怀信、张懋镕、田旭东撰：《逸周书汇校集注》（上、下），上海：上海古籍出版社，1995年。

［清］郭庆藩：《庄子集释》，北京：中华书局，1961年。

唐敬杲选注：《墨子》，上海：商务印书馆，1933年。

［清］王先慎：《韩非子集解》，北京：中华书局，1988年。

杨伯峻：《列子集释》，北京：中华书局，1979年。

［汉］班固撰，［唐］颜师古注：《汉书》，北京：中华书局，1962年。

［汉］刘安：《淮南子》，北京：中华书局，1954年。

刘文典撰：《淮南鸿烈集解》，北京：中华书局，1989年。

［汉］司马迁撰，《史记》，北京：中华书局，2011年。

苏舆撰，钟哲点校：《春秋繁露义证》，北京：中华书局，1992年。

曹胜高、岳洋峰辑注：《汉乐府全集》，武汉：崇文书局，2018年。

［北魏］贾思勰原著，缪启愉校释：《齐民要术校释》，北京：中国农业出版社，1998年。

［晋］张华著，祝鸿杰译注：《博物志全译》，贵阳：贵州人民出版社，1992年。

［晋］干宝：《搜神记》，北京：中华书局，1979年。

［南朝宋］刘义庆撰：《幽明录》，北京：文化艺术出版社，1988年。

［南朝宋］刘义庆著，［南朝梁］刘孝标注，余嘉锡笺疏：《世说新语笺疏》，北京：中华书局，2011年。

［唐］杜佑：《通典》，杭州：浙江古籍出版社，1959年。

［唐］段成式撰：《酉阳杂俎》，北京：中华书局，1981年。

［唐］温大雅撰，李季平、李锡厚点校：《大唐创业起居注》，上海：上海古籍出版社，1983年。

［唐］房玄龄：《晋书》，北京：中华书局，1974年。

［唐］吴兢撰，谢保成集校：《贞观政要集校》，北京：中华书局，2003年。

［唐］李吉甫：《元和郡县图志》，北京：中华书局，1983年。

［宋］邢昺：《孝经注疏》，上海：世界书局，1935年。

［唐］李冗撰：《独异志》，北京：中华书局，1983年。

［唐］元稹：《元稹集》，北京：中华书局，1982年。

［唐］张读撰：《宣室志》，北京：中华书局，1983年。

［唐］崔令钦撰，任半塘笺订：《教坊记笺订》，北京：中华书局，1962年。

［宋］陈振孙：《直斋书录解题》，上海：上海古籍出版社，1987年。

［宋］范晔撰，［唐］李贤等注：《后汉书》，北京：中华书局，1965年。

［宋］郭茂倩编：《乐府诗集》，北京：中华书局，1979年。

［宋］乐史等撰：《太平寰宇记》，北京：中华书局，2003年。

［宋］李昉等：《太平广记》，北京：中华书局，1961年。

［宋］欧阳修等：《新唐书》，北京：中华书局，1975年。

［宋］司马光：《资治通鉴》，北京：中华书局，1956年。

［宋］周密：《癸辛杂识》，北京：中华书局，1988年。

［宋］朱弁：《曲洧旧闻》，扬州：江苏广陵古籍刻印社，1983年。

无名氏撰，金心点校：《湖海新闻夷坚续志》，北京：中华书局，1986 年。

[金] 元好问：《续夷坚志》，上海：商务印书馆，1939 年。

姚奠中主编，李正民增订：《元好问全集》，太原：山西古籍出版社，2004 年。

[元] 陈世隆撰：《北轩笔记》，上海：商务印书馆，1936 年。

[元] 陶宗仪：《南村辍耕录》，北京：中华书局，1959 年。

[元] 脱脱等撰：《金史》，北京：中华书局，1975 年。

[元] 王思成：《河津县总图记》，太原：山西人民出版社，1989 年。

[元] 无名氏：《宣和遗事》，北京：中国古典文学出版社，1954 年。

钟兆华：《元刊全相平话五种校注》，成都：巴蜀书社，1990 年。

[明] 姚广孝等：《明太祖实录》，上海：上海三联书店，1984 年。

上海古籍出版社编：《明代笔记小说大观》，上海：上海古籍出版社，2005 年。

[明] 宋濂撰：《元史》，北京：中华书局，1976 年。

[明] 谈迁撰，汪北平点校：《北游录》，北京：中华书局，1997 年。

[清] 顾炎武著，[清] 黄汝成集释：《日知录集释》，长沙：岳麓书社，1994 年。

[清] 计六奇撰，魏得良、任道斌点校：《明季北略》，北京：中华书局，1981 年。

[清] 王轩等纂修：(光绪)《山西通志》，光绪十八年（1892）刻本。

[清] 储大文，[清] 觉罗石麟：《山西通志》，清雍正十二年（1734）影印本。

[清] 杜文澜辑：《古谣谚》，北京：中华书局，1958 年。

《明清民歌时调集》，上海：上海古籍出版社，1987 年。

[清] 纪昀：《阅微草堂笔记》，北京：中国文联出版公司，1996 年。

[清] 黎翔凤：《管子校注》，北京：中华书局，2004 年。

[清] 梁章钜撰：《归田琐记》，上海：上海古籍出版社，2012 年。

[清] 马云举纂修：(顺治)《河曲县志》，国家图书馆藏地方志珍本丛刊，天津：天津人民出版社，2016 年。

[清] 蒲松龄：《聊斋志异》，长沙：岳麓书社，2019 年。

[清] 王国维：《王国维戏曲论文集》，北京：中国戏剧出版社，1984 年。

[清] 徐芳撰：《诺皋广志》，上海：商务印书馆，1915 年，影印本。

[清] 袁枚编撰：《子不语》，上海：上海古籍出版社，2012 年。

[清] 张廷玉等撰：《明史》，北京：中华书局，1972 年。

四、学术著作

钟敬文：《话说民间文化》，北京：人民日报出版社，1990年。

钟敬文：《民间文艺学及其历史》，济南：山东教育出版社，1998年。

钟敬文：《钟敬文民间文学论集》，上海：上海文艺出版社，1985年。

祁连休、程蔷、吕微主编：《中华民间文学史》，石家庄：河北教育出版社，1999年。

钟敬文、苑利主编：《二十世纪中国民俗学经典·传说故事卷》，北京：社会科学文献出版社，2002年。

张余、范金荣：《山西民间故事情节类型索引》，北京：商务印书馆，2019年。

刘锡诚：《二十世纪中国民间文学学术史》，北京：中国文联出版社，2014年。

高有鹏：《中国民间文学发展史》，北京：线装书局，2015年。

刘守华、陈建宪主编：《民间文学教程》，武汉：华中师范大学出版社，2009年。

顾希佳：《浙江民间故事史》，杭州：杭州出版社，2008年。

北京大学法律系法制史教研室编：《中国古代案例选》，太原：山西人民出版社，1981年。

李剑国：《唐前志怪小说史》，天津：南开大学出版社，1984年。

卞孝萱、王琳：《两汉文学》，合肥：安徽教育出版社，2001年。

藏山文化研究会编：《藏山文化通览》，北京：方志出版社，2005年。

常四龙：《原始文明与高平炎陵》，北京：中华书局，2005年。

陈登原：《国史旧闻》（第一册），北京：中华书局，2000年。

齐涛主编：《中国民俗通志·民间文学志》，济南：山东教育出版社，2005年。

陈泳超：《尧舜传说研究》，南京：南京师范大学出版社，2000年。

程蔷：《中国民间传说》，杭州：浙江教育出版社，1989年。

程英编：《中国近代反帝反封建历史歌谣选》，北京：中华书局，1962年。

崔洪勋等：《二十世纪山西文学史》，北京：中国文联出版公司，1997年。

崔满红等：《商业文明演进与晋商转型研究》，北京：经济管理出版社，2008年。

杜学文主编：《三晋史话·综合卷》，太原：三晋出版社，2016年。

段友文：《黄河中下游家族村落民俗与社会现代化》，北京：中华书局，2007年。

冯宝志：《三晋文化》，沈阳：辽宁教育出版社，1995年。

冯俊杰：《戏剧与考古》，北京：文化艺术出版社，2002年。

安介生：《山西移民史》，太原：山西人民出版社，1999年。

韩晓莉：《被改造的民间戏曲——以20世纪山西秧歌小戏为中心的社会史考察》，北京：北京大学出版社，2012年。

郝小军、王建设：《龙城太原：古都腾飞》，太原：山西人民出版社，2009年。

黄有泉：《洪洞大槐树移民》，太原：山西古籍出版社，1993年。

李玉明总主编：《山西历史文化丛书》，太原：山西人民出版社，2001年。

李修生等编：《元杂剧论集》，天津：百花文艺出版社，1985年。

李雪梅等：《中国鼓词文学发展史》，上海：上海人民出版社，2012年。

李元庆：《三晋古文化源流》，太原：山西古籍出版社，1997年。

李之杰等：《山西名人》，太原：山西人民出版社，1985年。

梁志俊主编：《人·神·圣关公》，太原：山西人民出版社，1993年。

刘守忠搜编：《武则天故居——武家庄园传奇》，香港：香港天马图书有限公司，2004年。

刘毓庆：《华夏文明之根探源——晋东南神话、历史、传说与民俗综合考察》，北京：学苑出版社，2008年。

刘毓庆：《上党神农氏传说与华夏文明起源》，北京：人民出版社，2008年。

刘泽民编：《山西通史》，太原：山西人民出版社，2001年。

卢润杰主编：《昭馀春秋》，太原：山西古籍出版社，2005年。

马文辉、陈理主编：《民间文学类非物质文化遗产保护研究》，北京：中国社会科学出版社，2015年。

濮文起主编：《民间宝卷》，合肥：黄山书社，2005年。

乔志强主编：《山西通史》，北京：中华书局，1997年。

任崇岳：《中原移民简史》，郑州：河南人民出版社，2006年。

申双鱼：《晚秋》，北京：作家出版社，2008年。

宋建忠：《龙现中国：陶寺考古与华夏文明之根》，太原：山西人民出版社，2006年。

王安溟：《圣人傅说》，北京：中国青年出版社，1998年。

王焕镳：《先秦寓言研究》，上海：古典文学出版社，1957年。

王利器辑录：《元明清三代禁毁小说戏曲史料》，上海：上海古籍出版社，1981年。

肖群忠：《孝与中国文化》，北京：人民出版社，2010年。

小横香室主人编：《清朝野史大观》，上海：上海科学技术文献出版社，2010年。

徐秉梅：《山西民间小戏》，太原：三晋出版社，2010年。

衣俊卿：《现代化与日常生活批判》，哈尔滨：黑龙江教育出版社，1994年。

屈毓秀等：《山西抗战文学史》，太原：北岳文艺出版社，1988年。

袁尔铭主编：《傅山故里系列丛书》，太原：山西春秋电子音像出版社，2007年。

郑春元：《侠客史》，上海：上海文艺出版社，1999年。

山西省文学艺术界联合会编：《山西诗歌选》，太原：山西人民出版社，1978年。

中国作家协会山西分会编：《晋冀鲁豫革命根据地文艺作品选》，太原：山西人民出版社，1982年。

〔美〕丁乃通：《中国民间故事类型索引》，孟慧英、董晓萍等译，北京：中国民间文艺出版社，1986年。

〔法〕莫里斯·哈布瓦赫：《论集体记忆》，毕然、郭金华译，上海：上海人民出版社，2002年。

〔德〕恩斯特·卡西尔：《符号、神话与文化》，李小兵译，北京：东方出版社，1988年。

〔德〕格奥尔格·西美尔：《宗教社会学》，曹卫东译，上海：上海人民出版社，2003年。

〔俄〕普列汉诺夫：《没有地址的信　艺术与社会生活》，北京：人民文学出版社，1962年。

〔法〕米歇尔·福柯：《疯癫与文明》，刘北成、杨远婴译，北京：生活·读书·新知三联书店，2007年。

〔法〕沙海昂：《马可波罗行纪》，冯承钧译，上海：上海书店出版社，2000年。

〔罗马尼亚〕米尔恰·伊利亚德：《神圣与世俗》，王建光译，北京：华夏出版社，2002年。

〔美〕阿兰·邓迪斯编：《世界民俗学》，陈建宪、彭海斌译，上海：上海文艺

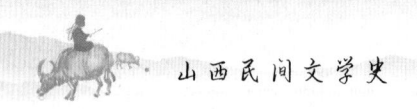

出版社，1990年。

〔美〕罗伯特·芮德菲尔德：《农民社会与文化：人类学对文明的一种诠释》，王莹译，北京：中国社会科学出版社，2013年。

〔日〕柳田国男：《传说论》，连湘译，北京：中国民间文艺出版社，1985年。

说明：参考文献分为"三套集成"、地方方志、典籍文献和学术著作四类。前两类按区域划分，典籍文献按原创者朝代为先后，学术著作则兼顾著作内容与出版时间两个方面来排列。

后 记

《山西民间文学史》作为民俗学专业硕士研究生课程"中国民俗学史"的副产品，经过十余年的资料查阅、分类整理、撰写校对，现在终于面世了。适逢我国加大非物质文化遗产保护力度，挖掘弘扬优秀传统文化，"中国民间文学大系"编撰工作全面展开，在增强文化自信、建设文化强国的背景下，省卷本民间文学史的出版有着重要的社会意义和学术价值。

山西大学民俗学（含：中国民间文学）硕士点自 2005 年设立以来，一直把"中国民俗学史"列为专业基础课，而且坚持民俗学与民间文学交叉研究，并行发展。因此，我在授课过程中，除了讲授中国民俗学框架体系、重要典籍文献、民俗学理论外，还要求研究生阅读《中国民间文学史》相关著作，通过查阅编辑各朝代山西民间文学史资料这一实践环节，形成对山西民间文学的整体认知。经过几轮的教学，山西民间文学史资料积累得越来越多，我产生了编撰《山西民间文学史》的想法，于是从 2010 级研究生开始，一边上课，一边组织研究生查阅检索"中国民间文学三套集成"山西省的省卷本、地（市）卷本、县卷本，同时集中时间、集中人力一起到山西省图书馆查找资料，翻阅县志、村志、文史资料、地方文化精英编撰的著作等史料，检索民间文学文本信息，为本书的撰写奠定了坚实基础。2013 年三晋出版社制订了"山西专史丛书"出版规划，将《山西民间文学史》忝列其中，并签订了《约稿合同》，可惜因出版经费等原因，使该书的出版搁浅。尽管如此，列入出版社的出版规划，推动了这本书的不断完善以及向高质量迈进。

该书是分省的第一部地方民间文学史，我们在体例、内容、方法等方面都做了有益的探索。

断代与地域。撰写《山西民间文学史》，首要的问题是"史"的梳理，年代的划分。民间文学与作家文学不同，它不是一次成形，永久不变，而是从创作出雏形之后，一直处在变化、流动的过程中，总在不断地添枝加叶，臻于完善。我们既要对它做长时段的考察，又要把它安放在特定的历史时期，方可构成"史"的概念。一方面按照一般文学史的通例，分为先秦、两汉、魏晋南北朝、唐、宋、元、明、清、近现代、当代，共十章，根据民间文学文本中人物、事件、内容所涉及的年代，归入其中加以论述；另一方面在地域的划分上，狐突、赵氏孤儿、介子推等山西历史人物自然归入山西这一地域范围，即使是刘秀、唐太宗、狄仁杰、朱元璋等中国历史上的帝王将相，只要故事文本讲述的内容与山西密切相关，也放入相对应的年代加以分析，如山西境内的王莽赶刘秀的传说、唐太宗李世民与晋阳城的传说、朱元璋与洪洞大槐树移民的传说等都构成了各个时代山西民间文学的精彩篇章。

　　资料与文体。"中国民间文学三套集成"——《中国民间故事集成》《中国民间歌谣集成》《中国民间谚语集成》的编纂出版，为民间文学史的撰写提供了重要资源。但是《山西民间文学史》的资料来源不能局限于此，除了省、地（市）、县卷本山西民间文学"三套集成"之外，我们还花大力气检索搜集了历代典籍文献记载的各类山西民间文学文本、各种地方史料中的山西民间文学文本，尤其是吸收了田野调查中获得的至今传承的活态口头文本，如汾河之神台骀的传说、帝尧妻子鹿仙女以及鹿仙女的母亲鹿女的传说等，丰富了全书的内容，突出了山西的地方特色。民间文学的学科名称是"民间文艺学"，关于民间文学史的"文体"，分省的民间文学史编撰，目前我们看到的仅有顾希佳先生所著《浙江民间故事史》（杭州出版社 2008 年），顾著取民间故事之广义，涵盖了神话、传说、故事三种叙事文体，在国内分省民间故事史编撰方面具有开创意义。我们编撰的《山西民间文学史》取"民间文艺"的理念，不仅包括散文类的神话、民间传说、民间故事，也包括韵文类的民歌、民谣、谚语、谜语等，还包括韵散结合类的民间说唱、民间戏曲，如清代至民国年间的民间小戏——晋西北二人台、晋中祁太秧歌、抗日战争时期的"抗战歌谣"以及富有民间韵味的、为民众喜闻乐见的街头诗等，突出了山西民间文学时代的、地域的特征，试图展现山西民间文艺的全貌。

　　叙述与评论。山西民间文学资料丰富，我们编撰《山西民间文学史》的初衷

后　记

是把这些多姿多彩、鲜活生动的民间文艺资料保存下来，所以叙述各类民间文学的文本资料是首要的任务。然而，科学意义上的文学史并不是资料的简单罗列，必须在勾勒其形成、演变、发展的纵向历史线索的同时，概括不同历史时期民间文学发展的状况，对其代表性作品做文学的、历史的、文化的综合阐释，做到史与论结合。我们采取了对每个朝代的民间文学概括介绍之后，按照民间文艺文体分类的惯例，描述与分析各类民间文学作品，力求做到深入浅出，生动流畅，让读者透过民间文艺作品了解民众的生活史、文化史、心灵史。

《山西民间文学史》是我和山西大学历届民俗学专业研究生联合攻关，将理论与实践相结合的一项集体成果。初次参加山西民间文学资料查阅整理的研究生有王禾奕、郑月、杨晶、张小丁、李慧、尹艳慧、王慧、李佳茹、杨洁、张鑫、马丽君、樊晋希子、刘金蕾、乐晶等，参加后期修改校对的研究生有王子仙、周宝艺、董亚丽、武晋萱、杜峥瑶、石怀庆、平苗、邸无雨、王佳丽、行晓荣、刘滢、史可等，我指导的博士研究生闫咚婉、贾安民、张瑾、杨培源也付出了辛勤劳动，谨向他们表示感谢，愿这份学术成果成为我们师生情谊的永恒纪念！

段友文

2020 年 11 月 6 日